U0474191

本书受到中南民族大学博士点建设项目经费资助

容美土司家族
文学交往史考论

李锋 ◎ 著

中国社会科学出版社

图书在版编目（CIP）数据

容美土司家族文学交往史考论 / 李锋著 . —北京：中国社会科学出版社，2018.10
ISBN 978-7-5203-2969-9

Ⅰ.①容… Ⅱ.①李… Ⅲ.①土家族—少数民族文学—文学史研究—鹤峰县 Ⅳ.①I207.973

中国版本图书馆 CIP 数据核字（2018）第 180356 号

出 版 人	赵剑英
责任编辑	郭晓鸿
特约编辑	席建海
责任校对	李 莉
责任印制	戴 宽

出　　版	中国社会科学出版社
社　　址	北京鼓楼西大街甲 158 号
邮　　编	100720
网　　址	http://www.csspw.cn
发 行 部	010-84083685
门 市 部	010-84029450
经　　销	新华书店及其他书店
印　　刷	北京明恒达印务有限公司
装　　订	廊坊市广阳区广增装订厂
版　　次	2018 年 10 月第 1 版
印　　次	2018 年 10 月第 1 次印刷
开　　本	710×1000　1/16
印　　张	28
插　　页	2
字　　数	289 千字
定　　价	116.00 元

凡购买中国社会科学出版社图书，如有质量问题请与本社营销中心联系调换
电话：010-84083683
版权所有　侵权必究

序

  历史上的容美田氏土司家族文学是中国少数民族文学史上的一座奇峰。它的"奇特"之处体现在这些创作者兼具土司（或土舍）和诗人的双重身份，它的"高峰"之处体现在代表性诗人和传世作品之多。田氏家族自明代中朝到清初陆续出现了田九龄、田宗文、田玄、田圭、田商霖、田霈霖、田既霖、田甘霖、田舜年 9 位代表性诗人，且人人有诗集。其作品合集《田氏一家言》包括诗词作品共 528 首（诗 521 首，词 7 首），其中土家族诗人作品 517 首，汉族士大夫的唱和之作 11 首，另有 81 首佚诗存目。2016 年，根据最新发现和整理的《田子寿诗集》《田国华诗集》（均为明天启年间刊刻）所载，田九龄的诗作由原来的 128 首增加到了 534 首，田国华的诗作由原来的 84 首增加到了 125 首，田氏家族的诗作总和亦相应地达到近千首之多。有如此之多的代表性诗人和传世作品，不仅在土司文学中绝无仅有，而且在中国少数民族古代文学史上也是非常突出的。因此，对容美田氏土司家族文学的研究就有了独特而重要的文学意义。

  容美土司历经千年沧桑，遗留下了大量的物质和精神文化遗产，因此早在 2006 年，国务院就已将位于湖北省鹤峰县容美镇的容美土司遗址列入全国重点文物保护单位，2011 年，湖北省文物考古研究所对容美土司遗址进行局部考古发掘，并于次年将其列入中国世界文化遗产预备名单。2013年，中国文化遗产研究院对容美土司遗址进行了考察，认为其文化遗产丰富，应纳入大文化遗产保护范畴。2017年4月，国家文物局核发了"容美土司南府遗址考古发掘证照"，湖北省文物考古研究所将对容美土司的相关遗址进行进一步的考古发掘，同时，南府遗址的"南村一连三坡古茶道"已经进入中国"万里茶道"申遗遴选建议名单，相关的申遗工作正在紧张积极地展开，因此，此时展开对容美土司的文学研究又有了非常现实的社会文化意义。

或许正是基于这样一种认识，中南民族大学的青年学者李锋才有了《容美土司家族文学交往史考论》这部书稿。我认真拜读过这部书稿，相比过往的研究，这部书稿有以下三个亮点。

第一，从交往史的角度切入对容美田氏土司家族的文学研究。虽然过往的研究中也偶有论及容美田氏的族内外文学交往者，但大都浅尝辄止。如此系统地研究容美田氏土司家族文学交往史，李锋还是第一个。书稿将容美田氏的九位代表性诗人的文学交往情况进行了历时性的梳理，结合时代背景对每一代交往对象的类型都进行了缜密的分析，对交往活动的特征、意义进行了深入的讨论，并提出田氏的文学交往具有"核心—网状""多元化"与时代背景紧密相关等特征，以及激发、推动自身文学创作，展现中华民族内部文化交流和田氏国家认同倾向的政治文化内涵等多方面的意义。尤其是对田氏文学交往的文化意义的分析和探讨，使得本研究已经超出了一般意义上的文学研究，而具有了很强的历史文化和社会意义，正如作者所说的：田子寿、田国华"二田"乃至整个田氏家族百年的文学交往和文化交流历史也给我们一个启示，即探求中华民族的来源和形成问题，不能只关注一个历史时段，或者一个历史事件，而是要沿着中华文化发展的长河顺流而下，历时性地梳理中华民族内部各族群成员之间的交往历程，既要有宏观视野，看到文化交往背后的大历史背景，也要有微观聚焦，关注文化交往中的经典事件。在这种探索中，我们可以发现中华民族是一个历史性的形成，是文化的"多元一统"成就了伟大的中华民族。它的核心不是血统、种族、地理，而是文化。文化是中华民族这个"想象的共同体"的内核，文化的交流、交融才是推动这个"共同体"不断发展、壮大的"元动力"。

文学研究、特别是少数民族的文学研究，如何摆脱对一般意义上"民族风情""民族特色"的展示，走向深入、走向宏观、走向主流，李锋这位青年学者应该说做出了有意义的尝试。

第二，对容美田氏文学交往对象和交往过程的补考。在这部书稿之前，已经有一些学者对田氏的交往对象进行过一些考证，但身份不明者还有很多，而且因为缺乏材料，加之有些交往对象又是"名不见经传"者，其考证难度较大。有鉴于此，李锋综合利用了地方志、史书、笔记、诗文集等多方面的材料，对其中不少人的身份以及一些交往细节进行了补考。此外，作者还对前人的研究成果进行了部分补正，并撰写了专门的论文附录于书稿之后。这些补正，旁征博引，条分缕析，缜密客观，展现了扎实的文献学功底和学术素养。总体而言，其考证的结果是有说服力的，对于丰富有关容美田氏家族的研究资料，扩展对田氏家族文学、文化研究的范围都有着重要的意义。对于克服在容美文史研究中曾经存在的狭窄、粗浅、匆忙等现象是很有启示意义的。

第三，对容美田氏文学兴起原因的探讨。在此之前，绝大部分研究者都认为田氏家族文学传统的兴起，源于田世爵在家族中强力推行汉文化教育。但是李锋通过对相关材料的分析，试图证明田世爵并不是田氏家族文学传统的开创者。正如他所言,"如果田氏家族的文化教育确实是从田世爵才白手起家的话,其文学创作水平应该有一个逐步提升的过程,但是我们看到的是田世爵之子田九龄的诗作水平已经达到了一个相当高的水准,其文学交往也已经非常活跃"。他还引用明人杨邦宪为《田子寿诗集》所作的序言中"世氏锢镕鼓铸,俱以文字为命脉""世不贵异物,仅仅古籍裒然"等语,以及《田世爵世家》在评论田世爵的成就时所说的"虽文事武功,在前不乏,而自兹更为振起"这样的话,证明田氏家族至田世爵时并不是一个刚刚开始起步的文化家族,而是已经有了相当长时间的文化积淀。只不过很少文字记载。田世爵的意义则是"在于进一步振兴了这一事业"。那么,如果田世爵不是开创者,到底是什么开启并一直推动着容美田氏的文学创作和交往活动呢?李锋认为是明代推行的"土司子弟入学"制度。

所谓"土司子弟入学"制度,即要求土司子弟(主要是应袭子弟)在承袭土司之位前,必须进入国子监或府学、县学等官方学校学习汉文化,以达到"渐染风化,以格顽冥"的目的,凡不入学者不准承袭土司之位。这一制度的正式推行是在明弘治年间(1488—1505),但其雏形早在明太祖时就已经提出。总体而言,"土司子弟入学"制度是在"以夏变夷"这样的大文化观和具体的历史背景之下,经过逐步探索制定出的具有极深远影响和意义的文化制度。这一文化制度也是土司制度不断成熟和完善的内容之一。"土司子弟入学"制度依凭中央的威权,得以在土司统治地区强力推行,使得众多土司开始接触汉文化,并进而转为自觉追求汉文化,不仅在文化层面提升了土司的汉文化素养、在心理层面加强了土司对于中华族群的认同、在政治层面促进了土司向中央政权的靠拢、在经济层面推动了土司由农奴经济向封建经济的转型，而且由于土司家族世代对汉文化及文学自觉而热情的学习，还催生了一批"土司文学世家"，较为有名的就有容美田氏土司文学世家（包括其治下的五峰张氏土司文学世家）、永顺彭氏土司文学世家、酉阳冉氏土司文学世家、石砫马氏土司文学世家、丽江木氏土司文学世家等。可以说，"土司子弟入学"制度为土司的文学交往营造了一个良好的"大环境"，有力地推动了土司文学世家的形成，对土司文学的发展起到了持续而深远的作用。

这种分析是深刻而富有启发性的，确实，我们将容美土司千年的发展史连接起来看，会发现这个土司的文化基因在明代开始产生了巨大的变异，这种巨大的变异不太可能单纯源于家族内部的文化自觉，更不太可能是一人、一事的结果，而是有明一代文化战略和相关制度干预下的产物。而这一文化基因的变异，又反过来推动了田氏对于汉文化的积极接受，形成了良性的互动。同时，文化基因的变异，也对田氏的政治品格、政权认同观念带来了深刻的影响，关于这一点《容美土司家族文学交往史考论》一书也有较好的分析。

当然，在我看来，这本书也有一些不足之处。比如，怎样治理好一个多民族大国，我们的祖先是很有智慧的，土司制就是其历史阶段的一种创新，而这一制度历经千年，即使在今天的民族政策中仍然能发见其传承的积极因子。李锋的研究如果能将"土司子弟入学"制度放在这个发展的变动的大制度中，或者说适当地涉及政治、经济、文化的发展与流变，《容美土司家族文学交往史考证》的后部分就会显得更为生动有趣。又如，部分考证还有进一步充实的可能，其结果还需要更为充分的证据。"土司子弟入学"制度对容美田氏的影响也还有继续深入讨论的空间。比如，处在同一制度之下，为什么独有容美田氏土司家族的文学蔚为大观？是地域的优势，是国家的扶持，是经济的反哺，还是民族文化心理的差别？这之中必然有一些独特的原因。不过，这些不足很大程度上是由于史料的缺乏造成的，我们也寄希望后续的研究中能够有更多的文献发掘整理成果来弥补这些缺憾。

李传锋

2017年12月于武汉水果湖茶港

目 录

绪 论 …………………………………………………………………… 1

第一节 何谓"容美土司" …………………………………………… 1

一 容美土司的由来 ………………………………………………… 1

二 容美土司的政治、经济 ………………………………………… 4

三 容美土司的文化 ………………………………………………… 7

第二节 容美土司文学相关研究述评 ……………………………… 12

一 容美土司文学相关研究综述 …………………………………… 12

二 容美土司文学相关研究的贡献 ………………………………… 29

三 容美土司文学相关研究的不足 ………………………………… 32

第三节 本书的意义、创新及拟解决的问题 ……………………… 37

一 本书的意义 ……………………………………………………… 37

二 本书的创新 ……………………………………………………… 40

三 本书拟解决的问题 ……………………………………………… 45

第一章 容美土司家族文学交往的"大环境"
——"土司子弟入学"制度 ………… 53

第一节 "以夏变夷"
——明代"土司子弟入学"制度的制定及背景 ……… 56
一 明以前土司地区制度述评 ………… 56
二 明代土司地区治理政策的发展 ………… 62
三 "土司子弟入学"制度的提出 ………… 67

第二节 "土司子弟入学"制度在容美的施行及影响 ……… 77
一 "土司子弟入学"制度在容美地区的执行情况 ……… 77
二 "土司子弟入学"制度对容美土司家族的影响 ……… 88

第二章 容美土司家族"文学交往"的开创期——田九龄、田宗文 ………… 95

第一节 田九龄、田宗文的族外文学交往 ………… 97
一 田九龄、田宗文族外文学交往对象补考 ………… 98
二 士人、武人、道人：田九龄、田宗文族外文学交往对象的类型及生平 ………… 120
三 田九龄、田宗文族外文学交往情况 ………… 143
四 "多元化""核心—网状"：田九龄、田宗文族外文学交往的特征 ………… 183

第二节 田九龄、田宗文的族内文学交往 ………… 186
一 田九龄、田宗文族内文学交往的类型及其具体情况 …… 187
二 寂冷的唱和：田九龄、田宗文族内文学交往的特征 …… 196

第三节　田九龄、田宗文文学交往的影响和意义 …………… 197

一　正式开启了田氏家族的文学交往 ……………… 198

二　多元与名士：文学交往对田九龄、田宗文创作的激发和推动 ………………………………………… 199

三　首批有关田氏的文学理论文献的诞生 ………… 201

四　文学交往传统的奠定和"旗帜"的树立 ……… 205

五　"本事"与生平之一：文学交往对考证二田生平的文献意义 …………………………………… 207

六　中华民族内部文学和文化交往的经典范例和生动标本 …………………………………………… 209

第三章　容美土司家族"文学交往"的发展期——田玄父子和田圭 …………………………………… 211

第一节　田玄父子和田圭的族外文学交往 ………………… 212

一　田玄诸人族外文学交往对象补考 ……………… 214

二　避难士人与藩王：田玄诸人族外文学交往对象的类型及其生平 …………………………… 225

三　唱和、序跋、评点：田玄诸人族外文学交往情况 ……… 231

四　战火机缘与遗民心态：田玄诸人族外文学交往的特征 …………………………………………… 241

第二节　田玄父子和田圭的族内文学交往 ………………… 246

一　田玄诸人与族内文学交往对象补考 …………… 246

· 3 ·

  二 田玄诸人族内文学交往的类型及具体情况 …………… 252

  三 活跃、和谐的唱和：田玄诸人族内文学交往的特征 …… 258

 第三节 田玄诸人文学交往的影响和意义 ………………………… 259

  一 国难与避难：文学交往对田玄诸人创作的激发和推动 …… 260

  二 交往范围和诗作风格的拓展 ……………………………… 261

  三 文体与数量：有关田氏的文论文献的增长 ……………… 262

  四 "本事"与生平之二：文学交往对考证田玄诸人
    生平的文献意义 …………………………………………… 265

  五 政权认同——田玄诸人文学交往的政治文化内涵 ……… 266

第四章 容美土司家族"文学交往"的深化期——田舜年 ……… 270

 第一节 田舜年的族外文学交往 ……………………………………… 271

  一 田舜年族外文学交往对象补考 …………………………… 271

  二 官员、名士：田舜年族外文学交往对象的类型及其生平 …… 274

  三 唱和、序跋：田舜年族外文学交往情况 ………………… 283

  四 文风、心态、"核心—网状"：田舜年族外文学
    交往的特征 ………………………………………………… 296

 第二节 田舜年的族内文学交往 ……………………………………… 299

  一 田舜年族内文学交往对象补考 …………………………… 299

  二 田舜年族内文学交往的类型及具体情况 ………………… 300

 第三节 田舜年文学交往的影响和意义 ……………………………… 301

  一 书牍与雅集：文学交往对田舜年创作的激发和推动 …… 302

目录

　　二　内容、方法、立场：有关田氏诗作的文论文献的

　　　　多元化发展 …………………………………………… 303

　　三　协助田舜年成为家族文学的集大成者 ……………… 308

　　四　"本事"与生平之三：文学交往对考证田舜年

　　　　生平的文献意义 ……………………………………… 315

　　五　自信与交融——田舜年文学交往的文化内涵 ……… 316

第五章　容美土司家族"文学交往"的余绪期——田泰斗 ……… 318

第一节　田泰斗的族外文学交往 …………………………………… 320

　　一　田泰斗族外文学交往对象补考 ………………………… 321

　　二　乡邻、师长：田泰斗族外文学交往对象的类型及其生平 …… 330

　　三　囿于本土：田泰斗族外文学交往情况 ………………… 332

　　四　式微的唱和：田泰斗族外文学交往的特征 …………… 371

第二节　田泰斗的族内文学交往 …………………………………… 372

　　一　田泰斗族内交往对象补考 ……………………………… 372

　　二　田泰斗族内文学交往对象的类型及具体情况 ………… 374

第三节　田泰斗文学交往的影响和意义 …………………………… 377

　　一　论艺与勉励：文学交往对田泰斗创作的激发和推动 …… 378

　　二　序跋、诗作：有关田氏的文论文献的进一步丰富 …… 380

　　三　促使田泰斗担负起传承家族文学传统的任务 ………… 381

　　四　"本事"与生平之四：文学交往对考证田泰斗生平的

　　　　文献意义 ……………………………………………… 384

附录一 《〈田氏一家言〉诗评注》和《田子寿诗集校注》补正 ……………………………………………………… 387

一 田九龄《紫芝亭诗集》与《田子寿诗集》补正 ……… 388

二 田宗文《楚骚馆诗集》补正 ……………………………… 403

三 田甘霖《敬简堂诗集》补正 ……………………………… 407

四 田玄、田霈霖、田既霖、田商霖、田舜年诸集补正 …… 413

附录二 "土司子弟入学"制度检讨
——"改土归流"前后容美土民教育情况考察 ………… 417

一 设学及设立生员名额的情况 …………………………… 418

二 学校、书院和义学的建立情况 ………………………… 421

三 科举的情况 ……………………………………………… 425

主要参考文献 ……………………………………………… 429

后　记 ……………………………………………………… 434

绪 论

第一节 何谓"容美土司"

容美，古称容米、柘溪，又称容阳，容美土司田氏当为古代巴人的后裔①，其统治的核心区域横跨今天湖北省恩施州鹤峰县和宜昌市五峰县②。所谓"土司"，"土"乃土著之义，"司"乃统治、管理之义。土司，即土著的统治者。"土司"只是概称，具体到每一位土司，实际上都有具体的官职，如容美土司在宋时官职为"军民五路都总管"，元时为"容美洞等处军民总管府总管"，明后为"容美等处军民宣慰使"、宣抚使。

一　容美土司的由来

容美土司的由来，据道光《鹤峰州志·沿革志》引旧志所载："楚南徼诸峒蛮叛服不常，宋嘉泰中，湖南安抚使赵彦励请择素有智

---

① 祝光强、向国平：《容美土司概观》，湖北人民出版社2006年版，第2页。
② 《容美纪游注释》载："容美宣慰司，在荆州西南万山中，距枝江县六百余里，草昧险阻之区也。"

勇为峒蛮信服者立为酋长，镇抚之，如土司之类。考宋淳化元年，溪蛮田汉权来附，大中祥符五年，峒蛮田仕琼等贡溪布，元祐时，以峒酋田思利为银青光禄大夫，即所传容美田氏。"① 则田氏在容美土司地位的确立，当在宋代。但田氏自己的族谱中，则称是始于唐代，"唐元和元年，高崇文讨平刘辟之乱，奏田行皋为施、溱、溶、万招讨把截使，是田氏为土司自唐始"②。明代严守升在其所作《田武靖公父子合传》中，更称容美田氏"自汉历唐以逮今日，世守容阳"。③ 严氏所说，没有给出直接的文献证据，倒是道光《鹤峰州志》引何璘《澧州志》的记载，认为可能汉代即有。④ 根据上述所引，田氏成为容美土司的起始时间有三种说法，即蜀汉、唐代、宋代，但真正有直接文字记载的仍以唐代为最早，严守升的《田氏世家》也是以唐代的田行皋为容美田氏土司的始祖。⑤

　　田氏自唐元和元年至清雍正十三年（806—1735）一直为容美土司，历时930年之久，据严守升《田氏世家》、道光《鹤峰州志》及相关文献，有明文记载的土司有田行皋、田墨施什用、田思政、田乾宗、田光宝、田胜贵、田潮美、田保富、田镇、田秀、田世爵、田九霄、田九龙、田宗愈、田楚产、田玄、田霈霖、田既霖、田甘霖、田

---

① 《中国地方志集成·湖北府县志辑·道光鹤峰州志》，凤凰出版社2013年版，第352页。
② 同上书，第352页。
③ 中共鹤峰、五峰县委统战部、县志办：《容美土司史料汇编》，内部印行，1983年，第97页。
④ 道光《鹤峰州志》引何璘《澧州志》所载道："石门，慈利二县所官隘官，设自蜀汉建兴年间，唐宋以来悉仍其旧，所隘以防御土司为责任，二县又与容美毗连。"根据防范土司的关隘设自汉代，从而得出容美土司设自汉代。这种说法有一定道理，但缺乏直接的文献证据，且所防土司也不一定就是田氏。
⑤ 近年来，虽然有学者对田行皋作为容美土司始祖的身份提出怀疑，但是邓辉《田行皋生卒事迹钩沉》（《湖北民族学院学报》1990年第1期）依据野三关发现的田行皋碑文及相关文献，已经指出田行皋应为唐末五代时人，曾任施州刺史，田氏土司应是其后裔。

舜年、田昺如、田旻如22位。① 其疆域最大时包括现在的鹤峰、五峰绝大部分地区和恩施、建始、巴东、长阳等县清江以南的大部分地区，方圆2000余里。

---

① 关于容美土司的人数，严守升《田氏世家》(以下简称《田》)、道光《鹤峰州志》(以下简称《鹤》)记载有21人，祝光强《容美土司概观》(以下简称《容》)载有23位，除重合之人外，《田》《鹤》所载田行皋、田思政、田崇钊、田伯鲸4人为《容》所不载，《容》所载墨施什用、白俚俾、田世瑛、田宗愈、田宗元、田昺如6人为《田》《鹤》所不载。田崇钊、田伯鲸文献缺略，身份不明，不宜径列入土司之中。田行皋的身份，前文已经有了说明，田思政的身份情况，较为复杂，这主要体现在对其在位时间的争论上，《田氏世家》将其列于行皋之后（虽然严守升也认识到其在位时间有很大问题，并在《田思政世家》中明确表示的疑问），据《巴东世谱》，其当为宋人，然而据《明实录》、田氏《黄册宗图》所载，田思政应是开熙二年（1368）接受了伪夏政权的册封，则其当为元末明初人，若是如此，其在位时间又和田乾宗、田光宝产生了矛盾，恐上述文献的记载均有误，但是其做过土司应是事实，本书权列入名单，以待新的材料。墨施什用虽不见于《田氏世家》，但《元史·武宗本纪》载："四川行省绍庆路所隶容米洞田墨，连结诸蛮，攻劫麻寮等寨，方调兵讨捕，遣千户塔术往谕田墨施什用等来降。宜立黄沙寨，以田墨施什用为千户。"因此，本书悉将其归于容美土司之列。但将白俚俾列为土司似不甚妥，其弑父杀兄而谋权，《田世爵世家》载其夺权之后，即遭桑植土司讨伐，白俚俾（《容美世家》作"百里俾"）"持印篆，与重宝细软，星夜赴武昌，请文起送，将诣阙告袭矣。敕土经历日向大保俾者，踵其后，告变于抚安各衙门，会桑植申文亦至，始将白俚俾严禁按察司狱，持疏驰奏闻。向大保俾，恐叛恶行赂营脱，乃置毒食中鸩之，毙于狱"。但是《明实录》《明史》明载白俚俾是正德十一年（1516）被凌迟处死，可见，《田氏世家》对于白俚俾政变和田世爵继位的时间、经过记载均有误。近年来，有学者根据《田氏世家·田世爵世家》的记载，认为白俚俾篡政在弘治十八年（1505），又根据《明实录》的一些记载，认为其事犯被杀在正德十一年，从而得出白俚俾主政容美长达11年之久的结论是不妥当的。据《明实录》所载，正德十一年庚申，"湖广容美宣抚司田秀爱其幼子世宗，将谋其兄白俚俾而以世宗袭职。白俚俾恨之，诱强贼杀其父及世宗，事闻，下镇巡等管验治，凌迟处死。"据文意判断，白俚俾弑父杀弟，及至东窗事发，均在较断短时间内，不至于耽搁11年之久。至于田世瑛，本为宣抚使同知，属于辅助官员，即使有主政容美的历史，也属于摄政性质，不宜算作土司，因为依例土司均因有中央政府的册封，田世瑛作为摄政官员，应该不会被册封。田宗愈，《田氏世家·田九龙世家》有"亦宗社之大不幸也。公以万历丁亥岁（1587）摄事，癸巳年（1593）五月卒，年三十五……生男三人，曰楚产、楚先、楚材"这样的记载，虽然其上文有较多缺损，但据"生子楚产"之语知此为田宗愈，且知其摄事有6年之久，又结合《田楚产世家》中"预为少峰请给冠带"，则其应该得到了中央的正式册封，当列入土司名单。田宗元，谋夺土司之位貌似成功，但其似乎并没有被正式册封，田九龙逝世后，宗元亦暴病身亡（或云被杀），故本书亦不录。田昺如之所以列入，因顾彩《容美纪游》明载："长子丙（昺）如虽已袭父职，每在父所，青衣带刀侍立，听指使如家将。"其注亦云："君已引年致仕，丙（昺）如奉旨承袭，另有公署，然印犹在父手，奉调征苗则丙如。"当然，本书所列诸土司定非全貌，田氏族谱的记载，正如严守升所言："宗图与世谱之讹不待言矣。"因"人文辽渺，兵戈寇攘之变，故老遗文，未免疏漏"，不宜"强为补缀"。

二 容美土司的政治、经济

容美土司实行的是高度集权的统治，军政大权均集于土司之手，土司之职为世袭，或传子或传弟。其下辖四安抚司（曾一度被降为长官司，后因容美土司自田霈霖时复升为宣慰司，四长官司亦随之复升为安抚司）：水浕（一作"水尽"）、椒山、五峰、石梁。① 除此之外，还有石宝、深溪长官司，下峒、平茶长官司，通塔坪长官司，玛瑙、寨垅长官司和长茅指挥使司。安抚司所在地皆是容美的门户所在，直接关系容美的安全根本，其长官使亦实行世袭，但均为田氏亲信，后来为了加强控制，田舜年曾让其子婿"遥领"。土司虽为一方诸侯，但名义上仍要受中央的封赐方才具有合法性，且有进贡和应征的义务。容美土司也深谙此点，大部分容美土司都能较好地处理与中央的关系，易代之际，土司多会赍前朝印信，到新朝请求重新予以封赐，以确认其合法性，新朝亦会循例赐封。例如，《明史·土司列传》载："初，太祖即吴王位……丙午二月，容美洞宣抚使田光宝遣弟光受等，以元所授宣抚敕印来上。命光宝为四川行省参政，行容美洞等处军民宣抚司事，仍置安抚元帅治之。"② 严守升《田既霖世家》也记载了田既霖归降清廷的情况："时以诸寇凭凌，天命有归，遂承伯兄之志，奉

---

① 《明史》卷四十四《地理志》载："容美宣抚司……领长官司五：盘顺长官司、椒山玛瑙长官司、五峰石宝长官司、石梁下峒长官司、水尽源通塔平长官司"（《明史》，中华书局1974年版，第1098页）。又，《明史》卷三百十《列传·土司》载"施州……洪武十四年改置施州卫军民指挥使司，属湖广都司。……又有容美宣抚司者，亦在境内，领长官司四：曰椒山玛瑙，曰五峰石宝，曰石梁下峒、曰水尽源通塔平"（《明史》，中华书局1974年版，第7984页），则盘顺长官司可能先隶属于容美宣抚司，后来被升级为安抚司，并划归施州卫直接管理，直到清代"改土归流"才被废去。因为据《大清一统志》卷二百七十三《荆州府志》"清废镇"条载"废盘顺安抚司"，文后注曰："在鹤峰州境，明成化末置，今裁。"可知，盘顺安抚司一直存在，直到清代才被废去。不过，据李传锋等学者的考证，盘顺地在今之来凤县卯洞，与容美中间隔来凤、宣恩地，而且容美史料中亦无领盘顺的记载。

② 《明史》卷310，中华书局1974年版，第7984—7985页。

表投诚宁南靖寇大将军前。时屯兵荆襄，为请于朝，仍赐以蟒玉正一品服色、左都督，加授少傅兼太子太傅，容美等处军民宣慰使，钦赐尚方裘帽，名马弓矢等物，以旌异之。"①《清史稿》对此亦有记载。除此之外，田氏在明一代，还积极配合朝廷的军事行动，自田世爵始，多次听从明廷征调，出师抗倭或平乱，为维系朱明天下做出了贡献。

  容美土司早期实行封建农奴制经济。这种经济形态在《容美纪游》中有较详细的记载："其田任自开垦，官给牛具，不收租税。民皆兵也，战则自持粮糗，无事则轮番赴司听役，每季役只一旬，亦自持粮，不给工食。"②可见，土民以劳役地租为主，同时，土民依附于土司，并无人身自由，这都是典型的农奴制经济的特征。在具体的产业方面，就农业而言，因地处山区，气候寒冷，耕田不多且贫瘠，"司中土地瘠薄，三寸以下皆石，耕种只可三熟，则又废而别垦"③。在这种情况下，其主要作物只有大麦、荞麦和少量的稻米，因生业艰难，土民往往需要通过采集、狩猎来维持生活，如山中多有蕨、葛、笋等植物，还有獐、鹿、野猪等动物，长乐县（今湖北五峰）在乾隆元年（1736）设县之初，"山深林密，獐、麂、兔、鹿之类甚多，各保皆有猎户"。由此亦可见"改土归流"之前的情景。渔业方面，"唯渔洋关、本城、水浕、麦庄、石梁、抵东采花数保溪河中产鱼"。④顾彩曾生动地记载了打鱼的情状，"其渔者刻木一段为舟，牵巨网截江，度其中有鱼，则飞身倒跃入水，俄顷，两手各持一鱼，有口中复衔一鱼，分波跳浪登舟，百无一空者"。⑤除传统农业

---

① 中共鹤峰、五峰县委统战部、县志办：《容美土司史料汇编》，内部印行，1983年，第102页。
② 高润身：《容美纪游注释》，天津古籍出版社1991年版，第55页。
③ 同上书，第89页。
④ 《中国地方志集成·湖北府县志辑·光绪长乐县志》，凤凰出版社2013年版，第265页。
⑤ 高润身：《容美纪游注释》，天津古籍出版社1991年版，第55页。

外，容美还有茶业、药材等经济作物，"邑属水泥、石梁、白溢等处俱产茶"①。"诸山产茶，利最溥，统名峒茶。上品者，每斤钱一贯；中品者，楚省之所通用，亦曰湘潭茶，故茶客来往无虚日""土产药材有百余种，内黄连甚佳"。② 手工业方面，"邑寒冷不产棉花，蚕亦难饲"③"妇女鲜纺绩，俱力农如男子"④"百工技艺土人甚少，制器作室多属流寓。"⑤ 商业方面，容美地处西南和中南地区之间，是一个商业中转站，"邑属渔阳关商贾、辐辏城市中，贾客亦多。……行货下至沙市，上至宜昌西止"⑥。但整体而言，商业谈不上发达，"廛市皆棉布酒米、家常日用之物，如需稍珍贵者，先向他邑购备"⑦。由于经济情况一般，容美土司及其下属官员，都保持着一定的简朴之风，"平日亦布衣草履，跨驴而行，绝不类官长也"⑧。但又因其紧邻经济发达的荆汉地区，受其影响，容美土司的经济在全国土司中仍处上游水平，这从其豢养"装饰华美"的戏班，且在湖南、湖北诸多地方广置地产中可见一斑。⑨

---

① 《中国地方志集成·湖北府县志辑·光绪长乐县志》，凤凰出版社2013年版，第265页。
② 高润身：《容美纪游注释》，天津古籍出版社1991年版，第90页。
③ 《中国地方志集成·湖北府县志辑·光绪长乐县志》，凤凰出版社2013年版，第265页。
④ 《中国地方志集成·湖北府县志辑·道光鹤峰州志》，凤凰出版社2013年版，第381页。但顾彩《容美纪游》中，记载容美中府的景象时说"民家多以纺织为业"，可见所谓"妇女鲜纺绩"之语，只就其大概而言，非无操纺织之业者。另外，容美地区纺织也达到了一定水平，"峒被如锦，土丝所织，贵者与缎同价，龙凤金碧，堪为被褥。峒巾白麻为之，轻纫如鲛绡，皆珍币也"（《容美纪游》）。
⑤ 《中国地方志集成·湖北府县志辑·光绪长乐县志》，凤凰出版社2013年版，第264页。
⑥ 同上书，第265页。
⑦ 同上书，第381页。
⑧ 高润身：《容美纪游注释》，天津古籍出版社1991年版，第43—44页。
⑨ 道光《鹤峰州志·杂述》载，雍正初，容美土司曾用1005两白银，从慈利唐姓隘官处购买千金坪一带方圆三十里的山场，其事后虽经地方告发，未能真正成交，但亦可见土司经济实力。雍正皇帝朱批谕旨亦曰："楚蜀各土司，惟容美最为富强"（《雍正七年四月十一日四川提督黄廷桂、四川巡抚宪德奏折朱批》，《文渊阁四库全书·史部·世宗宪皇帝朱批谕旨》卷218下）。

三 容美土司的文化

容美土司与其他土司最大的不同，还在于其世代相沿的对教育和文化的高度重视，并形成了良好的家族传统。一般认为，田氏的文化教育始自田世爵。当时，因家族内部争权而发生的惨剧，让田氏险些丧命，痛定思痛，田世爵认为家族惨剧的发生，究其根本原因在于族人未受文化教育，"大义未明"。因此，他着意加强对家族子嗣的文化熏陶（主要是以儒家文化为代表的汉文化），"以诗书严课诸男"，从而初步奠定了田氏土司重视文化教育的传统。笔者对于这种看法有不同意见，容美田氏的文化教育肯定不始于田世爵，否则就无法解释《田世爵世家》中"文事武功，在前不乏"这句话。① 所谓"在前不乏"，说明在田世爵之前，田氏无论是在"文事"还是"武功"方面都有所建树；另外，如果说容美对族中子辈的文化教育自田世爵始，则其本人应该没有受过文化教育，但一个未受过文化教育的人何以会想到用文化教育来更新族人的精神和思想？笔者认为，容美在族内进行文化教育早于田世爵，田氏本人即是相关教育的受益者，所以他才会想到用文化的手段来教化子嗣（详见下文）。不过，需要强调的是，田世爵虽然不是开启者，却是一位关键性的人物，其关键性体现在，从他开始才真正认真地、强力地在家族内部推行文化教育，并真正奠定了田氏土司重视文化教育的传统，后经发展才有了容美土司在文艺方面的杰出成就。

容美土司家族的文学成就，主要体现在以下三个方面。

第一，涌现的诗人、诗作多。文安之《〈秀碧堂诗集〉序》曾就

---

① 中共鹤峰、五峰县委统战部、县志办：《容美土司史料汇编》，内部印行，1983年，第88页。

此特别赞扬道："况复凤将九子，咸有律吕之和；龙导五驹，各具风云之概。"①明言田玄及其诸子，形成了一个规模较大的诗人群体，且各有专擅。文安之所说的这一点，从田舜年编辑的家族诗集《田氏一家言》中亦可看出。这部诗集收录了田九龄《紫芝亭诗集》、田宗文《楚骚馆诗集》、田玄《秀碧堂诗集》、田圭《田信夫诗集》（附田商霖诗）、田霈霖《镜池阁诗集》、田既霖《止止亭诗集》、田甘霖《敬简堂诗集》、田舜年《白鹿堂诗集》《白鹿堂文集》共五代9位作家的诗文作品②，因为亡佚情况比较严重，尤其是田舜年本人的诗文集仅存诗13首、文17篇，今天所能见到的《田氏一家言》包括诗词作品共528首（诗521首，词7首），其中土家族诗人作品517首，汉族士大夫的唱和之作11首，另有81首佚诗存目。③另外，根据最新发现的《田子寿诗集》和《田国华诗集》（明天启七年刻本）所载，田九龄的诗作由原来的128首增加到了534首，田宗文的诗由83首增加到125首。则田氏的诗作总和亦相应地达到近千首之多。由此可

---

① 陈湘锋、赵平略：《〈田氏一家言〉诗评注》，中央民族大学出版社1999年版，第437页。

② 实际代差为六代，因无田楚产一代人的诗集，故云五代。

③ 关于《一家言》存世的具体篇目数，《田氏一家言》诗评注》统计为存诗507首，文17篇，评语107条，序诗6篇，恐不确。据笔者统计，《田氏一家言》诗评注》本身所收诗作就有518首（田氏诗人诗作515首，汉族诗人诗作3首）。较之《容美土司史料汇编》所辑《一家言》集，《〈田氏一家言〉诗评注》未收田玄《立春日忽雪》（残诗）1首、毛寿登唱和田甘霖《追感诗》1首、文安之《遣戍毕节有作寄达容美宣慰田特云》1首、《咏红豆》1首、《同容美宣慰田双云观雨中白莲八赋》2首、田宗文《怀故园诸兄即以见寄》1首、徐天星《有怀容美田特云荙莳泽处兼寄》1首、严守升《寄容美田韶初宣慰并致家传》1首、毛会建《寄容美田韶初》1首，共10首作品，同时多收了田舜年《和羽伯复得虎韵》《蒋玉渊先生与严平子、毛子霞诸先生同集黄鹤楼为九老会兼有清诗之选遥抒此赠》《搏得病虎作病虎行》3首作品，如将两部著作中的作品合在一起并去重，共得528首；想《〈田氏一家言〉诗评注》未收上列汉族诸诗人之作品，可能是为了更纯粹地体现《一家言》作为田氏诗人专集的特色，但未收田氏诗人诗作，未知何义。另外，笔者以为，田舜年的原集应已将这些汉族诗人的唱和之作收录在内，因此，为了真正体现诗集的原貌，还是应将这些诗作计算在内。

见，当时规模之大，不唯在土司文学中首屈一指，就是在中国诗文总集中，也应占有一席之地。

第二，延续的时间长。严守升《〈田氏一家言〉叙》中曾将田氏诗人群体与历史上著名的晋朝王氏家族诗人群体、南朝萧梁家族诗人群体相比较，提出"晋王氏七叶，人人有集"，萧梁"著录最盛"都已颇为不易，但是今"田氏乃更多且久矣"，"卷帙盈笥，烂然如万花谷矣"。① 在赞叹田氏诗人群体之盛、延续时间之长的基础上，严氏还分析了原因。严守升认为内因是田氏诗人群体"历代沿习，世擅雕龙"，在家族内部很好地营造了文学创作的氛围，并重视传承。外因是明代很多文士都被科举所绊，无力、无暇、无心进行诗歌创作，而田氏诗人则有得天独厚的自然环境（"居楚要荒"，少染世情）和世袭的土司爵位或贵族身份，环境、生计、地位皆不成问题，故能"名利心净"潜心创作，所谓"天下作诗者，概为制料（按：当为'科'）干禄，分去大半，而山中人颛志肆力，旬锻月炼，世擅厥美"（《〈田氏一家言〉又叙》）。② 严氏的分析确有一定道理，纵观中国文学史，能够像田氏文学家族沿续时间如此之长的实不多见，在少数民族文学家族当中更是绝无仅有。

第三，出现了几位代表性的人物。田氏文学创作有两位重要的代表性人物：田九龄和田舜年。他们的代表性，不仅体现在家族和民族内部，而且在全国范围内都有一定的影响性。这可以从当时文学大家对他们的评价中看出，如"后七子"之一吴国伦就曾称田九龄的诗作"慕三闾之牢愁，漱鬻熊氏之余润，而发之诗，以自舒其感慨激昂之

---

① 陈湘锋、赵平略：《〈田氏一家言〉诗评注》，中央民族大学出版社1999年版，第431页。

② 同上书，第433页。

气"(《〈田子寿诗集〉序》)①,赞扬他作为楚人,继承了屈原的诗歌传统,诗作中洋溢着一股激昂之气。当时文坛的知名人物孙斯亿亦评价田九龄"近体绝句,多唐遗音;歌行,实效四子;乐府古诗,悉可造文选"②。殷都亦在看过其诗后,认为"楚西徼之巨丽观止矣"③。田九龄还通过孙斯亿、殷都等人的介绍,结识了当时的文坛领袖人物王世贞,并给王氏寄赠过多首诗作。另一位代表人物田舜年,孔尚任曾评价其"颇嗜诗书"(《〈桃花扇〉传奇本末》)。在《容美土司田舜年遣使投诗赞余〈桃花扇〉传奇依韵却寄》的注中亦云:"舜年诗文甚富。"其诗句"归去楚臣兰有臭,投来郢曲玉无暇"④不仅赞扬了田氏的传奇创作,也对其诗文创作赞赏有加。除此之外,田九龄和田舜年还和当时的很多著名文士有诗文唱和、寄赠,如宋登春、艾穆、郭正域、姚淳焘、顾彩、蒋铣等人。

除了文学创作之外,容美土司在戏曲方面的成就亦很可观。其代表人物是田舜年,他的戏曲贡献体现在以下三个方面。

首先,将《桃花扇》引入容美。对此,孔尚任曾在《〈桃花扇〉传奇本末》中有所记载:"楚地之容美,在万山丛中,阻绝人境,即古桃源也。其洞主田舜年,颇嗜诗书。予友顾天石有刘子骥之愿,竟入洞访之,盘桓数月,甚被崇礼。每宴必命家姬奏《桃花扇》,亦复旖旎可赏。盖不知何人传入,或有鸡林之贾耶?"⑤另外,如上文所言,孔尚任还在其《长留集》中记述,因容美土司搬演《桃花扇》,他与容美土司田舜年有诗词酬唱。顾彩在《忆孔东塘户部》中也记载

---

① (明)田九龄著,贝锦三夫校注:《田子寿诗集校注》,中国文史出版社2016年版,第21页。
② 同上书,第19页。
③ 同上书,第23页。
④ (清)孔尚任:《孔尚任诗文集》,中华书局1962年版,第365页。
⑤ (清)孔尚任:《桃花扇·桃花扇本末》,人民文学出版社1982年版,第6页。

了两人交往之事,诗云:"不为巷生起谢安,东山竖卧竹千竿。爱遗淮左丰碑勒,书到容阳片璧看。"①虽然顾彩在《容美纪游》中没有正面提及《桃花扇》,但是他在一些诗作中仍然有记载:"鲁有东塘楚九峰,词坛今代两人龙。宁知一曲《桃花扇》,正在桃花洞里逢"(《客容阳席上观女优演孔东塘户部〈桃花扇〉新剧》)。田舜年将《桃花扇》引入容美并"盛演不衰",也在容美土司的文艺成就方面添上了浓墨重彩的一笔。

其次,自已创作了若干部传奇,根据严守升《田舜年列传》和姚燮《今乐考证》的记载,田舜年创作的传奇主要有《许田射猎传奇》《古城记传奇》两部,但惜其均已失传。②

最后,培养自己的戏剧人才。顾彩对于容美土司的戏剧班记载道:"女优皆十八好女郎,声色皆佳,初学吴腔,终带楚词。男优皆秦腔,反可听。丙如自教一部乃苏腔,装饰华美,胜于父优,即在全楚亦称上驷。"③可见,田氏土司对于戏剧人才的培养用力之勤。另外,从田丙如④在培养戏班方面与其父"暗中较量",亦可看出,田氏土司对于热爱戏曲的家族传统及对戏曲的重视程度。

除了田氏父子,田氏家族喜爱戏曲的传统也体现在其他人身上,如田甘霖之妻覃美玉(田舜年之母)就是一位戏曲专家,田甘霖《陶庄行》引文有云:"亡妻覃讳美玉,字楚璧……不仅识字,颇知音

---

① 袁世硕:《孔尚任年谱》,齐鲁书社1987年版,第315—316页。
② 姚燮《今乐考证》"国朝院本"下谓:"容美田一种,《古城》,为容美田九峰三弄之一,与古本异。"据吴柏森认为"美田九峰三弄之一"当佚一"容"字,并考证《古城》当为田舜年之作。见吴柏森《容美田作〈古城记〉异说》(《宜昌师专学报》1995年第4期)。
③ 高润身:《容美纪游注释》,天津古籍出版社1991年版,第45页。
④ 一作"田昺如"。

律。"① 据《鹤峰县民族志》所载，覃美玉通晓韵律，能歌善舞，曾担任戏剧音乐重要角色和教习，对柳子戏颇有研究，经她加工曲牌，使柳子戏的表演手法大大丰富，被土民誉为"歌仙"。② 除了田舜年之外，田氏家族其他人也表现出了对戏曲的热爱，如田九龄《莫愁乐》诗云"郢里佳人最善讴，听来何客不忘忧。一声意外阳关曲，翻恨尊前有莫愁"；田玄诗云"繁华暗欲歇，歌鼓漫催深"（《甲申除夕感怀诗·其九》）；田霈霖诗云"一剧二剧三四剧，板腔不必寻规矩"（《封侯篇》）。

此外，田氏家族在其他文化方面亦多有建树，如田舜年不唯在文艺方面有突出成就，还是一位经史专家，据严守升《田舜年列传》顾彩《容美纪游》所载，其相关著作有《二十一史纂要》《容阳世述录》《六经撮旨》等。

第二节　容美土司文学相关研究述评

一　容美土司文学相关研究综述

容美土司家族文学，因为有《田氏一家言》《田子寿诗集》《田国华诗集》《望鹤楼诗钞》等诗集留存下来，为后世的研究提供了文本基础。另外，官修史书如《元史》《明史》《明实录》《清史稿》，地方府志的《沿革志》《人物志》《艺文志》，以及明清的一些著作，

---

① 陈湘锋、赵平略：《〈田氏一家言〉诗评注》，中央民族大学出版社1999年版，第392页。
② 钟以耘、龚光美：《鹤峰县民族志》，国际文化出版公司2001年版，第409页。

如《长留集》《往深斋集》《容美纪游》中有关容美土司活动的记述及相关文学作品的记载（包括一些《田氏一家言》的佚作）也为研究提供了辅助材料，因此，在中国少数民族文学研究这个领域中，有关容美土司家族文学的研究，虽然专门性的研究还比较有限，但隐然有兴起之势。

目前，有关容美土司文学研究大致可分为以下三大类。

（一）文献的整理和注释

张公瑾主编《中国少数民族古籍总目提要·土家族卷》（中国大百科全书出版社2010年版），该书不仅收录了《田氏一家言》及诸田诗集的信息，而且有关于田氏土司家族的史志、谱牒、石碑、墓志、摩崖石刻、文书等一系列文献的信息及馆藏情况，为后续研究提供了重要的文献线索。中共鹤峰县委统战部、五峰县委统战部编印的《容美土司史料汇编》不仅收录了《田氏一家言》，而且将有关容美土司的大量文献材料亦收录进来，包括奏章文告、史志、传记、碑刻，史料摘抄等，极大地方便了后续的研究，可说是一部研究容美土司必备的"工具书"。单就文学方面而言，该书不仅收录了田氏及其唱和诗人的作品，而且收录了严守升等人的评点，在尽可能还原作品原貌的同时，也提供了珍贵的文学批评材料。陈湘锋、赵平略《〈田氏一家言〉诗评注》（中央民族大学出版社1999年版）从"评"和"注"两个角度，对《田氏一家言》进行了较全面的整理和研究，书中的注释为进一步研究《田氏一家言》做了很好的基础性工作，特别是对田舜年等人诗句中一些容易引起理解障碍或歧义的典故、习语进行了注解。另外，书中的一些简评也颇能揭出诗作之真谛，如评田玄《甲申除夕感怀诗十首》道："对旧王朝覆亡的痛悼，构成了全部《甲申除夕感怀诗》的共同主题和主旋律，但是，作为容美土司的掌舵人，在局势尚不明朗的时候，任何感情用事的行为都可能带来难以挽回的损失……在反复地抒发了对明王朝灭亡的悲伤和痛苦之后，这位土司诗人才在最后说出了他最要说的关键的话……'待价求知己'，这就是田玄最要说的话……悲感是这组诗的主旋律，而抛开悲感的冷静则是这组诗的重心所在。"① 另外，简评不仅涉及对诗作的评论，而且涉及对严守升等人所写"点评"的评论。② 例如，在田九龄《秋色》（二首）下的简评中，作者不仅评其诗"人情逐水流""身世两悠悠"之句有着沉甸甸的社会内容，而且批评严守升"只是轻飘飘地说了一句'秀色可飡'，可谓只知其一，而不知其二"③。高润身《〈容美纪游〉注释》（天津古籍出版社1991年版）根据《小方壶斋舆地丛抄》中所收版本（以下简称《斋本》）与湖北省图书馆馆藏的抄本（以下简称《抄本》）为底本，正文部分以《斋本》为主，诗歌部分以《抄本》为主④，对《容美纪游》进行了校对、注释，该书也是较早对《容美纪游》进行整理研究的成果。其体例上亦有特点，即对原文进行了分段并加标题，以便于翻览。吴柏森校注《容美纪游》（湖北人民出版社1998年版）在《斋本》和《抄本》之外，又发现了《舟车所至》本（以下简称《舟本》），并认为《抄本》实即来自《舟本》，该书注释部分较为翔实，对一些史实进行了考证。高润身、高敬菊《〈容美纪游〉评注》（湖北人民出版社2006年版）就体例而言，在《〈容美纪游〉注释》分段标题的基础上，其分段更细、标题更多，

---

① 陈湘锋、赵平略：《〈田氏一家言〉诗评注》，中央民族大学出版社1999年版，第211—212页。
② 现存的《田氏一家言》中有针对田氏诗作的"点评"111条，其中文安之作7条，黄灿作1条，其余均为严守升所作。
③ 陈湘锋、赵平略：《〈田氏一家言〉诗评注》，中央民族大学出版社1999年版，第17页。
④ 《斋本》刊印较早，但无诗歌部分。

且有一些带有议论性的标题,如"顾彩为什么要游容美"。就内容而言,该书融汇了最新的一些研究成果,包括论证的和田野调查的成果,其注释也较翔实。彭勃、祝注先《历代土家族文人诗选》(岳麓书社1991年版)选注了田九龄、田宗文、田玄、田圭、田甘霖、田珠涛、田舜年、田泰斗等人的诗歌,并在每首或每组诗之后都附有"简说",以精练的语言对诗作进行点评,且颇能指出诗作的价值所在,如评田九龄《种莲》"恰正没有徒工表象,而是比兴渲染,象征寄托,于描绘莲荷淡雅幽素的形貌之际,隐寓着自己高洁超逸、旷达良善的情怀"①。该书也是较早对田氏诗作进行注释的选本。

另外,还有一些作品集、论文涉及容美田氏家族,如王广福等《中国三峡竹枝词》(重庆出版社2005年版)辑注田泰斗竹枝词24首,《吴柏森〈别田九峰十韵用藏头体〉校释》(《三峡大学学报(人文社会科学版)》2006年第2期)对顾彩的《别田九峰十韵用藏头体》一首专门进行了注释。

除此之外,最引人注目的,也是最新的文献整理的成果当属2016年9月由李传锋、吴燕山、李诗选三人以"贝锦三夫"名义整理出版的《田子寿诗集校注》(中国文史出版社)和《田国华诗集校注》(中国文史出版社2017年版)。这两本书最大的、最突出的贡献就是重新发现了明朝天启七年(1627)田玄刊刻的《田子寿诗集》和《田国华诗集》,让这两部连田舜年都没有发现的刻本在尘封近400年之后得以重新面世。三位学者中,李诗选于2014年在整理本县古籍的过程中,发现了该部诗集的线索,后经多方辗转,终于在2015年6月从上海图书馆找到这两部诗集,三位学者又历时一年多对两部诗集

---

① 彭勃辑录、祝注先注:《历代土家族文人诗选》,岳麓书社1991年版,第14页。

进行了校注。两部诗集中，尤其是《田子寿诗集》的重新发现，对于容美田氏的文学研究而言是一个突破性的成果。这种突破性表现在三个方面：一是极大增加了田九龄（字子寿）诗作的存世数量和诗体类型，为田九龄文学创作的研究极大地拓展了空间。在田舜年主编的《田氏一家言》中，只收录了田九龄《紫芝亭诗集》的残卷，共128首诗作。田舜年在《〈紫芝亭诗集〉小叙》中曾非常遗憾地表示自己虽然努力搜求田九龄的诗集，但"止得其第七、第八卷各半，唯七言近体与绝句耳……嗟乎！余先世能文者不少矣，而皆失传"①。而这个遗憾却在田舜年主编诗集337年后的今天被弥补了！《田子寿诗集》的重新发现，让田九龄诗作的存世数量由128首增加到534首，除了七律和绝句外，还包括了古乐府、五七言古体、五言律诗等《田氏一家言》中没有收集到的诗体。同时，对于已经收集到的七律和绝句两种诗体在作品数量上也有补充。新发现的诗作和诗体，让我们有机会重新认识田九龄的文学创作，并有可能形成新的研究视角、开拓新的研究领域，建立新的研究主题。二是《田子寿诗集》保存的明人所写的六篇序文②，大大丰富了有关田九龄的文论材料，同时确定了有关文论文献出现的最早时间。在此之前，有关田九龄的文论材料主要只有两篇序文：一篇是田舜年所作的《〈紫芝亭诗集〉小叙》。田舜年本人并没有见过《田子寿诗集》，他只是根据族中保留的《紫芝亭诗集》抄本的残本保留的诗作而写的序文。另一篇就是吴国伦为《田子寿诗集》所作的序文。这篇序文本来在田氏族中已经失传，后经学者

---

① 陈湘锋、赵平略：《〈田氏一家言〉诗评注》，中央民族大学出版社1999年版，第434页。

② 贝锦三夫整理的《田子寿诗集校注》中有七篇序文，除了六篇明人的序文外，还从《田氏一家言》中辑出田舜年为《紫芝亭诗集》所作的序文。这当是为了方便读者阅览而加入的，在明刻本中本没有田舜年这篇序文。

根据田舜年在《〈紫芝亭诗集〉小叙》中提到的"武昌吴明卿曾为之作序"这句话①，从吴国伦的《甀甀洞稿》中辑出②。而随着《田子寿诗集》的重新发现，明人为田九龄诗集的序文由原来的一篇增加到六篇，其中，除吴国伦外，孙斯亿、殷都、孙羽侯、杨邦宪、周绍稷所作序文都是首次发现，而吴国伦序文的出现也再次印证了吴国伦等文坛领袖人物曾为田九龄诗集作序的说法。在发现这些序文之前，只看到吴国伦为田九龄所作的序文，但是没有落款，亦没有明确的时间信息。但在新发现的这一批明人序文中，明确标明了时间且最早的一篇是孙斯亿于万历四年（1576）所写的《〈田子寿诗集〉序》。另外，因为有明确的落款，也知道了吴国伦的序文作于万历九年（1581）。三是通过这些诗作和序文，对于田九龄的文学交往情况又有了全新的发现，这包括一些新发现的交往对象，如"后七子"之一的徐中行、汪道昆③、杨邦宪、周绍稷等人，在之前的诗集中未载田九龄写给他们的诗作，这次都一并发现了。对于田九龄与已知交往对象的文学交往情况，《田子寿诗集》也提供了之前没有掌握的细节，如与田九龄交谊甚厚、交往甚密的孙斯亿，据笔者掌握的资料看，只有田九龄感怀、寄赠、唱和孙斯亿的诗作，却未发现孙斯亿写给田九龄的诗文作品，但通过《田子寿诗集》所载孙斯亿所写的序文，可以看到诸多田孙二人交往的细节，其中不仅可以看到田九龄向孙斯亿求教时克恭克顺的态度，以及田九龄对于孙斯亿的尊崇之情，还可以看到孙斯亿也

---

① 陈湘锋、赵平略：《〈田氏一家言〉诗评注》，中央民族大学出版社1999年版，第434页。
② 吴伯森：《〈田氏一家言〉诗评注校读札记》，《三峡大学学报》2001年第2期。
③ 汪道昆，之前只是通过田宗文的存目佚诗一首，发现他与田宗文有交往，并未发现汪氏与田九龄有文学交往。

引田九龄为知己，所谓"予于子寿交最深"。①另外，还有孙斯亿对于田氏创作进行指导和对其诗作进行评价的记载，这对于我们研究田九龄最重要的文学交往之一——与孙斯亿的交往有非常重要的价值。再如田九龄与殷都的交往，以前只是通过田氏一首《雪中喜张武昌殷夷陵先后书至》知道二人有交往，但缺乏细节，现在通过殷都的序文及其他诗作，不仅明确了二人有多次文学交往以及殷都对田九龄诗作评价的具体内容，而且知道田殷二人的结识是通过了孙斯亿的引见，还了解到殷都曾建议田九龄结识李本宁（当指李维桢）等细节。除了这三点突破性之外，三位学者对于《田子寿诗集》和《田国华诗集》的校注，除订正了一些后世传抄中出现的错漏，也有一些新的发现，如对向将军、周太霞、王穉登、唐将军、伍蠡湖、朱桂亭等人身份的考证，对于后面的研究也有很重要的参考价值。《田子寿诗集》和《田国华诗集》的重新发现，也证明了之前吴柏森等学者的一个猜想，即除了传世的抄本之外，《田氏一家言》的刻本和《田氏一家言》未及收录的、据说已经失传的田氏家族诗人的诗文著作都仍有存世的可能。②这一证明也给了其他学者极大的信心——如果按照现有的文献线索和馆藏信息去继续搜寻，很有可能会发现更多的材料，从而为容美田氏的研究打开全新的天地。

（二）专题性研究

专题性研究包括三个方面：结合诗人生平所做的诗作题材、主题、风格的审美研究；结合历史文化背景和田氏文学创作所做的比较研究；结合历史文化背景和田氏文学创作所做的文化研究。

---

① （明）田九龄著，贝锦三夫校注：《田子寿诗集校注》，中国文史出版社2016年版，第19页。

② 吴柏森：《关于〈田氏一家言〉的刻本》，《三峡大学学报》2004年第3期。

1. 结合诗人生平所做的诗作题材、主题、风格的审美研究

这方面最早做出贡献，且成果较多的是祝注先。其《明清时期土家族汉文诗作述评》一文从总体上分析和评论了田氏土司诗人群体及其后裔田泰斗的诗歌艺术特色，其评田九龄"才调高雅、婉转自然"，评田宗文"旷达超诣"，评田玄"各体兼备、风格多样"，评田圭"蕴藉风流、静深有致"，评田圭"文词隽丽、风神纡淡"，评田甘霖"师法诸家、讲究诗味"，评田舜年"纤细藻绘、清新流丽"。① 此外，他还有多篇针对具体田氏诗人的研究文章，如《明代土家族优秀诗人田九龄及其创作》一文结合其生平遭遇，从主题、文体、风格等方面分析了其诗作特征，强调其诗作无论何种题材，大多都饱含真情，或直抒胸臆，或借物抒怀。同时他指出，由于田九龄对汉文化典籍"博涉熟诵、融会贯通"，所以在创作中能够自觉向经典诗人学习，且受到了佛、道思想的影响。②《明代土家族诗人田宗文和他的〈楚骚馆诗集〉》结合其生平，亦从主题、文体、风格等方面分析了其诗作特征。强调其律诗，"运转自如，工巧雅丽"，其诗作"感情色彩浓厚，以悲戚哀伤为其基调"。认为其成就的取得，"除了他的多情、才思与人品诚挚以外，勤学苦练可谓是所有成功者的共同诀窍"。③《湖广地区最早的土司诗人田玄》结合历史背景，分析了田玄诗作风格特征，认为其诗有"豪宕凌厉、汪洋恣肆""寄意婉曲、含蕴深沉""即景抒情、含蓄隽美"的特点。④《明末清初土家族诗人田甘霖散论》从诗歌主题和风格两方面分析了田甘霖诗作的特征，分析了其诗歌创作

---

① 祝注先：《明清时期土家族汉文诗作述评》，《民族文学研究》1989 年第 3 期
② 祝注先：《明代土家族优秀诗人田九龄及其创作》，《民族文学研究》1987 年第 1 期。
③ 祝注先：《明代土家族诗人田宗文和他的〈楚骚馆诗集〉》，《广西民族研究》1987 年第 3 期。
④ 祝注先：《湖广地区最早的土司诗人田玄》，《中南民族学院学报》1988 年第 3 期。

由"关心民命"向"淡漠出世"风格转变的过程及其历史原因,并认为其诗风在吸取二李(李商隐、李贺)之长而避其所短的基础上,能够广采众家,景物诗"镂刻精细,意境幽远"。①《清初土家族诗人田舜年的诗作与诗论》对田舜年留在下来的有限诗词进行了全面的分析,尤其认为其咏物诗"富丽精工",其词作"笔姿摇曳,音韵谐和",更重要的是,他较早地注意到田舜年"反对因袭、主张独抒性灵"和重视本族文学的诗学思想。②

湘西土家族苗族自治州民族事务委员会编印《土家族历史讨论会论文集》所收彭官章《容美土家族诗歌的思想性和艺术特色》从社会背景、思想内容、艺术特色方面对包括田甘霖、田既霖等田氏土司在内的土家族诗人进行了分析,指出其特色在于对现实生活作典型的艺术概括、诗体多样性等特征。③ 其后,彭氏所著《土家族文化》(吉林教育出版社1991年版)介绍了田氏土司家族的文学概况,并对田舜年、田泰斗的诗歌创作及其特征有简要分析。佳友《土家族古代文人及其创作》认为田九龄的诗散发出"浓郁的新鲜气息和地方民族色彩";田宗文的诗"清适""淡远",且"抒情色彩较浓,且情多悲凉";田玄的诗"是明室的挽歌,也是时代的拓魂曲,现实主义甚为强烈";田甘霖的诗追求"神韵"和"淡雅",非常优美,但有些"沉入形式唯美主义的泥沼";田舜年"把容美田氏的文学创作推向了顶峰",是"田氏文学成就最大者";田泰斗"诗风质朴明快,谱写大众之情,完全超脱了'自我'"。④ 陈湘发《容美土司〈田氏一家

---

① 祝注先:《明末清初土家族诗人田甘霖散论》,《鄂西大学学报》1989年第1期。
② 祝注先:《清初土家族诗人田舜年的诗作与诗论》,《广东民族学院学报》1988年第2期。
③ 湘西土家族苗族自治州民族事务委员会编印:《土家族历史讨论会论文集》,内部印行,1983年,第575—587页。
④ 佳友:《土家族古代文人及其创作》,《西南民族学院学报》1988年第3期。

言〉诗集初探》从诗作题材、创作成就、诗作风格、群体特征、形成原因五个方面初步探讨了田氏家族的方学,提出田氏诗人各有专擅、风格各异,取得了很高的成就,尤以田泰斗的成就最大,并认为田氏家族的文学传统能保持如此长的时间,是由于家族的良好氛围和传统,也与秀美的自然环境有关。① 彭继宽等主编的《土家族文学史》在继承之前研究成果的基础上,从历时性的角度,结合诗人生平,分析了田氏代表性诗人作品的特色,指出田九龄虽多拟古之作,"但他并未完全受其理论指导的羁锁,尚能平易清新,婉转自然,这主要是诗人能在其作品中注入自己的深沉情感,才使之获得了较高的艺术成就"②。评田宗文,认为其受屈原影响最深,其诗作充满了悲切情调。评田玄风格多样,尤其是怀友诗和忧时伤世主题的诗最为出色。评田圭"构思精巧、词语浅白",田珠涛"文词隽丽、风神淡雅"③。评田甘霖随着境遇的变迁,其诗作主题亦由开始的关心民命转而超然淡逸,另外,其咏物诗"镂刻细腻、意境幽曲",怀人诗"凝重凄怆,颇具感人力量",整体而言富于诗味。④ 评田舜年"格调高古、意境超脱",并简略分析了田氏强调创新、自然和交流的诗学主张。⑤ 评田泰斗,冠之以"人民诗人"的称号,并将其诗作题材和内容归纳为四种:"怜悯山农、鞭挞现实""借典抒慨、寓志于史""宣传唯物、讽刺迷信""歌唱家园、描述风情",此外还谈及了其强调"性灵"的诗学主张。⑥ 田荆贵主编《中国土家族历史人物》(论文集,民族出

---

① 陈湘发:《容美土司〈田氏一家言〉诗集初探》,《湖北民族学院学报》1989年第3期。
② 彭继宽、姚纪彭:《土家族文学史》,湖南文艺出版社1989年版,第119页。
③ 同上书,第136页。
④ 同上书,第148—152页。
⑤ 同上书,第153—159页。
⑥ 同上书,第316—329页。

版社1993年版）中《容美田氏诗人鼻祖田九龄》（高润身）、《容美宣慰司"土王"诗人田玄》（高敬菊）、《几经坎坷的容美宣慰使田甘霖》（高润身、杨庆章）、《振兴容美的宣慰使田舜年》（覃文初）诸文对田氏家族诗人的生平及相关诗作有简要介绍。① 曹毅《容美土司田氏作家群》先从诗人和诗作两方面对田氏作家群进行了介绍，继而提出田氏作家群的形成在外来文化强制同化（外因）和家族变故引起的自觉追求（内因）共同作用的结果，认为其意义在于促进了土、汉的文化交流，为土家族的作家文学发展奠定了基础。②《以诗描绘土家婚俗——记田泰斗的〈五峰竹枝词〉》分析了田泰斗《竹枝词》中有关土家婚俗主题诗作。其相关研究成果后收入《土家族民间文化散论》（中央民族大学出版社2002年版）一书中。祝光强、向国平《容美土司概观》结合文化背景对田氏诗人群、个体诗人有介绍和分析，尤其是对其诗歌创作理论中主张创新（反对"绳趋尺步"主张"各言其所言"）和交流（"异地神交、旷世相感"）的总结。③ 彭福荣《试论土司文学的特征》提出包括容美田氏土司在内的土司文学，具有作者以家族成员为主的家族性，题材主要以山水、战伐、唱酬为主的封闭性，体裁主要以诗歌为主的失衡性以及技巧成熟性，发展迟滞性等特征，并分析了其原因。④ 邓斌《明代中叶土家族诗人田九龄论》亦对田氏诗作徘徊"出尘"（依恋山水）与"入尘"（关注现实）之间的特征进行了分析。⑤ 杨宗红、李莉《谫论土家诗人田九龄诗歌的道风禅韵》，从田九龄诗作有求仙意念、生活意趣、尘世慨叹

---

① 田荆贵：《中国土家族历史人物》，民族出版社1993年版，第34—36、47—49页。
② 曹毅：《容美土司田氏作家群》，《民族论坛》1994年第1期。
③ 祝光强、向国平：《容美土司概观》，湖北人民出版社2006年版，第177—184页。
④ 彭福荣：《试论土司文学的特征》，《西南民族大学学报》2010年第9期。
⑤ 邓斌：《明代中叶土家族诗人田九龄论》，《湖北民族学院学报》2009年第3期。

等方面分析了田九龄诗作中的"出世"风格。①

另外，王承尧、罗午《土家族土司简史》（中央民族学院出版社1991年版），《五峰文史资料》（第1辑，1989）所收《田泰斗生平传略》一文，《文武兼治的土司王田舜年》（《民族论坛》1997年第1期），尹杰主编《土家族研究》（湖北人民出版社2004年版）所收《土家鸿儒田泰斗》（赵志武）、《容美文坛一代诗宗田九龄传略》（赵志武）、《一代诗文耀容美——土家族著述编纂大家田舜年传略》（廖从刚）等文章，田发刚《鄂西土家族传统文化概观》（长江文艺出版社1998年版），郭卿友主编《中国历代少数民族英才传》（甘肃人民出版社2000年版），周传荣《评五峰土家族著名诗人田泰斗》（《三峡文化研究丛刊》，2001）亦对田氏相关诗人的诗歌创作有介绍和分析。《土家族简史》（民族出版社2009年版）除简略介绍田氏土司的诗歌成就外，还特别介绍了田氏及相关人员所立石碑及碑文情况。

2. 结合历史背景和田氏的文学创作所做的比较文学研究

这一类研究可以分成平行研究和影响研究两类。

平行研究主要侧重于田氏文学与同时代汉族文学的比较分析，如王峰《〈田氏一家言〉的背景分析》分析了田氏诗人群体兴起的历史背景，并将其与当时的诗坛流派进行了横向对比。② 邓斌、向国平《远去的诗魂——中国土家族"田氏诗派"初探》，从形成的地域文化背景、诗人群落及其诗作、与明清文学流派的横向比较、文学交往等方面分析了"田氏诗派"的特色及意义、影响。③

---

① 杨宗红、李莉：《谫论土家诗人田九龄诗歌的道风禅韵》，《湖北民族学院学报》2010年第3期。
② 王峰：《〈田氏一家言〉的背景分析》，《江汉论坛》2002年第11期。
③ 邓斌、向国平：《远去的诗魂——中国土家族"田氏诗派"初探》，湖北人民出版社2003年版，第223—258页。

影响研究主要侧重于汉族文学、文化，以及土家族传统文化对田氏文学创作的影响研究。例如，陈湘锋《文化的借采与整合——评土家族容美田氏诗人群的创作》认为，由于中央政策、区域优势、自身尊崇汉文化的政策导向是田氏土司能够向汉文化乃至汉文学"借采"的原因，田氏将汉文化、汉文学进行了"本地化"，从而创造出了有民族特色的文学风格。[①] 赵平略《土家族容美土司诗人的外向情结——田九龄、田宗文诗歌创作的文化心态》认为二田外向文化心态的产生缘于土司的闭塞、土司制度的黑暗、汉文化的发达，其具体表现为对汉文化（儒、释、道文化）及汉文化名人的仰慕上，其正面效应是极大地发展了土家族文学，其负面效应是缺少对本族文化、风物的反映。[②] 吴柏森《容美田氏交游述略》对曾与容美田氏进行交流的29位汉族士大夫的身份及其交游过程进行了考证，其中除龙君赞、龙思所之外，其他27位士大夫的身份都基本考定清楚。[③] 吴文虽未直接分析这种交往的文学影响及意义，但对于开展后续有关文学交往的研究具有一定意义。赵秀丽《论"文学世家"容美田氏家庭成因》从田氏督促子弟为争取生存发展机遇而努力学习，注重通过学习内容的趣味性和学习方式的多样化调动子弟的学习热情，形成重文教出诗集的家族传统以及稳定的政治基础、优越的经济环境等方面，分析了田氏文学世家形成的原因。[④] 杨宗红《论容美田氏土司诗人群对唐诗的接受》分析田氏诗人对李白、王昌龄、王维、孟浩然、李贺、李商隐的接受和模拟，认为汉文化中心论、时代文学思潮、民族文化共性、

---

① 陈湘锋：《文化的借采与整合——评土家族容美田氏诗人群的创作》，《湖北民族学院学报》1999年第3期。
② 赵平略：《土家族容美土司诗人的外向情结——田九龄、田宗文诗歌创作的文化心态》，《湖北民族学院学报》1999年第3期。
③ 吴柏森：《容美田氏交游述略》，《湖北三峡学院学报》2000年第6期。
④ 赵秀丽：《论"文学世家"容美田氏家庭成因》，《民族文学研究》2012年第6期。

自身个性和遭遇共同导致了这种接受的发生。① 黄萍、杨齐《从〈田氏一家言〉容美土司田氏作家群对巴文化的隐性继承》一文从尊崇和模仿屈原、作品中的巴巫文化气息、作品中表现出的尚武精神等角度，分析了《田氏一家言》中容美土司作家对巴文化的继承。②

3. 结合历史背景和田氏文学创作所做的文化研究

这一方面的研究，将研究重点放在包括田氏在内的土家族与汉族的文化交流方面，其中有涉及对田氏家族文化、文学的论述。

刘孝瑜《古代鄂西土家族与汉族的关系述略》对田氏家族文学的形成及中央文化政策的关系亦有所论述，认为元明两朝持续地在容美地区推行汉文化的政策，"促使土家上层及其子弟、亲属逐渐汉化，封建文化日益深入峒溪。容美司田氏一连数代都能阅读汉文经典，并能用汉文写作。……土家族里涌出一批封建士人。汉区的封建文化的又一次深入山区，通过土家上层的汉化，又不能不影响到当地的土民"③。虽然论述不多，但是具有启发意义。另外，彭秀枢《土家族在羁縻、土司和改土归流时期的对外关系》（《吉首大学学报》1986年第3期）对此问题亦有论及。

段超《略论明清时期的汉族与土家族的文化交流》和段超、李振《略论湖广土司的文化政策》两篇论文是较早专门从文化政策角度分析湖广土司（包括容美土司）文化政策及其与汉族的文化交流的专题论文。论文认为湖广土司通过主动学习、教育子弟、开办学校、广泛结交等具体措施方式，积极汲取汉文化，取得了包括文学大发展在内

---

① 杨宗红：《论容美田氏土司诗人群对唐诗的接受》，《三峡大学学报》2010年第3期。
② 黄萍、杨齐：《从〈田氏一家言〉容美土司田氏作家群对巴文化的隐性继承》，《成都大学学报》2008年第8期。
③ 刘孝瑜：《古代鄂西土家族与汉族的关系述略》，《中南民族学院学报》1982年第1期。

的多项文化成就及相关社会效果,并提出地域优势、文化认同、卫所制度、通贡关系等社会机制是这种文化政策实施的基础。①该文的主要观点后在段超的《土家族文化史》(民族出版社2000年版)一书中被继承并得以引申。另外,段超《元至清初汉族与土家族文化互动探析》对于文化互动产生的意义及其对田氏家族文学的影响问题亦有涉及。②于玲《古代鄂西土家族和汉族文化交流的特点》提出土家族和汉族文化交流中,精神文化的交流有滞后性的特点,并认为其整体水准不高,"土家上层的文化人,以容美田氏家族而论,祖孙父子均吟诵诗章,甚至乐此不疲到人人有诗集的地步,以田九龄为例,他与明代的文坛后七子吴国伦有过从和唱和,他们的文化水准虽然达到了难能可贵的高度,但与北方民族相比,既缺乏元稹等可以与白居易元白比提的在中国文学史上堪称一流的作家,也没有出现诸如北朝民歌中歌咏大漠风光的千古绝唱。"③左传《田舜年的历史思想探因》以其作品为基础,分析田舜年的时代背景和生平,认为其历史思想具有政治功用性和民族性两大特点。④赵秀丽《容美土司田舜年编辑思想探析》根据姚淳焘《〈二十一史纂要〉序》和田舜年所作序跋的记载,以《田氏一家言》为例,提出传承家族文化和功业是其"究古今之变,成一家之言"的编辑思想的核心内涵,也是其编辑著作的动力。⑤胡绍华《论容美土司文学的国家认同意识》从皇帝景从、王朝认同、"正朔"守望、美政向往及对土司制度的否定等方面分析了《田氏一

---

① 段超:《略论明清时期的汉族与土家族的文化交流》,《思想战线》1990年第1期;段超、李振:《略论湖广土司的文化政策》,《中南民族学院学报》1990年第4期。
② 段超:《元至清初汉族与土家族文化互动探析》,《民族研究》2004年第6期。
③ 于玲:《古代鄂西土家族和汉族文化交流的特点》,《中南民族大学学报》1996年第6期。
④ 左传:《田舜年的历史思想探因》,《长江师范学院学报》2008年第4期。
⑤ 赵秀丽:《容美土司田舜年编辑思想探析》,《三峡大学学报》2011年第3期。

家言》的思想意识，认为该部诗集表现出了鲜明而强烈的国家认同意识，并强调了其当代意义。[1] 其《论容美土司文学与民族文化整合》认为，在中央政策和自觉推行共同作用下，田氏土司家族自田世爵开始，始终对汉文化的学习保持高度热情，在文学方面，则通过模仿和交往等方式向汉文学学习，从而成就了田氏文学世家。该文还就文化交往过程、方式及其对于土家族文化的意义有简要阐述。[2]《清朝对南方民族地区的文教政策》分析了清朝对南方民族地区推行"文教为先"政策的具体措施和影响，涉及对容美土司文人群体形成的原因的探讨。[3] 赵桅《文野之别：容美土司治下的社会文化发展》对明清以降在中央土司制度的影响下，田氏土司推出的一系列文化措施进行了分析，认为这些措施实质上是要将化外边陲蛮地纳入国家王化和教化，客观上推动了包括文学在内的土家文化的发展。[4]

另外，值得一提的是，在文化研究方面，"《桃花扇》引进容美及其影响"是一个学界比较关注的问题。例如，向国平《〈桃花扇〉传扬容美浅析》一文介绍了孔尚任与田舜年的文学交往情况，认为共同的"遗民心态"和田氏家族"世尚文艺"的传统促成了这种文化交往。[5] 高润身《田舜年与〈桃花扇〉新议》通作田舜年的词作，分析了其性格，认为田氏引进《桃花扇》"并非出于怀旧，而是基于学新"[6]。黄柏权《土家族最早的戏曲世家》对容美田氏家族文学的形成原因亦有讨论[7]。赵琳《容美土司的文化生活及其影响》认为田舜

---

[1] 胡绍华：《论容美土司文学的国家认同意识》，《三峡大学学报》2011 年第 6 期。
[2] 胡绍华：《论容美土司文学与民族文化整合》，《民族文学研究》2012 年第 1 期。
[3] 胡绍华：《清朝对南方民族地区的文教政策》，《西南民族大学学报》2006 年第 6 期。
[4] 赵桅：《文野之别：容美土司治下的社会文化发展》，《三峡大学学报》2013 年第 6 期。
[5] 向国平：《〈桃花扇〉传扬容美浅析》，《鄂西大学学报》1986 年第 3 期。
[6] 高润身：《田舜年与〈桃花扇〉新议》，《中南民族学院学报》1990 年第 4 期。
[7] 黄柏权：《土家族最早的戏曲世家》，《民族艺术》1992 年第 4 期。

年通过将《桃花扇》引入容美地区，客观上为"改土归流"创造了条件。①胡汉宁《容美土司与〈桃花扇〉》介绍了孔尚任与田舜年的文学交往情况，认为共同的"遗民心态"和戏曲爱好促成了这种交往。②赵先正《〈桃花扇传奇〉与容美土司戏班的传奇》亦对田舜年与孔尚任、顾彩的文学交往有所论及，并借田氏家族诗作介绍了其戏曲理论。③王峰《长阳南曲考论》对于田氏引入《桃花扇》对于长阳南曲的深刻影响有讨论④。

（三）对既有研究的整理、评论

吴柏森《〈《田氏一家言》诗评注〉校读札记》对《〈田氏一家言〉诗评注》中讹、乱、衍、脱等错误进行了辨析⑤。

陈正慧等人的《土家族文化研究综述》（《湖北民族学院学报》1995—2005年）对历年来有关容美土司家族文学的研究有所介绍，并有简评。另外，其所作的《土家族研究论文索引》也提供了一些研究材料的线索。丘铸昌《民族诗库的瑰宝，诗歌评注的力作——读〈田氏一家言〉评注本》认为《〈田氏一家言〉诗评注》一书倾注了评注者对诗人"了解之同情"，不局囿于前人成见、有所创新，语言准确、生动、形象，善于运用儒、道、佛的原理与学说作切中肯綮的分析与评论。⑥褚斌杰《幽光重现的民族文化瑰宝——评〈《田氏一家言》诗评注〉》认为《〈田氏一家言〉诗评注》"注释精当准确，'简评'要言不烦"，"对作者生平事迹和交流的考证，也下了许多功夫""为

---

① 赵琳：《容美土司的文化生活及其影响》，《理论月刊》2002年第8期。
② 胡汉宁：《容美土司与〈桃花扇〉》，《戏曲研究》2003年第3期。
③ 赵先正：《〈桃花扇传奇〉与容美土司戏班的传奇》，《文史知识》2008年第4期。
④ 王峰：《长阳南曲考论》，《中南民族大学学报》2003年第6期。
⑤ 吴柏森：《〈《田氏一家言》诗评注〉校读札记》，《三峡大学学报》2001年第2期。
⑥ 丘铸昌：《民族诗库的瑰宝，诗歌评注的力作——读〈田氏一家言〉评注本》，《湖北民族学院学报》2001年第4期。

学术界提供了知人论世的基本资料和可靠读本"。① 黄柏权《土家族研究五十年》(《中国民族学会第七届全国学术研讨会论文集》，2004) 对于容美土司研究情况也有简略介绍。

除了上述提到的文献外，还有一些硕博论文和其他期刊亦对容美土司文学及相关问题有研究。另外，有关容美土司经济、政治、社会情况乃至对其世系、源流考据的论文、专著，代表作如吴柏森《容美田氏世系事迹述略》(《湖北三峡学院学报》1999 年第 1 期)，邓和平《中国土家族源流研究》(湖北人民出版社 1999 年版)，周兴茂《土家族的传统道德与现代转型》(中央民族大学出版社 1999 年版)、朱炳祥《土家族文化的发生学阐释》(中央民族大学出版社 1999 年版)、邓辉《土家族区域的考古文化》(中央民族大学出版社 1999 年版)、胡炳章《土家族的文化精神》(民族出版社 1999 年版)、田敏《土家族土司兴亡史》(民族出版社 2000 年版)、邓红蕾《道教与土家族文化》(民族出版社 2000 年版)、向柏松《土家族民间信仰与文化》(民族出版社 2001 年版)、杨铭《土家族与古代巴人》(重庆出版社 2002 年版)、宋仕平《土家族传统制度与文化研究》(民族出版社 2005 年版)、萧洪恩《土家族哲学通史》(人民出版社 2009 年版) 等，虽然并未重点涉及容美土司的文学创作，但是作为研究容美土司家族文学发展的外围材料，亦有参考价值。

二　容美土司文学相关研究的贡献

"筚路蓝缕，以启山林。"前贤有关容美土司家族文学的研究，其贡献是巨大的，总体而言，体现在以下三个方面：

---

① 褚斌杰：《幽光重现的民族文化瑰宝——评〈田氏一家言〉诗评注〉》，《湖北民族学院学报》2001 年第 4 期。

首先，开启了相关领域的研究。以祝注先为代表的老一辈学人，秉持对民族文学的热爱，开启了有关容美土司家族文学的研究。更为重要的是，如果从学术史的角度对后续的一系列研究进行回溯的话，均可在诸位前辈的论著中找到其源头。例如，有关王朝文化政策对田氏土司家族文学形成的影响研究，祝注先先生曾提出："弘治十四年（1501），明孝宗朱祐樘下令规定土官子弟凡要承袭土司或其他土职的都必须入学，不入学者，不准承袭。这样一些措施，不仅促进了土家族与汉族之间的文化交流，而且使土家族地区出现了一些颇有造就的文人学士。他们汲取汉文学传统的滋养，运用汉文学的艺术形式进行创作，取得了丰硕的成绩。"① 这样的论断无疑给后辈学人提供了研究思路。又如有关汉族经典诗人对田氏的影响研究，祝注先先生认为："田九龄……作品，诗题或有取自乐府者，却不以模仿抄袭为能事，恰恰相反，倒能独出机杼，力求创新。从作品看，屈原、陶潜都曾给田九龄以深刻影响；对李白，诗人更是一往情深，他曾一气写了七首七绝《采石怀李白》，畅述倾慕景仰之深情。……田甘霖的诗出入于二李，学李商隐能承传其沉博藻丽的彩笔，学李长吉却未完全蹈袭其诡谲艰涩的命意。其实，陶潜、苏轼他都曾师法。"② 这不仅启迪了思路，而且强调了田九龄、田甘霖作为具有独立人格的民族诗人，其作品的创新意义和特色所在。再如，汉族主流文坛思潮、流派对田氏诗人的影响研究，祝先生曾提道："田九龄的诗歌创作年代，恰当前后七子倡导的'文必秦汉，诗必盛唐'复古运动的余绪，而公安派在进步思想家李贽的直接影响下，大张'反复古'的旗帜，声称'扫时文之陋习，为末季之先驱'……田九龄的现存作品中，有三首关涉后七

---

① 祝注先：《明清时期土家族汉文诗作述评》，《民族文学研究》1989 年第 3 期。
② 同上。

子领袖王世贞……后七子之一的吴国伦曾给田九龄《紫芝亭诗集》作序。凡此，足见其与后七子之密切关系。"① 他后来又认为田九龄的诗风可能还"受了乡贤'三袁'理论的濡染"②。再如对田舜年诗论及其诗学思想的研究，祝先生曾著文，不仅分析了田舜年诗论的特点，而且还将其诗论进行横向比较，认为"田舜年的诗论，与公安派崇尚'性灵'之说同调，但他的归结点在于为他的地处'荒裔绝徼'的民族可以养育高士才人作出说明"③。另外，诸如田氏与汉族士大夫的交往问题，祝先生等人亦有涉及。总之，这些研究或许不是其研究的重点，有时甚至只是夹杂在诗作分析中的一两句话，但是这些话语的丰富内涵及意义，犹如瞬间闪现的灵光，既给后辈学人以信心，亦给他们以启迪，并引领后辈学人走向更为广阔的天地。

其次，为后续研究奠定了文献基础。这方面张公瑾主编的《中国少数民族古籍总目提要·土家族卷》，中共鹤峰县委统战部等编印的《容美土司史料汇编》，陈湘锋、赵平略《〈田氏一家言〉诗评注》《田子寿诗集校注》等为功尤多。这些文献整理，以宽广的视野，不仅收集整理了有关容美土司文学创作的相关资料，而且还广泛整理了史志、谱牒、石碑、墓志、摩崖石刻、文书等外围文献；不仅为研究提供了极大的便利，而且也让后续的跨学科研究成为可能。甚至可以说，这些文献的整理从某种程度上，也启发了学者从社会学、民族学、历史学等角度来思考容美土司的文学创作。

最后，研究视角的不断拓展创新。通过上文对有关容美土司文学的相关研究历程的简单回顾，可以看到，整个研究经历了文艺美

---

① 祝注先：《明代土家族优秀诗人田九龄及其创作》，《民族文学研究》1987年第1期。
② 祝注先：《明清时期土家族汉文诗作述评》，《民族文学研究》1989年第3期。
③ 祝注先：《清初土家族诗人田舜年的诗作与诗论》，《广东民族学院学报》1988年第2期。

学研究、比较文学研究到文化研究的过程，一路走来，其研究视角不断创新、研究视野不断拓展、研究思路不断深入，而且每个阶段都有比较具有代表性的研究成果。在文艺美学研究方面，既有对田氏诗人群体的总体研究，也有针对具体诗人的个体研究，对诗人的生平、创作背景、作品风格都有比较精到的观点。在比较文学研究方面，主要是运用平行研究和影响研究的方法，将田氏诗人与同时代或历史上的经典诗人进行横向比较，以求更加清晰地阐释田氏诗人对于汉族文学的接受和自觉追求，更加明确地定位田氏诗人在中国少数民族文学史乃至中国古代文学史上的地位。在文化研究方面，主要是借田氏的文学创作为切入角度，来观照土家族和汉族之间的文化交流，特别是关注了以田氏为代表的土家族上层对于汉族文化的吸收，以及对于"中华民族"这一文化身份的自觉认同等问题。研究视角的不断拓展、创新既体现了研究的一般规律，也体现了中国近40年来研究思潮的变化和发展，表明从事民族文学研究的学者能够与同时代的研究潮流保持同步，并不断借鉴领域之外的研究思路、研究方法、研究理论为我所用，不断丰富和拓展对容美土司文学的研究。

三 容美土司文学相关研究的不足

当然在认识到贡献的同时，亦应看到目前有关容美土司家族文学的研究，其缺陷和不足也是非常明显的主要有以下三个方面。

首先，有较高学术影响、学术价值的研究成果不多。通过学术史的梳理，可以看到有关田氏家族文学的著述中，有不少是带有"科普"性质的介绍性文章，其内容因循过多、创新不足，甚至缺乏研究的意识和明确的观点。这种文章对于普及有关容美土司家族的历史及其文学成就有一定的价值,但如果数量过多则有"重复建设"之嫌,而且单从学术研究的角度来看,其意义也不甚大。另外,一些在研究角度、研究方法或研究观点方面具有创新意识的论文,其论证缺乏系统性、连贯性,大多浅尝辄止,很难谈得上深入。

其次,文献整理方面存在遗漏、错讹和注释的不详、不真、不精等问题。文献的遗漏方面,如张公瑾主编的《中国少数民族古籍总目提要·土家族卷》(以下简称《总目提要》)在"史志"部分没有收录乾隆、道光的两部《鹤峰州志》,可说是一个较大的遗漏,因这两部方志中载录了较多有关容美土司及其文学创作的内容。例如,道光《鹤峰州志》的《沿革志》《艺文志》《杂述》中均有对容美土司历史、文学创作的记载材料,而且这些材料中有些为其他文献所不见。又如,道光《鹤峰州志·艺文志》载姚淳焘《答宣慰土司田九峰兼送令嗣应恒归里》四首[①],对于弥补田舜年与姚淳焘诗文唱和文献的空白[②],研究田姚二人的文学交往有重要价值。另外,《总目提要》在"艺文"部分没有收录田既霖的《止止亭诗集》、田霈霖的《镜池阁诗集》、田舜年的《白鹿堂诗集》《白鹿堂文集》也是一个较大的遗漏。这些文集虽然已经亡佚,但是它们的价值,我们从遗作和伍鹭的《〈白鹿堂诗〉序》中仍可看出。[③]

[①] 该组诗,《容美土司史料汇编》与《〈田氏一家言〉诗评注》均未载,今从道光《鹤峰州志·艺文志》中辑出。其一云:"兰津峡路未全遥,锁钥同心答圣朝。三代风流归洞口,怀春诗苴□芭蕉。"其二云:"几年史略费删除,投赠牙签载满车。二十一朝披览尽,可知荒徼故同书。"其三云:"鹓雏春暖向兰皋,还往翩翩试羽毛。染瓮欲倾千石绿,为清边气答贤劳。"其四云:"汉家明月共迢遥,有意重过莫待招。料得南州归梦晓,锦鸡啼处忆吹萧。"(道光《鹤峰州志·艺文志》,凤凰出版社 2010 年版,第 453 页)

[②] 有关田舜年与姚淳焘二人交往的文献,目前习见的只有姚淳焘所作《宣慰土司田九峰〈二十一史纂〉序》一篇。

[③] 伍鹭《白鹿堂诗序》云:"韶初使君,博极群书,风采如高岗凤,珠玑如万斛泉,重振大雅,苦心构句,烂乎如金谷之方春,萧然若山阴之欲秋,使人把玩过日,几几海上移情耳。"虽不无过誉之处,但是亦可见田舜年诗作的水平。

与遗漏相比，文献整理中的错讹更显突出。例如，《容美土司史料汇编》虽然首次较全面地收集整理了有关容美土司的资料，但是其整理颇显粗糙，零星的错误随处可见，有些文献中错误、颠倒之处甚多，竟至难以卒读。造成这种情况的原因：一方面可能是文献整理过程中，没有进行严格的校勘；另一方面也可能是因为《田氏一家言》残本一直由田氏后人保存，时间长达数百年，其间难免因为缺乏有效的保护手段而有所损失，因为多次传抄而出现"鱼鲁豕亥"之情形。

文献的注释方面，如陈湘锋、赵平略《〈田氏一家言〉诗评注》（以下简称《评注》）虽然首次对《田氏一家言》进行了全面注释，但是其注释也存在不详、不真、不精的问题。主要表现为四点：其一，对田氏交往的汉族士大夫的身份考证就存在很多空白，这方面吴柏森曾著《容美田氏交游述略》一文进行了补充，但还有很多士人的身份，尤其是一些不见于官方史传的士人身份未弄清楚。其二，不少注释存在错误，如田九龄《寄答武陵龙思所伯仲》诗云："光芒夜识双勾气，文彩人夸一陆雄。"《评注》解"光芒夜识双勾气"曰："双勾，亦作双钩，即摹帖。……此句说，龙思所兄弟的才学来源于平时的勤学苦练。"误，此处双勾当是用张华夜识剑气之典。又田九龄《海棠》诗云："君看自失渊材恨，别是昌州一种馨。"《评注》未注，在诗后的"简评"中又将"渊材"理解成"用作栋梁之才的参天大树"，并以为"渊材"与"海棠"乃一对比，皆非是。实此二句用刘渊材之典，见宋人陈思《海棠谱》卷上引《墨客挥犀》所云。田玄《又代弋者答》有"虞典既逸说"之句，《评注》解"既"为"使……尽"，不确。"既"当为"圣"。《尚书·舜典》曰："龙，朕圣逸说殄行，震惊朕师。"孔传曰："圣，疾。……言我疾逸说绝君子之行而动惊我众，欲遏绝之。"① 可见，"圣"乃疾忌、憎恨之义。其三，一些习见而影响理解之典，依体例本应注出的而未注。例如，田九龄《客中闻乐》诗云："醉来恍觉身为客，瑶琴休弹《远别离》。"《评注》于"远别离"未注。"远别离"为乐府"别离"十九曲之一，多写悲伤离别之事。又如，田九龄《姑苏台》诗云："旧苑深花春自开，荒台麋鹿画还来。"《评注》未注，实则此二句出自《史记》，用伍氏谏刘安典。再如，"三尹""问字""脱帽""凌波""黄虞""天池""心史""师贞""白眉""乌皮""捋虎须""八节滩""蛊上九""捷径承祯""王谢主人""龙蛇起陆""华阳隐者"等均未注出。其四，一些稍显冷僻的典故《评注》均未注出。例如，田九龄《秋宫曲》诗云"明月高映天床影"，《评注》于"天床"二字未注，实则"天床"本为紫微垣中星官之名，主寝息，可引申为后宫之象征，田氏拟以此句喻深居后宫妃嫔之寂寥。《坡公赠潞公诗有"细阅后生真有道，欲谈前事已无人"感而赋此以示儿辈即以一联为起句·其三》② 有"荆国诡辞吟画虎，韩公庄对作纯臣"之句，《评注》未注。"荆国"一句用王安石作《虎图行》事，其事见《古今事文类聚》别集卷二十八，韩公即韩琦，画虎图诗即《虎图行》，乃王安石讥刺韩琦徒有其表之诗③，故田氏斥其为"诡辞"。田既霖《甲申除夕感怀和家大人韵·其六》："盟心期白水，临敌愧黄柑。"《评注》

---

① 《十三经注疏·尚书正义》卷3《舜典》，北京大学出版社1999年版，第81页。
② "细阅后生真有道，欲谈前事已无人"乃苏辙赠文彦博《送文太师致仕还洛三首·其一》中诗句，田甘霖误记为苏轼（坡公）所作，且原诗句首二字当为"遍阅"，非"细阅"。
③ 李壁《王荆文公诗笺注》卷七亦收此诗，题作《虎图》，并注云："或言公作此诗讥韩忠献公。恐无此。"其诗云："壮哉非熊亦非貙，目光夹镜坐当隅。横行妥尾不畏逐，顾盼欲去仍踌躇。卒然见心为动，熟视稍稍摩其须。固知画者巧为此，此物安肯来庭除。想当磅礴欲画时，睥睨众史如庸奴。神闲意定始一扫，功与造化论锱铢。悲风飒飒吹黄芦，上有寒雀惊相呼。槎牙死树鸣老乌，向之俯啄如哺雏。山墙野壁黄昏后，冯妇遥看亦下车。"（《王荆文公诗笺注》，上海古籍出版社2010年版，第75页）

只注"白水",未注"黄柑","黄柑"典出《宋史·吴玠传》。以上只是略举,有问题的注释还有不少。(详见附录一《〈田氏一家言〉诗评注〉和〈田子寿诗集校注〉补正》)。

最后,一些重要领域或主题的研究还有待提升。例如,王朝文化政策对田氏土司家族文学发展的影响研究,从20世纪80年代开始就有学者提及,但是到目前为止还没有进行系统的研究,没有人对这种影响进行共时性和历时性的比较研究,也没有人对这种影响进行翔实的评估。另外,对田氏土司与汉族文士的文学交往研究,也是从20世纪80年代就有学者不断在论文中提及,但是到目前为止,除了邓斌、向国平《远去的诗魂——中国土家族"田氏诗派"初探》(湖北人民出版社2003年版)(以下简称《诗魂》)对这一问题有专章讨论外,还鲜有人对其进行系统的研究。而《诗魂》一书,虽对此问题有所讨论,但其主要篇幅只局限于田玄、田舜年两人身上,对于真正开启田氏对外文学交往的田九龄、田宗文却没有重点涉及,不能不说是一大遗憾。《诗魂》没有进行相关的论述,可能是由于文献材料的缺乏,这也从一个侧面反映了文献等基础研究的不完善之处。另外,对于田氏本族和汉族的文学批评文献的研究也缺乏系统性,尤其是对以严守升为代表的汉族批评家留下的111条点评缺乏研究。目前,只有笔者的《〈田氏一家言〉的文学批评方法及特色》一文从土家族和汉族批评家两个角度,分别以"遴选作品和'序跋'批评:土家族批评家'选本'批评方法的两个方面""专论和语涉:土家族批评家'论诗诗'批评的两种形态""关注田氏诗人的家族性特征、高度肯定其诗作价值:汉族批评家'序跋'批评的两重意义""丰富批评方法、'意象化'批评的特色、褒贬分明的批评原则:汉族批评家'评点'批评的三重价值"四个主题讨论了相关方面的问题,并认为土家和汉族批评家既从各自的角度表达了观点、展现了特征，又相互补充，达成诸多共识，共同构建了《田氏一家言》的理论体系。[①] 实际上，对于严氏的点评，也在较早的时候就有学者注意到，但是多用于对田氏诗文分析的辅助说明，很少有人认识到其本身作为研究对象的价值，没有认识到这些点评作为文学交往的典型样本意义，也没有认识到其开启土家族文学批评的重要历史意义。

第三节　本书的意义、创新及拟解决的问题

一　本书的意义

通过对过往研究的总结和分析，并结合目前《文化申遗》的大背景，笔者提出了容美土司文学交往研究这个选题，至少有以下三个方面的意义：

第一，在申报世界文化遗产及加强文化保护、传承和开发的大背景下，本选题将进一步丰富、充实有关容美的研究资料，助力相关工作。

容美土司历经千年沧桑，遗留下了大量的物质和精神文化遗产，因此早在2006年，国务院就已将容美土司遗址列入全国重点文物保护单位，2011年，湖北省文物考古研究所对容美土司遗址进行局部考古发掘，并于次年将其列入"中国世界文化遗产预备名单"。2013年，中国文化遗产研究院对容美土司遗址进行了考察，认为其文化遗

[①] 李锋：《〈田氏一家言〉的文学批评方法及特色》，《民族文学研究》2015年第4期。

产丰富，应纳入大文化遗产保护范畴。但遗憾的是在 2015 年的申遗资格的角逐中，容美惜败于唐崖等相关项目，无缘申遗。这一次的落选，虽然是由于保存状况、区域分布等多种方面的原因，但与相关研究的不够充分也有非常重要的联系。客观而言，容美土司与唐崖土司相比，无论是在存续时间、行政规模、经济实力、政治贡献、历史影响等方面都不落下风，尤其是在非物质文化方面，还大大强于唐崖等相关土司家族。其自明至清，在五代人当中涌现出了田九龄、田宗文、田玄、田圭、田霈霖、田既霖、田甘霖、田舜年八位代表性诗人，到了清中期又有田泰斗接其余绪，这在中国土司史上是极为少见的。更为可贵的是，相关诗人的诗作历经代代的传承也遗存至今。就目前发现的而言，共有四部，分别是田氏诗人的合集《田氏一家言》（抄本）[1]、田九龄的《田子寿诗集》（明天启七年刻本）[2]、田宗文的《田国华诗集》（明天启七年刻本）、田泰斗的《望鹤楼诗钞》（抄本）[3]，这在中国土司史上可说是绝无仅有。但这样一个秀峰特出的土司家族竟无缘申遗，其重要原因除去遗址本身的考古挖掘之外，相关文化遗产的挖掘和研究也显得不足。而本选题从文学交往的角度切入对容美土司家族文学遗产的研究和发掘，对九位家族诗人未知的文学交往对象进行了较为全面的考证，并在前人研究的基础上，对于其他已经明确身份的交往对象进行了补考，纠正了一些错误。同时，结合王朝史（大历史）和家族史（小历史）对于容美土司文学世家的形成和发展进行了较为深入的分析，对相关诗人文学交往的特征、影响、意义等进行了较为详细的讨论。

---

[1] 后经陈湘锋等人整理、评注，并于 1999 年由中央民族大学出版社出版。
[2] 后经李传锋等人整理、注释，并于 2016 年由中国文史出版社出版。
[3] 后经田登云等人整理，注释，并于 1999 年印行。

2017年4月，国家文物局核发了"容美土司南府遗址考古发掘证照"，湖北省文物考古研究所将对容美土司的相关遗址进行进一步的考古发掘，同时，南府遗址的"南村一连三坡古茶道"已经进入"万里茶道"申遗遴选建议名单，相关的申遗工作正在紧张积极地展开，因此本选题的研究可谓正逢其时，并有望为申遗工作提供支持。

第二，容美土司的文学交往，其重点是与汉族士大夫的交往，因此，这种交往就带有了不同民族（土家族和汉族）之间文化交流的重要意义，同时相关的交往也为中华民族内部的文化交流提供一个生动而珍贵的范本。研究容美土司的文学交往，对于我们深刻理解中华民族"多元一体"格局形成、发展过程有重要的意义。通过对田氏文学交往过程的研究，不仅能够看到容美田氏如何借由文学交往来主动积极地吸收汉文学和文化的精华，并借以提升自身的文学和文化修养，成为土家族乃至整个少数民族古代作家文学群体当中的佼佼者，并且更可以引导我们深入考察南方诸族是如何逐步接受同一文化身份（中华文化成员），并运用同一"文学话语"进行交流，以及这种交流对于促进政权认同、族群交融，起到了怎样积极的效果。

第三，目前对于容美土司文学交往的研究还相当有限，只有邓斌、向国平《远去的诗魂——中国土家族"田氏诗派"初探》一书对此问题有专章的讨论，但也只涉及田玄、田舜年两人。本选题在总结前人研究成果的基础上，首次较为系统、全面地梳理和研究了从田九龄到田泰斗300余年间容美田氏九位代表性诗人的文学交往史，从交往对象、交往情况、交往特征、交往所具意义等几个方面进行了考证和分析。从这个意义上而言，本选题将大大开拓有关容美土司文学交往的研究空间，并有望对其后的研究提供思路、启示和资料。

二　本书的创新

本选题在前人研究的基础之上，有以下两大创新。

（一）研究观点和内容的创新

本书研究观点和内容的创新体现在以下五点。

第一，首次以宏观考察与微观分析相结合的方式，提出"以夏变夷"观念下推出的"土司子弟入学"政策及其配套措施的有力、持续推行，对于容美土司家族文学交往乃至整个田氏文学世家的形成都产生了重大而深远的影响。

就宏观视野而言，我们应该认识到，"土司子弟入学"政策的产生，不是无根之水，更非心血来潮，它的根本思想和理论依据源于儒家传统的"夷夏观"。这种夷夏观念的核心思想在于，"夷""夏"的划分不是依据种族、血统、地域，而是文化。认同儒家文化者即华夏一族，不认同者则是蛮夷，并据此引申出两种理论：一种是消极的，即"夷夏大防"。强调对华夏文明、文化纯洁性的保持，以及对"蛮夷"文明、文化的拒斥，所谓"微管仲，吾其被发左衽矣"（《论语·宪问》）[①] 即从保护华夏文明的角度肯定管仲的功绩，从而驳斥管仲不忠的问题。在孔子看来，相对于对个别君主的"小忠"，对文化的"大忠"更为重要。另一种是积极的，即"以夏变夷"。强调"蛮夷"有接受华夏文明、文化的可能，甚至能够行儒家王道，成为天下共主，如孟子以虞舜和周文王为例道："舜生于诸冯，迁于负夏，卒于鸣条，东夷之人也。文王生于岐周，卒于毕郢，西夷之人也。地之相去也千有余里，世之相后也千有余岁，得志行乎中国，若合符

[①] 《十三经注疏·论语注疏》卷14，北京大学出版社1999年版，第192页。

节。先圣后圣，其揆一也。"① 明代"土司子弟入学"政策的提出，正是根据"以夏变夷"思想提出的战略性边疆文化政策。另外，很多学者在谈到明代民族政策时，总喜欢引用"驱逐胡虏，恢复中华"（《谕中原檄》），而忽略了这一口号的鼓动性动机和临时性特征，也忽略了明太祖有关"以夏变夷"思想的一系列论述。本书在第一章将详细讨论明代"土司子弟入学"形成的历史和文化大背景。

就微观分析而言，学者们较少对"土司子弟入学"政策的执行情况及相关细节进行研究。不可否认，直接记载"土司子弟入学"的材料确实较少，但是本书通过对与容美地理相近的施州卫学、卯洞土司办学情况的记载以及严守升《田氏世家》等材料中相关细节的分析和研究，仍大致勾勒出了"土司子弟入学"政策在容美及相近地区的执行情况。另外，本书还对清代以降尤其是"改土归流"之后地方志中"学校志""选举志""艺文志"等相关材料的研读，逆向性地推论明代的教育情况，并对"土司子弟入学"政策的深远影响进行了讨论（详见附录二《"土司子弟入学"制度检讨——"改土归流"前后容美土民教育情况考察》）。

第二，首次系统地研究了容美田氏家族文学交往的情况，并提出文学交往对于激发田氏家族的创作热情、推动其创作水平的发展、促进有关田氏乃至整个土家族文学理论文献的形成和发展、丰富相关诗人的研究文献等方面有直接作用和深远意义。

之前的研究，虽然对于田氏的文学交往时有提及，但少有系统、全面的论述。本书在总结前人研究成果的基础上，首次较为系统、全面地梳理和研究了从田九龄到田泰斗 300 余年间容美田氏 9 位代表性

---

① 《十三经注疏·孟子注疏》卷 8，北京大学出版社 1999 年版，第 212—213 页。

诗人的文学交往史，从交往对象、交往情况、交往特征、交往所具意义四个方面进行了考证和分析，特别是在交往特征的分析中，本书提出容美田氏家族的文学交往的"核心—网状"特征。这种特征的表现有二：其一，交往圈中存在一位"核心人物"。就族内交往而言，田九龄、田玄、田舜年无疑是各自时代的核心人物；就族外交往而言，田九龄时代的交往对象多与王世贞、孙斯亿有较密切的联系，形成了一个以王孙二人为核心的交际圈，田九龄与其中一些交往对象的结识，也可能通过了王世贞或孙斯亿的引见。其二，交往对象的相互交叉，即族内和族外的多名成员会同时交叉发生文学交往，如田九龄、田宗文（二田）既在族内发生文学交往，同时二田又共有诸多族外的文学交往对象，从而形成了一个纵横交错的网状交往圈子。此处，本书基本梳理清楚了田氏文学交往的脉络，并展现了文学交往在文学、文论、文献等方面对于容美田氏的重要意义和价值。

第三，在具体的研究中，本书还首次将族内文学和族外文学分开论述。在之前的研究中，学界对田氏与族外士人的唱和诗作有一些关注，但是对于田氏家族内部的文学交往鲜有人提及。笔者认为，族内交往是内部动因，族外交往是外部动因，二者共同形成了推动田氏土司文学发展的直接动力。在此基础上，本书总结了田氏家族内部交往和外部交往情况，就族内交往而言，可分为两种类型：田姓成员之间的交往、田姓与异姓家族成员之间的交往。其交往主要通过诗歌赠和、为诗集撰写序跋两种方式展开。就族外交往而言，可分为三种类型：与湖广籍士大夫的交往、与在湖广任职官员的交往以及与其他（既非湖广籍又非在湖广任职官员）文士的交往，其交往主要通过诗歌赠和、为田氏诗集撰写序跋、对田氏作品进行评点三种方式展开。

第四，较为深入地分析了容美田氏（土家族）与汉族士人的文学交往的文化意义，即容美土司的文学交往为我们提供了一个中华民族内部文化交流的经典范例和中华民族"多元一体"格局形成、发展过程的生动标本，通过对田氏文学交往过程的研究，我们不仅能够看到容美田氏是如何借由文学交往来主动积极地吸收汉文学和文化的精华，并借以提升自身的文学和文化修养，成为土家族乃至整个少数民族古代作家文学群体当中的佼佼者，并且更可以引导我们深入考察中华民族文化"多元一体"格局形成和发展的过程，即南方诸族是如何逐步接受同一文化身份（中华文化成员），并运用同一"文学话语"进行交流，以及这种交流对于促进政权认同、族群交融，起到了怎样积极的效果。

第五，本书根据对容美田氏家族的文学交往历史的考察，首次将其交往分成以下四期。

第一期是田九龄、田宗文时期，亦可称为开创期。从存世的文献看，此一时期，田氏家族文学开始了频繁的文学交往。二田的开创性是全面的，这种全面体现有三：其一，产生了数量可观的唱和寄赠的诗作；其二，其交往对象除了人物类型众多，还有相当一部分都是当时的文坛著名人物甚至领袖人物，这对于提升容美田氏在文坛的知名度，确立其文学地位都有重要的作用和意义。其三，还产生了第一批有关田氏的文学理论文献，即附于《田子寿诗集》中的六篇明人的序文。可以说，田九龄、田宗文的文学交往开创了田氏文学交往的大部分形式，并达到了相当高的成就。

第二期是田玄时期，亦可称为发展期。此一时期，因为历史的因缘际会，有一批士大夫来容美避难，从而形成了第二次文学交往的高潮。此一时期文学交往除了有唱和寄赠的诗作，同时进一步丰富了汉族批评家撰写的，针对田氏的文论文献，尤其是首次出现了评点文字，这既开拓了土家、汉文学交往的新渠道，又成为土家族文学批评的正式开端。

　　第三期为田舜年时期，可称为深化期。此一时期，不仅继承了前两个时期的文学交往的传统，既在交往对象的数量和质量上都保持相当水平，而且还有自己的两个独特成就：一是在文学交往方面，产生了《容美纪游》这样极具史料价值的著作。此书不仅录有不少顾彩与田舜年之间唱和寄赠的诗作，而且对于两人的交往细节有翔实的记述。二是在文学批评方面，产生了大量的评点，现在存世的评点共记有111条，其中文安之所写7条、黄灿所写1条，其他均出自严守升之手。可以说，评点批评虽然始自田玄时期的文安之、黄灿，但是主体无疑是田舜年时期的严守升。

　　第四期为田泰斗时期，可称为余绪期。此时，因为"改土归流"，田氏的土司地位已被废除，相应地，有利于文学交往的政治、经济优势亦随之消失，但其后裔中仍有不少人承袭了家族的文学传统，其中的杰出代表就是田泰斗。田氏的交往对象主要是李焕春、李素、陈宜政等人。作为"改流"后的长乐县县令李焕春及其子李素，既对曾经在这片土地上产生过田氏家族这样的文学世家感到惊奇，又对其能取得如此之高的文学成就深为崇敬。同时，李氏父子对于田泰斗本人的文学才华也非常欣赏。他们不仅希望田泰斗能够成为出色的诗人，还希望他继承容美家族的光荣传统，担负起容美家族世代相传的历史使命——改变人们对长乐等容美旧地是"文化沙漠"的刻板印象。田李二人的诗歌唱和也成为田氏家族文学交往余绪期的精彩一幕。另外，李焕春在为田泰斗诗集所写的《望鹤楼诗钞序》中，对于田氏家族的文学有过较全面的介绍和评价，是一篇较为重要的有关田氏家族的文学史和文学批评文献。

（二）研究视角的创新

与研究观点和内容创新相关的，本书在研究视角方面也有以下两点创新。

第一，对于容美田氏家族文学的研究，采取了以文学交往为主的综合性视角。对于一个文学世家而言，影响其产生和发展的因素是多元的：从宏观的角度看，有历史背景、社会背景、中央政策；地方政策；从微观的角度看，有地域特征、家族传统、个人才学、文化交往等。这些因素错综交织，构成了一个复杂的时空关系网，托举出了田氏文学世家。以往的研究，对上述言及的很多方面都已涉及，但还没有专门从文学交往的角度对于田氏文学世家的形成和发展予以观照的研究。有鉴于此，本书以田氏文学交往对象和交往情况的考证、讨论为主要研究角度，并辅以相关历史和文化背景——"土司子弟入学"制度的讨论，希望借此从一个全新的角度来观察容美田氏文学家族的成长史，得到一些新的发现。

第二，对于田氏家族文学的研究，摆脱了针对具体诗人、诗作的题材、内容、风格的静态分析，而是尽可能通过对文学交往过程及相关情况的考证、钩沉，还原田氏文学发展的某些历史现场，试图用一种"追随式"的目光审视文学交往过程中的容美田氏文学的发展过程。

三　本书拟解决的问题

（一）文献整理方面的补考和补正

正如笔者在上文中所说，一些研究主题和研究角度难以展开，究其根本还在于文献整理这样的基础性研究做得不够。有鉴于此，本选题在开展专题研究之前，在文献整理方面，主要做了以下两项工作。

第一项，对容美土司的交往对象包括《田氏一家言》涉及的田九龄、田宗文、田玄、田霈霖兄弟、田舜年，以及《田氏一家言》未涉及的田氏后裔田泰斗的文学交往对象进行了较为全面的补考。此类考证的难度在于，这些交往对象多是名不见经传的"小人物"，官修的史书中很难找到其身影[①]，因此只能主要依靠对地方志的爬梳，并参之以官方史书、作家文集的旁证，通过这种办法，笔者考证出的田氏家族的交往对象如下：

1. "陈明府"即陈洪烈（田九龄《陈明府元勋召自崇阳却寄》《送陈长阳调武昌之崇阳》、田宗文《投赠陈长阳》）。

2. "张明府"即张履祥（田宗文《泊舟石门呈张明府》）。

3. "谭总戎"即谭敬承（田宗文《吴君翰自燕抵汴晤孔炎子厚远离罗施谭元戎宗启兹来山中访季父与文感而赠之工拙不论》《送吴君翰之铜仁谒谭总戎宗启》）。

4. "李大将军"即李应祥（田九龄《李大将军还自蜀中奉寄》《赠大将军仁宇》《寄将军仁宇》）。

5. "周明府"当为周元勋（田宗文《过华容奉呈周明府》）。

6. "虞子墨"即虞客卿（田宗文《九日与虞子墨对酌楚骚馆有赠》）。

7. "张郡丞"当为张翼先（田宗文《武昌张郡丞奉使过澧奉呈》《江亭与武昌张郡丞饮别》）。

8. "管郡侯"即管宗泰（田宗文佚诗《管郡侯之岳阳奉上四韵》）。

9. "冯咸甫"即冯大受（田宗文佚诗《载阳王孙席送诸葛元声

---

① 此就整体而言，当然也有少数像李应祥这样的人是例外。

向吴中寻东海小冯君咸甫》)。

10. "王冏伯"即王士骐（田宗文佚诗《答鹏初燕市晤魏太常懋权王省元冏伯》)。

11. "周太霞""周太史"即周绍稷（田九龄《留别外史周太霞先》《呈太霞周太史先生》《秋日寄周太史汉上》《登襄阳城楼东吴子乔兼呈周太史》)。

12. "雪斋师"或为王承先（田甘霖《蒲节用雪斋韵二首》《步雪斋树宿韵》《寿雪斋》《次雪斋山行韵》（二首）、《余既还司雪斋师亦还公安牛头村以诗别余至兴坪感念难禁取原章和之》《杂言咏酒次雪斋师韵一字至十字》)。

13. "孙中丞啬齐"即孙谷。

14. "程文若"即程槃（田圭有《和章华程文若山居韵》)。

15. "楚大中丞林柱楚"即林天擎（田甘霖《楚大中丞林柱楚告归书至赋此奉饯》一首，又有佚诗《开府林公解楚任以大空召还奉饯一律》)。

16. 覃使君当指施南土司覃懋粲（田甘霖《戏赠内弟覃使君》《戏柬祝覃次公并以招之》《古诗寿施南覃使君》《得覃次公书无规语三复致叹》《得覃次公书志喜》)。

对一些之前被学界忽略的、较为重要的交往对象，如华阳、光泽诸王，田白珩、宋仕仁、钟南英、田宽庵、田曜如、唐柱臣、刘跃龙、李焕春、李素、关福、杨福煌等人的生平进行了考证。另外，在前人的研究基础之上对苟瑞仙、杨邦宪、周绍稷、胡馨、陈宜政、丁志一、杨嘉寿、杨墠寿、佘国瀛、陈兆元等人的生平进行了补考，并对宋登春、伍起宗、张之纲等人与田氏的交往情况进行了补考。而在行文过程中，对于一些交往细节、作品内容的考证、补正亦时而有之，在此就不一一罗列。

这些基础性工作，尤其是对族外文学交往对象的考证，不仅厘清了这些人的身份，而且有助于了解这些人在文坛、社会上的地位和影响力，从而使我们对田氏文学交往对象的数量和质量有一个更为清晰的认识。

第二项，对田氏的诗作及相关材料进行重新整理，针对《〈田氏一家言〉诗评注》《田子寿诗集》《望鹤楼诗钞》等注本中存在的问题，进行了补正。正如前文所说，《评注》等注本一方面开启了对田氏诗文集的文献整理和注释，但是另一方面也存在开创性研究都普遍带有的问题，即文字的校对和注释方面存在较多的漏洞，而文献整理作为研究的基础，必须做好、做扎实，才能保证后期研究有一个好的起点。有鉴于此，笔者在开始专题的研究之前，花费了较长时间，对《评注》等注本的文字和注释进行了重新的整理，整理的对象包括：《田氏一家言》中的所有作品，由田氏和汉族士大夫所写的序跋，以及文安之、黄灿、严守升所写的111条评点。整理的内容包括：作品的辑佚[1]，文字的校对和对注释的错误、注释的遗漏、该注而未注等进行补考、正误，并依据主要的一部分研究成果，写有《〈〈田氏一家言〉诗评注〉和〈田子寿诗集校注〉补正》一文（详见附录一）。

这样的文献整理：一方面直接有益于本选题关于文学交往的研究。因为对田氏文学交往情况的考察，主要依靠的就是其唱和寄赠的诗作和族内外人士所写的序跋。通过对这些材料的整理和补正，保证了对诗义和文义的正确理解，从而据此得出有关文学交往的正确结

---

[1] 如从道光《鹤峰州志·艺文志》发现了姚淳焘所写的《答宣慰土司田九峰兼送令嗣应恒归里》组诗，该组诗是仅存的反映姚淳焘与田舜年文学交州的诗作，而《容美土司史料汇编》与《〈田氏一家言〉诗评注》均未载。

论。另一方面，通过对诗中一些典故的考证，也有助于我们进一步了解田氏诗人的文史修养、阅读习惯、文学接受情况，从而间接有利于相关研究。

（二）探明容美土司文学世家形成和发展的原因

从前文的文献综述可以看出，以往对于容美土司文学世家形成原因，多将之归于田世爵个人。这种结论的主要依据就是《田氏世家·田世爵世家》中的相关记述，即田氏家族曾发生庶长子百里俾弑父屠弟的惨剧，劫后余生的田世爵"痛惩乱贼之祸，始于大义不明，故以诗书严课诸男"①。田世爵在容美土司文学世家的形成过程中确实起到了关键性的作用，但是将所有的功绩都归于他一人显然失之简单。

对于文化史和文学史的一般性考察告诉我们，任何一个文化、文学世家的产生都不可能是一个人能够完成的。世家的形成，既有家族内部在长期历史过程中逐渐形成的，对于文化、文学的推崇和持之以恒的学习氛围，也有家族外部的文化背景、文化制度、文化思潮、文化交往等的深刻影响。基于家族内部的因素，以往的研究已经谈得比较充分。本书试图着重外部因素，即文化制度和文学交往的角度去探明容美土司文学世家形成和发展。

本书认为，以"土司子弟入学"为代表的文化制度是容美土司文学世家形成的一个重要原因，如果没有这一制度的推动，容美土司将如何开始对汉文化的学习，以及在何种程度上接受汉文化均是很大的疑问。我们从《田氏世家》的相关记载可以清楚地看到，直到明初，容美土司田胜贵还刻意保持着与中央政府的距离感，亦不以中央封诰

---

① 中共鹤峰、五峰县委统战部、县志办：《容美土司史料汇编》，内部印行，1983年，第87页。

为意，所谓"名爵高卑何关荣辱哉？遂悻悻自负，不复陈诉，以此印诰停搁多年，朝廷不颁，公亦不请"①。这种距离感背后也透露出深深的文化隔阂感。如果认为这样一个土司家族能够突然开始自觉学习汉文化显然是不现实的，也不符合历史常识。因此，田氏家族对于汉文化的接受肯定有一个外部力量的推动，本书认为这个力量就是"土司子弟入学"制度。

同时，田氏家族能够一直持续对汉文化的学习，形成代代有诗人，人人有诗集的文化大观，除了在文化制度下慢慢培养起来的对汉文化的热爱之外，本书认为文学交往也起到了非常重要的作用。通过现存的文献可以清楚地看到，文学交往不仅极大地激发了田氏的文学创作热情，使得酬唱、寄赠、感怀、悼念等与交往相关的题材诗作在各位田氏诗人的诗集中占据了半数甚至更多的篇幅。而且交往对象还通过评点、序跋、唱和等多种形式田氏的文学创作进行指导和评价，既丰富了有关容美田氏乃至整个土家族的文学理论文献，同时直接帮助了田氏诗人提升其创作水平。可见，文学交往对于田氏文学世家的形成和发展有着非常关键性的作用。

（三）挖掘容美土司家族文学交往的细节和特征

既然文学交往在容美土司家族文学发展中有如此重要的作用，因此挖掘这些交往的细节和特征就成了题中应有之义。

这项工作主要分成两个部分：一部分是对交往对象和交往细节的考证，这部分已在前面的文献整理中做出说明；另一部分是对交往特征的分析。基于前人的研究成果和本书的文献的整理成果，笔

---

① 中共鹤峰、县委统战部、县志办：《容美土司史料汇编》，内部印行，1984年，第85页。

者描绘出了容美土司家族文学交往的大致轮廓，并将之划分为四期。笔者发现容美土司每一期的文学交往都各具特点，如开创期的多元化特征，发展期的政权认同特征，深化期的文化自信特征，余绪期的继承传统特征等。同时，有些时期在交往中往往存在"核心—网状"的特征，即田氏的文学交往中存在一个核心人物，围绕着这个核心人物，与田氏有交往的对象之间又形成错综的交往关系。挖掘这些特征对于我们更好地理解容美土司的文学交往将有重要的作用。

（四）揭示容美土司家族文学交往的意义

容美土司的文学交往至少具有两重意义：一是文学意义，文学交往对于容美土司文学的推动和提升作用，前言已明；二是文化意义。

因为容美土司本身的少数民族身份，使得这些文学交往具有了不同民族之间文化交往、交融的意义。在此基础上，通过容美土司的对外文学交往，我们还可以深入考察中华民族"多元一体"格局形成和发展的过程，即南方诸族是如何接受同一文化身份（中华文化成员），并运用同一"文化话语"进行交流，以及这种交流对于促进族群交融、文化认同、政权认同起到了怎样积极的效果。关于这一点，容美土司可以说是一个非常典型的例证。在文学交往的过程中，容美土司家族不仅自觉地学习汉文化，对于汉文化持深刻的认同感，这一点从田氏的诗文创作中就可以明显地感受到。而且借由这种文化认同，田氏家族又产生了政权认同感。例如明末，田玄父子听闻甲申之变后共同创作了40首组诗（这种创作规模在现存的文献中仅此一次），痛悼明朝的覆灭。其后，又在李自成和清兵相继大兵压境的情况下，积极收纳明朝遗民，与南明王朝保持联系，屡上恢复之计，并坚持奉南明为正朔，持续时间达13年之久。与此形成鲜明对照的是，元末容美洞宣抚使田光宝遣弟光受向朱元璋上交元朝所授宣抚敕印①，表示效忠并乞重新封爵。其时在"丙午年"（1366），此时的朱元璋还只是吴王，距离明王朝的建立尚有两年时间，而容美土司却根本没有考虑政权的"正统性"问题，也对元王朝没有一丝"忠贞"之心，完全是以保住自己的爵位为唯一考量。两相对比，同样是面对改朝换代的历史选择，明亡之际的容美土司具有了其先祖不具备的忠贞品格，而这一品格的获得，显然得益于田氏土司通过文学交往等形式所受的儒家文化的熏陶。

可以说，文学交往是深入了解容美土司家族文学和文化历史的重要切入点，而容美土司的文学史和文化史又是中华多民族文学史、文化史的一个生动标本，它揭示了我们这样一个国家是如何在文化层面从"多元"走向"一体"。

---

① 《明史》卷310，中华书局1974年版，第7984—7985页。

第一章　容美土司家族文学交往的"大环境"
——"土司子弟入学"制度

在展开对容美文学交往的讨论之前，必须回答两个问题，即容美田氏从何时开始具备了基本的文学交往能力（文学修养和创作能力）？是什么使得容美田氏具有了文学交往能力？根据文献的记载来看，容美土司具备文学交往能力始于明代，而明代为何能成为田氏家族文学交往的起点乃至整个田氏文学世家的起点？有人将之归于田世爵在家族中推行汉文化教育，但如此回答显然又产生了新的疑问，即为何田世爵是第一个在家族内部推行汉文化教育的人？《田世爵世家》给出的解释是，家族内部因夺权而产生的弑父杀兄的惨祸让田世爵感到，要防止类似惨剧的再次发生，只有对后代进行思想教化，在家族内部建立儒家伦理观。面对这样的回答，又产生一个新的疑问：如果田世爵没有一定的汉文化教育的背景的话，他如何会认识到汉文化教育对于改良思想和家风的作用？而且，如果田氏家族的文化教育确实是从田世爵才白手起家的话，其文学创作水平应该有一个逐步提升的过程，但是我们看到仅仅一代之后，到了田世爵之子田九龄之时，其诗作水平已经达到一个相当高的水准，其文学交往也已经非常活跃。另外,一个传承数百年的文学世家绝不可能突然就在一片"文化的荒漠"中建立起来。同时,《田子寿诗集》中明人杨邦宪对于田氏家族的文化氛围的描述,也不像是一个刚刚才接受汉文化教育的家族应有的状态(详见本书第162—163页):

> 容司密迩兰州,衣冠文物与荆澧不相上下,世氏锄镕鼓铸,俱以文字为命脉,世不贵异物,仅仅古籍哀然。东楼西室,掺觚无问;寒暑夜分,犹炙火光。童儿幼学时,师氏即授以史鉴一部,渐长,愈益融通,口津津不落世俗一语。嗟嗟,此子寿公之所由来远也。①

杨邦宪写这篇序言时,如果真以田世爵为文化发展的起点,则容美田氏家族内部的文化教育严格意义上而言才进行了一代,但是文中描述的文化场景和氛围显然不是一个刚刚接受了一代教育的家族能营造出来的。另外,文中"世氏锄镕鼓铸,俱以文字为命脉""世不贵异物,仅仅古籍哀然"诸语,也显然不是针对一个刚刚起步的家族而言的,而是显示出容美田氏已经有了相当长时间的文化积淀。《田世爵世家》在评论田世爵的成就时亦云:"虽文事武功,在前不乏,而自兹更为振起!"②所谓"文事武功,在前不乏",显然是说在田世爵之前,田氏家族就已经有"文事"方面的成就,这个"文事"应该主要是指文化、教育方面的建设,而田世爵的意义在于进一步振兴了这一事业。据此可以看出,想要精确地找到一个人或一件事来作为容美田氏文学、文化教育的逻辑起点,并将这个人、这件事作为一个标

---

① (明)田九龄著,贝锦三夫校注:《田子寿诗集校注》,中国文史出版社2016年版,第27页。标点稍有改动。
② 中共鹤峰、五峰县委统战部、县志办:《容美土司史料汇编》,内部印行,1984年,第88页。

志,在此之前则是野蛮无文,在此之后就是弦歌不辍,这既不符合文献记载,也不符合教育规律,当然也就不是史实。那么,到底是什么促成了容美田氏家族在明代开始接受汉文化的教育,要回答这个问题,实际上不应在一人、一事上寻觅摸索,而是应该将视野放大,在整个历史和文化大背景中去寻找。笔者寻找的结果是:明代推行的"土司子弟入学"制度才是容美土司乃至南方诸多土司家族成为文学世家或者产生诗人群体的真正深层原因。

所谓"土司子弟入学"制度,即要求土司子弟(主要是应袭子弟)在继承土司之位前,必须进入国子监或府学、县学等官方学校学习汉文化,以达到"渐染风化,以格顽冥"的目的,凡不入学者不准承袭土司之位。这一制度的正式推行是在明弘治年间(1488—1505),但是其雏形早在明太祖时就已经提出。总体而言,"土司子弟入学"制度是在"以夏变夷"这样的大文化观和具体的历史背景之下,经过逐步探索,制定出的具有极深远影响和意义的文化制度。"土司子弟入学"制度依凭中央的威权,得以在土司统治地区强力推行,使得众多土司开始接触汉文化,并进而转为自觉追求汉文化,不仅在文化层面提升了土司的汉文化素养,在心理层面加强了土司对于中华族群的认同,在政治层面促进了土司向中央政权的靠拢,在经济层面推动了土司由农奴经济向封建经济的转型,而且由于土司家族世代对汉文化及文学自觉而热情的学习,还催生了一批"土司文学世家",较为有名的就有容美田氏土司文学世家、五峰张氏土司文学世家、永顺彭氏土司文学世家、酉阳冉氏土司文学世家、石砫马氏土司文学世家、丽江木氏土司文学世家等。可以说,"土司子弟入学"制度为土司的文学交往营造了一个良好的"大环境",有力推动了土司文学世家的形成,对土司文学的发展起到了持续而深远的作用。

第一节 "以夏变夷"
——明代"土司子弟入学"制度的制定及背景

"土司子弟入学"制度既然对土司文学的形成有至关重要的作用,那么搞清其来龙去脉,对于我们研究田氏土司文学也有重要意义。通过对这一制度形成历史的梳理,我们发现,虽然其具体制度形成于明代,但是这一制度的制定显然是基于对前朝土司地区政策的检讨和总结之上。因此,在讨论这一制度本身之前,有必要对前朝的土司地区制度作一简要的回溯。

一 明以前土司地区制度述评

据龚荫《中国土司制度》,我国中央王朝对西南少数民族地区的治理,曾经施行过两种政策:"一是自秦迄宋王朝推行的比较宽松的政策,人们称之为'羁縻政策';二是元、明、清王朝实行的较为严格的管理办法,人们称之为'土司制度'。"[1]

关于"羁縻"一词,《史记·司马相如列传》载司马相如《难蜀父老》一文,其中有"盖闻天子之于夷狄也,其义羁縻勿绝而已"。司马贞《索隐》解"羁縻"曰:"羁,马络头也。縻,牛韁也。"《汉官仪》:"马云羁,牛云縻。言制四夷如牛马之受羁縻也。"[2] 可见,"羁縻"一词虽然有贬抑之义,但也形象地点出了这一时期对于少数民族地区政策的核心特点,就是要控制其"首",强调运用笼络、怀

---

[1] 龚荫:《中国土司制度·叙言》,云南民族出版社1992年版,第1页。
[2] 司马迁:《史记》卷117,中华书局1959年版,第3049—3050页。

柔的手段来控制少数民族地区的首领，让其臣服于中央政策，从而达到控驭的目的。通过对先秦以至唐宋"羁縻政策"的回顾，也可以看到，虽然具体的内容有所差异，但总的来说，其政策基本上只要求土酋对朝廷表示臣服，并由朝廷封授土酋一个官职或爵位即可。①

自元朝开始实施的"土司制度"，分为土司和土官两类职官，其中土司的职官有宣慰、宣抚、安抚、招讨、长官诸司，土官职官有总管、土知府、土知州、土知县等。这些职官名称，除"总管"仅元代设置之外，其他职官名称明、清两代一直沿用。②与之前的"羁縻政策"相比，元代土司制度主要有以下六个特点。

第一，创立了"蒙夷参治"之法，即由蒙族的王公重臣和当地的土司共同管理少数民族地区，如云南行省，元廷派遣蒙古王族中的人坐镇统治，由驻云南的蒙古军军官任各地方的大元帅或都元帅驻守监督，各少数民族地区任用当地有威信的民族酋领充当官吏管理。《元史·信苴日传》载："中统二年，信苴日入觐，世祖复赐虎符，诏领大理、善阐、威楚、统失、会川、建昌、腾越等城，自各万户以下皆受其节制。……十一年，赛典赤为云南行省平章政事，更定诸路名号，以信苴日为大理总管。"③信苴日（段实）为大理国主段兴智之弟，兴智死于入觐途中，信苴日代其位，接收元朝封授，后为总管，又据《元史》本传记载，至元十三年（1276），信苴日因功被封为大理蒙化等处宣抚使，至元十八年（1281），又晋升为大理威楚金齿等

---

① 从蜀汉开始，对于少数民族地区有才干的人，也吸收其担任地方或中央官员，如《三国志·蜀书·李恢传》载，李恢，建宁郡人，"方土大姓"爨习内侄。刘备入蜀后，主动投靠刘氏政权，深得信任，被委以总摄南中诸郡庲降都督职事。唐朝开始，对率兵参与征伐的土酋会授予军职。此皆"羁縻政策"强化之法，其基本形态仍是"因俗而治"。
② 龚荫：《中国土司制度》，云南民族出版社1992年版，第23页。
③ 《元史》卷166，中华书局1976年版，第3910页。

处宣慰使、都元帅。① 其子阿庆后袭爵。可见，信苴日及其子就是土司。② 但元廷在设立土司的同时，也在云南分封蒙族宗室为梁王、云南王（建昌王）③，还设有"大元帅""都元帅"等蒙族军事首长，形成了"蒙夷参治"三足鼎立的局面。其他地区亦是如此，如在广西，据万历《太平府志·秩官志》载：元代，太平路设有"达鲁花赤"，"以蒙古人为之"；设"总管"，"以土人为之"④，也是"蒙夷参治"的例证。

第二，加强在土司地区的军事存在，即通过在土司地区的战略要地派兵镇守和在"蛮夷腹心之地"实行军屯两种手段，以加强对土司的防范。成宗元贞元年（1295），枢密院官奏："刘二拔都儿言，初鄂州省安置军马之时，南面止是潭州等处，后得广西海外四州、八番洞蛮等地，疆界阔远，缺少戍军，复增四万人。"⑤《广西通志·兵制》载："屯军于隘口，募兵耕种。广西隘口凡一百二十八处，僮寨十八处，屯田九处，合头屯军一万八千三百二十六名，千户十六所，百户一百一十六所，于宾州立万户府以总之。"⑥ 这种镇戍和军屯相结合的方式，有效地加强了中央在土司地区的军事存在，既可以防范土司叛

---

① 《元史》卷166，中华书局1976年版，第3911页。
② 龚荫等学者认为，总管及土知府、土知州等为"土官"，而宣慰使、宣抚使等为"土司"，土官属文官，土司为武职，这种明确的职责划分，最早见于明代，如《明会典》卷八载："凡土官承袭，国初皆吏部掌行。洪武十三年，以宣慰、宣抚、安抚、长官司职掌土兵，改由兵部。其府、州、县、巡检、驿传土官仍属吏部。"但这种划分，一来始于明代，元代似并未有明确划分；二来虽有明确划分，也是一纸空文，从未贯彻执行。因此，"土官""土司"即使有职责划分之名，也无职责划分之实。
③ 《新元史·世祖本纪》载，中统二年（1261）五月，"壬辰，封诸王木苑为建昌王"。又《元史·安南传》载：兀良合台因安南国王纳款入质事宜，曾"言于"诸王不花，并得到不花的有关指示。有学者认为据此认为，不花即木苑，即于中统二年受封为建昌王者（这种观点详见李治安《元代云南蒙古诸王问题考察》，《思想战线》1990年第3期）。
④ 《日本藏中国罕见地方志丛刊·万历太平府志》卷1，书目文献出版社1990年版，第196页。
⑤ 《元史》卷99，中华书局1976年版，第2545页。
⑥ 《景印文渊阁四库全书·史部》第566册，台湾商务印书馆1983年版，第358页。

乱，也对土司形成了威慑作用，促使其臣服中央，另外亦对各族的文化交流提供了便利。

第三，在封授的形式上更为正式，如对封授的土官要赐予诰敕、印章、虎符、驿传玺书与金（银）字圆符等信物。这些行使权力的重要信物，经由中央授予土司，不仅具有重要的象征意义，而且有利于拉近中央与土司的关系，明确土司对于中央的臣属关系。

第四，对于土司的承袭有了初步的制度规定，特别是较大的土司承袭，一般只有报经朝廷准许后，方可袭职。① 例如，《元史·世祖本纪》载至元十二年（1275），"金书四川行枢密院事昝顺言：'播州安抚杨邦宪、思州安抚田景贤，未知逆顺，乞降诏使之自新，并许世绍封爵。'从之。"② 又载：至元十四年（1277），"播州安抚使杨邦宪言：'本族自唐至宋，世守此土，将五百年。昨奉旨许令仍旧，乞降玺书。'从之。"③ 杨邦宪从"不知逆顺"到主动请封，应该是经过了元廷软硬兼施的"敲打"，即既降诏使其自新，又许其可以世袭土司之职。由此可见，得到朝廷的承认对于当时的土司而言，已经是相当重要的事情，否则元廷也不可能将其作为一种笼络手段加以利用。另外，通过杨邦宪的奏疏亦可见，虽然已经有明旨许其世袭土司之职，但杨氏仍请求朝廷赐给玺书，完成封授土司的完整程序，这也表明当时土司政权的合法性需要中央政府来授予。④

---

① 龚荫：《中国土司制度》，云南民族出版社1992年版，第36页。
② 《元史》卷8，中华书局1976年版，第171页。
③ 《元史》卷9，中华书局1976年版，第192—193页。
④ 龚荫认为，对于没有获得朝廷准许就擅自袭职的土司，元廷会进行责罚，并举至元十七年（1280），亦奚不薛病，遣其从子入觐，遭到元世祖责问，这一史实作为例证，然细读原文，可以发现，元世祖责怪亦奚不薛，并不是因为其擅自传位于其子，而是因为其擅自让其从子代其入觐，这在元世祖看来，是轻视自己的行为。原文曰："亦奚不薛病，遣其从子入觐。帝曰：'亦奚不薛不禀命，辄以职授其从子，无人臣礼。宜令亦奚不薛出，乃还军'。"（《元史》卷11，中华书局1976年版，第227页）

第五，对土司采取招、讨并用的手段，既有惩戒，也有升赏。惩戒的典型就是对土司叛乱的镇压，相关记载在《元史》中比比皆是，如《李忽兰吉传》载：至元二十一年（1284），"时思、播以南，施、黔、鼎、澧、辰、沅之界，蛮獠叛服不常，往往劫掠边民，乃诏四川行省讨之"。《刘国杰传》载："黔中诸蛮酋既内附复叛，又巴洞何世雄犯澧州，泊崖洞田万顷、楠木洞孟再师犯辰州，朝廷尝讨降之。"①《李德辉传》载：至元十七年（1280），"西南夷罗施鬼国既降复叛，诏云南、湖广、四川合兵三万人讨之"②。《张万家奴传》载："时云南恶昌、多兴、罗罗诸蛮皆叛，杀掠使者，劫夺人民，州郡莫能制。遂以其兵讨之。"③《石抹狗狗传》载："亦奚不薛蛮叛，从招讨使药剌海讨平之。"④除了镇压，元廷也尽可能对叛乱土司进行招抚，如上文提到的田万顷诸人的叛乱，元成宗即位后即赦免了万顷等人，希望通过招抚手段平息其叛乱，只是由于其被赦免之后仍然不降，方才派兵再次征讨。又如，《元史·泰定帝本纪》载泰定初，"云南花脚蛮为寇，诏招谕之"。泰定二年（1325），"播州蛮黎平爱等集群夷为寇，湖广行省请兵讨之，不许，诏播州宣抚使杨也里不花招谕之"⑤"威楚、大理诸蛮为寇，云南行省请出师，不允，遣亦剌马丹等使大理，普颜实立等使威楚，招谕之。"这种招讨并用的手段，较为有力地约束了土司，在客观上也维护了少数民族地区的稳定。相比较而言，元代之前各朝对于土司，均以奖励、笼络为主，缺少有效的惩戒制度和措施，甚至根本不主张对少数民族地区及土司使用惩戒措施。例如，

---

① 《元史》卷162，中华书局1976年版，第3794、3811页。
② 《元史》卷163，中华书局1976年版，第3818页。
③ 《元史》卷165，中华书局1976年版，第3881页。
④ 《元史》卷166，中华书局1976年版，第3907页。
⑤ 《元史》卷29，中华书局1976年版，第642、658页。

大中祥符二年（1009），针对琼崖等州同巡检王钊言黎母山蛮递相仇劫事，宋真宗下诏曰："朕常诫边臣，无得侵扰外夷，若自相杀伤，有本土之法，苟以国法绳之，则必致生事，羁縻之道正在于此。"大中祥符五年（1012），真宗又针对万安州巡检领兵抓捕黎峒夷人事，下诏道："朕累有宣谕，蛮夷相杀伤，止令和，断不得擅发兵甲，致其不灵。"① 两相比较，元代的土司制度较之以前，对于土司及其所在地区的控制和管理，显然大大增强。

第六，在职责和义务上明确要求土官有朝贡和纳赋的义务，还有参与征伐的义务。就朝贡而言，有一年、二年、三年三种，除此常贡之外，遇有重大节日，如新君即位、皇帝生日等，还要另外进贡。例如，《元史》载，1295年元成宗即位时，有"云南部长适习、四川散毛洞主覃顺等来贡方物""缅国遣使贡驯象十""曲靖、澂江、普安等路夷官各以方物来贡"等记载。② 大德二年（1298），元成宗生日之时，"交趾、爪哇、金齿国各贡方物"③。元廷还规定，必须事先得到中央同意，方能进贡。就纳赋而言，龚荫将之总结为"立赋法""籍民户""输租赋""供军需"四个方面，这些制度措施不仅增加了元廷的财政收入，更重要的是进一步明确了中央与土司之间的主从关系，加强了中央与土司之间的联系。就从征而言，元廷利用土兵熟悉当地地形和勇猛善战等特长，采取"以蛮攻蛮"的策略，大量地使用土兵进行地区叛乱的镇压，如《元史》载，元世祖至元二十九年（1292），左江总管黄坚请调"土兵三千人"参与讨伐土酋黄胜许的叛乱，世祖下诏许之。④ 元武宗至大三年（1310），"枢密院臣言：

---

① 《宋会要辑稿》第198册《蕃夷五》，中华书局1957年版，第7788页。
② 《元史》卷18，中华书局1976年版，第383、388、389页。
③ 《元史》卷19，中华书局1976年版，第420页。
④ 《元史》卷17，中华书局1976年版，第364页。

'湖广省乖西带蛮阿马等连结万人入寇,已遣万户移剌四奴领军千人,及调思、播土兵并力讨捕'"①。

总体而言,元代的"土司制度"在前代"羁縻政策"的基础上有了较大改进,尤其在加强对土司地区的控制,以及土司对中央的臣属关系方面有了多项行之有效的制度和措施,这些都为明代所继承。但同时应该看到,元代的土司制度仍存在较大的缺陷,即"硬性"的制度多,而"软性"的制度少。所谓"硬性"的制度,即如"蒙夷参治"镇戍军屯、升赏征诚等纯粹的行政或军事制度,这些制度有具体的内容和规定,虽然执行起来有章可循,但缺乏弹性和发展空间。所谓"软性"的制度,其实主要就是思想文化制度,即对土司在思想和文化方面的引导和教化制度,通过以上的梳理可以看到元廷在这方面完全付之阙如。元代土司制度的这一缺陷,导致的结果就是中央与土司之间的交流,完全停留在形式和制度层面,缺乏共同的思想和文化基础,土司虽然可以被动地履行相关制度规定,却并未真正认同并臣服中央政府,思想和文化上隔膜的存在,使得元廷可以用武力、监控或一般性的笼络手段保一时之稳定,却难保长久之稳定。也许正是因为看到了元代制度的缺陷,所以明代在立国之初,除继承并发展了元代的一系列制度,更积极探索从思想和文化层面,对土司进行引导和教化,加强土司的"向心力"。

二 明代土司地区治理政策的发展

纵观明代的土司政策,可以概括为政治上的"以夷治夷"和文化上的"以夏变夷"。

---

① 《元史》卷23,中华书局1976年版,第521页。

就政治上的"以夷治夷"而言,明代的"土司制度",总体而言,继承了元代旧制,并进行了相应的完善,体现在以下五个方面。

第一,在元代"蒙夷参治"的基础上,实行"土流参治",即给土官配备流官副手,这些朝廷派遣的流官一方面可以辅助土官处理政事,另一方面也起到监视土官的作用。在湖广地区,如洪武四年(1371),宣宁侯曹良臣率兵取桑植,容美洞土司覃大胜遂派覃大旺、覃大兴等人来朝,明廷"命以施州宣慰司为从三品,东乡诸长官司为正六品,以流官参用"①。在广西地区,如洪武元年(1368),地州土官罗黄貌归附,"诏并那入地,为那地州,予印,授黄貌世袭土知州,以流官吏目佐之";洪武二年(1369),果化州土官赵荣归附,"授世袭知州,以流官吏目佐之";洪武七年(1374),授莫金为南丹州土知州,"世袭,佐以流官吏目";弘治九年(1496),部议增设永安长官司,"授土人韦万妙等为正、副长官,并流官吏目一员";万历十八年(1590),授宗荫子应珪为下雷州土判官,以流官吏目佐之。②"太平领州县以十数。明初,皆以世职授土官,而设流官佐之"③。可以看出,明代的"土流参治"显然比元代的"蒙夷参治",在推行的广度和深度上都更胜一筹,以至于小到一个土判官,都要配备流官副职。另外,明朝还进行了初步的"改土归流"的尝试,这在《明史》中亦有较多记载,"改流"的对象,根据龚荫的分析,主要有三类:一类是对叛逆、犯罪的土司;二类是绝嗣土司;三类是"不系世袭"的土司。④ 当然,就整体来看,明代的"改流"规模很小,也不很成功,还出现了反复的情况,但亦可谓迈出了第一步。

---

① 《明史》卷310,中华书局1974年版,第7985页。
② 《明史》卷317,中华书局1974年版,第8210—8226页。
③ 《明史》卷318,中华书局1974年版,第8231页。
④ 龚荫:《中国土司制度》,云南民族出版社1992年版,第104—105页。

第二，在元代的基础上及卫所制度的大背景下，在土司地区更为广泛地设立卫所，以加强对土司的监控。例如如今湖北、湖南和重庆三地交界的少数民族地区，在明代就设立有施州卫、大田军民千户所、九溪卫、永定卫、辰州卫、麻寮千户所、添平千户所、大庸千户所、镇溪千户所、黔江千户所等。这些卫所因为采取军户世袭和屯田制度，既保证了兵源，又在相当大程度上实现了自给自足①，因此能够保证其在少数民族地区长期有效的存在，其情形颇有些类似今日之建设兵团。这些卫所不仅在军事上起到了监控、防范和威慑的目的，还通过设立羁縻卫所的方式，将土司也纳入卫所制度，如洪武二年（1369），改天平台宜长官司为添平隘丁千户所，以土酋覃添顺为首任千户，下辖鱼洋、走避、细沙、遥望、鹞儿、中靖、磨冈、石磊、长梯、龙溪十隘；改麻寮长官司为麻寮隘丁千户所，以土酋唐涌为千户，下辖黄家、九女、青山、山羊、梅梓、曲溪、拦刀、樱桃、靖安、在所十隘。这样做不仅可以有效利用当地武装，而且可以改监控为笼络，更有利于民族地区的稳定。另外，由于卫所的建立，使大量外来人口进入到少数民族地区，促进了不同民族之间的交流，有效地推进了汉文化在少数民族地区的传播。

第三，土司的承袭制度更为严格。对于土司的承袭制度，龚荫总结了主要有"赴阙受职""承袭人范围""承袭方法"三个方面的特点。②所谓"赴阙受职"，主要是要求土司必须赴朝廷请袭，如《明史》载："袭替必奉朝命，虽在万里外，皆赴阙受职。"③但需要说明

---

① 卫所的屯田，主要有军屯、开中（商屯）、民屯三种，另外，卫所的军饷来源有太仓年例。应该说明的是，屯田制度虽然从来没有完全实现自给自足，但是仍然在相当大程度上解决了军饷问题，特别是在明朝初期，由于屯田制度较好地落实，屯田对于减轻中央财政的负担，恢复被战乱破坏的生产等方面，都有重要的意义和作用。
② 龚荫：《中国土司制度》，云南民族出版社1992年版，第74页。
③ 《明史》卷310，中华书局1974年版，第7982页。

的是，这一制度只在明初得到较好的执行，后来也"威柄渐驰"。关于"承袭人范围"，明廷规定"其子弟、族属、妻女、若婿及甥之袭替，胥从其俗"①。具体而言，有嫡子继承、兄终弟及、叔侄相立、族属袭替、女媳继承、子死母袭等几种形态。就承袭方法而言，要求具图本结状，即要求有族谱和当地官员的证明担保文书，并要求预定承袭人，即要求在任土司预先向上司报告自己指定的承袭人。另外，还有一些承袭禁例，如《明会典·兵部》载：土司如犯有不遵断案、互相仇杀、借兵助恶、残害军民、越境嫁娶、交结外夷等禁令者，子孙都不能承袭。② 非常有意思的是，虽然对于土司的承袭，明廷一般都照准，但始终保持着一种高压的态势，这可以从御批圣旨的措辞中一览无余。例如《土官底簿·云南》载："永乐元年二月奉圣旨：'见任的流官知州不动，这董节是土人，还着他做知州，一同管事，不做世袭。他若不守法度时换了，钦此。'""故男董福海备马赴京告袭，十一年四月，奉圣旨：'着他做不世袭，止终本身，若不守法度时拿来废了，钦此。'"③ "洪武二十四年三月，故长男赵应备马赴京进贡告袭，永乐二年五月奉圣旨：'着他回去做巡检，只不做世袭，若不守法度时，不着他做，还着流官掌印，钦此。'"④ 实际上，所谓"不世袭""不做世袭"皆是虚语，正如《提要》所说："其官虽世及，而请袭之时，必以'并无世袭'之文上请。所奉进止亦必以'姑准任事，仍不世袭'为词，欲以是示驾驭之权。"⑤ 可见，御批圣旨中的强硬措辞，显然是出于一种策略，即用这种方式重复强调中央对于土

---

① 《明史》卷72，中华书局1974年版，第1752页。
② 《明会典》卷121，台湾新文丰出版公司影印本，第1744页。
③ 《景印文渊阁四库全书·史部》第599册，台湾商务印书馆1983年版，第333页。
④ 同上书，第334页。
⑤ 同上书，第331页。

司的绝对领导，并对土司心理上产生一种震慑作用。

第四，对土司的惩罚措施更为有力。相较于元代，明代对于敢于叛乱的土司，一律严惩不贷，绝不妥协。另外，对于犯罪的土司，亦给予严惩，如正统六年（1441），鹤庆府土知府高伦，"因与弟纯屡逞凶恶，屠戮士庶，与母杨氏并叔宣互相贼害"等事①，被严正典刑，其地改流。弘治八年（1495），马湖府土知府安鳌因残忍虐民、魇魅杀人等罪行伏诛，其地亦改流②，嘉靖四十五年（1566），龙州土司（宣抚使）薛兆乾因殴杀副使李蕃、抗拒调查、杀佥事王华并屠其家等罪伏诛，其母及同党22人以同谋论斩，其地亦改流。③

第五，在职责义务上的要求更严更多。就进贡而言，明代有较明确的制度规定，土司三年一贡，洪武间（1368—1398）规定，"土官三年朝觐进贡一次。布政司给文起送，限本年十二月终到京，贡物不等"④。又据明人俞汝楫《礼部志稿》载："湖广、广西、四川、云南、贵州腹里土官，遇三年朝觐，差人进贡一次，俱本布政司给文起送，限本年十二月终到京。庆贺，限圣节以前。谢恩，无常期。贡物不等。"⑤ 可见，明代对于朝贡较之以前，其制度规定更为明确、严格。对于违反制度的土司，亦进行相应的处罚，如万历三十八年（1610），"广西凭祥州、江州、龙英州、向武州、龙州、安隆长官司，罗阳县主官，各差头目李一鸾等来朝，并各贡马匹不等。以违二月十五前到部之例，减半赏"⑥。就参与征伐而言，除了要求土司参与对本

---

① 《明史》卷314，中华书局1974年版，第8093页。
② 《明史》卷311，中华书局1974年版，第8016页。
③ 同上书，第8030页。
④ 汪森编，黄振中、吴中任、梁超然校注：《粤西丛载校注》卷24，广西民族出版社2007年版，第1052页。
⑤ 《景印文渊阁四库全书·史部》第597册，台湾商务印书馆1983年版，第667页。
⑥ 《明神宗实录》卷468，台湾"中央研究院"历史语言研究所1962年版，第8830页。

地叛乱的镇压，还会征调土司的武装参与对外的征战。例如，容美田氏等土司分别于嘉靖三十四年（1555）听调远赴浙江参加抗倭，其事在胡宗宪《筹海图编》、严守升《田九霄世家》等均有较详细的记载（尤以《筹海图编》记载为详）①，又《明史》载嘉靖三十五年（1556），"命容美宣抚田九霄袭职，赐红纻衣一袭，以浙江黄宗山击倭之功也"②。永顺、保靖、容美等土司军（及其部下）也因在抗倭战役中的杰出表现，而获嘉靖皇帝御（赐）批"东南卤功第一"（的牌坊）。

三 "土司子弟入学"制度的提出

如果说，以上制度的发展多是从"硬件"着手，以强制性和规定性为特征的话，那么明代在土司制度方面，最有力、也最有新意的"软件"创新，就是在"以夏变夷"的思想指导下，推出了"土司子弟入学"制度。

（一）"夷夏观"的三重内涵

"土司子弟入学"制度的提出，其直接目的是强化对当时土司的思想控制，而其深层的思想基础却是早在先秦时就已经产生的"夷夏观"。因此在进入具体制度的讨论之前，有必要对于明代及其之前的

---

① 《筹海图编》与《田九霄世家》所记时间有出入。《田九霄世家》载："公（田九霄）随父率领苗蛮兵将，奋勇争先，追至嵊县三界，击斩首级五百八十……时嘉靖三十五年。"又载："明年，复督兵进剿山阴、后梅等处，斩首四百八十……又明年七月，倭再入寇，随父往征。……又明年七年，攻捣岑港贼巢，杀溺死者无数，余众溃散。"而《筹海图编》所记，嘉靖三十四年七月"后梅之捷"中有田九霄充当渡河先锋，击溃倭寇的记录。同年十一月"清风岭之捷"，其文中有"（倭寇）十二月，抵新昌，知应台关有备，去至嵊县三界，上馆岭，会容美兵陈而待，田九霄以正兵当其前"等语，则知后梅、嵊县之役皆在嘉靖三十四年（1555），而严守升误将嵊县之役记为嘉靖三十五年（1556）、后梅之役记为三十六年（1557）。

② 《明史》卷310，中华书局1974年版，第7990页。

"夷夏观"进行一番梳理。

在明代之前,"夷夏观"包含了三重内涵,即"夷夏有别""夷夏大防""以夏变夷"。

"夷夏有别",渊源有自,在先秦时期便已具初形。"夷"本指东方的少数民族,如《礼记·王制》曰:"中国戎夷,五方之民,皆有性也,不可推移。东方曰夷,被发文皮,有不火食者矣。"① 可见,"夷"在中国最早的一批文献中,就是野蛮不文的形象,而且根据"五服"的理论,"夷"也是离中原文明核心较远的地带。《周礼·夏官司马·大司马》云"方千里曰国畿",这是华夏文明的中心,其外以五百里为限,呈波纹扩散状而出,分别是侯畿、甸畿、男畿、采畿、卫畿、蛮畿、夷畿、镇畿、蕃畿②,根据这种说法,"夷畿"几乎是处于华夏文明的最边缘地带。这种说法固然在物质层面的地理上不能成立,却是文化层面的地理状态的一种呈现或者一种想象,它反映了先秦中原文明对于"夷"的印象。《白虎通义·王者不臣》的说法更加露骨,"夷狄者,与中国绝域异俗,非中和气所生,非礼义所能化,故不臣也。"③ 这些都是"夷夏有别"观念的典型体现。与此相对应,所谓的"戎夷"也有这种自觉,所谓"我诸戎饮食衣服不与华同,挚币不通,语言不达"④。

在继承"夷夏有别"观念的基础上,儒家又进一步提出了"夷夏大防"说,"夷"亦从一地部族之称,而成为边疆少数民族的统称。"夷夏大防"强调的不是种族、地域的差别,而是文明、文化

---

① 《十三经注疏·礼记正义》卷12,北京大学出版社1999年版,第397页。
② 《十三经注疏·周礼注疏》卷29,北京大学出版社1999年版,第763—764页。
③ (汉)班固撰,陈立疏:《白虎通疏证》卷7,中华书局1994年版,第318页。
④ 《十三经注疏·春秋左传注疏》卷32,北京大学出版社1999年版,第918页。

的差别①，并坚定地捍卫华夏文明、文化的纯洁性，要求严防蛮夷对华夏文明的浸染。《论语·宪问》中，面对子路质疑管仲不忠的问题，孔子答道："微管仲，吾其被发左衽矣。"② 即是从保护华夏文明的角度肯定管仲的功绩。此后，公羊、穀梁诸派都对孔子有关"夷夏大防"的观点进行了阐发。公羊派是较早提出"尊王攘夷"思想的，《春秋公羊传·僖公四年》中将齐桓公的主要功绩总结为"救中国，而攘夷狄，卒怗荆"，认为这才是"王者之事"。③《成公十五年》传曰："《春秋》，内其国而外诸夏，内诸夏而外夷狄。"何休解诂曰："内其国者，假鲁以为京师也。诸夏，外土诸侯也。"④ 在这里，公羊派借鉴了"五服"的理论方法，将文明圈分为三级，第一级为儒家的发源地鲁，第二级为鲁之外的中原诸侯，第三级为"夷狄"，强调了华夏和"夷狄"之间的文明鸿沟。《昭公二十三年》对于吴击败中原诸国之事的记述中用"败"而不用"伐"，《公羊传》认为是"不与夷狄之主中国也"。⑤ 无独有偶，《春秋穀梁传》也有很多类似的记载，如鲁襄公十年（前563），中原诸侯在吴国的带领下灭傅阳国，而《春秋经》只记载道："夏，五月，甲午，遂灭傅阳。"《穀梁传》认为这种写法体现了"不以中国从夷狄"的思想，范宁就此解云："言时实吴会诸侯灭傅阳，耻以中国之君从夷狄之主，故加甲午，使若改日诸侯自灭傅阳。"⑥ 吴国，在当时的华夏诸侯眼里，大约是一个

---

① 《春秋公羊传·昭公二十三年》载何休注云："中国所以异乎夷狄者，以其能尊尊也。""尊尊"是儒家礼学思想的核心，亦是华夏文明的核心，此处将"尊尊"作为中国与夷狄的本质区别，实即在强调文明而非种族，才是区别的根本标准。
② 《十三经注疏·论语注疏》卷14，北京大学出版社1999年版，第192页。
③ 《十三经注疏·春秋公羊传注疏》卷10，北京大学出版社1999年版，第213页。
④ 《十三经注疏·春秋公羊传注疏》卷18，北京大学出版社1999年版，第400页。
⑤ 《十三经注疏·春秋公羊传注疏》卷24，北京大学出版社1999年版，第517页。
⑥ 《十三经注疏·春秋穀梁传注疏》卷15，北京大学出版社1999年版，第252页。

典型的蛮夷国家，因此，吴国击败中原诸侯或带领中原诸侯进行征伐，都是蛮夷文明战胜或浸染华夏文明的标志，因此在《春秋经》，至少是在公羊派和穀梁派的阐释当中，都通过"春秋笔法"凸显了其"夷夏大防"的思想观念。值得一提的是，公羊、穀梁二派的思想在多方面都有宵壤之别，但在"夷夏"观念上倒颇多共通之处。

儒家的"夷夏"思想当中，除了有"夷夏大防"这一条明线之外，还伏有一条暗线，即"以夏变夷"。《论语·子罕》载：孔子欲居九夷，面对别人提出东夷僻陋无礼的疑问，孔子答曰："君子居之，何陋之有？"邢昺疏曰："孔子答或人言，君子所居则化，使有礼义，故云何陋之有。"而且，更为重要的是，孔子之所以要移居九夷，原因在于"疾中国无明君"。[①] 这种行动本身，实际上是对"夷夏有别"思想内涵的再一次确认，即夷夏之分，不在种族、地域，而在是否秉持以儒家为主导的华夏文明。如果中原诸侯不能做到这一点，就是蛮夷，而所谓的"蛮夷"如能继承华夏文明的衣钵，即应具有文明的正统地位。只不过，在这个论述中，孔子又前进了一步，提出了蛮夷可以教化的思想，这可视作"以夏变夷"的最早表述。孟子在孔子的基础上，更进一步提出蛮夷不仅能够接受儒家教化，而且如其治国之行合乎儒家之"道"，还可以做天下的共主。他以虞舜和周文王做例子，言道："舜生于诸冯，迁于负夏，卒于鸣条，东夷之人也。文王生于岐周，卒于毕郢，西夷之人也。地之相去也千有余里，世之相后也千有余岁，得志行乎中国，若合符节。先圣后圣，其揆一也。"[②]《春秋》载，鲁庄公二十三年（前671），"荆人来聘。"《公羊传》曰："荆何以称人。始能聘也。"何休解诂云："明夷狄能慕王化，修聘礼，

---

① 《十三经注疏·论语注疏》卷9，北京大学出版社1999年版，第118页。
② 《十三经注疏·孟子注疏》卷8，北京大学出版社1999年版，第212—213页。

受正朔者,当进之,故使称人也。"① 及至唐代,韩愈在《原道》中对于"以夏变夷"思想曾有最精练的表述,所谓"诸侯用夷礼,则夷之;进于中国,则中国之"②。所谓"进于中国",并非指地域上的进入,而是指文化、文明上的进入。"中国"亦是文化之中国,而非地理之中国。

据此可以看出,"夷夏有别""夷夏大防"和"以夏变夷"这三者是一种共时性的存在,共同构成了传统的"夷夏观"。这三者的具体关系可以表述为:"夷夏有别"是基础,即确立了夷夏之别的根本在文明、文化,而非种族、地域。"夷夏大防"是在此基础上所做的消极性引申,即强调对华夏文明、文化纯洁性的保持,以及对"蛮夷"文明、文化的拒斥;"以夏变夷"是在此基础上所做的积极性引申,即强调"蛮夷"有接受华夏文明、文化的可能,甚至能够行儒家王道,成为天下之主。

(二)明代的"夷夏观"

在这样的思想文化遗产的影响下,同时在后异族统治时代的复杂局面下,明代的"夷夏观"的内涵似乎显得更为多样而难于把握。人们在讨论明代"夷夏观"时,最习惯引用的便是明太祖的《谕中原檄》,其云:"盖我中国之民,天必命中国之人以安之,夷狄何得而治哉?""驱逐胡虏,恢复中华"③"自古帝王临御天下,中国居内以制夷狄,夷狄居外以奉中国,未闻以夷狄居中国治天下者也。"④ 如果据

---

① 《十三经注疏·春秋公羊传注疏》卷8,北京大学出版社1999年版,第165页。
② (唐)韩愈撰,马其昶校注:《韩昌黎文集校注》,上海古籍出版社1986年版,第17页。
③ 《明太祖实录》卷26,台湾"中央研究院"历史语言研究所1962年版,第404、402页。
④ 同上书,第401页。

此认为，明太祖是要坚持"夷夏大防"，那显然是一种误读，起码是不全面的解读。实际上，明太祖这种"夷夏"之别的论调，在很大程度上是号召民众、鼓动民心的一种政治策略，而且只能证明朱氏在政治层面排斥异族统治，所谓"中国居内以制夷狄，夷狄居外以奉中国"，已经暗示只要少数民族能够臣服中央、接受王化，中央政权就会承认其王朝臣民的身份。而且，《谕中原檄》说明夷狄不能统御中国理由时，更多的不是强调其异族的身份，而是其"败坏伦常"的行为，如"元之臣子，不遵祖训，废坏纲常，有如大德废长立幼，泰定以臣弑君，天历以弟酖兄，至于弟牧兄妻，子烝父妾，上下相习，恬不为怪，其于父子、君臣、夫妇、长幼之伦，渎乱甚矣。夫人君者，斯民之宗主；朝廷者，天下之本根；礼义者，御世之大防，其所为如彼，岂可为训于天下后世哉？"① 如此细数元主"败坏伦常"的例证，无非是为了说明其政权在文化上的不合法性，而非是种族上的不合法性。② 这也正是传统"夷夏观"的根本观点所在。根据这样的理论前提，才有了《谕中原檄》的最后，对于蒙古、色目等异族，朱元璋明确表态"虽非华夏族类，然同生天地之间，有能知礼义，愿为臣民者，与中国之人抚养无异"③。朱元璋在其他场合也说过："朕既为天下主，华夷无间，姓氏虽异，抚字如一。"④ "朕惟武功以定天下，文教以化远人。"⑤ 这种说法，尤其是"有能知礼义，愿为臣民者"，"文教以化远人"这样的表述，既是对传统"以夏变夷"思想的再确

---

① 《明太祖实录》卷26，台湾"中央研究院"历史语言研究所1962年版，第402页。
② 类似的表述还有很多，如"向使元君克畏天命，不自逸豫，其臣各尽乃职，罔敢骄横，天下豪杰曷得乘隙而起"（《明太祖实录》卷53）。可见，朱元璋认为，如果元君能够顺应天道，实行儒家文治，就可以长久地保有其天下。
③ 《明太祖实录》卷26，台湾"中央研究院"历史语言研究所1962年版，第404页。
④ 《明太祖实录》卷53，台湾"中央研究院"历史语言研究所1962年版，第1048页。
⑤ 《明太祖实录》卷36，台湾"中央研究院"历史语言研究所1962年版，第667页。

认，也包含着从"文化认同"向"国族认同"推进的逻辑，体现了天下共主的气概。朱元璋的表述，也为朱明王朝处理"夷夏关系"定下了基调，明代后世的君主基本上是祖述其说。当然，与之前的"夷夏观"一样，这种"华夷无间"的观点，并不是真的建立在诸族完全平等的思想基础之上，而是强调了汉族在文化上的强势地位，并以少数民族对汉族文化主体地位的认同，以及对汉族主流文化的自觉接受为前提条件。所谓"知礼义"中的"礼义"指的也是以儒家文化为代表的汉族主流文化，而非某个少数民族的文化。

总之，在传统思想影响下，又结合时代的新形势形成的明代"夷夏观"，究其本质而言，显然更强调"以夏变夷"，强调对少数民族的教化及其对汉族主流文化的认同和接受，这为后来"土司子弟入学"政策推出提供了思想基础。

（三）"土司子弟入学"制度的提出

明代"土司子弟入学"政策的最早提出者应是明太祖朱元璋。洪武十五年（1382），普定知府者额来朝，帝"命谕其部众，有子弟皆令入国学"①。《明太祖实录》载，洪武十七年（1384），也就是明太祖下令入学之后的第二年，"者额遣其子吉隆及其营长之子阿黑子等十六人入太学"②。这也是明代较早的关于"土司子弟入学"的记载。自此之后，有关记录就多了起来，如洪武二十一年（1388），"播州宣慰使司并所属宣抚司官，各遣其子来朝，请入太学，帝敕国子监官善训导之"。洪武二十三年（1390），"乌撒土知府阿能，乌蒙、芒部土官，各遣子弟入监读书。"同年，建昌土官安配"遣子僧保等四十二

---

① 《明史》卷316，中华书局1974年版，第8186页。
② 《明太祖实录》卷162，台湾"中央研究院"历史语言研究所1962年版，第2517页。

人入监读书"。①洪武二十六年（1393），永宁宣抚使禄照子阿聂袭职，在袭职之前，"阿聂与弟智皆在太学"。②永乐二年（1404），天全六番招讨使高敬让来朝，"并贺立皇太子，且遣其子虎入国子学，赐虎衣衾等物"③。永乐四年（1406），车里宣慰使"遣子刀典入国学"④，等等。

在明初有关"土司子弟入学"的相关记录中，尤其应该重视的是洪武二十八年（1395），明太祖根据户部知印张永清的奏陈所下的谕令。其时，张永清针对"云南、四川诸处，边夷之地，民皆啰啰，朝廷与以世袭土官，于三纲五常之道懵焉莫知"的状况，提出"宜设学校以教其子弟"。明太祖认可这一谏议，并谕礼部道："边夷土官皆世袭，其职鲜知礼义，治之则激，纵之则玩，不预教之，何由能化？其云南、四川边夷土官，皆设儒学，选其子孙弟侄之俊秀者以教之。"⑤可见，明太祖正是在"以夏变夷"思想的指导下，认为只有从精神层面对土司阶层进行改造、实行"儒化"，才能真正实现对土司的统御。同时，他也认识到，这种儒化的推行不能只靠临时性的政策，而必须依托持续性的制度，并开始在云南、四川等相对较易推行的地区进行"土司子弟入学"政策制度化的"布局"。经过较长时间的摸索，到了明孝宗，"土司子弟入学"政策遂在土司地区被普及化和制度化。弘治十六年（1503），孝宗有鉴于保靖宣慰使彭仕坻与其同族大喇长官彭世英之间的世仇与争斗，以及这种现象在土司家族的普遍存在，下令"以后土官应袭子弟，悉

---

① 《明史》卷311，中华书局1974年版，第8005页、第8017页。
② 《明史》卷312，中华书局1974年版，第8040页、第8050页。
③ 《明史》卷311，中华书局1974年版，第8032页。
④ 《明史》卷315，中华书局1974年版，第8156页。
⑤ 《明太祖实录》卷239，台湾"中央研究院"历史语言研究所1962年版，第3476页。

令入学，渐染风化，以格顽冥。如不入学者，不准承袭"①。弘治十六年（1503），"土司子弟入学"制度的正式推出，看似是因为一起偶然事件，实则是在"以夏变夷"思想的指导下，经历了太祖至孝宗100余年对于土司文化教育的持续重视，以及不间断地鼓励甚至强制土司子弟入学之后，大部分土司对于接受儒家文化教育已经达成了某种程度的共识的结果，因此这一政策的推出应该说是水到渠成，而不是一时性起。从带有示恩（示威）意味的特殊政策，到部分地区试验改革，再到全面推行，"土司子弟入学"制度的提出和实施经历了一个渐进的过程。

除了制度本身外，明代还围绕"土司子弟入学"的施行，推出了两项辅助措施。一是积极拓展土司子弟入学的渠道，鼓励土司子弟入学。入国子监学习是较常见的方式之一，除了特恩之外，还有岁贡、选贡等多种途径。《明会典》卷七十七载，成化四年（1468），令"土官学，照州学例，三年贡二人。"又载，洪武十八年（1385）至永乐十八年（1420），朝廷曾多次下令云南、广西、湖广、四川、贵州土司、土官衙门，"生员有成材者，不拘常例，从便选贡"②。另外，土司子弟还可以通过在本地区设立学校、进入本地区的卫所学校等多种方式学习汉文化。同治《酉阳州志》引《明统志》的记载道："酉阳宣抚司学在司治东，本朝永乐六年建。"③ "永顺土司彭云锦，

---

① 《明史》卷310，中华书局1974年版，第7997页。根据文献的记载，这一制度在相当大的范围内和相当长的时间内都发挥了作用，如《明史》载，正德年间（1506—1521），播州宣慰使杨斌"为其子相请入学，并得赐冠带"。杨斌为承袭其土司之位的儿子，同时向朝廷提出请封与请入学，且将请入学放在"赐冠带"之前，虽未明言，亦可侧面说明在当时，入学仍然是承袭土司之位的前提条件。

② 龚荫：《中国土司制度》，云南民族出版社1992年版，第100页。

③ 《中国地方志集成·四川府县志辑·同治增修酉阳直隶州总志》，巴蜀书社1992年版，第307页。

在老司城建若云书院。"① 容美土司田甘霖逃难回归之后，即"建立学宫"②。二是对于入学的子弟进行奖励，如毛奇龄《蛮司合志》卷二载，成化十七年（1481），"贵州程番知府邓廷瓒奏，本府学校中有土人子弟在学者，宜分别处置，以示奖励"；"弘治初，提学毛科以文试土生，仿廷瓒意，多奖励"③。此外，对进入国子监的土司子弟等，朝廷也通过赐予衣钞等方式表示关心和奖励。如洪武二十四年（1391），"赐国子监云南生杨仕贤等十一人衣钞。"④ 永乐三年（1405），"赐子监云南天泉六番招讨司等处官民生高虎等五十人夏衣"⑤。

值得一提的是，土司子弟入学，除了能加强土司及其子弟对于中央政策和儒家主流文化的认同之外，还是一种政治手段，即将土司子弟作为人质留在北京，以牵制土司。一些土司为了表示向朝廷效忠，会主动将子弟送到国子监读书，等于自愿纳质，如上文提到的车里宣慰使刀暹答遣子刀典入国学，其名为入学，"实阴自纳质"。因为刀暹答在此之前多有效忠之举，明成祖嘉其忠，所以对于刀典"赐衣币慰谕遣还"。万历（1573—1619）初，岑溪土酋潘积善归降朝廷，并"以其子入学"⑥。归降朝廷和送子入学，似乎并无联系，但是将此二事并列叙之，显然是因为潘积善送子入学有"纳质"的内涵。

总体而言，"土司子弟入学"政策，通过各种渠道让土司子弟、

---

① 《中国地方志集成·湖南府县志辑·同治永顺府志》，江苏古籍出版社2002年版，第158页。
② 中共鹤峰、五峰县委统战部、县志办：《容美土司史料汇编》，内部印行，1984年，第98页。
③ 龚荫：《中国土司制度》，云南民族出版社1992年版，第102—103页。
④ 《明太祖实录》卷207，台湾"中央研究院"历史语言研究所1962年版，第3088页。
⑤ 《明太宗实录》卷39，台湾"中央研究院"历史语言研究所1962年版，第659页。
⑥ 《明史》卷317，中华书局1974年版，第8216页。

尤其是"准土司"们进入国子监学习，有利于强化这些人对于中央政府和儒家主流文化的认同，进而有利于加强中央对土司地区的统治、维护大一统王朝的稳定。

第二节 "土司子弟入学"制度在容美的施行及影响

在明代"土司子弟入学"的制度的深刻影响下，容美土司家族也开始对自己的子弟进行儒家文化教育，使得田氏土司文学世家初步形成，进而促成了文学交往的开展。

一 "土司子弟入学"制度在容美地区的执行情况

虽然在官修的史书当中，有关容美土司子弟入学的材料凤毛麟角，但是在地方志、《田氏世家》、《容美一家言》的序跋和《容美纪游》中，还是能找到一些容美土司子弟入学或接受教育的记载。

（一）容美周边地区的办学情况——施州卫学、卯洞土司

明代施州卫（在今恩施县），据《明史》记载，在洪武十四年（1381）由施州改置而成，"属湖广都司，领千户所一：曰大田。领宣抚司三：曰施南，曰散毛，曰忠建。……又有容美宣抚司者，亦在境内"①。设置施州卫，其主要目的在于监控容美等土司。卫所本为军事组织，但亦兼具相当的行政和文化功能。② 施州卫学，就体现了明廷

---

① 《明史》卷310，中华书局1974年版，第7984页。
② 光绪《增修施南府志》载明人高维勉《施州卫志原序》一文，其中谈及施州卫的作用时道："废州入卫，以统军民，而辖蛮夷。"

在"以夏变夷"思想指导下,企图通过设学来推动"土司子弟入学"的意图。同治《恩施县志·艺文志》载明人黄榘《重修施州卫学记》一篇,较详细地记载了明代施州卫学的情况:

> 施州卫远在数千里外,而亦不废学,学故在南门外,迁于卫治之西北有年矣。景泰中,湖广按察司佥事沈庆分巡戾兹,病其卑隘弗称,列疏于朝,仍徙故址,更历十六年,庙学倾圮,时按察副使新淦卢君巡施,祗谒先师……遂谋诸挥使李君清捐俸为之倡,凡百僚耆旧、生徒咸佐为之费,乃诹日、辇材、鸠工……经始于成化六年六月八日,成于是年十月十一日。……学校之兴废,治道之隆替系焉。使今之司风纪者,皆能如卢君奉宣德意,作新学政策以光弼圣天子文明之治,则教化兴行、人才丕变、风俗醇厚,天下何有于治乎?施在遐方,得沾风化,来游士子,进谒庙庭。①

除此之外,同治《恩施县志·学校志》也有相似的记载,并补充了明崇祯及清初的情况:

> 学官即前明施州卫学,原在县南城外文昌宫旧址,今南郡书院地,后迁城内衙治之西北,明景泰五年,佥事沈庆、守备任忠复迁南城外旧址。成化六年,重修。弘治中,参议林矿、佥事郑岳迁南门内之右,即今学也。明崇祯十二年,抚夷同知宋洪泰重修。……康熙四十三年,守备傅天锡重修西庑泮池崇圣祠,教授张佐瑞、酆维宪补修大成门明伦堂,训导陈欲珍复捐俸鼎建教

---

① 《中国地方志集成·湖北府县志辑·同治恩施县志》,凤凰出版社2013年版,第523页。

授、训导二署。①

可见，施州卫学成立甚早，应该是在洪武改置之后便已存在，而且根据对其不停进行修缮的记载，亦可看出明廷对卫学的使用一直未予中断，这就为容美土司子弟的入学提供了保证。另外，还有一些资料显示，施州卫为了减轻生员的经费负担，还曾给赴外地考学的生员发放川资。例如，明人葛楚士②《唐卫侯力复诸生资斧碑记》③载："卫自建学以来，因其赴省险远，各项俱额有路费，正科举每生一十两，遗材每生六两，每年正陪贡共十六两，至科岁二试，至荆一千有余里，历蒙宪尊怜其跋涉艰辛，因于季考激赏，派为盘缠八钱，征于三里，每年五十两。厥后诸生众，而数不敷，抚夷陶公特立猪、盐二税以增之，遇考每生各给银八钱，惠至隆而法可久，已还被中伤暗议裁革，幸我唐侯新主卫政，首事恢复，惓惓以崇儒为任，遂蒙院道府各批，遵旧永为定例。事虽因而非创，惠则减而能全秋毫，皆公力也。"④ 这种资助行为证明，施州卫学一直都存在，而且为了在少数民族地区大力推行文教，做出了相当实际的努力，从"厥后诸生众"等语来看，这种努力取得了相当不错的效果，"诸生"当亦包括大量土司的子弟。

最能体现施州卫学意义、作用的文章，当推明人邹维琏的《重修卫志原序》，邹氏在文中对明廷设立施州卫学的意图及相关配套制度

---

① 《中国地方志集成·湖北府县志辑·同治恩施县志》，凤凰出版社2013年版，第459页。
② 葛楚士，据同治《恩施县志·选举志》记载，当为明中后期贡士生。
③ 据同治《恩施县志·职官志》记载，明代施州卫抚夷同知中唐姓者，只唐懋德一人，为云南举人，明中期在任。此处的"唐卫侯"当指此人。
④ 《中国地方志集成·湖北府县志辑·同治恩施县志》，凤凰出版社2013年版，第522页。

进行了概括性说明,其序云:

> 余观于施域,虽邻夷而汉官威仪、士绅文学、父老子弟彬如也,乃去城不数里,民则处不华不夷之间,以先王垂世大教,莫如冠裳,而民至今且有不冠之首焉,他又可知。若然者,岂以种杂盘瓠,难游文明之治乎?夫三代以上之中国,南不过江黄,吴楚四大国,春秋夷之。至于两浙、七闽、百粤之区,汉武始入职方。前此,断发文身、章甫无用者,今则家弦户诵,文学比于邹鲁,何盛也无?亦风气有必开之渐,而人事又迎其机与之更始也,且汉武初通西南夷,使司马相如驰檄谕蜀,不有'蜀不变服,巴不化俗'之语乎?施邻巴蜀,此亦可鉴也。则安见其有作新,而盘瓠不可化而中国,荒服不可进而邹鲁耶?施自隋唐以来,本列州郡,高帝为控驭十四司土,省州入卫,要非得已。其设学饩诸生,则数更丰于他郡,可见圣神本意,亟欲用夏变夷,新此一方民,而民可自外德化,上可漫无劳来匡直之计哉。[①]

据《明史》本传记载,邹维琏,字德辉,万历三十五年(1607)进士,卒于崇祯八年(1635)。因此,他的这篇序文,基本上可说是站在明末来回顾明代一朝施州卫学的情况。邹维琏明确指出,明代在"以夏变夷"的思想指导下,为了"控驭十四司土",在施州卫设学。他所说的"设学饩诸生"当中的"诸生"当主要指卫所的汉民及附近地区的土司子弟,田氏土司的子弟自当入学。另外,他指出,施州

[①]《中国地方志集成·湖北府县志辑·同治恩施县志》,凤凰出版社 2013 年版,第 529 页。

卫学生员的名额，较之他郡"更丰"①，再加之前面所提及的资助路费等措施，可见，明廷在容美地区为了推行"土司子弟入学"，曾推出了一系列较为有力的配套制度，不仅保证了容美土司子弟有机会入学，而且还给他们提供了走科举之途的机会。

除了施州卫这种带有官方意味的学校之外，自明朝开始，在容美周边地区的土司当中，已经开始自觉地司治内广泛地兴建学塾，以促进当地的教育，卯洞土司就是一个典型。卯洞土司，其司治在今恩施州来凤县境内，现在有关卯洞土司兴建学校的文献主要有两篇：《学校序》《广修学舍告示》，均为明末清初卯洞土司向同廷所撰。

学校序

尝思学校之设，原以作育人才，以备国家之用。余素有志，缘例请设，奈司内自余明辅祖时，遭向蒿等谋叛后，人民寥落，有志读书者百不得一，几置斯文于不讲矣。余因思人不学不如物，且士不通经，果不足用。先王图治，庠序必居井田之后。卯峒虽属僻壤，而人性皆善。任有土之责者，亦宜法先王以立教也。讵得于衰微而遂无振兴之志也耶？所以余于司内及新、江各处均建修学舍外，示谕各地就近多设，以便延师课读。俾肄业者得以居肄成事，朝斯夕斯，文理通畅，暂送荆州附考。俟文风日盛，另行缘例请设，以广作育焉。是为序。②

---

① 据同治《恩施县志·学校志》载"施州卫学制额取卫学文童十五名，武童十五名，廪生四十名，增生四十名，一年一贡"。这样的名额数量，对一个卫学而言，显然很多。到了雍正年间（1723—1735），反而将原有名额减少了一半，这也从反面证明明代设立生员名额较多。"雍正七年，部议湖北施州卫改为恩施县，应照各县例，将原设廪增生各四十名之数，各裁去二十名，留二十名，二年一贡，学额仍文童十五名，武童十五名。"

② 《中国地方志集成·湖北府县志辑·同治来凤县志》，凤凰出版社2013年版，第505—506页。

广修学舍告示

为广修学舍以厚风俗、以隆作育事。照得古者建国，君民教学为先，而人才振兴，虽由教化使然，亦资肄业得所。故郅隆之世，广教泽于司徒、乐正，悉于家塾、党庠端其艺习。本司卯峒，虽曰边夷，亦风俗宜厚，人文可兴之地。特工必居肆，乃成其事。是以本司除司城并新、江各处建修学舍外，合行出示晓谕为此示，仰各地知悉：嗣后，务各就近修设，俾成人、小子各得其所。凡为父兄者，固当加意教督；而为子弟者，尤宜潜心肄习。则日变月化，孝弟礼让之心油然而生，且能志图上进，功力深而自足以扬名显亲。司内虽无学额，本司自可移文暂送荆州附考。俟文风日盛，即行援酉阳之例，请设学额，将见风俗厚而作育广，可无虑人文之不振兴也。凡司内人等，务须踊跃从事，无负本司之至意。特示。①

从这两则材料中可以看出，卯洞土司兴办学校的动机完全是出于对儒家政治伦理及相关逻辑的认同，即所谓"先王图治，庠序必居井田之后""古者建国，君民教学为先，而人才振兴，虽由教化使然，亦资肄业得所"。其目的亦是要达到"厚风俗""兴人文"使民众能够"孝弟礼让之心油然而生"。这也表明，明末清初之时，以儒家为核心的汉文化已经在土司地区（至少是在土司们当中）成为一种主流思想文化。在土司地区推行汉文化教育，也逐渐由政府行为变为土司的自发行为。因此，卯洞土司在没有学额的情况下，仍然自觉地、积极地在本地区推行汉文化教育。尤其值得注意的是，他的这种教育似

---

① 《中国地方志集成·湖北府县志辑·同治来凤县志》，凤凰出版社2013年版，第515页。

乎不仅仅是针对土司家族的行为，而是面向司治内的所有民众，所以才会在两篇文献当中都强调要"各地就近多设，以便延师课读""务各就近修设，俾成人、小子各得其所"。

向同廷的教育眼光及相关计划非常长远，这种长远性体现在两点：一是教育的宏观目的是要达到移风易俗，在司治内推行儒家文化；二是教育的微观目的是作育人才，虽然现阶段司治内还没有学额，但是可以先将人才培养起来，送到外地参加考试，等文风兴盛之后，再援其他土司之例申请学额。从这两个目的看，向同廷在司治内推行汉文化教育既不是着眼于当前，更不是应付任务，而是基于深刻认同基础上而做的一个长久的设计和安排。

卯洞土司与容美土司同属武陵山区，地理、历史和文化传统上非常接近。另外，据《明史》的记载，卯洞土司的前身盘顺土司曾隶属于容美土司①，如果这种记载属实的话，那么容美和卯洞土司在政治、文化上的关系肯定是非常密切的，因此，卯洞土司兴办教育的种种作为也可以作为观察容美相关事业的一个参照。

（二）容美土司子弟的入学情况

除了有关施州卫学的记载之外，还有对于田氏土司子弟入学的直接记载。例如，严守升所作《田氏世家》载，田世爵在遭遇家族内讧后，痛定思痛，认为"始于大义不明"，因此他决定在家族内部推行汉文化教育，希望借此在家族中建立以"忠孝"为核心内容的儒家伦理观，从而对族人进行精神上的改造，避免类似惨剧的再次发生。对于田世爵不太可能是第一位在容美田氏家族内部推行汉文化教育的土司，前文已有论述，但田世爵是力度最大、贯彻最彻底、影响也最深

---

① 关于容美与盘顺的隶属关系问题，有学者持不同看法。

远的一位。

田世爵之所以能够有如此大的决心、毅力在家族内部推行汉文化教育，除了家族惨祸这个直接原因之外，可能还有一个更为深层的原因，即田世爵本人也是"土司子弟入学"制度的受益者、并受到了这个制度的启发。据《田氏一家言》的记载，田世爵遭遇家族内讧正是在弘治十八年（1505），亦即是"土司子弟入学"制度正式提出两年之后，田世爵很可能是这一制度的受益者。其时，世爵之庶兄百里俾弑父兄而篡权，独田世爵在乳母覃氏等护送下至桑植土司处，得免其祸。桑植向氏土司是田世爵外婆家，对于弑父篡权的百里俾并不认同，并将田世爵作为容美土司未来的继承人加以培养，又正值"土司子弟入学"制度的推出，田世爵可能因此得到了良好的汉文化教育。这并不是完全无端的猜想，我们从田世爵的行止上也可以看出，他并不是一个野蛮无文的土司，除了锐意在家族内部推行汉文化教育之外，《田世爵世家》还记载他"推务抚安舍把，恤民好士，甚得军民之心"。[①] 这一切都说明田世爵是一位具有儒家政治伦理思想，同时又具有相当文化修养的土司。另外，非常值得玩味的是，明孝宗提出"土司子弟入学"制度的原因与田世爵在家族内部进行汉文化推广的原因如出一辙，都是为了让土司家族成员能够在汉文化"忠孝仁恕"观念的影响下，改变"顽冥"之习。而时间上明廷推出政策在前，田世爵推行家族教育在后。笔者认为这并不是巧合，而应是田世爵受到了明廷政策的启发，即田世爵在家族内部推行汉文化教育是"土司子弟入学"制度影响的结果。如此，则容美文学世家的形成，其深层原因还在于"土司子弟入学"制度，而田世爵则是最

[①] 中共鹤峰、五峰县委统战部、县志办：《容美土司史料汇编》，内部印行，1983年，第88页。

有力的推动者和执行者。

田世爵在家族内部强力推行汉文化教育的记载，主要见于《田氏一家言》。例如，《田世爵世家》载其："痛惩乱贼之祸，始于大义不明，故以诗书严课诸男，有不嗜学者，叱犬同系同食，以激辱之。"①其推行的力度不可谓不大，手段不可谓不激烈。又如，田舜年《〈紫芝亭诗集〉小叙》载："龙溪公（田世爵号）以幼遭家难失学，及生五世祖八人，咸聘名儒以教之。"可见，田氏的第一位代表性诗人田九龄，就是田世爵重视教育的重要成果。田九龄为田世爵六子，同治《宜昌府志·士女·上》载：田九龄"弟兄八人均业儒，惟子寿（田九龄字）从华容孙太史学，万历间，补长阳县庠博士弟子员"②。孙太史即孙斯亿，是明代著名文士，与明代文坛的代表性人物王世贞关系甚密。从田九龄写给孙斯亿的诗作来看，田氏对于孙氏一直执以师礼，称孙氏为"云梦师""兆孺师"。③ 孙斯亿在《田子寿诗集·序》中也回忆了田九龄向自己求教的细节。可见，田九龄与孙斯亿不仅是诗友关系，更有师生之谊。田九龄与孙斯亿师生关系的形成，不知是否有田世爵的引见，但田九龄能够成为田氏的第一位代表性诗人，确实在很大程度上是田世爵在家族内部力推汉文化教育的结果。

田楚产亦非常重视对子弟的教育，并惠及土民。《田氏世家》本传载其在位期间，"官舍子弟及民间童稚，置塾延师以教之"。田玄不

---

① 中共鹤峰、五峰县委统战部、县志办：《容美土司史料汇编》，内部印行，1983年，第87页。
② 《中国地方志集成·湖北府县志辑·同治宜昌府志（一）》，凤凰出版社2013年版，第500—501页。
③ 孙斯亿，字兆孺，号云梦山人。

仅"自课子睦族"①，而且将子弟都送入州学、县学学习。道光《鹤峰州志·杂述》载："土司世崇武功，至田世爵以后，专事诗书，故田元②有《金谭吟》《意笔草》③等刻，而田既霖兄弟三人未承袭时，皆补澧州、长阳诸生。"④ 其中，田霈霖"耻以武弁自居，常率其同母诸弟，刻意向学。遨游荆、澧、湖、湘之间，士人有才望者，率折节引为同社，相与论志讲业。"还曾"补澧州博士弟子"，后又"改长阳县学"，说明田霈霖曾入州学、县学学习。田既霖"少时，唯知随伯兄及两弟读书外署，居起饮食，恒不相离。"而且，他同其兄一样，也曾"补长阳学"，到县学学习。不仅如此，田既霖还曾参加科举，"崇祯壬午，与伯兄同观场屋，下第归"。据《田武靖公父子合传》载，田甘霖亦曾"下帷攻举子业""弱冠补博士弟子员……崇祯壬午，入楚闱"。⑤ 另外，严守升《〈田氏一家言〉又叙》记载："予（严守升）自崇祯壬午逐队武昌，则知特云（田甘霖号）先生以列爵攻举子业，偕诸生入闱，一时都人士咸异其事。……盖自子寿名家，嘉隆太初列传儒行，而特云下帷不窥园舍。"⑥ 可见，田甘霖也曾经入学并参加崇祯壬午年（1642）的乡试⑦。

---

① 田玄不仅重视子弟的教育，而且对避难容美的忠峒应袭田贵芳、施南应袭覃懋梁、东乡应袭覃绳武也"抚育教训""教诲一如己子"。
② 即田玄，避清圣祖玄烨之讳，故名。
③ 据严守升《田玄世家》所载，田玄有诗集《金谭咏》《意草笠浦》，《金谭咏》当即《金谭吟》，疑《意笔草》或即《意草笠浦》。
④ 《中国地方志集成·湖北府县志辑·道光鹤峰州志》，凤凰出版社 2013 年版，第 467 页。
⑤ 中共鹤峰、五峰县委统战部、县志办：《容美土司史料汇编》，内部印行，1984 年，第 86—98 页。
⑥ 陈湘锋、赵平略：《〈田氏一家言〉诗评注》，中央民族大学出版社 1999 年版，第 433 页。
⑦ 查光绪《湖广通志·选举志》，崇祯壬午（1642）科乡试榜中无田甘霖，甘霖应和既霖一样，未中。

田舜年时代，不仅其本人是饱学之士，曾为"荆郡庠生"①，而且他还非常重视对子弟的教育。《田昺如列传》载："先九峰公（田舜年号）令其（田昺如）寄籍荆州，受廛为民，纳枝江县国学监生，进入待卫。"②另据《容美纪游》所载，田舜年曾延请荆郡庠生钟南英、岳郡庠生祝九如，为其第十二子田耀如、其孙田图南的"举业师"。③顾彩在叙述容美宣慰司行署所在地平山街之景状时云："诸郎君读书处在槿树园。"④由此可见，田氏对子弟的教育，主要是通过两种手段：延请士人到家中坐馆和送子弟到州学、县学读书。

除了这些直接记载容美田氏土司子弟接受教育的材料之外，还有一些有关田氏兴办教育的间接材料。例如，清代鹤峰州举人洪先焘⑤《重修城厢各庙纪略》道："容美于今城隍庙旁建学舍数楹，祀先师像，'改土'后，创建文庙多用田氏旧材。"⑥可见，容美土司时代，确有建立学校之举，而且这些学校的材料，在"改土"后，还被用于创建文庙，直到"乾隆五十余年"，才因"朽腐"而重新修建。咸丰六年（1856），鹤峰州人庠生徐德元所作《劝修刘家司文昌阁序》云："乙卯秋，元访友于刘家司之龙寨……晚眺维时，碑卧斜阳，苔埋敞井，绝壁松风之下，遗址依稀，不觉悽然，有今昔之感。石桥告

---

① 高润身：《容美纪游注释》，天津古籍出版社1991年版，第4页。
② 中共鹤峰、五峰县委统战部、县志办：《容美土司史料汇编》，内部印行，1983年，第104页。
③ 关于钟南英来容美坐馆的情况，顾彩曾自注云："余到中府次日，始从郡城延至开馆，年五十余，其弟送之来，翌日弟别去，大哭而行，以地险不可复到也。"这也从侧面反映了容美田氏延请塾师的难度，可以想象，在当时的情景下，应该很难将士人请到容美来当塾师，即使如此，田氏历代仍然家馆不绝，这也证明了田氏重视教育的程度。
④ 高润身：《容美纪游注释》，天津古籍出版社1991年版，第64页。
⑤ 洪先焘，曾先后任广东三水、大埔、南海知县。
⑥ 《中国地方志集成·湖北府县志辑·道光鹤峰州志》，凤凰出版社2013年版，第445页。

元曰：'此古文昌阁也，建自土司，历有年，所忆儿时犹嬉戏其中。'"① 文昌阁本为祭祀文昌帝君所用，其地位、功用与文庙相埒，有昌明文教之意义。《容美纪游》亦载："文庙在芙蓉山西麓，以铁铸夫子行教像，不加衮冕。规其前为杏坛，率子弟习礼于此。其丁祭，羊、豕、鹿、獐、鹅、鹜、雉、兔、梅、李、榛、枣，凡有之物皆荐，无笾豆祭器，今始按图铸造，未成也。"② 田氏修建文昌阁和文庙，举行祭祀文昌帝和祭孔活动，显然是要在容美土区倡导文教之风。此文庙及铁铸夫子行教像等直至"文革""破四旧"才被毁去。

二 "土司子弟入学"制度对容美土司家族的影响

通过上述材料可以看出，"土司子弟入学"制度的实施，一方面是通过强制性手段，有效促进了容美土司家族对汉文化的学习；另一方面，受这一制度的影响和启发，出现了像田世爵这样以推行汉文化为己任的土司，从而更加彻底地改造了田氏家族的文化基因，并对田氏家族产生了深刻而久远的影响，最终促成了田氏文学世家的形成。

文学世家的形成至少应有三点特征：一是要有代表性的诗人；二是要有代际传承；三是要有诗人群体的出现。代表性诗人是文学世家存在的根本，他的出现说明一个家族不只是文学的爱好者，而是达到了相当的创作水准。代际传承则是文学世家存在的另一个根本要求，没有代际传承，就不会有文学世家的存续。诗人群体是文学世家的重要特征，家族文学区别于一般意义上的作家文学的最大特点就是家族

---

① 《中国地方志集成·湖北府县志辑·同治续修鹤峰州志》，凤凰出版社2013年版，第509页。

② 高润身：《容美纪游注释》，天津古籍出版社1991年版，第52—53页。

成员的群体创作。

根据这三个特征，从现存的文献上看，田氏文学世家初步形成于田九龄、田宗文时代。田九龄不仅是这一时期最具有代表性的诗人，而且是整个容美家族中最具有代表性的诗人之一，也是整个武陵山土家族最具代表性的诗人之一。这种代表性体现在数量和质量两个层面。就数量而言，《田氏一家言》共收录了其128首诗作，而最新发现的《田子寿诗集》更是将这一数字提升到534首。不仅数量多，田九龄涉及的诗体也非常丰富，包括古乐府、五七言古体、五七言律体、五七言绝句，可以说几乎囊括了所有传统诗体。就质量而言，田九龄的诗作也达到了相当高的水平，如孙斯亿评其诗云："近体绝句，多唐遗音；歌行，实效四子；乐府古诗，悉可造《文选》。每囊以示予，予辄评纂久之，子寿益进。……其作有'二南'指归。"[1] 吴国伦评其诗有屈原遗风，所谓"乃慕三闾之牢愁，潄氵熊氏之余润而发之诗，以自舒其感慨激昂之气，庶几有所托而为名高"[2]。杨邦宪称其诗"以《十九首》为指规[3]，方且迤逦

---

[1] （明）田九龄著，贝锦三夫校注：《〈田子寿诗集〉校注·序》，中国文史出版社2016年版，第19页。笔者对于"武溪歌于徼外，而顾汉晋大雅。曲江越人其诗，盛唐名家，矧我朝圣化远被，而子寿生提封乎"一句的校注有不同理解，原校注将这一句断为"武溪歌于徼外，而顾汉晋大雅、曲江越人其诗、盛唐名家，矧我朝圣化远被，而子寿生提封乎！"并认为这句话的大意是："田子寿放歌之地武陵，本在边远蛮地，能够看到我汉晋大雅文化，领略到江浙名家诗文，还有盛唐诗歌，况且我大明王朝圣德教化覆盖天下，这些都被你田子寿全拥有了啊！"笔者认为，这段中提到的"武溪歌"不是指田九龄的诗歌，而是用了马援《武溪深行》之典，马援在南征交趾时创作了这首诗，全诗古朴质实，描写了武溪边地幽深蛮荒、瘴疫四散之状；"曲江越人其诗"指的不是江浙名家诗文，而是张九龄（世称"张曲江"）在越地开大庾岭时所作的诗歌，其诗作也是描写边地风物为主。因此，这句话的正确翻译应当是："马援的《武溪深行》写于边疆之外，却能比肩汉晋时的大雅之作；张九龄因为写南越的诗作而成名于盛唐。何况我大明王朝圣德教化远被天下，而田九龄又是生于圣朝的疆域之内（自幼就受到了教化）！"

[2] （明）田九龄著，贝锦三夫校注：《〈田子寿诗集〉校注·序》，中国文史出版社2016年版，第21页。

[3] 指规，疑为"旨归"之误。

长虹，点缀藓藻，优而游之，始迨及采石江头、白帝城边，为李为杜，以足骚坛雅意"①。周绍稷将其诗形容为"熊蹯豹胎""珠香象犀"。②这种评价中，可能有过誉之词，但是我们细读田九龄的诗作，确乎感觉到他在诗歌的世界里绝不是一个入门者的级别，而是已经高度纯熟地掌握了诗歌创作的技巧，并且具有一定水平的诗人。例如其《从军行》一首，诗云：

> 烽火夜相闻，长驱入虏群。
> 旗翻青海月，阵拥黑山云。
> 露布朝驰塞，燕山早勒勋。
> 横行沙碛外，一举净妖氛。③

这首诗无论从气势、境界上都达到了相当的水准，让人不由想起了"初唐四杰"之一杨炯的《从军行》，可谓是拟古乐府的上乘之作。其他诸体良言佳句亦时而有之，如五古有"凉浸梧桐月，香涵薜荔秋。风随黄叶度，山共白云浮"（《山居秋夜》），五律有"月旧吴王苑，云新范蠡湖"（《泊姑苏》），"谷写诗中画，山鸣橘里棋"（《五峰山庄》），七律有"夜凉璞吐荆山月，峡静涛回节度楼"（《荆州怀古》），"斗间紫气埋龙剑，幕下寒雨冷铁衣"（《谒岳武穆庙》）等。另外，从诸人给田九龄诗集所写的序文中，我们还可以看到田九龄为了提高诗歌创作水平四处求教、勤奋钻研的情状。例如，吴国伦、殷都、周绍稷等人的序文中都提到，田九龄或写信或登门，通过主动求教而结识这些文坛名家。尤其是殷都的序文中还提到，田九龄

---

① （明）田九龄著，贝锦三夫校注：《〈田子寿诗集〉校注·序》，中国文史出版社2016年版，第27页。
② 同上书，第29页。
③ 同上书，第3页。

请求殷氏将他介绍给王世贞，甚至为了见王世贞已经做好了"千里负笈"的准备，这些细节中都可以看到田九龄对接受名师指导的渴望。正是因为积极探索、不断求教，田九龄的诗作才得以达到相当高的水平。

就代际传承而言，在田九龄之后的一代中又出现了田宗文。二田因为亲缘关系，加之相似的生活经历和共同的志趣，文学交往较为频密，现存的二人相互唱和、寄赠的诗作包括：田九龄《国华侄卜居澧上赋寄》《寄题国华侄离骚草堂》《野外饮宗文侄翠碧亭》《松滋晚眺有怀国华侄》《送宗侄游太岳》《夏日寄澧浦国华》和田宗文《春日与六季父饮东墅酒家》（二首）、《山房夜坐感季父近筑有遁意》《六季父苦雨不至作此促之》《澧上思亲感作》《丙戌春日试笔柬六季父》《从季父饮中得龙君超君善书因有卜居桃川之约》。另外，田宗文有佚诗《挽六季父四韵》。从诗作数量来看，田九龄写给田宗文诗作仅次于他写给孙斯亿、孙羽侯的诗作，而田宗文写给田九龄的诗作在所有的交往对象中最多（关于二田文学交往的具体对象及诗作数量详见下文）。较为频繁的唱和对于提高田宗文的诗艺自然大有裨益。而且，虽然没有明确的文献记载，但田九龄应该在诗歌创作中对田宗文有实际的指导和帮助。除此之外，田九龄与田宗文的文学交往对象中，有很多人是重叠的，如孙斯亿、孙斯传、孙羽侯、殷都、艾穆、陈洪烈。可以相当肯定地说，田宗文认识这些文士、官员，应该都是经由田九龄的引荐，这种引荐对于让田宗文被文坛主流认可和接纳有非常重要的意义，也是田九龄在指导之外对于田宗文诗歌创作的另一种形式的帮助。

就诗人群体而言，除了二田之外，这一时代的其他人应该也有诗文创作。例如，《田九霄世家》载其"学问渊赡，神采异常，兼有文武之资";又载平倭的庆功宴上,胡宗宪"命席间讴唱为乐,公辞以丧制在身,生平唯解读书,音律非其所长,不敢强应"。① 田九霄虽然以韵律非其所长为由,拒绝在酒席上赋诗作乐,但从"学问渊赡"的描述可以看出,其应有相当的文学修养,而在胡宗宪面前隐而不发,主要是因为丧制在身,不宜歌乐。《田九龙世家》亦载,九龙"赋性深沉,宽厚明敏,于群书一览不忘,而才略瑰奇,于诸昆弟中为最",他因为田九霄的猜忌,所以很长时间里都"深自韬晦,耕读于龙潭坪之后山"。② 据此看,九龙也是一位颇有学问根底的土司。可惜的是,其诗文集都没有流传下来,相关的文献当中也没有提到他们创作的具体情形。不过,从其受教育的情况来看,应该是有诗文作品的。

从代表性诗人、代际传承和诗人群体三个要素来看,容美田氏文学世家确实初步形成于田九龄、田宗文时代。而这一世家的形成,如果要探寻其源头的话,则无疑始自田世爵在家族内部推行汉文化教育。如果再进一步追问田世爵推行汉文化教育的动机和深层原因,则又应该归功于"土司子弟入学"制度的推行。很难想象,如果没有"土司子弟入学"制度的推行,在地处偏僻、远离核心文化圈的容美,能够有像田世爵这样在家族内部强力推广汉文化教育的土司,自然也就不可能产生像田氏这样的文学世家。可以说,"土司子弟入学"制度既为田氏土司打开了一扇通向主流文化的大门,又用制度之手将其推入了这扇大门。当然,在进入大门之后,田氏家族较快地认同了主流文化,并被汉文学的魅力所深深吸引,从而变被动的接受为主动的

---

① 中共鹤峰、五峰县委统战部、县志办:《容美土司史料汇编》,内部印行,1983 年,第 88—89 页。
② 同上书,第 90 页。

追求。但是如果没有这一制度作为推手，田氏土司文学世家的可能性将会大大减小。

对于文学交往而言，"土司子弟入学"制度的影响是双重的：一方面该项制度的深入推行，开启了土司及其子弟对汉文化的接受。在接受过程中，土司及其子弟的态度也由被动接受逐渐转变为积极汲取，而汲取汉文化的一个重要途径就是文学交往。从《田子寿诗集》的序跋中可以明显地看出，从田九龄开始，容美田氏的诗人们就通过索序、赠诗乃至登门请教等多种方式积极主动地开展与汉族文士的交往，这种态度直接反映了他们对于汉文化、汉文学的热爱。从更深的层面去看，这种热爱的形成正是源于"土司子弟入学"制度，如果没有这项制度的推行，也就不会有土司及其子弟对于汉文化的了解，也就更谈不上热爱。另一方面，"土司子弟入学"制度的推行，还为文学交往提供了先决条件，即培养出了一批有汉文化、汉文学修养的土司子弟。容美田氏之所以能够通过文学交往结交到如此众多的文坛名家，一个重要的原因就是他们本身亦具备了相当的创作能力。从田氏诸人的诗作来看，他们已经非常纯熟地掌握了古诗的相关创作技巧，古诗因诗体的要求，除了在形式层面（押韵、粘对、平仄、对偶等）有相应的规定之外，在总体的风格层面也有一些传统的要求，如诗体和词体在风格取向上就大相径庭，在大的诗体之内，古乐府、古体与律诗在风格取向上就有微妙的不同，而在田氏的诗作中，可以看到他们对这些都了然于胸，并且相当一部分诗作写得颇有水平（详见上文），这也为他们开展文学交往奠定了良好的基础。

需要指出的是，由于"土司子弟入学"制度制定的初衷，是为了通过加强边疆地区统治阶层对于中央政府的文化认同，从而强化对这些地区的统治，因此在制度的制定上，就特别强调对于土司及其子弟的文化灌输，而忽视了对于土民的教化，形成了制度的"盲点"，并间接导致容美土司地区文化阶层的分裂，形成了文化阶层的两个极端，即受到良好教育的土司阶层和普遍未受教育的土民阶层。有关这种两极分化的情形，可以从地方志的相关记载中看出，如道光《鹤峰州志·杂述》载："土民皆不受学，有唐世英者，能吟诗，邑士人曾见其遗稿百余首，今已散佚。"① 唐世英这样的人，在当时的鹤峰地区成为了异类，可见当时鹤峰普通土民的受教育情况并不乐观。除此之外，清代的鹤峰、长乐、恩施等地方志中，有不少关于新设立州县学、建立社学、学院和义学的历史文献，这些文献间接证明了明代这些地区平民教育的缺乏（详见附录二）。

总体而言，明代"土司子弟入学"制度虽然有其缺陷，但仍有力地促进了对容美土司子弟的文化和文学教育，并吸引其通过文学交往的形式提升自身的汉文化、文学修养。另外，相关的教育也使得田氏文学世家初步形成，从而使田氏有了自己的代表性诗人、代际传承的诗文传统和诗人群体，并在交往质量、交往时间、交往规模三个方面为接下来的田氏族内、外的文学交往提供了保障，促进了文学交往的开展。

---

① 《中国地方志集成·湖北府县志辑·道光鹤峰州志》，凤凰出版社2013年版，第468页。

第二章 容美土司家族"文学交往"的开创期——田九龄、田宗文

　　如果说在"土司子弟入学"制度的深刻影响下,田氏文学世家初步形成,进而促成了文学交往的开展,那么随着文学交往的不断扩大和深入,又反过来为田氏文学世家的发展壮大提供了直接的动力。文学交往不仅直接激发了容美田氏家族诗人的创作热情,而且在文学交往过程中,通过诗艺的切磋和反复的练习,以及交往对象通过诗作、序跋、评点等方式对田氏诗人提出的建议、指导等,又促进了田氏诗人创作水平的提升。可以说,文学交往既是容美土司文学世家形成的结果,又是这一世家不断发展、壮大的原因。同时,文学交往也是观察容美田氏文学世家成长、发展历程、探析其成长、发展原因的一个关键点。因为,如果单从作品出发,我们只能看到个别诗人创作的断片,了解其诗作的内容、特征等,但很难看出这种创作对于文学世家形成和发展的影响,即单纯的作品分析无法将各自分散的田氏诗人捏合成一个整体,而容美田氏文学成就的最突出一点正是其整体性(家族性)、传承性,以及这当中体现出的中华民族内部文化交流的意义和影响。

从类别上看，田氏的"文学交往"可以分成族外文学交往和族内文学交往两种：族外文学交往指田氏与族外人士，主要是汉族士大夫的文学交往；族内文学交往指田氏家族内部的文学交往。这两类文学交往活动不仅有力帮助了田氏诗人提升其文学修养，形成了较为丰富的成果（包括诗作、序跋、评点等），而且不断地激发着田氏诗人的创作热情及其进入主流文坛的热望，为这个文学世家的传承提供了动力。可以说，族内和族外的文学交往犹如一双翅膀，它们频繁的"扇动"直接带动了田氏文学创作的起飞，及其文学世家的发展。

田氏家族族内外文学交往大体上可以分成四个时期：开创期、发展期、深化期、余绪期。田九龄、田宗文属于开创期，因为从《田氏一家言》的记载来看，这两位是田氏最早的、有作品存世的诗人。而二人现存的诗作中，文学交往题材的诗作占到田九龄诗作半数，占田宗文诗作的八成以上，可见这类交往对田氏家族文学的巨大推动作用。通过对其文学交往对象和交往过程的考证和观察，可以看出二田的文学交往，从族外角度看，呈现出交往对象身份多元化、多层次化，人际关系的"核心—网状"等特征；从族内的角度看，呈现出以二人的相互唱和为主，以及诗风整体上偏向于孤苦凄冷等特征。田九龄、田宗文不仅正式开启了田氏家族的文学交往，而且他们的文学交往还初步确立了田氏在文坛的地位，直接激发和推动了其创作的发生和发展，为族中后辈树立了榜样并有助于田氏家族文学传统的沿袭，同时为了解二田的生平事迹提供了可贵的材料。

第一节　田九龄、田宗文的族外文学交往

田九龄，字子寿，田世爵第六子，万历年间（1573—1619）补长阳县庠生，曾师从华容孙斯亿，其为人"天资洒落，出尘俗外，性耽书史，喜交游，足迹遍两都，所交与唱和者，多当时名士"[①]。同治《宜昌府志》光绪《长乐县志》等均有传。

从上面的论述和他的诗作中可以看出，田九龄交游很广。广泛的交游，不仅使其诗作甚夥，而且也养成了其诗作"冲融大雅，声调谐和"的特色。这一切使得田九龄成为田氏家族的第一位代表性诗人。[②]田九龄所著诗文集原有20卷，规模颇为可观，但是到了田舜年时，已经散佚严重，经多方搜求，仅得其第七、八卷各半，均是七言近体与绝句，名为《紫芝亭诗集》，收在《田氏一家言》中。不过非常让人欣喜的是，就在笔者撰写此书的时候，得到了李传锋、吴燕山、李诗选以"贝锦三夫"名义整理出版的《田子寿诗集校注》（中国文史出版社2016年版）和《田国华诗集校注》（中国文史出版社2017年版），其校注的底本是明朝天启七年（1627），田玄刊刻的《田子寿诗集》和《田国华诗集》，这应该是最早的田九龄诗集和田国华诗集的刊本，连田舜年都没有找到的这部诗集，竟然在尘封了近400年之后被重新发现，这次的发现也为田氏诗歌研究特别是田九龄的文学创作研究打开了一片新天地。

[①] 陈湘锋、赵平略：《〈田氏一家言〉诗评注》，中央民族大学出版社1999年版，第434页。

[②] 《中国地方志集成·湖北府县志辑·光绪长乐县志》，凤凰出版社2010年版，第287页。

田宗文，字国华，容美土司田九龙之子，田九龄之侄。其人"性敏好学，尤耽诗"，亦因性喜诗书，无意政治，且发现其兄弟之间的夺位之争有愈演愈烈之势，宗文为避祸也追随其六叔田九龄移居湖南澧浦，筑"离骚草堂"，叔侄以诗酒自娱，并"交游海内贤豪、江汉诸名达"。但宗文英年早逝，据田楚产《楚骚馆诗集》所说"命不逮颜氏子"之语，则其年寿不超过30岁。① 宗文品性高洁，"卓不受变，如蝉蜕污泥，自致尘磕之表。……且风流韫藉，慷慨飞腾，非徒握柔翰以佟坐谈者比"。宗文的诗歌创作，"冥搜玄索，追踪先哲"，经其侄田楚产收辑遗编，仅得五、七言近体与绝句79题84首，名《楚骚馆诗集》，后收在《田氏一家言》当中。新发现的《田国华诗集》（天启七年刊本）则有125首。

一 田九龄、田宗文族外文学交往对象补考

有关与容美土司家族交往对象的身份，前贤已经做了很多考证工作，并取得了可观的成果，如陈湘锋《〈田氏一家言〉诗评注》、吴柏森《容美田氏交游述略》、贝锦三夫《田子寿诗集校注》等专著、论文，对孙斯亿、孙斯传、孙羽侯、殷都、艾穆、龙襄、龙膺、王世贞、王世懋、魏允中、沈襄、郭正域、吴国伦、徐中行、周绍稷、杨邦宪、王穉登、汪道昆、朱桂亭、宋登春、文安之、黄灿、严守升、毛寿登、徐惺、伍鹭、姚淳焘、孔尚任、顾彩、蒋鑨、毛会建、刘絿

---

① 关于颜回的年龄问题，见于古籍者主要有三说：一为18岁，如《列子·力命》："颜渊之才不出众人之下，而寿十八。"一为31岁，如《孔子家语·七十二弟子解》："颜回……年二十九而发白，三十一早死。"一为41岁，如清人李锴《尚史·孔子弟子传》："颜子少孔子三十岁，享年四十有一。"楚产所说"命不逮颜氏子"，当以31岁为标准。又祝注先《明代土家族诗人田宗文和他的〈楚骚馆诗集〉》也根据田楚产之说，认为宗文"阳寿仅二十九个年头"。陈湘锋《〈田氏一家言〉诗评注》亦据楚产之说，认为宗文"年寿不超过二十八岁"，皆不知何据。

第二章 容美土司家族"文学交往"的开创期——田九龄、田宗文

等 30 余位文士的身份分别进行了考订,其中孙斯亿等 10 余位与田九龄、田宗文有文学交往。这些考证为后续的研究奠定了基础,但另一方面,仍有相当多与容美有过交往的文士身份有待进一步考证,而这些不明身份的文士多是不见于经传者,考证起来有一定难度。

为了尽可能恢复田氏文学交往的历史原貌,笔者根据地方志及相关诗作的记载,通过对史料的钩沉和分析,对本书涉及的、从田九龄到田泰斗 9 位容美代表性诗人的文学交往对象进行了补考,共考证出陈洪烈、张履祥、谭敬承、李应祥、周元勋、虞客卿、张翼先、苟瑞仙、诸葛元声、管宗泰、冯大受、王士骐、宋仕仁、华阳王、光泽王、孙谷、程檠、林天擎、田白珩、覃懋粲、孔毓基、田宽庵、钟南英、田曜如、唐柱臣、刘跃龙、关福等 30 余位的身份,同时对田九龄的交往对象杨邦宪、周绍稷的生平以及宋登春与田九龄的交往情况、伍起宗与田氏交往情况、张之纲与田霈霖交往情况进行了补考,对田甘霖交往最频繁的"雪斋师"的身份提出了猜想,对田泰斗交往的李焕春、李素、胡馨、陈宜政、丁志一、杨福煌、杨嘉寿、杨墀寿、佘国瀛、刘振华、陈兆元、汤卓千、邹峰山、罗秉初、张方旦、曾煜廷的人的身份进行了补考。相关的考证情况将在相关章节中逐一展开。当然由于史料的缺乏和本身学养的限制,仍然还有很多交往对象的身份有待考证,但根据前贤和笔者的研究成果,已经可以勾勒出容美田氏文学交往的大致轮廓,并进行相关的交往对象的类型、交往特征的分析,以及文学交往意义的阐释。

本章将首先对田九龄、田宗文交往对象的身份进行补考,并结合前人的研究成果对文学交往对象的类型、交往情况的特征、交往的意义进行梳理和分析。

笔者对田九龄、田宗文交往对象的身份补考如下 17 部分所述。

（一）"陈明府"即陈洪烈

田九龄《紫芝亭诗集》中有《陈明府元勋召自崇阳却寄》一首，关于陈明府，前贤皆未详其人。明府，唐以降多用以专称县令，故据诗题之意，田氏之作当是写与崇阳的陈姓县令。又据同治《崇阳县志·职官》，明代先后任崇阳知县者61人，其中陈姓县令只有陈恩、陈洪烈两人。陈恩为靖安（今属江西）人，"举人，嘉靖九年任一月"[①]，而据陈湘锋等人考证对田九龄生年的考证，其当生于1530年（嘉靖九年）前后[②]，因为其兄田九龙生于1525年（嘉靖四年），而田九龙与田九龄之间又隔有田九成、田九璋诸昆仲，因此，田九龄生年至早不会超过1529年（嘉靖八年），则嘉靖九年时，田九龄不会超过2岁，显然无法与陈恩有文学交往，因此，田九龄所说的"陈明府"只能是陈洪烈。同治《崇阳县志》本传载："陈洪烈，字复泉，光山人，进士，万历戊子由长阳调任。"万历戊子为1588年（万历十六年），田九龄时年当在58岁，正是其交游和创作的高峰阶段，与陈洪烈产生交集自是不成问题。且其寄与陈氏之诗云："江汉风流化不群，管弦久向日边闻。"称赞陈明府在崇阳任上政绩斐然，教化之功卓尔不群，这也与《崇阳县治》中的记载映证。《崇阳县志》本传载，陈洪烈到任以后，"风裁自励，留心民瘼"，不仅"复建义仓十二所"，使人民在荒年得以活命，还"立讲约所，注《皇祖六谕》（附

[①]《中国地方志集成·湖北府县志辑·同治崇阳县志》，凤凰出版社2010年版，第204—205页。

[②] 陈湘锋、赵平略：《〈田氏一家言〉诗评注》，中央民族大学出版社1999年版，第16页。查《容美土司史料汇编》（以下简称《汇编》）中辑录严守升《容美宣抚使田九龙世家》一文，关于田九龙的卒年记载有"公以万历丁亥岁摄事，癸巳年五月卒，年三十五"。万历癸巳为公元1593年，若照此推算，则田九龙当生于1559年，即嘉靖三十八年，然《容美宣抚使田九霄世家》及其他资料记载，田九龙于嘉靖三十五年（1556）已随父兄奉诏征倭，故《汇编》中所引《田九龙世家》一文当有误。

二十六条）刻书晓民，月旦集乡约所宣讲，民风丕变"①。又《崇阳县志·礼乐》亦载："圣谕牌于乡约所，约正直月司讲约，设木铎老人以宣声于道路，各官如仪注，三跪九叩头，行礼毕，分班坐地，率领军民人等敬听，讲毕，各官散。崇邑乡约所，明时，在西城外，知县陈洪烈注《御制六谕附二十六条》，刻书晓民，月旦讲于其所，其后寖废。"② 由此可见，陈洪烈确实在教化民众方面著力甚多，称得起"江汉风流化不群"。另外，田九龄《送陈长阳调武昌之崇阳》、田宗文《投赠陈长阳》两首中所说的"陈长阳"，也应指陈洪烈，因诗题中明言陈氏本由长阳调任武昌府崇阳县③，这与陈洪烈的经历正相符合。而所谓陈长阳，乃是以任职地为称，古人多有此用法，如柳柳州、刘随州之类，此处田九龄也是以陈洪烈的任职地长阳称之。④

（二）"张明府"即张履祥

田宗文《楚骚馆诗集》中有《泊舟石门呈张明府》一首，对于张明府，前贤亦未详其人。据前例，张明府当为石门县令，查嘉庆《石门县志·职官》，有明一代，石门共有张姓知县8人，分别是张观、张赞、张盖、张概、张夔、张澍、张履祥、张大亨。又据陈湘锋等人考证，田宗文的生卒年当在1562—1595年，即嘉靖四十一年至

---

① 《中国地方志集成·湖北府县志辑·同治崇阳县志》，凤凰出版社2010年版，第208页。
② 同上书，第182页。
③ 陈洪烈任长阳知县时，颇有政绩，据同治《长阳县志》载：陈洪烈"光山县人，万历中知县，县接溪峒，多梗化，洪烈抚循有法，威惠兼施，终其任无边患"。
④ 陈湘锋、赵平略《〈田氏一家言〉诗评注》于《送陈长阳调武昌之崇阳》诗后简评云："友人陈长阳由武昌调往崇阳，属降职处理，因此连小试牛刀的余地都没有了。"误。详解见附录一。

万历二十三年①，这个时间段，在石门任上并有可能与田氏产生交集的只有张澍、张履祥二人，其中张澍未写明到任时间，但是其前任谢家诏为嘉靖十七年（1538）到任，则谢家诏与张澍需任职24年以上，才有可能与田宗文产生交集，又考虑到田宗文需具备基本的文学交往能力，则张澍的任职下限最早应在万历四年（1576）左右，而考《石门县志》，张澍与万历七年（1579）到任的马应祥之间，石门有过4任知县，这就需要3年时间换5任知县，显然不可能，且田宗文赠诗中有"心飞闽海月，兴满石门烟"之句，则张明府当为福建人，而张澍为婺源（当时属南直隶）人，也不相合。因此，田宗文所说的张明府只能是张履祥，嘉庆《石门县志·职官》载张氏"字考吾，长汀解元，十五年任，有文学，治行，卒于官"②。又乾隆《福建通志·选举六·明举人》亦载张履祥为福建长汀人，隆庆元年（1567）解元，并曾任曲江知县。③可见，张履祥无论是到任时间、籍贯及其文学优长均符合条件。

（三）"谭总戎"即谭敬承

田宗文提到谭总戎诗共两首：《吴君翰自燕抵汴晤孔炎子厚远离罗施谭元戎宗启兹来山中访季父与文感而赠之工拙不论》《送吴君翰之铜仁谒谭总戎宗启》。总戎，乃明清时对总兵之雅称，又据诗题之意，则谭总兵任职贵州。查乾隆《贵州通志·秩官》，明嘉靖、万历两朝，谭姓总兵只谭敬承一人。④乾隆《长沙府志·选举》

---

① 陈湘锋、赵平略：《〈田氏一家言〉诗评注》，中央民族大学出版社1999年版，第114页。
② 《中国地方志集成·湖北府县志辑·嘉庆石门县志》，凤凰出版社2010年版，第361页。另外，清末民初有著名理学家张履祥，字考夫，浙江桐乡人，与此非同一人。
③ 《景印文渊阁四库全书·史部》第529册，台湾商务印书馆1983年版，第232页。
④ 《景印文渊阁四库全书·史部》第571册，台湾商务印书馆1983年版，第473页。

记载，谭敬承为隆庆年间（1567—1572）武进士，"贵州总兵，前军都督"①。乾隆《长沙府志·人物》载："谭敬承，长沙卫人，丰标劲挺，幼习经书，长学剑术，工骑射。以武进士授卫使，掌篆务，升守备，转山东佥书，修古北口边城，旋擢郧阳参将。在任七年，地方整饬，升贵州总戎，征播，播畏，归附。"②敬承既为隆庆武进士，最早也在隆庆二年（1568），结合其履历所载，则敬承任贵州总兵应在万历十一年（1583）左右，与田宗文的活动时期正相重合。乾隆《长沙府志·人物》载："敬承能诗工书。"《艺文志》载其有文集三部，分为《按剑集》《清美堂集》《行边集》。③可见，其确是一位文武双全的将军，故田宗文诗有"倡和定知频入幕"之句，意谓吴君翰可凭与谭总戎的诗文唱和而得谭氏的欣赏，从而入幕为宾。想田氏定已听闻谭总戎擅诗之名，才会有这种推论。明代自嘉靖年间（1522—1566）起，为防止苗疆叛乱，将总兵官驻地移至铜仁，直至天启二年（1622）才又重新常驻贵阳。《明史·职官五》载："镇守贵州总兵官一人，旧设，嘉靖三十二年加提督麻阳等处地方职衔，驻铜仁府。"④故诗题中有"之铜仁谒谭总戎宗启"的说法。结合以上证据，可以推定谭总戎即谭承敬，宗启当为敬承之字。

（四）"李大将军"当为李应祥

田九龄集中有《李大将军还自蜀中奉寄》一首，诗云：

---

① 《中国地方志集成·湖南府县志辑·乾隆长沙府志（1）》，江苏古籍出版社2002年版，第649页。
② 《中国地方志集成·湖南府县志辑·乾隆长沙府志（2）》，江苏古籍出版社2002年版，第57页。
③ 同上书，第666页。
④ 《明史》卷76，中华书局1974年版，第1869页。

>　　战代勋名塞两间，
>　　铙歌新自蜀西还。
>　　剑悬牛斗龙云壮，
>　　花落旌旗虎豹闲。
>　　父老威仪欢借望，
>　　主恩弓矢羡重颁。
>　　不须甘即频阳卧，
>　　早晚天书下九关。①

诗中前四句赞誉李将军军容壮盛、军勋卓著；后四句表达家乡父老对李将军仰慕，即对其归来的盼望，又以秦将王翦称病归卧频阳之典，喻李将军不甘罢归，盼望重新为朝廷效力的愿望，并预祝其成功。综合诗题之意，可以推断出李将军当是一位颇有军功、自四川罢归的湖广籍人士。又"大将军"，在明中后期，并非一定之职衔，而为武将之"尊称"，如王世贞赠戚继光诗之一《戚大将军入帅禁旅枉驾草堂赋此赠别》（《弇州四部稿》卷三十九）②，此时戚继光为都督同知、福建总兵，即将转任禁军神机营副将；又其有《寿戚大将军序》（《弇州四部稿》卷六十二）③，此时戚继光为左都督。据此，能够被田九龄称之为"李将军"，其职衔当为五军都督府的左右都督或同知这样的一品或从一品大员，而镇守四川的最高武官为都督同知（或佥事）、总兵官。查乾隆《四川通志·武职官》，正德（1506—1521）以降，四川李姓总兵唯李应祥一人，且为湖广籍。④《明史》

---

① （明）田九龄著，贝锦三夫校注：《田子寿诗集校注》，中国文史出版社2016年版，第270页。又，《〈田氏一家言〉诗评注》亦录此诗但有错简。
② 《景印文渊阁四库全书·集部》第1279册，台湾商务印书馆1983年版，第491页。
③ 《景印文渊阁四库全书·集部》第1280册，台湾商务印书馆1983年版，第103页。
④ 《景印文渊阁四库全书·史部》第560册，台湾商务印书馆1983年版，第701页。

本传载:"李应祥,湖广九溪卫人。武生从军,积功至广西恩恩参将。"① 后历任松潘副总兵,都督佥事,万历十三年(1585),改左军都督府佥事,出任四川总兵。是时,四川番寨林立,并恃强向政府索要金钱,李应祥到任后,先后参与、领导了对茂州、播州、建昌卫、越巂卫诸番的讨伐,均获捷。"论功,应祥屡加都督同知……当是时,蜀中剧寇尽平,应祥威名甚著。御史傅需按部,诘应祥冒饷。应祥贿以千金,为所奏,罢职。兵部举应祥佥书南京右府,给事中薛三才持不可。"② 其事在万历十五年应祥平定邛部属夷腻乃的叛乱之后,直到万历二十八年(1587—1600)明廷大征播州,才又重新起用李应祥,则应祥罢归在万历十五年(1587)至万历二十八年(1600)之间,这与田九龄的活动时期正相符合,被罢之前已官至都督同知,也配得上"大将军"之称。另,田九龄还有《赠大将军仁宇》和《寄将军仁宇》二首:

赠大将军仁宇

谁将刳木小为舟,下峡今为访旧游。

虎旅暂看云外卧,龙光偏识斗间浮。

漫夸武士千钧壮,倘许词人百战优。

幸喜渚宫明月夜,一樽犹自足淹留。③

寄将军仁宇

当代韬钤百将先,节旄归护楚西偏。

---

① 九溪卫隶湖广都司,其地在岳州府慈利县。又慈利,明时曾先后隶属于澧阳府、常德府,后才改隶岳州府。
② 《明史》卷247,中华书局1974年版,第6400页。
③ (明)田九龄著,贝锦三夫校注:《田子寿诗集校注》,中国文史出版社2016年版,第292页。又,《〈田氏一家言〉诗评注》亦录此诗,但"今为"作"今因","渚宫"作"诸宫"。当以《田子寿诗集校注》为是。

虎符闲向林端卧，龙气高纵斗极悬。

明府勋劳垂带砺，塞垣烽火照腥膻。

期君一怒清沙漠，莫使燕然石独镌。①

二首诗中有"下峡今为访旧游""节旄归护楚西偏"之句，说明该位将军也是自四川归楚，又从"虎旅暂看云外卧""虎符闲向林端卧"知道这位将军归楚的原因也是"赋闲"，实则这是罢官的一种委婉说法。如此看来，这位"仁宇"将军境遇与李应祥无异，疑即李应祥，仁宇或为应祥之字。其诗又云"漫夸武士千钧壮，倘许词人百战优"，称许李将军文武兼长。查民国《慈利县志·艺文志》载：李应祥著有《平播传》一部②，另据《明史·艺文志》载，其还著有《雍胜略》二十四卷③，可见其亦有文才，"词人"之誉当不为过。这两首诗（尤其前一首）很可能是李应祥被罢官回乡后，田九龄与其宴饮时写下的。

（五）"周明府"当为周元勋

田宗文有《过华容奉呈周明府》《华容周明府入觐》④二首。关于周明府的身份，查光绪《华容县志·职官志》，明代华容周姓县令有周应规、周骧、周洪范、周祉、周元勋五人⑤，田宗文能与之进行诗文唱和者，有周祉、周元勋二人，皆万历以降在任，其中，"周祉，

---

① （明）田九龄著，贝锦三夫校注：《田子寿诗集校注》，中国文史出版社 2016 年版，第 295 页。

② 《中国地方志集成·湖南府县志辑·民国慈利志》，江苏古籍出版社 2002 年版，第 593 页。

③ 《四库总目》《关中胜迹图志》作"雍略"。

④ 《后容周明府入觐》不见于《田氏一家言》所收《楚骚馆诗集》，据明刻本《田国华诗集》补入。

⑤ 《中国地方志集成·湖南府县志辑·光绪华容县志》，江苏古籍出版社 2002 年版，第 311—312 页。

江西永新乡贡，质直能任事，厘料田弊，敬礼贤者。比觐还，以主藏吏盗帑金为直，指论，调在郡邸中，寻卒。"①"周元勋，江西南昌人，乡贡，文儒，谨守不自污，上官撼故周令事劾，调裕州学正，稍迁为上思州知州，卒。"②又乾隆《江西通志·选举》载：周祉为嘉靖四十三年（1564）举人③，周元勋为万历元年（1573）举人，从时间上看，皆有可能，不过就两人的传记来看，周元勋有"文儒"之称，则显然可能性更大。其诗《华容周明府入觐》中的周明府亦应是周元勋。

（六）"虞子墨"即虞客卿

田宗文诗集中有《九日与虞子墨对酌楚骚馆有赠》一首。关于虞子墨的生平，乾隆《华容县志·志余》载："后四十年，有东陵虞客卿，字子墨，雅负节概，家累千金，一旦散尽，寻山探奇，贫窘不悔，苟非其人，一饭不及。从孙山人父子游，遂欲卜居元石，娶妻耕亩以自娱乐。"④光绪《华容县志·流寓志》亦载其事。可见，虞客卿为岳州府（巴陵，亦称东陵）人，其为人慷慨负节，雅好云游，家道中落后，曾受到孙期亿的资助，并曾随孙氏在元石山居住，田宗文与虞客卿相识，当是通过孙斯亿的引见。

（七）"张郡丞"当为张翼先

田宗文有《武昌张郡丞奉使过澧奉呈》《江亭与武昌张郡丞饮

---

① 《中国地方志集成·湖南府县志辑·光绪华容县志》，江苏古籍出版社2002年版，第324页。
② 同上。
③ 《景印文渊阁四库全书·史部》第514册，台湾商务印书馆1983年版，第786页。
④ 《中国地方志集成·湖南府县志辑·乾隆华容县志》，江苏古籍出版社2002年版，第200页。后虞客卿将之武昌，曾赠诗于孙羽侯，其诗曰："寒月人稀到，柴门黄叶稠。俄惊去城郭，梦想隔林丘。万事岁犹晚，孤踪行未休。相思蒲寥阔，空有卜居谋。"

别》二首,关于张郡丞的身份,按明代无"郡丞"一职,郡丞实同知之雅称。据康熙《武昌府志·秩官志》,明代武昌张姓同知共有两位,张旻、张翼先,皆无传。张旻,历史上多有其人,据田宗文最近者为嘉靖元年(1522)陕西举人(《陕西通志·选举》)①,依前所推理,其与田宗文产生交集需到万历四年(1576)左右,这几无可能。因此,"张郡丞"应是指张翼先。乾隆《云南通志·选举》载:张翼先,太和(今云南大理)人,为明嘉靖甲子科(1564)举人②,又据光绪《黎平府志》载,其曾在万历年间任黎平府知府,当是由武昌同知升任。另外,1937年武汉抗日群众团体清理倾圮的大东门岳王庙时,曾发现一块红砂石碑,碑上镌刻有岳飞半身像,并有云南太和人张翼先于万历十年(1582)所写的四言像赞。③ 这一发现,结合以上的文献记载,亦可证明张翼先在万历十年(1582)左右在武昌任同知,其活动的时间段正与田宗文相重合。

(八)"海岱公"即殷都

田宗文有《奉呈殷夷陵海岱公》一首,对于"海岱公",《〈田氏一家言〉诗评注》未注。实则"海岱公"乃殷都之号,清人葛万里《别号录》卷三"殷都"条载:"斗殷都 开/无美 海岱 部郎 历苏。"④根据此书的体例,以号之下一字分韵编辑,且每韵唯第一人标两字,以下皆但标一字。因殷都号斗墟,"墟"韵依其体例,只第一人储罐标明其号为柴墟,其余皆只标其号之第一字,故"殷都"条只标一

---

① 《景印文渊阁四库全书·史部·陕西通志》第552册,台湾商务印书馆1983年版,第693页。
② 同上书,第42页。
③ 王钢:《武汉岳飞遗迹寻踪》,《武汉文史资料》2006年第9期。
④ 《景印文渊阁四库全书·子部》第1034册,台湾商务印书馆1983年版,第159页。

"斗"字。"开/无美"①乃殷都之二字。而"海岱"，依《凡例》"身兼多号，韵未收者，间附名下"的规定，可知即殷都之别号。

（九）诸葛元声

田宗文有《诸葛元声因订游黄岳访司马汪公伯玉山馆饯别一之归容城因呈郑虚中先辈》《载阳王孙席送诸葛元声向吴中寻东海小冯君咸甫》《归自家园王子献同诸葛元声访一赠》三首。②诸葛元声，《四库总目》载其为会稽人，乾隆《云南通志》《大清一统志》卷三百七十《曲靖府志·流寓志》有传，其传云：

> 万历间至郡卖笔，一日，见诸生课艺，援笔改正数处，群相叹服，因请入书院教授生徒，所著有《咏水集》《五经阐蕴》《诗雅词林》等书，后与弟元敬归故乡。③

《四库总目》录其有《两朝平攘录》5卷，另外，《明史·艺文志》载其还有《滇史》14卷。(《滇略》中亦录是书，题作《滇事纪略》)

（十）"管郡侯"即管宗泰

据《田氏一家言》所存《楚骚馆诗集》，田宗文有佚诗《管郡侯之岳阳奉上四韵》一首。另外，还有佚诗《走笔约菅太天过小堂》一首④。不过随着明刻本《田国华诗集》的发现，这两首诗也重新面世。⑤另外，《田国华诗集》中还有《赠管长公》二首。笔者认为所

---

① 原文中"开""无"二字以小号字体并列。
② 此三首在《田氏一家言》所收《楚骚馆诗集》中仅存其目，而明刻本《田国华诗集》中又见其全貌。
③ 《景印文渊阁四库全书·史部》第483册，台湾商务印书馆1983年版，第17页。
④ "菅太天"当为"管大夫"之误。
⑤ 明刻本《田国华诗集》题作《走笔约管大天过小堂一首》，"管大天"应即管大夫之误。

谓管郡侯、管大夫、管长公均指一人，即管宗泰。

诗中称管郡侯，而郡侯当指澧州的知州。查同治《直隶澧州志》，明代澧州知州，管姓者唯管宗泰一人，且万历年间在任，与田宗文的活动时间相符合。管宗泰，永丰（今属江西）人①，万历元年（1573）举人，澧州知州，又曾任广东南雄知府。②同治《直隶澧州志·艺文志》载有清人徐世隆《重修管公堤碑记》一篇，其中记载了管宗泰任澧州知州期间，曾筑堤造福一方之故事。其文曰：

> 出东门二里许有堤，南接大街，北连护城，堤三面环绕，以防前后澧澹两水，实东北城郭人民保障也。自圣朝定鼎以来，安澜致庆，百有余年，是堤创筑之年与人，以澧志失载，故老无传，即世居此土者，莫能悉。殆饮芳泉而不知其源者欤？戊辰……上河蛟水暴涨，冲溃城北枣儿堤，势若建瓴，水从此堤奔出，两河聚汇，一派汪洋，东北庐舍淹其大半，诘朝水消，堤已成堑，得一碑，备刊万历甲午州侯管公筑堤之由，澧人始知创筑之自。……是堤若非水冲见碑，后之人何从知一百五十七年之前，有恤民之管公作此一堤，为两关谋生全也。乃今知一番洪涛，天不欲终晦循良之善政，故遣河伯以发其光也。③

据此文可知，管宗泰筑堤在万历甲午年即万历二十二年（1594）④，管氏亦当在此前后任澧州知州，这也进一步证明其与田宗

---

① 《中国地方志集成·湖南府县志辑·同治直隶澧州志》，江苏古籍出版社2002年版，第278页。
② 《景印文渊阁四库全书·史部》第563册，台湾商务印书馆1983年版，第116页。
③ 《中国地方志集成·湖南府县志辑·同治直隶澧州志》，江苏古籍出版社2002年版，第447页。
④ 据此亦可知，此文作于1751年，即乾隆十六年，查同治《直隶澧州志·职官志》，此时知州当为何璘，于文中所说"何侯"正相契合。

文是同时代之人。

(十一)"冯咸甫"即冯大受

田宗文《载阳王孙席送诸葛元声向吴中寻东海小冯君咸甫》[①],其中所说冯咸甫即冯大受。据《明诗综》所载,"冯大受,字咸甫,松江华亭人,万历己卯举人,有《竹素园诗集》。"[②]

冯大受与王世贞有较密切交往,王世贞曾作《冯咸甫诗序》《冯咸甫〈竹素园集〉序》,对冯大受的诗赞赏有加,如评冯诗道:"其和平畅尔,能酌于深浅浓淡之间,高不至浮,庳不至弱,稍加以沈思则可揖让高岑,而蹈藉钱刘矣。"(《冯咸甫诗序》)[③] 又道:"其于文辞方日升而川至……今中原之音豪厉,而江左之音柔靡,咸甫则既能调之矣。唐初之造,弘丽而不及法,末季之诣,雕镂而不及气,乃咸甫于二者,复有所汰取矣,即不敢以一日画咸甫而谓之定然,欲置咸甫于长庆后而会昌前,其可得耶。"(《冯咸甫〈竹素园集〉序》)[④] 认为冯大受能汲取初唐与晚唐诗风之长,而避其之短,其诗平易晓畅,有白居易等中唐诗人的特征。此外,王氏还评其人道:"咸甫负才气,朗爽玉立,自意古人无不易及者"(《冯咸甫〈竹素园集〉序》)。《弇州四部稿》还存有王世贞写与冯大受的书信四封,对其诗作也给予高度的评价。另外,冯大受与李应麟亦有交往,李氏有《南归留别胡孟弢区用孺李季宣王冏伯王永叔黄季主冯咸父金伯韶八子》《初抵都下冯咸父以诗草见贻赋此奉赠》等。

---

① 此诗在《田氏一家言》所收《楚骚馆诗集》中仅存其目,而明刻本《田国华诗集》中又见其全貌。
② 《景印文渊阁四库全书·集部》第1460册,台湾商务印书馆1983年版,第396页。
③ 《景印文渊阁四库全书·集部》第1282册,台湾商务印书馆1983年版,第597页。
④ 同上书,第694页。

（十二）"王冏伯"即王士骐

田宗文《答鹏初燕市晤魏太常懋权王省元冏伯》①，王冏伯即王士骐。王士骐，字冏伯，王世贞之子，生于嘉靖三十三年（554），万历壬午（1582）乡试第一（解元），故宗文诗题中称其为"省元"，万历己丑（1589）进士，历任兵部主事、礼部员外郎，万历二十九年（1601）调任吏部考功员外郎，万历三十一年（1603），因坐妖书事，削籍归，屡荐不起，至光宗立，曾追赠其太仆寺少卿。《明史》本传称其"亦能文"②。《千顷堂书目》载其有《醉花庵诗选》5 卷、《苻秦书》15 卷、《驭倭录》8 卷、《铨曹纪要》16 卷、《四侯传》4 卷、《王司勋代庖录》4 卷。《国库总目》《明史·艺文志》亦录其书。③《御定四朝诗》选其诗四首，《明诗综》选其诗三首。

王士骐与李应麟、魏允中、李维桢、屠隆等人有交往，李应麟有《过娄江载宿弇园时冏伯逸季并以事留云间独房仲在下榻欸留亡异长公存日感赋此章》《小祇园怀冏伯逸季》《南归留别胡孟弢区用孺李季宣王冏伯王永叔黄季主冯咸父金伯韶八子》《别房仲洎冏伯逸季》《王冏伯至武林以汇辑武侯全书见贻卒业赋》《闻弇州续集杀青寄怀王冏伯昆季四首》《新秋再寄冏伯》；魏允中有《怀王公子冏伯》，李维桢有《王吏部诗选序》，是为王士骐的诗集作的序；屠隆有《王冏伯制义稿序》，是为王士骐八股文集作的序。

（十三）苟瑞仙生平补考

《田氏一家言》所收《紫芝亭诗集》载田九龄有《寄苟元君》一

---

① 此诗在《田氏一家言》所收《楚骚馆诗集》中仅存其目，而明刻本《田国华诗集》中又见其全貌。
② 《明史》卷287，中华书局1974年版，第7382页。
③ 未录《醉花庵诗选》《王司勋代庖录》，且《驭倭录》题为9卷。

第二章 容美土司家族"文学交往"的开创期——田九龄、田宗文

首。另外,新发现的明刻本《田子寿诗集》又载有《观国山赠女道士苟正觉》《赠苟仙姑》《寄观国山苟道姑》三首。苟元君、苟仙姑、苟道姑当指同一人,即苟瑞仙。据嘉庆《石门县志》载,"苟瑞仙,蜀女也,名正觉,明嘉靖时人,许字邑人陈文鳌,采蕨观国山,老妪食以灵芝,遂不火食,栖赤霞洞五十年仙去。"[①] 另外,田宗文有《赤霞洞》一篇,亦当写此苟瑞仙所居之赤霞洞,宗文与苟瑞仙亦应有交往。

值得一提的是,苟瑞仙在观国山(位于今湖南省石门县)名声日显,不仅有诸多士大夫常来拜访,乃至华阳王朱宣墡、荣王朱载瑾,甚至明世宗都曾与其有交往。梅鹭所写《观国山记》一文对这些事迹详细记载,其文曰:

> 瑞仙者,名正觉,其先蜀人,世居观山之麓。生而有红光、赤芝之瑞,及长,好端默。村女见之,不觉肃肃起敬。嘉靖庚子,姑年尚未笄,适登山,遇老母授一草,令食之,甚甘,曰:"可不饥。"母忽不见,遂绝火食,断俗缘,亟欲入山,至亲不能强,乃得一岩穴居之,即今所存赤炎霞洞也。潜修近十年,人无知者,家人窥之,则巨蟒囗守岩前。樵苏者偶经其地,猛虎咆哮,至惊走,殆囗始知姑为上真矣。厥后,默契元宗洞,悟内典,四方闻姑名来谒者日盛,姑应答如响,且因人施喻,莫不切中肯綮,叩以未来,一一神验。或涉疑或不诚者,辄遇蛇虎,不能登山。缙绅名流若庐山胡学宪、纬州冯方伯、继峰舒司寇、含虚范内翰、阳和张内翰、铁耕邓正郎、太东谢司空、源野李方

[①] 《中国地方志集成·湖南府县志辑·嘉庆石门县志》,凤凰出版社2010年版,第410页。

伯、野庭罗中丞,每以野服访之,所谈者皆根极理奥,诸公咸悚然敬服,自是海内知有姑矣。先王①以境有至人,当礼之,因致斋奉书,遣内使叩迎。三往,姑乃曰:"吾闻今制,宗藩不越疆,非若士大夫可来访也。王与妃之意良厚,不可负。"遂命驾至,特洁道院奉之,唯饮泉、食果数枚而已。先王叩以道,曰:"忠君孝亲,道之本也;修身齐家,道之常也;清以寡欲,道之基也。余非敢知。"先王拜手曰:"敬受教。"遂辞去。姑道日益高,名日益重,世宗皇命礼部尚书顾公可学致书敦请,称以佑保皇躬,为大道增辉,辞甚切,姑恳辞。顺天巡按王大任又奉钦命来访,驻□郧间,廉实乃檄两道,使通上意,遂促之就道,州县使者络绎山中,姑辞益力。王公乃亲至澧中,为必行计。姑不得已下山,州县皆谓姑曰:"朝廷遣重臣迎姑,不行,恐非便。"姑曰:"必无行,父母幸无虑。"遂见王公于府中,公曰:"圣天子访求至人,及清微妙道,惟姑达于至道,顿悟元宗,辟谷绝尘,至澈圣聪,鄙人躬奉纶音,敬攀鹤驭,迄早北上,以慰圣心。"姑曰:"山野女流,乃烦台下照,闻命惊绝,谓'至人',其何敢当?!至于清微妙道,今无紫虚元君,且公代天宣化,不荐贤者,乃荐女流,史而有书,后世何观?"王公俯思,少顷曰:"鄙人知老仙意矣。"出而谓蕃臬二公曰:"苟姑,修道者,弗坪江西神女,目炯炯,光射人。"遂行。明年,世宗登遐,王公谓人曰:"苟仙姑真神人也。"先世荣国青府久虚,太妃忧之,迎叩于姑,曰:"乙卯当生贤世主。"至期果举王储,太妃疾甚,姑进刀圭,立愈。王曰:"世物姑视土苴,无以酬大德,请创玉阁于此。"及

---

① 原注:"指华阳。"

修三王游节庙于原址,报万分一,至今香火称盛。其圣母祠,则姑修炼处,今辟谷五十载,积功累德,苦行万千,以至克证至真三教之旨,莫不洞彻,以及天文地理、子史百家,言咸涉猎淹贯,初无师授。盖再来不昧,静中生明,尤大奇事,较古仙有颛和妙典,真多紫云黄观,湛母侯姑,皆表表于世,或不火食,饮水餐柏;或了然山中,猛兽侍卫;或凝然静坐,无所营为,数百年,状如少女,往往变化无方,白日仙去。揆之,我瑞仙老师一道也。①

这段文字中,不仅将苟瑞仙描述成一个修道山林、食风饮露、淡泊名利、预测神准的活神仙,而且较详细地记载了她与华阳王家族的交往情况,甚至还提到明世宗曾派多位重臣招其出山,以至于"州县使者络绎山中"。从文章中可以看出,华阳王对其敬重有加,甚至帮其婉拒了皇帝的召见。除了华阳王之外,苟瑞仙也与众多的士大夫有交往,如文中提到的"名流若庐山胡学宪、纬州冯方伯"等,可见,当时苟瑞仙已经是一位非常知名的女道士,田九龄与田宗文与其交往,可能是通过其他士大夫引见,也可能是慕名而往。

(十四)宋登春与田九龄的交往情况补考

吴柏森《容美田氏交游述略》引嘉定徐学谟《鹅池生传》所载,认为田九龄《闻宋山人应元游南岳》一首中的宋山人即宋登春,但未说明理由,似是认为宋登春字应元,与田九龄所说宋山人之字相同。宋登春生平(详见下文),《四库总目》《畿辅通志》《湖广通志》《画史会要》《渊鉴类函》等皆有载,以《畿辅通志》卷一百五所录

---

① 《中国地方志集成·湖南府县志辑·嘉庆石门县志》,凤凰出版社2010年版,第417—419页。

徐嘉谟所写传记最为详明，但亦未提到宋登春与田九龄或其交游对象有直接接触，似乎不足以证明宋山人即宋登春。实际上，光绪《华容县志·流寓》中对宋登春与孙斯亿的交游有明确记载，"宋登春，自号山人，江陵人，工诗，与孙山人倡和留连元石山，尝跣登天井峰，临大云泉濯足，有终年之志。"① 其《志余》又载："宋山人登春，隐处江陵，往来桃源、衡岳间，道经华容，访孙山人，爱元石之奇，有终焉之志。"并录宋登春与孙山人唱和之作一首。诗云：

樵径牵萝上，松杉鹳鹤翻。

泉分元石响，雾影洞庭昏。

莫辨三湘色，徒悲二女魂。

白头怜岁暮，共尔采芳荪。②

这里所说的孙山人即孙斯亿，就是田九龄、田宗文诗集中一再提到的"兆孺师""云梦师"。光绪《华容县志·隐逸》载："孙斯亿，字兆孺。……晚隐元石。"③ 又《志余》直称其"孙山人斯亿"。宋登春与孙斯亿都以隐士自处，从记载看，两人交谊颇有知音相惜之意，以田九龄与孙斯亿关系之密切，斯亿极可能将宋登春引荐给田九龄。因此，基本可以确定田九龄诗中所说的宋山人即宋登春。

（十五）伍起宗与田氏交往情况补考

田九龄有《伍荆州迁南仪部》一首，田宗文有《得伍仪部书知仪

---

① 《中国地方志集成·湖南府县志辑·光绪华容县志》，江苏古籍出版社2002年版，第398页。另，宋登春乃赵郡新河人，非江陵人，只是晚年定居江陵天鹅池，并自号鹅池生。

② 《中国地方志集成·湖南府县志辑·光绪华容县志》，江苏古籍出版社2002年版，第486页。除此之外，还录有赠山下萧君之作一首，另乾隆《华容县志·艺文志》还载其《元石观》五言诗二首，光绪《华容县志·艺文志》选录其一，题曰《元石》。

③ 《中国地方志集成·湖南府县志辑·光绪华容县志》，江苏古籍出版社2002年版，第396页。

部与龚孝廉邂逅有寄》一首。吴柏森认为，此处所说的伍仪部、伍荆州即伍起宗。① 此说恐误。据同治《松滋县志》载，伍起宗，"字止崖……崇祯中以保举授藤县知县……迁户部主事"②。可见，伍起宗为崇祯年间（1628—1644）人，而田九龄、田宗文之卒年，当在万历年间（1573—1619），不可能与伍起宗产生交集。而且据同治《松滋县志》的记载，伍起宗只在户部（计部）任事，未在礼部（仪部）任职，故伍仪部之说，亦与其生平不符。不过，田玄《送伍趾薛往添平》、田甘霖《柬伍趾薛先生》二首中所说的"伍趾薛"当指伍起宗，"趾薛"当为"止崖"之误。

（十六）杨邦宪生平补考

关于杨邦宪的生平，《田子寿诗集校注》载，"巴陵（今岳阳）人，万历八九年间（1580—1581）曾任顺德府知府、柱下史。为田诗作序者之一"③。对杨氏的生平介绍过于简略，实际上，杨邦宪在光绪《巴陵县志·人物志》中有传，其传载：杨氏为嘉靖壬子（1552）举人，"以通天文、历法，授钦天监博士，神宗郊天，伟其仪表，擢御史，累官山东按察使，廉慎有声，致仕归，神宗遣使存问，卒祀乡贤"④。又光绪《巴陵县志》其本传后载《浙江通志》所引万历《温州府志·名宦》的相关记录云："万历二年，以御史知温州府，丰仪伟整，不怒而威，御事持大体。甲戌水溢，筑江堤以捍后患。乙亥

---

① 参见吴柏森《容美田氏交游述略》，《三峡大学学报》（人文社科学版）2000年第6期。
② 《中国地方志集成·湖北府县志辑·同治松滋县志》，凤凰出版社2010年版，第524—525页。
③ （明）田九龄著，贝锦三夫校注：《田子寿诗集校注》，中国文史出版社2016年版，第355页。
④ 《中国地方志集成·湖南府县志辑·光绪巴陵县志》，江苏古籍出版社2002年版，第99页。

饥，编饥民于籍，发粟遍赈，仍置义仓，储谷以备。巽山故有塔，后废。邦宪捐资创建覈丁田给由帖，厘弊悉剔，入计，疏乞终养，士民赴铨部吁留，得复任再期，以忧去。"① 较为详细地介绍了杨邦宪在温州知府任上的德政。另外，其本传还引《畿辅通志》载：杨邦宪曾做过万历朝的顺德知府，这也印证了《田子寿诗集校注》说法。

（十七）周绍稷生平补正

关于周绍稷的生平，《田子寿诗集校注》载，"字象贤，甘肃永昌卫（今永昌县）人，他为人文雅、重视人才，对生员进行奖励，深得人心。万历六年纂修《郧阳府志》，任襄阳知府期间修复仲宣楼，故有贤名。经孙斯亿介绍，是田子寿在玄岳武当山结识的文友。为田诗作序者之一"②。这当中有一个明显的错误，即周绍稷不是甘肃永昌人，而是云南永平人。理由有二：一是周绍稷在给田九龄诗集所写序文后的落款中明言："博南周绍稷。"校注者在注释中也说明博南为古县名，治所在今云南永平。这个注释是正确的，博南即永平，在明时属永昌军民府。二是关于周绍稷纂修《郧阳府志》一事，同治《郧阳志》所载明人徐学谟《〈郧阳志〉序》在介绍明代修《郧阳志》的情况时有云："襄史者，滇人周绍稷也，以公车士备襄藩文学掌故云。"③ 这段材料既印证了周绍稷曾修《郧阳志》，也说明周氏系"滇人"。

此外，关于周绍稷的生平，还有一些可以补充的材料，最直接的就是光绪《永昌府志·人物志·文学》中的周绍稷的传记，其传云：

---

① 《中国地方志集成·湖南府县志辑·光绪巴陵县志》，江苏古籍出版社2002年版，第99页。
② （明）田九龄著，贝锦三夫校注：《田子寿诗集校注》，中国文史出版社2016年版，第355页。
③ 《中国地方志集成·湖北府县志辑·同治郧阳志》，凤凰出版社2010年版，第126页。

第二章 容美土司家族"文学交往"的开创期——田九龄、田宗文

> 周绍稷,字太暇,嘉靖壬午举乡,荐仕至王府纪善,博学能文,赋才独擅,王元美司寇雅重之,唱和为多。①

"纪善"为明代藩王属官的专称,"明朝于各王府纪善所分置,各二人,正八品,掌规谏讽谕"②。根据这篇序文,再结合前文徐学谟《〈郧阳志〉序》的记载,可知周绍稷曾在襄阳王府任纪善一职,在任内曾参修《郧阳志》。传记还提供了一个重要的信息,即周绍稷曾与王世贞有较密切的交往,而田九龄与周氏的交往,根据周绍稷《〈田子寿诗集〉序》所说,是通过孙斯亿的介绍。③ 而孙氏与周绍稷的相识,则有可能又通过了王世贞的引荐。这种交往关系,也再一次证明了田九龄文学交往的"核心—网状"特征(详见下文)。此外,笔者还有一个猜想,即田九龄诗集中一再提到的"周太霞"可能是周绍稷,理由有三:一是根据笔者在上文的考证,周绍稷字太暇(《永昌府志·人物志》),"太暇""太霞",一字之转,古人一个表字有多种同音字的写法,属常见现象。二是田九龄在写给周太霞的诗作中称其为"外史",如《留别外史周太霞先》④,"外史"本《周礼》史官之一,《周礼·春官》:"外史掌书外令,掌四方之志,掌三皇五帝之书,掌达书名于四方,若以书使于四方,则书其令。"⑤ 可见,外史是诸侯的官员,而周绍稷正是明代宗藩襄阳王的纪善,这一称谓也符合周绍稷的身份。三是田九龄的诗作《呈太霞周太史先生》的小序云

---

① 《中国地方志集成·云南府县志辑·光绪永昌府志》,凤凰出版社 2010 年版,第 126 页。
② 吕宗力:《中国历代官制大辞典(修订版)》,商务印书馆 2015 年版,第 438 页。
③ (明)田九龄著,贝锦三夫校注:《田子寿诗集校注》,中国文史出版社 2016 年版,第 29 页。
④ 此诗见《田子寿诗集》,不见于《田氏一家言》。又,疑《留别外史周太霞先》当为《留别外史周太霞先生》之误。
⑤ 《十三经注疏·周礼注疏》卷 26,北京大学出版社 1999 年版,第 711—712 页。

"公滇南人，时宦襄邸"，这可说是最有力的证据了，因为周绍稷根据前文考证，已明确其为云南永平人，正合"滇南人"的说法，而周氏曾为襄阳王府的纪善，也与"时宦襄邸"的说法完全吻合，因为所谓"襄邸"即指襄阳王府。

二 士人、武人、道人①：田九龄、田宗文族外文学交往对象的类型及生平

二田诗作中，目前已经基本考证清楚与二田有过文学交往的族外对象有 32 人，分别是孙斯亿、孙斯传、孙羽侯、艾穆、龙襄、龙膺、殷都、王世贞、王世懋、魏允中、沈襄、郭正域、吴国伦、徐中行、杨邦宪、周绍稷、朱桂亭、王穉登、宋登春、陈洪烈、张履祥、谭敬承、李应祥、周元勋、张翼先、苟瑞仙、诸葛元声、汪道昆、管宗泰、冯大受、王士骐、虞客卿。

具体的唱和情况统计如下：

田九龄《紫芝亭诗集》本存 128 首诗作中，明确标为"寄赠""倡和"，或"感怀"之作的有 53 首②，而因为《田子寿诗集》的发现，其诗作总数增加到 534 首，其中有关文学交往的诗作亦随之增加到 204 首。主要对象中已考证清楚其身份的族外人士有孙斯亿（16首）、孙羽侯（7 首）、艾穆（5 首）、殷都（5 首）、周绍稷（5 首）、李应祥（4 首）、沈襄（4 首）、苟瑞仙（4 首）、吴国伦（3 首）、孙斯传（3 首）、陈洪烈（3 首）、王世贞（1 首）、王世懋（1 首）、魏允中（1 首）、徐中行（1 首）、宋登春（1 首）、汪道昆（1 首）、王

---

① 此处所指三类人群，只涉及与二田有文学交往，且身份已经基本考证清楚者，其实与二田交往者中也不乏僧人等其他人群，但因身份尚未考证清楚，此处未予讨论。
② 其中《西宁曲——为艾和甫赋》原题标为 8 首，今仅见 5 首，故以 5 首计之。

穋登（1首），除此之外，还有杨邦宪，在现存的诗集中虽未发现田九龄写给杨氏的诗作，但是《田子寿诗集》前有杨氏所作的序文一篇。

田宗文《楚骚馆诗集》本存79题83首诗作中①，唱和、寄赠或感怀之作达到70首②。而随着《田国华诗集》的发现，其诗作总量增加到125首，唱和寄赠之作也随之增加到101首。主要对象中已考证清楚其身份的族外人士有孙斯亿（3首）、孙斯传（3首）③、龙襄（3首）④、殷都（2首）、陈洪烈（2首）、张翼先（2首）、周元勋（2首）、伍起宗（1首）、张履祥（1首）、龙膺（1首）、艾穆（1首）、孙羽侯（1首）、郭正域（1首）、谭敬承（2首）、虞客卿（1首）、诸葛元声（3首）、管宗泰（1首）、冯大受（1首）、王士骐（1首）。

这些对象，就其类型而言，大致可分为三类：湖广籍士人、官员、道士，任职湖广的官员和其他（既非湖广籍，亦非任职湖广）士人、官员。

（一）湖广籍士人、官员、道士

与二田有交往的湖广籍士人、官员，主要有孙斯亿、孙斯传、孙羽侯、吴国伦、艾穆、龙襄、龙膺、郭正域、杨邦宪、李应祥、虞子墨等，道士主要是苟瑞仙。

孙斯亿，字兆孺，号云梦山人，岳州府华容县人，《湖广通志》引《三楚文献录》所载其事迹云："年十四补弟子员，久之，上书督

---

① 包括佚诗32首。
② 包括佚诗28首。
③ 寄赠孙斯传诸诗中，有一首《归澧后忆在华容习孺叔成孝廉鹏初太史道伸和尚醉游有述》，其中"习孺叔"指孙斯传，"鹏初太史"指孙羽侯，为免重复统计，将此诗归于孙斯传名下。
④ 寄赠龙襄诸诗中，有一首《从季父饮中得龙君超君善书因有卜居桃川之约》，其中"龙君超"指龙襄，"君善"指龙膺，为免重复统计，将此诗归于龙襄名下。

学弃巾。襕袍着华阳巾渡江，如淮，览京口三山，历姑苏、泛钱塘，徘徊会稽、天目之门，返憩金陵，历豫章，再游京师，日与世外人交。不袖一刺，即有知者，过之亦未尝报谢。还访鹿门……遍览名胜，慷慨怀古，长啸高歌，人莫之测。时王元美、汪伯玉、吴明卿、徐子舆诸人，各以其业自雄，意不可一世，士靡不倒屣延致，斯亿掉臂其间，傲然无所屈。归华容，诛茆莳竹，往元石山中，蔬食闭关，墨客缁流，无间晨夕，颓然自放，遂以是终。事祖母以孝闻，居母丧有盗昼入，护棺泣，盗恻然避去。年六十终。"① 光绪《华容县志·人物志》载："孙斯亿，字兆儒，宜长子，七岁能诗，十四补弟子员，无所不窥，行不为狭邪，正直刚介……董其昌评其：'德范如陈太邱，豪侠如朱游，诗名如孟襄阳。'"② 《大清一统志》卷二百七十九《岳州府·人物志》亦有相关记载。著有《云梦》《园居》《鸣铗》集和《浮湘稿》《中州北游稿》等，《千顷堂书目》录其有《云梦诗》二卷。

孙斯亿与王世贞有深厚交谊，王氏曾作《孙兆孺华阳巾歌》《孙郎行——赠云梦山人斯亿》《雨后与孙兆孺小坐》《送孙兆孺还华容》（二首）称赏其隐士风范，又《孙郎行》一首云："胸中一寸贮全楚，下笔纵横破万古。白雪寒从郢里偏，雄风高向兰台吐。"对孙氏文才给予高度肯定，在为孙斯亿《鸣铗集》所作序中，王氏亦评其诗道："览之渊然之光，而读之若叩金石，又若苍虬舞而应龙啸者。"另外，孙氏还与公安派袁氏兄弟颇有交谊，袁宏道有《哭兆孺》诗二首：

---

① 《景印文渊阁四库全书·史部》第533册，台湾商务印书馆1983年版，第345页。
② 《中国地方志集成·湖南府县志辑·光绪华容县志》，江苏古籍出版社2002年版，第396页。

其 一

高城秋笛夜微微，满目西风卷素帏。

四海有心随短杖，三湘无处觅荷衣。

剑空孤匣听龙泣，客吊寒山有鹤归。

今日哭君骚雅尽，东南泉石少光辉。

其 二

黄垆别去路漫漫，泽国空余九畹兰。

白骨千年知己在，玄言湖海和人难。

秋江寂寞龙珠死，夜壑萧条鬼火寒。

痛杀君山笛里月，可同仙子一凭栏？①

诗作中满含着对于孙斯亿去世的悲痛之情，同时表达了对孙氏文才的赞赏，认为其亡逝是文坛的一大损失。这样的诗句，显非浅交所能作出。

孙斯传，字习孺，斯亿之弟，万历元年（1573）举人，曾任山东城武县知县。

孙羽侯，字鹏初，号湘山，斯亿子，据光绪《华容县志》所载，其为"万历己丑进士，授翰林庶吉士。历礼刑二科，神宗诘责台省，罢科道官四十人，羽侯与焉，里居闭户著书"②。孙氏与袁中道有交

---

① 袁宏道著，钱伯城笺校：《袁宏道集笺校》（上），上海古籍出版社1981年版，第61页。

② 《中国地方志集成·湖南府县志辑·光绪华容县志》，江苏古籍出版社2002年版，第373页。孙羽侯罢官事，亦见《明史·马经纶传》。据《明史》载，万历二十三年（1596），兵部考选军政，万历帝认为"有副千户者，不宜擅署四品职"，并借此事下罪言官，认为他们没有起到监督、检举的作用，将一批给事中或外调、或停俸，孙羽侯亦在外调名单之中。

谊，如袁氏有《天皇寺孙太史鹏初偕令子双玉士先小集有述》。著有《遂初堂集》《华容县志》《同姓名录》《孔孟世论》等。《千顷堂书目》录其有《华容县志》7卷、《同姓名录》4卷、《遂初堂集》10卷，《御定四朝诗》选其诗4首。

  值得一提的是，孙斯亿家族是当时华容地区显赫的文学世家，斯亿之父为嘉靖时的著名诗人孙宜，字仲可，号洞庭渔人，其文才被认为"冠楚诸生"，后因屡试不第，遂隐居不试，著有《渔人集》《遁言》《孙氏日抄》《明史略》《洞元志》《宋元史论》《天文书》《永言录》等，其在当时即"以文章名天下"，在文坛有相当影响。王世贞曾读其文集，对其人十分赞赏①，并作《挽洞庭渔人孙仲可》，颂扬孙宜事迹，其中亦提到孙斯亿、孙斯传兄弟，其文曰："有二子斯亿、斯传，俱能读其父书。斯亿去为古文辞，而斯传举于乡。"②斯亿之祖父孙继芳，字世其③，官至兵部员外郎，是明"前七子"首领何景明的弟子，据光绪《华容县志·人物志》载，"其文尚典，实叙纪载，有班马风，所著有《石矶集》《王明山言行录》"④。《千顷堂书目》录其有《石矶集》二卷。斯亿之孙孙谷，字子啬，号啬斋，官至副都御史，著有《槃谱》《梨床》诸集。⑤孙谷与田玄等人有交往，详见下章。

  吴国伦，字明卿，号川楼子、惟楚山人、南岳山人，武昌府兴国

---

① 《挽洞庭渔人孙仲可》载："世贞尝从吴舍人明卿所得其集，读而异之，以为古人耶，古人吾何以不识？盖二十余年而后，游楚而悉之，则渔人乃今楚人，而亦死久矣。"（《弇州四部稿》卷八十四）
② 《景印文渊阁四库全书·集部》第1280册，台湾商务印书馆1983年版，第379页。
③ 《大清一统志》作"世真"。
④ 《中国地方志集成·湖南府县志辑·光绪华容县志》，江苏古籍出版社2002年版，第361页。
⑤ 同上书，第373页。

州（今阳新县）人，嘉靖进士，"后七子"之一。据《明史》本传载：其"由中书舍人擢兵科给事中。杨继盛死，倡众赙送，忤严嵩，假他事谪江西按察司知事。量移南康推官，调归德，居二岁弃去。嵩败，起建宁同知，累迁河南左参政，大计罢归。国伦才气横放，好客轻财。归田后声名籍甚，求名之士，不东走太仓，则西走兴国。万历时，世贞既没，国伦犹无恙，在七子中最为老寿"①。著有《甗甀洞稿》《甗甀洞续稿》《春秋世谱》《陈张本末略》《训初小鉴》等，《千顷堂书目》录其有《春秋世谱》10卷、《训初小鉴》4卷、《四烈传》1卷、《甗甀洞稿》54卷，《御定四朝诗》选其诗43首，《明诗综》选其诗四首，另外，《御定渊鉴类函》《粤西诗载》《粤西文载》均录其诗。

王世贞在《吴明卿先生集序》中极力赞誉其为"有声之文与不韵之词岐径而能兼者"，称其诗文水平"弗可及也"。②并与吴国伦有密切的来往，写有《五子篇·武昌吴国伦》《重纪五子篇·吴参政国伦》《慰明卿再谪长短歌二章和李于鳞》《怅怅行闻吴明卿至遗之》《吴明卿以再调至京值余方事家难不数数见也于其行聊以拟古歌二章赠之南冠楚音相对歔欷无复易水慷慨之致由才气都尽耳》《偶怀吴明卿》《答吴明卿》《喜吴明卿迁参政内地寄调之》《维扬遇吴明卿舍人泛舟夜酌》《岁暮答吴明卿》《寄吴明卿邵武》《寄吴明卿》《怀吴明卿》等诗作及众多书牍。王世贞死后，吴国伦成为文坛的盟主。

艾穆，字和甫③，号熙亭，岳州府平江县人，嘉靖三十七年（1558）举人。据《明史》本传记载，其先后任国子助教，刑部主

---

① 《明史》卷287，中华书局1974年版，第7379页。
② 《景印文渊阁四库全书·集部》第1282册，台湾商务印书馆1983年版，第613页。
③ 《明史》作"和父"，乾隆《甘肃通志·流寓》言其字"纯卿"。

事、员外郎，录囚陕西，"时居正法严，决囚不如额者罪。穆与御史议，止决二人。御史惧不称，穆曰：'我终不以人命博官也。'"后因抗疏张居正遭丧夺情事，被遣戍凉州。及居正死，起为户部员外郎，迁西川佥事、太仆少卿、右佥都御史，巡抚四川。①《甘肃通志·流寓》载其"尝游终南山水间，与一时词人结社赋诗"。著有《熙亭集》②，《千顷堂书目》录之。《御定四朝诗》选其诗二首，《明诗综》选其诗七首。

艾穆与沈襄关系密切，二人同时参劾张居正夺情事，并因此被廷杖、贬谪。艾穆有《寄怀沈纯甫戍金沙》一首，诗云：

> 衡阳那见雁飞回，庾岭梅花几度开。
> 谪后沈郎应更瘦，调同楚客不胜哀。
> 金沙潮落珠光动，铜柱风清海月来。
> 君在瘴乡偏逸兴，新诗能为故人裁。③

诗作情意深长，以"故人"的身份，既表达了惦念之情，又语含激励。显非一般朋友所能作出。

龙襄，字君超，常德府武陵县人，万历十年（1582）举人，"因父病焚牒，不赴公车，著有《檀园草》"④。

龙氏与同为湖广籍的公安派袁宏道、袁中道等人交谊颇深，袁宏道《张园看牡丹记》中称其为"友人"，又有《龙君超邀余过新置山庄庄在翠微上甚幽僻》《托龙君超为觅仙源隐居诗以寄之》《夏日同

---

① 《明史》卷229，中华书局1974年版，第6003—6004页。
② 据《千顷堂书目》载，该集一作《终太山人集》。
③ 《景印文渊阁四库全书·集部》第1460册，台湾商务印书馆1983年版，第543页。
④ 《中国地方志集成·湖南府县志辑·同治武陵县志》，江苏古籍出版社2002年版，第420页。

龙君超傅仲执龚散木彭长卿崔晦之小修王小白泛舟便河得桥字》《又和龙君超韵》《龙君超邀集间台以看花台为韵偕游为林伯雨傅仲执刘元质萧季星崔晦之小修》《送君超兄还武陵》《夏日同龙君超君善家伯修效外小集》《别龙君超君御兄弟》诸诗。① 袁中道亦有《同龙君超诸公游便河得桥字》（二首）、《又步君超韵》《龙君超招饮章台赋得看花台三韵》（三首）、《龙君超过访箦笃谷即席有赠》等诗。另外，龙氏与胡应麟亦有交往，胡氏有《夜同胡孟彀龙君超杨世叔三孝廉周陈二山人集宋忠父第观梅花繁英盛开芬郁殊绝适侯万二都尉在坐琳琅珠玉与花艳相映发同集诸君应接不遑余倾赏丙夜几欲醉卧阁中作赵师雄罗浮梦矣归赋一律似忠父并博笑侯万二君》一首。

龙膺，字君善，一字君御，龙襄之弟，万历庚辰（1580）进士。据朱彝尊《明诗综》卷五十八的记载，其"为万历庚辰进士，除徽州府推官，谪温州府学教授，稍迁国子监博士，升礼部主事"，后因上疏切谏"复谪两淮盐运判官，转巩昌通判，历同知，迁南户部员外郎，进郎中，出为按察佥事，历参议副使，仕至南京太常卿"。② 《湖广通志》《武陵县志》《常德府志》皆有传。龙膺著有《九芝集》《太玄洞稿》《纶澴文集》《儒诂》《丹略》《释诠》《阵略》《常德府志》等，又作有传奇《金门记》《蓝桥记》。③ 《御选四朝诗》选其诗二首，《明诗综》选其诗一首，《续文献通考·经籍考》亦载其有《九芝集选》12卷。

龙膺亦与袁宏道兄弟交谊颇深。龙氏《白云山房集序》云："及

---

① 其中，《别龙君超君御兄弟》一首诗云："青鞋不破武陵春，归去西风一面尘。荷叶山头闻杜宇，桃花源上别秦人。深村稻熟泉当户，废苑茶香寺作邻。可是无花无地主，只缘无计得分身。"
② 《景印文渊阁四库全书·集部》第1460册，台湾商务印书馆1983年版，第397页。
③ 同治《武陵县志·艺文志》载冯时可为《九芝集》所写序，其序称赏龙膺之诗"本之神悟，济之学问，不雕饰而并胜"。

束发以来，得游诸大人……袁伯修中郎……则吾莫逆友"①。袁宏道有《往有误传龙君御死者作诗哭之后读塘报始知君御方立功塞上喜不自胜因并前诗存之以识交情》《龙君御载酒过德山见访一别十三年矣感念存没不觉凄然已复自笑举觥相乐遂大醉》《答龙君御见忆之作》《答君御诸作》（四首）、《夜深不寐起视星文遂成谜语戏别君御兄》《襄阳道中逢龙君御君御节镇西宁便道省太夫人》，袁中道有《襄阳道中逢龙君御时有出塞之行》《赠龙君御金宪备甘肃》（二首）、《君御隐园即席奉答并次其韵》《寄龙君御》《步君御韵赠歌考》《邀君御修龄诸公小集净业寺并送李增华水部南还》《喜君御先生过宿次韵》《同君御修龄诸公夜饮米仲诏宅分韵得豪字》《君御过宿口占》《后湖观莲同龙君御杨修龄马康庄仲良兄弟萧尔先歌》《送藩参君御先生至晋》《泾阳驿步龙君御壁间韵》《寄龙君御》《寄君御》（三封）等诗文，就诗作的数量来看，龙膺所占比例显然超过了与袁氏有交往的大部分士大夫，由此亦可见龙氏与袁氏兄弟的交往情况。袁宏道曾误信龙膺已死之谣言，并作《哭龙君御诗》三首，虽然此事后来被证伪，但从诗作本身，很能看出袁宏道与龙膺之间的深厚友谊，组诗其三云：

> 多少人间死，于君特怆神。
> 玄言从此尽，白日奈何春？
> 礼法仇狂士，乾坤侮俊人。
> 再来如有意，莫见宰官身。②

---

① 《景印文渊阁四库全书·史部》第534册，台湾商务印书馆1983年版，第636页。
② （明）袁宏道著，钱伯城笺校：《袁宏道笺校（上）》，上海古籍出版社1981年版，第110页。

诗中称龙氏为"狂士""俊人",认为其张扬的个性不见容于官场,故一生坎坷不顺。这对于我们了解龙膺的个性特征有一定的意义。另外,龙膺与王世贞亦有交往,如王氏有《龙司理君善得量移之命自徽过访有赠得》(六首)、《寄龙君善博士》《答龙君善》等诗文,对龙膺的诗作和人格称赏有加。

与孙氏家庭一样,龙氏家庭也是文学世家。龙膺祖父龙翔霄[①],字泰渠,历任南京户部郎中、程番知府,"其学源出守仁,不尽主其说,六书文艺俱有师法"[②]。龙膺之父龙德孚,字伯贞,嘉靖三十七年(1558)举人,《湖广通志·乡贤志》载,其"嘉靖戊午乡举授卫辉司理……升宁波府同知……转户部郎中,督榷淮南,以清白著,谢事归里"[③]。《武陵县志·人物志》亦载其事迹,著有《对湘楼集》。龙膺大伯父龙德中,曾任竹溪训导。二伯父龙德化,为嘉靖丙午(1546)举人,曾任徽州判官,"工诗画"。三伯父龙德懋,曾任青阳教谕。[④] 龙膺之子龙人俨,字孝若,号惕庵,"以明经官汉阳教谕,潜心理学,作兴士类,擢知沔阳县,有惠政"[⑤]。著有《借耕斋集钞》《泛绿亭集》等。

郭正域,字美命,武昌府江夏县人,《明史》本传载,郭氏"选庶吉士,授编修,与修撰唐文献同为皇长子讲官。皆三迁至庶子,不离讲帷"。后为南京国子监祭酒,李都督(李成梁孙)就婚魏国公徐弘基家,因骑过文庙,被学录李维极"执而抶之",李都督之家奴

---

① 本名龙飞霄,王守仁过武陵,为其改名"翔霄",其事见《武陵县志·人物志》。
② 《中国地方志集成·湖南府县志辑·同治武陵县志》,江苏古籍出版社2002年版,第418页。
③ 《景印文渊阁四库全书·史部》第533册,台湾商务印书馆1983年版,第113页。
④ 《中国地方志集成·湖南府县志辑·同治武陵县志》,江苏古籍出版社2002年版,第418页。
⑤ 同上书,第421页。

"数十人蹋邸门",魏国公徐弘基亦至,郭正域并未因此有所偏袒,而是认为"今天子尚皮弁拜先圣,人臣乃走马庙门外乎?且公侯子弟入学习礼,亦国子生耳,学录非挟都督也"。遂令二人交相谢而罢。后还朝任礼部右侍郎,心薄首辅沈一贯之为人,并在"日食占"、两淮税监鲁保请给关防、诸大臣夺谥等诸事上批评沈氏,坚执己见,交恶于沈一贯,被沈氏忌恨。① 后因楚王宗人华勣举报华奎乃异姓子事,再次与沈一贯发生冲突,并主动请乞归。不久"妖书案"发,沈一贯遂借机诬指郭氏为主谋,并大肆搜捕郭氏的朋友、同乡和奴仆,严刑拷打,但未牵连出郭正域。同时,太子朱常洛亦维护郭氏,郭氏因之得免。卒后,赠礼部尚书,并据光宗遗诏,赠太子少保,谥文毅,荫其一子为中书舍人。② 光绪《湖广通志》③、康熙《武昌府志·人物志》等对其事迹均有详细记载,并云其"诸生时即负才名,敦气节,刚毅不可挠。……诗文追汉魏大家之风"④。《明史》称其"以文章气节著"⑤。可见,郭正域不仅在当时的政坛有很大影响,而且其文学造诣颇深,在文坛亦有相当的影响力。著有《黄离草》《韩文杜律》《文选后集》《明典礼志》《十三经补注》《武江郡县志》《武昌府志》

---

① 据《明史》本传载,"台官上日食占,曰:'日从上食,占为君知佞人用之,以亡其国。'一贯怒而置之,正域曰:'宰相忧盛危明,顾不若瞽史邪?'一贯闻之怒。两淮税监鲁保请给关防,兼督江南、浙江织造,(沈)鲤持不可,一贯拟予之,正域亦力争。秦王以嫡子夭未生,请封其庶长子为世子,屡诏趣议。前尚书冯琦持不上,正域亦执不许。王复请封其他子为郡王,又不可。一贯使大珰以上命胁之,正域榜于门曰:'秦王以中尉进封,庶子当仍中尉,不得为郡王。妃年未五十,庶子亦不得为世子。'一贯无以难。及建议欲夺黄光升、许论、吕本谥,一贯与朱赓皆本同乡也,曰:'我辈在,谁敢夺者!'正域援笔判曰:'黄光升当谥,是海瑞当杀也。许论当谥,是沈炼当杀也。吕本当谥,是鄢懋卿、赵文华皆名臣,不当削夺也。'议上,举朝韪之,而卒不行。"
② 《明史》卷226,中华书局1974年版,第5944—5949页。
③ 《湖广通志》引《三楚文献录》所载郭正域事迹,其中举报楚王华奎的宗人作华越,与《明史》异。
④ 《中国地方志集成·湖北府县志辑·康熙武昌府志》,凤凰出版社2010年版,第342页。
⑤ 《明史》卷218,中华书局1974年版,第5758页。

《批点〈考工记〉》《楚事妖言始末》①等，《千顷堂书目》录其《十三经补注》《武昌府志》《明典礼志》《文选后集》诸书。《御定四朝诗》选其诗一首，《御定历代赋汇》选其赋一篇，另外，《粤西诗载》等亦选其诗。

郭氏的文学交游也甚广，王世贞、胡应麟、与公安派袁宏道等人均与其有交往。王世贞有《郭太史美命先生贻诗见投奉和仅得二章》《答郭太史美命》等诗文，以极谦卑的口吻道："公命世之英，飞声艺苑者，盖有年矣。既金马射、白虎横经，长扬之赋流布人间，动为世则，而乃过垂饰奖，若以仆为可与语者。夫以北地之雄强、信阳之秀俊、新都之宏博，尚不足以当公中正之条而盟坛牛耳，乃见委于邾莒之赋，不佞则何敢言？"王氏对郭氏文学成就采取颂扬的口气，可见其在文坛的地位。袁宏道有《答郭美命》一封，其中赞扬郭氏"高风大节，人望所归"，并勉励郭氏道："七庙有灵，老成必用，如此世界，无遽陆沉之理，亦以山中有至人，朝中有清议也"。②这种语气和内容，显然非一般友人所能道出。另外，汤显祖所著《蕲水朱康侯行义记》一文中称郭正域为"闻人"。

另外，还有杨邦宪、李应祥、虞子墨、荀瑞仙，其事迹见前文补考。

（二）任职湖广的官员

与二田交往的湖广官员，如王世贞（湖广按察使、郧阳巡抚）、殷都（夷陵州知州）、陈洪烈（崇阳县知县）、张履祥（石门县知

---

① 《明史·艺文志》作《楚事妖书始末》，另据《明史·艺文志》记载，郭氏还有《东宫进讲尚书义》一卷。
② （明）袁宏道著，钱伯城笺校：《袁宏道集笺校（下）》，上海古籍出版社1981年版，第1621页。

县)、张翼先(武昌府同知)、周元勋(华容县知县)、汪道昆(郧阳巡抚)、管宗泰(澧州知州)。就作品来看,这些官员与田氏的交往,多是在湖广任上时。

  王世贞,字元美,自号凤洲,又号弇州山人,苏州府太仓州人①,《明史》本传载,其为嘉靖二十六年(1547)进士。"授刑部主事。世贞好为诗古文,官京师,入王宗沐、李先芳、吴维岳等诗社,又与李攀龙、宗臣、梁有誉、徐中行、吴国伦辈相倡和,绍述何、李,名日益盛。屡迁员外郎,郎中。"因不攀附权贵,受到严嵩忌恨,仕途跌宕,历任青州兵备使、浙江右参政、山西按察使、湖广按察使、广西右布政使、太仆卿等职,万历二年(1574)以右副都御史抚治郧阳,又因借占卜讽刺当朝张居正,先后在南京大理卿、应天府尹任上被劾罢职。居正殁,王世贞起为南京兵部右侍郎,累官至南京刑部尚书。②《千顷堂书目》载其有《弇州四部稿》174卷、《续稿》207卷、《再续稿》11卷、《古今法书苑》76卷、《弇山堂别集》100卷、《弇山堂识小录》20卷、《明野史汇》100卷、《觚不觚录》1卷、《权幸录》(缺卷)、《朝野异闻》(缺卷)、《明朝丛记》6卷、《明异典述》5卷、《盛事述》3卷、《异事述》1卷、《明朝公卿年表》24卷、《谥法考》6卷、《嘉靖以来首辅传》8卷、《弇州札记》2卷、《宛委余编》19卷、《画苑》10卷、《王氏类苑详注》36卷、《昙阳子传》1卷、《天言汇录》(缺卷)、《增集尺牍清裁》28卷、《艺苑卮言》8卷(《附录》四卷),又与杨豫孙有《补辑名臣琬琰录》110册。《四库总目》除录与《千倾堂书目》重复之作外,还录其《史乘考误》10卷、《弇州山人题跋》《画苑补益》4卷、《王氏书苑》10卷、《书苑

---

① 太仓,本设太仓卫,弘治十年(1497)置于太仓州。
② 《明史》卷287,中华书局1974年版,第7379—7381页。

第二章 容美土司家族"文学交往"的开创期——田九龄、田宗文

补益》8卷等。

王世贞在当时文坛有巨大的影响力,是真正的盟主。《明史》本传载:"世贞始与李攀龙狎主文盟,攀龙殁,独操柄二十年。才最高,地望最显,声华意气笼盖海内。一时士大夫及山人、词客、衲子、羽流,莫不奔走门下。片言褒赏,声价骤起。"① 王世贞的文学交游也因此十分广泛。而其交游对象中与容美田氏有过文学交往的有吴国伦、魏允中、汪道昆、郭正域、沈襄、殷都、王世懋等。

徐中行,字子舆,号龙湾,号天目山人,浙江长兴人,"后七子"之一。徐氏为嘉靖二十九年(1550)进士,初授刑部主事,历员外郎、郎中,稍迁汀州知府,丁忧归后补汝宁,坐大计贬长芦盐运判官,行湖广佥事。迁端州同知、山东佥事、云南参议、福建副使、参政等职,累官至江西布政使。《明史》本传载其"美姿容,善饮酒","性好客,无贤愚贵贱,应之不倦"。② 著有《天目山堂集》20卷。

徐中行与王世贞亦有密切的交往,王世贞曾在《艺苑卮言》里将其与宗臣、吴国伦的进行比较,称宗臣"天姿奇秀,其诗以气为主,务于胜人。间有小瑕及远本色者,弗恤也",又评吴国伦"才不胜宗,而能求诣实境,务使首尾匀称,宫商谐律,情实相配",而徐中行则"斟酌二子,颇得其中,已是境地,精思便达"③。

殷都,字无美,一字开美,号斗墟子,苏州府嘉定县人,万历癸未(1583)进士,据乾隆《江南通志》载,其曾知夷陵州,"时蜀盐禁严,贩者尝乘夜出峡,舟多没溺,都谓步担易米,律所不禁,悉宽之,遂无溺者。又开楚蜀界山道九千丈,以便行人,迁职方郎,尚书

---

① 《明史》卷287,中华书局1974年版,第7381页。
② 同上书,第7378—7379页。
③ (明)王世贞著,罗仲鼎校注:《艺苑卮言》,齐鲁社1992年版,第338页。

石星忌其才，劾令罢归"①。著有《尔雅斋集》。

殷都与王世贞有密切交往。王世贞有《答殷无美问疾》《题寄殷无美掩关》《与舍弟及殷无美饮沙头大梅树下作》《殷无美和余与徐荆州还往之作聊尔奉酬并申别臆》《殷无美应试留都赋此为赠》《送殷无美聘郭将军记室作》《殷无美下第》《赠殷无美获隽留省入试南宫》《慰殷无美哭女》《殷无美余故人也东归之后贽而强纳拜焉辄成以赠》《殷无美与沈君典状元有南宫之好今将访君典于宣城赋此送之并简沈》《殷无美谈君典筑室水中谢客读书与鄢况合有述》《送殷无美赴夷陵守》《送友人殷无美之夷陵守序》《与殷无美书》（二则）、《答殷无美》（四则）等。其《答殷无美问疾》诗云：

> 欲悉春来况，头颅渐不如。
> 泔鱼吾事晚，罗雀故人疏。
> 懒废虽堪病，穷愁可罢书。
> 唯余止酒意，为尔尚踟蹰。②

除介绍自己的病状，王氏还特别表示因为想和殷都饮酒，故诸事皆停，而唯有酒未戒。另外，从诗文中谈论病况和家事等细节即可看出，二人交谊非同寻常。王世贞在诗文中，也对殷都的文才赞誉有加，其《殷无美应试留都赋此为赠》称赏道："清词只和千秋雪，彩笔长干五色云。已自江东称独步，还应冀北有空群。"③又《送殷无美聘郭将军记室作》云："当时七子擅词场，书记翩翩尔最良。"④将其与"后七子"比较，认为其文采有超越之处。殷都寄赠王世贞的诗

---

① 《景印文渊阁四库全书·史部》第511册，台湾商务印书馆1983年版，第237页。
② 《景印文渊阁四库全书·集部》第1279册，台湾商务印书馆1983年版，第344页。
③ 同上书，第469—470页。
④ 同上书，第474页。

第二章　容美土司家族"文学交往"的开创期——田九龄、田宗文

作,存世者有《离赟园》一首,《明诗综》录之,并云:"《诗话》:无美藉甚诗名,而遗集罕传,《离赟园》一篇,为王元美作也。园在州治鹦哥桥东,有山、有池,亭曰'壶隐',曰'睎发轩',曰'鹦适室',曰'碧浪',曰'小憩后',池曰'芙蓉沼',元美尝自为作记。"(《明诗综》卷五十九)① 可见,殷都诗名很大,但惜其文集不传。殷都与胡应麟亦有交往,李氏有《同殷无美胡文父魏茂权集欧桢伯博士得情字》《别殷无美》《寄周懋修文学并怀殷无美职方》诸首。

　　汪道昆,田九龄有《奉汪司马南溟公》一首。此处所说的汪司马即汪道昆。汪道昆,字伯玉,号南溟②,南直隶歙县人,嘉靖丁未(1547)进士,曾任义乌知县,任职期间"绝侵渔,抑豪强,辨冤狱,贼盗屏息,尤重学校,所甄拔多为名流"。后升任福建按察副使、按察使,其在任上,"擘画军事,首议饷,次议兵,三议责成,四议事任,宿将如俞大猷、戚继光辈,皆专倚而推谷之。辕门士伍,待以殊恩,咸感激争奋,遂破吴平,夷龙头寨,殄杨一、苏阿普余党,倭患以平"。因功擢为都御史、历抚福建、郧阳、湖广。隆庆(1567—1572)中,抚治郧阳期间,"悉却供亿,为政不察察,而大纲毕举"。后神宗召其为兵部侍郎,出阅蓟辽边备,乞终养归。③ 又《明史》本传载,道昆为"世贞同年进士。大学士张居正亦其同年生也,父七十寿,道昆文当其意,居正亟称之。世贞笔之《艺苑卮言》曰:'文繁而有法者于鳞,简而有法者伯玉。'道昆由是名大起。晚年官兵部左侍郎,世贞亦尝贰兵

---

①　《景印文渊阁四库全书·集部》第1460册,台湾商务印书馆1983年版,第424页。
②　《景印文渊阁四库全书·子部》第1034册,台湾商务印书馆1983年版,第194页。
③　此处信息乃综合乾隆《江南通志》卷147《人物志·宦绩》和《大清一统志》卷79《徽州府·人物志》、卷232《金华府·名宦志》、卷272《郧阳府志·名宦志》、卷324《福建省志·名宦志》而得。又,汪道昆在福建期间,参与军事,当因其以按察副使、按察使之身份,兼任兵备副使。

部，天下称'两司马'"①。

《千顷堂书目》载其有《春秋左传节文》15卷、《嬴诎令名谱》1卷、《太函集》120卷、《南明副墨》24卷、《太函逸书》6卷。《四库总目》亦载其有《太函集》120卷，《副墨》5卷，但对其诗文评价较低，认为其因依附张居正而得文名，所谓"王李初起，道昆尚未得与其列，后以张居正心膂骤贵，其《副墨》行世，暴得时名，世贞力引之，世遂称'元美伯玉'。汪文刻意摹古，时援古语以证今事，往往扞格不畅，其病大抵与历下同"②。另外，《明史·艺文志》载其有《楞严纂注》10卷。《御定四朝诗》录其诗5首，《明诗综》录其诗3首。

汪道昆与王世贞的关系较为密切，是"后五子"之一。《弇州四部稿》中言及汪道昆凡200余处，其中仅是赠予汪氏或与其唱和诗文就有《古意赠伯玉中丞二首》《歙郡汪道昆》《长歌答汪中丞伯玉》《谢汪伯玉中丞惠衣》《谢伯玉中丞见遗经像》《中丞伯玉共建维摩精舍赋此赠别兼用示嘲》《送汪中丞伯玉游太湖以病不能偕》《寄汪中丞伯玉时以录闽功赐金币特诏推用》《奉送凌汝成中丞抚郧阳因柬汪中丞伯玉》《同舍弟邀汪伯玉仲淹昆弟游莲花庵》《汪伯玉司马同淹佳二仲徐孟孺胡元瑞过我弇园而张司马肖甫亦至》《送伯玉同二仲元瑞清洋将抵玉龙桥望玉山作》《古意寄伯玉司马》《汪仲淹兄见枉致长公伯玉司马乞碑书有寄并赠》《郧襄之役与伯玉侍郎别恰三载矣闻出祺中至钱塘走信奉迎因成感旧之作》《伯玉建精舍于肇林犹子肇元百步外构室署曰东林赋而书之》《事白后再上疏乞骸承伯玉司马以二诗慰问有感问答》《再送伯玉至清洋口》《答汪伯玉》，等等。不过值

---

① 《明史》卷287，中华书局1974年版，第7382页。
② 《景印文渊阁四库全书·四库全书总目》第4册，台湾商务印书馆1983年版，第754页。

得一提的是，汪道昆与王世贞的关系关非像诗作反映的那样亲密，如《列朝诗集小传》载："伯玉之言语独深当江陵意，以此得幸于江陵，元美乃迁就其词，著于《艺苑卮言》曰：'文繁而有法者，于鳞；文简而有法者，伯玉。'伯玉之名从此起矣。厥后名位相当，声名相轧，海内之山人词客望走唊名者，不东之娄水，则西之歙中。又或以其官称之，曰两司马。昔之两司马以姓也，今以官，元美亦心厌之，而无以禁也。元美晚年，尝私语所亲：'吾心知绩溪之功，为华亭所压，而不能白其枉；心薄新安之文，为江陵所胁，而不能正其讹，此生平两违心事也。'"[①]《明史·汪道昆传》亦载，王世贞在给予汪道昆文章高度评价后，"颇不乐，尝自悔奖道昆为违心之论云"[②]。可见，王世贞与汪道昆的交往，以及他给汪道昆的评价，可能是受到了外力影响的结果，当然，也有可能是其晚年对于汪道昆的看法有所改变。另外，汪道昆与李应麟等人也有来往，如李应麟有《闻汪伯玉至自京口暂寓武林僧舍走笔代柬并以奉期》等诗作。

汪道昆家族亦可说是文学家族，其弟汪道贯（字仲淹）亦有文名，《四库总目》载其有《汪次公集》12卷。另外，汪道昆与王世贞亦有交往，世贞有《别汪仲淹序》《答汪仲淹》等。

另外，还有陈洪烈、张履祥、张翼先、周元勋、管宗泰、周绍稷等人，其事迹见前文补考。

（三）其他士人、官员

王世懋，字敬美，别号麟州，又号损斋、墙东生，时称少美，王世贞之弟。《明史》本传载其"嘉靖三十八年成进士，即遭父忧。父

---

① （清）钱谦益：《列朝诗集小传》，上海古籍出版社1983年版，第482页。
② 《明史》卷287，中华书局1974年版，第7382页。

雪，始选南京礼部主事。历陕西、福建提学副使，再迁太常少卿，先世贞三年卒。好学，善诗文，名亚其兄。世贞力推引之，以为胜己，攀龙、道昆辈因称为'少美'"①。《千倾堂书目》录其有《奉常集》54卷、《奉常诗集》15卷、《经子臆解》1卷、《读史订疑》1卷、《饶南九三府图说》1卷、《闽部疏》1卷、《名山游记》1卷、《鲤湖考略》2卷、《澹思子》1卷、《学圃杂疏》1卷、《望崖录内外篇》2卷、《艺圃撷余》1卷。《四库总目》除录与《千顷堂书目》重复之作9种外，还录其有《却金传》1卷、《三郡图说》1卷、《窥天外乘》1卷、《远壬文》1卷、《二酉委谈》1卷、《关洛记游稿》2卷。《御定四朝诗》选其诗16首、《明诗综》选其诗4首。

世懋交游也非常广泛，李攀龙《沧溟集》有《答王敬美进士》《答王敬美广川道中见怀》《得徐使君所贻王敬美见赠答寄》（四首）、《与王敬美》（五首）、《寄王敬美参伯于南康分署时长公开府郧中》，胡应麟《少室山房集》有《送王敬美先生入贺万寿二首并寄徐子与右参黎惟敬秘书》《寄王敬美太常时新赴白下任》《夜泊金阊寄奠王敬美先生八首》《报王敬美先生》《王敬美入京补选过金陵言别同袁鲁仲高座寺饯之》。其中，《夜泊金阊寄奠王敬美先生》（八首）序云：

> 不佞丱岁游燕，则次公以年家见知，凡竿牍下询家君，齿及不佞，亡虑十数顾，不佞未尝识面也。丙子秋，次公以参知赴江右，过访兰阴，邂逅蓬茆，词组投合，杯酒扬扢，形骸顿忘。尔后，不佞挐舟阊阖者四次，公停车灞水者三，每一把臂，辄潦倒淋漓，濡首乃别。比次公入南都，不闻问几半载，询诸吴中，则报次公逝矣。是秋北上，极意酹酒娄江，少致国士之感。适病中

---

① 《明史》卷287，中华书局1974年版，第7379—7381页。

愤愤,不及遄赴,爰赋七言八律以代奠章。①

较详细交代了与王世懋交往的经过。可见,王胡二家乃世交,而王世懋与胡应麟又因文学交往而有忘年之谊。另外,"南园后五子"之一的黎民表《瑶石山人稿》中有《秋夜杨懋功宅同王敬美诸子集得春字》《王敬美以游京口诸山篇咏见示》《同王敬美待月梁思伯所》《闻王敬美谈太华之胜同李惟寅赋》《豫章逢王敬美入贺》。

从王世懋的任职履历看,未在湖广任职,其与容美田氏的交往很可能是通过王世贞的引荐,即王世懋来湖广探望兄长时,被王世贞介绍给容美田氏,或者田氏借类似的机会主动与世懋交往。我们从前引其他士大夫寄赠王世懋的诗作中亦可看出这一点,如李攀龙《寄王敬美参伯于南康分署时长公开府郧中》,据诗题看,其时世懋即在世贞郧阳的府邸之中。

沈襄,字叔成,号小霞,浙江会稽人,其父沈炼因弹劾严嵩被谪,后又论死。《明史·沈炼传》载:其时,严嵩党羽、宣大总督杨顺与严氏父子谋害沈炼后,为了进一步讨好严氏父子,杨顺"取炼子衮、褒杖杀之,更移檄逮襄。襄至,掠讯方急,会顺、(路)楷以他事逮,乃免"②。隆庆(1567—1572)初,沈襄因父荫补官,任职刑部③,后迁姚安太守。

沈氏少好学剑,纵横击刺得其法。见窗下老梅,日模之。后访刘世儒于万玉楼,师之旬日,尽得其意,因悟其纵横之妙与剑法同,遂以写梅、竹,称绝艺。善墨梅,干随笔生,枯润咸有天趣。著有《梅

---

① 《景印文渊阁四库全书·集部》第1290册,台湾商务印书馆1983年版,第389页。
② 《明史》卷209,中华书局1974年版,第5535页。
③ 《明画录》卷7,中华书局1985年版,第79页。

谱》，有自题梅花诗 190 首。①

魏允中，字懋权，直隶南乐人，魏允贞二弟，《畿辅通志·人物志》载："总角时，即擅文誉，且负奇节。"万历丙子年（1576）乡试，与无锡顾宪成、漳浦刘廷兰并为举首，时人称为"三解元"，"庚辰成进士，授太常博士。时张居正势焰方炽，允中挺然以正自持，绝不相附。居正病，百官为祷于都之东岳庙，允中独不往，时人以中流砥柱目之。迁吏部郎，卒，有文集行世"。②《明史·艺文志》载其有文集 8 卷，《千顷堂书目》录其有《魏仲子集》8 卷，《御定四朝诗》选其诗 23 首，《明诗综》选其诗 4 首。

魏氏与王世贞关系密切，《明史·魏允贞传》载："允中为诸生，副使王世贞大器之。岁乡试，世贞戒门吏曰：'非魏允中第一，无伐鼓以传也。'已而果然。"③ 可见王世贞对魏允中的器重。《弇州四部稿》及《续稿》载有《答魏允中》《得魏懋权书却作歌呼之》《魏懋权追践约于德州至清源而别书此为赠》《仆近有五子篇拟魏懋权似不欲以文士名也用赠长兄韵答我因再成一章倚韵见志仆亦且谢笔砚矣》《魏懋权时义序》《魏仲子集序》《与魏允中》等诗作、书信、序跋。其诗文中常常流露出对魏氏文才的赞赏，称其"诗篇托寄清逸、时时感慨，书语宏放瑰拔、悲愤用壮"④（《与魏允中》）；"魏子年尚少，所为文义奇甚，然不能俯就格，而又善诗，先后奏余诗数章，往往有少陵氏风"⑤（《魏懋权时义序》）；"仲子于诗，无所不工，五七言律尤其至者，大较情真而语遒，意高而调协，即其才何所不有，而实不欲以江左之浮

---

① 上海人民美术出版社编：《美术丛刊》（第 19 辑），上海人民美术出版社 1982 年版，第 99 页。
② 《景印文渊阁四库全书·史部》第 505 册，台湾商务印书馆 1983 年版，第 777 页。
③ 《明史》卷 232，中华书局 1974 年版，第 6058 页。
④ 《景印文渊阁四库全书·集部》第 1281 册，台湾商务印书馆 1983 年版，第 151 页。
⑤ 《景印文渊阁四库全书·集部》第 1282 册，台湾商务印书馆 1983 年版，第 528 页。

藻，掩河朔之风骨，盖得少陵氏之髓而略其肤者也。文尤典雅简劲，直写胸臆，譬之赤骥、盗骊，以千里追风之势而就，御勒毛嫱丽姬，汰人间之粉泽，而以其质显"①（《魏仲子集序》）。魏允中亦有《寄凤洲先生》等寄赠王世贞。就魏氏的履历来看，未有在湖广任职的记录，其兄魏允贞曾任荆州府推官②，二田可能是经由允贞而结识允中。

魏氏亦是文学家族，除魏允贞、魏允中外，允贞三弟允孚官至刑部郎中，亦有才名。王世贞称其兄弟为"三才子"（《魏仲子集序》）。

宋登春，字应元，赵郡新河人，号海翁，又号鹅池生，"性豪宕，每酒后放言，非秦汉不为文，非李杜不为诗。年三十阖室尽丧，乃涉易水，入太行，闭关读书者十年。已而，历晋、魏，经秦、蜀，过闽、粤，溯沅、湘，下江陵，居大（按，当为'天'）鹅池……复顺流而东，登泰山、观渤海，至邹峄，又潜学者数年，由是诗文益进。万历五年还乡里，拜邱垅，邑令结庐以处之。逾年，复之江南，寓云间徐宗伯家。一日，谓宗伯曰：'可为我具一舟，我将观海。'宗伯如其言，遂乘舟而去，不知所终"③。宋登春一生颇具传奇色彩，其足迹"几遍天下"，而"囊中亡一钱"，一生能诗擅画又穷困潦倒，然品性洁傲、"狂诞""即穷饿不肯轻见一贵人，意稍咈竟掉头去不复顾"。

对于其诗，徐学谟评道："生五言诗有逼类孟襄阳者，如《闲居》云：'平生歁段马，不识孟尝门。'《清明日海上》云：'一盂寒食酒，

---

① 《景印文渊阁四库全书·集部》第 1282 册，台湾商务印书馆 1983 年版，第 686—687 页。

② 据《畿辅通志》载，魏允贞"字懋忠，南乐人，万历进士，授荆州府推官。大学士张居正家奴犯法，执而杖之。擢御史，劾兵部尚书吴兑结纳权阉。累迁右金都御史，巡抚山西，筑城堡、修仓廒、置器械、赈贫乏，历任九年，不携妻子，杜绝贿嘱，裁抑豪强，政绩大著。进兵部侍郎，卒，谥介肃"。另，《明史》亦有传。

③ 《景印文渊阁四库全书·史部》第 505 册，台湾商务印书馆 1983 年版，第 891 页。

东海吊田横.'其清婉悲激，非近岁布衣诗可俪也。"①（《宋登春传》）著有《燕石文集》《布衣诗集》《清平唱和诗》。《四库总目》录其《宋布衣诗集》3卷，并道："其诗本名《鹅池集》，文名《燕石集》，学谟尝刻之荆州。此编为康熙乙丑王培益所刊，始并诗文为一集。登春文章简质可匹卢柟《蠛蠓集》，而奇古之趣胜之。其论诗，先性情而后文词，故所作平易自然，而颇乏深意，然五言颇淡远可诵，朱彝尊《静志居诗话》以贾岛、李洞为比，亦庶几拟于其伦矣。"②《千顷堂书目》录其有《鹅池山人集》2卷，《御定四朝诗》选其诗49首，《明诗综》选其诗3首，《画史会要》《佩文斋书画谱》亦有传。

王穉登，字伯谷、百谷，号玉遮山人、半偈长者、青羊君等，布衣诗人、书法家，苏州长洲人。《明史》本传载其"四岁能属对，六岁善擘窠大字，十岁能诗，长益骏发有盛名"。嘉靖（1522—1566）末年，王穉登游京师，结交大学士袁炜家，袁炜对其甚为欣赏，将荐之朝，不果。当时，吴中自文征明之后，在文坛缺少一位真正的领袖人物，而王穉登作为文征明的学生，"遥接其风，主词翰之席者三十余年。嘉、隆、万历间，布衣、山人以诗名者十数……穉登为最。申时行以元老里居，特相推重。王世贞与同郡友善，顾不甚推之。及世贞殁，其仲子士骕坐事系狱，穉登为倾身救援，人以是重其风义。万历中，诏修国史，大学士赵志皋荐王穉登，有诏征用，未上，而史局罢。卒年七十余。子留，字亦房，亦以诗名"③。《列朝诗集小传》《明诗纪事》《苏州府志》等均有传。王穉登不仅是一位诗人，

---

① 《景印文渊阁四库全书·史部》第506册，台湾商务印书馆1983年版，第547页。
② 《景印文渊阁四库全书·四库全书总目》第4册，台湾商务印书馆1983年版，第572页。
③ 《明史》卷288，中华书局1974年版，第7389页。

第二章　容美土司家族"文学交往"的开创期——田九龄、田宗文

还是一位书法大家。钱谦益《列朝诗集小传·王校书稺登》载："伯谷……妙于书及篆隶，好交游，善接纳，谭论娓娓，移日分夜，听者靡靡忘倦。……闽粤之人，过吴门者，虽贾胡穷子，必踏门求一见，乞其片缣尺素然后去。"① 著有《晋陵集》《金昌集》《燕市集》《青雀集》《客越集》等，又辑有《国朝吴郡丹青志》《吴社编》《吴骚集》等。

除上文提及的袁炜、申时行、王世贞外，王稺登的交往对象还有王世懋、曹学佺、袁宏道、袁中道、屠隆等人。

另外，还有诸葛元声、冯大受等人，其事迹见前文补考。

三　田九龄、田宗文族外文学交往情况

反映这三类人群与田九龄、田宗文交往情况的材料，主要有两种：诗作与序跋。主要见于陈湘锋的《〈田氏一家言〉诗评注》、中共鹤峰县委统战部等所编《容美土司史料汇编》、贝锦三夫的《田子寿诗集校注》《田国华诗集校注》以及光绪《长乐县志》、光绪《华容县志》等州县志的《艺文志》当中。②

二田与孙氏家族的交往，留下寄赠唱和之作最多，前文统计的共有33首。其中写给孙斯亿的19首诗作可分为三类：一类是唱和之作，如田九龄的《云梦师寄游太和近作兼附弇州公诸刻》《云梦师游自衡岳寄以诸稿奉酬一律》《使至喜读云梦师诗》；二类是寄赠之作，如田九龄《改岁感忆兆孺师却寄》《王弇州先生自郧镇游太

---

① （清）钱谦益：《列朝诗集小传》，上海古籍出版社1983年版，第482页。
② 光绪《华容县志·艺文志》载田九龄《章华台》一首，该诗《容美土司史料汇编》与《〈田氏一家言〉诗评注》均未载，其诗云："落落荒丘一径通，当年霸业亦称雄。可怜白日来秦骑，从此红妆散楚宫。云雨漫随神女梦，楼台无复大王风。豪华有尽江山在，迟暮登临感慨中。"（《中国地方志集成·湖南府县志辑·光绪华容县志》，江苏古籍出版社2002年版，第476页）

和山云梦师行且往谒憾不能从》《八日寄寿云梦师》《闻云梦师游华岳恨莫能从》《赤城别墅歌为云梦师赋》《云梦师新开赤城别墅遥寄》《武当道中忆大中丞拿州公云梦师远游》《云梦师书来道历历诸名家周旋汴洛复遇王孙嘉齐申齐归自嵩岳诗以怀之》，田宗文的《己丑岁下湘江谒云梦师》；三类是悼亡和缅怀之作，如《华容哭云梦师》《哭云梦师三首》，田宗文《哭云梦师二首》《追忆普贤寺留别云梦师暨诸游》。

写给孙斯传 5 首诗作主要都是寄赠之作，如田九龄的《赋得长啸轩送习孺赴公车》《谢习孺惠小砚》《送习孺应试赴南宫》，田宗文的《饮孙公习孺长啸亭感》《习孺先生六上春馆矣兹复将挟箧宗文为先生门人知先生所就因作律一章以壮先生行色》。

写给孙羽侯 9 首诗作可以分为两类：一类是唱和之作，如田九龄的《答鹏初吉士赋得谒帝庐见寄承明庐见寄》《和鹏初元夕燕邸晤太仓王孝廉》，田宗文《奉和孙鹏初太史》；二类是寄赠、感怀之作，如田九龄的《登五峰怀鹏初兄》《喜鹏初丈高发》《衡庐歌为孙鹏初赋》《登五峰怀鹏初兄》《孙鹏初入对》，田宗文的《归澧后忆在华容习孺叔成孝廉鹏初太史道伸和尚醉游有述》。

从这些诗作可以看出，二田不仅与孙氏家族交谊颇深、交往频繁，而且田九龄对孙斯亿（字兆孺），田宗文对孙斯亿和孙斯传（字习孺）都执以师礼，言辞当中透露出由衷的仰慕之情和真挚的师生之情。在表达仰慕之情方面，如田九龄《云梦师寄游太和近作兼附拿州公诸刻》中称誉孙斯亿的诗曰："寄我昆仑山顶石，开函片片彩云飞。"《云梦师游自衡岳寄以诸稿奉酬一律》亦赞道："书来满贮烟云气，云踏峋嵝最上头""云回彩笔金书映，树引轻与素石留"。田宗文《己丑岁下湘江谒云梦师》在表达通过孙斯亿指引进入文坛期望的同

第二章 容美土司家族"文学交往"的开创期——田九龄、田宗文

时,也间接肯定了孙氏在文坛举足轻重的地位。另外,田宗文的《习孺先生六上春馆矣兹复将挟箧宗文为先生门人知先生所就因作律一章以壮先生行色》,据其诗题亦可知,宗文还曾拜孙斯传为师,其诗中用"叔敖千载后,献赋更谁并"的诗句,表达对斯传文章的赞美。在表达师生之情方面,田九龄《改岁感忆兆孺师却寄》诗云"记得去年嘉会日,疑开醽醁泛桃花",《八日寄寿云梦师》云"绕砌月乘蘡上叶,乘轩雪亚柳千条";田宗文《饮孙公习孺长啸亭感》云"竹里聆长啸,风前自苦吟"。通过回忆与孙斯亿、孙斯传交往中的一些场景和细节,表现了对恩师的思念之情,写得尤为含蕴而富于滋味。田九龄《华容哭云梦师》有"遥凭絮酒将双泪,泻作潇湘九派流"之句,《哭云梦师三首·其二》有"生平知己泪,不但泻悬河"之句,田宗文《哭云梦师二首》也以"试歌薤上露,寂寞益伤神"表达对恩师亡逝的悲痛之情。

如果说二田对孙斯亿、孙斯传主要是仰慕和师生情谊,那么与孙羽侯(字鹏初)的交往,则更多地体现出文友之间的亲近。田九龄《登五峰怀鹏初兄》诗云:"谈诗泽国御杯处,折柳章台握手时""怪来不遣三秋雁,南望苍梧莫可期。"先是回忆二人谈诗论文和依依惜别之景,后又表达出长久不见的想念和怅惘之情。《喜鹏初丈高发》诗云"尔去风云会蓟台,贤书忽下楚天来",写出对孙羽侯高中的喜悦之情。田宗文《奉和孙鹏初太史》用"河山旧绕皇居壮,词赋今看侍从雄"称赏孙氏文采的同时,也以"流落独怜侬未遇,年年空自泣途穷"抒发自身未遇的伤怀,这种情绪的宣泄和苦闷的倾诉体现了一种朋友之间才有的坦率。

如果说因为缺少孙氏的唱和与寄赠之作,使得二田的诗作只是反映了他们与孙氏家族文学交往的一面的话,那么随着《田子寿诗集》

· 145 ·

的重新发现，使我们今天终于可以见识到尘封已久的另一面——孙氏对于田氏文学活动的回应。这种回应主要见于孙斯亿、孙羽侯为《田子寿诗集》所写的序文，其中孙斯亿的序文曰：

> 田子寿居澧水，顾刻意为诗。近体绝句，多唐遗音；歌行，实效四子；乐府古诗，悉可造《文选》。每囊以示予，予辄评纂久之，子寿益进。今秋访予，洞玄亭论文，曰余："子寿若有得焉，子惟阿干！"武溪歌于徼外而顾汉晋大雅，曲江越人其诗、盛唐名家，矧我朝圣化远被，而子寿生提封乎！子寿少游吴越，经天台，临沧海，大观远览，思放气豪；襄事父昆，淬砺忠孝。故其作有二南指归，不待住锡，而与文翁而成郑回而纯者也。予于子寿交最深，因题其端云。

文中，孙斯亿首先对田九龄诗作的源流进行了阐解，认为其律诗和绝句都学习了唐诗，歌行体效仿了初唐四杰①，乐府古诗则源自《文选》诸家，结合明代"复古"诗风的大背景，这种评价等于肯定了田九龄的诗作有古人之风，各体皆得其"正"，是非常高的评价。其次，回忆了二人文学交往的情况，这其中有一些珍贵的细节，对于弥补之前文献和认识的缺失极有裨益，如文中介绍了田九龄凡有新作就会求教于孙斯亿，而孙氏也耐心认真地评阅，久之使得田氏诗艺大进。田九龄因此动情地表示自己在文学创作方面若有一丝一毫的进步，完全得益于孙斯亿的指导，所谓"子寿若有得

---

① 贝锦三夫认为"四子"有两种说法："一说是指东汉建安文坛曹操第四子曹植的，二说是指的蜀中著名文学家司马相如、王褒、扬雄、陈子昂"（参见《田子寿诗集校注》第19页脚注）。恐均非是。笔者认为，"四子"当指初唐四杰：王勃、杨炯、卢照邻、骆宾王。初唐四杰对于歌行体的贡献，明人胡应麟《诗薮》卷三曾云："唐七言歌行，垂拱四子，词极藻艳，然未脱梁、陈也。"又云："王、卢出，而歌行咸中矩度矣"；"卢、骆歌行，衍齐、梁而畅之，而富丽有余"。

第二章 容美土司家族"文学交往"的开创期——田九龄、田宗文

焉,子惟阿干"即是此意。另外,孙斯亿还明确地表示田九龄是他交谊最深的朋友。

相比于孙斯亿,孙羽侯的序文重点不在"论诗",而在"说人",其文云:

> 往先君子为子寿序所为诗,盖古选、近体灿然备也。既游于武当,交周象贤;抵西陵,友殷无美;客郢,与载阳王孙游。爰以通下雉吴先生,已在士安之叙,不啻长安之纸。辛卯,蒙奔丧、营梦坞,而子寿不远千里,惨然端木。已,出其诗,属删而录。蒙以哀恸留简牍。未卒业,子厚亦溘然先逝。将死,喟然叹曰:"千里一士,谁为定吾文者?"属其子宗鼎,以蒙为请。又数载,宗鼎果以子寿诗来。其古选、近体已削成《一家言》,而诗始善,且诸君子论其诗详矣,无俟蒙。蒙请申其志。昔曹子建志其左以奸宄,后云奥于瀛洲,岂不闻世有神仙哉!旷视遐览,不入流俗,此上志之定操,远人之极轨也。子寿之明,超然众咻,绝类离伦。庶几豪杰而犹结兴紫芝,寄情玄牝黄白之好,垂老无闷。岂其志有不逮哉?无亦怀才自放,遁世好修,为楚左徒,为晋嵇、阮,而乘龙远游,闻鸾长啸,则亦其不得已之心乎?不然何子寿之卓也!若其诗,则诸君子论之矣。①

孙羽的序文主要有两个方面的内容:一是介绍了田九龄的文学交往情况,这其中关于与周绍稷(字象贤)交往情况的记载填补了文献的空白,关于与孙斯亿家族、殷都、载阳王孙交往情况的记载

---

① (明)田九龄著,贝锦三夫校注:《田子寿诗集校注》,中国文史出版社2016年版,第25页。

则对之前的文献记载有丰富之功,特别是与孙斯亿家族的交往情况的记载中,有田九龄参加孙斯亿葬礼的情况,并用"惨然端木"形容田九龄当时的痛悼之状,再结合前文对田九龄悼亡诗的介绍,可以增加我们对孙二人交往的感性认识。另外,序文还记录了田九龄参加葬礼过程中和临终前两次当面或托其子田宗鼎请求孙羽侯帮其修订诗稿的情况。二是对于田九龄本人有非常精到的评语。孙羽侯认为田九龄是一位不从流俗、志操高洁、心情旷达、悠游世外的高士,并谈及他对文学创作与道家养身之法的热爱。孙羽侯将田氏比作屈原、嵇康和阮籍,认为其在个性品格上与这三人有相通之处。值得注意的是,文中还委婉地提到了田九龄远离家族、卜居兰澧的情况。孙氏认为,田九龄远离容美,移居外地,一方面可能有"不得已"之处,即家族内部的权力斗争;另一方面更是一种"自放",即根据自己的个性做出的自愿选择。从孙羽侯对田九龄个性的介绍,以及田九龄本人诗作,确实可以感受到田九龄旷达、高洁的品格,这使得他根本无意于参加家族内部的斗争,也注定其要做一个"乘龙远游、闻鸾长啸"之人。

二孙的序文信息很好地弥补了田、孙文学交往缺乏互动材料(只有田氏写给孙氏的诗作)的情况,增加了我们观察田、孙文学交往的角度,同时通过一些细节描写,使得田、孙的文学交往更加立体生动。

二田与殷都的交往,见于田九龄《送殷使君入□》《宜都望夷陵怀殷公海岱》《春日怀殷使君燕邸》《寄殷员外京中》《雪中喜张武昌殷夷陵先后书至》,田宗文《奉呈殷夷陵海岱公》《奉送殷夷陵开美入觐》。田九龄的诗作中,前三首都是因《田子寿诗集》而得以重新发现,今选录二首:

第二章 容美土司家族"文学交往"的开创期——田九龄、田宗文

送殷使君入□

衣冠禹会总纷纭,六传飘飘度紫氛。

太岳晓峰青送远,漳沱秋月满离群。

天回瑶阙骞双凤,露湛金茎出五云。

不待赋成张楚后,故人早已荐雄文。①

宜都望夷陵怀殷公海岱

夷陵风土异,凤下想成功。

峡水流余润,巫云映远空。

壁留和氏月,赋振大王风。

若问甘棠事,千秋爱我公。②

两首中,前一首是饯别之作,后一首是怀人之作,以第二首写得更富感情,诗作由殷都的文才联想到他的政才,表达了对殷都的赞誉和怀念之情,但诸诗中写得尤有情味者,当属《雪中喜张武昌殷夷陵先后书至》。诗中,田九龄通过对自己谢客幽居生活的描写,从反面衬托了与殷都交往的可贵,以及得到殷氏书信的喜悦之情。以富于阳春白雪情调的诗句,表现了与殷氏的君子之交。诗云:

十年踪迹楚山隈,车马何曾点径苔。

竹翠不教狂客问,月明惟听美人来。

曲中秀色词为雪,笛里梅花怨是梅。

---

① (明)田九龄著,贝锦三夫校注:《田子寿诗集校注》,中国文史出版社2016年版,第241页。校注者认为诗题中"入"字后可能佚"京"或"都""朝"。笔者认为,也可能是佚"计"字。

② (明)田九龄著,贝锦三夫校注:《田子寿诗集校注》,中国文史出版社2016年版,第169页。

幸有玉人双白璧，强开樽酒送深怀。①

相形之下，田宗文的诗作则更多表现出仰慕之情，其诗既有对殷都政绩的赞扬，又能寄之以同是客居他乡者的同情，尤其对殷氏的诗作给予高度的颂誉："白雪唱来高自绝，和歌宁复数巴渝"（《奉呈殷夷陵海岱公》）。

在殷都方面，则有序文一篇，其文曰：

> 往从孙兆孺集中，见答田子寿诗，而未见子寿诗。昨辱以诗赠，则见子寿诗而未见子寿他诗。今烂然以巨帙示，观止此矣，斯亦楚西徼之巨丽矣。语云："三家之市，无千金之子，其居使之然也。"今子寿长在绝域，生而贵倨，同业无徒，藏书不备于挽近，而匠心矢笔，俱一一与古人合，非有独照之识，专诣之气者，能至是邪？此不佞所为服膺也。且又欲仆为介绍而见之乎弇州先生！第千里负笈，裹粮为难，若仆何难？齿颊风生！夫与王词②辅鬼语一夕，玄理顿胜，而况亲见吾弇州者乎！足下诗当愈益大进。然楚有李本宁太史者，足下亦不可不见，且住近，宜先之。若仆可无见矣。辱以诗叙见委，会岁暮多故，不能累千言为君揄扬。以一行作吏，便雅道日损。今天厚足下，以彼其才而又悉宽闲日月以相假③，仆见子寿之诗之进而未其止也。④

---

① （明）田九龄著，贝锦三夫校注：《田子寿诗集校注》，中国文史出版社2016年版，第268页。《〈田氏一家言〉诗评注》亦录此诗，但有异文。颈联出句作"曲中秀色看为雪"，尾联对句作"强开幽兴送深杯"。
② "词"，疑当为"嗣"之误。
③ 疑此处当有佚文。
④ （明）田九龄著，贝锦三夫校注：《田子寿诗集校注》，中国文史出版社2016年版，第23页。原文"楚西徼之巨丽"后有衍文"观止"，今据明刻本改之。

第二章 容美土司家族"文学交往"的开创期——田九龄、田宗文

此篇序文亦是因《田子寿诗集》而重新发现。在此之前，没有看到殷都寄赠给田九龄的诗文，因此这篇序文的发现填补了这方面的空白。从文义上看，殷氏这篇序文本是一封回信，应是田九龄写信索序在先，殷氏遂作此文以复之。值得注意的是，殷氏在文中表达的观点与吴国伦的序文颇有相似之处，如同样表达对生长于"绝域"的田九龄有这样的诗才感到惊讶，同样认为田九龄有独特的诗歌禀赋。特别值得注意的是，殷氏在文中提及，田九龄曾请求其将自己引荐给王世贞，并打算"千里负笈"前往求教。田氏结交文坛名士的渴望，及其学习、求知的精神，在这一细节中体现得淋漓尽致。另外，文中，殷氏还向田九龄介绍了李维桢（字本宁）[1]。惜乎，从现存的诗作中不能进一步印证田九龄是否与李维桢有交往，不过，从田九龄热衷与名士结交的个性来看，很可能与李维桢有往来。

二田与艾穆的交往，主要见于田九龄所作《西宁曲——为艾和甫赋》（五首）和田宗文《艾和甫谪西宁有赠》。据诗题看，均写于艾穆因上疏反对张居正"夺情"被贬凉州卫之时。[2] 九龄的诗作中，对艾穆的不幸遭遇给予了极大同情，现录三首于下：

其 一

白草茫茫空复春，秋风吹度玉关尘。

寄声为问中朝旧，此日谁怜折槛人？

---

[1] 《田子寿诗集校注》未详其人，只说查而无据。笔者认为，李本宁当指李维桢。李氏，字本宁，湖广京山（今属湖北）人，曾由庶吉士授编修，这些生平特征正符合"楚有李本宁太史"的说法（太史，乃明清对翰林的尊称）。

[2] 艾穆贬谪凉州卫，而二田诗写作"西宁"，概称也。此亦时人之习惯。例如，朱彝尊《明诗综》对艾穆的介绍中有云："抗疏论张居正夺情，廷杖遣戍西宁。"《御定四朝诗》中介绍艾穆亦云："以抗疏遣戍西宁。"

其 三

轮台西望黑山头，万里交河水北流。

一自孤臣严谴令，谁人不忍唱《凉州》。

其 四

祁连山下晓霜飞，满目风烟塞草腓。

最苦白头人北望，玉门哀雁几行归？①

  从凄苦、悲凉的诗风中不难看出，田九龄对于艾穆的深重情谊，并用"折槛人""孤臣去国"等典故，表达了对艾穆直谏得罪的失望甚至愤慨。这种言论很有可能得罪权倾一时的张居正，需要冒一定的风险，但是田九龄丝毫不为所惧，既体现了他耿直率真的品格，也体现了他与艾穆之间的深厚友谊。田宗文所作《艾和甫谪西宁有赠》，在表达对同情之感时，又以"知君更有刘琨兴，啸月悲笳满戍楼"，鼓励诗人建功边疆，较之田九龄之悲叹、哀伤，又是一番滋味。

  二田与陈洪烈的交往，见于田九龄《陈明府元勋召自崇阳却寄》《送陈长阳调武昌之崇阳》和田宗文《投赠陈长阳》。陈洪烈本是长阳县知县，后调任崇阳县（其事见前文补考）。二田与陈洪烈之相识，当在其长阳县任上，因田九龄曾补长阳县庠博士弟子员，且长阳与田九龄、田宗文所居之澧州相近，二人当是在县学时与陈氏开始交往。从田九龄寄与陈洪烈的诗作看，两人关系较为密切，《送陈长阳调武

---

① （明）田九龄著，贝锦三夫校注：《田子寿诗集校注》，中国文史出版社2016年版，第330—331页。《〈田氏一家言〉诗评注》亦录此组诗，但有异文。该书《其三》后两句作"一身孤臣去国后，谁人忍复唱《梁州》。"《其四》后两句作"最苦回头天末望，玉关哀雁几行归？"

昌之崇阳》应是陈洪烈由长阳调往崇阳时饯行之作,诗中对陈氏的政绩赞扬有加,同时对于其未能升职表示遗憾①,并表示陈氏定能凭借"异绩"得到朝廷常识,迟早要"召对未央前"。诗句中的一些情绪的流露,尤其是对陈氏未能升职的遗憾之情,显然都不是泛泛之交所能道出。《陈明府元勋召自崇阳却寄》应是陈洪烈调任崇阳之后,邀请田九龄前往做客时,田氏的寄答之作。诗中再次赞扬了陈洪烈的政绩,并坚信他定能得到朝廷赏识。田宗文《投赠陈长阳》一诗,则颂扬陈氏的美政,也称赏陈氏的文才。

田九龄与吴国伦的交往,见于田九龄的《奉谢吴公川楼惠序暨诗并〈藏甲岩桥〉》《读〈藏甲岩稿〉》《寄川楼吴公》《哭川楼师》和吴国伦的《〈田子寿诗集〉序》。田九龄的这四首诗,原不见于《田氏一家言》,是因《田子寿诗集》的发现才得以重新面世:

奉谢吴公川楼惠序暨诗并《藏甲岩桥》②

五色天孙锦,银潢迥见分。

倚函流雾彩,拂座动星文。

何物非皇甫,无玄不子云。

异时垂不朽,知是赖夫君。③

读《藏甲岩稿》

渔樵三户裔,桑柘数家烟。

---

① 《〈田氏一家言〉诗评注》简评道:"从诗文看,友人陈长阳由武昌调往崇阳,属降职处理,因此连小试牛刀的余地都没有了。"误将长阳当作陈洪烈之名,并误断诗题之意。实则诗题之意是指陈洪烈由长阳任上调往武昌府崇阳县。陈洪烈之调动属于平调,故云"牛刀再试"。

② 疑"桥"乃"稿"之误。吴氏著有《藏甲岩稿》。

③ (明)田九龄著,贝锦三夫校注:《田子寿诗集校注》,中国文史出版社2016年版,第143页。

只自穷坚白，何曾解草玄？

虹光华渚动，雪调郢人偏。

此曲高难和，谁将下里传。

寄川楼吴公

莫莫浮云郁未开，许谁栖息共衔杯。

梁园昔掩邹枚赋，郢里今推屈宋才。

北望云宵还日月，南来词些且楼台。

谩将萝薜裁初服，行见征车谷口来。①

哭川楼师

海内论风雅，千金不浪投。

曾缘皇甫笔②，遂尔拔凡流。

赋罢长荆楚，文成记玉楼。

千秋屈宋后，江汉日悠悠。③

  第一首的题目《奉谢吴公川楼惠序暨诗并〈藏甲岩桥〉》，笔者疑"桥"乃"稿"之误，因"桥"繁体作"橋"或"槁"，与"稿"字形近，故诗题当为《奉谢吴公川楼惠序暨诗并〈藏甲岩稿〉》，且田氏有《读〈藏甲岩稿〉》一首（详见上文）。④《藏甲岩稿》乃吴国伦诗集，共六卷，唐汝礼在《藏甲岩稿·叙》中说："藏甲岩者，世

---

① （明）田九龄著，贝锦三夫校注：《田子寿诗集校注》，中国文史出版社2016年版，第217页。

② 原注："公为余序鄙集。"

③ （明）田九龄著，贝锦三夫校注：《田子寿诗集校注》，中国文史出版社2016年版，第185页。

④ 因为校注者录诗题有误，对诗义的理解也有不准确的地方，如"倚函流雾彩，拂座动星文"二句，校注认为是写"藏序和书的封套是多么精美"，恐不确，笔者认为应是指吴氏诗集中的作品文采飞动。

传为孔明征南人藏甲之所，吴川楼公奉命督学贵州，其公署近焉。日恬息于岩中，心发其歌咏述之趣，名曰'藏甲岩稿'云。"① 可见，《藏甲岩稿》是吴国伦在贵州期间所写的诗作，而吴氏任贵州提学副使在隆庆六年（1572），万历二年（1574）转河南参政，也正是在转任这一年，吴国伦刊刻《藏甲岩稿》。根据诗题和诗义来看，此诗是田九龄感谢吴国伦赠序之作，而吴氏为田九龄诗集写序是在万历九年（1581），因此田九龄收到吴国伦的序文和《藏甲岩稿》并写下这首诗应该是万历九年之后。在这首诗作中，田九龄先是赞美了吴国伦诗作文采飞扬，又表示吴氏的序言为自己（田九龄）的诗集增添了光彩和声誉，自己的诗集如果日后能够流传，也是依仗有吴氏这样的文坛领袖人物作序的原因。

第二首应是接在第一首之后所作，第一首诗是感谢吴国伦寄送诗集，此一首则是读此诗集之后的感慨之词。诗作一方面赞扬吴氏诗歌如阳春白雪、格调高雅，另一方面谦称自己处身荒陋、水平低下，虽然能做到志节坚贞，却无法理解吴氏诗作高妙之义。此首诗中最值得回味的是尾联"此曲高难和，谁将下里传"一句，这句从字面意思来看，意谓吴国伦诗曲调高雅、水平高超，自己的下里巴人之作无法与之相唱和，但同时又希望自己的作品能够像吴氏之作一样流传下去。田九龄发出这样的感慨，可能是因为看到吴氏诗集已付刊刻，而自己诗作亦不在少数，却还没有一部诗集的原因。

第三首是寄赠之作，根据此首的诗义来看，此时的吴国伦已经赋闲在家，而吴氏罢官在万历五年（1577），卒于万历二十一年（1593），因此该诗写作的前后年限亦不应超出这一范围。诗中，首

---

① （明）吴国伦：《藏甲岩稿》，明万历二年刻本。

联,以起兴的笔法,映衬出忧郁、感伤的气氛,并写到了吴国伦赋闲在家、忧郁无聊的状态。颔联,"梁园"一句,将吴国伦喻为邹、枚,意谓其现在也如邹、枚当年仕途不顺、寄身梁园一样,但终有重出之日。"郢里"一句将吴氏喻为屈、宋,称赞其文才超拔,与屈、宋一样,都是楚地文英。后两联中,田九龄安抚吴国伦,说其身在江湖、心忧庙堂,但鞭长莫及,只能以诗酒自娱,并声言吴国伦隐居定不会长久,一定会有"征车"来重新征召他。关于这首诗,《田子寿诗集》的校注者认为,"谩将萝薜裁初服,行见征车谷口来"一联"是诗人自况,希望有朝一日有人能征召他出山做官"①。这显然是有问题的:首先,在一首诗中表达出仕的愿望,这本身就不符合田九龄的个性特征,从前文孙斯亿、孙羽侯所作的序文可以看到,田氏是一个品性旷达,厌惧政治的人,因此他不太可能提出想要做官的想法;其次,在一首诗中如此直白地表达自己想要做官的愿望,也不符合古代文士、至少是明清文士的习惯和传统。因此,所谓"征车"之说,应该是安慰吴国伦之辞,而且综观此首诗作,无不代替吴国伦表达赋闲在家的忧郁、无奈的心情。田九龄这样写的原因可能有二:一是吴国伦罢官回乡是因其任河南参政,三年考绩,竟被定为不合格,吴氏认为自己受到了不公正的待遇,同时,以吴国伦在当时文坛的名望,也不能接受这样的差辱,因此愤然辞官。可见,吴氏辞官并不是一种完全自愿的行为,而是对官场感到愤怒和失望后的无奈选择,其心情之郁闷、不平自不必言。二是田九龄写这首诗时,很可能吴国伦才刚刚罢官回乡,心情正处在最低谷中,尚未调适过来。因此两点田九龄才写诗表达了解之同情,并预言其定能东山再起,以安慰吴氏。

---

① (明)田九龄著,贝锦三夫校注:《田子寿诗集校注》,中国文史出版社2016年版,第217页。

第二章　容美土司家族"文学交往"的开创期——田九龄、田宗文

　　第四首是悼亡之作,田九龄在诗中亦将吴氏类比屈、宋,认为吴氏文采出众,是继屈、宋之后楚地文人的杰出代表,并对其逝世表达哀婉之情。颔联中"曾缘皇甫笔"一句,《田子寿诗集》校注者认为是说:"吴国伦曾援袭皇甫文人的创作风格。"① 恐不确,此句应与"遂尔拔凡流"一句联起来看,意谓:正是缘借像皇甫湜一样有出色文才的吴国伦的序文,才使田九龄平庸的诗集有了不平庸之处。"皇甫笔",疑是用《太平广记》之典。《太平广记》卷二百四十四《褊急》载:裴度曾聘皇甫湜为幕僚,裴氏修佛寺成,欲请白居易写碑文以记之。皇甫湜怒裴度舍近求远,不求自己反求白氏,裴度遂婉词表示歉意道:"初不敢以仰烦长者,虑为大手笔见拒。今既尔,是所愿也。"②"皇甫笔"当是"大手笔"之意。另外,"千秋"一联,校注者认为其意是:"屈原宋玉之后,楚地文坛后继有人,像江汉之水一样悠悠不断。"③ 恐不确,此一联当是意谓:屈宋千秋之后,虽有吴国伦这样的杰出人物,但也亡逝了,唯有日光照耀下的江汉之水东流而去,悠悠不绝。"江汉日悠悠"不是说楚地人才像江汉之水一样悠悠不断,而是以水流之永恒不绝映衬生命之易逝短暂,表达的是对生命流逝的无助、悲伤和痛苦,而不是一种后继有人的喜悦之情,如此解读,也符合本诗悼亡的主题。另外,古诗中亦多有用"悠悠"表达生命无常或悲伤之感者,如"闲云潭影日悠悠,物换星移几度秋"(《滕王阁序》),"烟灭石楼空,悠悠永夜中"(《石瓮寺灯魅诗》)皆是。

　　从这四首诗中的品读中,可以看出田九龄将自己与吴国伦的关系

---

① (明)田九龄著,贝锦三夫校注:《田子寿诗集校注》,中国文史出版社2016年版,第185页。
② 《太平广记》卷244,中华书局1961年版,第1890页。
③ (明)田九龄著,贝锦三夫校注:《田子寿诗集校注》,中国文史出版社2016年版,第185页。

也视作一种亦师亦友的关系。田九龄既对吴国伦执以师礼，称其"川楼师"，并对其文学才华有高山仰止之感，但这又并不妨碍他与吴氏之间平等真诚的交流，如像在《寄川楼吴公》中那样，以鼓励和安慰的语气写诗给吴国伦。

除了田九龄写给吴国伦的诗作外，还有一篇非常重要的反映田吴二人交往的文献，就是吴国伦所写的《〈田子寿集〉序》[1]，这篇序文在发现之前，我们只是从田舜年的《〈紫芝亭诗集〉小叙》中"武昌吴明卿为之序"这样一句话知道可能有这样一篇序文存在，后经学者从吴国伦的《甔甀洞稿》中辑出，才真正看到原始文献[2]，而此次随着《田子寿诗集》的重新面世，也再次印证了这篇序文的存在。吴国伦的这篇序文表明，田吴二人的文学交往不是单方面的，而是以互动的形式存在。考虑到其重要性及不易见到，今亦不烦赘累，兹录如下：

> 往岁华容孙兆孺过访，盖谈其徒田生能诗云。乃者，田生使使三千里外，以其诗来问予序。予蹶然曰："有是哉！"生师事兆孺，而犹有所不尽信，必有所待以为信。顾其使来远矣，即杨子所进，予麾之，不已甚乎？！因取其诗一再过，则兆孺业已鬃括之，曾不浮誉生一词，而生其人与诗，盖相当云。夫楚自鬻子为周文王师，其后遂多博雅文学士，至《离骚》备风人之旨，儒者经之以为词赋祖，楚人于声诗，其天性也。乃若田氏，处巫黔溪洞间，自高帝定天下，世世内附称藩臣，何至负奇如生？哀然拔流俗外，而游诸名人达士间称诗，异矣！即兆孺能授之诗，而不

---

[1] 收于吴国伦《甔甀洞稿》中的名曰《〈田子寿集〉序》，而《田子寿诗集校注》所收则名之《〈田子寿诗集〉序》。

[2] 吴伯森：《〈〈田氏一家言〉诗评注〉校读札记》，《三峡大学学报》2001年第2期。

第二章 容美土司家族"文学交往"的开创期——田九龄、田宗文

能使之尽信诗,兹增异哉!夫白狼归义,是歌徂都,而敕勒之歌,率本鲜卑语,诗固不择地而兴矣。秦穆公得由余于西戎,用以定霸,何论文学声诗哉!予观生之为诗,盖有感于抱艺不得试,又海内晏然,无所用其武,日占占喋喋,与彼氉控弦之士出没茅箐间,无豪也。乃慕三闾之牢愁,潄𩞄熊氏之余润而发之诗,以自舒其感慨激昂之气,庶几有所托而为名高,乃兆孺独櫽括其诗而不言其志,宜生不尽信哉!生名九龄,字子寿。因题之曰:田子寿集。①

这篇序文有以下三个方面非常重要的内容:

第一,田九龄如何得以结交吴国伦。根据序文看,应该是通过了孙斯亿的引荐,至少是孙斯亿在吴国伦面前介绍过田九龄,并将介绍的情况又告知了田九龄,所以田九龄才能在不相识的情况下派遣使者,远赴三千里来索序。

第二,田九龄对于孙斯亿在诗艺方面的保留态度。吴国伦在这篇序文中三次提到田九龄对于孙斯亿"不尽信":第一个"不尽信"提出的原因是田九龄绕过孙斯亿,直接找吴国伦索序②。第二个"不尽信",吴国伦认为田九龄出于蛮荒之地,而作为土司家族的后裔,又能跳出不重文教的家族和社会传统,与名士诗歌唱和,就已经非常让人惊奇;更让人惊奇的是,他师从名家孙斯亿,却并不盲从于孙斯

---

① (明)吴国伦:《甔甀洞稿》卷43,台湾伟文出版社1976年版,第2040—2042页。《田子寿诗集校注》所收序文与此文略有出入,相较之下,以吴氏文集所收为佳,故选而录之。另外,《田子寿诗集校注》版序文下有落款"岁辛巳重九日 大梁方岳下雄吴国伦明卿甫撰",而吴氏文集所收无此信息。又,"辛巳"为万历九年(1581),此时,吴国伦应该已罢官四年,但落款中依然有"大梁方岳"字样,疑此落款为后人所补。

② 《田子寿诗集》校注者认为,每一个"不尽信"是指吴国伦虽然有孙斯亿介绍在先,但并不完全相信田九龄,恐不确。从整体文义判断,此处的"不尽信"显然不是指吴国伦不信任田九龄,而是指田九龄不迷信孙斯亿。

亿，更增加了人们的惊奇之感。第三个"不尽信"中，吴国伦更是进一步对田九龄对孙斯亿的这种保留态度给予肯定，认为孙氏只能从技术层面给田九龄指导，却不谈田九龄的志趣，言下之意似乎是说孙斯亿并不真正理解田九龄的诗作。这种说法在某种程度上颠覆了笔者之前对于田孙二人文学交往的印象，但细思之下，又会发现这与我们所认识的田孙二人的关系并不矛盾，只是使我们对于田九龄有了更深的认识，即田氏虽然对孙斯亿尊崇有加，但并不盲从、更不独尊孙氏，亦不会有门户之见，而是有着自己独立而明确的诗学追求，且会尽可能向更多的名家去求教。如此看来，田九龄对诗学的认识及其创作真正做到了"转益多师"和"博采众长"。

第三，对田九龄诗歌创作背后的个性、天赋、动机、志趣的深入解读。在吴国伦看来，田九龄的诗作能够达到如此的水平，原因有三：其一，源于楚人与生俱来的对于诗歌所有的独特领悟和感受。其二，因为田九龄"化外人士"的特殊身份。在对此问题的讨论中，吴国伦描述了自己由惊奇到泰然的思想历程。在未接触田九龄之前，吴国伦印象中的边徼之地应该是野蛮不文的，但是田九龄的出现完全打破了他的这种"刻板印象"，引起了他的惊奇之感，随后他通过历史上著名的边地诗作《白狼王歌》这样的例证，终于得出"诗固不择地而兴"的结论，并进一步认识到优秀的边地人士甚至可以辅助王公称霸天下，何况是写作诗文。[①] 其三，田九龄本有建立功勋的伟大志向，但是生不逢时，遂有"不遇"之感，这种感觉又转换成了抑郁之情，使他效慕屈原，抒发其"感慨激昂之气"。对于这一点，吴国伦的分

[①] 对于"秦穆公得由余于西戎，用以定霸，何论文学声诗哉"这一句，校注者认为"何论文学声诗哉"意为"还需要什么文学诗歌呢"（《田子寿诗集校注》第22页）。显然不对，这样理解于文义完全不通。正确的解释应该是：秦穆公从西戎得到由余，用其以定天下，（边地的优秀人才能够谋略天下），何况进行文学诗歌的创作。

析更能引起人们的思考：一般而言，无论从文献还是诗作中都可以看出，田九龄是一个厌恶世俗、品性高洁的文士，他的作品中更多流露出的是出世之感和淡泊之志。但是不可否认的是，他的一些作品，特别是古乐府和古体诗，如《侠客篇》《宝剑篇》《宝马篇》《醉来吟》等中确实也有"胡为偃蹇士，抚剑独含愁""持将西北扫烽烟，斩取楼兰执明主""时清莫放华山下，不比浴马易为价""英雄偃蹇未一试，满眼风尘徒自悲"等或悲壮或激昂或表达怀才不遇的诗作。对于这种情况让人不由得想到了陶渊明，这样著名的隐逸诗人除了《归园田居》这种充满了田园气息和隐士情怀的诗作以外，同样有《咏荆轲》这样"金刚怒目"式的诗作。所以，吴国伦对于田九龄的判断，确乎非常深刻地看到了田九龄不太为人所知的另一面，也为我们理解田九龄的诗作和个性提供了另外一种思路。

田九龄与王世贞兄弟的交往，见《闻弇州公陟南司马志喜》《奉挽弇州王公》《寄呈奉常墙东居士王次公》三首。第一首，据诗题显然写于王世贞被推荐为南京兵部侍郎之后，时在万历十五年（1587）。诗中，田氏以虞卿、魏牟和谢安比拟王世贞，祝贺其再度出仕，并赞誉其文才道："词赋两都增气象，却令班马愧先贤。"严守升评此诗道："武库乍开，干戈森然，可以想其严整，弇州亦当远庆同调。"重点强调了该诗格律的工稳，认为王世贞当有唱和之作。第二首为悼亡诗，诗云：

> 大块无真气，骚坛失大贤。
> 春秋麟遽泣，庚子鹏俄旋。
> 白玉棺今日，金门谪几年。
> 相转羽化事，不及问游仙。[①]

[①] （明）田九龄著，贝锦三夫校注：《田子寿诗集校注》，中国文史出版社2016年版，第185页。

这首诗不见于《田氏一家言》,是从《田子寿诗集》中重新发现的。诗中,田九龄表达了对王世贞亡逝的痛惜之情,认为是文坛的一大损失,并用"麟泣""鹏旋"之典将王世贞喻为孔子和贾谊,颈尾二联直云王世贞会羽化成仙。相比写孙斯亿、吴国伦的悼亡诗,尤其是和写孙斯亿的悼亡诗相比,这首诗在情感的真切程度上差之甚远,诗人可能更多地是将王世贞看成一位德高望重的文坛领袖,而非亲密的师友。

第三首乃寄与王世懋之作,诗中将王世贞、王世懋兄弟与陆机、陆云,江表诸王相比较,认为世懋兄弟的文学成就超越了历史上的著名文学家族,并表达了自己渴望与世懋接交的愿望,所谓"龙门自古攀非易,况隔江湖万里长"。由此亦可见,田氏与汉族士大夫的交往过程中,尤其是与一些著名人士的交往过程中,采取了主动积极的态度。这既体现出田氏对于汉文化的渴慕之情,又体现出了田氏对于自身文学修养的自信心。

田九龄与徐中行的交往,见田九龄的《华容吊先师右川徐先生》,诗云:

> 章华台畔怀先子,红柿村南问旧庐。
> 剑在星文曾未拭,琴悬雪调忆成虚。
> 书香尚忆芸窗后,苔藓惊看鸟迹余。
> 欲赋招魂谁复和,西风回首漫踌躇。[①]

在现存的田九龄的诗作中,被称为"师"的只有三个人:孙斯亿、吴国伦和徐中行。仅此一条就可见二人关系之紧密。从诗作中,

[①] (明)田九龄著,贝锦三夫校注:《田子寿诗集校注》,中国文史出版社2016年版,第214页。

第二章 容美土司家族"文学交往"的开创期——田九龄、田宗文

同样可以感受到田九龄的痛悼之情,这种感情只有写给孙斯亿、吴国伦的悼亡诗中才出现过。此诗当是田氏在华容忽闻先师噩耗之后的悼念之作,诗中深情地回忆了徐中行的文才武略,表达了恩师仙逝之后自己的孤独无告之感。田九龄的这种感情在写给长者、尊者的诗作中则并不轻易看到,如上文讨论的对王世贞的悼亡之作,显然就缺乏这种悲痛的力量。

田九龄与杨邦宪的交往,主要见于杨氏为田九龄诗集所写的序文,其文曰:

> 容司密迩兰州,衣冠文物与荆澧不相上下,世氏铜镕鼓铸,俱以文字为命脉,世不贵异物,仅仅古籍哀然。东楼西室,掺觚无问;寒暑夜分,犹炙火光。童儿幼学时,师氏即授以史鉴一部,渐长,愈益融通,口津津,不落世俗一语。嗟嗟,此子寿公之所由来远也。今据子寿诗讲:子寿明敏特达,其实无人不慧,无慧不长,以炯炯双眸,并未接三代以下词组只字,是以与世俗尘凡为永隔。中间骎骎骤驰,摭及初唐、盛唐,聊为满座社游齿颊生寒风耳。其实子寿食无兼味,腑肠荣卫,一无所藏垢纳污,又何所溃乱厥里?嗟嗟,此子寿公当于古人中求之也。又窥其造诣,以《十九首》为指规①,方且迤逦长虹,点缀黻藻,优而游之,始迨及采石江头、白帝城边,为李为杜,以足骚坛雅意。嗟嗟,此子寿公之大概也。不佞从公车未上时,所日接君家兄弟之雅翰者甚伙。②每窃属拊掌,曾为之说曰:"翼国何长!文字何扬!无杀伐之在耳,无金璧之攘攘。鸡鸣时闻,稽古五夜,染翰

---

① 指规,疑为"旨归"之误。
② "伙",疑当作"夥",众多之义。"夥"作众多之义解时,不同于"伙"。

无疆,未凿混沌,未溺浇狂。是以声翻宇内,与达士词人而颉颃,莫计攸组,莫竟抵长。嗟乎哉!譬彼紫荆,九世灵长,况兼道脉,飞屑雄谈,凌唐虞、驾魏汉,穆穆皇皇,以佐君王!"①

　　序文中有三个方面的主要信息:一是介绍了田九龄的家学渊源。这些材料对于丰富我们对容美土司文学世家的形成有重要的参考价值,其中既宏观地介绍了容美重视文教的家族传统,同时细节地描述,如用"古籍裒然"形容容美藏书之富,用"东楼西室,搀觚无问;寒暑夜分,犹炙火光"形容容美田氏之勤学,以及史鉴授蒙童等,都用生动鲜明的例证说明了容美田氏家族良好的文化和学习氛围。二是描绘了田九龄的个性特征。这些材料也丰富了我们对于田九龄个人的认识。特别对田九龄的"古君子之风"的描写,让人印象深刻。对田九龄"食无兼味""与世俗尘凡为永隔"的简单、淡泊的生活状态的描写,也符合我们对于田氏的认知。三是阐释了田九龄对于著名诗风的接受情况及其创作追求。杨邦宪认为田氏的诗作是以《古诗十九首》为旨归,并学习李杜等代表性诗人的风格,追求一种既有质实的内在风格又有形式之美的诗风。关于田氏的诗风,孙斯亿认为其近体学自唐诗,歌行模仿初唐四杰,乐府古诗则来自《文选》,吴国伦则认为主要是继承了屈原的传统,以诗作"自舒其感慨激昂之气"。杨邦宪的解读,可谓站在了孙吴之间,既没有单独强调其模仿特征,也没有单独强调其原创意味,而是认为田氏的创作是力图在接受中树立自己的诗风。

　　杨氏序文中提到自己在未中举时"日接君家兄弟之雅翰甚伙",

---

① (明)田九龄著,贝锦三夫校注:《田子寿诗集校注》,中国文史出版社2016年版,第27页。标点稍有改动。

第二章 容美土司家族"文学交往"的开创期——田九龄、田宗文

说明他不仅认识田九龄,与田九龙等人亦有交往。

田九龄与周绍稷的交往,见田九龄的《别象贤汉上忽一周矣感而忆之》《留别外史周太霞先》①《呈太霞周太史先生》②《秋日寄周太史汉上》《登襄阳城楼东吴子乔兼呈周太史》和周氏为田氏诗集所写序文。这些材料全部都是因《田子寿诗集》的重新面世才得以发现。

通过田九龄诗作,可见二人的交谊颇深,如《别象贤汉上忽一周矣感而忆之》此诗是相别一年之后的怀人之作,诗之颈尾二联云:"兔园谁共赋,藜阁独推先。青鸟无消息,谁传应教篇?"③既表达了因周氏没有书信诗文寄赠,使自己陷入无人唱和的寂寥境地,又隐含着对朋友的惦念之情。《留别外史周太霞先》是离别时的寄赠之作,诗中对周氏的文学才华大加颂扬,所谓"郢曲高难和,商歌可重闻。曳裾频授简,倚马况能文"④。既赞誉周氏诗风的高雅,又欣羡他文思敏捷。《呈太霞周太史先生》亦称誉周氏的过人的文学才华,且诗中有"清时才子怨离群,旧国风烟渺不分""莫道天涯尚留滞,故人早晚荐雄文"之句⑤,显示出周绍稷对自己境遇的不满之情,以及田九龄对周氏的安慰和关心。根据诗中小序所说⑥,此时的周绍稷还在襄阳王府任纪善,只是一个小小的八品官,既未进入中央政府,品秩也十分低下,而据田九龄的诗作和光绪《永昌府志》的记载来看地,周氏是一位"博学能文,赋才独擅"之人,连当时的文坛领袖王世贞也

---

① 疑《留别外史周太霞先》当为《留别外史周太霞先生》之误。
② 笔者认为"周太霞"即是周绍稷,详见上文考证。
③ (明)田九龄著,贝锦三夫校注:《田子寿诗集校注》,中国文史出版社2016年版,第129页。
④ (明)田九龄著,贝锦三夫校注:《田子寿诗集校注》,中国文史出版社2016年版,第142页。
⑤ 同上书,第216页。
⑥ 原诗有序云:"公滇南人,时宦襄邸"(《田子寿诗集校注》第216页)。

"雅重之",与他颇多唱和。① 身负出众才华,却又沉沦下僚之人,有怀才不遇之感亦属正常。而田九龄正是凭借对朋友的了解和关切,才会有此勉励之词。不过这里所说的"故人"是谁,倒值得人寻味,根据前文所引《永昌府志》的材料,有可能是指王世贞。

周绍稷给田九龄诗集写的序文,则反映了这段文学交往的另一面,其文云:

> 澧水田子寿者,宣府君介弟也。从②华容孙兆孺,得学诗肯綮③,遂昌其诗。余因兆孺得其人久矣,今年子寿游玄岳,介兆孺书访余汉上,赘之诗,有味哉,禁脔也! 既而尽出所梓,属余评之,则熊蹯豹胎,晰臑脾腱,杂然前陈。诚有如兆孺所序者,余安所容其喙也哉! 子寿生长徼服而能超然自拔如此,其可嘉者。因思《禹贡》所书:九州物产非不瑰玮佳丽,然而珠香、象犀、玳瑁奇物,皆出自海峤寥绝之域,而中国以为珍,则知天下之宝固有不尽于中国所有者也。若子寿者,岂不诚然哉? 乃落落不售于世者,何也? 昔李供奉称三百年一人,而竟为世所愤;杜工部风雅绝世,栖于西川幕下;司马太史下理;扬子云堕阁;韩昌黎、苏子瞻忧忧于潮、惠之间。岂不谓贵知我者希耶,抑别有说也? 兆孺称子寿少游吴越,经天台,归沧海,大观远览,思放气豪,今又游玄岳而归,则所以廓盈视而盱④骇瞩者,又当何如? 吾知今而后,珠香、象犀、玳瑁之珍,虽

---

① 《中国地方志集成·云南府县志辑·光绪永昌府志》,凤凰出版社 2010 年版,第 126 页。
② 《田子寿诗集校注》误作"徒",今据明刻本改之。
③ 《田子寿诗集校注》误作"肯系",今据明刻本改之。
④ 盱,疑为"盱"之误。

第二章　容美土司家族"文学交往"的开创期——田九龄、田宗文

欲自秘不可得已。是为序。①

文中，周氏首先介绍了他与田九龄的结交是通过孙斯亿的介绍及其二人结交的细节，即田九龄游武当山的过程中，曾持孙斯亿的书信到襄阳拜访周绍稷，并将自己的诗作赠予周氏，请其品评。这也证明了孙斯亿在田九龄的文学交往中确实起到了重要的引荐作用。在田氏诗集的序文中，吴国伦、周绍稷、殷都的序文都提及自己与田九龄的相识或者说了解田九龄的诗歌创作情况经过了孙斯亿的介绍。在田氏诗集中有明人所写的六篇序文中，两篇为孙斯亿父子所写，另有三篇为通过孙斯亿而结识田九龄所写，由此亦可见孙斯亿在田九龄走向主流诗坛过程中所起的重要作用。其次，周氏认为田氏"生长徽服"之地而有如此诗才，十分难能可贵，并以珠香等宝物为喻，说明诗才出众者不一定只出现于中原的核心文化区，这一点与吴国伦、殷都等人的观点非常相似，即一方面对蛮荒之地能够出现这样的诗人感到惊讶，另一方面田九龄的出现也使得他们反思并得出结论——即使远离中原文化圈的地方，同样可能产生出色的诗人。从这个意义上说，田九龄的出现其意义是巨大的，特别是从这些序文中可以看出，当时文坛的一般印象是，像容美这样的土司统治之地或远离中原核心文化圈的地域，其文化、文学肯定是落后的，甚至根本就没有文化、文学。而田九龄及其诗作打破了这种"刻板印象"，使外界尤其是文坛认识到容美田氏在学习汉文化、汉文学方面取得的巨大成就。更为重要的是，促使文坛的代表性人物们开始反思自己之前何以产生这种偏见，并积极地为田九龄乃至田氏文学世家的出现尝试进行理论上的解读。

---

① （明）田九龄著，贝锦三夫校注：《田子寿诗集校注》，中国文史出版社2016年版，第29页。标点稍有改动。

最后，周氏对于田九龄不名于世的原因进行了解释，认为其像众多的大家一样，只是暂时遭遇到挫折或低迷，特别是在田九龄饱览山川之后，其诗作的气度、境界又更为阔大，终有一日会誉满天下。根据前文田九龄写给周绍稷的诗作可以看出，周氏的这番话既是在勉励田九龄，也是一种自勉。同样都是身负才华、同样都不为人所知、同样遭遇了重重的挫折和失意，也许正是这样相似的人生经历，才让田周二人有了共鸣之感。

另外，周绍稷在序文中还特别提到田九龄是"宣府君介弟"，可能周氏与九龄之兄田九龙亦有交往。

田九龄与王穉登的交往，见田九龄的《和王穉登寓袁内阁赏牡丹》①，这首诗也是因《田子寿诗集》的重新面世才得以发现。

田九龄的此首诗，据诗题看，是一件非常著名的事件，也是王穉登文学生涯中非常闪光的一笔。《明史·王穉登传》载，王氏游京师时，曾寓居于建极殿大学士袁炜处，"炜试诸吉士紫牡丹诗，不称意。命穉登为之，有警句。炜召数诸吉士曰：'君辈职文章，能得王秀才一句耶？'"②钱谦益的《列朝诗集小传》的记载则更为详细：

> 嘉靖甲子，北游太学，汝南公方执政，阁试"瓶中紫牡丹"诗，伯谷有"色借相君袍上紫，香分太极殿中烟"之句。汝南赏叹击节，呼词馆诸公，数之曰："公等以诗文为职业，能道得王秀才十四字耶？"③

---

① 对于诗题中的"袁内阁"，《田子寿诗集校注》云："指代不详，田子寿活动时代没有袁姓首辅，恐只是内阁阁僚。或者只是袁府庭院内的阁楼。"实际上，袁内阁指的就是袁炜，曾为阁臣。
② 《明史》卷288，中华书局1974年版，第7389页。
③ （清）钱谦益：《列朝诗集小传》，上海古籍出版社1983年版，第482页。

第二章 容美土司家族"文学交往"的开创期——田九龄、田宗文

此事在《明诗纪事》己签卷十六亦有记载①,可见此事传播之广、影响之大。王穉登以布衣之身,能在文学创作上超过词臣,确乎是一件了不起的事情,其才情亦可见一斑,也无怪乎他能够在文征明之后主持吴中文坛30年之久。而田九龄的这首诗正是对王穉登《瓶中紫牡丹》的唱和,其诗云:

名花根托凤池边,笑领群芳绝世鲜。
艳日暖含仙掌露,香风晴袭御炉烟。
杯传琥珀霞为液,赋就清平锦作篇。
自是阳和均草木,错教雨露湛恩偏。②

为便于比较,现将王穉登的原诗也照录如下:

奉和袁相公瓶中紫牡丹之作

名花开近掖垣边,一朵瓶中浥露鲜。
色借相君衣上紫,香分天子殿中烟。③
杯含仙艳春为酒,翰染天葩锦作篇。
何年书生叨共赏,不才深愧沐恩偏。④

王穉登的原作是身为阁臣的袁炜的命题作文,因此充满了台阁体的风格特征,雍容典雅、辞藻华丽,田九龄的和作自然也刻意模仿这种风格特征,就诗作本身而言,并无过多讨论的余地。但是田九龄唱和的动机本身值得探讨。笔者认为,田九龄的这种

---

① (清)陈田:《明诗纪事》己签卷16,上海古籍出版社1993年版,第2021页。
② (明)田九龄著,贝锦三夫校注:《田子寿诗集校注》,中国文史出版社2016年版,第233页。
③ 一作"香分太极殿中烟"。
④ (清)陈田:《明诗纪事》己签卷16,上海古籍出版社1993年版,第2021页。

唱和行为典型地反映了他渴望为诗坛所知、渴望被主流诗坛接纳的想法。田九龄虽然名义上是容美土司家族的成员，具有某种意义上的贵族身份，明人尊称土司时亦用"爵爷"呼之，但是一来田九龄本人并无利用这种身份的想法，而且尽力躲避这个家族中的纷扰纠争；二来在中原文化圈看来，容美土司的这种贵族身份是要打折扣的，这种折扣主要体现在文化上的落后。也就是说，虽然容美土司在名义上是一方诸侯，世袭罔替，但在中原人士的眼中，其集体形象仍然是野蛮不文的。或许正是田九龄本身对于文学的热爱，以及对于这种文化歧视的抗拒，他对于闻名诗坛、被主流讲坛接纳有非常强烈的热望。也是因为这一点，王穉登因诗闻名的事件才给他留下了深刻的印象，他的唱和行为是否有利用此一事件的影响力为我所用的想法还有待商榷，但是他想通过与文学大家、文化名流结交、唱和，以达到为主流文坛认知和接受的目的应该是存在的，而且通过田九龄的其他诗作和言行，也可以非常明显地感受到这一点。例如，他写给吴国伦的《读〈藏甲岩稿〉》中有："此曲高难和，谁将下里传"之句，也是因为吴氏诗集的刊布，以及吴氏在诗坛的地位给他以刺激，使他对自己诗集和诗名的流传产生了焦虑，这种焦虑反映的也是他跻身诗林、闻名诗林的热切愿望。又如，周绍稷在给田九龄诗集所写的序文中既强调田九龄"落落不售于世"是暂时现象，又强调田氏终将闻名诗坛，这些话实际上也是针对田九龄本身不甘于寂寂无名、渴望被主流文坛接纳的想法而说的。

田九龄与沈襄的交往，见《寄沈明府》《得沈府书却寄》《寄沈比部》《酒中对沈比部画梅》（二首）、《怀沈比部叔成》诸首，其中除《寄沈比部》早已见于《田氏一家言》外，其他四首均是从《田

子寿诗集》中新发现的诗作。为便于下文的论述,特录《酒中对沈比部画梅》(二首)、《怀沈比部叔成》如下:

酒中对沈比部画梅

其一

傲吏青标不可留,每依芳树寄悠悠。

乍疑杯外寒光动,忽漫梁间汉月流。

翻忆当年新笑色,那堪此日倍春愁。

偏怜直北关山远,梦里仙郎几共游。

其二

十载逍遥供奉班,画梅犹自照愁颜。

罗浮月色来樽外,梁苑寒光生座间。

驿使春来浑不见,何郎诗好杳难攀。

翛然不尽关山兴,一夜风吹笛里还。①

怀沈比部叔成

论交曾识沈休文,侠气翩翩最不群。

独倚停云挥第处,无人知道是恶君。②

关于这位"沈比部"的身份,有学者认为是沈思孝③,有学者

---

① (明)田九龄著,贝锦三夫校注:《田子寿诗集校注》,中国文史出版社2016年版,第222—223页。
② 同上书,第333页。
③ 吴柏森的《容美田氏交游述略》(《湖北三峡学院学报》2000年第6期)和陈湘锋的《〈田氏一家言〉诗评注》(中央民族大学出版社1999年版)均持此种观点。

认为是沈襄。① 认为是沈思孝的主要理由可能是沈思孝在刑部做过官，与诗题中称沈氏为比部相合。但这种看法可能有误，实际的"沈比部"应该是沈襄。理由有四：其一，据新发现的《怀沈比部叔成》，则叔成当为沈氏的字或号，但沈思孝字纯甫（或作"纯父"），一字继山，文献中未见其有"叔成"这样的字或号，而沈襄正是字叔成。其二，据新发现的《酒中对沈比部画梅》，则沈氏当有绘画特长，但在沈思孝的相关文献记载中亦未见只字提及这一特长，而沈襄却正有画梅的特长。《山阴志》载：沈襄字叔成，号小霞，"少好学剑，纵横击刺得其法。见窗下老梅，日模之，后访刘世儒于万玉楼，师之旬日，尽得其意，因悟其纵横之妙与剑法同，遂以写梅、竹，称绝艺。……著《小霞梅谱》，有自题梅花诗一百九十首"②。其三，《酒中对沈比部画梅》的两首诗中都提到了"关山"，可知沈比部当有塞外的生活经历，这与沈思孝的生平不符，却正是沈襄生平的写照。《明史·沈炼传》载，沈襄之父沈炼性格耿直刚烈，曾上疏揭露严嵩，历举其"十大罪"，结果"帝大怒，榜之数十，谪佃保安"③。保安，即保安卫，在今河北涿鹿，属于塞外之地。沈炼被谪，其子皆随行，沈襄亦在其中。其四，《怀沈比部叔成》称沈氏"侠气翩翩最不群"，这与沈思孝的气质似乎也相差甚远，而对少好习剑的沈襄却非常适合。因此，沈比部应该是指沈襄。

从田九龄诗作可以看到，田沈二人关系非常亲密，《酒中对沈比

---

① 《田子寿诗集》的校注者"贝锦三夫"即持此观点（参见《田子寿诗集校注》第358页）。
② 转引自上海人民美术出版社编《美术丛刊》（第19辑），上海人民美术出版社1982年版，第99页。
③ 《明史》卷209，中华书局1974年版，第5534页。

部画梅》是睹物思人之作，田九龄面对沈襄赠与他的梅花图，想起了远在他乡的友人，沈氏的音容笑貌历历在目，怀想之苦倍于春愁，甚至因思念、惦记乃至多次梦到与朋友共游。所谓"翻忆当年亲笑色，那堪此日倍春愁。偏怜直北关山远，梦里仙郎几共游"即是此意。《其二》中，作者"驿使春来浑不见，何郎诗好杳难攀"对沈氏杳无音信的状态表达了惦念[①]，细品诗味，似乎还对其长时间既无信件亦无诗作的做法微有不满之意，而这种细节也正说明了两人关系之亲密。《怀沈比部叔成》则是纯粹的怀人之作，诗中"独倚停云挥箑处，无人知道是恶君"用近似戏谑的说法，既生动形象地展现了沈氏"侠气翩翩"的风采，又反映了两人关系之近，以至于可用玩笑的口吻来交流。

如果说沈比部身份可以确定是沈襄的话，那么《寄沈明府》《得沈府书却寄》[②]中的沈明府身份则成疑，可能是沈思孝或沈襄。[③] 为便于论述，兹录二诗如下：

寄沈明府

帝重临民选，仙凫下禁林。
九天辉列宿，百里播徽音。
月下湘妃瑟，风前宓子琴。
云深天老梦，花满越乡吟。
忽动青山兴，其如赤子心。

[①] "驿使春来浑不见"一句，贝锦三夫注释云："这句诗说驿使来去匆匆，无心赏春，故而视若未见"（《田子寿诗集校注》第223页）。恐不确。此诗乃怀人之作，"驿使春来浑不见"意谓不见驿使的踪影，委婉表达了自己未收到沈襄信件以及由此而引的惦念之情。如此解释，既符合诗题之义，也与"何郎诗好杳难攀"之义正相应和。
[②] 疑《得沈府书却寄》当为《得沈明府书却寄》。
[③] 《田子寿诗集》的校注者"贝锦三夫"认为是指沈襄。

他时霄汉上，端合待为霖。①

得沈府书却寄

去秋南下日，木落洞庭波。

顾我乘槎度，怜君载酒过。

搴篱怀楚客，倚竹忆湘娥。

对月兴长叹，临流发灏歌。

别来兴屡折，书至恨偏多。

为问神明宰，忧时近若何？②

"明府"乃县令之雅称，则知沈氏此时当是县令。根据相关文献的记录，沈思孝曾为初为番禺知县，万历初年，才因考核"卓异"，升为刑部主事。而沈襄因为文献的缺少，笔者并没有看到他担任县令的相关记录，此处只能存疑。另外，从诗作来看，《寄沈明府》有"花满越乡吟"一句，则沈明府当是浙江人士，这一点沈思孝和沈襄均符合。而真正有价值的可能是《得沈府书却寄》一首，诗中回忆的田沈二人相会之情景与《寄沈比部》十分吻合。《寄沈比部》诗云："去年南下楚江滨，青草湖畔一见君。今日独来湖上水，相思已隔万重云。"③据两诗诗义来看，都是沈氏南下之时相会，地点也都在洞庭湖畔（青草湖，在今湖南岳阳西南，与洞庭湖相连）。若果真是指同一个人，根据前文的考证结果，则沈明府应该是指沈襄。

---

① （明）田九龄著，贝锦三夫校注：《田子寿诗集校注》，中国文史出版社2016年版，第93页。

② 同上书，第94页。

③ 陈湘锋、赵平略：《〈田氏一家言〉诗评注》，中央民族大学出版社1999年版，第55页。《田子寿诗集》中此作，"滨"作"渍"。

第二章 容美土司家族"文学交往"的开创期——田九龄、田宗文

田九龄与魏允中的交往,见《寄魏解元懋权》。据其诗句"每向兰台赋大风"可知,其时魏氏应已出仕,而"为问于今门下客,几人迎自市屠中"之句①,用信陵君结交侯嬴、朱亥之典,而反用其义,"市屠"当是自指,意谓魏氏于今高朋满座,不会再有如自己这样的山野之人列席其中。如果从这个意思来理解,则田九龄与魏氏之交往,当在魏氏尚是布衣或还未发达之前,很可能是通过王世贞等人的引见结识的。

田九龄与汪道昆的交往,见田九龄的《奉汪司马南溟公》。此首诗亦出自《田子寿诗集》。诗作表达了对汪氏的仰慕之情,对其政治才能和文学才华都赞誉有加,所谓"草香长藉尚书舄,花气偏承太史裾"。写汪氏赋闲回乡的优游状态,"当代文衡推赤帜,异时盟府重丹书"②,更将其视作文坛的榜样人物。汪氏曾创立新安诗派,主持丰干社、白榆社、南屏社等重要的诗坛群体活动,参加的成员包括李维桢、屠隆、胡应麟等著名的文士。此外,汪道昆的文章还受到了首辅张居正的赏识,并得到王世贞的高度评价,名声大噪,后与王世贞"名位相当,声名相轧,海内之山人词客望走啖名者,不东之娄水,则西之祁中。又或以其官称之,曰两司马"③。虽然,王世贞晚年曾私下表示,当年对汪氏的评价乃受外力胁迫之结果,是违心之词④,但无论如何,汪氏在文坛确实居有领袖之地位,所以田氏才会以"赤

---

① 陈湘锋、赵平略:《〈田氏一家言〉诗评注》,中央民族大学出版社1999年版,第55页。《田子寿诗集》中此作,"溟"作"渍",第25页。
② (明)田九龄著,贝锦三夫校注:《田子寿诗集校注》,中国文史出版社2016年版,第235页。
③ (清)钱谦益:《列朝诗集小传》,上海古籍出版社1983年版,第441页。
④ 钱谦益《列朝诗集小传》载,王世贞曾道:"(吾)心簿新安之文,为江陵所胁,而不能正其讹……伯玉为古文,初剿袭空同、槐野二家,稍加琢磨,名成之后,肆意纵笔,沓拖潦倒,而循声者犹目之曰大家。于诗本无所解,沿袭七子末流,妄为大言欺世。"

帜"之语誉之。诗题以"奉"为名,似是汪道昆有来诗,惜乎今已不见。

田九龄与苟瑞仙的交往,见田九龄的《观国山赠女道士苟正觉》《赠苟仙姑》《寄观国山苟道姑》《寄苟元君》。前三首均是因《田子寿诗集》才得以重新发现,今选录二首:

赠苟仙姑

结长兴遐想,深山阅岁华。

养生闻辟谷,住世定餐霞。

月泻琅玕树,春留若木花。

亦知天汉近,倘许泛云槎。①

寄观国山苟道姑

委佩青霞摘紫霓,洞宫深处迥幽栖。

长将桂髓骄人世,不放桃花点路蹊。

瑟古讵浮湘女怨,峰高宁碍楚天低。

年来欲叩还真诀,可探瑶巫为指迷。②

据前文的考证,苟瑞仙是一位非常著名的女道士,不仅湖广当地士绅拜访不绝,连华阳王朱宣墡、荣王朱载瑾都多次求教于她,甚至连明世宗都曾慕名请其出山。从田九龄的诗作及相关的资料来看,他与苟瑞仙的交往:一方面是因为他本人对道教颇感兴趣,如孙羽侯在《〈田子寿诗集〉序》中说田九龄"庶几豪杰而犹结兴紫芝,寄情玄

---

① (明)田九龄著,贝锦三夫校注:《田子寿诗集校注》,中国文史出版社2016年版,第123页。

② 同上书,第229页。

牝黄白之好，垂老无闷"①。所谓"结兴紫芝""寄情玄牝"，都很清楚地说明田氏在修炼方法和精神追求方面与道教徒都非常契合。正是这种原因，又鉴于苟瑞仙的大名，使得田九龄对于苟瑞仙非常尊崇，反映在诗作中，就是对其仙风道骨的想象性描绘，对其餐风饮露、隐居深山、乘槎浮海、委佩青霞状态和风神的极力描摹，田氏诗中的苟瑞仙俨然是一个女神仙。在《寄观国山苟道姑》中，田氏还想象自己死后（还真），在灵魂去往瑶台的路上由苟仙姑为他指点迷津。另一方面，田九龄与苟瑞仙的交往，也可能包含着借助苟氏的声望和广泛的社交圈，帮助他进入主流文坛目的。

田九龄与宋登春的交往，见《闻宋山人应元游南岳》。诗中将宋登春与司马迁相比，确是指出了宋登春喜好漫游的特点，还想象出宋氏吹箫于秋日洞庭湖上的情境，对其洒脱飘逸之状颇为向往。九龄与宋登春的交往，很可能缘于孙斯亿的引见，因此，九龄对于宋氏的欣赏和好感，亦受其师的影响。

田九龄与李应祥的交往，见于田九龄的《李大将军还自蜀中奉寄》《赠大将军仁宇》《寄将军仁宇》。其诗已见于上文对李应祥的介绍，二人的交往可能并不多，田诗亦只是一般朋友之间的赞扬和祝愿之词。

田宗文与龙氏家族的交往。从前面的介绍可以看出，龙氏的文学传统沿袭了四代以上，与田宗文有文学交往的龙膺、龙襄是这个家族的代表人物，且与当时的文坛巨擘公安派的袁氏兄弟有密切的交往，由此亦可看出二人在当时文坛的地位。田宗文与龙氏兄弟交往的诗作主要有两类：一是唱和之作，如《答寄武陵龙君超》《从季父饮中得龙君超君善书因有卜居桃川之约》；二是寄赠之作，如《送龙君超上

---

① （明）田九龄著，贝锦三夫校注：《田子寿诗集校注》，中国文史出版社2016年版，第25页.

春馆》《山庄小筑谢客有怀武陵龙君善龙君赞陈智夫诸君》(三首)。

在唱和之作中,田宗文的两首诗都体现了与二龙的深厚友谊,其中《答寄武陵龙君超》诗云:"万里壮怀愁未减,十年尘事坐来空";"一自武陵人去后,桃花开处与谁同"。① 前文已经介绍,龙襄(字君超)为万历十年(1582)举人,而据《湖广通志·选举志》载,其弟龙膺万历四年(1576)已中举人,万历八年(1580)又中进士。依年齿之序,龙襄开始科举应早于龙膺,而考中举人却远晚于其弟。两相比较,龙襄的功名之路显然要坎坷得多,同治《武陵县志》本传说他"因父病焚牒,不赴公车",恐怕更深层的原因是功名之路不顺遂,尤其是与其弟相比较之下,产生了巨大的失落感甚至耻辱感,以致最终放弃了对功名的追求。与此相似,田宗文一生也是命运多舛,"奈何数奇",故自然而兴相惜之感,其"万里壮怀愁未减,十年尘事坐来空"。前一句似指龙襄,后一句似是自况,也正是同样的悲剧性命运,再让他有了"一自武陵人去后,桃花开处与谁同"之叹。《从季父饮中得龙君超君善书因有卜居桃川之约》则表达了与二龙同往桃川隐居的希望,"任是风流嗣阮籍,那如同卜武陵春"。

在寄赠之作中,田宗文的《送龙君超上春馆》,除了祝愿龙襄金榜题名的套语之外,其"秋声催别思,车马又长征。风雨题桥志,关山恋阙情"②,写得真情流露,既表达了与龙襄离别的不舍之情,也对龙襄久试不中、难以释怀的心境予以充分同情,显非一般朋友之间的应酬之作。《山庄小筑谢客有怀武陵龙君善龙君赞陈智夫诸君》(三首),就诗题可见,乃是创作于新居落成、谢客独居之际。诗人独处

---

① 陈湘锋、赵平略:《〈田氏一家言〉诗评注》,中央民族大学出版社1999年版,第166页。
② 同上书,第119页

第二章 容美土司家族"文学交往"的开创期——田九龄、田宗文

之时,怀想起龙膺等朋友,就此一细节而言,亦可见田宗文与龙氏非一般之交谊。另外,诗中以"却意仙源花下客,息机终日对渔人"(其一),"白眼醉来还自傲,误疑身在武陵花"(其二)①,既表达了对友人的思念,亦表明自己与朋友都有隐逸之志。

另外,值得一提的是,田九龄有《武陵龙君赞入对》一首,据上文田宗文诗将龙君善、龙君赞并题,以及同治《武陵县志》、嘉庆《常德府志》的相关记载,可以推定二人当为同族兄弟。② 田九龄诗中有"悬知赋草承天眷,不待吹嘘有故人"③之句,以"故人"的身份,表示自己对龙君赞能力深为了解,并坚信他可以凭借出众的文才得到皇帝的赏识。就此看来,田九龄与龙氏家族的交往也较为密切。

田宗文与郭正域的交往,见《寄郭美命太史》一诗。田氏在诗中赞美郭正域"帝师""近臣"的身份及其诗作,并特别强调了其诗作中的楚地风味,所谓"挥洒定应饶楚调",似是想以"同乡"身份来结交郭正域。

田宗文与张履祥的交往,见于《泊舟石门呈张明府》一首。在诗中,田宗文像其他投赠之作一样,全面地赞扬了张履祥的政绩和文才,并对张氏的思乡之情进行了想象。这也是田宗文诗作的一大特色,即对大部分客居他乡的寄赠对象,田氏都强调了其客居者的身份,并代他们进行了思乡情绪的表达。田宗文这种做法,实际上是

---

① 陈湘锋、赵平略:《〈田氏一家言〉诗评注》,中央民族大学出版社1999年版,第156页。

② 据同治《武陵县志》、嘉庆《常德府志》所载,龙氏在武陵当属名门望族,除龙膺这一支之外,较为著名的还有龙炎〔正德戊辰年(1508)进士〕一支,龙炎孙为龙德谦〔嘉靖甲子(1564)举人,曾任平乐知府〕,其与龙膺之父龙德孚当为同族兄弟。德谦有子二人,一为龙宪,字君法;一为龙宾,字君穆。宪、宾当与龙膺为同族兄弟。但未查见字"君赞"者,想其亦当为龙膺同族兄弟。

③ (明)田九龄著,贝锦夫三校注:《田子寿诗集校注》,中国文史出版社2016年版,第281页。

"借他人酒杯浇自己块垒"。

田宗文与张翼先的交往,见《武昌张郡丞奉使过澧奉呈》《江亭与武昌张郡丞饮别》二首。这两首诗正好构成了对一个完整交往过程的描述,前一首乃是对奉使过境的张翼先的邀约之作,后一首则是二人尽叙友情之后,田宗文送别张翼先之作。这些诗作也再次显示,田氏在与汉族士大夫交往中采取的积极主动态度。同时,张翼先过澧而与田宗文会面,而且在田九龄的诗作中尚未发现与张翼先相关的诗作,说明田宗文当是通过其他途径认识的张翼先,而且在过澧之前二人应已有交情。

田宗文与周元勋的交往,见《过华容奉呈周明府》《华容周明府入觐》,田氏在诗作中赞美周元勋为政的功绩和出众的文才。前一首有"欲和阳春曲,惭非倒屣才"之句①,说明是唱和之作,只是已不见周氏的原作。同时,诗题中的"过"与"浪游过洞浦"的诗句俱说明田宗华是路过华容,而与周元勋能够见面,可能是主动拜访,也可能是周氏闻讯而邀见。无论何种情况,俱说明二人交谊匪浅。第二首是送周氏入京觐见之作,表达了对周氏入觐的祝愿之情,但写得流于形式、缺乏真情,可说是一首不成功的作品。

田宗文与虞子墨的交往,见于田氏的《九日与虞子墨对酌楚骚馆有赠》。虞客卿的生平,前已介绍,田氏与虞客卿的相识,当是通过孙斯亿等人的介绍。可能因为同是"客居他乡"的身份,又有着相同的隐逸山林的志趣,田宗文存世与虞客卿的诗作虽只一首,却饱含着情绪,其诗云:

---

① 陈湘锋、赵平略:《〈田氏一家言〉诗评注》,中央民族大学出版社1999年版,第125页。

第二章 容美土司家族"文学交往"的开创期——田九龄、田宗文

> 大浮山下鸿来时,节序惊心旅思危。
> 歧路几人能勿哭,当秋何客不成悲?
> 风高古木凋前槛,雨外疏花护短篱。
> 谁道散愁惟有酒,荚樽编遣泪如丝。①

严守升评此诗道:"如闻岭上哀猿。""岭上哀猿"是经典的中国诗歌意象,源于汉代《巴东三峡歌》:"巴东三峡巫峡长,猿鸣三声泪沾裳。"据郭茂倩《乐府诗集》引郦道元《水经注》解其题曰:"至峡口一百许里,山水纡曲,林木高茂。猿鸣至清,山谷传响,泠泠不绝,行者闻之,莫不怀土,故渔者歌云。"② 自此,"岭上哀猿"遂成为包含怀乡、孤寂等内涵的诗歌常用意象,如唐代常建《岭猿》诗云"相思岭上相思泪,不到三声合断肠",唐代刘长卿《新年作》"岭猿同旦暮,江柳共风烟",皆用此意象表达怀人、思归之义。严守升用此意象评论宗文之诗,可谓得其"三昧"。③ 宗文诗作当中正是强调同为"歧路之人"的悲慨、无奈,以引起共鸣之感。田虞二人的交往,既无身份的悬隔,亦无功利的诉求,显得单纯而真挚,在这首诗作中也体现出来。

除了时人的诗作等材料外,后人所写的序跋亦有关于二田文学交往情况的记载,这些记载又可分成两类:

第一类是概述式的,即只就二田的交往进行概括式的说明,而未述及具体的人物,如严守升《〈田氏一家言〉又叙》对田氏与当时士大夫唱和的盛况形容道:"顾何以文人骚客瞻仰靡及,如梁苑建安,

---

① 陈湘锋、赵平略:《〈田氏一家言〉诗评注》,中央民族大学出版社1999年版,第194页。
② 郭茂倩编:《乐府诗集》,中华书局1979年版,第1208页。
③ 田宗文诗中也多用"岭上哀猿"意象,如《山房秋兴》(其二)"岭外猿声月下闻,萧条清兴出尘氛"《奉呈殷夷陵海岱公》"猿啼旅梦醒巫峡,花发乡心满石湖"等皆是。

词流辐辏，投止如归，各展所挟，以鸣得意"；"子寿诸君，起家尔雅，与隆万诸名家倡和，则予象舞时稔知之"。①隆万名家指隆庆、万历年间活跃于文坛的名家，包括上文所说的王世贞、吴国伦、孙斯亿等，而且从严氏的记述来看，田九龄的文学名声及其与这些名家的交往应该影响较大，至少是在容美及其周边地区已为士人所熟知，否则只有"舞象之年"的严守升不会"稔知"此事。田楚产《〈楚骚馆诗集〉跋》云："国华（田宗文字）叔自山中出居，交游海内贤豪，江汉诸名达倡酬寄赠，翩章伙伙。"②江汉诸名达，当指前文所说湖广籍的士大夫。

第一类是说明交往人物的，如严守升在《〈田氏一家言〉叙》中有言："忆自嘉、隆，子寿先生与吾邑孙氏云梦山人，颉颃王李。"③田舜年《〈紫芝亭诗集〉小叙》曾记载"子寿乃从华容孙太史学"，又云"武昌吴明卿为之序"。严守升《〈田信夫诗集〉序》云："容美田氏，居楚要荒，汉家待以不臣，故名利心净。然其先世世尔雅，与吾邑孙氏、油江袁氏唱和不歇。子寿、国华，著作益多，以诗名家。"都明确提到了田九龄与孙斯亿、袁宏道等人交往的情况。这其中尤其值得注意的是与袁宏道兄弟的交往情况，田氏与袁氏的文集中，现在都已看不到相互交往的诗文，但是与田氏有密切交往的龙襄、龙膺兄弟与袁氏也关系密切，田氏极有可能是通过龙氏兄弟结识袁宏道等人。

---

① 陈湘锋、赵平略：《〈田氏一家言〉诗评注》，中央民族大学出版社1999年版，第433页。
② 同上书，第435页。
③ 同上书，第430页。

四 "多元化""核心—网状": 田九龄、田宗文族外文学交往的特征

二田的族外文学交往具有开启性的意义,同时,他们的交往中存在以下三个独特之处。

首先,交往对象的身份呈现出多元化和多层次化的特征。田氏的交往对象,不仅包括上文讨论的湖广籍的士大夫、在湖广任职的官员和其他一些士大夫,也包含很多身份不明的官员、文士、僧侣、道士,涉及的身份不明的对象有以下四类。

第一类,贵族子弟有桂亭王孙(宗侯)、载阳王孙(宗侯、子侯)。

第二类,官员有李彦孚(通判)、张武昌(当是武昌知府)、张录事、伍荆州(是时正从荆州任上调往南京礼部)、伍仪部(疑于伍荆州为同一人)、毛仲选(主簿)、蒋公(可能是永州府或岳州府的通判)[1]、龙云舆(国子监博士)、陈裁甫(当为澧州学正)、张叔成、姜元浑[2]、余斗山使君、张叔见(武昌府同知)、王郡侯(或为澧州知州)、缪郡丞(同知)。

第三类,文士有洪明瑞,台州冯仁卿、孔道、胡伯良,武陵龙君赞、武陵龙思所兄弟(当是龙襄、龙膺之兄弟)、钱塘张公、吴君翰、冯老师、江夏彭东泽、龚孝廉、伸公、仁翁郭先生、刘功甫、林扶

---

[1] 田九龄其诗为《奉蒋公边储九永》。"九永"当是九溪卫和永州卫之合称。边储,本指边防所用的储备粮食或物资,此处借以指称负责这一工作的官员。明代的边储,经历了由都司卫所自行管理到地方与户部共管的管理模式的转变。到了嘉靖年间(1522—1566),对于边储的管理,主要是以地方政府为主,因此,蒋公很可能是九溪卫和永州卫各自所在的岳州府、永州府及其下属州县的佐贰官,又因其管辖涉及两卫,则任通判的可能性更大。

[2] 因田宗文写与张叔成、姜元浑二人的诗中有"入对"字样,故推测二人当为官员。

京、岳阳李似默、太素公、毛茂才、陈智夫、方道与、周太霞、成孝廉、马老师、西邻老人、郑虚中、刘子文、龚子弓、王子献、崔茂才、陈性甫、李小白、李明卿、张叔成、陈孝廉。

第四类，僧道有（明月寺）太空禅师、慧真禅师、玄璞子、贞一、道伸和尚。

另外还有一些不知名的交游对象，如《夏日怀友》《怀楚中诸社游赴公车》《送鲁人归武陵》《客有邀饮者有感赋此》《送人之五溪军幕》中所说诸人。①

这些人物，加之上文讨论过的三类人物，从总体上看，田氏的交往对象可说是三教九流，无所不包。而且就其中一类来看，其层次也非常丰富，如在官员当中，田氏的交游既有郧阳巡抚这样的二品大员，也有主簿这样的刀笔小吏。

其次，交往对象中不乏文坛的领袖人物和主流人物。田氏的交往对象中，除有像王世贞、吴国伦这样的文坛代表人物，还有很多在当时文坛都是主流人物，如"后五子"中的汪道昆、"末五子"中的魏允中。另外，如孙斯亿、龙膺、宋登春、殷都、郭正域、沈襄等人，亦是当时文坛的知名人物，这从王世贞、袁宏道等人与他们的交往，对其诗文的评论中就可看出。例如，孙斯亿、王世贞评其诗"览之渊然之光，而读之若叩金石，又若苍虬舞而应龙啸者"（《〈鸣铗集〉序》），袁宏道评龙膺诗云"细读诸什，真一曼倩出世也"（《〈答君御诸作〉序》）。另外，后世的一些诗文选集如《御定四朝诗》《明诗综》《明文海》以及《四库总目》等对这些诗人作品的选录和评价，亦可看出其在诗文方面的代表性，如宋登春，《御定四朝诗》选其诗

---

① 因为身份不明，本章对这些人物与二田的交往未予展开讨论。

作达49首之多,这在明代诗人当中是不多见的,《明诗综》评其诗曰:"生诗平淡,寡深思,不失为贾浪仙、李才江一流。"① 再如《四库总目》评郭正域所编《韩文杜律》道:"是编选录韩愈文一卷,杜甫七言律诗一卷,各为之评点,大抵明末猖狂之论,如谓《佛骨表》不知佛理之类,多不足与辨。所评杜诗欲矫七子模拟之弊,遂动以肥浊为诟病,是公安之骖乘,而竟陵之先鞭也。"② 虽然评价较低,但是从另一个方面反映了郭正域在明代文坛的地位,尤其是对郭氏与公安派、竟陵派的关系的评论,更显出其重要影响。

最后,交往中的人际关系呈现出"核心—网状"特征。所谓"核心—网状"特征,是指田氏的族外交往中存在核心人物——王世贞、孙斯亿。本文涉及的大部分士大夫,如吴国伦、龙膺、郭正域、殷都、汪道昆、王世懋、沈襄、魏允中、宋登春、虞子墨、冯大受等,都直接或间接与王世贞、孙斯亿有关系。同时,这些人又都与田氏有文学交往,且彼此之间亦多有交往,从而形成了一个所有点都与核心相联系,同时,点与点之间又有交叉联系的一种错综关系结构,这种关系结构:一方面有利于田氏开拓对外的交往,可以推想,田氏与众多士大夫的交往,很可能开始于通过孙斯亿(也可能包括王世贞)的

---

① 《景印文渊阁四库全书·集部·明诗综》第1460册,台湾商务印书馆1983年版,第560页。
② 《景印文渊阁四库全书·四库全书总目》第5册,台湾商务印书馆1983年版,第164页。郭正域谓韩愈《谏迎佛骨表》不知佛理,这种观点颇有见地,并非"猖狂之论"。《谏迎佛骨表》一文,对于佛教的批评确乎仅就其表面而言,完全没有深入对佛理理论的批判,据此亦可知写此文时,韩愈对于佛教所知有限。另外,多有学者表达与郭氏类似的观点,柳宗元就曾道:"退之所罪者其迹也……退之忿其外而遗其中,是知石而不知韫玉也"(《送如海弟子浩初序》)。茅坤评《谏迎佛骨表》亦道:"只以福田上立说,无一字论佛宗旨"(《唐宋八大家文钞》)。包慎伯《书韩文后》:"退之屏弃释氏,未见其书,故集中所排者,皆俗僧耸动愚蒙以邀利之说。"宋人李涂在《文章精义》中有言:"韩退之非佛,是说吾道有来历,不过辨邪正而已,欧阳永叔非佛乃谓修其本以胜之,吾道既胜,浮屠自息,此意高于退之百倍。"

引荐、介绍，而与相关人物建立交往关系后，又可以借助网状的关系结构，通过相关人物的介绍和引荐，与更多的士大夫开展文学交往。这一点也在《田子寿诗集》的序文中得以证明。例如，殷都在序文中提到自己与田九龄结识是因为孙斯亿的介绍，而自己又曾介绍田九龄去拜望李维桢。另外，序中还提及田九龄请求殷都推荐自己去见王世贞这样的细节。可见，错综的关系网不仅自动地扩展着田氏的文学交往，而且田氏更在有意识地积极利用这种文学关系网去拓展自己的文学交往面。应该说，"核心—网状"结构的关系网确乎为田氏的文学交往提供了一条相对便捷的途径。毕竟在充满了同乡、同年、同僚、同族关系的传统文坛，如果没有核心人物或与之相关人物的介绍和引见，是很难进入的。另一方面，这种关系结构也有利于放大田氏文学创作的效果，即田氏的诗作被"网状"结构中的一位友人知晓后，就可以通过这个关系网介绍给更多人。例如，吴国伦、殷都、周绍稷在序文中都提到自己听闻田九龄及其诗作是因为孙斯亿的推荐。另外，如田九龄《云梦师寄游太和近作兼附弇州公诸刻》《王弇州先生自郧镇游太和山云梦师行且往谒憾不能从》两首诗，本都是赠予孙斯亿的诗作，但是由于孙斯亿与王世贞的密切关系和相关文学活动的原因，使田氏的诗作也涉及王世贞，而这些诗作也很可能通过孙斯亿传达给了王世贞。

第二节　田九龄、田宗文的族内文学交往

在过往对于容美土司家族的研究中，其族内文学交往可说是完全被忽略了。实际上，与族外文学交往一样，二田的族内文学交往也对

田氏的创作起到了非常直接而重要的推动作用。

二田的族内文学交往，遗存下来的诗作有 24 首，其中田九龄 9 首，田宗文 15 首。虽然从总体上看，这些诗作所占的数量不多，但是其意义不容小觑。一方面，这些诗作证明了容美田氏家族族内文学交往的存在，作为内部因素为田氏家族文学传统的沿袭及其作为文学世家的传承提供了证据；另一方面，因为交往的对象是家族成员，这些诗作涉及对家族内部事务、内部关系的描述以及诗人对于这些内容的态度，而这些信息是族外文学交往的诗作中缺乏的，如田九龄与其兄田九龙的关系问题、田九龄对家族关系的态度问题、田宗文被逐的问题及其心态问题等，都在族内交往的诗作中有反映。下面分两部分予以介绍。

一　田九龄、田宗文族内文学交往的类型及其具体情况

二田的族内文学交往，可以分成五类：田九龄与田宗文之间的交往；田九龄与同辈的交往；田九龄与子辈的交往；田宗文与父辈的交往；田宗文与同辈的交往。下面分别予以论述。

（一）二田之间的文学交往

田九龄、田宗文既是叔侄至亲又是诗文同好，在个人经历方面亦颇多相同之处，如二人都无意政治，且均是为了躲避家族内部的政治斗争而移居他乡。二人同受业于华容的名士孙斯亿门下[①]，都喜好交游，并有诸多共同的文友，如华容孙氏家族、武陵龙氏家族、艾穆、殷都、陈洪烈、吴君翰等。另外，二人在个性方面也有相似之处，如品性纯洁、隐士情怀等。正是由于有如此诸多的相似之处，

---

① 据诗文看，田宗文还曾拜孙斯亿之弟孙斯传为师。

二人的关系非常密切，文学交往也较频繁。现存的主要有田九龄《国华侄卜居澧上赋寄》《寄题国华侄离骚草堂》《野外饮宗文侄翠碧亭》《松滋晚眺有怀国华侄》《送宗侄游太岳》《夏日寄澧浦国华》，和田宗文《春日与六季父饮东墅酒家》（二首）、《山房夜坐感季父近筑有遁意》《六季父苦雨不至作此促之》《澧上思亲感作》《丙戌春日试笔柬六季父》《从季父饮中得龙君超君善书因有卜居桃川之约》《挽六季父四韵》（诗已佚）。田九龄的诸诗中，后四首只见于《田子寿诗集》。

在田九龄的诗作中，可以看出，他对田宗文的个性、遭遇有一种理解之同情，特别是《国华侄卜居澧上赋寄》，诗云：

> 忆尔南征思渺茫，千峰秋色蒲奚囊。
> 赋来云梦名俱大，佩自兰江草亦芳。
> 衡霍天空山作镇，潇湘云尽水为乡。
> 亦知詹尹从君卜，倘许林间筑草堂。①

全诗境界空灵淡远，亦透露出隐隐之幽伤，诗用屈原南征、李贺诗囊之典，而屈、李均是悲剧性诗人，九龄或是有意或是无心，由宗文而联想到这两位诗人，亦表明其内心深处对宗文悲剧命运的深切同情。田宗文的悲剧性体现在个性气质与现实环境的矛盾，因此无论是思乡之作，还是唱和之作中，他都经常强调自己"客居他乡"的境遇，并发悲凉之感慨，表明离乡隐居实是无奈

---

① （明）田九龄著，贝锦三夫校注：《田子寿诗集校注》，中国文史出版社216年版，第284页。《〈田氏一家言〉诗评注》亦录此诗，但首联对句"蒲"作"满"，颔联出句"名俱大"作"人俱远"。

第二章 容美土司家族"文学交往"的开创期——田九龄、田宗文

之举。① 九龄对于宗文的遭遇和心境都非常了解,除了同情之外,九龄也以长者身份对宗文进行开导和安抚。《夏日寄澧浦国华》也表达了同样的情绪,诗云:

> 风尘襁褓思空阑,五月披裘岂为寒?
> 玉树自牵两地长,荆花谁共故园看。
> 漫怜世上名空好,不信人间路转难。
> 读罢离骚偏惆怅,莫将余恨负纫兰。②

这首诗作中,既向田宗文表达了同情之了解,但同时辅以鼓励之词,全诗充满了一种纠缠、矛盾的情绪,这也是田九龄自身心态的真实写照,即他一方面想对子侄示以鼓励,但另一方面人生的不如意又时时使他产生犹疑。不过,叔侄二人交往的诗作中,并非全是负面情绪的表达,亦有展现轻松时光的作品,如《野外饮宗文侄翠碧亭》诗云:

> 芒屩沽晴雨,莺花乱早春。
> 霞归桃脸笑,翠入柳眉嚬。
> 暂破风尘涕,终谋海岳身。
> 拍浮何所似,无乃竹林人。③

---

① 田宗文对于隐居,一方面似乎抱很大的兴趣,另一方面又常因隐居生活而透露出无奈、寂寞和凄凉的情绪,此亦中国文士较为典型的两重人格。不过,从"流落独怜侬未遇,年年空自泣途穷"的诗句,田楚产对"慷慨飞腾"的评价,以及积极与名士交游等诸多事实来看,田宗文实际上还是怀着雄心壮志,想要有一番作为。但是现实的境遇,以及诗人本身的性格,都使其不得不退居山林,过与世无争的生活。
② (明)田九龄著,贝锦三夫校注:《田子寿诗集校注》,中国文史出版社2016年版,第248页。
③ 同上书,第124页。

诗作中，"芒屦""莺花""霞桃""翠柳"的一系列意象营造出欢快积极的气氛，虽然也还有"暂破风尘涕，终谋海岳身"这样略显沧桑之感的诗句，但整首诗作还是呈现出明快的格调，这在田九龄的诗作中是并不多见。由此也可看出，只有与田宗文的诗文唱和之中，田九龄才真正以完全轻松的、无所顾忌的心态去表达。

反观宗文写给九龄的诗作，其内容和情感的表达则更为多样化，如《春日与六季父饮东墅酒家》（二首）描述了叔侄二人把盏言欢、纵论诗文的情景，诗作充满了愉悦之情。可见，对于田九龄，田宗文是完全敞开心怀，笔随心走、冲口而发，这也表明叔侄二人亲密无间的关系。在另外一些诗作中，宗文则表达了对九龄的景仰，如《山房夜坐感季父近筑有遁意》诗云："比年共有幽栖兴，独往飘飘总愧君。"① 表示自己与九龄叔虽同有隐居之意，但是九龄能够毅然而洒脱地隐居，而自己却迟迟无法做到，所以对九龄只能自叹弗如。《六季父苦雨不至作此促之》表达了急切想要与九龄叔见面畅谈、以酒解愁的心情，从"促"可以看出，诗人对于见面的急切心情，由此亦反映出宗文对九龄在情感和心理上的依赖。在诸作之中，《丙戌春日试笔柬六季父》较为特殊，因其全是自身心境的表达，于九龄几无关系，诗云：

> 梅花树树满江春，怜客经春鬓又新。
> 世事变迁惊岁月，人情番覆失疏亲。
> 山头雨色堪供醉，囿外莺花不厌贫。
> 搔首自惭多委顿，何如石上坐垂纶。②

---

① 陈湘锋、赵平略：《〈田氏一家言〉诗评注》，中国民族大学出版社1999年版，第170页。
② 同上书，第188页。

此诗可说是田宗文心境的完全式总结,其中既有对年华逝去、功业无成的惭愧、失望,又有对世态炎凉、人情冷漠的无奈、愤慨,也有对山间美景、隐居生活的赞美、留恋,是一种充满了纠结矛盾的心境。而能将自己内心深处的感触如此毫无顾忌地道出,其倾诉的对象亦必定是诗人最为信任之人。如果说,此诗作为一首"柬"诗,与九龄有什么关系的话,应该是诗人在表达自身的同时,认为九龄也有相同的遭遇和感慨,并认为其诗必能引起九龄的知音之感。而《挽六季父四韵》与料想的不同,并没有表现出非常悲痛的情绪,只是传达出淡淡的哀思,所谓"远山寒入户,林竹晚愁人。莫作杨朱哭,于今自返贞"[1]。田宗文结合田九龄谈玄论道的爱好,将其逝世称为"返贞",既是一种美好祈愿,也是对自己的一种精神安慰。

(二) 田九龄与其同辈文学交往

田九龄有《春日同宾从燕兄幕府得竟传寄》一首,据陈湘锋等人的考证,此处所说的"兄"当指田九龙。[2] 田九龙,字子云,号八峰,为容美土司田世爵之次子,严守升《田氏世家》称其:"赋性深沉,宽厚明敏,于群书一览不忘。而才略瑰奇,于诸昆弟中为最。"[3] 也因其才华出众,受到胞兄、土司田九霄的疑忌,田九龙于是韬光养晦。嘉靖年间,倭寇扰边,田九龙随其父兄出征,为功甚多,并借此得到九霄的认同,"情意稍属"。田九霄临终,以其子不堪担当大任,故嘱九龙继承土司之位。九龙在位时间较长,"施泽亦久""虽妇人小

---

[1] (明) 田宗文:《田国华诗集》,明天启七年刻本。
[2] 陈湘锋、赵平略:《〈田氏一家言〉诗评注》,中央民族大学出版社1999年版,第103页。
[3] 中共鹤峰、五峰县委统战部、县志办:《容美土司史料汇编》,内部印行,1984年,第90页。

子,尚不置口"。但在继承人问题上,九龙虽感到庶子有"中怀叵测"者,并预为防备,为其嫡子田宗愈无力控驭,终至庶长子田宗元谋夺嫡。宗元联合胞弟宗恺、舍人宋武等,里应外合,诬指宗愈为庶出,楚产亦非嫡孙。楚产为避祸,携妻子移居忠峒,田九龙亦"忧忿齎憾以终"。楚产后在族人的帮助下,才重新夺回土司之位。九龙晚年,诸子阋墙,其影响不仅及于当事之核心人物,亦让田宗文这样的人物,心寒惧祸,远离容美。

或许正是忌于复杂的家族内部的政治斗争和利益纠缠,田九龄这首诗主要是对宴会本身的描绘和对田九龙政绩的赞美,其笔调充满了恭敬,以及由此而生的距离感和陌生感,似乎毫无兄弟间的亲情可言。之所以如此,也是因为田九龄对于祖父及父辈时发生的家族惨剧有着深刻记忆,另外九龄本人也是因其兄田九霄"刻深峻骛"才无奈避祸移居兰澧。可以说,无论是不远的历史,还是切身的遭遇,都一再证明在面对权力时,亲情的脆弱和无力,这种结论使他不得不谨言慎行。但另一方面,作为一位情感丰富又重视亲情的诗人,家族内部的争斗乃至流血冲突,又使田九龄万分痛苦,他迫切希望这个家族能够重新回归和谐,所以在全诗的谨慎之后,诗人在终篇处还是有"更看棠棣锦为春"的期盼。"棠棣"本为《诗经·小雅》中一篇,《诗序》认为此诗乃宴请兄弟之作,所谓"《棠棣》,燕兄弟也。闵管、蔡之失道,故作《棠棣》焉"。郑笺曰:"周公吊二叔之不咸,而使兄弟之恩疏。召公为作此诗,而歌之以亲之。"[1] 可见,"棠棣"一词,既包含兄弟和乐的主题,还包含兄弟失和的前提,因失和故强调和乐之重要,宣扬和乐之意义。因此,田九龄用此典,不仅表达了对

---

[1] 《十三经注疏·毛诗正义》卷9,北京大学出版社1999年版,第568页。

第二章 容美土司家族"文学交往"的开创期——田九龄、田宗文

田九龙领导下,家族重归和睦的期待,也隐晦地表达了以史为鉴、以史为戒的意思。

田九龄还有一首《挽姊丈向将军歌》,见之于《田子寿诗集》。向将军的身份,据《田子寿诗集校注》讲,"可能是容美土司中兴功臣向大保的后裔"①。其诗云:

> 将军勇气悍如虎,传家不独偏好武。
> 结发长怀报国心,铜柱功名宁足数。
> 为将常存颇牧风,捷书屡报甘泉宫。
> 三吴尚赖勤王力,百粤犹传斩将功。
> 一夕西风摧大树,来从何来去何去。
> 鱼鹿苍茫阵自分,龙泉恍惚神可处。
> 蹇子怀德重伤情,忽忽长潜血泪横。
> 生刍在握远莫致,呜呼有子君犹生。②

从田氏的诗作中可以看出,向将军武勋出众,而且从"传家不独偏好武"这样的诗句来看,还可能是一位文武兼备的将军,甚至有可能与田有诗文的交往,或许因为其不偏好武的个性,使得田向二人有了共同语言,而且从诗文后半段对痛悼之情的表达来看,二人的关系非常亲密,因此田九龄对这位姊丈的逝世才会有泣血之感。

(三)田九龄与其子辈的文学交往

田九龄有写给其子田宗鼎的诗作《武当道上示儿宗鼎》,关于田

---

① (明)田九龄著,贝锦三夫校注:《田子寿诗集校注》,中国文史出版社 2016 年版,第 77 页。
② 同上。

宗鼎的事迹，现在知之甚少。① 不过，从"好是淮南成道后，其携鸡犬踏空行"的诗句中可以看出，九龄在谈修仙炼道之时，亦不忘"举家升天"。

（四）田宗文与其父辈的文学交往

田宗文相关的诗作有《病起思亲感作》《澧上思亲感作》，在这两首诗中，宗文都表现出了深切的思亲之情。前一首为诗人病中所作，其孤苦伶仃、渴盼关爱之感尤为强烈，诗风凄苦孤凉。值得一提的是，诗人不仅表现了自己对亲人的思念，还用"可怜望云日，正是倚门时"的诗句，借用杜甫《月夜》的写法，遥想远方的亲人也一定在远方挂念着自己，这也让诗作中的骨肉亲情表现得更加浓挚。② 后一首乃是诗人于日暮时分忽起思亲之情所作，诗云：

> 孤云落日满江干，薄暮思亲泪已残。
> 梦入故园闻雁断，愁来风雨畏途难。
> 舟牵荻月过寒浦，人醉芦烟宿晚湍。
> 咄咄独惭生计拙，莫从莱采一承欢。③

诗人由思亲而想到回去探望，但又因"风雨"而"畏途"，此处的"风雨"不仅指气候状况，更是隐喻容美此时紧张的政治气氛。兄弟之间为了土司之位，尔虞我诈、机关算尽，甚至随时都可能爆发流

---

① 据光绪《长乐县志·人物志》，九龄尚有子宗阳，官游击。宗阳子楚庚，曾为容美左营参将，因预感到容美难逃"归流"之运，遂迁往长乐县长乐坪隐居，容美土司复委以左旗千户职，坚辞不受。至楚庚孙田瑞霖时，容美果被"改流"，田氏家族多被迁徙广东、陕西，而楚庚子孙独免。

② 据李传锋先生所说，田宗文生母为"吴姬"，可能是田九霄抗倭时从江浙带回，家族矛盾中，她以不习惯于容美的饮食为由，提出移居，故田宗文偕母移居澧浦。则田宗文此诗可能是其思念父亲或其他亲人之作。

③ 陈湘锋、赵平略：《〈田氏一家言〉诗评注》，中央民族大学出版社1999年版，第182页。又，明天启刻本《田国华诗集》中该诗首联对句作"薄暮思亲思已残"。

血冲突。这种状态,加之容美田氏历史上多次上演的父子、兄弟之间因权位而起的争斗、惨祸作为教训,都使得归家的"路途"充满了"凄风苦雨"甚至"腥风血雨"。诗人于此完全没有办法,悲闷、无奈以极之下,只好笔势突转而写隐居之情景,就整诗来看,这种转换显得极不自然,但若能深入了解诗人写诗时心情之起伏,亦不难理解何以有如此突兀之转换。最后,诗人只能以"生计"为托词,表明自己不能承欢膝下的无尽遗憾和痛苦。严守升评此诗"婉转轻便,如流风回雪",直接引用了《诗品》中钟嵘评范云之语①,似只注意到了其诗中描写隐居生活的淡远飘逸之句,以及诗句声调的婉转,而忽视了其诗中隐含的深沉巨大的苦痛。

（五）田宗文与其同辈的文学交往

相关的诗作有《下澧浦与从弟玉弦维舟有感》《至澧浦别从兄国承》《携家澧浦诸昆季饯送志别》《哭亡妹》《寄怀故园诸兄弟》②。前两首当作于其移居澧浦之时,途中有从弟玉弦、从兄国承相送。诗中均表现出强烈的思乡思亲之情和孤苦凄冷的风格,如"月色生乡思,歌声起暮愁""故园遥落后,回首重堪思"。尤为值得注意的是,《下澧浦与从弟玉弦维舟有感》诗中有"难后惊风雨"之句,则田宗文离开容美,确乎是在经历了一场"磨难"之后中的无奈之举③,此处"风雨"之含义,也与上文所说相同。宗文具体经历了什么磨难,

---

① 钟嵘原句为:"范诗清便宛转,如流风回雪。"范云,字彦龙,南朝宋齐时人,"竟陵八友"之一,其诗存40余首,诗风"气格警拔,声调宛转"。例如《赠张徐州谡》诗云:"田家樵采去,薄暮方来归。还闻稚子说,有客款柴扉。傧从皆珠玳,裘马悉轻肥。轩盖照墟落,传瑞生光辉。疑是徐方牧,既是复疑非。思旧昔言有,此道今已微。物情弃疵贱,何独顾衡闱。恨不具鸡黍,得与故人挥。怀情徒草草,泪下空霏霏。寄书云闻雁,为我西北飞。"写得确乎飘逸转流,但显然缺乏宗文诗作中的隐忍与沉痛之感。
② 《哭亡妹》《寄怀故园诸兄弟》本佚,但在明刻本《田国华诗集》中又重新发现。
③ 田宗文《登遇仙楼》诗云"多难不堪摇落后,潸然双泪俯江流",亦提及自己遭逢多难。

已不可考。陈湘锋等人认为，当是因谗言受到容美土司的处罚。① 这种推测有合理性，因为田宗文《山谷亭》诗中有"放逐忧谗者，凄然咏《采苓》"之句，提到自己因被谗而遭放逐的情况，而且所用《采苓》典，其诗出自《诗经·唐风》，《诗序》认为此诗主题是"刺晋献公也，献公好听谗焉"②。引用此典，亦证明田宗文确乎是遭谗被逐。另外，田宗文崇拜屈原，除了对其文才的景仰之外，恐怕还有与其命运相似的原因，即都是因谗言而被放逐。在此种情形下，其从弟玉弦、从兄国承仍然能陪伴其左右，而且宗文在诗作中也毫不隐讳地表达自己的痛苦，都显示了兄弟之间的深厚情谊和绝对信任。

另外，田宗文还有写给其子的诗作，如《十七夜至江陵寄儿楚球》。③

二　寂冷的唱和：田九龄、田宗文族内文学交往的特征

二田族内文学交往的特征，首先是以二人的唱和为主，他们所有的族内文学交往诗作共计24首，其中田九龄与田宗文相互的唱和寄赠之作就占到了半数以上。这主要由于二田在诗文方面有相同的爱好，而且在个性、遭遇方面有颇多相同之处。同时，拥有很多共同的文友，也使得他们的关系较为密切（关于此点前文已详）。这一系列的因素一方面造成了田九龄与田宗文之间较为频繁的文学交往，另一方面也反映了二田与族内其他成员的文学交往相对较少的事实。家族其他成员既没有二田之间本就拥有的密切关系和共同志趣，同时二人又因躲避政治而移居他乡，进一步造成了他们与家族

---

① 陈湘锋、赵平略：《〈田氏一家言〉诗评注》，中央民族大学出版社1999年版，第117页。
② 《十三经注疏·毛诗正义》卷6，北京大学出版社1999年版，第402页。
③ 此诗本佚，但在明刻本《田国华诗集》中又重新发现。

成员之间的疏离,如此一来,文学交往较少也就不难理解了。另外,从现存的文献来看,田九龄之兄田九霄、田九龙虽然"学问渊赡""于群书一览不忘"[①],但是没有留存下来的诗作,这一方面固然可能是由于作品已经佚失,但另一方面可能与其不喜作诗有关。

其次是诗风整体上偏向于孤苦凄冷,特别是田宗文的诗作,充满了骨肉分离的悲苦音调,这自然是二人身世遭遇所至。同时,对于田宗文而言,也与他个人忧郁悲观的个性和"好作悲声"的诗歌美学倾向有关。

第三节 田九龄、田宗文文学交往的影响和意义

田九龄、田宗文作为容美田氏的第一批代表性诗人,他们不仅正式开启了容美田氏的文学交往,而且对外而言,让主流文坛认识到这个地处荒徼的土司家族在文学创作方面取得的成就;对内而言,为后世族人树立了典范,并推动了田氏家族文学传统的形成。通过文学交往而产生的诗集序文也成为了第一批有关田氏乃至土家族的文学批评、文学理论文献。而对文学交往诗作及相关材料的研究,还能进一步充实有关二田生平文献的资料。另外,尤应该注意的是,二田乃至其后田氏诗人的文学交往,作为经典范例和生动标本,对于我们了解中华民族内部文化交流和中华民族"多元一体"格局形成的重要意义。

---

① 中共鹤峰、五峰县委统战部、县志办:《容美土司史料汇编》,内部印行,1983年,第88、90页。

一 正式开启了田氏家族的文学交往

在田九龄、田宗文之前,也有零星与汉族士大夫交往的材料,如严守升《田世爵世家》有记载,田世爵"天性轻财,重结交,与荆州藩、道、府,无不密契,无岁不出,出必经年累月始回,今沙石塔碑俱存,录附艺文内,以备参考"①。可见,从田世爵开始,就与荆州地区的宗室和官员有交往,并且有一些作品。但是一来这种交往范围小、影响有限,二来交往产生的作品数量应该也很有限,现在已经亡佚。因此,可以说,田九龄、田宗文才是容美土司文学交往的正式开启者,后世也公认容美田氏的文学交往以田九龄为起点。如上文所引严守升《〈田氏一家言〉叙》和《又叙》中就一再出现"忆自嘉隆子寿先生与吾邑孙氏云梦山人颉颃王李""盖自子寿名家"② 这样的说法。

二田的文学交往,尤其是与族外士大夫的文学交往,使得当时的主流文坛中出现了土家族的声音。从目前所能看到文献及相关记载来看,二田代表的土家族作家的出现,在中国古代文学史上还是第一次。从前面的分析也已经看出,二田不只是与当地的贵族官员、文士、僧侣、道士等各色人物有交往,而且与当时主流文坛领袖,如王世贞、吴国伦、徐中行、汪道昆、王穉登等都有交往,其交游的足迹和对象遍及大江南北,形成了一个规模较大、层次丰富的交际圈。更为重要的是,田九龄的诗作还得到了像吴国伦这样大家的高度肯定和赞赏,从而使其在文坛有了一席之地。

---

① 中共鹤峰、五峰县委统战部、县志办:《容美土司史料汇编》,内部印行,1983 年,第 88 页。
② 陈湘锋、赵平略:《〈田氏一家言〉诗评注》,中央民族大学出版社 1999 年版,第 430、433 页。

二 多元与名士：文学交往对田九龄、田宗文创作的激发和推动

通过上文对二田诗作的统计可以看出，因族内外的文学交往，产生的寄赠唱和作品占了相当大的比例，因为《田子寿诗集》的发现，田九龄的现在诗作数量达到了534首，其中明确标为"寄赠"唱和或带有文学交往性质的怀人、悼亡之作约为204首；田宗文《楚骚馆诗集》125首诗作中，唱和寄赠之作更是达到101首。可以说，文学交往是激发二田文学创作热情的最重要方式，是推动二田文学创作发展的最主要动力。

二田的文学交往具有两个比较突出的特征：一是对象多元化、层次丰富，既有上文提到的士大夫和家庭成员，还有许多至今尚未考证清楚的官员、文士、僧侣、道士等。如此广泛的交流，以及与之相伴随的丰富多彩的交往方式，给二田的创作提供了充足的素材。二是交往的对象中多有文坛的著名人物，如王世贞、吴国伦、徐中行、王穉登、宋登春、孙斯亿、殷都、龙膺、艾穆、魏允中、汪道昆等，能够与这些著名的文士乃至大家进行文学交往大大激发了其创作热情。田楚产《〈楚骚馆诗集〉跋》云："国华叔自山中出居，交游海内贤豪、江汉名达，唱酬寄赠，翩章伙伙。"① 显然，与"海内贤豪、江汉名达"的"唱酬寄赠"，造就了田宗文的"翩章伙伙"。田舜年和严守升也记述了田九龄与汉族士大夫诗歌唱和的情况，如田舜年《〈紫芝亭诗集〉小叙》所言："子寿（田九龄字）乃从华容孙太史学，性耽书史，喜交游，足迹遍两都，所交与唱和多当时名士。"② 可见，田九

---

① 陈湘锋、赵平略：《〈田氏一家言〉诗评注》，中央民族大学出版社1999年版，第435页。
② 同上书，第434页。

龄的广泛交游，尤其是与汉族名士的文学交往是创作的主要动力之一。严守升的《〈田氏一家言〉叙》及《又叙》也描述了田氏与汉族士大夫唱和的盛况，并肯定了这种交往对于激发田氏文学创作的作用。其《叙》道："田氏世集异书产词人，与天下诸名家唱和。忆自嘉隆子寿先生与吾邑孙氏云梦山人颉颃王李。"① 其《又叙》道："顾何以文人骚客瞻仰靡及，如梁菀疑当为苑建安，词流辐辏，投止如归，各展所挟，以鸣得意。……子寿诸君，起家尔雅，与隆万诸名家唱和，则予舞象时稔知之，不自特云始也。"又道："盖自子寿名家，嘉隆太初列传儒行，而特云下帷不窥园舍，与双云、夏云伯仲禺子一堂，积渐至韶初，书益富、交益广、著作益多。"② 这里，严守升认为田氏家族诗作的丰富和文学成就的形成，一方面是由于苦读使其文学素养不断提升，所谓"书益富"；另一方面则是广泛的交游使其文学视野不断拓展，所谓"交益广"，这才有了"著作益多"的成果。严守升在《田信夫诗集序》中又重申了这一观点，"其先世世尔雅，与吾邑孙氏、油江袁氏唱和不歇。子寿、国华，著作益多，以诗名家"③。正是因为"唱和不歇"的文学活动，才有了"著作益多"的结果。

　　文学交往对于二田文学创作发展的推动作用，首先是体现在通过文学交往，使二田的文学创作能力得到了锻炼和提升。通过对交往之作的分析，可以看出其主题丰富，有宴饮、送别、邀约、感怀、悼亡等，其诗体亦涵盖了古体、近体和五言、七言，其类型既有寄赠之作，又有唱和之作，其诗风也因为主题和类型的不同而呈现出多样化的面貌。可以说，文学交往使二田的文学才能得以更丰富的展现。其

---

① 陈湘锋、赵平略：《〈田氏一家言〉诗评注》，中央民族大学出版社1999年版，第430页。
② 同上书，第433页。
③ 同上书，第442页。

次体现在通过交往使二田有机会接触到文坛领袖人物的文学思想和创作主张，并从中汲取其养分，提升自己的诗作水准，甚至有幸直接受到诗艺方面的指导。例如，孙斯亿《〈田子寿诗集〉序》就曾记载自己耐心指导田九龄进行诗歌创作之事，所谓"每囊以示予，予辄评纂久之，子寿益进。今秋访予，洞玄亭论文，曰余：'子寿若有得焉，子惟阿干！'"① 可见，田九龄勤于向孙斯亿请教，其本人也由衷地感到孙斯亿的指导对于其诗艺进步的重要作用。另外，伍鹭在《〈白鹿堂诗集〉序》中认为，由于广泛的唱和，使二田诗风亦受到与之相唱和诗人，尤其是当时文坛领袖人物、代表人物的深刻影响，其整体诗风亦会随着时代主流诗风的变化而变化，并且能汲其所长、避其所短："田氏……百年来与中原诸名家唱和，故风气亦乘之屡变。当隆万时，济南琅琊，或歌或骂。……田氏之诗，皆与之竞爽，而同其瑜不同瑕，又加于人一等久矣。"② 所谓"济南琅琊"当指明中后期以李攀龙（济南府人）、王世贞、吴国伦为代表的"后七子"复古诗派，与其相唱和的就是田九龄、田宗文。应该说，与这些文坛大家的交往，确实有力地促进了其二田文学创作水平的提高。

三 首批有关田氏的文学理论文献的诞生

《田子寿诗集》中的明人所写六篇序文（另外，此集尚有田玄所作跋文一篇）③ 是首批有关田氏乃至土家族的文学理论、文学批评文

---

① （明）田九龄著，贝锦三夫校注：《田子寿诗集校注》，中国文史出版社2016年版，第19页。
② 陈湘锋、赵平略：《〈田氏一家言〉诗评注》，中央民族大学出版社1999年版，第444页。
③ 贝锦三夫整理的《田子寿诗集校注》中有七篇序文，除了六篇明人的序文外，还从《田氏一家言》中辑出田舜年为《紫芝亭诗集》所作的序文。这当是为了方便读者阅览加入的，在明刻本中本没有田舜年这篇序文。

献。这些文献有以下四个方面的价值。

首先，在这些序文中，孙斯亿等人首先对田九龄诗作的源头、特征进行了分析和评点，对其诗风、诗作水平有较高的评价。例如，孙斯亿认为田九龄的诗作"近体绝句，多唐遗音；歌行，实效四子；乐府古诗，悉可造《文选》"①。并认为其诗继承了《诗经》中周召"二南"温柔敦厚、纯正典雅的传统，所谓有"二南指归"。同时，他提出田九龄诗作风格的形成得益于其曾游览的名山大川的滋润和启发。吴国伦认为田氏汲取了楚地长于感发的诗骚传统，"慕三闾之牢愁，漱鬻熊氏之余润，而发之诗"②。并认为其诗有一股怀才不遇、壮志未酬之下的"感慨激昂之气"。杨邦宪则提出田氏诗风的养成得益于家族良好的文化传统和自幼受到的良好教育，所谓"容司密迩兰州，衣冠文物与荆澧不相上下。世氏鲖镕鼓铸，俱以文字为命脉""童儿幼学时，师氏即授以史鉴一部，渐长愈益融通，口津津不落世俗一语。嗟嗟，此子寿公之所由来远也。"因为有这样的教育，故其诗亦以"复古""正体"为宗，"未接三代以下片语只字，是以与世俗尘凡为永隔。中间骎骎骤驰，擩及初唐、盛唐""窥其造诣，以十九首为指规，方且迤逦长虹、点缀黻藻，优而游之"③。周绍稷认为田九龄的诗作如"熊蹯豹胎，鼎臑脾腱，杂然前陈"④。他还化用"诗穷而后工"的理论，解释了田九龄何以"落落不售于世者"的原因，他认为古代

---

① （明）田九龄著，贝锦三夫校注：《田子寿诗集校注》，中国文史出版社2016年版，第19页。
② 同上书，第21页。
③ （明）田九龄著，贝锦三夫校注：《田子寿诗集校注》，中国文史出版2016年版，第27页。此处引文参照明刻本《田子寿诗集》而于断句稍有改动。另外，《田子寿诗集校注》中作"词组只字"，据明刻本《田子寿诗集》当作"片语只字"。
④ （明）田九龄著，贝锦三夫校注：《田子寿诗集校注》，中国文史出版社2016年版，第29页。原文作"晰臑脾腱"，而明刻本作"鼏臑脾腰"。"鼏"即"鼎"之异体，且"鼎臑"本是成典，而"晰臑"则无义。故改之。

第二章 容美土司家族"文学交往"的开创期——田九龄、田宗文

之大诗人如李白、杜甫、司马迁、扬雄、韩愈、苏轼都曾遭遇坎坷命运,不为其当世人所重,故田九龄在经历了创作路上的孤独不遇后,其诗作价值同样需要后世的人来发现。

其次,对田九龄诗作的文化意义进行了讨论。几乎所有人都在序文中讨论了田九龄作为"徼外文学"代表的意义以及"徼外文学"、文化与中原文学、文化的关系问题,只不过角度不同。有些是从正面去解读,即从容美属于"中国"文化版图的一部分,至少是受到"中国"文化影响的角度去看待田九龄的诗作成就。例如,孙斯亿就认为马援、张九龄于武溪、大庾岭这样真正的蛮荒之地都能写出千古名篇,何况田九龄还是生于"提封"之内。这种看法实际上就不仅是将容美从行政区域上视为"中国"之一部分,更是将其从文化上纳入了"中国"的版图,虽然容美可能只是处在这个版图的边缘地带。吴国伦亦云:"田氏处巫黔溪洞间,自高帝定天下,世世内附称藩臣,何至负奇如生?"[①] 也认为容美虽地处偏远,但仍受到了"中国"文化的习染,不过他显然未能料到文化习染有如此之深,所以对于容美能够出现田九龄这样的诗人仍然表达了惊奇之感。杨邦宪则更加鲜明地指出容美与中原核心区地理上相近,文化上也与中原地区不相上下,有着非常良好的文化传统,因此田九龄的产生从某种意义上说是一种必然。也有些人从反面进行了解读,如殷都称田氏之诗"斯亦楚西徼之巨丽观止矣。"他承认,田九龄诗作从一定程度上改变了他眼里容美完全是"野蛮无文"之地的刻板印象。而他形成这种印象的原因和逻辑,按照殷氏自己的说法就是"三家之市,无千金之子,其居使之然也"。在他看来,容美就是一个文化的荒漠,就像三户之地不可产

---

① (明)田九龄著,贝锦三夫校注:《田子寿诗集校注》,中国文史出版 2016 年版,第 21 页。

生富豪一样，文化荒漠中怎么可能产生诗人？所以田九龄的产生，不仅使他惊奇，更使他感到田氏诗歌创作取得成就的不易，"子寿长在绝域，生而贵倨，同业无徒，藏书不备于挽近，而匠心矢笔，俱一一与古人合，非有独照之识，专诣之气，能至是邪！"①肯定田氏的诗作代表了西部边徼的最高水平。不过，需要指出的是，他对于田九龄的肯定，并不代表他对容美地区的看法有彻底的改观，从殷都强调田九龄创作不易的叙述当中亦可见，在他眼里，容美仍然是一个文化的编外之地。周绍稷也强调"子寿生长徼服而能超然自拔如此，其可嘉者"。他更进一步将田九龄之诗比作海外之珍宝，所谓"九州物产非不瑰玮佳丽，然而珠香、象犀、玳瑁奇物，皆出自海峤寥绝之域，而中国以为珍，则知天下之宝固不尽于中国所有者也"②。这种表述实际上也将田九龄及其创作看成了一个"域外"的奇观。当然，这个"域"其重点仍然是文化上的，而非地理上的。

再次，序文还对田九龄刻苦学习诗歌创作和主动开展文学交往的过程及相关细节有较详细的记载。例如，田九龄求教于孙斯亿、周绍稷、向吴国伦索序，以及田九龄请求殷都将自己引荐给王世贞和殷氏向田氏推荐李维桢等诸多细节，均已详前文。从这些细节中可以看到田九龄通过主动积极地开展文学交往的情况，以及他借由交往得到名士指点并提升自己诗作水平的殷切期盼。另外，孙羽侯在序文中介绍田九龄的文学交往情况道："既游于武当，交周象贤；抵西陵，友殷无美；客郢，与载阳王孙游。爰以通下雉吴先生，已在士安之叙，不

---

① （明）田九龄著，贝锦三夫校注：《田子寿诗集校注》，中国文史出版 2016 年版，第 23 页。

② 同上书，第 29 页。

第二章 容美土司家族"文学交往"的开创期——田九龄、田宗文

啬长安之纸。"① 又介绍田九龄参加孙斯亿葬礼以及请求殷都为其删定诗稿的情形。特别是其中提到田九龄在弥留之际还哀叹"千里一士,谁为定吾文者?"② 读来不禁令人唏嘘。通过这些细节,也再次印证了田九龄渴望进入主流文坛,渴望作品能够流传的热切期望。这些对于我们研究田九龄的诗歌创作有相当重要的意义。

最后,这些序文的发现确定了有关田氏的文学理论文献产生的最早时间。明人的六篇序文除杨邦宪一篇未标明时间外,其他诸篇均表明了时间(殷都一篇只表明月日,而未标年份,但据其排列之顺序,其时间当在吴国伦序文之后),且依时间前后为序。故排名第一,由孙斯亿于万历四年(1576)所写的《〈田子寿诗集〉序》即最早的一篇有关田氏的文学理论文献,甚至可能是有关整个土家族的最早的文学理论文献。

四 文学交往传统的奠定和"旗帜"的树立

从田氏后辈的序跋来看,田九龄、田宗文开启的文学交往,及其为个人和家族带来的文学成就和文学声誉,无疑在田氏家族中树立起了一面旗帜,成为族中后辈学习的榜样。同时,二田的出现及其榜样意义,还应从田氏家族的文化心理方面进行分析。作为一个远离中原核心文化圈的土司家族,田氏家族一方面对于以儒家文化为主的中原文化十分仰慕,并从田世爵以后开始主动积极的学习;另一方面又因自身地处荒僻,接收中原文化的时间和程度有限,加之与汉族文化交流中的绝对弱势地位,以及主流文化语境中有关"蛮夷荒陋无文"的

---

① (明)田九龄著,贝锦三夫校注:《田子寿诗集校注》,中国文史出版2016年版,第25页。
② 同上。

表述，都造成了田氏在心理上有一定的文化自卑感。因此，二田的出现对于田氏家族树立文化上的自信心和自豪感尤为重要，其激励作用较之汉族的文学世家来说更为明显。这一点从田楚产所作《〈楚骚馆诗集〉跋》可以鲜明地看出来，其文曰：

>　　国华叔自山中出居，交游海内贤豪、江汉诸名达，唱酬寄赠，翩章伙伙，诸大刻足征也，兹何足重？亦惟是佷山以西，固称僻陋，其人类强毅果敢，渔猎耕稼而外，一切不习。余家叨沐国恩，世守疆宇，所谓便纤绮甘肥脆者，又其故态。余叔则卓不受变，如蝉蜕污泥，自致尘磕之表，高山仰止，景行行止，异地异世，尚有遐思，而况亲炙一堂者哉？且风流韫藉，慷慨飞腾，非徒握柔翰以侈坐谈者比，长辔远道，应有以自见。……嗣是见贤思齐，淘洗一切，勉步学芳躅躅，余于后世小子有深望焉。倘有更以和乐之章进者乎，或有感于是帙。①

田楚产在此段文字中，对于土司管辖地区文化的落后状态有相当的自觉，而且对于土司家族内部生活奢华、不断上进的状态亦有深刻的检讨。同时，他深以田宗文出众的文采和高洁的品性为傲，并认为宗文的文学成就和人格魅力，连"异地异世"之人都会抱景仰之情，则家族后辈更应以之为榜样。田楚产明确表示，自己编刻田宗文的诗集，很大程度上，并非为了将宗文的诗文传之后世，因为田宗文的作品已经遍见于同宗文唱和的文士诗集当中，而是要给家族后辈树立一个文化和人格上的标杆，并深切期望"后世小子"能够以田宗文为榜样，"见贤思齐，淘洗一切，勉步学芳躅躅"。

---

①　陈湘锋、赵平略：《〈田氏一家言〉诗评注》，中央民族大学出版社1999年版，第435页。

同样以二田为傲的还有田舜年。其《〈紫芝亭诗集〉小叙》先是宣扬田九龄与"当时"名士相唱和的事迹，其后又深以田九龄及其他家族诗人诗作散佚严重的情况感到痛心，"余先世能文者不少矣，而皆失传，即卓卓如子寿公者，犹以家鸡见轻，渐至沧尽，其何以启迪后人乎？"① 正是因为对以田九龄为代表的先辈诗人的成就感到骄傲，才会对其诗作的散佚感到痛心。另外，田舜年用"卓卓"二字形容田九龄，并强调其诗文成就对于后辈的启迪作用，亦可见他确是认田九龄为榜样人物，并深受其影响。

五 "本事"与生平之一：文学交往对考证二田生平的文献意义

文学交往的诗作与一般诗作的不同之处在于都有"本事"。即一般都是根据诗人在生活当中与人交往的实际情况（包括宴饮、送别、感怀、邀约、祝贺等）创作出来的诗歌，因此，文学交往的诗作较之其他诗作，其包含的有关诗人本身生活情况的材料就更丰富，也更确实。这主要体现在以下两个方面。

首先，文学交往的诗作，一般都会在题目和内容当中交代唱和、寄赠的对象及其相关情况，这对于了解二田及其文学对象，以及他们之间交往的实际情况有重要的意义，如上文对于二田文学交往对象的考证，很多就是依靠诗题和诗作本身提供的信息进行的。这些考证不仅能了解二田广泛的文学交游情况，而且对于了解其行踪等亦有相当帮助。另外，根据史传和地方志（尤其是选举志和人物志）的记载，我们甚至可以对二田的诗作做一个初步的作品年表，如田九龄有《西宁曲——为艾和甫赋》组诗，据诗题和诗作的内容

---

① 陈湘锋、赵平略：《〈田氏一家言〉诗评注》，中央民族大学出版社1999年版，第434页。

看，当是写于艾穆被贬往凉州卫之时。艾穆被贬，其事在万历五年（1577），则知此诗亦作于是年。又九龄有《喜鹏初太高发》一首，据诗题之义，知是祝贺孙羽侯高中，又据诗中"尔去风云会蓟台"之句，知祝贺的是会试，而非乡试。孙羽侯是万历十七年（1589）中的进士，则知此诗亦作于此年。另外，需要强调的是，在这种考证当中，应该尤其注意二田写给一些著名人物，如王世贞、吴国伦等人的诗作，因为这些人往往都有较详细的生平和创作记录（包括传记、年谱、作品年表等），对于推定二田的创作时间有较大的便利，如田九龄诗作《王弇州先生自郧镇游太和山云梦师行且往遗憾不能从》，据诗题知此时的王世贞正担任郧阳巡抚，而据同治《郧阳府志》记载，王氏担任郧阳巡抚在万历二年至四年（1574—1576）间①，据此可知，田九龄的诗作亦写于此一时期，又九龄有《闻弇州公陟南司马志喜》一首，据诗题知此时王世贞调任南京兵部侍郎，据相关史料记载，其事在万历十五年（1587），则推知九龄之诗亦作于此时。类似的例子还有很多。

  其次，文学交往的诗作，尤其是一些与亲人、知己的交往作品，往往会对诗人本身的情况，尤其是当下的遭遇和心境等有所交代，这对于了解诗人的生平有重要的意义。如上文对于田宗文离开容美原因及其相关情形所做的一些推测，即根据其与亲人的交往诗作所作的。另外，对于田宗文隐居澧州的情况，也可以从他写给亲人和好友的诗作当中窥其大略。考虑到有关二田生平事迹直接文献记录非常稀少，这些文学交往诗作中透露的信息就显得更加有意义。

---

① 《中国地方志集成·湖北府县志辑·同治郧阳府志》，凤凰出版社2010年版，第254页。

六　中华民族内部文学和文化交往的经典范例和生动标本

田九龄、田宗文的文学交往，尤其是与汉族文士的文学交往，既是一个土家族与汉族以及土家族内部文学交往的经典范例，也是中华民族内部文化交流的生动标本。

如前文所言，田九龄、田宗文应该不是第一批接受汉文化教育田氏家族成员，却是最早一批成功开展对外文学交往的家族成员。田九龄、田宗文的成功体现在其交往对象的多元、交往活动的频密以及交往对于其文学创作的激发作用等方面。通过这个范例，我们能够看到容美田氏是如何借由文学交往来主动积极地吸收汉文学的精华，并借以提升自身的文学修养，成为土家族乃至整个少数民族古代作家文学群体当中的佼佼者。

另外，通过这个标本，我们还可以深入考察中华民族文化"多元一体"格局形成和发展的过程，即南方诸族是如何接受同一文化身份（中华文化成员），并运用同一"文化话语"进行交流，以及这种交流对于促进族群交融起到了怎样积极的效果。从顾彩《容美纪游》和《长乐县志》《鹤峰州志》等地方志的记载可以看出，容美田氏乃至容美地区的土家族，其民族文化的特色是非常鲜明的，与汉文化的区别也是非常明显的，而在全面接受汉文化之前，容美田氏在文化心理方面，与汉族是有隔阂的，这从明初土司田胜贵断绝与明廷的来往，以致最后被降职的细节中就可以看出来。所谓"悻悻自负，不复陈诉""朝廷不颁，公亦不请"。[①] 但随着"土司子弟入学"制度的推行，容美田氏开始由被动接受，逐渐转为主动学习汉文化，在这一过

---

① 中共鹤峰、五峰县委统战部、县志办：《容美土司史料汇编》，内部印行，1984年，第85页。

程中，不仅田氏的汉文化修养得到了提升，而且文化心理的隔阂感也得以消融，并最终由田九龄、田宗文二人正式拉开了土家族与汉族文化交流的大幕。二田乃至整个田氏家族百年的文学交往和文化交流历史也给我们一个启示，即探求中华民族的来源和形成问题，不能只关注一个主体民族、一个历史时段或者一个历史事件，而是要沿着中华文化发展史的长河顺流而下，历时性地梳理中华民族内部各族成员之间的交往历程，既要有宏观视野，看到文化交往背后的大历史背景，也要有微观聚焦，关注文化交往中的经典事件。在这种探索中，我们可以发现中华民族是一个历史性的形成，它的核心不是血统、种族、地理，而是文化，文化是中华民族这个"想象的共同体"的内核。文化的交流、交融则是推动这个"共同体"不断发展、壮大的"元动力"。关于文化是中华民族内核的理论表述，其源头可以追溯到先秦的"夷夏观"（详见前文），而明代以降，随着"以夏变夷"的文化政策以及"土司子弟入学"等制度的推出，使得各民族，尤其是南方民族中开始有更多的人（主要是土司及其家族成员）加入对汉文化的学习和接受队伍，从而加快了中华民族的形成过程，并初步奠定了中华民族"多元一体"的格局。

第三章　容美土司家族"文学交往"的发展期——田玄父子和田圭

　　田玄及其三子田霈霖、田既霖、田甘霖,以及田玄之胞弟田圭的族外和族内文学交往,共同构成了田氏家族文学交往的发展期。通过对这一时期诸田文学交往情况的考证和观察,可以看出,其在族外文学交往方面有一个非常特殊的时代背景,即明清易代。在此背景之下,大量士大夫为避战祸来到容美,和田氏土司对于避难士大夫的热情接待,共同促成了这轮文学交往的高潮。另外,共同的"明臣""遗民"身份认同深化了田氏的族外文学交往。就族内文学交往看,相比于田九龄、田宗文,田玄诸人的交往范围更广,作品更多,作品的整体风格更为多样化,情感更为诚直。田玄诸人的文学交往,既激发和推动了其文学创作,又进一步发展了田氏的家族文学,为中华民族文化交流提供了一个生动的标本,为了解田玄诸人的生平事迹提供了材料。

第一节　田玄父子和田圭的族外文学交往

　　田玄（1590—1646），字太初，号墨颠，田楚产之长子，袭职后，对内沿袭家族传统，加强文化教育，对外通过联姻、战争、抚育应袭土司等多种方式联合周边土司。明末之际，田玄又积极助剿，并因功恢复了田氏自明初就被褫夺的宣慰使之位。明亡后，田玄又主动联络南明王朝，屡上恢复之计。后见国事日非，终忧郁而亡。田玄不仅在政治上有相当的成就，在文学方面亦有造诣，文安之认为其诗"摅义愤于彩笔，已见击碎唾壶；出芳句于锦囊，才闻响绝铜钵。即使延陵倾耳，必且羡其遗风；倘逢殷璠搜罗，又应目为间气"①，肯定其诗作有独创价值。田玄著有《金潭咏》《意草笠浦》等。

　　田圭，生卒年不详，字信夫，田楚产次子，田玄胞弟。田玄任土司期间，田圭一直助其处理政务。《田信夫诗集·小引》称其"喜宾客而耽文雅，诗酒娱情，至老不倦。盖其性平易嬉游，诗亦似之，唯取适性，不甚矜琢也"②。文安之、黄灿、严守中曾为其诗集作序，今仅见严氏之序，亦称其诗"蕴藉风流，静深而有致"③。

　　田霈霖，生卒年不详，字厚生，号双云④，又号秃髯，田玄长子。霈霖生性豪侠，喜结宾朋，年轻时曾刻意向学，试图走科举之路。袭

---

① 陈湘锋、赵平略：《〈田氏一家言〉诗评注》，中央民族大学出版社1999年版，第437页。
② 同上书，第443页。
③ 同上书，第442页。
④ 疑当为"字双云，号厚生"。因其二弟分字"夏云""特云"。

职后，亦"锐意勤王，欲修匡扶之业"①，但不意李自成侄子李过（一只虎）趁其不备，将容美劫掳一空，田氏因此忧愤而卒。著有《镜池阁诗集》，今仅存13首。

田既霖，生卒年不详，字夏云，田玄次子。既霖为人恬静寡言，淡泊名利，曾随兄霈霖同走科举路。俟其兄卒，阃司推举其为土司，既霖竟"悲号惊走，谓伯兄尚有遗腹可望"。后霈霖之遗腹子蕃嗣亦夭，既霖又欲推其弟田甘霖为土司，终因年序难辞，勉强为之。其时，李自成残部之降明廷者王光兴等十余家来到西南，既霖苦苦挣扎其间，三年而卒。其"为文隽佚淡宕，大有魏晋之风"②。著有《止止亭诗集》，今存12首。

田甘霖（1612—1675），字特云，号铁峰，田玄第三子。甘霖曾因其母孕时感异梦为族人所忌，年轻时曾遭流放，亦曾攻举子业。袭职后，遵其兄既霖之嘱奉表降清，次年被掳刘体纯营中，后经毛寿登等人为之斡旋，得以脱身，流亡松、澧间六年之久始归容美。归来后重振容美，使"旧邦维新，威仪复睹"，又创立学宫，力兴文教。其诗文成就亦颇高，严守升认为"其诗在义山、长吉之间，与时尚迥绝矣"③。著有《敬简堂诗集》，其诗集被编辑收入《田氏一家言》的共有179首，是目前除田九龄、田泰斗之外存诗最富者。

田玄等人的族外文学交往对象，主要集中为来容美避难的士大夫。虽然诸田留下来的诗作多寡不均，但是总体而言，与族外交往的诗作都占到了相当的分量。

---

① 中共鹤峰、五峰县委统战部、县志办：《容美土司史料汇编》，内部印行，1983年，第100页。
② 同上书，第101页。
③ 同上书，第98页。

一 田玄诸人族外文学交往对象补考

(一)"雪斋师"或为王承先

田甘霖有《蒲节用雪斋韵二首》《步雪斋树宿韵》《寿雪斋》《次雪斋山行韵》(二首)、《余既还司雪斋师亦还公安牛头村以诗别余至兴坪感念难禁取原章和之》《杂言咏酒次雪斋师韵一字至十字》诸首,另外其佚诗中还有《雪斋初度》《三月十六日雨中意园内牡丹将放约雪斋宋仕仁同赏至此尚郁郁来舒代为解嘲》《雪斋老人以近诗见示用赋韵答》。"雪斋"可说是田甘霖交往最密切,赠诗最多的对象。"雪斋"的具体身份,未见直接的记载,但田甘霖的诗作透露了一些信息,如《蒲节用雪斋韵二首·其一》诗云:

> 童颜惊满坐,长命缕从新。
> 可识餐蒲客,无非树蕙人。
> 经传三世学,句重十朋珍。
> 且把丸泥固,心娱拔宅均。[①]

又《寿雪斋》诗云:

> 岁岁黄金灿满枝,吾师正比羑门期。
> 惭非南国风人句,莫献东家作者词。
> 阿弟长吟添百福,孙儿学拜奉双卮。
> 更容犹子华封教,三代门生三祝奇。[②]

[①] 陈湘锋、赵平略:《〈田氏一家言〉诗评注》,中央民族大学出版社1999年版,第290页。
[②] 同上书,第339页。

从这些诗作中可见，雪斋是一位年高德劭、书香世家，被田甘霖及其儿孙三代人尊为师长的公安籍士人。另外，《次雪斋山行韵》其二所云"倩翁绣出容城谱，传吾诗书百代艰"，则田甘霖曾请雪斋帮其修家谱。又，严守升所作《田氏世家》部分世家之后，有署名"雪斋"的评语，可见，雪斋确曾帮田氏修家谱。

同治《公安县志·人物志》中载王格传记，其中云："子承先登壬午贤书，著有《艳雪斋集》……承先子彦之，丙子举人。"[1] 乾隆《湖广通志》卷三十五载，王承先为万历十年（壬午年，1582）举人[2]，《公安县志·艺文志》对其《艳雪斋》集亦有记载。王承先为万历十年举人，则其至明末时，年纪当在 80 岁左右，确乎是高寿之人。且其父、其子俱有功名，可称是三代书香，同时，其集名《艳雪斋》，恐亦是其号。

另外，同治《公安县志·杂记》载：

> 牛头里人，明末大乱后，自容美司归省，时里中人相食，有数人惊喜谓："何处来此肥人？"欲抢而屠之，其人闻言飞奔，众不能追而免。[3]

牛头里，应即牛头村，据这段材料看，该人既是牛头村人，又与容美土司有联系，且是明末时人，无论是籍贯、时间还是与容美田氏的关系，都与《余既还司雪斋师亦还公安牛头村以诗别余至兴坪感念难禁取原章和之》一诗中对雪斋的描述有相合之处，当从其"飞奔"

---

[1] 《中国地方志集成·湖北府县志辑·同治公安县志》，凤凰出版社 2010 年版，第 173 页。
[2] 《景印文渊阁四库全书·史部》第 532 册，台湾商务印书馆 1983 年版，第 360 页。
[3] 《中国地方志集成·湖北府县志辑·同治公安县志》，凤凰出版社 2010 年版，第 318 页。

之状判断，应该不是雪斋本人，或是其亲属或仆从。

(二) 宋仕仁

田甘霖现存的诗作中有《戏柬宋仕仁》《宋仕仁初度社中赠以诗和诗赠之》二首，除此之外，还有佚诗《节妇诗同夏云兄为新安宋仕仁赋》《三月十六日雨中意园内牡丹将放约雪斋宋仕仁同赏至此尚郁郁来舒代为解嘲》。关于宋仕仁的身份，《容美土司史料续编》刊有《宋仕仁画像》一幅，并附说明道："汉族宋仕仁在容美土司任教并落籍。画像为末代土司田旻如所送。上款是'呜呼□宋仕仁先生'，下款为'山次戊子仲春花朝容阳旻如题。'"① 据《田氏世家》后的附录《田舜年列传》所载，舜年"康熙四十五年，卒于武昌，年六十有七"，则其当生于崇祯十三年（1640）。② 如此，田旻如之生年当不早于顺治十二年（1655），又其卒于雍正十一年（1733），这一时间段内的"戊子"年，只有康熙四十七年（1708），此时，田旻如袭任容美土司。据此，亦可知宋仕仁在容美生活的时间跨越了田甘霖、田舜年、田旻如三代土司。

又《容美纪游》载，"紫草山……其上数里有草庐三五楹，君所筑以居隐士宋生者。生，常德武陵人，故明督师学士文安之幕客也。文公以避贼流寓司中，君父少傅公礼为上宾，卒葬是山。宋生守之不去，今年八十余，誓不下山，君常就而为之携酒。所聚皆怪石，颜曰：'米拜亭。'"③ 笔者认为此处宋生很可能是宋仕仁，因《宋仕仁初度社中赠以诗和诗赠之》中描绘的宋仕仁的形象与此宋生颇为相

---

① 鹤峰县民族事务委员会：《容美土司史料续编》，1993 年。"山次"疑是"岁次"之误。
② 根据古人习惯，其生年亦计算在年龄之内。
③ 高润身：《容美纪游注释》，天津古籍出版社 1991 年版，第 51 页。

合，诗中有"出门遂有八峰云，囊橐供来地主勤""只因不爱烟霞物，竟使难成写照文"之句，展现的也是一位避居深山、不涉世事的隐士形象。另外，田甘霖还有《戏柬宋仕仁》一首，是因宋仕仁不肯赴宴而写的劝谏之作，也从侧面证明宋仕仁是一位不喜应酬的隐士。

不过，有一点疑问的是，甘霖有佚诗《节妇诗同夏云兄为新安宋仕仁赋》，据诗题知宋仕仁当为新安人，而上文所引《容美纪游》明言宋生是常德武陵人，籍贯不符。有可能是顾彩所记有误，亦有可能是顾彩所说宋生并非宋仕仁。

（三）华阳、光泽诸王

《田玄世家》载，明清易代之际，一些王公贵族和士大夫来到容美及附近地区躲避战乱，其中，"华阳、光泽诸郡王……避居九永诸处者，皆不时存问周恤之"①。

华阳王当指朱至溓或其后裔。据乾隆《湖广通志》载，华阳王始封于永乐二年（1404），首代华阳王为朱悦燿。悦燿为明太祖之孙，蜀王椿庶子。蜀王椿嫡长子悦燫先卒，椿遂决定传位于孙友堉，这引起了悦燿的不满，并阴谋夺嫡。《明史·列传·诸王》载："华阳王悦燿谋夺嫡，椿觉之，会有他过，杖之百，将械于朝。友堉为力请，得释。椿之薨，友堉方在京师，悦燿窃王帑，友堉归不问。悦燿更诬奏友堉怨诽。成祖召入讯之，会崩。仁宗察其诬，命归藩。召悦燿，悦燿犹执奏，仁宗抵其章于地，迁之武冈，复迁澧州。"②又乾隆《湖广通志》载，朱悦燿就藩澧州，在洪熙元年（1425）。又据《续文献

---

① 中共鹤峰、五峰县委统战部、县志办：《容美土司史料汇编》，内部印行，1984年，第96页。

② 《明史》卷117，中华书局1974年版，第3580页。

通考》载，华阳王的世系为：

> 朱悦燿，永乐二年始封，宣德八年薨，谥"悼隐"；
> 朱友塛，正统二年袭，成化九年薨，谥"康简"；
> 朱申鋒①，成化十二年袭，二十年薨，谥"悼康"；
> 朱宾汧，弘治五年袭，嘉靖七年薨，谥"恭顺"；
> 朱让栘，封长子未袭，卒，以子承爝袭爵追封，谥"康僖"；
> 朱承爝，嘉靖十四年袭，二十五年薨，谥"庄靖"；
> 朱宣塏，万历十三年袭，二十五年薨，谥"温懿"；
> 朱奉鈗，万历二十八年袭，四十年薨，谥"安惠"；
> 朱至溴，万历四十三年袭，谥号失考。②

值得一提的是，华阳王与田氏的关联，可以追溯到田九龄时期，上一章曾提到田九龄的交往对象有苟瑞仙（苟元君），而华阳王与苟瑞仙关系也非常密切。有可能从那时起，华阳王与田氏就已经有交往。

光泽王当指朱宠㵾或其后裔。据《续文献通考》载，光泽王始封于成化二十三年（1487），首代光泽王宠㵾（一作"㶆"，又作"瀼"）是第四代辽王恩䥂的嫡次子，即光泽王属于辽王一枝，其世系为：

> 朱宠㵾，成化二十三年始封，嘉靖二十五年薨，谥"荣端"；
> 朱致橪，嘉靖二十九年袭，三十一年薨，谥"恭僖"；

---

① 《续文献通考》中亦作"朱申煃"，误，当作"朱申鋒"，因明宗室取名后一字皆遵循"木""火""土""金""水"的顺序，如自太祖以下，分名"棣""炽""基""镇"（钰）、"深"。华阳王一枝亦应符合此律，故当为"朱申鋒"。

② 《景印文渊阁四库全书·史部》第 630 册，台湾商务印书馆 1983 年版，第 910 页。谥号部分，见《明谥纪汇编》卷 11、卷 12。

第三章 容美土司家族"文学交往"的发展期——田玄父子和田圭

朱宪□，隆庆五年袭，万历三十一年薨，谥号失考；

朱术塬，万历三十四年袭，谥号失考。①

据《明史》记载，"靖难"之役中，建文帝担心距离朱棣不远且拥有重兵的辽王朱植会支持朱棣，于是召朱植回南京。朱植服从命令，"渡海还朝"，改封荆州②，其就藩大约在永乐二年（1404）。又据《明一统志》载，光泽王府及其藩封亦在荆州③。光泽王与田氏的交往，因地理上的接近，可能早在田玄之前就已开始，但因为光泽王到九溪、永顺一带躲避战乱等原因，这种地理上的距离乃至心理上的距离都被拉近了，相关交往应当更为频密。

田玄与诸王的交往，虽然没有文学文献存世，但是两者之间应该有诗文的往来。

（四）"孙中丞啬齐"即孙谷

《田玄世家》载，明清易代之际，有众多华容士大夫到容美及附近地区躲避战乱，其中就有"孙中丞啬齐"，前贤皆未详其人，实即华容孙斯亿之孙、孙羽侯之子孙谷。孙谷，字子啬，号啬斋（《田玄世家》作"啬齐"，当是"啬斋"之误）④，万历三十五年（1607）进士。据乾隆《华容县志》载，孙谷曾任杭州推官，"其性豪爽，虽职刑名，日与墨客词流及同寅作湖上游，政绩亦不废。嗣任南枢，典

---

① 《景印文渊阁四库全书·史部》第 630 册，台湾商务印书馆 1983 年版，第 910 页。谥号部分，见《明谥纪汇编》卷 11、卷 12。
② 《明史》卷 117，中华书局 1974 年版，第 3587 页。
③ 《景印文渊阁四库全书·史部》第 473 册，台湾商务印书馆 1983 年版，第 480 页。
④ 《容美史料汇编》所辑《田氏一家言》中多有将"斋"误作"齐"处，如田玄《秀碧堂诗集》佚诗存目中有《齐中复与梅庵试新茶》，又田甘霖《敬简堂诗集》佚诗存目有《齐头读雪斋诗漫作寓怀》，此二处的"齐"显为"斋"之误（"斋头"乃固定用法，指书斋，故人诗词中多用之，《徐霞客游记》卷八有云："以雨不能行，饭后坐斋头，抵午而霁。"《弇州山人四部稿》卷十六《题赠安雅主人》诗云："若逢恬淡斋头客，犹作人间白眼看。""齐头"则无此说法）。

· 219 ·

西粤试,纡回于密云、武德等九道十许年,秩不进,不屑匕唯喏,踯躅于形势锋焰间,推抚辽东,未几,以病告。壬癸,避兵于天门,卒"①。著有《槃谱》《梨床》诸集。② 明清时期以"中丞"为"巡抚"之雅称,而孙谷官至副都御史、辽东巡抚,故有此称。又,孙谷祖父孙斯亿、父孙羽侯乃容美田氏的世交,因此田玄父子对于孙谷的关怀、存问亦是意料中事。

值得一提的是,孙氏兄弟皆有文名,孙谷弟孙毂(字子双)、孙懋(字士元),亦即孙羽侯之次子、季子,与孙谷并称"三珠"。孙毂后为国学生,著有《古微书四种》。懋为拔贡,著有《唐史》70卷。

(五)"程文若"即程槃

田圭有《和章华程文若山居韵》一首,又《田玄世家》载,来容美避乱的华容士大夫中有"程孝廉文若"。③ 程文若,前贤皆未详其人,实即程槃。据乾隆《华容县志》载,程槃,字文若,万历四十六年(1618)举人,曾任重庆知府。④《容美土司史料汇编》纪田甘霖有佚诗《寄程文弱》一首,"文弱"当为"文若"之误,或程槃一字文弱。

(六)"楚大中丞林柱楚"即林天擎

田甘霖有《楚大中丞林柱楚告归书至赋此奉饯》一首,又有佚诗

---

① 《中国地方志集成·湖南府县志辑·乾隆华容县志》,江苏古籍出版社2002年版,第121页。
② 同上书,第89页。
③ 中共鹤峰、五峰县委统战部、县志办:《容美土司史料汇编》,内部印行,1984年,第96页。
④ 《中国地方志集成·湖南府县志辑·乾隆华容县志》,江苏古籍出版社2002年版,第93页。又乾隆《华容县志·选举志》"程槃"条下本云"有传",但其后《人物志》中并无程槃之传,恐有缺佚。另外,查道光《重庆府志·职官志》之"统纪"和"题名"部分,皆未见程槃之名,恐亦有缺佚。

《开府林公解楚任以大空召还奉饯一律》①，赠诗的对象"楚大中丞林柱楚""开府林公"应指一人，前贤皆未详其人。"大中丞""开府"乃明清时期对于巡抚的雅称，故此处所说"楚大中丞林柱楚"当指林姓的湖广巡抚，查明、清《湖广通志》，明代曾任湖广巡抚林姓者（包括郧阳抚治林富），如林大辂、林云同，皆嘉靖年间（1522—1566）在任。②据严守升《田既霖世家》所载，及陈湘锋等人的考证，田甘霖生卒年当是万历四十年（1612）和康熙十四年（1675），故以上明代诸巡抚皆与田甘霖活动时间无重合处，因此，此处所说的巡抚当指清人。又查清初至康熙十四年（田甘霖之卒年）间，湖广林姓巡抚唯林天擎一人。据《清史稿·疆臣年表（五）》所载，有关林天擎的任湖广巡抚的记录凡四条：

1. 顺治十一年"迟日益二月庚午罢，壬午，林天擎巡抚湖广"。

2. 顺治十三年，"林天擎九月己巳降，十一月丙寅，张长庚巡抚湖广"。

3. 康熙七年，"刘兆麒正月戊申迁，壬戌，林天擎湖广巡抚"。

4. 康熙九年，"林天擎七月壬午病免，八月乙未，董国兴湖广巡抚"。③

---

① 疑《开府林公解楚任以大空召还奉饯一律》诗题中，"大空"为"大司空"之误，果若如此，则林天擎曾担任过工部尚书。
② 据《湖北通志》载，林大辂嘉靖元年（1522）始巡抚湖广，林富嘉靖七年（1528）抚治郧阳，林云同任年无考，但亦在嘉靖年间。
③ 《清史稿》卷201，中华书局1977年版，第7499—7500、7502—7503、7521—7522、7525页。另外，《清史稿·疆臣年表（五）》载：康熙元年（1662），南赣巡抚苏弘祖"二月辛亥，休。庚申，胡文华南赣巡抚。九月丁未，林天擎代"。但"林天擎代"四字误入"湖广巡抚"一栏中。另外，乾隆《湖广通志》民国十年版《湖北通志》等文献的"职官志"中未见林天擎任湖广巡抚的记录，应有缺佚。

据此可知，林天擎曾两任湖广巡抚，而田甘霖诗中有"告归书"三字，疑当是写于康熙九年（1670），林天擎因病致仕之时。此外，《容美土司史料汇编》辑有《大中丞林公批》一文，批文抬头有"巡抚湖广等处地方都察院右副都御史林批"字样，又该批文落款为康熙七年（1668）。① 此亦与《清史稿》的有关记录相契合。除此之外，《湖北通志·学校志（一）》中，亦有林天擎任湖广巡抚的记载，并辑有林氏所作重修府学文一篇：

> 学宫……明季毁于兵，清顺治十四年，总督祖泽远、巡抚林天擎修。林天擎记云："予自癸巳冬承乏左藩，瞻礼圣殿，颓垣芜陋，不避风雨，即图鼎而新之。……经始于十二年之秋，落成于十四年之春。"②

据文中林天擎之自述，其在任湖广巡抚之前，曾于顺治癸巳年（顺治十年，1653）任湖广左布政使（"左藩"）。结合《清史稿》所载，林氏当是于第二年（顺治十一年，1654）因迟日益罢职，才接任巡抚湖广。另外，道光十五年（1835），提学朱兰在《重修武昌府学记》中亦提道："顺治初，中丞林公益拓其规。"③ 所说林公亦指林天擎。

不过，总体而言，林天擎在清史中是一个比较神秘的人物，作为一个历任湖广、云南、延绥、南赣等地巡抚的封疆大吏，在《清史稿》中竟然没有立传，甚至记录都比较少，而仅有的一些记录中，也反映出他是一个政治生涯不太光彩的官员，《清世祖实录》

---

① 中共鹤峰、五峰县委统战部、县志办：《容美土司史料汇编》，内部印行，1984年，第9—10页。
② 《湖北通志》卷55，台湾京华书局1967年版，第1301页。
③ 同上书，第1302页。

载，顺治十七年（1660）正月，洪承畴上疏弹劾云南巡抚林天擎贪污，后经调查属实，清廷下令："林天擎赃私狼藉，着革职。"①《清史稿·任克溥传》载，康熙十一年（1672），通政司左通政任克溥在奏疏中也将"嘉鱼知县李世锡告湖广巡抚林天擎索贿"②作为典型案例，说明吏治有趋于腐败的倾向。其时林天擎已经"因病"免职，而旧事重提，亦说明索贿事件在当时影响较大，而林两任湖广巡抚又两次下台，应该和其腐败有很大的关系。不过，在湖广任上，林也并非一无是处，如上文所言，他曾支持重修府学，并率先捐助200两，同时号召官员捐款，修葺完毕。林氏亲笔所作的记文也介绍了自己动机："余思惟楚有材，自昔艳羡，况我清宾兴叠诏，已多联翩而登为之前茅者矣。后之龙摅鹏奋，何可量数。余叨游全省，缘拮据机政，所以乐育多士者，未殚此衷一二。"③可见，林氏对于文教颇为重视，而且亦对楚地文士颇有好感，可能正是因为这些原因，加之田甘霖的土司身份，促成了田与林的文学交往。

据光绪《山西通志·名宦》载："林天擎，字玉礎，奉天盖州卫人，顺治二年以贡生知蒲州，招集流亡，俾村墟炊烟相属，宽城内宣平二里夫役，俾无困于供亿，安插满兵，尤有干略，兵民胥颂之。"④后累任江宁府知府、分巡常镇道、湖广巡抚、云南巡抚、延绥巡抚、南赣巡抚。田甘霖诗中作"柱楚"，当是"玉礎"之误，或其一字"柱楚"。

（七）何腾蛟、堵胤锡

《田霈霖世家》记载：南明王朝岌岌可危之际，田霈霖"念世恩

---

① 《清世祖实录》卷131，中华书局1986年版。
② 《清史稿》卷264，中华书局1977年版，第9921页。
③ 《湖北通志》卷55，台湾京华书局1967年版，第1301页。
④ 《山西通志》卷97，台湾华文书局1969年版，第1914页。

难忘，与督师何腾蛟、褚胤锡，时以手札往来，商略军机，以图匡复"①。此中提到的何腾蛟、褚胤锡（按：当为"堵胤锡"）都是南明时期重要的大臣。

何腾蛟，字云从，贵州黎平卫人，天启元年（1621）举人。据《明史》本传载，崇祯中，授南阳知县，因讨寇有功，迁兵部主事，出为怀来兵备佥事、淮徐兵备佥事。十六年（1643）拜右佥都御史，任湖广巡抚。②崇祯十七年（1644）五月弘光帝立，加腾蛟兵部右侍郎，兼抚湖南。顺年（1645）六月隆武帝立，拜东阁大学士兼兵部尚书，封定兴伯。永明帝时，又以腾蛟为武英殿大学士，加太子太保，永历五年（1651），又加太师，进爵为侯。何腾蛟是南明时期的重要人物，他力主抚纳李自成的残余农民军力量，用以抗清。永历时期（1646—1661），他在湖南等地苦心经营，联系各派力量抵抗清军进攻，并曾一度收复全州、永州、衡州、宝庆、常德等地，终因各派力量互相倾轧，何氏独木难支。后在湘潭被清军俘获，不屈而死。南明王朝追封其为中湘王，谥文烈。③

"褚胤锡"乃"堵胤锡"之误。据《明史》本传载，堵胤锡，字仲缄，一字牧子，号牧游，无锡人。崇祯十年（1637）进士。历官长沙知府，以知兵闻名。1644年，南明王朝甫立，就被弘光帝任命为湖广参政，分守武昌、黄州、汉阳，又摄湖北巡抚。隆武帝立，拜右副都御史。1646年永明帝立，进堵胤锡为兵部尚书，加东阁大学士，封光化伯，因连年征战，积劳成疾，加之感到抗清事业前途晦暗，堵胤锡永历二年（1647）病逝于浔州，永明帝赠浔国公，谥文忠。南明时

---

① 中共鹤峰、五峰县委统战部、县志办：《容美土司史料汇编》，内部印行，1983年，第100页。
② 《湖北通志》，台北京华书局1967年版，第2561页。
③ 《明史》卷279，中华书局1974年版，第7171—7177页。

期,堵胤锡与何腾蛟等人一起,竭尽全力支持风雨飘摇中的南明朝廷,他与何氏同样主张团结联络一切力量以抗清,尤其是对李自成的农民军余部,主张抚之以为己用,但终因各派政治力量的相互争斗而归于失败,本人也"自恨发病"而死,谥文忠。①《千顷堂书目》载,其有《只可吟》二卷,《御选四朝诗》选其诗六首。

想田与何褚二人的信函当中,亦应有诗文作品。

二 避难士人与藩王:田玄诸人族外文学交往对象的类型及其生平

通过前贤的考证,加上本书的补考,与田玄诸人有过或可能有文学交往的汉族王公、士大夫等人,其身份目前已经清楚有16人,分别是文安之、黄灿、伍起宗、倪元璐、严守升、伍鹭、毛寿登、王承先、宋仕仁、孙谷、程槃、林天擎、何腾蛟、堵胤锡、华阳王、光泽王。这些人多数都是因为躲避战乱,而与诸田产生了交往。

具体的唱和情况统计如下:

田玄《碧秀堂诗集》现存21首诗作中,明确标为"寄赠"或为唱和之作的有5首,主要对象中已考证清楚其身份的族外人士有文安之(3首)②、伍起宗(1首)。

田圭《田信夫诗集》现存44首诗作中,明确标为"寄赠"或为唱和之作的有17首,主要对象中已考证清楚其身份的族外人士有文安之(1首)、程槃(1首)、倪元璐(1首)。

田霈霖《镜池阁诗集》现存13首诗作中,明确标为"寄赠"或为唱和之作的有13首,其中,已考证清楚身份的族外交往对象为文

---

① 《明史》卷279,中华书局1974年版,第7151—7154页。
② 其中佚诗存目一首。

安之（2首）。

田甘霖《敬简堂诗集》现存179首诗作中，明确标为"寄赠""唱和"或"感怀"之作的有92首，主要对象中已考证清楚其身份的族外人士有文安之（5首）[1]、伍起宗（1首）、伍鹭（1首）、毛寿登（2首）[2]、倪元璐（1首）、王承先（11首）[3]、宋仕仁（4首）[4]、林天擎（1首）、吴伟业（1首）。[5]

这些交往对象，就其类型而言，可以大致分成三类：一类是湖广籍士人、官员；二类是任职或藩封在湖广的官员、藩王；三类是其他（既非湖广籍亦非任职湖广）士大夫。

（一）湖广籍士人、官员

与诸田有交往的湖广籍士人、官员，主要有文安之、黄灿、严守升、伍起宗、伍鹭、毛寿登、王承先、孙谷、程槃等人。

文安之，字汝止，号铁庵，荆州府夷陵州人，天启二年（1622）进士，授翰林院检讨。据同治《宜昌府志》载，文氏入职之初，即因"品质宏达，馆阁中咸以公辅期之"[6]。后除南京司业，《明史》本传载其"崇祯中，就迁祭酒，为薛国观所构，削籍归。久之，言官交荐，未及召而京师陷"[7]。南明王朝时期，弘光、隆武、永历帝曾数度召拜，文安之皆不赴。直到永历五年（顺治七年，1650），文安之见"国势愈危，慨然思起扶之"，乃就职。当时的首辅为严起恒，闻安之

---

[1] 包括悼亡诗1首和感怀诗2首。
[2] 其中佚诗存目1首。
[3] 其中佚诗存目3首。
[4] 其中佚诗存目2首。
[5] 《复和陶苏饮酒诗》（12首）未计算在内。
[6] 《中国地方志集成·湖北府县志辑·同治宜昌府志》，凤凰出版社2010年版，第471页。
[7] 《明史》卷279，中华书局1974年版，第7144页。

入朝，竟自让首辅之位于安之。

文安之入阁之后，见明王室日益颓败，遂积极联络川中诸镇兵马，意欲利用他们的力量恢复明朝社稷，但一方面由于清军气势汹汹、大兵压境，另一方面南明王朝各派人心不齐、各派势力互相倾轧，文安之的努力最终以失败告终。永历十四年（顺治十六年，1659），随着永历帝逃往缅甸，安之亦抑郁而卒。文氏著有《铁庵稿》，另外，《四库总目提要》载其有《易傭》14卷，《御定四朝诗》对其有介绍，《明诗综》选其诗1首。

黄灿，字中含，荆州府夷陵州人，崇祯十六年（1643）进士。同治《宜昌府志》载其"生而颖异，博通经史，崇祯末年，与其弟炳先后举于乡，灿旋成癸未进士，入翰林，兄弟并显，声动一时。明命既革，遁迹山中，炳亦退居于蜀，有用事者招之出，终不往"①。光绪《鹤峰县志·艺文志》载有黄灿所作《重建虹洞桥碑记》，其中提及他此时在添平千户所（在今湖南慈利县境内）"避寇"，而麻寮所千户唐加升（字君秩）曾邀其为所建虹洞桥写碑记。②

严守升，字平子，号确斋，一名颐，字解人，岳州府华容县人。乾隆《华容县志》载，其"年十二作《懊春词》，壮岁受知澧刺史周彝仲，知其贫，资给良厚。时督学王澄川、高汇旃皆引客幕中，高破资格引升明经。乙酉，走白门，值马、阮柄用，知无可为，遂访周与高于宜兴、无锡，经半载，归。筑室东山，题曰'岸上船'，衲衣髡顶，绝意进取。甲午，督学郜凌玉强就闱试，力辞不赴。与同里程本

---

① 《中国地方志集成·湖北府县志辑·同治宜昌府志（1）》，凤凰出版社2010年版，第472页。

② 《中国地方志集成·湖北府县志辑·光绪鹤峰县志》，凤凰出版社2010年版，第437页。

以诗相唱和，一时士人多钦仰之，卒年七十有五"①。另外，光绪《华容县志》载：严氏"负奇才、有大志""下笔千言，能谈当时务""著有制艺、《濑园全集》数十卷行于世"②。

伍起宗，字止辪，荆州府松滋县人，"岁贡生，崇祯中以保举授藤县知县，推诚抚御，视民猺如一，终其任，无忿争。生□者，孳孳讲求利病，推而行之，殚竭心力，民生克遂焉。藤俗，死则置棺古木间以为葬，起宗申礼律，始知葬埋。举卓异，迁户部主事，奉讳归，值世难，遂不得出。著有《澄南初政集》"③。

伍鹗，字相庵，荆州府松滋县人，清贡生，伍起宗之子。

伍起宗、伍鹗与严守升均有交往，严氏《忠襄伍公传》记曰："其四世孙民部起宗，以循吏著，子鹗名下士，两世为予友。"④

毛寿登，字恭则，号廓庵，荆州府公安县人，明末名臣毛羽健（下文"侍御公"）长子。同治《公安县志》载其："生而颖异，弱冠即游泮，刻志坟典，去家居二圣寺，每夜分时略就寝，鸡鸣复挑灯朗诵，博通古今，声色货利之□淡如也。明崇祯间，诏天下学，拨取贡士次第选用，公获中选，旋授兵部车驾司，及癸未流贼大乱，公挈家避乱江西，而侍御公卒于赣，公买舟扶榇归葬，经洞庭遇盗，公端立柩前曰：'吾非客商，乃穷官归葬者。'及众登舟，公备述家况，谓舟中物，胥听将去，但无以刀剑叱咤惊我先灵，众感其言而戢，复叩首谢罪，咸称父为忠臣，子为孝子，叹息而去。别令一舟导之出湖，得

---

① 《中国地方志集成·湖南府县志辑·乾隆华容县志》，江苏古籍出版社2002年版，第123页。
② 《中国地方志集成·湖南府县志辑·光绪华容县志》，江苏古籍出版社2002年版，第374—375页。
③ 《中国地方志集成·湖北府县志辑·同治松滋县志》，凤凰出版社2010年版，第524—525页。
④ （清）罗汝怀：《湖南文征》（二），岳麓书社2008年版，第905页。

第三章　容美土司家族"文学交往"的发展期——田玄父子和田圭

遂首邱焉。公后仍力学不倦，隐居田园。国朝康熙癸卯岁，蒙将军督抚交荐其才，擢天津卫道职内畿道，即臬司也。公视事之日，阅河间县七十余家造船入海一案，时奉严禁：寸板入海者斩，妻子流徙。前司谳者已照例定拟，发公覆勘，公愀然曰：'吾何由救此生灵？'因详鞫之，得其以荆条为船，外纸，加油糊，沿海滨捕鱼之状，公大喜曰：'若辈有生机矣！'即檄河间县官验其船，详请上宪，并非犯寸板入海之禁者，题准开释，俱得全活。畿辅饥，发帑二十万赈济，吏禀以常例当得二万金，公正色曰：'尔欲使吾子孙为饥民耶？'吏复禀以无损于饥民，止须多造户口以开销尔，公复拒之曰：'是欺君自利也，罪更甚矣！'竟发河间府，穷檐均沾实惠，称颂不衰。圣驾巡行天津，清问下民疾苦，对答如流，试以'安民之道，何者为先'之策就御前给笔砚，以'廉''能'二义立对，称旨。旋发审旗民争讼二案，公即谳拟奏闻，钦免。其慈爱廉决类如此，后解组归里，行李萧然，天津民老幼遮道呼吁，更有数百人远送百里外，啼泣而不忍去，□一时荣比二疏焉。著有《廓园诗集》四卷行世，《邑乘》六卷，今之编次者，皆宗其遗稿也。行年六十有五，卒。长男廪膳生仁轨，博学强记，著有诗文，次仁杰，又次仁开，孙翼泰、献谘皆入庠序，克继书香。"①

值得一提的是，文安之与毛寿登之父毛羽健曾有交往，并评价毛羽健道："毛公居台谏三年，疏无虑百余上，其大旨在审官方、别流品、剔积弊，而尤发指于诸奸之连结，所纠弹如乌程、德州、桐城，皆奸人之雄也，不惩前、不怵后，固刚肠哉！"②

---

①《中国地方志集成·湖北府县志辑·同治公安县志》，凤凰出版社2010年版，第200—201页。
② 同上书，第191页。

另外，还有王承先、孙谷、程槩等人，其事迹见前文补考。

（二）任职或藩封在湖广的官员、藩王

刘绒，字秉三，陕西洛川人，顺治丙戌（1646）解元，己丑（1649）进士，"时军兴旁午，绒任松滋，措置有方，民获安堵，振兴学校，作育人材，丁酉秋闱，邑庠生遂获隽三人。江水溃堤，绒躬督人夫，露宿野处，堤成，屹若邱陵，既迁常州同知，升户部郎中。寻典试云南道，经松邑，士民攀留不忍去"①。

另外，与诸田有交往的任职于湖广的官员还有林天擎，藩王有华阳王、光泽王。其事详见前文补考。

（三）其他（既非湖广籍亦非任职湖广）士大夫

倪元璐，字玉汝，上虞人。天启二年（1622）进士，改庶吉士，授翰林院编修，崇祯初，因不满魏党余孽诋毁东林党，遂两度上疏奏劾杨维垣等魏党，当时，魏忠贤虽已伏诛，但其党徒仍身居要津，故倪元璐的奏疏并未得到重视，但"自元璐疏出，清议渐明，而善类亦稍登进矣"②。后历迁南京司业、右中允，右庶子、国子监祭酒。倪元璐因忠直逐渐受到崇祯帝的信任和重用，崇祯十五年（1642），任其为兵部侍郎兼侍读学士，后又超拜户部尚书兼翰林学士。倪氏亦知恩图报，出谋划策，勉力协助崇祯帝支撑风雨飘摇中的明王朝。李自成入京，元璐整衣冠拜阙，南向坐，自缢而死。

值得一提的是，倪氏之父冻，曾任荆州知府，且有官声。

另外，与诸田有交往的其他士人还有宋仕仁，其事详见前文补考。

---

① 《中国地方志集成·湖北府县志辑·同治松滋县志》，凤凰出版社2010年版，第502页。
② 《明史》卷265，中华书局1974年版，第6839页。

三 唱和、序跋、评点：田玄诸人族外文学交往情况

反映这三类人群与诸田交往情况的材料，主要有以下三种。

第一种是寄赠唱和之作，第二种是文安之和严守升、伍鹭等人所写的序跋，第三种是文安之、黄灿所写的评点。相比于诗作，序跋和评点除了提供文学交往的文献证据之外，还保留了族外人士对于诸田文学成就及其原因的分析材料，从而为后世开展对诸田诗作乃至土家族文学理论和文学批评研究提供了珍贵的资料。

诸田与文安之的交往，留下的寄赠唱和（包括感怀）之作最多，前文统计的共有 11 首。文氏与田氏的交往以顺治七年永历为界，分为前后两段：

前一段时期，文安之主要是以"避难者"的身份与诸田进行交往，此一时期的诗作主要以唱和诗为主，其内容既有感怀家国之作，又有表现交游之作，风格既有悲郁沉痛者，亦有优游雅丽者。前一类如田玄《送文铁庵先生往施州》《寄怀文铁庵先生》以及文安之的和诗，此时正值明亡之时，失国之痛深深刺激着两位诗人，他们的诗作主题与情绪亦萦绕于此中。后一类如文安之《同容美宣慰田双云观雨中白莲分赋二首》[①] 和田霈霖《奉陪相国铁庵文夫子观雨中白莲分赋二首》。田霈霖的卒年在顺治五年（1648）[②]，可见，这一组唱和诗作于文安之赋闲之时。文诗当作于先，诗中曲写荷花之美，又有自况之意，如其二诗云：

[①] 中共鹤峰、五峰县委统战部、县志办编《容美土司史料汇编》录文安之诗题作"同容美宣慰田双云观雨中白莲八赋二首"（第 283 页），"八赋"当为"分赋"之误，今改之。

[②] 陈湘锋、赵平略：《〈田氏一家言〉诗评注》，中央民族大学出版社 1999 年版，第 261 页。

晓气初蒸露掌明，空濛如隐溅珠声。
只疑拭浴温泉净，犹带娇憨子夜轻。
素练未容生色画，香尘不逐艳歌行。
一泓遥祝间云碧，更引朝光入镜清。①

颈尾二联既写荷花之高洁，又有自抒之意味，从诗味中琢磨，似乎已为文氏的再度出山埋下了伏笔。而田氏的和诗亦在写咏荷之时，由荷之高洁联想起文氏品性之高洁，并以"先生况是濂公侣，素质尤烦彩笔夸"的诗句，将文安之与周敦颐相比，盛誉其人。类似于此的交游之作，还有田玄《六月四日作柬上文铁庵先生是夜梦笑语追陪倍于昔感赋寄怀》（佚诗）。

后一段时期，文安之是以朝臣的身份与诸田进行交往，诗作主要有田圭《巴东行呈文铁庵相国》、田甘霖《过文铁庵先生旧寓署地有怀》（二首）、《哭文相国时困巴东作》《松山怀文铁庵先生长律》，《感怀文铁庵先生有序》以及文安之所作《遣戍毕节有作寄达容美宣慰田恃云》《咏红豆》。就诸田的诗作看，多表现了对文安之的怀念之情，尤其是田甘霖所作诸首，思念之情溢于言表，其中尤为值得注意的是《感怀文铁庵先生有序》的序言，文中记述了文安之与田需霖的密切交往：

公哭双云先兄文章，失去久矣……偶于邻宅拾此瑶篇，读之泣下，伤公与先大人及小子辈，交谊莫比，即往来尺牍，湮没何限。是日，又得公寄长兄手书，所言在白帝城与楚藩争自立事也，此等

---

① 中共鹤峰、五峰县委统战部、县志办：《容美土司史料汇编》，内部印行，1983年，第283页。

第三章 容美土司家族"文学交往"的发展期——田玄父子和田圭

关系大事，千里之外，公必往返商之，则公之期兄又可知也。①

文安之能将重大而隐密的政事告之田霈霖，一方面是出于对田氏的绝对信任，另一方面也是将田氏视作知己朋友，希望通过书信倾诉心中的苦闷，并得到田氏的建议。由此也可看出文安之与田霈霖交谊之深。另外，文安之与田甘霖等人亦有诗文往来，如文安之有《遣戍毕节有作寄达容美宣慰田特云》，其诗云：

> 毕节吾师也，忘机懒荷锹。
> 主方潜白水，臣合老红苗。
> 豺虎心何厌，凶残众所骄。
> 满怀悲愤事，留与话渔樵。②

此时的文安之正在为抗清积极奔走，诗作中满溢的悲愤、失望之情，让人看到了文氏当下的心境。而文氏敢于在诗中完全坦陈心境，也说明其与田氏的交谊深厚。

在文氏与诸田的交往当中，最富于文学意义和价值的，当属文安之为田玄《秀碧堂诗集》所写的序言。在这篇以骈文写就的序言中，文安之极力称赏田氏这个中华核心文化圈之外的土司家族的文学成就：

> 爰有西南胜境，巫黔奥区。云关未辟于五丁，玉笈曾藏于二酉。千树花林，种自先秦之世；万古池穴，潜通小有之天。陶公愿蹑于清风，杜老缅怀乎福地。……洪波鼓溟壑，不没鳌戴之

---

① 陈湘锋、赵平略：《〈田氏一家言〉诗评注》，中央民族大学出版社1999年版，第376页。
② 中共鹤峰、五峰县委统战部、县志办：《容美土司史料汇编》，内部印行，1983年，第282页。

峰；惊飙撼长林①，莫摇鸾栖之树。歌紫芝以寄傲，奚啻商颜畸人；咏白雪以自怡，何殊华阳仙隐。……况复凤将九子，咸有律吕之和；龙导五驹，各具风云之概。摅义愤于彩笔，已见击碎唾壶；出芳句于锦囊，才闻响绝铜钵。即使延陵倾耳，必且羡其遗风；倘逢殷璠搜罗，又应目为间气。②

序中，文安之对容美的秀丽山川多有描写，并认为正是这秀丽的山川，才孕育出了像田氏土司这样的杰出人物群体。文氏还认为，田氏的文学成就，一方面体现在家族内部能够形成学习汉文化和进行文学创作的浓郁氛围，并注重传承，在非核心文化圈的地区非常难得地形成了一个文学世家；另一方面体现在田氏诗人的创作各具专擅，有自己独特的风格，并达到了相当高的水平，所谓"摅义愤于彩笔，已见击碎唾壶；出芳句于锦囊，才闻响绝铜钵"③，即认为田玄诗作饱含兴寄、文质彬彬、敢发异响、突破陈规。又道"歌紫芝以寄傲，奚啻商颜畸人；咏白雪以自怡，何殊华阳仙隐"，重点指明田玄诗作有"隐逸"之风。文氏之说，虽然有溢美之处，但确实指出了田氏土司文学创作的重要意义和价值，即田氏土司家族作为一个少数民族学习汉文化的成功范例。从明朝制定"土司子弟入学"政策以降，至清代"改土归流"之前，少数民族学习汉文化的主体是土司阶层，而他们当中能够和汉族士大夫积极开展文化、文学交流活动，并取得相当成就的可谓凤毛麟角。田氏土司自觉与汉族士大夫交流、学习汉文化及其成就，也证明中华民族"多元一体"格局的

---

① 陈湘锋、赵平略《〈田氏一家言〉诗评注》作"惊飙撼长林"，"憾"当作"撼"。
② 陈湘锋、赵平略：《〈田氏一家言〉诗评注》，中央民族大学出版社1999年版，第436—437页。
③ 同上书，第437页。

第三章 容美土司家族"文学交往"的发展期——田玄父子和田圭

形成由来已久。

总体而言,文安之与田氏的交往,一方面可能有功利的目的,即希望联合这股力量抗清,但另一方面更是出于相互的欣赏和信任。文安之并不将田氏土司视作"蛮夷",而是和他们真诚地交往,也能够清楚认识并高度肯定他们学习汉文化的态度和成就。同时,田氏也由衷地对文安之忠贞、高洁的品质及其文化、文学素养崇敬有加。

田甘霖与严守升的交往,见田甘霖《钱牧斋先生仿元微之何处生春早舜子和十章颇觉解颐严平子有云老人正当赋艳诗也老夫遂和十章》和严守升《〈田氏一家言〉又叙》,尤其是严氏之作,较为详细地回顾了与田甘霖及田氏家族成员的"神交"历史,其文道:

> 予自崇祯壬午逐队武昌,则知特云先生以列爵攻举子业,偕诸生入闱,一时都人士咸异其事。时予年三十,略有姓字在人间,特云遂与予两两神交矣。若前此子寿诸君,起家尔雅,与隆万诸名家倡和,则予舞象时稔知之,不自特云始也。①

可见,严氏对田九龄等人的文学成就早有耳闻,并且很早就与田甘霖相互仰慕,严氏为田甘霖有土司子弟之身份而能走科举之路感到惊奇,田氏则可能已知严氏之名,从而促成了"两两神交"。及至后来严氏入幕为宾,与田氏的关系自然更为密切,这从田甘霖的诗题中,也可以看出来。同时,这种交往也为后来严守升与田甘霖之子舜年的交往打下了良好的基础。

---

① 陈湘锋、赵平略:《〈田氏一家言〉诗评注》,中央民族大学出版社1999年版,第433页。又"则知特云先生以列爵攻举子业"一句中"特云"二字,《评注》误作"待云",今改定之。

诸田与倪元璐的交往，主要见于田圭《步倪文正咏松雪韵》、田甘霖《读明倪尚书鸿宝集感赋》。从诗义和倪、田诸人的生平事迹判断，诸田与倪氏可能并无实际的交往，尤其是田甘霖的诗作，将倪元璐比作文天祥，显然是在倪氏已经殉国后所作。同时，田圭和田甘霖的诗作间接或直接提到了倪元璐忠贞刚直的道德品格，并赞赏有加。因此，田氏应该是出于对倪元璐人格的敬佩，才写下了这些诗作，这种交往亦可说是一种"神交"。

诸田与伍起宗、伍鹭的交往，见田玄的《送伍趾薜往添平》，田甘霖的《鸠兹过伍相庵庄宅》、《伍相庵有书来以诗见示兼有所赠答赋》（佚诗）及伍鹭的《〈白鹿堂诗集〉序》。

田玄《送伍趾薜往添平》诗云：

> 与君危论高复歌，金石铮铮总不磨。
> 可惜壮怀归运甓，且韬经济俟鸣珂。
> 青山度骏巘岘好，大壑藏舟固闭多。
> 卜筑往来从此始，好留胜迹在烟萝。①

趾薜，指伍起宗（伍氏，字止辥，"趾薜"或是"止辥"之误）。诗题中有"往添平"字样，"添平"当指添平千户所，在今湖南慈利县境内。又诗中有"可惜壮怀归运甓，且韬经济俟鸣珂"之句，"运甓"是陶侃之典，用在此处意谓伍氏与陶侃一样，只是韬光养晦，等待时机。再结合笔者前文中有关伍氏生平的考证，此时应是甲申之难后，伍氏已经归隐。另外，从诗中"与君危论高复歌"之句看，二人之间的诗文唱和亦应时而有之。

---

① 陈湘锋、赵平略：《〈田氏一家言〉诗评注》，中央民族大学出版社 1999 年版，第 220 页。

第三章 容美土司家族"文学交往"的发展期——田玄父子和田圭

田甘霖与伍鹭的交往，则较为详细地反映在伍氏所作《〈白鹿堂诗集〉序》中。序文回忆了伍氏与田氏的世交的关系及其他本人与田甘霖的密切交往，"迨忠襄公又以勋绩，同纪太常，从来久矣。迨中叶有震，而先君子颇效急难之谊，遂世好无尤。30年来，予父事老伯铁峰先生，今庭诸玉树，使君亦复命以诸父待予"①。可见，伍氏自"忠襄公"伍文定开始，即与田氏有交往②，至伍鹭，两家的交谊已经延续五代之久，可谓长远。而伍鹭与田甘霖的交往，伍氏用"父事"一词，亦可见关系之亲密。此外，伍鹭与田舜年亦有交往，详见下章。

田甘霖与毛寿登的交往，主要见于《追感诗》《步毛廊庵先生见怀韵且订前约》（毛氏原诗亦存）、《怀毛恭则先生》（佚诗）等。在《追感诗》的序中，田甘霖还回忆了毛寿登帮助营救自己的往事，其序云：

安居勿忆毛廊庵司马，援余于危险中，情深意重，犹记当年与予书云：越石在困，有愧解骖。每一念及，令人沘汗如雨，昨已力言及当事，幸其已有善意。不久，自当脱颖而出，正不必抱角乌之感耳，珍重！珍重！嗟呼！此道令人弃如土矣。予安能忘者，久无闻问，因成此诗。③

文中所载田甘霖被囚困事，亦见于严守升《田武靖父子合传》，其文云：

先朝余镇负固西山者，为口实，要留刘帅营中，强加授招讨

---

① 陈湘锋、赵平略：《〈田氏一家言〉诗评注》，中央民族大学出版社1999年版，第444页。
② 伍文定生平，见严守升《忠襄伍公传》。
③ 陈湘锋、赵平略：《〈田氏一家言〉诗评注》，中央民族大学出版社1999年版，第336页。

敕印，公解险得脱，出亡松、澧者有六年，始返旧疆。①

从《追感诗》序言中"昨已力言及当事"这样的话语可以看出，毛寿登参与了对田甘霖的营救，而且可能在其中起到了关键性的作用。否则，毛寿登不会轻易说出"不久，自当脱颖而出"这样的话语，显然是因为毛氏已经得到了"当事者"的明确答复，不日就会释放田甘霖。同时，从毛寿登书信中体现出的对田甘霖被困的惦念和焦急之情，以及他积极营救田氏的行为，亦可见二人交谊之深。另外，《步毛廓庵先生见怀韵且订前约》及毛诗的原诗，亦反映了二人当有频繁的诗书往来，而且诗义也表露出朋友间的思念之情。

田甘霖与雪斋的交往，留下来的诗作较多，主要有田氏的《蒲节用雪斋韵二首》《步雪斋树宿韵》《寿雪斋》《次雪斋山行韵》（二首）、《余既还司雪斋师亦还公安牛头村以诗别余至兴坪感念难禁取原章和之》《杂言咏酒次雪斋师韵一字至十字》以及佚诗《雪斋老人以近诗见示用韵赋答》《斋头读雪斋诗漫作寓怀》《雪斋初度》诸首。可以说，从现存的资料来看，雪斋是田甘霖交往最为频繁、密切的一位挚友。惜乎，有关雪斋生平及身份的资料十分有限，笔者翻阅乾隆《湖广通志》、同治《公安县志》等史志，只找到很有限的资料，但亦可对雪斋师的身份进行初步的推测，雪斋可能即王承先，具体的考证见上文。

田甘霖与雪斋是亦师亦友的关系。作为弟子而言，从诗作看，不仅田甘霖对其执以师礼，其子孙也尊雪斋为师，他写给雪斋的祝寿诗、筵宴诗中曾多次提到与雪斋之间的师生关系，所谓"经传三世

---

① 中共鹤峰、五峰县委统战部、县志办：《容美土司史料汇编》，内部印行，1983年，第98页。另外，田商霖《喜少傅主君还自虎营》亦写其事。

学"(《蒲节用雪斋韵二首·其一》),"三代门生三祝奇"(《寿雪斋》)等诗句,皆是此义。作为朋友而言,田甘霖也非常欣赏雪斋淡泊名利、优游山水的隐士作风,"夫子甘逃尘世远,门人敢续赋居闲"(《次雪斋山行韵·其二》),"师去牛首天民笑,吾亦初从人间到。山水依旧城廓新,猿鹤较多人事少"(《余既还司雪斋师亦还公安牛头村以诗别余至兴坪感念难禁取原章和之》),或平述、或用典,都是描绘雪斋隐居山野、仙风道骨的隐士形象。

田甘霖与宋仕仁的交往,见田甘霖《戏柬宋仕仁》《宋仕仁初度社中赠以诗和诗赠之》。《戏柬宋仕仁》用玩笑口吻劝宋氏赴宴,说明田宋二人关系较为亲密;《宋仕仁初度社中赠以诗和诗赠之》诗云:"出门遂有八峰云""只因不爱烟霞物"[1],描绘的宋仕仁正是一个躲避尘世、栖居深山、不喜交游的隐士形象。另外,田甘霖还有《三月十六日雨中意园内牡丹将放约雪斋宋仕仁同赏至此尚郁郁未舒代为解嘲》(佚诗)、《节妇诗同夏云兄为新安宋仕仁赋》(佚诗)等。

田甘霖与林天擎的交往,田甘霖有《楚大中丞林柱楚告归书至赋此奉饯》《开府林公解楚任以大空召还奉饯一律》(佚诗)[2]二首。林柱楚,当指林天擎,具体的考证见上文。据本书所辑《清史稿·疆臣年表(五)》的记录看,林天擎曾两任湖广巡抚,而田甘霖第一首赠诗中有"告归书"字样,因此此诗可能写于康熙九年(1670)林天擎于湖广巡抚任上二次免职之时。而后一首佚诗,据诗题之义揣测,则当在林天擎第一次被免职之时,时在顺治十三年(1656)。

---

[1] 有学者将此处"烟霞物"理解成山水风景,不确。此处所说"烟霞物"当指红尘俗世,如《示执坐禅者》云"杖藜日涉鸡山趣,便是烟霞物外人",宋韩元吉《紫极观二首·其二》云"却寻风雨江边路,惭愧烟霞物外人"。所说"烟霞物"俱指红尘俗世,"烟霞物外人"指遁世、出家之人。

[2] 原题如此,见《容美土司史料汇编》第181—182页。"大空"疑为"大司空"之误。

从上文考证中看，林氏并不是一位清廉的官员，其两任湖广巡抚又两次免职，可能就与他的贪腐有关。另外，《容美史料汇编》载有《大中丞林公批》一文，文中林氏对于容美田氏私改疆界、逾界开荒也是严厉制止。① 可见，林氏官声不佳，而且与田氏还有过摩擦，但田氏仍与其有文学交往，一方面可能是因为林氏对于湖广的文教做过贡献，田氏闻其有爱才之名，故生仰慕之感；另一方面也可能是因为田氏作为土司，经常在政事上与林氏产生交集，久之，虽有摩擦，但亦变成了熟友，因此对林氏有留恋之情，所谓："攀辕何许留夫子，坐叹高轩去楚乡。岂独三湘烟月冷，还看九点佛灯凉。"有别于一般的应酬之作，确乎带有一份惜别之义。

田商霖与刘絃的交往，主要见于田商霖的《喜刘秉三民部以所梓濑园集付李简生见寄》《刘秉三民部典试云南过其旧治松滋赋赠十韵》二首。刘絃曾任松滋县令，任上多有政绩，后历任常州同知、户部郎中，并曾任云南主考。据田氏前一首诗题之义，以"民部"称刘氏，则此时刘絃已经升任户部郎中，又《濑园集》为严守升之文集，刘絃可能是在松滋任上与严氏相识，并交为挚友，又因为刘氏、严氏均与容美田氏交谊甚深，所以才将《濑园集》寄赠一部与田商霖。诗云："誉非干沈约，传岂后杨雄"。显是以沈约喻刘絃，赞其有似沈约一般奖掖后进之举。诗中所指当是刘絃与严守升的关系，刘是朝廷官员，而严是一介布衣，刘絃能够为严守升刊刻文集，确实有一种提携之感。

后一首据诗题看，当是写于刘絃赴任云南主考，道经松滋之时，又《云南通志》卷十八下载："顺治十八年辛丑云南初入版图补行庚

---

① 中共鹤峰、五峰县委统战部、县志办：《容美土司史料汇编》，内部印行，1983 年，第 9 页。

子科乡试"①，刘绖以翰林院侍读充正主考。据此，则田氏之诗当写于顺治十七至十八年间（1660—1661）。诗中对刘氏的治理才能和文学才能都倍加称赏，并誉其为"全才"，所谓"治行兼词赋，班范而龚黄。全才天下少，朱芾应煌煌"。亦可见，田氏对刘绖的仰慕之情。另外，诗中还有"德造从兹远，雕题成化疆。吾道喜南行，何庸伐鬼方"之语，表现出对汉文化能够传入云南等边远之地的喜悦之情，此亦可见田氏对于汉文化的由衷认同。

四 战火机缘与遗民心态：田玄诸人族外文学交往的特征

田玄及田甘霖等人族外文学交往主要有以下三个方面的特征。

首先，明清易代的特殊时代背景及田氏土司的特殊社会身份共同促成了这轮文学交往的高潮。田玄诸人身处明清易代之际，其时，中原战乱频仍，大量的官员、士绅和文士为避战乱来到容美。对此，《田氏一家言》和地方史志都有记载，如《田玄世家》载：

> 于斯时也，戎马长驱，无一寸干净之地，绅缙上流，避地相依。如彝陵文相国铁庵、黄太史，宜、枝、松滋、远安、归州、梅昭平君燮，及公安族姓，不下数十辈。公皆官养，始终无倦。至华阳、光泽诸郡王，华容孙中丞甑齐，程孝廉文若、江陵陆玉田、玉子辈，避居九、永诸处者，皆不时存问周恤之。②

《田武靖公父子合传》亦载：

> 时大清正朔未及吴楚，寇氛未殄……爰是容阳一隅地，如异

---

① 《景印文渊阁四库全书·史部》第 569 册，台湾商务印书馆 1983 年版，第 619 页。
② 中共鹤峰、五峰县委统战部、县志办：《容美土司史料汇编》，内部印行，1983 年，第 96 页。

世江左然。人文萃集，避地者咸以为归。一时名贤，如彝陵文相国、黄太史，松滋伍计部及归州、公安士大夫数十辈，挈家聚族而依于公，馆谷不暇给，旁及华阳光泽诸藩，若华容孙中丞等辈，旅食九、永诸卫者，咸致馈问。匪啻武陵夹岸，直拟之江表文酒、河溯痛饮，盖甚盛也。①

《田霈霖世家》亦载：

于是各缙绅人士，公子王孙之流，避难容地，不可胜数。赖公乃心王室之故，供亿馆谷，亦如太初公时。②

另外，一些地方志中也记载了相关的情况，道光《鹤峰州志·沿革志》载：田玄时"避寇氛者，如彝陵文相国、松滋伍计部数十辈多挈眷相从，馆餐不倦，其华阳诸蕃及华容孙中丞之避居九、永诸卫者，不时存问"。田霈霖袭职后，"寇氛益炽，缙绅之避难者，霈霖待之一如元时"③。道光《鹤峰州志·杂述》亦载"又称彝陵文相国铁庵、黄太史中含明末避难来容美司"，并据《明史》《东湖县志》的相关文字认为："所称二公避难容美之说信矣。"④ 同治《宜昌府志·杂载》亦云："彝陵文相国铁庵、黄太史中含，明末避难来容美司。"⑤

---

① 中共鹤峰、五峰县委统战部、县志办：《容美土司史料汇编》，内部印行，1983年，第97—98页。

② 同上书，第100页。

③《中国地方志集成·湖北府县志辑·道光鹤峰州志》，凤凰出版社2010年版，第354—355页。又，同治《鹤峰州志》中，"田玄"皆作"田元"，乃是避清圣祖玄烨之讳，故有"一如元时"之说。

④《中国地方志集成·湖北府县志辑·道光鹤峰州志》，凤凰出版社2010年版，第471页。

⑤《中国地方志集成·湖北府县志辑·同治宜昌府志（2）》，凤凰出版社2010年版，第361页。

第三章　容美土司家族"文学交往"的发展期——田玄父子和田圭

其次，从笔者掌握的资料来看，这些来容美避难的群体有两个比较显著的特征：一是成分比较复杂，既有明朝的藩王、官员，也有地方士绅，还有一般文士；二是避难的目的、动机也不尽相同，虽然大部分是纯粹为躲避战乱而来，但也有例外者，如文安之来容美就不是单纯为了避难，而是带有联合容美土司抗清、拒闯的政治目的。文安之所作《〈秀碧堂诗集〉序》，其落款为顺治三年（永历元年，1646），想文安之一直以"明臣"自居，断不会用清人年号，故落款当经后人（很可能就是田舜年）改动过，但是其时间本身应该没有改动。照此推算，则文安之来容美当在1646年，距文安之东山再起，接任南明首辅之位尚有4年时间，但此时的文安之显然并未安于现状，而是为收复河山积极做准备，所以他到容美后，对容美的地理形胜、险要关隘特别留心，如田舜年《平山万全洞记》载："平山，容阳一大保障也。昔文相国铁庵寓此有年，称不容口。……至大伯父双云公时，值闯、献肆讧，不信文相国之谋，以致张皇远避。"[1] 可见，文安之在容美时，已经在考虑拒闯、抗清等问题。也正是在游历西南之后，文安之才敢于接任首辅之职，并提出结川中诸镇共奖王室的战略。[2]

总体而言，明清易代之际，之所以有如此多的人看中容美，一方面是由于地理上的偏僻，使得容美在遍地战火中能够独善其身，特别是在甲申之变后的最初几年里，因为各种力量角逐中原、无暇顾及，使得容美形同独立王国，也成了诸多逃难人士眼中的"桃花源"；另一方面也是由于田氏的土司地位，使其有财力、物力能够接纳众多避

---

[1] 《中国地方志集成·湖北府县志辑·道光鹤峰州志》，凤凰出版社2010年版，第436页。
[2] 《小腆纪传》卷30，台湾大通书局1987年版，第377页。

难之士。再者，田氏家族喜善交游，朋友广多，也是诸多逃难人士选择容美的原因之一。从上一章的内容可以看出，田氏家族有喜好结交文士的传统，而到了田玄及其子辈，这种传统得到完全的继承。例如，田玄未登土司之位时，"日与诸弟信夫名圭，宾友宋两许、欧河沙数辈，质疑询难，角韵唱和以为常"。田玄长子田霈霖壮年亦"遨游荆、澧、湖、湘之间，士人有才望者，率折节引为同社，相与论志讲业。……生平豪侠自喜，慕信陵、孟尝之为人，往往挥金接客。居则冠盖相望，樽罍不空；行则宾朋满座，供帐不缺，意气绸缪挚挚，如弗及也"。①次子田既霖年轻时，亦"日与昆弟宾友，请淡谐谑，饮酒对弈"②；三子田甘霖"交游远迩，稷下星聚，不损田氏家风"③。可见，由于良好的家族文化和文学传统，使得诸田自年轻之时就养成了诗文唱和的习惯，因此，当大量避难文士到来之时，田氏除了积极地接纳之外，也适时开展了一系列的文学交往。

最后，共同的"明臣""遗民"身份认同，深化了田氏的族外文学交往。从田玄痛悼明亡，到田甘霖改奉正朔，诸田的经历可以概括成四个阶段：痛心疾首、积极重振、无奈失望、被迫易主。田玄父子四人在容美听闻甲申之变后，分作组诗（共40首）痛悼明亡，不仅成为《田氏一家言》中数量最多的组诗，而且诗中对明朝的感念之情、未及勤王效命的惭愧之情和痛惜明亡的悲苦之情交织在一起，也成为《田氏一家言》中水准最高的诗作之一。田玄在组诗的序中有言："余受先帝宠锡，实为边臣奇遘，赤眉为虐，朱芾多惭。"④ 明确

---

① 中共鹤峰、五峰县委统战部、县志办：《容美土司史料汇编》，内部印行，1983年，第99页。
② 同上书，第101页。
③ 同上书，第98页。
④ 陈湘锋、赵平略：《〈田氏一家言〉诗评注》，中央民族大学出版社1999年版，第206页。

表达了自己对明朝的感恩、对李自成部的痛恨以及对自己无能为力的内疚。其后的诗作中，亦多有"旧恩难遽释，孤愤岂徒悬""矢志终身晋，宁忘五世韩"这样充满悲愤之情和忠贞之志的诗作。其后，田氏父子积极与南明朝廷联系，企图为收复河山尽自己的一分力量，《田玄世家》载，在听闻南明政权成立之后，田玄在"烽火照天，道路阻绝"的情况下，仍积极联络，以蜡丸封书间呈行在，屡上恢复之计，并因此得到朝廷的嘉奖。田需霖也"念世恩难忘，与督师何腾蛟、褚（按：'褚'为'堵'之误）胤锡，时以手札往来，商略军机，以图匡复。犹遣备征千户覃应祥，间道赴行在陈上方略"①。但南明在风雨飘摇中，朝不保夕，加之内部仍倾轧不已，这一切都让田氏父子感到悲观、失望，同时，降明的李自成旧部王光兴、王有进、李来亨、郝永忠、刘体纯等十余家亦来到西南一带，对容美形成巨大的威胁，更加深了容美的悲观和恐慌情绪，并终于在田既霖时奉表投诚，及至田甘霖才最终改奉清为正朔，其改奉之举完全是被迫情况下的无奈选择。可以说，在改奉之前甚至之后的相当长时间里，诸田在心理上和情感上，无疑是以"明臣"和"遗民"自居的，这种心态和立场也拉近了他们与避难之士的心理距离，深化了两者之间情感交流，并体现在文学交往方面，如文安之评田玄《甲申除夕感怀诗》道："慷慨悲歌，珠玑萃于一门，三复诸作一往情深。"严守升评曰："不忍读。"② 又评田甘霖和诗道："悲慨满纸，令人不敢多读。"③ 这种评点不仅说明了此组诗的关键在于其感染力，而且评点本身也成为了组诗的一部分，很好地支持

---

① 中共鹤峰、五峰县委统战部、县志办：《容美土司史料汇编》，内部印行，1983 年，第 100 页。
② 同上书，第 138—139 页。
③ 同上书，第 146 页。

和渲染了诗歌的情感主旨。这种评点，显然已经超越了一般文学意义上的主动抒情和被动接受的范畴，而是评点者与作者感情真正的互通、互动。同样作为"遗民"的文安之、严守升对于诸田的情绪感同身受，尤其是严氏，连用"不忍读""不敢读"，充满了"故国不堪回首"的悲惨声调。与此相类，诸田写与文安之等人的赠诗，所抒发者在普通的友情之外，也多了一份同为"遗民"的深挚沉重的情怀。例如，田玄《送文铁庵先生往施州》（节选），诗云：

> 秋水凄怀日，溪桥怅别时。
> 缓随赤象步，微咏白驹诗。
> 亡国音同哽，无家路倍歧。
> 烽烟匝楚甸，惊眈远京畿。[①]

诗作中既有对老友的惜别之情，更有对故国的黍离之悲，这是一般送别诗不具有的，同时使诗作具有了更为深沉的情感力量。

第二节 田玄父子和田圭的族内文学交往

一 田玄诸人与族内文学交往对象补考

（一）田白珩

田白珩一名，多见于田玄诸人的诗作，如田玄有《别意赋送白珩侄还公安》，田圭有《步伯珩侄咏莳瓜得肉字》《王子超伯珩梅庵同

[①] 陈湘锋、赵平略：《〈田氏一家言〉诗评注》，中央民族大学出版社1999年版，第212页。

过双云亡侄镜池》，田甘霖有《白珩兄行家中吉报二绝见示步韵》（二首）、《寄白珩兄》《儿子舜从白珩兄受经志喜》《席上以杯中松菊为白珩寿》。白珩、伯珩，当指一人，与容美田氏同族，与田甘霖兄弟同辈，公安县人，曾担任田舜年的经师，从田舜年后来取得的文学、学术水平来看，田白珩亦当是一位饱学之士。另外，同治《公安县志·艺文志》载毛寿登诗《酬赠田二伯珩见和移居石坪》，其诗云：

> 亲老思偕隐，兵凶倚降祥。
> 每嗟鱼馔薄，但觉马通香。
> 草树林边认，笙歌火里忙。
> 余生惟尔我，且喜各能唐。①

据诗题和诗义来看，此时的毛寿登为避战乱移居石坪并曾因此事赋诗，田白珩有唱和之作，而此首又是毛氏为酬对田氏的唱和而作，从"余生惟尔我，且喜各能唐"可以看出，两人的关系较为亲密，毛氏将田氏视为文友和知己。只是不知二人的交往中田甘霖等人起到了何种作用。又据《〈田氏一家言〉诗评注》引《湖南文征》所载严守升《与杨长花书》一文中有"田珩、伍相庵、毛文度三君子，欲弟见此版"之语②，陈湘锋等人认为，此处的田珩可能即指田白珩。据严氏文中所说，则田珩与严守升、伍鹭等人有交往，而严、伍诸人与容美田氏均有密切的交往，因此说田珩即田白珩有一定可能。

（二）覃使君当指施南土司覃懋梁

田甘霖有《戏赠内弟覃使君》《戏柬祝覃次公并以招之》《古诗

---

① 《中国地方志集成·湖北府县志辑·同治公安县志》，凤凰出版社2010年版，第300页。
② 陈湘锋、赵平略：《〈田氏一家言〉诗评注》，中央民族大学出版社1999年版，第223页。

寿施南覃使君》《得覃次公书无规语三复致叹》《得覃次公书志喜》。田氏诗作已明确了覃使君为其妻弟，而田甘霖之妻为覃美玉，田氏《陶庄行》诗前的引文曾对其妻有记载，其文云：

> 陶庄者，铁汉处困之一枝，与亡妻覃讳美玉，字楚璧，持赠夫人，向同畏谗敛迹，泣卧牛衣地也。辛卯岁，同离此地，吾妻捐身，以安夫子，并安舜、庆两子女。……覃不仅识字，颇知音律，其谏诤勉励事实，尽载容阳志传中。①

关于覃美玉之死，《田武靖公父子合传》载：田甘霖之母"田太夫人孕公时感异梦，为家胤所忌，以致元配覃夫人遭谤②投缳，亦遭时晦也"③。综此，则覃氏因田甘霖之特殊身世，而同遭流放，其后虽一直与田氏共患难，但终因不堪诽谤而自尽。据土司通婚之惯例，覃美玉当为覃氏土司之女，同时，田甘霖《陶庄行》引言中称覃氏不仅识字、且精通音律，也在一定程度上佐证了其土司之女的身份。又，田甘霖赠其弟诗称施南覃使君，知其弟当为施南土司，而明末清初与田甘霖同时而为施南土司者有二人：一为覃懋粲，一为覃彤。其中，覃彤为懋粲之子，袭职于崇祯末年，卒于康熙年间（1662—1722）④，时间上虽有可能，但是其与田甘霖相差一辈，显然无法成为其妻弟，因此覃使君当指覃懋粲。其他的资料也证明了这一点，如《田玄世家》提及"施南应袭覃懋粲……以稚年失怙"，田玄迎而育之，"饮

---

① 陈湘锋、赵平略：《〈田氏一家言〉诗评注》，中央民族大学出版社1999年版，第392页。
② 谤，原作"磅"，今据文义改之。
③ 中共鹤峰、五峰县委统战部、县志办：《容美土司史料汇编》，内部印行，1983年，第98页。
④ 龚荫：《中国土司制度》，云南民族出版社1992年版，第1246页。

食有余,且教诲一如己子,令其长成,各还故业"。① 可见,覃懋粲与田甘霖同辈,另外覃懋粲之重孙覃禹鼎为容美末代土司田旻如之婿②,也进一步印证了覃懋粲与田甘霖是同辈之人,也印证了覃田二家世代为婚。

(三) 张之纲与田霈霖交往情况补考

据光绪《长乐县志》载：张之纲,字中孚,乃五峰安抚司张应龙之长子。五峰安抚司隶属于容美宣慰司③,因土司性质的特殊性,下级土司对上级土司是一种人身依附的关系,下级土司从某种意义上而言,并不是朝廷的官员,而是上级土司的家臣。同时,为了牢固这种关系,上下级土司之间往往会联姻,形成真正的血缘关系。五峰张氏与容美田氏之间就典型地体现了这种关系。据田舜年所作《五峰安抚司》所载,从元末开始,五峰就为容美的下级土司,传至张之纲已经有11代之久。田张二家的关系可说是荣辱与共。

张氏土司不仅与田氏土司联姻,参与田氏土司领导的一切重大政治、军事活动(如张之纲之曾祖张庭玉就曾随田九霄征倭,其父张应龙亦曾从征播州土司杨应龙),而且在家族文化传统方面深受田氏的影响,如张应龙本人就"雅好诗书,手不释卷,工四六词赋",不仅如此,在家族内部的文化教育方面,他也学习容美田氏,延名师教读其八子(分为之纲、之纪、之儒、之翰、之宜、之彩、之藩),"崇祯初,子侄游长阳县庠者十余人"。张应龙在五峰张氏家族中的地位,

---

① 中共鹤峰、五峰县委统战部、县志办：《容美土司史料汇编》,内部印行,1983年,第94—95页。
② 《中国地方志集成·湖北府县志辑·光绪利川县志》,凤凰出版社2010年版,第117页。原文中,田旻如,作"田明如"。
③ 容美宣慰司,明初授之,据《田胜贵世家》载,因田胜贵未请于朝,被撤销宣慰司,改为宣抚司,至田玄时始复之。

有埒于容美田氏家族的田世爵。也因为如此，张氏也形成了类似于田氏的文学家族，田舜年的《世述录》曾称其人人皆有集。① 除了本处所说的张之纲之外，还有如其弟张之翰，光绪《长乐县志》载其"工诗，有《哀岳母覃氏》七律云：'如缕箕裘一线传，我于太母独潸然。一朝白发遭家难，千里复身到女边。菽水未酬恩罔极，木梁忽折恨终天。八峰外祖相逢问，别后恓惶事莫言。'"② 另外，张之纲之侄张福谦（亦曾任五峰土司）"好读书，不事章句"③。清代以后，五峰司裔有张功建，曾请设学开考，并为邑俗生。同治《宜昌府志·艺文志》载有张功建《设学碑文》一篇，其文云："长乐县，容美司地也。雍正十三年改设县治，隶彝陵，历任明府：闽中黄公、铮铮堂黄公咸谓学校未立，无由端教化而厚风俗，先后请于大宪，核其事关初创，格于成议。"④ 张功建之子张多聪，字玉成，号卓庵，"幼事诗书，事亲孝，早游邑庠，生平品行端方，足不履公庭，惟以教授生徒为业，处昆季极友爱，弟多慧教之读书，亦游邑庠，及门受业者多战捷芹宫，子世绳亦醇谨，克绍书香云"⑤。可见，张氏家族也和田氏家族一样，其家族内部的文化教育和文化传承并不是昙花一现，而是坚持了上百年之久。

正是在这样一种氛围和环境之中，张之纲自幼受到良好的教育，

---

① 《中国地方志集成·湖北府县志辑·光绪长乐县志》，凤凰出版社 2010 年版，第 287 页。
② 同上。
③ 《中国地方志集成·湖北府县志辑·同治宜昌府志（1）》，凤凰出版社 2010 年版，第 501 页。
④ 《中国地方志集成·湖北府县志辑·同治宜昌府志（2）》，凤凰出版社 2010 年版，第 271 页。
⑤ 《中国地方志集成·湖北府县志辑·同治宜昌府志（1）》，凤凰出版社 2010 年版，第 501 页。又光绪《长乐县志·人物志》亦有相似记载（详见《中国地方志集成·湖北府县志辑·光绪长乐县志》第 281 页）。

其为人性刚寡欲,博通经史、广交名士,与弟辈均好诗文,"立诗社,会长、宜、枝、松友朋,相唱和"①。后袭父安抚职。据光绪《长乐县志》载,张之纲曾与容美土司田霈霖结姻,曾赠田氏牙床,并寄诗云:

> 新作象牙床,应教上玉堂。
> 奇文开笔意,巧制沁诗肠。
> 对酒频供饮,消炎好纳凉。
> 眷怀徐孺子,相赠并词章。

田霈霖和诗有"昔人下榻事,移惠未曾闻"之句②。张之纲所赠牙床,应该是嫁妆之一,二人之间是翁婿关系,但张氏诗作中完全没有以上凌下之气,而是充满了对田氏的欣赏之情,由此亦可见二人乃至两个家族之间关系之亲密。不过,关于这段联姻,还有一点疑问,即田舜年《五峰安抚司列传》载,张之纲曾与椒山玛瑙长官司刘宗邦一同扶助田楚产争夺土司之位,"田楚产德之,以其爱子田圭为之婿,后无嗣,弟袭"③。据此看,则张之纲与田楚产同辈,田圭才是张之纲的女婿,而且张之纲无子嗣,也就不可能再有孙辈与田霈霖进行联姻。④ 因田舜年是田氏的嫡系子孙,且与张之纲年代相隔不远,疑田说为是,则张之纲的女婿应是田圭,而非田霈霖,张之纲诗作当是为

---

① 中共鹤峰、五峰县委统战部、县志办:《容美土司史料汇编》,内部印行,1983年,第383页。
② 《中国地方志集成·湖北府县志辑·光绪长乐县志》,凤凰出版社2010年版,第287页。又同治《宜昌府志·士女(上)》中亦有类似记载(详见《中国地方志集成·湖北府县志辑·同治宜昌府志(1)》第501页)。
③ 中共鹤峰、五峰县委统战部、县志办:《容美土司史料汇编》,内部印行,1983年,第383页。
④ 根据传统的家族谱系观念,张之纲无子,则其虽有女嫁与田圭,则其女所生即为田圭之后。张之纲此一支亦就此继绝,故亦无所谓孙辈联姻之说。

田圭而写。①

二 田玄诸人族内文学交往的类型及具体情况

田玄诸人的族内文学交往，可以分成四类：田玄与同辈的文学交往，田玄、田圭与子侄辈的文学交往，田甘霖与同辈的文学交往，田甘霖与子辈的文学交往。

（一）田玄与同辈的文学交往

田玄与田圭的交往：田玄佚诗中有《四月五日饮信夫弟宅立夏前一日也赋得漫春山仔细看庵》。据田舜年所作《〈田信夫诗集〉小引》所言：田玄、田甘霖任土司期间，"内外诸务多俾总摄……咸以仪刑见重"②。可见，田玄与田圭之间的关系是比较密切的，这一点从田玄的诗题中亦可看出，惜乎没有诗作留存下来。

（二）田玄、田圭与子侄辈的文学交往

田玄有《别意赋送白珩侄还公安》，田圭有《哭双云侄二首》《和白珩侄咏莳瓜得肉字》《王子超白珩梅庵同过双云亡侄镜池》《留别白珩和其韵》诸首。其中田玄之诗云：

> 骚雅谁堪建鼓旗，羡此多才赠阿宜。
> 余老不乐为人师，子尚鸿飞羽可仪。
> 文章石破天惊奇，磊磊襟怀何可羁。
> 伫看射策干明时，秋隼乘风六翮垂。

---

① 李传锋先生认为：土司间联姻不一定都是感情，多是交易。田张二姓亦有深仇，如田舜年时期，曾用计斩杀张氏几个司主而派儿子们去领属，至改土归流时，大兵压境，又是张铜柱最先献关纳降导致田旻如投环。
② 陈湘锋、赵平略：《〈田氏一家言〉诗评注》，中央民族大学出版社1999年版，第443页。

如蜩如螗群盗滋，堂堂胜算且相咨。

　　门祚光昭久在斯，小阮三语足相推。

　　远达千里瞬息驰，吾家神驹勉进之。①

诗中，不仅对田白珩的文才评价很高，而且对其的期望很高。田白珩，曾经被田甘霖延请为其子田舜年的经师，以甘霖之眼光，以及后来田舜年的成就来看，田白珩确乎是一位学术水平和文学才华都颇为突出的文士，因此，田玄对田白珩的期许之言当不是一般的称赏之语，而是确实对这个晚辈有很高的期望。田圭《留别白珩和其韵》中有"君守故园事桑麻""何日一枝效仙翁，飒然飘来住八峰"之语，据此看来，田白珩科场之路当不是很得意，而且以其"磊磊襟怀"来看，似也不会因失意科场而太过在意。

田圭写田霈霖（号双云）的三首：《哭双云侄》（二首）、《王子超伯珩梅庵同过双云亡侄镜池》，皆为悼亡诗。前文曾言及，田圭曾经辅佐田玄及其子两代土司多人，而霈霖又是子侄辈中第一任土司，且39岁就因故早逝，所以田圭对这位侄子土司应该怀有特殊的情感。《哭双云侄·其一》诗云：

　　生才天作忌才天，才鬼才人两独贤。

　　朗朗玉山空著土，庸庸散木尚顽仙。

　　王戎悲自情难及，顾恺痴应憾独遍。

　　转眼韶华伤吊客，余生一任钓鱼船。②

诗中对田霈霖的才华赞誉有加，认为霈霖早逝是天妒其才的结

---

① 陈湘锋、赵平略：《〈田氏一家言〉诗评注》，中央民族大学出版社1999年版，第223页。

② 同上书，第253页。

果。并以王戎之典说明田氏的亡逝对于自己精神上打击极大,让其产生了心灰意冷之感。《哭双云侄·其二》还提到了需霖的诗文遗作,所谓"恸深还忍读残章",想之前二人应该常常有诗文唱和。《王子超伯珩梅庵同过双云亡侄镜池》是睹物思人之作,其中"且寻池岸行吟处,无复银簪待月人。胜地感怆非夙昔,不须频往亦伤神"几句写得尤为感人。

(三) 田甘霖与同辈的文学交往

在田甘霖的诗作中,反映与田需霖交往的有《金银花同双云兄镜池阁赋》(佚诗),反映与田既霖交往的有《夏云兄忠溪署舍复成敬赋二首》和佚诗《节妇诗同夏云兄为新安宋仕仁赋》。从诗题上看,两首佚诗都是唱和之作,结合《田需霖世家》所载,田"常率其同母诸弟,刻意向学"[①] 和《田既霖世家》载既霖"少时唯知随伯兄及两弟读书外署"[②] 等语,可见兄弟三人之间应是经常有诗文唱和。田甘霖留存下来的两首诗,是敬贺田既霖重修署舍落成之作,其序云:"旧署在八峰山下,忠溪之筑为避秦也,其复葺也,为赵寇所煨之故。"[③] 其诗又云:"频年泛宅了无期,大小山头隐自宜";"畏垒壶樽欢祝社,芳园桃李乐天伦"。将田既霖远离乱世、淡泊名利、悠游山水、怡然自乐的情状展现了出来,这也与《田既霖世家》中对其个性的描述相一致。

反映与田商霖交往的诗作,田甘霖有《斗室与珠涛兄清谈信宿兄去怅然余复往看喜而赋此》《松山大雪同珠涛文田赋得拆足双铛

---

① 中共鹤峰、五峰县委统战部、县志办:《容美土司史料汇编》,内部印行,1983年,第99页。
② 同上书,第101页。
③ 陈湘锋、赵平略:《〈田氏一家言〉诗评注》,中央民族大学出版社1999年版,第347页。

愁断烟得焚字》和《立春值珠涛初度听松堂》（佚诗）；田商霖有《八月廿二日得少傅公六月自蜀寄书》《喜少傅主君还自虎营》。最能反映二人情感深挚之作，一是田甘霖所作《斗室》，据诗作看，二人在思想、学问方面颇多同好，因此交流起来非常畅快，竟至稍事分别即起思念之感；二是田商霖所作二首，其中前一首当为田甘霖被刘体纯掳至巴东后所作，后一首则是写于田甘霖自巴东归来之后。两首诗，一悲一喜，在反差中鲜明体现了二田的深厚感情。前一首诗云："折简应多乡国泪，倾卮难释弟兄忧""日日天边劳恨望，今晨先喜雾将收。"既站在自己立场，又遥想甘霖心境，将悲忧和牵挂之情表达得淋漓尽致，不过据最后"今晨"一句，田商霖应通过来信已得知甘霖脱困有望，故情绪在结尾为之一转，由悲而喜，写得尤有情味。后一首除了表达对甘霖归来的喜悦之情外，还多有规谏勉励之语，所谓：

<blockquote>
从今得自爱，盘错利器出。
勾践一男儿，沼吴亦何速。
与其保会稽，甲盾甚不足。
况今民社在，前功讵难复？
安危永勿忘，上下期同勖。①
</blockquote>

诗中既寄托了身为兄长的关怀、期待，又表达了作为臣僚的谏议、信心，这样的诗作无疑是对正处在内忧外困、百废待兴境况下田甘霖最有力的精神支持。

田甘霖与田白珩的交往：《白珩兄得家中吉报二绝见示步韵》（二

---

① 陈湘锋、赵平略：《〈田氏一家言〉诗评注》，中央民族大学出版社1999年版，第408页。

首)、《寄白珩兄》《席上以怀中松菊为白珩寿》,前二首组诗写于田白珩回公安之后,其时正处明清易代之际,虽狼烟遍地,二田仍保持通信,时时互报平安,此二首便是作于此时,诗作反映了二田相互牵挂之情。《寄白珩兄》一首,则更多地体现了二人在思想上的共通之处,及对白珩的思念之情。

反映与覃懋粲交往的诗作有田甘霖的《戏赠内弟覃使君》《戏柬祝覃次公并以招之》《古诗寿施南覃使君》《得覃次公书无规语三复致叹》《得覃次公书志喜》等诗作。就现存的诗作来看,覃氏是田甘霖在家族当中文学交往较多的人,这当中很可能有其妻覃美玉的原因。覃美玉在田甘霖遭遇家族疑忌、排挤之时,始终与其共进退、同患难,后更因其而死,田甘霖对覃氏有着特殊的感情,这从其悼念覃氏的《陶庄行》一诗中就可看出,可能是由于爱屋及乌,甘霖对于覃懋粲也很亲近,其"戏赠""戏柬"之作以及祝寿诗中"十二金钗谁为最,叠叠从今翔玉燕"等有玩笑成分之语,正体现了这种关系。

(四) 田甘霖与子辈的文学交往

从现存的诗作中,可以清楚地看到,田甘霖对于子辈的教育非常重视,他延请同族饱学之士田白珩为其子田舜年之经师,并特意为此赋诗一首——《儿子舜从白珩兄受经志喜》,诗中既以"吾家居上碧桐枝"之句喻其子田舜年为凤凰,又以"伏老传经幸有师"之句喻田白珩是伏生一般的经学大师;既充满了为父的自豪,又为选到合适的老师而由衷感到高兴。而《儿子庆对经史闷闷不乐谈稗官口若悬河竟日忘倦志叹以勉之》一首,则表达了对其子田庆年学风不正的担忧和劝勉。《立秋前一日儿子舜定于箕笃谷避暑喜成》又是从雨景中突生灵感,由景抒情,由情生理,从而有了"高妙占先机,联靡发飨"

第三章 容美土司家族"文学交往"的发展期——田玄父子和田圭

"造化从人补,切戒乎卤莽"这一番道理,意在强调后天努力和慎言慎行的重要性。如果说这三首都是从具体的事件出发谈教育,《坡公赠潞公诗有细阅后生真有道欲谈前事已无人感而赋此以示儿辈既以一联为起句》(三首)则是较为宏观地提出了一系列的教育观念和思想。《其一》诗云:

> 细阅后生真有道,欲淡前事已无人。
> 读书种玉皆为果,奋志经邦即是因。
> 岂以瞠乎甘蠖屈,愿将展矣效龙伸。
> 儿曹莫负须眉态,幸与老髯一解嚬。①

强调既要奋发学习,又要学以致用,同时还要心怀大志、有朝气蓬勃的精神面貌。《其二》诗云:"不鸣且作羊公鹤,退处聊垂严子纶。傀儡登场皆逐队,豺狼当道漫相亲。"既是自叹之词,亦是在告诫子辈要保持独立、正直的人格,要学会忍受寂寞、淡泊名利,不能哗众取宠。这种对子辈教育的持续关注,既来自容美田氏的家族传统,也来自田甘霖本人的学识和修养。正是因为世代强调教育传统,才使得容美田氏在土司家族中成为为数较少的文学世家之一。

需要指出的是,无论是何种教育观念和思想,在田甘霖的诗作中都充满了春风化雨的力量,平易近人的慈父形象贯穿始终。除此之外,田氏诗中也有与其子的唱和之作,如《庆儿六吉轩避暑同诸社友四首》,父子与其他诗友共同的诗文唱和,既是一种文学交往,亦构成了田氏教育的另外一面。

---

① 陈湘锋、赵平略:《〈田氏一家言〉诗评注》,中央民族大学出版社1999年版,第356页。

三 活跃、和谐的唱和：田玄诸人族内文学交往的特征

田玄诸人的族内文学交往，相比于田九龄、田宗文而言，其特征有以下三点。

首先，范围更广。相比于田九龄、田宗文诗作以二人的互相唱和寄赠为主，除此之外，主要只涉及自己父子兄妹（详见上一章）不同，田玄诸人的文学交往，不仅涵盖了父子、兄弟，而且旁及族亲、外亲，如田白珩、覃懋粲等。造成这一现象的原因有二：一是家族内部的氛围相比于田九龄、田宗文时更为和谐、融洽。田九霄时代，其弟田九龙因其兄"刻深峻鸷"，因而只能"深自韬晦，耕读于龙潭坪之后山"①，田九龄更是出走异乡。与此相类，田宗文也因族人的诽谤而远走他乡。而反观田玄主政时期，不仅没有猜疑、排斥其兄弟，而且信任有加，这从田圭辅佐田玄及其诸子，以至"内外诸务多俾总摄"② 就可以明显地看出。这种和谐的家族氛围，自然有利于相互之间的文学交往的开展。二是相对于田九龄、田宗文这样被家族边缘化的人物，田玄等人或有土司之尊，或托辅臣之重，都站在家族的中心位置，更加有利于其拓展家族内部的文学交往。

其次，作品更多。田九龄、田宗文的族内文学交往，共存诗 20 首，而田玄诸人则有 65 首。这一方面是由于文学交往更为活跃、涉及面更广，参与的人数也更多；另一方面也可能与时间相对晚近，作品保存得相对多一些有关。

最后，作品的整体风格更为多样化、情感更为诚挚。田九龄、田

---

① 中共鹤峰、五峰县委统战部、县志办：《容美土司史料汇编》，内部印行，1983 年，第 88、90 页。

② 陈湘锋、赵平略：《〈田氏一家言〉诗评注》，中央民族大学出版社 1999 年版，第 443 页。

宗文因为遭受疑忌、躲避政治都搬离了家乡，因此其写与家人的诗作，其整体风格偏于孤苦凄冷（详见上一章）。而田玄诸人的诗作，总体风格更为多样化，既有因思念、悼亡而作的风格相对低沉的诗作，亦有在宴饮、结社之际创作的风格相对轻快的诗作，还有一些涉及家庭教育、感怀时事、规箴谏议等方面的诗作。尤其是带有谏议内容的诗作，田九龄时期与田玄时期的对比非常明显。因为田氏作为土司家族的特殊性，因此兄弟、父子之间除了一般意义上的家庭伦理关系外，还有政治伦理关系，亦即除了是兄弟、父子，还有类似于君臣、上下级的关系。这种关系也反映到了诗作当中，并因家族氛围和关系的亲疏而有明显的差异，如田九龄写给田九龙的《春日同宾从燕兄幕府得竟传寄》，诗作主要是对宴会本身的描绘和对田九龙政绩的赞美，其笔调充满了恭敬，以及由此而生的距离感和陌生感，就诗作看，似乎完全看不到兄弟间的亲情。而田商霖写给田甘霖的《喜少傅主君还自虎营》，除了由衷地表达对其逃脱牢笼的喜悦之外，还有很多真诚的勉励之言。

第三节　田玄诸人文学交往的影响和意义

田玄诸人的文学交往，和田九龄、田宗文的文学交往一样，对其诗歌创作有直接的激发和推动作用，并从交往范围和诗歌境界两个方面为田氏家族文学的进一步发展做出了贡献，为了解田玄诸人的生平事迹提供了材料。通过文学交往，文安之等人还进一步丰富了有关田氏诗作的文学理论文献。而对这些文学交往细节的分析，又可以让我们看到容美田氏对于明廷的政权认同感。

一　国难与避难：文学交往对田玄诸人创作的激发和推动

在现存的田玄诸人的诗作中，寄赠、唱和及相关诗作所占的比例较大，其中田玄 21 首诗作中有 14 首，田圭 44 首诗作中有 17 首，田甘霖 179 首诗词作品中有 88 首，田霈霖 13 首中有 12 首，田商霖 22 首诗作中有 12 首，而田既霖 12 首均为唱和之作。从总数上看，已经达到了五成，因此文学交往可以说直接激发了田玄诸人的诗歌创作。

田玄诸人族外的文学交往有其特色之处，主要是在明清易代的特殊时代背景下，利用土司这一社会身份，吸引了大量的避难官员、士绅和一般文士，前文已详。这样一种因缘际会，对田玄诸人的诗歌创作提供了直接的动力，严守升对此有专门描述，其云："丁乱后，南郡避兵者，望而投止。铁庵文太史、中含黄太史籍馆谷，暨吾友令宗伯珩、月鹿诸君子团栾一时，痛饮河朔，分题限韵，仿佛梁国佳事。"①（《〈田信夫诗集〉序》）可见，避乱文士的到来，直接激发了诸田的创作热情，如避难文士之一的文安之，诸田写与他的诗作就有 10 首之多。值得一提的是，这种热情中既包含了有朋自远方来的喜悦，亦包含了同为"遗民"者对山河破碎和国朝沦亡的悲痛之共鸣，这是田九龄、田宗文时期不具备的。而族内的文学交往，也因为相对融洽的家族氛围和田玄诸人在家族中所处的中心地位，为田玄诸人的诗歌创作提供了另一种动力，最鲜明的例子就是田霈霖、田既霖现存诗作几乎全部都是家族内部的唱和之作。

由于诸多因素的共同作用，田玄诸人的族内外文学交往与前代相比，有诸多不同的特征。同时，也提供了田九龄、田宗文时代没有的

---

① 陈湘锋、赵平略：《〈田氏一家言〉诗评注》，中央民族大学出版社 1999 年版，第 441 页。

创作动力，这一点在严守升的记述中亦有反映。例如，严守升《〈田氏一家言〉叙》所言："特云座上常满，刻烛成诗，迥绝一时。"① 正是因为田甘霖（字特云）拥有土司之位，才能上演"座上常满"的文学盛会，而严氏虽未明言，亦可看出这种以宴饮为主要手段的文学交往对田甘霖的诗歌创作有重要的激发作用。另外，严守升还以田圭为例，说明其诗歌创作与文学交往的关系。"信夫先生为太初公介弟，温澹端悫，诗日益工，交日益广，远近傅会有如支川归壑，顷桥栖鸠。"②（《〈田信夫诗集〉序》）严氏认为田圭"诗之工"与其"交之广"之间存在一种良性互动的关系："诗日益工"吸引文士与其交往；而"交日益广"又有助于其诗作水平的提高，以至于最后形成"远近傅会"的交往盛况。

二 交往范围和诗作风格的拓展

相对于田九龄、田宗文，田玄诸人对于家族文学的发展有以下两大特点。

第一，表现在交往的范围更广，产生的诗作更多。就交往范围而言，尤其是在族内的文学交往方面，田玄诸人有较多的突破，前言已详。田玄诸人的诗作，因为《田子寿诗集》的重新发现，在数量上已不占优势。在此之前，根据《田氏一家言》等资料的记载，田九龄和田宗文的诗作总数为211首，而诸田诗作总数有291首。目前，因《田子寿诗集》一部诗集所载田九龄的诗作就有534首，田玄诸人的诗作数量反而处于劣势。但笔者认为，正是《田子寿诗

---

① 陈湘锋、赵平略：《〈田氏一家言〉诗评注》，中央民族大学出版社1999年版，第430页。
② 同上书，第442页。

集》的发现给我们提供了一个积极的信号，即田玄诸人诗集的全本有可能还存世。而且目前发现的《田子寿诗集》本身就是天启七年（1627）由田玄所刊刻，这也说明田玄诸人有较明晰的文献保护和传承意识，因此他们自己的诗集应该都有刊本，至少是抄本。而且考虑到田玄时期，田氏文学世家已经发展到一个相当成熟的程度，此一时期的诗人群体在田氏家族的历史上也是规模最大的，共有六人之多（分别是田玄、田圭、田需霖、田既霖、田甘霖、田商霖），其诗作也应该是最多的（虽然目前能看到的非常有限），因此其数量上应该不输于田九龄、田宗文。

第二，开拓了诗作的境界和风格。田九龄、田宗文的诗作，其风格也有多样性的一面，但是总体而言属于个体情感的表达，在境界和气势上，都不够宏阔、博大，尤其是田宗文的诗作，完全囿于个人的感伤之中，气局显得犹为狭小。而田玄诸人的诗作（以《甲申除夕感怀》及其和诗40首，还有以文安之、倪元璐等人为主题的诗作），则加入了对家国之痛、兴亡之感的表达，这种表达虽然也涵括了对个人遭遇的抒写，但更多地是从时代、家国的角度着眼，不仅表达了田氏家族在特殊时代的情绪感受，更展现了一个群体（遗民）、一个政权（南明）的痛苦挣扎、悲愤愧疚、失望失落、彷徨迷惘。这使得田玄诸人的诗作充满了时代的沧桑感和历史的沉重感，这些都是田九龄、田宗文的诗作不具备的。

三 文体与数量：有关田氏的文论文献的增长

有关田氏诗作的文学理论文献始于田九龄诗集中由明人所写的六篇序文。在此基础之上，到了田玄时代，又产生了文安之的《〈秀碧堂诗集〉序》和7条评点，另外还有黄灿的1条评点。

第三章 容美土司家族"文学交往"的发展期——田玄父子和田圭

《〈秀碧堂诗集〉序》是文安之为田玄诗集所写的序文,其内容前言已详。除此之外,《田氏一家言》中收录的文氏、黄氏对田氏诗作的 8 条"评语"亦多有闪光之处,如文安之评田玄痛悼明亡的《甲申除夕感怀诗》及其诸子的和诗道:"慷慨悲歌,珠玑萃于一门,三复诸作一往情深。"① 不仅对田氏的诗作评价颇高,而且从中亦可看出文氏与田氏能够有较深的交谊,很大程度上是基于对明朝的共同情感。另外,如评《春游作歌招欧阳子》曰"山水于人原自多助,此乃独能领略"②,评《送伍趾薛往添平》曰"何其蕴藉"③;黄灿评田沛霖《奉陪相国铁庵文夫子观雨中白莲分赋二首》道"二首自喻喻人,俱有深意,即景情,应臻上乘"④,都比较准确地把握了田诗的艺术特征,对于我们理解田玄诗作亦多有裨益。

文黄二人所写的序言和评语,虽然单从数量上看显得很有限⑤,但是这些材料却是继田九龄时代之后,田氏家族今天所能见到的第二批文学理论文献,而且更为重要的是,相比于田九龄时代,有关田玄诸人的文学理论文献在批评文体方面有了突破性的发展,除了有序跋文体之外,还产生了评点文体。这 8 条评点不仅是现存最早的有关田氏诗人的评点文字,也是最早的有关土家族的评点文字,甚至在整个

---

① 中共鹤峰、五峰县委统战部、县志办:《容美土司史料汇编》,内部印行,1983 年,第 139 页。
② 同上书,135 页。
③ 同上书,146 页。
④ 同上书,289 页。
⑤ 关于评点,相比于严守升的 111 条,文安之和黄灿的分别只有 7 条和 1 条,疑当有亡佚。因为评点本是阅览诗集中有感而发、随手而为的产物,一位评点者不可能在批阅整部诗集后只有一条或几条评点,这不仅不符合诗歌评点的常态,对于被评点人而言似乎也有失礼之处。

南方少数民族中也是较早的评点文字。① 对于有关田氏的文学理论而言，评点的产生，完善了其基本构架，即形成了以序跋为理论叙述方式、评点为作品批评方式的基本构架，之后的理论批评家如严守升、田舜年等人都是在这个基本构架中进行著述的。同时，评点还丰富了有关田氏文学理论的形式、充实了其内容。从这个角度来看，田玄时代有关田氏的文学理论文献，尤其是评点的重要性和重大意义自不必言。②

另外，基于《田子寿诗集》和《田国华诗集》的重新发现带来的对于田氏文学研究的重要突破，尤其在材料方面的突破，与上文有关田玄诗集可能还存世的判断相关，笔者认为有关田玄诸人的文学理论文献也应该还有进一步挖掘的空间，理由有三：一是田玄时期是田氏文学世家的成熟期，其诗人规模也最大，诗作也应该最多（前文已详）。相应的，相关的文学理论文献也应该更为丰富。二是田玄时期是文学交往的一个高潮期，特别是因为历史的机缘，使得大量的士绅来容美避难，这种情况下因文学交往而产生的文学理论文献应该不在少数。三是至田玄时期文献的保存条件和方法更加完善，田玄诸人又有较强的文献保存意识，如重新发现的《田子寿诗集》就是明天启七年由田玄刊刻的。据此推断，田玄等人自己的诗文集也应该有刊本，至少应该有抄本流传。而附着于这些诗文集的文学理论文献也应该还有存世的可能。要搜索这些文献，应该以《田子寿诗集》的馆藏信息

---

① 对于南方少数民族文学的评点，笔者所见的材料中，最早的当属清人袁文揆、袁文典所编《滇南诗略》（收入《云南丛书》）。对于明人杨慎评点的引用，当是这些评点多系转述，杨慎对于云南少数民族诗人的直接评点原文，笔者还没有看到过（参见李锋《〈滇南诗略〉中对白族诗人评点的特征及价值》，《民族文学研究》2016 年第 5 期）。

② 王佑夫认为："在我国少数民族文学理论批评发展历程中，汉族学人作出了积极而不可缺的贡献，他们的著述应被视为少数民族文学理论批评的组成部分，纳入研究范围之内。"（参见王佑夫《拓展民族文论研究》，《西北民族研究》2013 年第 4 期）

和文献线索为中心，并扩大搜索的规模，也许在不久的将来就会有所收获。

四 "本事"与生平之二：文学交往对考证田玄诸人生平的文献意义

与田九龄、田宗文的文学交往诗作一样，田玄诸人的相关诸作同样为了解其生平、思想提供了潜在的"本事"。通过对诗作中这些"本事"和相关背景事件、人物的考索，为我们了解田玄诸人打开了另一扇窗户。

首先，通过诗题、诗作中提到的交往对象，有助于了解田玄诸人的社会交往及相关活动情况。相关的诗作又可分为两种情况：一种是支撑说明，即与田玄诸人的传记及地方史志中的相关记述相印证者，如《田玄世家》和道光《鹤峰州志》、同治《宜昌府志》中有关文安之、黄灿等人到容美躲避战乱的记述，就通过田玄诸人写给文安之的诗作，以及文安之、严守升、伍鹭等人给诸田诗集所写的序跋得到印证。另一种是补充说明，即补田玄诸人传记及地方史志未曾记载者或载之未详者，如与湖广巡抚林天擎的交往，因田甘霖传记的佚失，而且地方史志中亦未曾记载，所以只有通过相关的诗作才能了解这一情况。林天擎不仅曾两任湖广巡抚，而且担任过云南巡抚、延绥巡抚、南赣巡抚。与这样一位封疆大吏的交往，对于容美田氏扩展文学交往面、提升文学声誉和影响应该是有积极作用的。又如与伍起宗、伍鹭家族的交往，只在《田武靖公父子合传》中提及"松滋伍计部"（伍起宗）来容美避难事，之于交往的细节则语焉不详。而田玄的《送伍趾薛往添平》田甘霖的《鸠兹过伍相庵庄宅》《伍相庵有书来以诗见示兼有所赠答赋》（佚诗），及伍鹭《〈白鹿堂诗集〉序》等诗作、序跋却补充了相关的文献证据，尤其是伍氏所作的序文，较为详细地介绍了两家世代交往的情形，所谓"予先世与田氏以风雅名家，颉颃一时。迨忠襄公又以勋绩，同纪太常，从来久矣"①，说明伍氏来容美避难之前就已经和田氏有交往。另外，相关的叙述也为两家的交往提供了细节，如"迨中叶有震，而先君子颇效急难之谊，遂世好无尤。三十年来，予父事老伯铁峰先生，今庭诸玉树，使君亦复命以诸父待予"②。说明伍起宗来容美避难进一步密切了伍田二氏的关系，以至培养出类似于亲人一样的情感，所以伍鹭才"父事"田甘霖（铁峰），而田舜年也要求其子"父事"伍鹭。而这是相关传记和材料都没有提到的。对这些材料的整理与分析，对于我们了解田玄诸人的生平乃至容美土司在明清易代之际的详细情形，无疑都有重要的价值和意义。

其次，通过文学交往诗作中透露出的思想、情感，有助于了解田玄诸人的内心世界。例如，田玄与诸子所作《甲申除夕感怀诗》及其和诗，就很好地反映了当时当地田玄及其诸子的思想状态。又如，田甘霖写给其子的诗作，既反映了田氏家族诗书传家的良好家族传统，又反映了作为父亲的田甘霖的情感状态。再如，诸田写给文安之或悼念文安之、倪元璐等人的诗作，亦反映了他们的思想和情感倾向。

五　政权认同——田玄诸人文学交往的政治文化内涵

如果说田九龄、田宗文的文学交往中透露的政治文化意味还不甚强烈的话，到了田玄诸人，因为特殊的时代背景以及田玄诸人特殊的社会身份，使他们的文学交往，不仅继承和发展了田氏文学交往的传

---

① 陈湘锋、赵平略：《〈田氏一家言〉诗评注》，中央民族大学出版社1999年版，第444页。
② 同上。

统和规模，也丰富了这种交往的内涵——明晰地展现出对明廷的政权认同意识。这种政权认同，就族内而言，典型地体现在田玄及其诸子以明亡为主题的诗歌唱和当中；就族外而言，典型地体现在田玄诸人寄赠、感怀、唱和明朝"遗臣"的诗作当中。

关于田玄诸人在文学交往中展现出的政权认同意识，有以下两点需要说明。

第一，这种政权认同意识并非自古就有，而是到了明代才开始产生，笔者认为这是推行汉文化的结果。以儒家为主流的汉文化在政治文化方面鲜明的特征就是以"忠贞"这一政治伦理为核心。从孔子开始就强调"臣事君以忠"（《论语·八佾》），"不事二主""不作二臣"是儒家政治伦理的重要原则。"忠贞"思想并非天然地就存在于田氏家族的文化基因中，而是明代以后才培植起来。关于这一点，用历史对比的方法，就可以很清楚地看出来。在明清易代之际，从田玄作《甲申除夕感怀诗》痛悼明朝灭亡，到顺治十四年（1657）田甘霖在极端无奈的情况下改奉清为正朔，其间有13年之久。而这13年间，田玄诸人始终保持着对明廷的忠诚，先后多次冒巨大风险、想尽方法与偏安一隅的南明小朝廷进行联系，屡上恢复之计，并且大量接收明朝的遗民，与各种其他势力相周旋。而其时，一方面李自成余部和清人逐渐大兵压境，另一方面田玄诸人又目睹了南明王朝的孱弱无能，如此情形下仍然拒绝改奉正朔，充分说明了田玄诸人对于明廷的忠贞。与此形成鲜明对比的是，元明易代之际，在明王朝还未成立之时，容美洞宣抚使田光宝即遣弟光受向朱元璋上交元朝所授宣抚敕印①，表示效忠并乞重新封爵。其时在"丙午"年，此时的朱元璋还

---

① 《明史》卷310，中华书局1974年版，第7984—7985页。

只是吴王,距离明王朝的建立尚有两年时间,而容美土司却根本没有考虑政权的"正统性"问题,也对元王朝没有一丝"忠贞"之心,完全是以保住自己的爵位为唯一考量。两相对比,同样是面对改朝换代的历史选择,明亡之际的容美土司具有了其先祖所不具备的忠贞品格,而这一品格的获得,显然得益于田氏土司通过文学交往、文化交流等形式所受的儒家文化的熏陶。这一过程,用历时性的话语可以表述为:容美田氏的文学交往强化了其文化认同,而借由这种文化认同促进了族群交融、生出了政权认同。这也再次提示我们,中华民族的形成是一个历时性的过程,在这一过程中,文学交往扮演了非常重要的角色。

第二,政权认同意识并非始于田玄诸人。如上文所讲,容美田氏的政权认同意识始于明代,而具体意识的形成时间似乎难以确定,但是根据田世爵在家族内部推行汉文化教育,以及田九龄、田宗文通过文学和文化交往展现出来的汉文化修养来看,此时的田九龄诸人已经有了政权认同意识。另外一个比较有力的证据是,田世爵及其子田九霄、田九龙曾多次应明廷之征参加抗倭战役,田世爵甚至病死军中。明廷为表彰其忠贞,特追封田世爵之父田秀及世爵本人为宣武将军,其母覃氏为恭人。世爵之子田九霄在抗倭之役结束后,曾谢绝朝廷的封赏,并表示:"土人效力疆场,犬马微劳,分所宜也,不敢受赏。"[①] 从田氏父子的言行中,亦可见其对明廷的忠贞。

值得一提的是,不仅容美土司,明清易代之前的川、鄂、湘交界地区土司,如石砫、酉阳、永顺、保靖、桑植等对明廷都有较强的政权认同感,其中的典型代表如石砫土司夫人秦良玉,面对当时声势颇

---

① 中共鹤峰、五峰县委统战部、县志办:《容美土司史料汇编》,内部印行,1983 年,第 89 页。

第三章 容美土司家族"文学交往"的发展期——田玄父子和田圭

大的张献忠部,秦氏慷慨陈词道:"吾兄弟二人皆死王事,吾以一孱妇蒙国恩三十余年,今不幸至此,其敢以余年事逆贼哉!"并"悉召所部约曰:'有从贼者,族无赦!'"以致张献忠"遍招土司,独无敢至石砫"①。甲申之变,秦氏闻讯,"蹩踊号痛,气绝者再,旋更衰麻哭临万寿宫,哀动三军,纷纷雨泣"②。而无论是容美土司,还是石砫土司对于明廷的认同感都并非源于明王朝给土司提供的爵位和实际利益,若是这样,明亡之际的土司最为现实的做法应该是尽快投诚李自成、张献忠或清廷,以保其爵位和领地。但该地区土司无论是对清还是对李、张政权,都采取了相当长时间的抵制态度,即使他们清楚地看到南明王朝孱弱无能、朝不保夕的状况之下,仍然拒绝改奉正朔,这种儒家"忠贞"品格的体现,是土司群体自觉接受汉文化的结果,但更为深层的原因还在于明朝的文化战略:在政治上的"以夷治夷"之外,还非常强调文化上的"以夏变夷",并相应地推出了"土司子弟入学"等一系列行之有效的制度、措施,从而达到了在思想上对土司进行控驭的目的。

---

① 《明史》卷270,中华书局1974年版,第6948页。
② 《中国地方志集成·补辑石砫厅新志·土司》,巴蜀书社1992年版,第9页。

第四章　容美土司家族"文学交往"的深化期——田舜年

对于田舜年而言，非常具有讽刺意味的是，由他编纂的家族前辈的诗歌合集《田氏一家言》较为完整地保存了下来，但是他自己的诗文集却佚失了。由于文献的缺失，今天对于田舜年文学交往情况的研究，已无法较完整地展现其原貌，不过从现存有限的文献中，尤其是与田舜年交往的族外人士的相关记载中，仍然能够看出田舜年文学交往的一些基本特征及其意义。

相比于田玄诸人，因为清朝定鼎中原而引带出的社会、时代背景的变化，以及人物命运的不同等原因，田舜年族外文学交往最大的特征就是唱和的诗作少了一份家国情怀的沉重，而多了一些山水优游的雅致。其次，与田玄诸人相比，田舜年的对外文学交往显得更为积极主动。另外，田舜年的对外文学交往具有与田九龄等人相似之处，即呈现出"核心—网状"特征。他的文学交往，同样对其文学创作有重要的激发和推动作用，为了解田舜年的事迹提供了主要的材料。而且在文学交往中，严守升等人还以序跋、评点等形式进一步丰富了有关田氏诗作的文论文献。通过文学交往，也促使田舜年成为容美田氏家族文学、文化的集大成者。

第一节 田舜年的族外文学交往

田舜年（1640—1706），字韶初、眉生，号九峰，田玄长孙，田甘霖长子。舜年幼时，因其父甘霖受族人猜忌（详见上一章），同其父母一同被流放。12岁时，其母覃美玉"遭谤投缳"。18岁时，其父又遭刘体纯所掳，4年后才获释返司。或许是因为青少年时期的曲折经历砥砺了田舜年的品格，他在容美土司任上多有作为，容美一度又有了中兴的迹象，尤其是文化方面，舜年凭借自己深厚的学养，不仅在诗词创作方面承嗣前人，而且在学术方面也颇有建树，著有《二十一史篡要》《六经撮旨》《容阳世述录》等多部著作。另外，舜年长于音律、喜好戏曲，不仅著有《许田射猎传奇》，还在容美引进排演《桃花扇》，并因此与孔尚任、顾彩等人结交，被传为文坛佳话。可惜的是，上述这些诗作和著作绝大部分都已佚失，今只存其诗词13首，文（包括史传、奏疏、序跋等）17篇。

一 田舜年族外文学交往对象补考

（一）孔毓基

《容美纪游》载，顾彩欲赴容美时，曾有"枝江令孔君振兹闻余欲往，颇为怂恿，乃觅司中贩茶者以书附，令持归"[①]。此处提到的孔君振兹，即指孔毓基。孔氏，字振兹，曾任枝江县令。乾隆《枝江县志》载，孔氏为"山东兖州府曲阜县人，圣裔。康熙三十七年任，在

---

① 高润身：《容美纪游注释》，天津古籍出版社1991年版，第5页。

任十二年，补修百里洲堤防，民多赖焉。康熙四十八年，奉文行取以预支钱粮，亏空被参，罢去"①。可见，一方面孔氏在枝江任职时间较长，又加之顾彩文中提及他积极作中介之事，孔毓基当与田舜年有较长且较密切的诗文交往；另一方面，孔氏作为"圣裔"，与孔尚任是同宗，因此在孔尚任与田舜年的诗文交往中可能起到了穿针引线的作用。

（二）田宽庵

《容美纪游》载，寄居于容美的土司有"忠孝司致仕田宽庵，名宏，忿其子不善养，出奔于容，君以兄呼之，与余同在客位，亦解诗"②。另外，顾氏还记载了田宽庵参加诗会的情况。忠孝司，指忠孝安抚司，元置，司治在今湖北利川，但光绪《利川县志·列传三》所载忠孝安抚司诸位土司中无田宏其人③，疑因文献散佚而失考。

（三）钟南英

《容美纪游》载："每月初二、十六为诗会期，风雨无废，在会者余为主盟，次蜀中孝廉高冈，其书记宾也；次荆郡庠生钟南英，其十二郎君举业师也；次岳郡庠生祝九如，其孙图南业师也。"④

钟南英，《容美纪游》注云："伯敬先生之侄。"伯敬，疑指钟惺。钟惺，字伯敬，湖广竟陵（今湖北天门）人，是明末竟陵派文学的代表人物。结合上文所云，钟南英为"荆郡"人，与钟惺同

---

① 乾隆《枝江县志》卷五。
② 高润身：《容美纪游注释》，天津古籍出版社1991年版，第46页。
③ 光绪《利川县志·列传三》载："明季，复改长官司，以田永丰为之。国朝康熙八年，永丰子京袭，改安抚司，累授总兵，十九年老乞休，子昌祚袭，昌祚死，子璋袭。雍正十二年，请改流，其地入于恩施县。"（《中国地方志集成·湖北府县志辑·光绪利川县志》，凤凰出版社2010年版，第119页）
④ 高润身：《容美纪游注释》，天津古籍出版社1991年版，第48页。

第四章 容美土司家族"文学交往"的深化期——田舜年

乡；又其叔伯之表字亦与钟惺相同，因此伯敬为钟惺的可能性较大，唯一有疑问的地方是，钟惺卒年为1624年，而钟南英到容美当在康熙四十二年（1703），因《容美纪游》在钟南英任田舜年"十二郎君举业师"后自注云："余到中府次日，始从郡城延至来。"①而顾彩进入容美正在康熙四十二年（1703）。据此，钟南英入容美之时间与钟惺卒年之间时隔79年之久，照此推算，钟惺与钟南英如果是叔侄关系，则年龄差距至少在50岁以上，似乎有些过大，但也并非完全没有可能。

（四）郭制台指"郭琇"

《容美纪游》载，田舜年曾向顾彩展示自己弹劾郭制台的疏稿，其自注云："郭公曾以事拘系忠嗣、唐崖、散毛、大旺四司长官。君出疏讼枉，且劾郭公不能怀柔。"② 此处说的郭制台当指郭琇。"制台"乃明清时期对于总督之尊称。湖广总督，清初郭姓者有二人，一为郭琇，一为郭世隆。郭琇康熙三十八年（1699）始任，郭世隆康熙四十六年（1707）始任。而顾彩访容美在康熙四十二年（1703），故其所说之郭制台应是郭琇。郭氏，字华野，山东即墨人，康熙九年（1670）进士，历任吴江知县、左佥都御史、左都御史、湖广总督等职，遗有《华野疏稿》五卷。③ 郭氏以耿直敢谏著称，其任职都察院期间，先后弹劾明珠、余国柱、王鸿绪、高士奇等重臣，但是作为封疆大臣，就显得刚正有余而怀柔不足，故其任湖广总督四年，即因红苗抢掠一事被罢职。田舜年对郭氏的弹劾之辞，可谓正中其病。根据文献的记载，田氏与郭氏虽无直接的文学交往，但笔墨官司亦可谓文

---

① 高润身：《容美纪游注释》，天津古籍出版社1991年版，第48页。
② 同上书，第20页。
③ 《景印文渊阁四库全书·史部》第476册，台湾商务印书馆1983年版，第733页。

学交往的另样形式，故特将郭氏生平进行补考并附录于此。

二　官员、名士：田舜年族外文学交往对象的类型及其生平

通过前贤的考证，加上本书的补考，与田舜年有过或可能文学交往的汉族士人，其身份目前已经基本清楚的有10人左右，分别是孔尚任、顾彩、严守升、姚淳焘、蒋铙、毛会建、伍嶪、孔毓基、田宽庵、钟南英。

因为田舜年的诗文集已经佚失，现在能够找到的他的诗文作品非常有限[①]，因此已经不能够全面地反映他的文学交往情况，但是从仅存的诗作，尤其是与他交往诸人的诗文作品来看，田舜年不仅在文学方面的建树很高，其文学交往也非常活跃。

这些交往对象就类型看，可分为三类：一类是湖广籍士人、官员；二类是任职湖广的官员；三类是其他（既非湖广籍亦非任职湖广）士大夫。

（一）湖广籍士人、官员

伍嶪，字相庵，湖北松滋人，清顺治年间（1644—1661）贡生。[②] 严守升《忠襄伍公传》载："其四世孙民部起宗，以循吏著，子嶪名下士，两世为予友。"[③] 此处所说的伍忠襄公即伍文定。伍文定为明弘治、嘉靖间名臣，谥"忠襄"，《明史》有传。其四世孙为伍起宗，起宗字止崦，崇祯年间（1628—1644）贡生，以保举授广西藤县知

[①] 陈湘锋、赵平略的《〈田氏一家言〉诗评注》搜辑有田舜年诗作12首、词作1首、序跋4篇，除此之外，中共鹤峰、五峰县委统战部、县志办所编《容美土司史料汇编》收有田舜年所作《披陈忠赤疏》等奏疏4篇、《五峰安抚司列传》等传记3篇、《平山万全洞记》等碑记5篇。

[②] 《中国地方志集成·湖北府县志辑·同治松滋县志》，凤凰出版社2010年版，第512页。

[③] （清）罗汝怀：《湖南文征（二）》，岳麓书社2008年版，第905页。

县，后因政绩突出，又升任户部主事，著有《澄南初政集》。① 伍鹭，即伍起宗之子。据严守升所说，伍起宗、伍鹭俱是其友，而据伍鹭《〈白鹿堂诗集〉序》所言，伍氏与容美田氏是世交，疑严守升与伍氏的交往，田氏可能在其中起到了引见的作用。

另外，还有田宽庵、钟南英、祝九如等人。田钟二人事迹见前文补考。祝九如，据《容美纪游》所载，是"岳郡庠生"②，其他情况仍然待考。

（二）任职湖广的官员

姚淳焘，字子瞻，号陟山，乌程（属今浙江湖州）人。③ 姚氏早慧，被学使目为神童，后果20岁即举于乡，康熙丁未（1667）成进士，授内阁中书舍人，后历任户部员外郎、刑部郎中、湖广提学副使。在湖广提学副使任内，值夏逢龙之乱，夏氏素闻淳焘之名，逼致之，姚氏抗伪全节，事闻于朝，补授湖南分守岳常道，卒年72。著有《充庵全集》。

据姚世钰《参议姚公淳焘家传》所载，淳焘甫任湖广提学副使，"下车见学舍颓敝，即捐俸修理，又题请濂溪周先生后裔世袭五经博士。衡文专尚经术，而每诏诸生，以三德六行凡立学之本意，楚材郁奋。故事，学臣自岁科两试后，即候交代，公独朝命留再任，时论荣之。自乡会同考及督学前后所得士如尚书张公廷枢、故翰林张公希良、中丞屠公沂、汪公灏辈，皆赫然成名，当世称公为知人，而公雅

---

① 《中国地方志集成·湖北府县志辑·同治松滋县志》，凤凰出版社2010年版，第512、524页。
② 高润身：《容美纪游注释》，天津古籍出版社1991年版，第48页。
③ 一说为归安人（参见《中国地方志集成·湖南府县志辑·同治直隶澧州志》第274页）。

不欲以文字自著见也"①。这当中提到的张希良、屠沂、汪滮②皆为湖广士人，可见姚淳焘任湖广提学副使期间，对湖广教育的发展、人才的提拔为功颇多，也因此得以留任。而田舜年也许正是听闻其爱惜人才、乐于诲人的令名，才主动与姚氏开展交往。

值得一提的是，姚淳焘之父为姚延著（字象悬），历任广西庆远知府、柳州知府、广东岭南道副使、江南按察使。在江南按察使任上，得罪权贵，被陷入狱而死，淳焘与众兄弟诣阙上疏，痛陈父冤。

另外，还有孔毓基，其事迹见前文补考。

（三）其他（既非湖广籍亦非任职湖广）士大夫

顾彩，字天石，号补斋，一号梦鹤居士，江苏无锡人，精通音律，工于词曲，所著诗文集有《往深斋集》《鹤边词钞》等，传奇数十种，除《小忽雷》外，多已失传③，另辑有词选《草堂嗣响》，收入词人120余家，其中包括田舜年《采桑子·山中听禽》一首。顾氏出身名门望族，其祖顾起纶工于文辞，曾与杨慎、皇甫访唱和；其父顾宸曾与吴伟业、尤侗、徐乾学于嘉兴举十郡大社，工文辞、好著述，交流遍海内，所居辟疆园以藏书丰富著称。④顾氏自幼也受到良好的教育，但无意仕途，故未有功名在身，只捐了监生。其后因受"明史案"牵连，家道中落，其父顾宸抑郁而终，顾彩亦由名门公子成为一介寒士。康熙二十六年（1687），顾彩受聘为衍圣公孔毓圻之西宾，由此亦可见顾氏文化修养之高。康熙二十七年（1688）左右，

---

① （清）钱仪吉：《碑传集》卷81，中华书局1993年版，第2311页。
② 汪滮，一说为安徽休宁人，而居江夏。
③ 已经佚失的传奇作品中，包含仅知剧目者三种，分为《后琵琶记》《离骚谱》《南桃花扇》。
④ 童岳敏、罗时进：《明清时期无锡家族文化探论——兼论顾氏家族之文学实践》，《苏州大学学报》2010年第1期。

顾彩路经扬州，结识孔尚任，并自此成为终身的密友。《孔尚任年谱》中多处记载了顾彩与孔尚任的交往情况，如康熙三十三年（1694）载：

> 于宗室岳端府，同顾彩、林凤冈、陈于王诸人，赋《春云》诗。
>
> 寒食，沈季友招同袁启旭、蒋景祈、陈于王、沈天宝、柯煜、顾彩等十余人宴饮赋诗。
>
> 长至日，同顾彩、林凤冈、陈于王、李嶟瑞等集观音庵论诗联社。①

康熙三十四年（1695）载：

> 二月初一，同社顾彩、陈于王、方正孺、方正玉、林凤冈、吴启元、顾卓、徐兰诸人，集岸堂赋《改花朝诗》。
>
> 顾彩离京，有诗送之。②

康熙三十五年（1696）载：

> 重阳节，招杨耐庵、闵左诚、蒋鑨、费锡璜、陈健夫、徐兰、顾彩、吴穆等集岸堂。③

康熙三十六年（1697）载：

> 二月十五日，与顾彩小饮。
>
> 上巳日，同顾彩、顾卓、陈于王、蔡、徐兰诸社友，集谷宁

---

① 袁世硕：《孔尚任年谱》，山东人民出版社1987年版，第109、111、115页。
② 同上书，第116—117页。
③ 同上书，第125、128页。

上人丁香院修禊。①

康熙三十九年（1700）载：

二月，于衍圣公京邸，与孔传铎、顾彩等集饮，听《桃花扇》曲。②

康熙四十五年（1706）载：

二月，偕弟侄饮洙园，同顾彩分韵。③

孔氏的诗文集对这些交往亦有记载，如《湖海集》卷六有《李东山招饮借树楼看新绿同茅与唐顾天石分赋》；《长留集》五律卷有《九日招顾天石不至》，七律卷有《寒食日沈客子招同袁士旦蒋京少陈叔蘩陈健夫沈竹西沈厚余彭嘉汇柯南陔顾天石陆季昭卓次厚朱赞皇分韵》《长至日集观音庵同顾天石、林桐叔、王汉卓、陈健夫、李苍存论诗联社》《踏青日送顾天石之潮阳》《中春日大雪与顾天石小饮》《上巳集谷宁上人丁香院修禊同顾天石陶奉长顾尔立陈健夫刘静伯潘层峰蔡铉升唐驭九徐芝仙家竹巢分韵》《丙戌中春日偕弟侄饮洙园同顾天石分韵》等诗作，顾彩的《往深斋集》中有《寄怀户部孔东塘》《中春日孔东塘户部邀同沂水浮香亭踏青即命限闲字》《忆孔东塘户部》等诗作，由此可见二人交谊之深。另外，特别值得一提的是，孔尚任曾与顾彩合著《小忽雷》传奇。孔尚任在《桃花扇本末》中亦云："前有《小忽雷》传奇一种，皆顾子天石代予填词。予虽稍谙宫

---

① 袁世硕：《孔尚任年谱》，山东人民出版社1987年版，第130—131页。
② 同上书，第154页。
③ 同上书，第183页。

商，恐不谐于歌者之口。"① 顾彩《桃花扇序》云："犹记岁在甲戌，先生指署斋所悬唐朝乐器小忽雷，令予谱之。一时刻烛分笺，迭鼓竞吹，觉浩浩落落，如午夜之联诗，而性情加邕，翌日而歌儿持板待韵，又翌日而旗亭已树赤帜矣。"②

顾彩是一位恬淡高洁、颇好游历的文士，其足迹遍及大江南北，孔毓圻在为《往深斋诗集》所作的序中感叹："锡山顾子天石……或之燕赵，或之楚，或之粤，或还其乡，或往来齐鲁间……天石之行甚疏，迹甚远，虽能承其家学，每不屑屈志卿相以乞援引，又不屑狎比其友以标声望，一登蹇驴则风尘万里，一入扁舟则烟雨经年，落落穆穆，自游自思，谁复记忆天石者？其所著文辞，大都水村山店、萧寺旗亭，与渔樵落拓之士相问答者，然举天下之风俗形胜无弗识也，举古今之人物事变成败利害无弗悉也，而应世之经权无弗通也，其生平气节既恬淡而不争，其所著文辞亦漫灭而不惜，世之人将莫不忽视我顾子矣。"③ 正是由于顾彩趋恬淡、好游历的个性以及其博物家的知识欲，才最终促成了顾彩与容美田氏的交往。

顾彩先是从蒋鑨处听闻容美山水之秀美，遂心向往之，康熙四十三年（1704）④，经当时枝江县令孔毓基牵线联系，终得结识田舜年，并游历容美。

孔尚任，字聘之，又字季重，号东塘，别号岸堂，自称云亭山人，山东曲阜人，孔子64代孙。1684年（康熙二十三年），康熙帝

---

① （清）孔尚任：《桃花扇·桃花扇本末》，人民文学出版社1959年版，第5页。
② （清）孔尚任：《桃花扇》，人民文学出版社1959年版，第268页。
③ （清）顾彩：《往深斋诗集》，清康熙辟疆园刻本。
④ 《容美纪游》本文作"康熙四十二年"，当为"康熙四十三年"之误，高润身等辨之已明。参见高润身《容美纪游注释》，天津古籍出版社1991年版，第5页。

至曲阜祭孔，孔尚任因在御前讲经得到赏识，破格授国子监博士，后升户部主事，并在此期间写成《桃花扇》，后因此剧被罢职。孔氏学识渊博，不仅是清初著名诗人、戏曲家，还是著名的史学家、艺术鉴赏家、收藏家，其著作涉猎广泛，计有22种之多。①

蒋鑨，字玉渊，又字驭鹿，江苏武进人，顺治乙酉（1645）副榜贡生，康熙七年（1668），会江南奏销案，遭放逐，自是，遍游名山大川，辑有《清诗初集》，著有《江城集》。

蒋钺与孔尚任、顾彩皆有交谊。《孔尚任年谱》多处记载了孔氏与蒋钺的交往情况，如康熙二十六年（1687）载：

> 五月……蒋钺自武昌来访。
>
> 六月，招宋实颖、蒋钺、李沂、李国宋、朱袠等集拱极台饮宴、纳凉。
>
> 岁暮，寓扬州天宁寺。除夕前一日，张韵携酒食来；同蒋钺、陈翼、侄衍栻守岁。②

康熙三十五年（1696）载：

> 二月初一日，社集岸堂，同蒋钺、刘秉懿、陈于王、袁启旭、朱襄、李先春、李永祺等分韵。
>
> 重阳节，招杨耐庵、闵左诚、蒋钺、费锡璜、陈健夫、徐兰、顾彩、吴穆等集岸堂。③

孔尚任《湖海集》卷三有《蒋玉渊携选诗自武昌至昭阳赋赠

---

① 袁世硕：《孔尚任年谱》，山东人民出版社1987年版，第7—13页。
② 同上书，第61、67页。
③ 同上书，第125、128页。

兼呈李厚余》《雨中同宋既庭蒋玉渊柳长在汪柱东陈鹤山集朱天锦寓斋分韵》《拱极台招宋既庭蒋玉渊柳长在李艾山汤孙皇望周安期朱天锦汪柱东徐兰江丙文陈鹤山纳凉即席分赋》《为蒋玉渊题驭鹿图》《蒋玉渊朱天锦汪柱东过拱极台消夏竟日》《过熊质均寓楼同柳长在蒋玉渊汪柱东》《天宁邸署招蒋玉渊何蜀山黄仪逋汪柱东卓子任尚以朋家樵岚拥炉看雪分韵》《蒋玉渊同寓天宁寺戏作遗之》《岁暮与蒋玉渊汪柱东黄月舫送宗梅岑还东原》《除夕前一日张谐石携具过署同蒋玉渊陈鹤山守岁分韵》《除夕同蒋玉渊陈鹤山颜遇五侄衍杙围炉分韵》；《长留集》七律卷有《丙子花朝社集岸堂同蒋玉渊刘仰山陈健夫于臣虎潘层峰吴鹤山袁中江刘静伯顾尔立朱赞皇李万资汪紫沧程书焉施孝虔李永祺徐芝仙李苍存余尺玉分韵》《展重阳同杨耐庵闵左诚蒋玉渊费滋衡颜季相张远亭李万资陈健夫程书焉杨恭士徐芝仙顾天石吴镜庵张昭敬集岸堂》，等等。可见，二人过从之密、唱和之频。其中，《蒋玉渊同寓天宁寺戏作遗之》诗云：

    赋别昭阳未去曾，淹留古寺卧寒冰。
    同尝薄酒由天凑，漠视饥肠让尔能。
    问字经坛僧弟子，听钟斋院丐宾朋。
    客愁宦苦消融尽，啼笑无端对佛灯。[①]

写二人于冬日同寓古寺，一为客愁，一为宦苦，但是在清静而凄冷的古寺中，两位好友对卧而饮，人生的慷慨都赋之于谈笑之中，其苦中作乐之情味尤以宗元鼎（字定九）之评点最能点出，宗氏评曰：

[①] （清）孔尚任：《湖海集》，古典文学出版社1957年版，第55页。

"玉渊以游而穷，孔公以宦而穷，落拓无聊，同栖萧寺，两公相遇，满眼含泪，满腹好笑。"① 又孔尚任有《与蒋玉渊》一文，亦写此事，其文云：

> 天宁寺内，僧居也；寺外，丐居也。我两人寓馆，处僧丐之间，其孤寂饥寒相似者，居相似也。明日岁除，无以消遣，偶得句云："问字诗坛僧弟子，听钟兰院丐宾朋。"可以尽我两人近况。明日各揭为春联，对之喷饭，必得好施主也。②

亦是以玩笑口吻谈及二人寓居古寺的情形。就诗文本身，也说明了蒋钺与孔尚任交谊之深。

毛会建，字子霞，江苏武进人，"能文章，工擘窠书，入浙江籍，补诸生，客游湖广致千金，侨居武昌，因家焉，晚益饶于资，好奇而善游，所至往往作斗大字勒崖石，题名其后，尝摹岣嵝禹碑，立石大别山巅，又营生圹于大别，自为志铭，系以诗"③。据此看，毛会建与田舜年的相识，当是在其侨居武昌、游历湖广诸地之时。值得一提的是，毛会建不仅与蒋鑐同乡，而且同为顺治乙酉（1645）副榜贡生。④ 由此可知，至迟在顺治二年（1645），毛会建已与蒋鑐相识。

另外，还有皇甫介等人，据《容美纪游》所载，皇甫介，字丕显，杭州人⑤，其他情况待考。

---

① （清）孔尚任：《湖海集》，古典文学出版社 1957 年版，第 55 页。
② 同上书，第 253 页。
③ 《中国地方志集成·江苏府县志辑·光绪武进阳湖县志》，江苏古籍出版社 1991 年版，第 585 页。
④ 同上书，第 479 页。
⑤ 高润身：《容美纪游注释》，天津古籍出版社 1991 年版，第 28、48 页。

三　唱和、序跋：田舜年族外文学交往情况

反映这三类人群与诸田交往情况的材料，主要有以下两种。

一种是寄赠唱和之作，另一种是序跋。

田舜年与孔尚任的交往，主要见之于孔尚任和顾彩的诗作、序跋当中。孔尚任《长留集》有七言排律《容美土司舜年遣使投诗赞余〈桃花扇〉传奇依韵却寄》，其诗云：

>惊见诗笺世外霞，武陵小记不曾差。
>日边汉殿新通使，洞口秦人旧住家。
>鸡犬声中添讲舍，樵苏烟里建军牙。
>列侯符印悬如斗，属国山河聚似沙。
>直上千盘寻鸟道，曲流一线引鱼槎。
>八方未凿峰峦古，百草才尝气味嘉。
>父老虽烦天语问，沧桑岂令世情嗟。
>常怀乐土舟难入，欲访仙源树易遮。
>归去楚臣兰有臭，投来郢曲玉无瑕。
>文翁壁画经生览，㚒道弓衣赋客夸。
>自是笼头收药物，何须扇底看桃花。
>惊魂阵马云驰想，眨眼风涛海傍涯。
>解组全辞形势路，还乡稳坐太平车。
>离骚惹泪余身世，社鼓敲聋老岁华。
>爱把奇文薰艾荫，胜游异域拜毗邪。
>从今水乳神交切，祗乞容阳数饼茶。①

---

① 汪蔚林编：《孔尚任诗文集》，中华书局1962年版，第365页。

此诗据《孔尚任年谱》的考证，当写于康熙四十二年（1703）。[①]此时，孔尚任已经因《桃花扇》罢官回乡。田舜年应该是听闻其事，故派遣使者远赴山东，一来表达自己对孔氏才情的赞赏，二来也可能对其罢官一事表示安慰。虽然今天无法看到田舜年的诗作，但是从孔尚任"解组全辞形势路，还乡稳坐太平车"诸句，可以推想如果田舜年完全未提罢官，则孔尚任对于一个陌生人完全没有必要说及此事，所以，田舜年很可能在诗作中对孔氏罢官有劝慰之辞，孔氏的诗句可视作对田舜年的一种回应。

细味此诗，已经完全超出了一般唱和诗的范畴，而是真情实感的自然流露。虽然诗中孔尚任也表达了对田舜年文治武功的钦仰及对容美形胜、风物的赞美，带有唱和诗的意味，但其对于《桃花扇》能够传播至容美的惊喜应该是真实的，尤其是"自是笼头收药物"之后诸联，将罢官之后的无奈、悲凉以至于释然的情绪，逐一展示出来，真挚恳切，毫无敷衍之感。"从今水乳神交切，祇乞容阳数饼茶"，就诗义而言，也并非虚浮之语，而是充满了朋友之间的热情、坦诚、自然之感，可以感到孔尚任真将田氏视为知己。孔尚任能够如此，一方面是个性使然；另一方面，田舜年在其人生低谷时来信劝慰，并用在容美排演《桃花扇》的实际行动表达了自己对孔尚任的支持和赞赏，这种行为本身也深深地打动了孔尚任。

孔尚任在《桃花扇本末》中亦云："楚地之容美，在万山中，阻绝人境，即古桃源也。其洞主田舜年，颇嗜诗书。予友顾天石有刘子骥之愿，竟入洞访之，盘桓数月，甚被崇礼。每宴必命家姬奏《桃花扇》，亦复旖旎可赏，盖不知何人传入。或有鸡林之贾耶？"[②] 孔尚任

[①] 袁世硕：《孔尚任年谱》，山东人民出版社1987年版，第174页。
[②] （清）孔尚任：《桃花扇·桃花扇本末》，人民文学出版社1959年版，第6—7页。

第四章 容美土司家族"文学交往"的深化期——田舜年

此番言论,既含有对《桃花扇》流传如此之广的自豪之情,又对田舜年热爱诗书、文艺的精神予以宣扬。据《孔尚任年谱》所载,孔氏写《桃花扇本末》在康熙四十七年(1708)[1],距田舜年寄诗给他已有多年,孔尚任仍不忘在《桃花扇本末》一文当中特别提及田氏,除了为证明自己作品流传之广,也应包含对田氏印象深刻的原因。除此之外,顾彩的一些诗作也反映了田舜年与孔尚任神交已久的情形,如《客容阳席上观女优演孔东塘户部〈桃花扇〉新剧》云:

鲁有东塘楚九峰,词坛今代两人龙。
宁知一曲《桃花扇》,正在桃花洞里逢。[2]

此诗中,将田孔二人喻为当代诗坛的两"人龙",对于田舜年可说是相当高的评价。同时对"桃花洞里逢桃花扇"这样看似巧合事件的描述中,也隐含着田孔二人有缘相识的感叹之义。又其《忆孔东塘户部》云:

不为巷生起谢安,东山坚卧竹千竿。
爱遗淮左丰碑勒,书到容阳片壁看。
陋巷屡停高士驾,班衣仍奉老亲欢。
神交最数田京兆,匝月留宾话别难。[3]

从诗意看,田舜年非常仰慕孔尚任的才华,虽与孔氏未曾谋面,但是通过对其作品的了解,特别是顾彩在容美期间很可能向田舜年较详细地介绍过孔尚任的情况,使田舜年得以真正从思想上与孔尚任产

---

[1] 袁世硕:《孔尚任年谱》,山东人民出版社1987年版,第188页。
[2] (清)顾彩:《往深斋诗集》卷八,清康熙四十六年孔毓圻辟疆园刻本。
[3] 同上书,卷六。

生共鸣，并由此对孔氏的密友顾彩也产生了好感，延留其在容美达数月之久，临别仍依依不舍。所谓"神交最数田京兆，匝月留宾话别难"当有此义。另外，《容美纪游》中有"癸未冬，以事过枝江县，有农部孔东塘先生寄书候宣慰君"①，亦是孔、田二人文学交往的一个侧证。

田舜年与顾彩的交往，主要见于顾氏的《容美纪游》，其中既记载了二人交往的详细情形，尤其是诗文唱和的情形，而且还附有多首寄赠唱和的诗作。

顾彩访容美在康熙四十三年（1704），在此之前，顾彩通过蒋鑨对容美的情况有所了解，并心生向往，此次正逢顾氏过枝江办事，又顺道携带有孔尚任寄田舜年的书信，加之枝江县令孔毓基的鼓励，顾氏遂写信及诗给田舜年，表达了对容美的向往之情，得到了田氏的热情回应，终于促成了此次交往。在游历容美期间，顾彩寄赠田舜年，或者在诗会上与其唱和的诗作有《枝江寄赠田九峰使君》《至宜沙善晤田九峰使君答来韵》《和玩月》《饮天成楼》②《九峰读书台》《采茶歌》《紫草山怪石歌》《牛斗虎》《平山和九峰来韵》《洞上社集》《柬九峰》《游平山燕子洞》《答来诗二首》《雨中酬九峰以诗见讯》《雨止寄九峰》《别田九峰十韵用藏头体》《又与九峰话别二首》等多首，另外还有一些诗作，如《题云来庄二首》虽未明言是为田舜年而作，但细品其"直穷三百里，尽是使君图"等诗句，显然也是以田舜年为写作对象的。另外还有一些诗是应田舜年的要求而作，或与田氏宴饮之时而作，如《题楼前桃》《题半间云》等。

---

① 高润身：《容美纪游注释》，天津古籍出版社1991年版，第5页。
② 该诗虽未明标为唱和寄赠之作，但其前文中云："十五日，晴。又宴余天成楼，君出所参郭制台疏稿示余。余赏其文有风力，然微失恭顺之意，诗中略寓讽焉。"可见，此诗虽未明言是为田舜年而作，却隐含对田氏进行劝诫的意思。

第四章 容美土司家族"文学交往"的深化期——田舜年

从这些诗作中,既表达了对田舜年热情款待的感谢,如"屡蒙金丝奏,频蒙玉馔颁"(《雨中酬九峰以诗见讯》),"楼中别有烟霞气,座上能容旷达夫"(《又与九峰话别二首·其二》),又表示了对田舜年才华的欣赏,如"此景只应蓬岛似,来诗尤与杜陵齐"(《平山和九峰来韵》),"掷地新声嘶蚓窍,摩空健语振雕翎"(《柬九峰》),"富贵神仙俱可及,若论风雅似君无"(《又与九峰话别二首·其二》)。而且从这些诗作中,我们还可以感受到田舜年是一位个性豁达、意气风发之人。关于这一点,前文在讨论田舜年与孔尚任的交往时也有提及,在孔尚任刚刚因《桃花扇》被罢官的节点,田舜年并未顾忌政治上的敏感性,而是毅然写信表达对《桃花扇》的欣赏及自己在容美排演此剧的情况,这除了说明田舜年确实喜爱《桃花扇》之外,还可以视作是一种道义上的支持和精神上的鼓励。这种行为本身颇能反映出田舜年个性中尚义任侠的特色。

除了作品之外,《容美纪游》中还记述了顾彩与田舜年唱和的情形,如四月二十日,"寓余顶中白衣阁,与君行署隔一峰,掷诗唱和,夜分未已"①。此外,还记载了多次诗会活动,如二月二十一日,宴集行署西园,分韵赋诗②;五月初五,"端阳大会,诗牌集字,钻新火,煮涧泉,流觞泛蒲,集渔舟,捕鱼溪中"③。又提到"每月初二、十六日为诗会期,风雨无废,在会者余为主盟;次蜀中孝廉高冈……次荆郡庠生钟南英……次岳郡庠生祝九如……次寄寓土官田宽庵……皆授简分题,尤喜诗牌集字。君成诗最敏,客皆莫及"④。

总之,从《容美纪游》来看,顾彩与田舜年在短短几月之中的文

---

① 高润身:《容美纪游注释》,天津古籍出版社1991年版,第73页。
② 同上书,第28页。
③ 同上书,第76页。
④ 同上书,第47—48页。

学交往是非常频密的，这种文学交往，就田舜年而言，一方面显然是想抓住高才俊士来访的大好时机，与其切磋诗技、讨论诗艺；另一方面，通过顾彩的记述，我们可以感觉到田舜年的文学才华使他在容美地区有高处不胜寒之感，他在文学和学术的道路上可能是孤独的，因此顾彩的到来无疑让他有了能产生共鸣的知音，也让他得以充分展示才华。再加之顾彩是孔尚任的密友，而田舜年与孔尚任又是神交已久，这更增加了田舜年对顾彩的亲切感。以上种种因素构成了田舜年热情交往的动机，以至于顾彩多次提出辞行，舜年却反复挽留，从《答来诗二首》①即可见一斑。其诗云："爱我固留安敢却，为君百计展行期。巴陵五月南风发，合是长安客去时。明日若还晴色好，共游仙观意何如？非关恶客相催促，节近黄梅怕雨多。"而顾彩在与田舜年的文学交往过程中，也切实感受到了田舜年的热情，见识了田氏的文学修养，因此也产生了惺惺之感，并以同样的热情回应了田舜年。

田舜年与蒋鑨的交往，有关田蒋二人文学交往的记录，一类是田舜年的诗作《蒋玉渊先生与严平子毛子霞诸先生同集黄鹤楼为九老会兼有清诗之选遥抒此赠》，诗中赞誉蒋氏等人年高德劭，并预祝其选诗之举能够发现"荆山璞""渭水璜"这样的优秀诗作。另外，从这首诗亦知蒋鑨与严守升、毛会建等人是文友。

另一类是顾彩的记录，顾氏《容美纪游》载其产生去容美的动机，就是受到了蒋鑨的影响，所谓"余自十五年前，闻毗陵蒋子玉渊极道容美山水之秀，主人之贤，固已以向往之"②。据此亦可知，蒋鑨去容美至迟在康熙二十七年（1688）。另外，顾彩至中府后，寓于龙溪之百斯庵，看到蒋鑨的题壁诗，知蒋鑨游容美时亦曾寓于此间，并

---

① 《容美纪游》只录一首。
② 高润身：《容美纪游注释》，天津古籍出版社1991年版，第5页。

感而赋诗《百斯庵佛楼追忆蒋玉渊二首》,其中第二首有"故国伤头白,殊方遇眼青。疏灯依古佛,废纸尽遗铭"之句,可见蒋钹在容美亦受到相当的礼遇。

田舜年与毛会建的交往,主要见于田毛二人的诗作。毛会建有《寄容美田韶初》,诗云:

> 笑傲烟波一老伧,谁知天外有诗盟。
> 当年节度父而子,此日荆花弟与兄。
> 盖代才华人磊落,一家风格句纵横。
> 从今欲鼓渔郎棹,莫遣桃花隔风情。①

诗中对田舜年的文学才华赞誉有加,而且还特别提到了田氏作为文学家族的特征,并表达了自己想要探访容美的愿望。据诗义来看,至少到写诗之时,毛会建与田舜年当是神交,尚未谋面。同时考虑到毛会建与蒋钹二人既是同乡,又同为顺治二年的副榜贡生,毛蒋二人可能早有交谊,而毛会建与田舜年的文学交往,可能经过了蒋钹的引接,而毛会建想要探访容美,是否也和顾彩一样,受到了蒋鑨的影响?另外,据吴柏森《容美田氏交游述略》所载,田舜年曾有《寄子霞先生》的和诗,诗云:

> 江城风物近时清,为有奇人把袂行。
> 上客由来令楚重,仙翁端合作韩兄。
> 优游极浦兰舟远,缥缈高楼玉笛横。
> 谁道在山为远志,仅从天际望长庚。②

---

① 中共鹤峰、五峰县委统战部、县志办:《容美土司史料汇编》,内部印行,1983年,第287页。
② 吴柏森:《容美田氏交游述略》,《湖北三峡学院学报》2000年第6期。

表达了对毛会建的仰慕之情，并针对毛会建欲访容美的意愿，表示欢迎和期待。惜乎现存的文献中，已经没有毛会建是否成行的记载。另外，田舜年《蒋玉渊先生与严平子毛子霞诸先生同集黄鹤楼为九老会兼有清诗之选遥抒此赠》，前已言及。据毛田二诗来看，都是写于老年以后，想二人的文学交往是否也开始的比较晚？

田舜年与严守升的交往，主要见于二人的诗作以及田舜年所作序跋。

在与田氏交往的文士中，以严守升的情况较为特别，这种特别体现两方面：其一，他不仅与田舜年有密切的交往，还与其父田甘霖亦有文学唱和。（详见前文）虽然田氏家族的世交不少，但至少从现存的文献看，像他这样与田氏两代人都有文学交往的不多。其二，他是唯一深度参与了田氏家谱及诗集编撰的人。在家谱方面，严氏撰写的《田氏世家》，据其内容来看，应该有不少残佚。例如，《田行皋世家》《田甘霖世家》《田九龄传》以及《田思政世家》《田光宝世家》《田胜贵世家》《田世爵世家》后面所附的相关人物的传记均已失传，另外《田九霄世家》等篇章亦有不小的残缺，但尽管如此，《田氏世家》仍是目前现存的对田氏家族人物生平记录最完整的文献。在诗集方面，严守升不仅为总集《田氏一家言》写了两篇序言，还为田圭的《田信夫诗集》撰写了序言。更重要的是，严氏还在《田氏一家言》中留下了 103 条评点。这些评点既极大丰富了与田氏相关的文学批评文献，又给田氏的诗歌创作给予了建议和指导，对于我们今天理解和研究田氏的诗歌也大有裨益。正因如此，严守升与田舜年的文学交往就多了一些老友之间的了解与同情。

诗作方面，现存的有三首，分别是严守升《寄容美田韶初宣慰并致家传》《赠容美田九峰宣慰》及田舜年的和诗。尤其是唱和之作中，互相的赞美自然是题中应有之义，但不同于一般意义上的应景之作，这两首用排律写就之作，以较长的篇幅展现了对方的身世、家族的过往，可以算是两个人（家族）的简史。今不烦辞费，赘录如下：

赠容美田九峰宣慰

自古占云气，西南每陆离。荆峰连蜀道，涌壑散州支。
大汉卿云爽，先秦屈宋奇。容阳障半壁，田氏宿多辞。
擅业云谁美，竞夸是我师。骚坛列爵土，宾国异羁縻。
历代开东阁，全家尽白眉。西京基肇造，中叶器持欹。
茅胙随封守，山河仗翼为。介圭藏禹迹，金简拾秦遗。
拮据墉兼壑，优游琴与棋。和平颂式廓，安吉赋维祺。
位极回班列，赏延永念兹。太常频奏绩，石室秘全窥。
江表声腾振，洛阳价不赀。高曾饶尔雅，迟暮益多姿。
缩地嗟云远，承流郁所思。河东则有日，南郭隐谁知。
却愧黄车使，何缘白璧追。探奇君罄笈，谋野我成词。
此日疑观海，平生慰秉彝。频倾采葛意，过损买山资。
顾我髦将至，知君老不疑，青天道朱阻①，黄发重堪思。

奉和原韵

三楚文烽烬，章台炼正离。漆园先往牒，钓泽庆传支。
名字先朝大，襟怀历代奇。金门称独对，丞相折安辞。
有志维嘉运，何咨列爵縻。文场真宿将，翰海大宗师。
三上匡时略，双弯破贼眉。高天宁踢踏，大地免倾欹。
义比龙钟叟，德邻井渫为。陶家处士在，严氏古民遗。

---

① "朱阻"，疑为"未阻"之误。

问字杨雄酒，闲游王粲棋。正襟餐道味，潦倒着僧衣。
达与才歧路，安同寿累兹。太玄身上显，心史井中规。
目击全书出，牙签富贵资。遐荒如贱子，入室饱常儿。
气紫频劳望，河深隔展私。幸因文举荐，得上祢衡知。
拜首陈先事，扪心述祖规。遂登太史传，过胜百鹏①施。
蒲柳蒸兰畹，康瓠重鼎彝。还叨收薄技，遥许接师资。
自喜何缘分，从今稳决疑。报章惭下里，永以志铭思。②

严诗首起便从容美的山水地理说起，大有"钟灵毓秀"之意。接言楚地历来多庄雅高尚之作、才华横溢之士，并由此引出容美田氏，概言容美土司人才之盛。后分别又从来源历史、文治武功、文化氛围和文学传统等多个方面对容美田氏进行了赞誉，尤其对其能异于其他土司家族，产生如此之多的诗人表示了敬仰之情，对其文学传统建立之早、时间之长（"高曾饶尔雅"），以及取得成就和影响之大都给予了肯定和赞美。田舜年的和诗亦将严守升誉作严君平（漆园）、严子陵（钓泽）的后人，并称其才华出众、心忧天下。对其命运不济，贫困潦倒的人生颇具同情之意。前文有云，严守升曾被高汇旃破格引见，但是严氏眼见马士英、阮大铖当道，知政事已无可为，遂"衲衣髡顶，绝意进取"。从田氏的诗中可见，他对严守升的生平非常了解，这种了解也显示了他们的交谊绝非泛泛。

另外，严守升在《〈田氏一家言〉又叙》中亦回忆了自己与田氏交往的历史，其中在谈到与田舜年交往的情况时写道："追今可四十

---

① "鹏"，疑当为"朋"。百朋，言钱币极多，且是成典。《诗·菁菁者莪》云："既见君子，锡我百朋。"此处意谓严氏帮田舜年修家谱之价值，胜过馈赠百朋之金。

② 陈湘锋、赵平略：《〈田氏一家言〉诗评注》，中央民族大学出版社1999年版，第421—423页。

第四章 容美土司家族"文学交往"的深化期——田舜年

年,乃得与韶初使君定交,并其长君大别,以赏奇剖疑商订,不以道阻千里,一岁三至,如其研席,然后尽读其《一家言》。……予既为诸贤列传、弁序,适韶初、大别,嗣音远至,再宣前此未尽之怀。"[①]

韶初乃田舜年之字,大别乃舜年子田炳如之号。可见,严守升与田舜年父子一直保持着书信的往来,有相当频密的交往和深厚的交谊,并通过协助编订《田氏一家言》等方式,在诗文唱和之外,开展与田舜年的另一种文学交往。

田舜年与姚淳焘的交往,主要见于姚淳焘的《宣慰土司田九峰〈二十一史纂要〉序》和《答宣慰土司田九峰兼送令嗣应恒归里》。其中《宣慰土司田九峰〈二十一史纂要〉序》较为详细记载了姚田二人文学交往的经过,其文曰:

> 莅政之初,即闻宣慰田子,尊贤礼士,饱饫诗书,以著述名家,私心固已异之,既又闻其编辑史略,二十一朝,互有商确,芟繁摘要,考误析疑,殆类通儒之所用心,非苟焉而已也。戊寅四月,田子忽遣使载书满车,冒雨数百里走兰津投赠索叙,其子应恒款门入谒,风流淹雅,有吴公子遗意。……田子披览之下,见古者山陬海澨,有奉职勤王,铭勋天室者;有夜郎自大,抗天拒命,冥冥焉不戢自焚者。……其间是非祸福,一一澄观而静验之。于以敦修自好,力帅诸司,永承帝眷,后之人踵其业者,学成而升于有司,试于乡,举于春官,彬彬乎后先王国,与一代名臣并光史册。此诚稽古之荣,善变者所宜自效,而功先倡导,予

[①] 陈湘锋、赵平略:《〈田氏一家言〉诗评注》,中央民族大学出版社1999年版,第433页。句读稍有调整。

亦藉手田子，报南服之最绩焉，日夜望之矣。①

文中记载了姚淳焘对田舜年从听闻到了解再到敬佩的心理过程，而且对于田舜年所作《二十一史纂要》评价非常之高，特别提到书中对于分封政治的讨论，认为舜年对分封政权的作为有明确、深刻的认识，这种认识也使其能够忠于朝廷、倡导文教，从而在容美田氏家族中形成了良好的文化氛围，其子弟也多有走举业者，对其他土司也有借鉴意义。

《答宣慰土司田九峰兼送令嗣应恒归里》组诗是仅存的反映姚淳焘与田舜年文学交往的诗作，但《容美土司史料汇编》与《〈田氏一家言〉诗评注》均未载，今从道光《鹤峰州志·艺文志》中辑出，以便今后研究：

其一

兰津峡路未全遥，锁钥同心答圣朝。
三代风流归洞口，怀春诗苴□芭蕉。

其二

几年史略费删除，投赠牙签载满车。
二十一朝披览尽，可知荒徼故同书。

其三

鹓雏春暖向兰皋，还往翩翩试羽毛。
染瓷欲倾千石绿，为清边气答贤劳。

---

① 《中国地方志集成·湖北府县志辑·道光鹤峰州志》，凤凰出版社2010年版，第435页。

其四

汉家明月共迢遥,有意重过莫待招。

料得南州归梦晓,锦鸡啼处忆吹箫。①

这组诗应是姚淳焘给田舜年的《二十一史纂要》写序之后所作。诗题中的"应恒"当即是《宣慰土司田九峰〈二十一史纂要〉序》中所说田舜年之子应恒,组诗当是同序文一起交给应恒的。

组诗中的第一首概述了容美土司的政治、文化成就,说明容美虽然地处偏远,但心向圣朝,同时在文化、文学方面颇有建树。第二首重点描述了田舜年撰写《二十一史纂要》的辛劳、成就,并特别提出田氏的著述证明容美这样远离主流文化圈的地方也受到了中华文化的浸染和熏陶,所谓"可知荒徼故同书"即是此意。第三首将田舜年比为鹓雏,盛赞其出众的文学才华。第四首有"有意重过莫待招"表达了与田舜年再会的愿望。可见,此时姚淳焘已经与田氏见过面,诗中还回忆了初见时田舜年的风采。

这组诗的发现,不仅丰富了田舜年文学交往的材料,证明了田舜年与姚淳焘继《宣慰土司田九峰〈二十一史纂要〉序》之后仍然保持着诗文的往来,而且在此之后应该还有诗文的往来,只是现在可能已经佚失。

田舜年与伍鹭的交往,主要见伍鹭的《〈白鹿堂诗集〉序》。这篇序文内容有三:一是对田氏身处"飞鸟犹是半年程"的西南"奥区",却能诗文传家,百年来与中原诸名家唱和进行了赞美。二是重点对田舜年的学术和文学修养进行了阐释,其文云:"韶初使君,博

---

① 《中国地方志集城·湖北府县志辑·道光鹤峰州志》,凤凰出版社 2010 年版,第 453 页。

极群书，风采如高岗凤，珠玑如万斛泉，重振大雅，苦心构句，烂乎如金谷之方春，萧然若山阴之欲秋，使人把玩过日，几几海上移情耳。己未秋，函近稿见贻，予展读旬时，字字作数日解。"① 其文可能有过誉之处，但结合前文对田舜年生平及其才华的分析，此处所言大致不虚，特别是序文指出了田舜年诗作风格多样、感人至深、涵蕴丰富的特征。三是对田伍二家的交往历史进行了简要的梳理，所谓："予先世与田氏以风雅名家，颉颃一时。迨忠襄公又以勋绩，同纪太常，从来久矣。迨中叶有震，而先君子颇效急难之谊，遂世好无尤。三十年来，予父事老伯铁峰先生，今庭诸玉树，使君亦复命以诸父待予，故视中原诸名家相倡和者有加。"② 从伍骘的序文看，田伍二家的联系可以追溯到伍氏的五世祖伍文定（忠襄公）。此时伍文定与田氏的祖辈（疑即田世爵、田九霄等人）同因武勋受到朝廷的奖叙，而真正的交往则始于伍骘之父伍起宗。其时，因为清兵入关，中原大乱，伍起宗来容美避乱，得到田氏的热情招待，所谓"先君子颇效急难之谊"当即指此事。在战乱中建立起来的家族友谊，似乎更为牢固和深厚，所以伍骘"父事"田甘霖（号铁峰），而田舜年也要求其子"父事"伍骘。

四 文风、心态、"核心—网状"：田舜年族外文学交往的特征

相较田玄诸人，田舜年族外文学交往又有自己的三大特色。

首先，田舜年任土司之后，政局相对稳定，南明和李自成余部都已或降或灭，容美土司早已改奉清朝为正朔。此时赴容游历的

---

① 陈湘锋、赵平略：《〈田氏一家言〉诗评注》，中央民族大学出版社1999年版，第444页。
② 同上。

第四章 容美土司家族"文学交往"的深化期——田舜年

文士不再是抱着避难的目的，而是为了观赏"山水之秀"，如蒋鑨、顾彩和表达过游历意愿的毛会建等人都是如此，因此这些文士与田舜年的唱和寄赠的诗作中，就多了一分雅致之情，少了一分家国之感。在田玄诸人的诗作中，多有借送别、悼亡而抒发的家国兴亡之感的诗作，但在田舜年的诗作中已经看不到这样的作品，这是不同的社会、时代背景和不同的人物个性、命运共同造成的结果。

其次，与田玄诸人相比，田舜年的对外文学交往显得更为积极主动。从田玄、田甘霖等人诗作可以看出，与其有文学交往的大多是来容美避难的文士，这种文学交往既可以说是一种因缘际会，但从另一个角度看，田氏在交往过程中也显得相对被动，即先接纳这些文士，再开始文学交往。而且，在田玄诸人的交往对象中，很少既非湖广籍又非湖广官员的文士，这也说明田玄诸人的对外交往圈主要还是限定在湖广地区。当然相对被动的对外交往，并不一定全是田玄诸人的个性所决定，很可能与时值乱世，较难与外界进行联系，更难进行文学交往活动有关。相对而言，田舜年的对外文学交往则显得更为主动、积极，表现有二：其一，就已知的田舜年的对外文学交往对象而言，孔尚任、顾彩、蒋鑨、毛会建都是既非湖广籍又非湖广官员者，因为资料的缺乏，我们对田舜年对外文学交往的情况可说知之甚少，但就是在已知的大约十位族外交往对象中，既非湖广籍又非湖广官员者就占了四位，将近一半，这种比例在之前的田氏文学交往当中是没有的。其二，田舜年在对外交往中采取赠诗、投信、索序等主动方式进行联系，这在除田九龄之外的田氏前辈中比较少见，他与孔尚任、姚淳焘等人交往就非常典型地体现了这一点。根据孔、姚的诗作、序跋等记载可以看出，他们在交往之前，对田舜年至多只是有所耳闻，而孔尚任可能连听闻都没有。但是，田舜年敢于积极迈出第一步，在与孔尚任的交往中，田氏不仅派舍把唐柱臣拜谒孔尚任①，而且寄诗对其《桃花扇》表达赞美之情。此时的孔尚任是一个敏感人物，他既因《桃花扇》名躁一时，也因《桃花扇》受到朝廷的猜忌，并被罢了官。② 因此，作为一位土司，从政治角度考量，此时与孔尚任结识，并不十分合适，但田舜年显然没有顾忌这个问题，不仅主动结交孔尚任，而且专门写诗赞扬《桃花扇》，显示了其坦荡、率直的个性。另外，在与孔尚任的结交中，田舜年也显示了充分自信，这种自信来自他渊博的学识和深厚的诗文功底。同样，在与姚淳焘的交往中，田舜年也体现了自己坦率、自信的个性特点和积极主动的交往特征。

最后，与田玄诸人相比，田舜年的对外文学交往倒是与田九龄等人有相似之处，即呈现出"核心—网状"特征。本书第三章曾讨论了田九龄等人对外文学交往的这种特征，即田氏对外交往中存在着一个核心人物，其交往的其他人物大多与这个核心人物有交谊，同时，其中一些人之间又相互熟识，因此在文学交往中就形成了在一个核心之下的相互交织的关系网。田舜年的对外文学交往也存在这样一个特征，其核心人物就是孔尚任。田氏所交往的顾彩、蒋钰等人都与孔尚

---

① 关于唐柱臣拜谒孔尚任的动机，顾彩在《容美纪游》中记载是"从之学诗"，而高润身等学者认为，顾彩是在有所忌讳情况下的掩饰之词，实际上应该是田舜年派唐柱臣跟随孔尚任学习排演《桃花扇》。

② 关于孔尚任被罢官的原因，相关记载显得模糊其词，根据张潮给孔尚任、王士禛等人信件，孔尚任被罢官可能是因为耽于诗酒，荒废政务——至少是官方给出的原因，但孔氏自己曾有诗云："命憎忽遭文字憎，缄口金人受诽谤。"（《放歌赠刘雨峰》）显然将自己的被罢看作因文生祸。而且，孔尚任在被保荐晋升外郎之后几天，就被罢官，显得很不正常。另外，孔氏是康熙帝特拔的官员，如不经康熙帝同意，户部堂官也不能罢他的官。种种现象都表明，孔尚任的被罢，很可能是因为《桃花扇》触及了敏感话题所致（详见袁世硕《孔尚任年谱》）。

任有较深的交谊，同时，顾彩与蒋铋之间又有文学交往。另外，蒋铋又与严守升、毛会建等人是文友。田舜年的文学交往正是通过这种网络得以不断扩大。

当然，除了自身特色之外，容美田氏对外文学交往中的一些基本特征，如喜好结交文士的家族传统、文学交往对象的多元化等也在田舜年这里得到了体现。

第二节　田舜年的族内文学交往

一　田舜年族内文学交往对象补考

《容美纪游》载"其子曜如、孙图南、甥覃继祖皆在会，不能诗，课文一首，属吾儿肇祁批阅"①。其中：

（一）田曜如

亦作田耀如，舜年第三子。康熙十三年（1674），舜年掳五峰安抚使司张彤貂及其子、叔，并于康熙三十年（1691）以耀如袭五峰安抚司职②，但曜如只袭其职，并不赴其地负责实际管理，亦即所谓"遥领"，故当顾氏来容美时，曜如能够与其相会。顾彩在回忆其人时道："年十五，美而好学，见余诗辄抄去读之。"③ 另，曜如有子召南，召南后亦袭五峰安抚司一职。

---

　①　高润身：《容美纪游注释》，天津古籍出版社1991年版，第48页。
　②　中共鹤峰、五峰县委统战部、县志办：《容美土司史料汇编》，内部印行，1983年，第376页。
　③　高润身：《容美纪游注释》，天津古籍出版社1991年版，第48页。

（二）唐柱臣

《容美纪游》载，顾彩入容美时，田舜年曾派舍把唐柱臣来候安，顾氏介绍道："柱臣，司中之文人也。"并自注："曾游京师，谒孔东塘先生，从之学诗。"高润身补注道："唐柱臣游京师的时间应是康熙三十九年《桃花扇》在北京上演之后，四十一年孔尚任离开北京之前。据此推断，康熙四十年，唐柱臣作为田九峰的专使去北京，找孔尚任学《桃花扇》。……唐柱臣肩负引进的重任，对其重点难点当然要请教孔尚任。"①

（三）刘跃龙

《容美纪游》载，田舜年之婿刘天门，"名跃龙，官椒山司安抚使，知诗好读书"②。椒山安抚司，明洪武七年（1374）置长官司，后因刘元敏参与征剿有功，升安抚司。椒山本为容美司属，与田氏世代联姻，如跃龙之祖刘起沛即为容美土司田玄之婿（详见《田玄世家》）。③ 刘跃龙，作为田舜年之婿，又有一定的文学修养，当与田舜年有较密切的文学交往。

二 田舜年族内文学交往的类型及具体情况

田舜年族内的文学交往，因为资料的缺失，今天已经几乎无法了解其状况，只能依靠《容美纪游》中的零星记录做一些推想。

《容美纪游》中涉及田舜年族内文学交往的文字有两处：一处是二月二十一日，"宴集行署西园，题曰：'九峰读书台'，竹石幽

---

① 高润身：《容美纪游注释》，天津古籍出版社1991年版，第19页。
② 同上书，第33页。
③ 中共鹤峰、五峰县委统战部、县志办：《容美土司史料汇编》，内部印行，1983年，第96页。

秀，分韵赋诗"。顾氏在文后自注云："坐客，余父子；一周姓江南太平人……主人父子。"① 另一处提道："每月初二、十六日为诗会期，风雨无废，在会者余为主盟……皆分简分题，尤喜诗牌集字。"顾氏在文后自注云："其子曜如、孙图南、甥覃继祖皆在会，不能诗，课文一首，属吾儿肇祁批阅。"② 从两处文字记载当中可以看出，田舜年凡是有诗文集会的场合，都会尽量让其后辈参加，当然前提是要有一定的文学修养，像田丙如这样的不通诗文者，虽然已经贵为司主，却仍然不得与会。

从田舜年组织诗会的具体情形来看，诗会当是他对内文学交往的主要形式之一。

第三节　田舜年文学交往的影响和意义

田舜年的文学交往，不仅直接激发、推动了其文学创作，而且与田氏有文学交往的严守升等人还积极参与对田氏诗作的评论，从而进一步丰富了有关田氏诗作的文学理论文献（主要是序跋和评点）。另外，在严守升等人的支持和帮助之下，田舜年还成为容美田氏家族文学的集大成者，搜集、编纂，并出色地完成了对田氏家族文学的总结和评价。同时，由于田舜年诗文集的散佚，文学交往而产生的诗文、序跋和书籍，还成为我们了解田氏生平事迹的主要材料。

---

① 高润身：《容美纪游注释》，天津古籍出版社1991年版，第28页。
② 同上书，第47—48页。

一　书牍与雅集：文学交往对田舜年创作的激发和推动

与容美家族的前辈一样，田舜年的文学交往直接激发和推动了田舜年的文学创作，虽然现在能够找到的田舜年诗作非常有限，只有14首，但其中亦有4首为寄赠唱和之作，占比将近三成（实际的情况可能远远超过这一比例）。另外，通过顾彩、孔尚任、毛会建、严守升、姚淳焘等人写给田舜年的诗作（至少有27首）和序跋亦可侧面了解文学交往对于田舜年创作的推动作用，表现有三：其一，众人写给田舜年的诗作都是寄赠唱和主题，依例田舜年亦应有赠诗及和诗，由此可见文学交往对于田舜年创作的推动之功。如顾彩写给田舜年的诗作至少有20首，其中《至宜沙善晤田九峰使君答来韵》《和玩月》《平山和九峰来韵》《答来诗二首》《雨中酬九峰以诗见讯》等显然都是和诗，则田舜年必有相应的赠诗；还有一些诗作，如《九峰读书台》《采茶歌》《紫草山怪石歌》《牛斗虎》《洞上社集》，顾彩都说明是诗社中的作品，则田舜年也定有相应的作品。还有一些寄赠之作，如《雨止寄九峰》《别田九峰十韵用藏头体》《又与九峰话别二首》，按照古人诗歌唱和的礼节，田舜年亦当有和诗。除顾氏之外，孔尚任的《容美土司舜年遣使投诗赞余〈桃花扇〉传奇依韵却寄》，严守升的《寄容美田韶初宣慰并致家传》《赠容美田九峰宣慰》，姚淳焘的《答宣慰土司田九峰兼送令嗣应恒归里》（四首）、毛会建的《寄容美田韶初》等诗也显然都是赠和之作，田舜年亦当有相应的赠诗及和诗。其二，顾彩还在《容美纪游》中多次提到田舜年热衷于举办诗会、诗社，而且除了临时的诗歌集会，每月的初二、十六为诗会期，风雨无阻，如此频密的诗会，自然也会有不少诗作产生，尤其是顾彩还特别提到"君成诗最敏，客皆莫及"①，更进一步证明田舜年在诗会、诗社这样的文学交往场合有大量的诗作产生。其三，《容美纪游》中还记载了在平时场合，顾彩与田舜年诗歌唱和的情形，如四月二十日，顾彩被安排居住在白衣阁当中，虽然与田舜年的行署"隔一峰"，但田氏仍然难耐诗瘾，与顾彩"掷诗唱和，夜分未已"②。凡此种种，无不有力地证明了文学交往对于田舜年诗歌创作的直接激发和推动作用。

二 内容、方法、立场：有关田氏诗作的文论文献的多元化发展

通过文学交往，严守升等人进一步丰富了有关田氏的文学理论文献。这主要集中体现在《〈田氏一家言〉叙》和《〈田氏一家言〉又叙》，以及《田氏一家言》所录的103条针对田氏诗作的"评语"。③

严氏的序跋，对田氏文学特征的分析主要集中在以下两个方面。

第一，关注田氏诗人的家族性和群体性特征，并赞其诗人之多、叹其沿续之久。严守升在《〈田氏一家言〉叙》中，将田氏诗人群体与史上著名的晋朝王氏家族诗人群体、南朝萧梁家族诗人群体相比较，提出"晋王氏七叶，人人有集"，萧梁"著录最盛"都已颇为不易，但是今"田氏乃更多且久矣"。"卷帙盈笥，烂然如万花谷矣"。④在赞叹田氏诗人群体之盛的基础上，严氏还分析了其兴盛的原因。他认为内因是田氏诗人"历代沿习，世擅雕龙"，在家族内部很好地营造了文学创作的氛围，并重视传承。外因是明代很多文士都被科举所绊，无力、无暇、无心进行诗歌创作，而田氏诗人则有得天独厚的自

---

① 高润身：《容美纪游注释》，天津古籍出版社1991年版，第48页。
② 同上书，第73页。
③ 中共鹤峰、五峰县委统战部、县志办所编《田氏一家言》共收录评语111条，其中文安之7条，黄灿1条，其余均为严守升所作。
④ 陈湘锋、赵平略：《〈田氏一家言〉诗评注》，中央民族大学出版社1999年版，第431页。

然环境（"居楚要荒"少染世情）和世袭的土司爵位或贵族身份，环境、生计、地位皆不成问题，故能"名利心净"潜心创作，所谓"天下作诗者，概为制科干禄，分去大半，而山中人颛志肆力，旬锻月炼，世擅厥美"（《〈田氏一家言〉又叙》）。① 家族性和群体性可说是田氏诗人的一个非常突出的特征，田舜年等人在相关诗集的序文中较少言及，而严守升则站在旁观者的角度，多次明确指出这一特征，并做了较为透彻的分析，很好地弥补了不足。

第二，高度肯定田氏诗人的创作水平及诗作价值。严守升《〈田氏一家言〉叙》中既对田氏诗人群的总体成就予以绝高赞誉，称其"阔绝寰宇"，《又叙》云"读其诗如探幽选胜，处处移怀而锦绣璀璨，膏馥沾人，受用不尽"。② 又具体评价了代表性诗人，如认为田九龄的诗作与明代"后七子"的代表人物王世贞、李攀龙的诗作水平不相上下。又称田霈霖、田既霖、田甘霖为诗坛"三珠"，并特言田甘霖"刻烛成诗，迥绝一时，"誉田舜年诗文"冠绝古今"。严守升在《〈田信夫诗集〉序》中认为田圭"其诗蕴藉风流静深而有致，古称辞达，其庶几焉"③，明确指出其诗含蓄深沉、简练自然的特征。严守升对于田氏诗人作品价值的分析和肯定，虽不免有过誉之辞，但大抵而言，较客观地揭示了田氏诗人的特征，也印证了土家族批评家的判断，更重要的是，这种汉族批评家对于少数民族文学作品价值进行理论分析的行为和高度认可的态度，在中国文学批评史中显得少见和宝贵。

此外，严守升针对田氏诗作的 103 条评点也几乎占据了有关田氏

---

① 陈湘锋、赵平略：《〈田氏一家言〉诗评注》，中央民族大学出版社 1999 年版，第 433 页。
② 同上。
③ 同上书，第 442 页。

第四章 容美土司家族"文学交往"的深化期——田舜年

文学批评的全部篇幅，前人对这些评点的研究十分有限①，实际上，这些评点在批评方法、批评方式、批评立场三方面都体现了较高的价值。

首先，在批评方法上，这些评点在序跋之外构成了有关田氏文学批评的另外一极，增加了观察田氏文学的角度，丰富了研究田氏文学批评的材料。

其次，在批评方式方面，严守升"意象化"的评点方式也颇具特色。严守升评田宗文《九日与虞子墨对酌楚骚馆有赠》道："如闻岭上哀猿。"②"岭上哀猿"是非常经典的中国诗歌意象，其源于汉代《巴东三峡歌》。据郭茂倩《乐府诗集》引郦道元《水经注》解其题曰："至峡口一百许里，山水纡曲，林木高茂。猿鸣至清，山谷传响，泠泠不绝，行者闻之，莫不怀土，故渔者歌云。"③自此，"岭上哀猿"遂成为包含怀乡、孤寂等内涵的诗歌常用意象，如常建《岭猿》诗云"相思岭上相思泪，不到三声合断肠"，刘长卿《新年作》中"岭猿同旦暮，江柳共风烟"，皆用此意象表达怀人、思归之义。田宗文生活在容美土司内部争权夺利最激烈时期，可能是有意逃避，抑或受到株连，他离开故乡，出居澧州，虽欲纵情山水、以诗书自娱，然于故乡、亲情终不能全然释怀，其诗亦多怀乡主题，且诗风凄苦、悲凉。严守升用此诗歌意象，形象展现了田宗文诗作旅人思乡的主题，以及孤冷凄清的意境。其次是借用经典的批评意象进行评点。如果说借用经典诗歌意象进行批评，主要体现了对传统评点批评方法的继

---

① 对这些评点及其他序跋的专门性研究，参见拙文《〈田氏一家言〉的文学批评方法及特色》（《民族文学研究》2015年第4期）。
② 中共鹤峰、五峰县委统战部、县志办：《容美土司史料汇编》，内部印行，1983年，第256页。
③ 郭茂倩编：《乐府诗集》，中华书局1979年版，第1208页。

承，那么借用经典的批评意象进行评点，则体现了严守升评点的特色。例如，评田九龄《登五峰怀鹏初兄》道"蔼蔼春云，态度飘然"①，严氏引用韩愈《醉赠张秘书》"君诗多态度，蔼蔼春空云"句评九龄诗风如春日之浮云，飘逸而有高致。韩诗原作中，"蔼蔼春空云"本身就是意象化批评的诗句，被用来形容张氏之诗风格古雅。严守升直接化用此句，而非自造"意象"品评田九龄诗作，且贴切入微，显示了严氏深厚的批评功底。又如，评《闻拿州公陟南司马志喜》云"武库乍开，干戈森然，可以相其严整"一句②，亦本是批评意象，原出南宋赵与时《宾退录》。《宾退录》卷二引张舜民之语道："苏子瞻如武库乍开，干矛森然，见之不觉令人神悚。"③ 本是形容苏轼诗风宏阔、壮大，乍读之下使人不禁慑服。而严守升用以喻田九龄诗格律工稳，是用"陈词"而创新意。再如，评《澧上思亲感作》"婉转轻便如流风回雪"④，誉田宗文之诗清新秀逸，亦是直接引用钟嵘评范云之语。

最后，在批评立场方面，在坚持实事求是、褒贬分明的批评原则方面，严氏与田氏家族亦达成一致。评点体的一大特征即在"一针见血"地指明诗作优劣所在。严守升虽是避难容美的汉族士大夫，但他在进行批评时，并未因自己寄人篱下的处境而一味曲笔阿谀。例如，其评田玄《军官行》云"条序井井如奏疏然"⑤，点明此作的突出特点在以歌行体写出，而条分缕析、丝毫不乱。又如，评田甘霖《松山

---

① 中共鹤峰、五峰县委统战部、县志办：《容美土司史料汇编》，内部印行，1983年，第211页。
② 同上书，第212页。
③ 赵与时撰，傅成校点：《宾退录》，上海古籍出版社2012年版，第23页。
④ 中共鹤峰、五峰县委统战部、县志办：《容美土司史料汇编》，内部印行，1983年，第251页。
⑤ 同上书，第136页。

晚眺》道"竟是松山图"①，则强调该作的特点在于形象鲜活。更加可贵的是，对于诗作的不足之处，这些批评家也毫不含糊，如评田九龄《送陈长阳调武昌之崇阳》道"未能免俗，聊复尔尔"②，认为该作未能脱出一般送行诗"恭维""祝贺"的陈套，缺乏真情实感。在《紫芝亭诗集》最后的总评中，严守升一方面肯定九龄之作，"风骨内含，韵度外朗"③，另一方面也指出其诗有"间落时蹊，未去陈言"的毛病④。再如，田圭《饮止止亭观白芍药其种曰杨妃吐舌》，严氏评为"未能免俗"⑤，指出该诗和多数咏花之作一样，绮艳有余而兴寄不足；评田甘霖《续梦中句》亦有"轻艳"之语⑥，认为该作流于轻靡华丽。在严氏批评的这些诗人中，田九龄是田氏诗人群的标志性人物，是让容美土司引以为傲的族中先贤，田圭是他依附的容美土司田舜年的叔祖，田甘霖更是田舜年的父亲，但是严守升在批评之时能准确、客观地指出作品的不足之处，不仅显示了批评的水准，更彰显了批评的道德和勇气。

总体而言，严氏对诸田的文学成就持高度肯定的态度，而且作为族外文士，严氏对于田氏文学的关注程度以及实际做出的贡献，在深度和广度上都首屈一指，而这一切都源于严氏与田舜年乃至田氏家族其他人的文学交往。

---

① 中共鹤峰、五峰县委统战部、县志办：《容美土司史料汇编》，内部印行，1983年，第169页。
② 同上书，第231页。
③ 同上书，第234页。
④ 同上。
⑤ 同上书，第272页。
⑥ 同上书，第154页。

三　协助田舜年成为家族文学的集大成者

田舜年通过文学交往等方式，成为容美田氏家族文学、文化的集大成者，这体现在三个方面：一是通过文学交往等方式，使得田舜年的创作更趋成熟、全面，总体来看，其成就是最高的；二是借助文学交往等方式，对家族文学进行了一次较为全面的总结和回顾，全面搜集、整理、编纂了家族诗作合集《田氏一家言》；三是文学交往和家族的文化传统，共同培育了其丰厚的学养，使其能够撰成《二十一史纂要》这样的著作。

田舜年的文学、文化成就，主要体现在诗文创作和学术著述方面。诗文方面，代表作有《白鹿堂文集》《白鹿堂诗集》；学术方面，有《二十一史纂要》《六经撮旨》《容阳世述录》。非常可惜的是，这些作品、著述似乎都已佚失，但据王绍曾《清史稿艺文志拾遗》（以下简称《拾遗》）所载，其"集部·别集类"录有《白鹿堂诗选》7卷，"集部·词类"录有《白鹿堂诗余》1卷，又"集部·戏典类·散录之属"录有《白鹿堂填词》1卷。另外，该书"丛书部·氏族类"录有《田氏一家言》8种17卷。并均注明见于南京大学编印之《中国丛书目录及子目索引汇编》，而这部汇编又是南京大学图书馆和历史资料室合编，因此有学者认为"既有原始书目可资查索，又有主编和编者可供访询，我想，寻索《田氏一家言》刻本的可能性是存在的"①。无论田舜年的诗文集是否还存世，单是从《拾遗》所载的田舜年著作3种，就可以窥见田舜年诗文创作才能的全面，不仅涉及诗词，还有散曲，这在之前的田氏诗人中是没有的。另据《拾遗》所

---

① 吴柏森：《关于〈田氏一家言〉的刻本》，《三峡大学学报》2004年第3期。

载，仅《白鹿堂诗选》一种就达7卷之多，若是全集，当至少倍于乃至数倍于此数。据此，亦可见田舜年创作之勤、数量之巨。而这些作品的产生，很大程度上得益于文学交往的激发和推动。除了诗文创作之外，田舜年还在学术方面成就显著，其编著的《二十一史纂要》，就现存的文献信息看，是一部规模颇大的著作，也是田氏家族唯一一部学术著作。这部著作不仅展现了田舜年渊博的学识，也是田氏家族文化发展的一个里程碑，反映出田氏家族在经过了200年不间断地接受中华文化熏陶之后，不仅在文学创作领域成果丰硕，而且在更高层次的学术研究领域，也有了高水平的成果。而在《二十一史纂要》的编纂过程中，同样可以看到其文学交往的身影，如姚淳焘就曾为这部著作作序，并在这篇序文不仅介绍了这部著作的体例、原则和内容，还给予了极高的评价，另外，《答宣慰土司田九峰兼送令嗣应恒归里》一诗中亦对这部著作有很高的赞誉。考虑到《二十一史纂要》已经佚失，姚氏的序文和诗作就显得更加有意义，它不仅证明了这部著作的存在，而且帮助我们了解了这部著作的概貌。

田舜年对家族文学进行全面总结的过程中，亦借助了文学交往的方式和成果，具体可见于以下三个方面。

第一，在选编《田氏一家言》的过程中，就有严守升等文士的参与。严守升的《〈田氏一家言〉又叙》中有云："迨今可四十年，乃得与韶初使君定交，并其长君大别，以赏奇剖疑商订，不以道阻千里，一岁三至，如其研席，然后尽读其《一家言》。"① 可见，严守升不仅为《田氏一家言》作了两篇序文，而且还可能亲自参与了《田氏一家言》的编辑工作。正是借助严守升等文士的力量，田舜年才最终

---

① 陈湘锋、赵平略：《〈田氏一家言〉诗评注》，中央民族大学出版社1999年版，第433页。句逗和标点稍有更改。

完成了《田氏一家言》编辑，从而避免了田氏家族优秀诗人作品的继续大量流失，对田氏家族作品有保护和保存的意义。值得注意的是，在田舜年之前，田氏家族诗人作品散佚的情况相当严重，如田舜年《〈紫芝亭诗集〉小叙》提及田九龄的作品其规模达到了 20 卷，但是到了田舜年时，"止得其第七、第八卷各半，唯七言近体与绝句耳"①。田氏家族作品的散佚情况，由此可见一斑。应该说，在《田子寿诗集》发现之前，我们仍然能够看到田九龄的 128 首诗作，得益于《田氏一家言》的保存和流传，而在这部书的编辑过程中，我们也可以看到文学交往带来的积极作用。

第二，严守升等人通过评点等方式，帮助田氏对作品进行甄选，使得《田氏一家言》体现了田氏家族 200 余年文学创作的最高水平。上文曾言及，田舜年只搜集到了田九龄 20 卷作品中的第七、第八卷各半，即使如此，田舜年也没有"全文照录"，而是对其进行了遴选，"汰其太染时调者，得若干首付焉"②。由此可见，田舜年在编辑《田氏一家言》时用心之精，即使对一位作品只留存下 5% 的家族先辈、而且是容美田氏第一位知名诗人的作品，也没有轻易放过。另外，田舜年在《田珠涛诗小引》中亦云："余家因世以文章相嬗，至先少傅尤加意焉。匪但予小子箕裘罔懈，既先后群从，亦彬彬可观，各有篇什。兹姑未暇多取，而独及珠涛者，则以其忠且才、有难忠者，故籍其诗以传之云尔。"③ 所谓"未暇多取""独及珠涛"，都体现出了田舜年编辑《田氏一家言》是有严格的遴选标准，不以求多为务。④ 而

---

① 陈湘锋、赵平略：《〈田氏一家言〉诗评注》，中央民族大学出版社 1999 年版，第 434 页。
② 同上书，第 434 页。
③ 同上书，第 443 页。
④ 详见拙文《〈田氏一家言〉的文学批评方法及特色》，《民族文学研究》2015 年第 4 期。

第四章 容美土司家族"文学交往"的深化期——田舜年

田舜年如此严格遴选标准的确立,很可能得到了严守升等人的帮助和支持,如前文已经说明,严氏在评点田氏家族诗作时并没一味阿谀,而是采取了褒贬分明的批评态度,如评《送陈长阳调武昌之崇阳》时即道:"未能免俗,聊复尔尔。"① 在《紫芝亭诗集》最后的总评中,严守升一方面肯定九龄之作,"风骨内含,韵度外朗"②,但也指出其诗有"间落时蹊,未去陈言"的毛病③,等等。这样一种直陈缺点的态度与田舜年严格的遴选标准正相应和,也是以实际行动帮助和支持了田舜年更好地编辑《田氏一家言》。④

第三,在编选的基础上,严守升、文安之等人也通过序跋、评点等方式,帮助田舜年对田氏家族文学的意义和价值进行了进一步申发。正面分三部分予以论述。

首先,严守升等人与田舜年一样,在评论田氏诗人的过程中采用"知人论世"的方式,利用自己对诗人生平和创作非常熟悉的条件,在对相关作品的评论中往往能够抓住关键、切中肯綮。例如,田舜年在《〈田信夫诗集〉小引》中介绍田圭"喜宾客而耽文雅,诗酒娱情,至老不倦",并认为"盖其性平易嬉游,诗亦似之,唯取适性,不甚矜琢也"。⑤ 指出田圭的诗作与其性格相似,有平易自然的特色,但同时也因个性影响,使其诗有平直粗糙之病,缺乏蕴藉之美和体律之工。严守升在《〈田氏一家言〉叙》中谈到田甘霖好结宾客时亦

---

① 中共鹤峰、五峰县委统战部、县志办:《容美土司史料汇编》,内部印行,1983年,第231页。

② 同上书,第234页。

③ 同上。

④ 李传锋先生认为:我们也可以从另一个方面看,由于选编者的标准受当时的政治和艺术的局限,其所谓"太染时调者"也可能是太接近时政或是世俗题材的作品,如果是这样,这种"汰选"又是至为可惜的。

⑤ 陈湘锋、赵平略:《〈田氏一家言〉诗评注》,中央民族大学出版社1999年版,第443页。

云:"特云座上常满,刻烛成诗,迥绝一时。"① 并在《〈田氏一家言〉又叙》中回忆了自己认识田甘霖的细节。这些都说明了严守升对于田甘霖生平和事迹的熟悉,而这种熟悉对于他评点田甘霖的诗作无疑起到了非常重要的作用,如其评点田氏《陶庄行》云:"序已周详,诗复怆惋,二十年前事,真不堪回想。"②《陶庄行》是田甘霖悼念亡妻之作,严守升能下如此评语,包含着一种深深的同情之感,亦即所谓"了解之同情",这种评语只有熟悉作者身世之人才可作出。又如,严守升评田玄《寄怀文铁庵先生》云:"缁衣情深,不但声调尔雅也。"③ 严守升对于田氏家族与文安之的深厚而特殊的交谊非常熟悉,所以评语中同样包含着一种"了解之同情"的意味。

其次,严守升等人与田舜年一样,都肯定了田氏诗人兼顾"自然抒发"和"风雅兴寄"的诗风。田舜年的"自然抒发"有三层含义:一是强调诗歌应是情感的自然抒发,所谓"诗言志也,各言其所言而已……十五国风,大都井里士女信口赠贻之物"(《〈田氏一家言〉跋》)。④ 二是反对刻意模仿,"果若人言,绳趋尺步,诗必太历以上,则自有盛唐诸名家在,后起者又何必寻声逐响于千秋之上哉"(《〈田氏一家言〉跋》)。⑤ 三是提出自然抒发的作品有天然之美、自成佳作,"天机所动,将亦有自然之律吕焉"(《〈田氏一家言〉跋》)。⑥ 田舜年强调自然抒发,正是因为是田氏家族诗作风格的重要特征,如

---

① 陈湘锋、赵平略:《〈田氏一家言〉诗评注》,中央民族大学出版社1999年版,第430页。
② 中共鹤峰、五峰县委统战部、县志办:《容美土司史料汇编》,内部印行,1983年,第185页。
③ 同上书,第136页。
④ 陈湘锋、赵平略:《〈田氏一家言〉诗评注》,中央民族大学出版社1999年版,第445页。
⑤ 同上书,第445页。
⑥ 同上。

第四章　容美土司家族"文学交往"的深化期——田舜年

田圭的作品就是"唯取适性，不甚矜琢也"①。同时，田氏也强调诗作要有雅正的风格和内容，如引吴国伦之言称颂田九龄诗作"冲融大雅"。同时，他在《〈田氏一家言〉跋》中也明确提出田氏诗风源于《诗经》屈骚的风雅传统，所谓"风雅一道……有传书崇山大谷之间，亦有传人，其势恒足以相埒"②。田舜年这种主张，也得到了严守升等人的支持与应和，如严守升评田圭诗云："其诗蕴藉风流静深而有致，古称辞达，其庶几焉。"③ 也是说田圭的诗不尚雕饰、自然质实，而又有蕴藉之美。

最后，强调"荒裔文学"的批评价值。所谓"荒裔文学"，指以容美为代表的远离中原文化圈的边远地区，尤其是民族地区的文学。田舜年从情感的共性、民族文学的特性、批评的公正性三个方面分析和强调了"荒裔文学"的批评价值。在情感的共性方面，田氏指出人的基本情感是相通的，并不因地域的悬隔而有分别，"四海九州之大，此心此理之同，岂其有畛域限之耶?"因此，民族地区的文学同样能引起共时性和历时性的广泛情感共鸣，所谓"异地而神交，旷世而相感"（《〈田氏一家言〉跋》）④，自然也能被不同民族的文学批评家所欣赏。在民族文学的特性方面，舜年指出"山鸡之羽文彩可观、泽雉之性耿介足垂"⑤。"山鸡之羽""泽雉之性"既可理解成文学的外部因素，即民族地区的秀丽山水、淳朴民风及其它们带给民族文学的独特影响，也可理解成文学的内部因素，即以田氏为代表的诗人因民族和地域特殊性，使其作品在题材、辞章、风格等方面具有的特异之

---

① 陈湘锋、赵平略：《〈田氏一家言〉诗评注》，中央民族大学出版社1999年版，第443页。
② 同上书，第445页。
③ 同上书，第442页。
④ 同上书，第445页。
⑤ 同上。

美。在批评的公正性方面，田舜年提请人们不要戴有色眼镜看待少数民族作家的作品，"无过为分别之见焉"。这实际上是在提醒批评家，只有不抱成见地看待民族文学，才能真正认识其价值。田舜年这一主张，从理论上分析和肯定了少数民族作家、作品的批评价值，充分体现出对田氏诗人群体创作成就的自豪感和自信心，这种理论主张在古代文学批评史中也殊为少见。[1] 同样，严守升也对以田氏为代表的"荒裔文学"的价值给予了极高评价。如果说田舜年是从正面直接评价"荒裔文学"的价值，严守升则是从侧面，亦即田氏诗人群体形成的原因层面，提出了"荒裔文学"的意义。严氏认为，田氏诗人群体之所以能够传承200余年，几乎代代都有诗人，一个重要的原因就是其地处荒裔，没有世俗功名利禄的种种诱惑，所以能够专心于诗歌创作。用他自己的话说，就是"大约天下作诗者，概为制料干禄，分去大半，而山中人颛志肆力，旬锻月炼，世擅厥美"（《〈田氏一家言〉又叙》）。[2] 应该说，严守升的这个观察是非常具有洞见力的，也很好地说明了为何在中原地区都难得一见的能传承如此之久的文学世家，却在地僻人稀的容美地区生根散叶、绵延不绝。值得一提的是，除了与田舜年有文学交往的严守升有如此认识之外，与舜年祖辈田玄等人有过文学交往的文安之也有相关论述。文氏一方面认为正是荒裔之地的秀美山川，以及与世俗喧嚣的隔绝环境，才造就了田氏诗人群体，所谓"歌紫芝以寄傲，奚啻商颜畸人；咏白雪以自怡，何殊华阳仙隐"[3]；另一方面又认为荒裔文学带有独特风格正是田氏诗人的特色所

---

[1] 详见拙文《〈田氏一家言〉的文学批评方法及特色》，《民族文学研究》2015年第4期。
[2] 陈湘锋、赵平略：《〈田氏一家言〉诗评注》，中央民族大学出版社1999年版，第433页。
[3] 同上书，第437页。

在，打破了流行的庸俗诗风的一成不变。所谓"摅义愤于彩笔，已见击碎唾壶；出芳句于锦囊，才闻响绝铜钵"①，就是认为田氏诗作直抒胸臆，饱含真情，一改主流文坛中陈陈相因的诗风。

容美田氏作为文学世家绵延时间之长、作品之多、成就之大，不仅在少数民族诗歌群体当中难觅对手，就是在汉族诗人中亦不多见，是故严守升在《〈田氏一家言〉又叙》中有言："江左王氏人人有集，则田氏过之矣。古称一家之言，如曹如谢概弗逮。"② 指出容美文学世家在时间、规模上超出了曹魏和东晋的江左王氏、谢氏，虽然有过誉之嫌，但是容美田氏作为一个文学世家能够绵延200余年，在六代人中基本做到了"代代有诗人，人人有诗集"，确实难能可贵。传到田舜年之时，容美田氏文学已经积累了深厚的底蕴，加之田舜年本人渊博的学识和出众的才华，使得对容美田氏文学做一次总结成为可能。但是也要看到，正是有严守升等人的支持、帮助才使得田舜年的这一总结工作做得更为出色、完善。而严氏等人能够结识田舜年及其家族成员，并参与对田氏诗人群体的总结和评价，又都是文学交往的结果。

四 "本事"与生平之三：文学交往对考证田舜年生平的文献意义

由于田舜年本人诗文集的散佚，其所存的作品非常有限，同时《田氏一家言》中田舜年的传记又非常简略，因此，我们今天了解田舜年的生平、事迹和创作情况，主要靠他在文学交往过程中产生的一

---

① 陈湘锋、赵平略：《〈田氏一家言〉诗评注》，中央民族大学出版社1999年版，第437页。

② 同上书，第433页。

些材料。这些材料的类型比较驳杂，有书籍，如顾彩的《容美纪游》；有序跋，如严守升的《〈田氏一家言〉叙》《〈田氏一家言〉又叙》，伍鹭《〈白鹿堂诗集〉序》，姚淳焘的《宣慰土司田九峰〈二十一史纂要〉序》，孔尚任的《桃花扇本末》；有诗作，如顾彩的《枝江寄赠田九峰使君》《至宜沙善晤田九峰使君答来韵》《和玩月》《九峰读书台》《平山和九峰来韵》《洞上社集》《柬九峰》《答来诗二首》《雨中酬九峰以诗见讯》《雨止寄九峰》《别田九峰十韵用藏头体》《又与九峰话别二首》等几十首，孔尚任《容美土司舜年遣使投诗赞余〈桃花扇〉传奇依韵却寄》，姚淳焘《答宣慰土司田九峰兼送令嗣应恒归里》（四首），毛会建《寄容美田韶初》，严守升《寄容美田韶初宣慰并致家传》《赠容美田九峰宣慰》及田舜年的和诗，以及田舜年《蒋玉渊先生与严平子毛子霞诸先生同集黄鹤楼为九老会兼有清诗之选遥抒此赠》，等等。因为相关记载的缺失，这些因为文学交往而产生的材料可以说几乎都是填补空白性的，如姚淳焘为《二十一史纂要》所作的序是今天可以看到的唯一介绍该部著作体例、主题的文字。再如，孔尚任和顾彩关于容美上演《桃花扇》的记载，也是相关方面的仅存记录，同时成为稀有的田舜年爱好戏曲的重要文献证据。当然，如果单独看其中的一篇或一类材料，都比较难对田舜年的生平事迹有一个整体的认识，但如果把这些材料串起来，再加之以《田氏一家言》地方志中的零星记载，虽然不能说完全搞清楚田舜年的生平情况，但是一个大致的雏形是可以建立起来的。

五　自信与交融——田舜年文学交往的文化内涵

前文已经言及，田舜年对外文学交往的特征之一就是显得更加自信，他既没有借助特殊的历史背景，也没有局促于湖广之地，而

第四章　容美土司家族"文学交往"的深化期——田舜年

是积极主动地沿着文学交往之路走出了山乡乃至荆楚。他与孔尚任的交往就特别能说明问题，在他去信给孔氏之前，两人并不相识，且此时的孔氏又因《桃花扇》刚刚被罢官，与其接触多少有些敏感。但田舜年并未觉得冒昧，也未过多考虑时机问题，亦或许正是得知孔氏罢官，才更要写信给这位自己敬仰的才子，以示支持与安慰，并表达自己对《桃花扇》的喜爱以及在容美排演此剧的情况。田舜年的这种举动，一方面和他的豁达、开朗、意气风发的个性有关，关于这一点，在他与顾彩的交往中也有体现，前文已有论及；另一方面也与他所具的深厚文化功底有关。正是出于对自己文化、文学水准的自信，田舜年才敢于写信给孔尚任这位誉满朝野的才子。

　　容美土司在经历了 160 年的汉文化教育之后，到了田舜年这一代，终于迎来了全面的丰收。不仅在诗文方面依然保持着良好的家族传统，创作不辍，而且在学术方面有了较大突破，出现了《二十一史纂要》《六经撮旨》等著作，这种"通儒"式的著作，非浸淫汉学多年的饱学之士是不能写出的。可以说，田舜年的诗文及学术成就，是田氏家族接受汉文化教育道路上的一个里程碑，它标志着田氏家族已经完全将汉文化融入自己的文化基因当中。田舜年作为集大成者，不仅仅是他个人的成就，更是容美田氏历代土司及其族人励志学习、汲取汉文化，孜孜以求的结果，是武陵山地区土家族和汉族文化深度交融的一个缩影。

第五章　容美土司家族"文学交往"的余绪期——田泰斗

　　从时间上看，田泰斗的文学交往期与田舜年的文学交往期之间存在较大的断层，造成这一断层的主要原因就是"改土归流"。由清世宗亲自主导的这场大规模的改革，对中国的历史，尤其是边疆历史影响之广泛、深远是难以估量的。而具体到容美土司，在这场巨变中，不仅土司之位被取消，更为悲惨的是，因为末代土司田旻如在"改流"中的不合作态度，导致其人穷途自缢，田氏直系亲族亦被流放，只有少数族裔得以继续生活于故土。在改革风暴的席卷之下，七零八落、星散四地的田氏家族，自保尚嫌不足，遑论文学创作和文学交往。因此，在容美田氏的文学交往史上就出现了一个异常的现象：本已日渐走向繁荣和深入的文学交往突然在雍正朝（1723—1735）戛然而止，直至道光年间（1821—1850）才重接余绪。这之间上百年的时间几乎完全是一片空白，至少从目前掌握的文献情况看是如此。从一个代代有诗人、诗集，代代充满诗文唱和之声的状态，突然陷入到一片沉寂，且一沉寂就达百年之久，田氏家族的命运遭遇不禁令人唏嘘。①

---

① 李传锋先生认为：单从田氏家族诗人群体来看，"改土归流"是毁灭性的，土家族辉煌文脉因此被强力冲断很令人惋惜。

第五章 容美土司家族"文学交往"的余绪期——田泰斗

所幸的是,这本已微弱的文脉终于在田泰斗身上又重新复苏,并上演了容美田氏文学交往的最后高潮一幕。① 因为"改流",此时的田泰斗已经没有了土司的特殊身份,有利于文学交往的政治、经济优势也随之消失,而且从其诗文也可看出,他对于土司的态度是有所保留的,但这些并未妨碍他对于田氏家族辉煌的文学传统和文学成就感到自豪和骄傲。田泰斗也时时以田氏家族文学的继承者自命,他的文学交往对象也在诗文唱和和相关文学交往活动中强调田泰斗作为田氏家族文学继承人的身份和使命。

田泰斗的诗集《望鹤楼诗钞》,在清咸丰、同治和民国初年曾 3 次筹资刊印,但均因故未成,直到 1999 年才由田登云等人以其后人保存的唯一一个抄本为底本进行整理,并作为"五峰民族古籍整理丛书"之一编印发行。虽然因为年代久远,该部诗集的全貌已不可窥,但经田登云等整理的诗集仍存有田氏的诗作 421 首,诗体包括四、五、七言古体,五、七言律诗、排律、绝句、乐府等,另有赋 1 篇,散体叙文 1 篇。② 相比于田氏的大部分诗人而言,其诗作的存世数量已经非常可观,在田氏所有代表性诗人中仅次于田九龄。

田泰斗的文学交往虽然因为"改流"和自身有限的科名,在范围和层次上都有所缩小和降低,但是仍然激发了田氏的文学创作、丰富了田氏家族的文论文献,更重要的是促使田泰斗担负起了继承家族文学传统的任务,并充实了有关田氏生平的文献。

---

① 李传锋先生认为:作为田氏文脉的主流,土司的直系亲属都被流放到陕西、湖北、广东等地,他们失去了文学生活的根基,异时异地,即使继续创作也会逐渐融入当地文化主流而难以独处。他们甚至从此没有再和容美发生联系。如果他们手中保存有田氏诗人的作品,也会慢慢消亡流失,而独有田泰斗一脉侥幸免祸。

② 另外,据田登云等人所说,田泰斗还有《望鹤楼文集》两卷,但已散佚。

第一节　田泰斗的族外文学交往

　　田泰斗（1818—1862），字子高，号一山、鲁山①，道光己酉（1849）拔贡，容美土司后裔。据李焕春《诰授修职郎田公义庵先生墓志铭》所载，田泰斗的始祖为田九龄，一世祖为九龄三子田宗阳（官明朝游击将军），二世祖为田楚庚（容美左营参将，后预见到容美有"改流"之患，毅然辞官隐居长乐坪），高祖为田瑞霖，曾祖为田英年（字俊伯），祖父田浩如（1770—1850，字宏德，号义庵）为贡生，曾主持长乐县（今湖北五峰）五峰书院，后任竹山县学训导，光绪《长乐县志》存其《问桃桥序》一篇，其父岭南（号梅林）为邑增生，其叔峄南（号琴阳）为庠生。②由此可见：一是田氏的后裔依然继承了容美田氏诗书传家的传统，家族中人多有读书、走功名之路者；二是田泰斗出身于一个书香门第，自幼受到良好的家庭教育（主要是受教于其父、叔），为其的文学创作打下了基础。

　　关于田氏的生平，据田登云《〈望鹤楼诗钞〉作者简介》载，田泰斗曾任枝江县学教谕，云贵③总督张亮基聘往任职，田氏谢绝不就，居深山中致力教育，培养人才。其培养人才的途径有二：一是讲学授徒，田泰斗23岁即在渔洋关设馆，后又长时间在自己书屋"养心花斋""群山书屋"教授生徒；二是担任宾兴首士，负责五峰书院的财务管理。另外，太平天国期间（1851—1864），田泰斗还担任过长乐

---

①　一说田泰斗约生于1824年，卒于1863年。
②　《中国地方志集成·湖北府县志辑·光绪长乐县志》，凤凰出版社2010年版，第278、328、342页。
③　田登云：《〈望鹤楼诗钞〉作者简介》误作"云桂"。

县团总，组织地方武装保卫乡里。田氏还是《长乐县志》的主要编纂者。① 田氏的诗集有《鹤望楼诗钞》②《柏一山房诗草》，另《长乐县志》收其《五峰竹枝词》20多首。③

田泰斗的文学交往情况，因为文献的稀少已经难窥全貌，仅能从光绪《长乐县志》、光绪《永昌府志》等几部志书中找到一些与他文学交往情况相关的材料。不过，通过对这些材料的细读，仍能看出其文学交往的一些基本特征。

一　田泰斗族外文学交往对象补考

（一）李焕春

田登云在田泰斗的《次李玉山明府〈雨打残花〉原韵并引》的注释中，只注明李氏为云南保山人，进士出身，长乐县知县。④ 笔者据光绪《永昌府志》等所载，补考如下：

李焕春，道光十四年（1834）举人，二十四年（1844）进士，道光三十年（1850）从南漳调任长乐县知县、兼长阳县知县。四年以后，即咸丰四年（1854），李焕春因病卸任，致仕回乡，归来时"宦囊萧然，清徐自守，主讲永保书院，启迪后进，人咸师之。辛酉六月，逆回陷城，以毒饮家人，自着官服，骂贼被戕"⑤。也因为其在回乱（杜文秀起义）中的行止，李氏的传记在光绪《永昌府志·人物

---

① （清）田泰斗著，田登云编注：《望鹤楼诗钞》，内部印行，1999年，第5—6页。
② 《望鹤楼诗钞》原名《养心花斋诗草》，编订于咸丰元年（1851），咸丰三年（1853）增加了几首诗后，改名《望鹤楼诗钞》，并由长乐知县李焕春作序（参见彭继宽《土家族文学史》，湖南文艺出版社1989年版，第317页）。
③ 光绪《长乐县志·杂纪》还载有田泰斗《祭鬼文》一篇（《中国地方志集成·湖北府县志辑·光绪长乐县志》，凤凰出版社2010年版，第398页）。
④ （清）田泰斗著，田登云编注：《望鹤楼诗钞》，内部印行，1999年，第238页。
⑤ 《中国地方志集成·云南府县志辑·光绪永昌府志》，凤凰出版社2009年版，第222页。

志》中被归于"忠义"一类。

李氏在长乐任上，着意加强文教，甫一到任，有感于长乐旧志或过于陈旧或过于简略，遂生重修县志之念，并开始"搜求志乘，网罗旧闻"，还积极引导当地士民参与，但自夏至冬，竟无一应者。咸丰元年（1851）春，李焕春又集当地士绅谋之，又遭到以"经费无出"为由的拒绝。当年秋，李氏再集士绅谋之，并定"分修、采访"之人，并以十一月为期，至期又无一至者。咸丰二年（1852）春，田泰斗主动请缨，负责修志事宜，并邀约分修诸人共同参与，至此，修志一事才终于走上正途，并于当年修成。① 纵观整个修志过程，虽然历经挫折，但李焕春坚持推进，而且从事情的发起到人员的分工、体例的编订，乃至材料的搜集和编辑，无不亲自参与，可以说《长乐县志》的修定，李氏功莫大焉。

附 李素

李焕春之子，字少白，同治六年（1867）举人，官至商州直隶州知州。② 李氏父子与田泰斗均有较密切的交往、交谊甚厚，详见下文。

（二）胡馨

据田登云注释云：胡氏，号桂山，江南南昌府南丰县人，道光丙午（1846）进士，两任长乐县。③ 但光绪《长乐县志》的相关记载与其并不一致。《长乐县志》载：胡馨，号桂山，江西南昌府南昌县人，道光丙申（1836）恩科进士④，两任长乐知县。

查道光朝科考，丙午年（1846）并无会试，而道光丙申年确有恩

---

① 《中国地方志集成·云南府县志辑·光绪永昌府志》，凤凰出版社2009年版，第102—103页。
② 同上书，第202页。
③ （清）田泰斗著，田登云编注：《望鹤楼诗钞》，内部印行，1999年，第20页。
④ 田登云《望鹤楼诗钞》中注云：胡馨为道光丙午（1822）进士。

科会试，且丙申科的榜上即有胡馨其人，位列第三甲第十二名。且相关资料亦显示胡氏为南昌府南昌县人。① 由此可确定当以光绪《长乐县志》的相关记载为是。

另外，光绪《长乐县志》载：胡馨"慈惠廉明，爱才如命。甫下车即出示，集闱邑生童，扃门考试，赏赉优厚。从此按月定课，士有距城远者，送文至署，文佳必遥寄润笔资以示鼓励，复招致田泰斗、陈宜政辈于署后草堂训诲谆谆，纸笔食用皆公给也。捐廉倡修考棚，修五峰书院。先是，书院膏火乏资，太孺人拔金钗质钱给发，士皆感激而四乡捐输者愈多，年余宾兴，膏火资裕如矣。善折狱，然不轻刑一人，民亦不忍欺，三年以实授房县去任，白叟黄童攀辕泣送者数千人。抵省调取己亥科同考官，分第一房，俄丁太孺人忧，出闱扶柩回籍，葬毕，应湖北抚军伍聘，教其少君。公居官未受一钱，历艰虞后，行囊皆典尽，冬月尚衣单袷衣，后竟卒于抚署，乐邑士民闻之皆号哭，为立祠于城隍庙侧"②。

（三）陈宜政

据田登云注释，陈宜政，字化南，号帅亭，卒年28岁，有集《雪鸿集》，已佚。③

又据光绪《长乐县志》，陈宜政，"邑庠生，幼姿性过人，游于贡生雨苍赖汝霖、增生关福二君之门，诗文清秀。早年入泮，家固贫，受知于前任桂山胡馨，与拔贡田泰斗辈召至署中课之，给以膏火笔资。宜政性笃挚，不忍忘亲，出门寸步辄如离亲千里然，一应乡试未

---

① 江庆柏编著：《清朝进士题名录（中）》，中华书局2007年版，第904页。
② 《中国地方志集成·湖北府县志辑·光绪长乐县志》，凤凰出版社2010年版，第209页。
③ （清）田泰斗著，田登云编注：《望鹤楼诗钞》，内部印行，1999年，第50页。

中,归而教授生徒。性喜吟咏,与田泰斗、庠生丁志一辈相唱酬,年二十八卒。其友玉山王清辉集其诗,呈于学博,霁堂潘君炳勋为之序,邑李焕春题以《鸿雪诗集》云"①。

(四)丁志一

据田登云考证,丁氏,号汉川,长乐县人,廪生。著有《知不足斋诗稿》。②

又据《长乐县志·人物志》载,丁氏为同治元年(1862)恩贡。另外,李焕春为陈宜政《雪鸿集遗稿》所作的序有云:"宜笙宾杨氏叙其诗之可传,而鼎三关氏、一山田氏、汉川丁氏皆□之也。"将丁志一与陈宜政、关福、田泰斗并而称之,亦可见其为当时长乐的代表性文士。

(五)杨福煌

据田登云考证,杨氏,号晖庵,长乐人,拔贡,科举不第,授教职归里。③性情闲雅,与湖南石门、湖北宜都、长阳、枝江等处文士多有唱和,著有《渔洋小记》《六山诗草》。

今据光绪《长乐县志·人物志》载,杨福煌为杨士鹊之三子,好为诗章,选拔后自楚游齐、鲁、燕、赵间,俱有题咏。廷试未第,就教职归里,品行端方,唯日以教授生徒为事。④ 值得注意的是,杨福煌之父杨士鹊,是长乐当地著名的文士。据光绪《长乐县志·人物

---

① 《中国地方志集成·湖北府县志辑·光绪长乐县志》,凤凰出版社2010年版,第288页。又,李焕春《鸿雪集遗稿序》中转引潘炳勋之言道陈宜政是"廿六年即逝"。不知28岁、26岁,何者为确。疑李氏所作序文有误,陈宜政卒时当为28岁。
② (清)田泰斗著,田登云编注:《望鹤楼诗钞》,内部印行,1999年,第127页。
③ 另据光绪《长乐县志·人物志》载,杨福煌为道光五年(1825)乙酉科候选教谕。
④ 《中国地方志集成·湖北府县志辑·光绪长乐县志》,凤凰出版社2010年版,第287—288页。

志》载，杨士鹍，号凤山，邑增生，身体魁梧，博学多能，凡歧黄、堪舆、遁甲之书，无不通晓，兼有胆略。嘉庆元年（1796）白莲教起义，杨士鹍曾受到清军主帅额勒登保的召见和赏识，回乡举办团练、参与镇压，并因军功议叙，补为县丞。杨士鹍本锐意科举，但屡试不第，遂弃举子业，立家塾，训子课士，以为世业，"邑人大半出其门"。其为人严毅、刚方，里中不肖子弟闻謦欬声，往往惊避。澧州梅观麓评其"得天地之正气"。年七十七而终，其子孙繁衍，人文蔚兴，所著有《渔关八景诗》。① 可见，杨氏一族在长乐是名门望族、书香门第。杨福煌作为杨士鹍之子，家族教育和家风熏陶对其文学修养的养成显然起到了非常重要的作用。另外，作为一个文化、文学家庭，杨氏除了杨士鹍、杨福煌之外，知名的诗人还有杨福焯、杨恭寿、杨大寿、杨嘉寿、杨墀寿等。

（六）杨嘉寿

田登云于《上杨笙宾夫子》后注云："杨笙宾，今五峰渔洋关镇人。名嘉寿，清道光贡生。"杨嘉寿是杨福煌（晖庵）之侄，并是田泰斗的业师之一。②

又据光绪《长乐县志·人物志》载，杨氏为道光十九年（1839）候选训导，倡修书院、考棚、各庙，议叙记录二次。③ 议叙乃清代考核官吏之法，对政绩优良者一为加级，二为记录。杨氏得到两次记录，显然是在训导任上，颇有政绩。另外，光绪《长乐县志·修志姓

---

① 《中国地方志集成·湖北府县志辑·光绪长乐县志》，凤凰出版社2010年版，第276页。
② （清）田泰斗著，田登云编注：《望鹤楼诗钞》，内部印行，1999年，第82页。
③ 《中国地方志集成·湖北府县志辑·光绪长乐县志》，凤凰出版社2010年版，第272页。

名》载：杨嘉寿曾与田泰斗同任《长乐县志》的分修。①

（七）杨犀寿

据田登云考证，杨氏，字雯林，号銮坡，廪生，杨嘉寿四弟，得叔、兄之传，然三十余即逝。著有《绿漪堂诗草》。②

又据光绪《长乐县志》载，杨氏幼聪慧，善诗文，早岁游泮，性耽吟咏，得其祖杨士鹃诗风，与叔杨福煌、福焯，兄恭寿、大寿、嘉寿辈同善诗词。③

（八）佘国瀛

据田登云考证，佘氏，字仙洲，号明卿，廪生，五峰城人。④

又据光绪《长乐县志·修志姓名》载：佘国瀛曾充任《长乐县志》的采访，与田泰斗同修县志。⑤另外，光绪《长乐县志·人物志》载，佘氏为恩贡，咸丰十年（1860）候选教谕。⑥田泰斗《赠佘仙洲》自注还有"佘氏善度曲"⑦之说。

（九）刘振华

田登云于《刘楠州招饮陪李少白夜饮分韵得霜字》后注云："刘楠州，长乐（今之五峰镇）南门外人，又名刘振华。生员，以训蒙为业。"⑧

---

① 《中国地方志集成·湖北府县志辑·光绪长乐县志》，凤凰出版社 2010 年版，第 111 页。
② （清）田泰斗著，田登云编注：《望鹤楼诗钞》，内部印行，1999 年，第 135 页。田登云注中作"杨犀寿"。
③ 《中国地方志集成·湖北府县志辑·光绪长乐县志》，凤凰出版社 2010 年版，第 288 页。
④ （清）田泰斗著，田登云编注：《望鹤楼诗钞》，内部印行，1999 年，第 130 页。
⑤ 《中国地方志集成·湖北府县志辑·光绪长乐县志》，凤凰出版社 2010 年版，第 111 页。
⑥ 同上书，第 271 页。
⑦ （清）田泰斗著，田登云编注：《望鹤楼诗钞》，内部印行，1999 年，第 130 页。
⑧ 同上书，第 245 页。

又据光绪《长乐县志·修志姓名》"采访"条载:"刘振华,楠洲。"① 知刘振华为名,楠洲(或楠州)当为其号。刘振华曾与田泰斗同预修志事。

(十)陈兆元

据田登云考证,陈氏,字春山,号育和。②

今据光绪《长乐县志·修志姓名》所载:陈兆元为岁贡,并曾与田泰斗同任县志的分修。③ 又《长乐县志·人物志》载,陈氏在道光二十年(1840)倡修书院等项,亦受到朝廷嘉奖。④

(十一)汤卓千

据田登云考证,隽臣,长乐人,道光二十三年(1843)师从田泰斗。⑤

又据光绪《长乐县志·修志姓名》载:汤卓千曾任《长乐县志》的监局,与田泰斗同修县志。⑥

(十二)邹峄山

据田登云注释所云,邹峄山又名邹干园⑦,今五峰升子岬乡人,秀才出身。家境富足,其父后曾捐资在长乐坪卸甲坪东筑路,并修石

---

① 《中国地方志集成·湖北府县志辑·光绪长乐县志》,凤凰出版社2010年版,第111页。
② (清)田泰斗著,田登云编注:《望鹤楼诗钞》,内部印行,1999年,第3页。
③ 《中国地方志集成·湖北府县志辑·光绪长乐县志》,凤凰出版社2010年版,第111页。
④ 《中国地方志集成·湖北府县志辑·光绪长乐县志》,凤凰出版社2010年版,第272页。又,原文为:"道光二十年倡修书院等项,议叙。"疑此处有佚文。
⑤ (清)田泰斗著,田登云编注:《望鹤楼诗钞》,内部印行,1999年,第47页。
⑥ 《中国地方志集成·湖北府县志辑·光绪长乐县志》,凤凰出版社2010年版,第111页。
⑦ 干园,疑当作"乾园"。

拱桥一座，名蟾蜍桥。①

另据光绪《长乐县志·人物志》载，邹峄山为邹昌虎三子。邹昌虎，字焕章，光绪《长乐县志》有传，其传云：邹昌虎"幼习诗书，为人忠正慈善，事父母以孝，昆季三人极友爱。……乐善好施，捐修桥梁、道路、寺观，乡里有贫乏者，无不周济"②。邹昌虎有子四：长子忠良（又名国柱），字汝弼。据光绪《长乐县志》的相关记载，蟾蜍桥乃邹忠良与同乡董作云所建，非其父所建。次子炳，三子峄山，四子忠纯。

光绪《长乐县志·人物志》载：邹峄山，"读书有才，青年入泮，急公好义，如开遇子河（笔者按：遇子河，系河名，在今五峰仁和坪）途，监修志局，更捐金以助其征也。其居家雍穆、处世和平"③。值得注意的是，此处所说的"监修志局"，就是指编修《长乐县志》事。又据光绪《长乐县志·修志姓名》载：邹峄山曾充任《长乐县志》的监局，与田泰斗同修县志。④另外，邹峄山还曾有分发湖南试用府经历⑤。

（十三）罗秉初

田登云于《三月九日秉初同年招游山庄归寄作且订重九之约》后注云："秉初，宜都县人，生平无考。"⑥

另据李焕春《诰授修职郎田公义庵先生墓志铭》载：田泰斗祖父

---

① （清）田泰斗著，田登云编注：《望鹤楼诗钞》，内部印行，1999年，第215页。
② 《中国地方志集成·湖北府县志辑·光绪长乐县志》，凤凰出版社2010年版，第284页。
③ 同上书，第284页。
④ 同上书，第111页。
⑤ 同上书，第273页。
⑥ （清）田泰斗著，田登云编注：《望鹤楼诗钞》，内部印行，1999年，第276页。

田浩如曾"从丹阳、陆城名宿曹桂圃、罗秉初游"①。陆城,即宜都之治所。知此处所说罗秉初,当即田泰斗诗中所言秉初。又,田泰斗呼其同年,则罗氏亦是道光己酉(1849)拔贡。

(十四)张方旦

田登云于《勉张生晓江》后注云:"张晓江又名第方旦,五峰白鹿庄青岩冲人,中过秀才,以后为地方绅士。"②

今据光绪《长乐县志·修志姓名》的"劝捐"名单所载:"张方旦,晓江。"③知张晓江,名方旦,"晓江"当为其号,田氏所说的"第方旦"显为笔误。另据田泰斗《勉张生晓江》诸诗的语气来看,张氏就曾师从于田泰斗。

(十五)关福

据光绪《长乐县志》载,关氏,"号鼎三,邑增生,文才韶秀,青年游泮,前任秋圃孟君登先④器重之,每赠以诗草,勉以励志,福亦深感其知遇,立品端严,惟日以教授生徒为事,游其门者,如陈宜政辈,皆俊才。课士之余,恒以文事自娱,工书法,时艺、古文、诗歌、词赋,皆见清适。所著有《补闲吟初集》。子二:长士云,邑庠

---

① 《中国地方志集成·湖北府县志辑·光绪长乐县志》,凤凰出版社2010年版,第342页。
② (清)田泰斗著,田登云编注:《望鹤楼诗钞》,内部印行,1999年,第59页。
③ 《中国地方志集成·湖北府县志辑·光绪长乐县志》,凤凰出版社2010年版,第112页。
④ 孟登先,号秋圃,山西阳曲县举人,由麻城县卸篆补授长乐县,为人"气宇端凝,德性恬粹,每接见士子必以忠孝文章相鼓励",曾将自己攻举业时的习作示诸生。"公余,好饮酒赋诗,文雅风流,翘然物表,著有《知不足斋诗集》"(《中国地方志集成·湖北府县志辑·光绪长乐县志》,凤凰出版社2010年版,第209页)。另外,光绪《长乐县志·艺文志》还载有孟登先写给关福的《励志吟赠关生福》(《中国地方志集成·湖北府县志辑·光绪长乐县志》,凤凰出版社2010年版,第359页)。

生；士奎，业儒；孙林立"①。李焕春曾为陈宜政《雪鸿集遗稿》作序，将关福与田泰斗、陈宜政、丁志一并称为长乐的代表性诗人。②

（十六）曾煜廷

据田登云于《贺赠曾煜廷泮游》后注云：曾煜廷为今五峰长乐坪人，秀才，曾师从田泰斗。③

另据《长乐县志·修志姓名》载，曾煜廷曾充任县志的誊录，与其师田泰斗一起参与了修志。④

二 乡邻、师长：田泰斗族外文学交往对象的类型及其生平

田泰斗族外文学交往的对象具体的唱和情况如下：

丁志一（46首）、陈宜政（17首）、薛孟亭（13首）、李焕春（10首）、杨埠寿（10首）、张映西（9首）、李素（8首）、杨嘉寿（8首）、王玉山（6首）、汤隽臣（5首）、罗秉初（5首）、龚南墅（4首）、李绥若（4首）、杨福煌（4首）、曾煜廷（4首）、陈凤鸣（3首）、张鲁珊（3首）、胡馨（2首）、刘楠州（2首）、徐确夫（2首）、余笏亭（2首）、张晓江（2首）、邹楚湘（1首）、邹千园（1首）、佘国瀛（1首）、汤鹤楼（1首）、胡文圃（1首）、邓香泉（1首）、万六坪（1首）、曾陶庵（1首）、陈瑞麟（1首）、陈兆元（1首）。

从这些诗作及相关文献来看，田泰斗对外文学交往对象主要是其本土的士人和当地官员。其交往范围没有超出长乐及周边地区。当

---

① 《中国地方志集成·湖北府县志辑·光绪长乐县志》，凤凰出版社2010年版，第289页。
② 同上书，第324页。
③ （清）田泰斗著，田登云编注：《望鹤楼诗钞》，内部印行，1999年，第208页。
④ 《中国地方志集成·湖北府县志辑·光绪长乐县志》，凤凰出版社2010年版，第111页。

然，根据前例，这些交往对象也可以按照类型分为两类：湖广籍士人和任职湖广的官员。

（一）湖广籍士人

结合田登云在《望鹤楼诗钞》注释中对田泰斗文学交往的考证，以及笔者对于相关对象的补考，目前身份基本清楚或有基本线索的对象有：

邹楚湘，又名楚潇，公安人，庠生，是田泰斗的业师。据田泰斗《送别邹楚湘夫子》一诗小序所云，"夫子，公安人，避阳侯灾来乐邑"①。

陈瑞麟，字云峰，庠生，长乐（今湖北五峰）人。

薛孟亭，又名琢堂（疑为薛氏之号），与田泰斗同为道光己酉一年拔贡。

曾陶庵，五峰长乐坪人，与田泰斗为近邻，其后子曾师从田泰斗。

王玉山，五峰渔洋关人，秀才。

龚南墅，曾任竹山县教谕。② 据田泰斗《上竹山广文龚南墅太老伯》（四首）诗中所云，龚南墅当于田氏祖父田浩如同为竹山县学官。其时，龚氏为教谕，而田浩如为训导，其职在龚氏之下，故田泰斗诗中多次提及龚氏对其祖父的扶助和支持。

张鲁珊，长乐坪人，秀才。

陈凤鸣，号桐岗，秭归人，与田泰斗为同年拔贡。

另外，还有陈宜政、丁志一、杨福煌、杨嘉寿、杨墀寿、佘国

---

① （清）田泰斗著，田登云编注：《望鹤楼诗钞》，内部印行，1999年，第1页。
② 田登云于《上竹山广文龚南墅太老伯》后注云："龚广文号南墅（人名，前者为名，后者为字。）"误。"广文"非是人名，乃学官之雅称，此处指龚氏为竹山县教谕。

瀛、刘振华、陈兆元、汤卓千、邹峄山、罗秉初、张方旦、关福、曾煜廷等,其生平见前文补考。

(二) 任职湖广的官员

李焕春,胡馨,其生平见前文补考。

三 囿于本土:田泰斗族外文学交往情况

田泰斗与李焕春、李素父子的交往。田泰斗与李焕春的文学交往,主要见田泰斗的《读九峰公〈田氏一家言〉感赋》(四首)与李氏的和诗,李氏的《美人洞》《雨打残花》(五首)与田氏的和诗[1];田泰斗与李素的文学交往,主要见于田泰斗的《次原韵奉和李少白世兄》(四首)、《刘楠州招饮陪李少白夜饮分韵得霜字》《和少白留字韵》《再和留字韵》《再叠留霜字韵》,李素的《柬田一山外翰四之一》。另外,李焕春《〈望鹤楼诗钞〉序》《诰授修职郎田公义庵先生墓志铭》亦对二人乃至其家族成员的文学交往情况有所了解,同时提供了田泰斗家族的谱系,对于研究田泰斗提供了非常重要的侧面材料。

田泰斗《读九峰公〈田氏一家言〉感赋》组诗共四首:

其一

掌大一山川,雄支五百年。

干戈中秀士,流品外官员。

治杂华戎俗,民犹混沌天。

至今残简里,隐隐起烽烟。

---

[1] 除田氏自己的和诗之外,还有代友人和诗五首。

其 二

横绝英雄笔,风声绕不休。

一家私典策,半部小春秋。

宣慰邦之彦,将军儒者流。

摩崖碑在否,洞口水悠悠。

其 三

欲教千古信,须择雅驯言。

石走星胡坠,词荒事莫论。

汗功收塞外,血泪洒都门。

如此忠勤迹,差堪示子孙。

其 四

我亦周遗子,豪情鄙孟尝。

葵心甘向日,槐穴耻称王。

雨露熙朝渥,衣冠汉代香。

惟留家阵法,驰骋入词场。①

李焕春的《和读〈一家言〉原韵》:

其 一

僻壤鲜平川,穷荒不计年。

汉唐延世系,茅土锡司员。

荆树应多荫,桃源别有天。

---

① 《中国地方志集成·湖北府县志辑·光绪长乐县志》,凤凰出版社 2010 年版,第 353 页。

一家机杼好，笔墨挟云烟。

其 二
征调文书急，英雄事业休。
勋庸空百世，文字足千秋。
荒服非无土，王家已设流。
只余遗稿在，谁和韵悠悠。

其 三
铁篆虽云失，珠玑剩雅言。
龙文经我读，鸿制与君论。
手著皆芳泽，心裁是法门。
九峰词赋古，继起有云孙。

其 四
啸咏绵瓜瓞，家肴代可尝。
词源惊倒峡，笔阵擅擒王。
史册承新篡，诗歌发古香。
奇才仍保傅，又独步文场。①

田泰斗的诗作中，《其一》为总论，诗从容美地理上的偏远和文化上的混杂切入，强调了自己祖先身份和治理区域的特征：就身份而

---

① 《中国地方志集成·湖北府县志辑·光绪长乐县志》，凤凰出版社2010年版，第353页。

言，以武官之身而兼文才①，处流官之外而为世袭。就治理区域而言，华戎相杂，文化多元。在田春斗看来，能够支撑几百年之久，实属不易。《其二》具体评价了《田氏一家言》的成就和影响，认为其既有文学价值，又有历史价值，典型地展现了作为土司的容美田氏及其家族成员在文化方面的突出地位和儒将风采。《其三》从政治方面入手，对容美田氏世代忠贞的品格和出兵抗倭等具体事迹予以赞扬。《其四》中，诗人表明自己作为容美田氏的后裔，内心充满豪情。虽然他在政治上耻于再做土司这样的"槐穴之王"，但在文化和文学上又要继承先辈的传统和成就，利用时代变易带来的机遇，加入主流的文化圈。而李焕春的和诗，亦大体上是相对而论。《其一》亦言及容美田氏地理之偏僻和历史之悠久，并肯定了容美田氏的文学世家地位及其文学成就。《其二》将政治和文学对比而论，认为容美田氏政治成就与其土司地位一样已成昨日云烟，但其文学和文化成就却因《田氏一家言》而流传下来。《其三》主论《田氏一家言》中的诗文作品，认为虽然多有残佚，但仍是字字珠玑，而且提出田氏家族诗文水平之所以高，关键在于其别出心裁。诗中还特别以田舜年为代表，认为其诗赋有古风，又点明其后继有人。《其四》承接《其三》，专论田氏的后继者田泰斗，认为田氏才华出众，并对其诗文多有褒扬之辞。比较两组诗，可以看出，二人对于田氏家族能在偏僻的容美之地取得如此之高的文学和文化成就分别感到自豪和敬仰，对于田泰斗继承发扬家族传统，都持积极和乐观的态度。同时，因为"改土归流"时代变易，

---

① 明代以后，对土司的文武职进行明确区分，武官则有宣慰使、宣抚使等；文官则有土知府、土知县等。容美田氏先后授宣慰使、宣抚使，从性质上而言，属于武官。不过，土司在具体的统治中并未按文武职的分工进行，而多是包办一切。另外，土司虽分为文、武，其隶属问题也并不十分清晰，一般而言，武官隶兵部，在省一级则隶属于都司，文官属吏部，在省一级则隶属于布政司，但在具体的执行中亦并未严格按照这一隶属关系进行。

他们对于容美作为土司的政治成就都持保留态度，尤其是作为朝廷官员和族外人士的李焕春，态度更为明确。这两组诗体现了田李二人在文学、历史和政治等方面颇多共同语言，也为二人的文学交往提供了一个明证和解释。

除此之外，李焕春曾作排律《美人洞》一首，田氏亦有和诗。诗作由美人洞之景而思美人之状，并曲写细摹、极尽妍态，属一般的优游之作，并无太多意蕴，不过由于排律在田氏的诗作中并不多见，因此这种唱和对于丰富田泰斗的诗歌文体、展现田氏的艺术技巧有一定意义。

李焕春之子李素与田泰斗也有较密切的文学交往，李素曾作《柬田一山外翰四》，今仅存一首，诗云：

> 比户弦歌礼教隆，独嗟邑乘竟空空。
> 百年事迹多遗实，一代文章贵酌中。
> 吴札观光来上国，郑侨润色仰宗工。
> 雪泥也愿留鸿爪，漫冀他时志寓公。[1]

田泰斗《奉酬李少白原韵》诗云：

> 弱冠终军物望隆，翩翩健翮早凌空。
> 三生慧业钟前世，一曲阳春压郢中。
> 为我山川增气色，凭君笔墨补天工。
> 凤毛几片留池上，也并甘棠恋召公。[2]

---

[1] 《中国地方志集成·湖北府县志辑·光绪长乐县志》，凤凰出版社 2010 年版，第 374—375 页。

[2] 同上书，第 375 页。

第五章　容美土司家族"文学交往"的余绪期——田泰斗

李素之诗主要表达了对容美田氏的景仰之情,对这样一个绵延百年的杰出文学世家在地方志中竟没有记载表示不平,同时认为田氏的众多事迹虽然因为相关记载的缺失而湮灭,但是其文学作品和文学成就保留了下来,并认为田氏家族文学风格的可贵之处,总体而言在于"酌中",即体现了一种中庸、和谐之美。确乎,从总体上看,田氏的诗作因为游宴等题材较多,展现了一种温和、雍容的气质,相对缺少情感色彩非常强烈的诗作。但笔者认为,田氏诗作中最具有打动力量的,恰恰是那些"非主流"的、情感浓挚的诗作,如田九龄的《国华侄卜居澧上赋寄》、田宗文的《澧上思亲感作》、田玄的《甲申除夕感怀诗》及其三子和诗、田甘霖的《陶庄行》以及诸田感怀、悼念文安之的诗作等。这些诗作或写家国情怀、或抒个体情感,但无论写的是"大我"还是"小我",都真切动人。除了对田氏家族文学风格的评价外,李素还重点写到了自己与田泰斗的文学交往,他将自己与田泰斗的关系比喻成吴公子季札和郑公子姬侨(字子产),《史记·吴太伯世家》载:"(季札)去齐,使于郑。见子产,如旧交。"[1] 李氏与田泰斗的交往可能也有一见如故之感,而且从"郑侨润色仰宗工"这样的诗句中,亦可看出,李田二人应该还是亦师亦友的关系,即李素的文学创作应该得到了田泰斗的指导和帮助。在诗作的最后,李素还表达了希望后世的地方志能够记录下田泰斗的文学成就的愿望。从这首诗中,可以清晰地看出,李素对于田泰斗乃至对其家族的钦佩之情,以及二人深厚的交谊。除此之外,李焕春的《〈望鹤楼诗钞〉序》也记载了李素与田泰斗的文学交往:

　　一山与吾儿少白素交最厚。素尝和其《读〈一家言〉》原韵

---

[1]　司马迁:《史记》,中华书局1959年版,第1458页。

有云"文心奇处会,诗味淡中尝。玉树人推谢,青箱世羡王"等句,盖亦深推其世以诗才擅矣,顾吾犹有进焉者。①

文中所引李素的和诗中,至少有三个方面的信息:一是认为容美田氏的诗风以淡雅为主,这与上文所引其《柬田一山外翰四·其一》的观点是一致的。二是对于容美田氏的文化成就给予了很高的评价,李素先用"青箱"之典,将容美田氏比作东晋、南朝宋时著名的文化和历史学世家王准之家族。"青箱"之典,出自《宋书·王准之传》,其传云:"曾祖彪之,尚书令。祖临之,父纳之,并御史中丞。彪之博闻多识,练悉朝仪,自是家世相传,并谙江左旧事,缄之青箱,世人谓之'王氏青箱学'。"②李素此处用此典,显是为了揄扬容美田氏作为一个文化世家的地位和成就,这种比喻与严守升在这《〈田氏一家言〉叙》中的说法有相似之处。严氏在该叙中曾将田氏诗人群体与史上著名的晋朝王氏家族诗人群体、南朝萧梁家族诗人群体相比较,提出"晋王氏七叶,人人有集",萧梁"著录最盛"都已颇为不易,但是今"田氏乃更多且久矣","卷帙盈笥,烂然如万花谷矣"。③ 相比而言,李素此处将容美田氏比作王准之家族,更可能强调的是容美田氏的文化世家地位和《田氏一家言》的历史文献价值。三是视田泰斗为容美田氏家族的出色继承者。李素诗中有"玉树人推谢"之句,"玉树"之典出自《世说新语》,其文载:"谢太傅问诸子侄:'子弟亦何预人事,而正欲使其佳?'诸人莫有言者,车骑答曰:'譬如芝兰

---

① 《中国地方志集成·湖北府县志辑·光绪长乐县志》,凤凰出版社2010年版,第328页。
② 《宋书》卷60,中华书局1974年版,第1623—1624页。
③ 陈湘锋、赵平略:《〈田氏一家言〉诗评注》,中央民族大学出版社1999年版,第431页。

第五章　容美土司家族"文学交往"的余绪期——田泰斗

玉树，欲使其生于阶庭耳。'"① 后世遂以"玉树"喻优秀子弟。李素用此典，显是将田泰斗比作了田氏家族的"玉树"。同时，这则材料也进一步证明了田泰斗与李素的深厚交谊，并补充了二人文学交往的具体情况。

《〈望鹤楼诗钞〉序》是李焕春为田泰斗的诗集所写的序，该序首先较为详细地介绍了田泰斗家族的历史，并对田氏家族长久的文学传统和非凡的文学成就感动不已、钦佩有加。考虑到《望鹤楼诗钞》不易查寻，今不烦辞费，赘录如下：

  风雅继美固在家学，渊源而累叶皆以诗才擅者，自古恒鲜，况其世守茅土、僻处要荒，非如经生攻习举业，兼通词翰者乎。以予观乐邑外翰一山君《望鹤楼诗抄》一编，则有大不然者。一山，名泰斗，邑己酉拔贡生，固容美司裔也。田氏自汉唐以迄国初，世为容美宣慰使司，用武固其家法矣，而以观韶初田舜年所集《一家言》诸制，则又见其世尚文艺，如华容平子严君首升所称"立德、立言、立功"者，指不胜屈。盖人人有集，数十世当不诬之誉也。《一家言》者，集田氏一家之诗歌，而其派则开自子寿田九龄先生。先生为一山分派鼻祖，明长阳县博士，攻习举业，起家文雅，游览两都，与隆万诸名家相唱和，体近七子，所著有《紫芝亭诗集》行世。嗣是，其弟国华田宗文先生著有《楚骚馆诗集》，迨至太初田元先生，著有《秀碧堂诗草》。有丈夫子三人，著《镜池阁诗集》者，则双云田霈霖也；著《止止亭诗集》者，则夏云田既霖也；著《敬简堂诗集》者，则特云田甘霖也。至于信夫田圭、与其子珠涛田商霖，亦皆有集见称于铁庵

---

① 徐震堮：《世说新语校笺》，中华书局1984年版，第82页。

相国文安之诸人焉。若夫韶初田舜年者，其诗文尤雄奇，《白鹿堂诗抄》固当与所纂《廿一史》并列于《四库全书》者也。之数人者，调伯仲之埙篪，谐乔梓之响籁，固皆以诸生攻举子业者，而以诗才擅美如此，殆各于深山之中别开一诗世界者哉！

子寿先生的派又数传至一山祖义庵田浩如先生，先生亦幼习举业者而名贡天家，授竹山县学训导，生平诗文竟以致仕归于舟次为河伯所渍，传者寥寥。而一山父梅林田岭南、叔琴阳田峄南诸君皆得其传者，诗才亦自峻妙，是其一家诗才克擅者，殆将世世罔替也哉！而一山乃崛起其后。一山幼聪慧，有才思，承其父叔教，更逮事其先大父，其讲习固不仅师友也。今观其经艺帖括，音调和雅，无怪其青年食饩，壮岁膺选也。①

这段文字中，虽然把田九龄和田宗文的叔侄关系错误地说成了兄弟关系（当是笔误），但整体而言，李氏对于容美田氏家族的历史还是非常清楚地，序中明确地指出田泰斗系田九龄一枝之后裔，并对田泰斗及其祖父、父辈生平均有所介绍，并对容美田氏的文学交往情况有概括性的描述。除此之外，李焕春在这篇序言中还对二人的文学交往有直接的描述，并对田泰斗的诗歌创作颇多评价之词，其文云：

一山是编，即以置之《一家言》中，冲融已如子寿矣，而清适则如信夫、国华、珠涛；挺特则如太初、特云，超脱则如夏云、双云，而雄奇则更如韶初。所谓合一家之机杼而自成一手者也。岁壬子，子辑《长乐县志》，亦既采其远祖子寿辈及其祖父义庵、梅林等诗文以并载而传之矣，而一山诗亦与乎其间，其未

---

① 《中国地方志集成·湖北府县志辑·光绪长乐县志》，凤凰出版社2010年版，第328页。

第五章 容美土司家族"文学交往"的余绪期——田泰斗

经采入者更连篇累牍焉。一山与吾儿少白素交最厚,素尝和其《读〈一家言〉》原韵有云"文心奇处会,诗味淡中尝。玉树人推谢,青箱世羡王"等句,盖亦深推其世以诗才擅矣,顾吾犹有进焉者。制艺帖括必规模大家,穆然有台阁气象,且所谓举子业者,正博而该,必有以兼绵条贯之以求造乎其极,夫乃取青紫如拾芥耳。至于吟咏以写其性情,固出自天籁,而自《白云》《黄竹》国风、雅颂以及六朝、三唐而下,凡有著作,皆必有以探其精奇,然后自为一家言,而咳唾所飞,几于一字一珠焉。将见登贤书、游杏苑,与瀛洲仙侣相唱酬,又何不可以和声鸣盛乎哉?一山勉之,升思王之堂,入工部之室,使世知深山之中非尘凡之响,于以绍先绪、开来者,有以见世擅诗才也。①

从这段材料可以看出,李焕春对田泰斗的诗作水平赞赏有加,认为他诗风多样,又汲取了容美田氏先辈众人之长,"合一家之机杼而自成一手",并提出田泰斗作为容美田氏的后裔,不仅在传统家族文学传统的过程中扮演着继往开来的关键性角色,而且担负着为家族乃至容美地区文学赢得声誉的重任。正因如此,李焕春对田泰斗的诗作水准就有了更高的要求,对于田泰斗诗作中的弊病也进行了委婉地批评,如他一方面肯定诗歌创作要"写其性情""出自天籁",但另一方面又指出,自周代而降,历朝历代的杰作都必须"探其精奇",然后才能成一家之言。这一段话虽未明言,但显然是针对田泰斗诗作直陈有余、精奇不足的问题。从今天能够看到的田泰斗的诗作而言,主要是以竹枝词为主,虽然生活气息浓郁,也颇具感染力,但按照古典

---

① 《中国地方志集成·湖北府县志辑·光绪长乐县志》,凤凰出版社 2010 年版,第 329 页。

的诗学标准,确乎存在过于直率甚至粗疏的毛病。田泰斗本人也曾明确表示,自己的创作主旨是抒写性灵,所谓"新诗得自性灵多"(《奉答杨鸾坡先生惠诗次韵》)。在《赠曾陶庵先生》一诗中,他亦明确表示:"本欲征典故,转恐掩意思。一篇白描语,报公志如斯。"①"性灵"之说本自明代公安派之袁宏道兄弟,田氏先祖田舜年亦提倡"自言其所言",后又在清代为袁枚所标举。"性灵说"强调的是对真情、真性的直接自如地表达,故而田泰斗才会宁用"白描语",而不随意征用典故,担心的就是会遮掩自己的本情、本性。"性灵"诗学思想指导下写出来的诗作自然是真情洋溢,但是容易出现的缺点是直白粗率,涵蕴不足。因此,李焕春在序文中才会特别强调精奇,意在提醒田泰斗,天籁固然重要,但是光有天籁之音,而无精奇之义也难以成为传世之经典。李氏提出这样的意见,是本着对田泰斗能"升思王之堂,入工部之室"的希冀而提出的,而且确实点中了田氏诗作中的弊病所在。李焕春的这段话的可贵之处还在于,它有力地证明了文学交往对于提升田氏诗作水平的重要作用和意义。由此回顾历代田氏诗人的创作实践,无不有族外文士指导和帮助的身影,如田九龄时代有孙斯亿、孙羽侯、吴国伦、殷都、周绍稷、杨邦宪等人,田玄、田甘霖时代有文安之、黄灿等人,田舜年时代又有严守升、伍鹭等人,这些文士通过序跋和评点对田氏文学或予以盛赞,或婉陈甚至直陈其弊,对提升田氏的创作水准,其意义和价值都是巨大的,无怪乎田氏文学的首位代表性诗人田九龄曾由衷地感叹,自己诗艺的提高完全仰仗孙斯亿的指导和帮助。②而这一系列的帮助和指导都是通

---

① (清)田泰斗著,田登云编注:《望鹤楼诗钞》,内部印行,1999年,第84页。
② (明)田九龄著,贝锦三夫校注:《田子寿诗集校注》,中国文史出版社2016年版,第19页。

第五章 容美土司家族"文学交往"的余绪期——田泰斗

过文学交往实现的。

除了诗作的评价之外,李焕春序中对于田泰斗的八股文水平也评价颇高,前文所引已经言及其制艺文"音调和雅",此处又认为其文风壮穆典雅,有台阁之风。另外,此序还介绍了李焕春之子李素与田泰斗的交往情况,通过所附李素和田泰斗的诗作,可以看出,李素对于田氏及其家族悠久文学传统、高超的文学水平亦是敬仰有加。从文中所载田泰斗将本族先辈诗作辑入《长乐县志》这一细节亦可看出,田泰斗本人对于容美田氏文学世家的地位以及取得的非凡成就也感到非常自豪。

《诰授修职郎田公义庵先生墓志铭》是李焕春为田泰斗之祖父田浩如所写墓志。同《〈望鹤楼诗钞〉序》一样,该墓志中对田浩如的生平、尤其是根据田泰斗提供的田氏谱牒,对其家族谱系有较为详细的交代:

> 公讳浩如,字宏德,号义庵,容美司公支也。……其始祖九龄公,号子寿,前明万历中长阳县学博士弟子员,才超楚国文林,香发《芝亭诗草》。一世祖宗阳为子寿公三子,前明官游击,集来食客三千,雄关可度;统彼力士五百,薄海堪行。高祖楚庚为容美司左营参将,明略精韬,见微知著,恐终如滇黔之土官事,遂迁居今邑之长乐坪。曾祖劝容美司委以左旗千户职,紧辞不就。酉阳不远,西林改土之议已成;甲寅未当,北楚弹劾之章早上,果而洞空,名以万全,族竟徙于三省(广东、湖北、陕西),远识如斯,先见何似。祖瑞霖当改革之初,享隐居之乐。父英年,字俊伯,浑金璞玉,积德累功,兴室家、周贫乏,不发觉夜来之鼠辈,更给以囊内之金钱,俾为善士,卒作富人,德配氏王,慎淑为性,贤达有声。乾隆三十五年七

月初六日生义庵……①

这段文字对于田泰斗的家族历史交代得较为清楚,其中田九龄、田楚庚、田浩如在光绪《长乐县志》中均有传,这些传记也印证了该篇墓志记述的情况。② 可以说,这篇墓志对研究田泰斗的家族历史有非常重要的文献价值。除此之外,这篇墓志中还言及田浩如的交往情况,所谓"义庵公……从丹阳、陆城名宿曹桂圃、罗秉初游"③,补充了相关传记文学所没有的细节,也为我们进一步了解田氏家族其他成员的文学交往情况提供了线索。

田泰斗与丁志一的交往,从现存的《望鹤楼诗钞》看最为频繁,产生的诗作也最多。二人的文学交往见于田泰斗的《赠丁汉川并叙》《闲中得句未有题也丁汉川送诗童至遂成一律》《以课艺呈丁汉川》《谢汉川》《平睡魔词》《汉川晚坐斋中门外忽又一汉川童子哗而出踪迹之去甚速前途争谓汉川来者呼之不应共诧异之汉川闻惊疑数日后知某甲也作诗报我笑而和焉并启》(7 首)(以下简称《汉川晚坐斋中》)、《春日作》(4 首)、《丁汉川续弦将就而嫌其魁梧戏寄》《有为丁汉川作伐者称其艳细方之盖字而未嫁者也戏寄丁汉川》《送别丁汉川》(11 首)、《寄丁汉川》《接汉川和章叠前韵再寄》及丁汉川的和诗 2 首、《次汉川原韵》(2 首)、《叠前韵再寄汉川》《谢抄录〈田氏一家言〉诸公》《三月四日汉川涵问近状赋此代简》(5 首)④、《寄汉

---

① 《中国地方志集成·湖北府县志辑·光绪长乐县志》,凤凰出版社 2010 年版,第 342 页。
② 考虑到田泰斗曾参与《长乐县志》的修撰,因此,有关田氏诸人的传记和李焕春的这篇墓志可能都来自田泰斗提供的族谱。
③ 《中国地方志集成·湖北府县志辑·光绪长乐县志》,凤凰出版社 2010 年版,第 342 页。
④ "涵问"当为"函问"之误。

川》《读汉川和章戏寄》《汉川修见怀书一函将寄恐为耽搁亲携至舍韵事也戏寄》(2首)、《晤汉川后走笔寄赠》《喜汉川定馆与敝斋隔里许》。田泰斗写给丁志一的诗作共有46首,加上丁志一的和诗2首,二人因文学交往产生的诗作共有48首之多。另外,《〈望鹤楼诗钞〉序》和光绪《长乐县志》所载陈宜政的传记也有二人文学交往的记载。

从诗作看,田、丁二人交往的诗作主要分为以下三类。

第一,对二人文学交往及相关话题的记载和讨论,典型的如《送别丁汉川》(十一首),这是田泰斗组诗中最长的一组,仅从篇幅中亦可看出田泰斗送别时的依依不舍之情。诗作中既有对二人文学交往的深情回忆,也表达了对丁氏即将离别的不舍情,如《其三》云"台阁文章逆旅诗,安排樽酒细论之。谁知才剪西窗烛,又是霸桥折柳时";《其十》云"偶向空山拂素琴,敢言人间少知音。牙期但愿多同调,共渡天风海水深",视丁志一为自己知音,并希冀在诗歌创作的艰苦道路上结识更多的同好;《其五》云"山城百里几才人,陈子昂诗绝等论。①更有关西家学好,可怜同付动沙尘②";《其六》云"酒冷元亭老子云,万修病渐不能军。迄今孟德青梅燕,天下英雄服使君"。这两首诗既表达了对长乐地区其他诗人渐次凋零的痛惜之情,又借此凸显了丁氏诗作水平及其在本地区诗坛的地位。另外,还有对长乐地区文学发展状况的议论,如《其七》诗云:

记从干羽扫蛮烟,文德覃敷已百年。③

---

① 诗人自注:"谓陈帅亭。"
② 诗人自注:"杨晖庵太老夫子,雯林世叔。"
③ 原注:"五峰从改土来,百数十年矣。"

多少风光人未识，桂花时节杏花天。①

单从诗作来看，似乎是以美景喻人杰，感叹五峰等容美故地自"改土"以来，文教广布、人才竞出，但是这些人才和五峰的秀美风光一样还有待人们去发现和欣赏。进一步说，这首诗正是田泰斗在抒发自己的不遇之感，是自况之词，同时代表了丁志一等与田泰斗一样容美故地代表性诗人的共同感受，即"改土"虽然已逾百数十年，但是作为新成长起来的一代文士们仍然没有被主流的文学圈子所接受，人们对于容美故地"文教落后"的刻板印象仍然没有实质性的改变。关于这一点，结合前文笔者对于田九龄诗歌创作心态的分析可以看出，容美田氏诗人在创作中都有热切地进入主流文坛的渴望。这种渴望的形成，一方面是由于诗人本身的个性使然、由于诗人渴望得到文坛肯定的一般规律使然；另一方面更重要的是外界长久以来对容美文士、文化所持的一种"文化歧视"，即在中原核心文化圈的文士眼里，容美始终是一个地理偏僻、野蛮不文的形象，以容美田氏为代表的文士在与外界的接触中也深刻地感受到了这一点。实际上，不唯田氏诗人，即使今天我们细品汉族文士所写的序跋，亦可以发现这一点。比如，几乎所有给田氏诗集写序跋的文士都表达了一种感受——对容美能够产生田氏文学世家的惊讶，这种惊讶包含的预设前提是容美作为一个荒徼之地、文化沙漠，不可能产生文学世家。因此，文士们在表达惊讶，并继而赞美田氏之时，实际上也透露了自己对于容美等少数民族地区文化落后的"刻板印象"。田氏诗人也正是意图在更高的平台、更广的范围去展现

---

① 《中国地方志集成·湖北府县志辑·光绪长乐县志》，凤凰出版社2010年版，第365页。

容美在文化、文学方面取得的成就，改变人们的成见，因此才会如此迫切地想要融入主流文坛，得到主流文坛的肯定。这种愿望的表达，在《其八》中也得到了印证，所谓："雌伏山岗终小鸟，凤凰原向日边鸣。"但是遗憾的是，容美通过数辈人努力，本已开启的通向主流文坛的路在"改土归流"之后就戛然而止了。到田泰斗时，无论是交往的规模，还是交往对象的层次，与其祖先相比都已相去甚远。

第二，对诗文技艺、理论的讨论。在八股文的写作理论方面，代表作有《以课艺呈丁汉川》（二首）、《谢汉川》。《以课艺呈丁汉川·其一》云：

    寸寸点点散江皋，百斛泥沙费洗淘。
    无胆不能高着眼，有疵何碍细吹毛？
    棋从局外观应得，犁向村东效已劳。
    欲借麻姑尖指爪，按他痒处一爬搔。

此诗指出八股文的写作除了要有广博的知识，还要有高明的见识，要学会高处着眼，不要因循抄袭，并借用《神仙传》中麻姑之典[1]，喻好文章要能点中要害、抓住关键。《其二》又云："谈何容易说能文，千里丝毫寸管分。食古句羞偷绿字，当行色要出红云。"亦是强调八股文的写作难度很高，要写出当行出色的八股文，就不能食古不化，而要别出心裁。

在诗学方面，如《接汉川和章叠前韵再寄》不仅附有丁志一的和

---

[1] 麻姑，古神话中仙女，指尖似鸟爪。葛洪《神仙传·王远传》载："麻姑鸟爪。蔡经见之，心中念言，背大痒时，得此爪以爬背，当佳。"后借以为文学典故，指作品之佳，如搔人痒处，如唐杜牧《读韩杜集》诗云："杜诗韩笔悉来读，似倩麻姑痒处搔。"

诗，而且有田泰斗对其诗作的评语，其评丁氏和诗《其一》云"诗亦有飞跃之致"；《其二》云"诗亦佳，但鄙意欲从烂漫归平淡，兄欲本沉实为高华，意见终属不合，然鹿洞、象山①各有见到处。泰虽不能从，未尝不心折斯论也"②。表达了自己与丁氏不同的诗学观点，所谓"从烂漫归平淡"，亦是田氏"性灵"诗学理论的另一种表述，即强调诗作要抒发真情真性（烂漫），并最终达到平易淡泊的内敛之美。而"沉实为高华"则是要利用深厚、扎实的文学修养，使诗作有高致华贵之美。可见，二人的诗学取向是完全不同的。不过，田氏亦强调二人在诗学方面是"和而不同"的君子之争。其《次汉川原韵》序又云："昨偶有所触，漫赋狂言。汉川谓为头头是首，何敢当也！但间亦有与泰异趣者。君子和而不同，何妨各言其志？且汉川益和深矣！"③亦是强调二人诗学观念之不同。不过，田氏在后来与丁志一的文学交往中，对于自己诗学主张亦有反省和检讨，如《叠前韵再寄汉川》序云："前二律仍狂奴故态，昨检拙稿，见其瑕疵而出，改正之余，几欲呕出心头血，终难惬怀，始信汉川言不谬也。"④对自己诗作中因直抒胸臆而生的粗疏之病有所察觉，并对丁氏的诗学有新的认识。这种因文学交往而生的对诗艺的讨论，对于提升田泰斗的诗歌创作水平是有益的。

第三，对二人日常生活交往的记录及相关情感的抒发。例如，《三月四日汉川涵问近状赋此代简》（五首），回忆了与丁氏八年前相会的场景，抒发了思念之情。针对丁志一的询问，诗人先抑后扬，先表达了时光逝去而事业无成的不遇之感，以及与友人的同病相怜之

---

① 鹿洞、象山，当分指朱熹（曾主持白鹿洞书院）、陆九渊（曾主持象山书院）。
② （清）田泰斗著，田登云编注：《望鹤楼诗钞》，内部印行，1999年，第219页。
③ 同上。
④ 同上。

叹，所谓"岁月同虚掷，功名各未成""座上皋比破，盘中苜蓿空。生涯何待问，大低与君同"。随后诗笔一转，以"唾壶中夜击，豪气未能驯""奇气蟠胸臆，如龙涧底藏"之句既表示自己豪气仍在、壮志犹存，又勉励友人共同振作。此类诗作中还有一些题材颇为细琐者，如《汉川晚坐斋中》（七首）因误认一人为丁志一就作诗七首，《春日作》（四首）又因丁志一索花不得怒而作诗，田泰斗亦唱和四首。① 这些诗作反映出二人在日常生活中交往颇为频密，而且有些诗作采用了戏谑式的口吻，如《平睡魔词》《春日作》《丁汉川续弦将就而嫌其魁梧戏寄》等，可见二人关系亲密。

除了诗作之外，《〈望鹤楼诗钞〉序》载，田泰斗"廷试后，就教职归里，厥友帅亭陈生宜政、汉川丁生志一常规其习举子业而罢吟咏矣"②。又光绪《长乐县志·人物志》所载陈宜政传记载，宜政"与田泰斗、庠生丁志一辈相唱酬，年二十八卒。其友玉山王清辉集其诗，呈于学博，霁堂潘君炳勋为之序，邑李焕春题以《鸿雪诗集》云"③。都曾言及田泰斗与丁志一的交往情况。

田泰斗与陈宜政的交往，主要见于田泰斗的《陈帅亭季春上浣之

---

① 《春日作》前有序云："园植荷包牡丹一本开愈时矣，汉川闻欲为紫云之请，未与，怒寄以诗如数奉和。"田登云解云："田泰斗的庭院植有荷苞牡丹花，曾说花开放时请丁汉川来赏花，结果开花后没有践约，为此丁汉川写诗给田泰斗。"误，序中已明言"汉川闻欲为紫云之请"，"紫云"乃用杜牧典故，孟棨《本事诗·高逸》载：杜牧任监察御史，分司东都时，李司徒邀其赴宴，"时会中已饮酒，女奴百余人，皆绝艺殊色。杜独坐南向，瞪目注视，引满三卮，问李云：'闻有紫云者，孰是？'李指示之。杜凝睇良久，曰：'名不虚传，宜以见惠。'"可见"紫云之请"乃索要之意。用在此处，指丁志一索花于田泰斗，而田氏未与，故丁氏因遭拒怒而寄以诗。且诗中有"不递聘书不遣媒，莽然直欲夺花魁。试看自古名家女，谁肯一呼上轿来"，亦是拒绝丁氏索花之意。

② 《中国地方志集成·湖北府县志辑·光绪长乐县志》，凤凰出版社2010年版，第328页。

③ 《中国地方志集成·湖北府县志辑·光绪长乐县志》，凤凰出版社2010年版，第288页。又，李焕春《鸿雪集遗稿序》中转引潘炳勋之言道陈宜政是："廿六年即逝"。不知28岁、26岁，何者为确。疑李氏所作序文有误，陈宜政卒时当为28岁。

五峰曾有赏花之约春澜始归赋诗索和》（以下简称《赏花》）、《帅亭到舍备述一路险阻感赠一律》《陪陈帅亭夜宴情叙醉后率赋》《送帅亭回关兼寄杨笙亭夫子王玉山四弟》（三首）、《题帅亭〈汉溪杂咏〉》《七夕后一日王玉山访赠四绝兼寄帅亭》《寄帅亭》《和〈寿常寺题壁〉诗》（二首）、《谢帅亭》《哭陈帅亭》（四首）和光绪《长乐县志》中胡馨、陈宜政的传记以及李焕春的《〈望鹤楼诗钞〉序》。

陈宜政28岁即卒，其与田泰斗的文学交往时间自然不长，但现存的田泰斗写与他的唱和、寄赠之作仍有19首之多，排在所有交往诗人的第二位，由此可见二人结交甚早，且关系较为密切。田氏诗作对二人交往情况的咏唱分为以下三类。

第一类，对二人文学交往相关情况的记载和讨论，如《寄帅亭》中阐明了自己的树帜诗坛的雄心，并表示唯有陈宜政了解自己在诗歌方面的雄心。所谓"雄心如此凭谁识，除却红灯只有君"，知己之感自不待言。《谢帅亭》中陈宜政劝田氏暂辍吟咏、专心举业①，田氏以近乎玩笑的方式表示自己诗思乃不由自主而生，性不能改，婉拒了陈氏的好意。另外，对陈氏诗作的评价，如《题帅亭〈汉溪杂咏〉》，诗云：

巫山风急雪浪高，万里奔腾入咏毫。
报道今年江水涨，莫非墨浪起波涛。②

诗作以形象而又诙谐的语调，对陈宜政诗作的风格进行了形象的描绘，形容其诗气势壮阔。可惜，今天已无法看到陈宜政的原作，不知"墨浪波涛"到底是何种风采。

---

① 原诗序文有"暂缀吟咏"之句，"缀"当为"辍"之误。
② （清）田泰斗著，田登云编注：《望鹤楼诗钞》，内部印行，1999年，第99页。

第五章 容美土司家族"文学交往"的余绪期——田泰斗

第二类，日常生活中二人的交往情况和情感表达。例如，《送帅亭回关兼寄杨笙亭夫子王玉山四弟》诗云："吩咐流莺歌不断，青山一路送君归。"依依之情溢于言表。另外，诗中还提到了陈宜政与杨嘉寿（号笙宾）有师生之谊，所谓"为报关西杨孔子，门生今已作先生"，提到了田、陈共同的诗友王玉山。通过这首诗作，可以看到田泰斗的交往当中也存在"核心—网状"特征。（详见下文）

第三类，痛悼陈氏之亡故，如《哭帅亭》（四首），《其三》诗云：

记君过我雪盈楼，值我束装上峡州。
灯下谈心犹昨日，陇头分手遂千秋。
伶俜有子悲黄口，甘旨凭谁侍白头？
多少生前缘未了，可怜遗恨满山丘。①

深情回顾了二人交往的细节，形容了因陈氏早逝使家中老小无所依靠的悲惨之状，表达了天人永隔、无缘再见的遗恨。另外，《其二》深情回顾了二人同在胡馨门下学习的情形，《其三》用"俄惊讣到肠都裂，新寄书犹墨未干"表达了失去好友的痛苦，有泣血之感，读之让人不禁动容，也反映了田陈二人交谊之深。

胡馨的传记曾记载胡氏出任长乐知县时，加意提携后进，曾选陈宜政、田泰斗作为重点培养的对象，将二人召至署衙后之草堂内亲自教诲之。另外，陈宜政的传记中亦有相类似的记述，所谓"受知于前任桂山胡馨，与拔贡田泰斗辈召至署中课之，给以膏火笔资"②。由此

---

① （清）田泰斗著，田登云编注：《望鹤楼诗钞》，内部印行，1999年，第169页。
② 《中国地方志集成·湖北府县志辑·光绪长乐县志》，凤凰出版社2010年版，第288页。

推断，胡馨特意选拔二人的行为也就有利于田泰斗和陈宜政的文学交往。另外，李焕春所作《〈望鹤楼诗钞〉序》也明确提到田泰斗"廷试后，就教职归里，厥友帅亭陈生宜政、汉川丁生志一常规其习举子业而罢吟咏矣"①。

值得一提的是，李焕春曾为陈宜政《雪鸿集遗稿》作序，并将陈宜政与田泰斗、关福、丁志一并列，这也可作田泰斗与陈宜政文学交往，乃至田氏与关丁二人文学交往的一个侧面材料。此外，李氏在《雪鸿集遗稿》中对于陈宜政的生平、诗稿来历及诗作水平也有论述，其文曰：

> 霁堂潘先生以薪水孝廉官乐邑训导，固尝以飞鸿望其生徒矣。每时为予历言其生徒之将如鸿渐于逵，其羽可用为仪②者凡几许。予亦深望其皆雄飞也。辛亥冬夜……相与坐谈焉，既而出一编示予曰："此王生玉山所呈陈生帅亭遗稿也。生固家贫，幼慧力学，前尹胡桂山知其将一飞冲天而重之，游乡校后，一上槐花路而未果远举，性笃挚，不忍忘亲，出门数武若举千万里者然，归而藉吟咏以写性情，其音亦自清以远，惜乎廿六年即逝，而终不能冲天耳。"言及此，先生呼童具酒馔，将与予痛饮，予因取其稿而读之，有若戏海之翩翩，若中泽之嗷嗷，若出卵呼群、情多缱绻，若将雏唤侣、意甚缠绵者，宜笙宾杨氏叙其诗之可传，而鼎三关氏、一山田氏、汉川丁氏皆□之也，很山谭氏独惜其无题者何哉？先生曰："子何题之？"予曰："稿中有'偃蹇几同雪上鸿'之句，请以雪鸿题之，可乎？"先生曰："鸾鹤之

---

① 《中国地方志集成·湖北府县志辑·光绪长乐县志》，凤凰出版社 2010 年版，第 288 页。

② 《周易·渐卦》"上九"爻辞云："鸿渐于陆，其羽可用为仪"。

啸,彻于九霄,而其物皆有寿,鸿岂无寿者?"予曰:"鸿之有寿者固多,而此之无寿者亦其数也。我闻雁南乡,必衔一芦掷于雁门关,及其北乡,守关人即以芦之数计鸿之数,而其存亡可知。今鸿虽往矣,而有雪上之爪印在,则见而爱惜之者必曰是鸿之犹如存也。"①

李氏这段材料中,通过记录他与长乐县学训导潘炳勋(号霁堂)对话的方式,对陈宜政的生平和诗作,以及相关人物对其诗作的评价等均有介绍,同时,李焕春也给出了自己的评价。李氏首先指出了陈氏诗风的多样性:既有飘逸翩翩的一面,又有哀苦嗷嗷的一面,也有情深缠绵的一面,但这些特点可以总结成一个总的特征,即陈氏诗作是诗人情志的真实流露。此外,针对有人痛惜诗人早逝观点,李焕春认为陈氏虽然早逝,但有作品留传人间,让后人能够见识到诗人的才华,亦是不幸中之大幸,并取陈宜政原诗之义,又可能兼取了苏轼"雪泥鸿爪"诗句之义,将陈氏遗稿命名为《雪鸿集》。从文中可以看出,在陈宜政生前,李焕春与陈氏应该没有交往,但是李焕春对于陈宜政诗作特征及其诗集意义的独特解读可谓"知人论世"。

田泰斗与胡馨的交往,主要见于田泰斗的《哭胡桂山夫子》《读胡桂山夫子临薨手书》和光绪《长乐县志·宦绩》中的胡馨传记。

胡氏的传记中提到,胡馨两任长乐知县,任期内热心文教,不仅倡修学校,奖励生徒,还亲将田泰斗等人俊才延至"署后草堂训诲谆谆,纸笔食用皆公给也"②。因此,胡馨与田泰斗之间有师生之谊。胡氏之所以如此看重田泰斗可能有三个原因:一是胡氏本来爱惜人才、

---

① 《中国地方志集成·湖北府县志辑·光绪长乐县志》,凤凰出版社 2010 年版,第 324 页。
② 同上书,第 209 页。

重视文教，加之长乐本是容美旧地，文教相对落后的状况，士子本来稀少，就让胡馨更加感觉到人才难得，因此才会花如此多的精力去重点培养田泰斗。另外，从胡氏的行止来看，他出任长乐知县时，似乎负有较强的使命感和责任感，即希望通过自己努力在长乐振兴文教、推广儒家文化。二是田泰斗本人确实是才俊之士，尤其是在长乐就更显突出。三是出于对田氏诗人世家的了解与景仰，并将此感情移至田泰斗身上。

胡氏的爱才、惜才之举也让田泰斗感动不已，并将胡氏引为知音。他在两首诗中都对胡馨的亡逝痛悼不已，尤其是《读胡桂山夫子临薨手书》更见其惨痛之情，其诗云：

风萧雨飒浪摇天，血泪斑斓和墨研。
到死臣心如白水，承欢子职尽黄泉。
遗孤六尺羁千里，恨事多端压寸笺。
料得山城公不忘，精神常绕五峰巅。[①]

胡馨临死之际仍不忘写信给田泰斗，可见二人交谊之深。田氏读胡氏绝笔书，自然不禁悲从中来，他不仅对胡馨之死悲痛不已，还在诗中表达了胡氏为官清廉的敬佩。胡氏久宦长乐，子嗣并未随来，因此他写给田泰斗的书信中也表达了无法与远隔千里的孩子见最后一面的遗恨。这种家国不能两全的矛盾以及因此而引起的痛苦，也是造成传统士大夫悲剧命运的典型原因之一，自然激起了田泰斗深刻的同情。田泰斗深知胡氏为治理长乐，花费了大量心血，并对此地的发展寄予厚望，因此预想胡氏肉身虽逝，但魂魄必因不舍而长留此间。通

---

① （清）田泰斗著，田登云编注：《望鹤楼诗钞》，内部印行，1999年，第21页。

过田氏的诗作，可以看到一个清廉为民的人臣形象，抛家为国的行为更增加了这一形象的悲剧意味，全诗读来不禁令人动容。在《哭胡桂山夫子》中，田泰斗也表达了对胡氏"抛骨肉""备寒饥"的仕宦生涯的同情和崇敬，并以"生佛"誉之，对其政绩颇为认可。诗中还以"碧水消魂吊子期"之句，表达了自己引胡氏为知音的情感。

田泰斗与杨福煌家族的交往，田泰斗与杨氏家族的杨福煌（号晖庵）、杨嘉寿（号笙宾）、杨墀寿（字雯林，号銮坡）都有交往。

田泰斗与杨福煌的交往见田泰斗的《上杨晖庵太老夫子》（四首）、《再上杨晖庵太老夫子四首并叙》。根据前文的考证，杨福煌与杨嘉寿、杨墀寿为叔侄关系，长乐杨家也是当地著名的文化世家，而同为当地文化世家的田氏家族，与杨氏的交往可能从田浩如辈就已开始，主要的依据是田泰斗在《再上杨晖庵太老夫子四首并叙》的叙文中提到杨福煌曾经关切其祖父田浩如的近况，或许正是因为两大家族较为长久的交往，田泰斗才会师从杨嘉寿，并与杨福煌叔侄诸人产生文学交往。

田泰斗在与杨福煌的交往中，体现出对这位祖父辈人物以及整个杨氏家族文化地位的尊重。如《上杨晖庵太老夫子·其二》诗云："及门侬本是孙枝，曾向元亭问字奇。骨肉诗文三代共，缥缃恒业两家知。"从"两家知"来看，似乎是将长乐杨氏和容美田氏这两个文化世家共举，意谓文化事业传承的甘苦只有这两个世家中的人才能知晓。如上文所言，两家的交往早在田浩如时代就已开始，而这种交往的情感中自然也包含着两大文化世家的相互认同和尊重。因此，田氏在写与杨氏的诗作中也有一种同为荒徼文化世家成员的共鸣之感。此外，田氏对于杨福煌的诗艺也非常推崇，如《上杨晖庵太老夫子·其四》诗云：

> 天风海水壮波澜，秦镜高悬四座寒。
>
> 诗出性灵追步少，才臻老淡效颦难。
>
> 六峰门前生花笔，一洞山开贮墨盘。
>
> 却笑争心公未化，遥同李杜角词坛。①

从"性灵""老淡"数语看，杨氏的诗作风格与田泰斗追求的风格非常相近，如田氏曾云"新诗得自性灵多"（《杨雯林先生惠诗三章次韵奉答·其二》）。田氏在评点其好友丁志一的诗作时亦云："诗亦佳，但鄙意欲从烂漫归平淡，兄欲本沉实为高华，意见终属不合。"② 这些均表明，田氏的诗学主张及其创作实践都强调对真情真性的抒发，以及平易淡泊的境界，与杨氏的诗歌创作正相合，如此一来，也就不难理解他何以会如此推崇杨福煌的诗作。另外，从《再上杨晖庵太老夫子四首并叙》的叙文看，杨福煌曾为长乐地方的诗坛盟主，所谓"日空翼比，主持骚雅于今"③。同时，杨氏对于田泰斗的才华也寄予了热切的期望——"属望殷然"，可能是希望田泰斗能够继承自己的盟主地位。因此，田氏在诗作中也表达了对杨氏的感激之情，如"名士于今能下士，高才自古解怜才"（《其二》），"栽培后进开青眼，依恋故人问白头"（《其三》）均是此意。

田泰斗与杨嘉寿的交往见《送帅亭回关兼寄杨笙宾夫子王玉山四弟》《上杨笙宾夫子》（三首）。在写给杨嘉寿的诗作中，一方面表达了对业师的感恩之情，如《上杨笙宾夫子·其一》云："夫子宫墙千树杏，门生赆敬一瓢诗。情同母女恩何极，句许推敲德可知。"诗中仿佛可见杨田二人对烛论艺的情景，读来非常亲切。另外，田泰斗表

---

① （清）田泰斗著，田登云编注：《望鹤楼诗钞》，内部印行，1999年，第70页。
② 同上书，第219页。
③ 同上书，第99页。

示自己在德业方面虽然难及恩师的高度,但是也做到了"不肯权门轻着足",并且已继承衣钵,成为人师。

田泰斗与杨墀寿诗文唱和见田泰斗的《杨雯林先生惠诗三章次韵奉答》和杨墀寿的原作三首,另外田氏还有《前诗嫌未尽意再依韵报之》《再和杨銮坡世叔》(六首)。尤其是杨氏的赠诗和田氏的和诗,为我们展现了一次完整的文学交往的过程,这在《望鹤楼诗钞》中是非常少见的。杨墀寿的诗中有"谁识高轩枉劳顾,依然良会恨维艰",又田泰斗有"剡溪棹返今生恨,绛帐春深旧日欢"。可见,此次唱和的缘起可能是因为田泰斗访杨墀寿不遇,杨氏返家后得知此事,遂作诗三首以志问候之意,田氏因此和诗三首。杨氏在诗作中,对田泰斗评价甚高,所谓"百里人才容有几"(《其二》),"君才烂漫花同艳"(《其一》),对田氏的前途有很高的期许,并引其为知音,故有"抵目青云看直上,玉堂金马木天攀"(《其一》)和"通家倘克知音许,流水高山试一弹"之句。田氏的和诗中,一方面表示自己无意仕途,只喜以诗文与友朋相唱和,"得句欣然胜得官,手拢诗章谒刘安"(《其三》)。另一方面也表达了自己再访杨氏的意愿,所谓"何当再访山阴路,一曲瑶琴对空弹"(《其三》)。同时,还通过"月下桂枝日边杏,愿随公去九霄攀"的诗句表示愿随杨氏四处云游。而从光绪《长乐县志·艺文志》所录的杨墀寿的诗作来看,他确是一位心寄山水、淡泊明志之人。[①] 或许正是这种个性吸引着田泰斗,促成了二人的文学交往。《再和杨銮坡世叔》很可能是此次唱和的续作,惜乎杨墀寿的诗作已不可见,但据田泰斗的诗作来看,杨氏对田氏的诗风非常欣赏,所谓"爱我性灵到十分"(《其一》)。

[①] 《中国地方志集成·湖北府县志辑·光绪长乐县志》,凤凰出版社 2010 年版,第 361 页。

田泰斗与邹楚湘的交往，见于田泰斗的《送别邹楚湘夫子》，此诗前有小序云："夫子，公安人，避阳侯灾来乐邑。时，泰年十三，遂受业焉。获益最深。今检促年稿，取此冠册。明知童稚语，宜删，因师恩难忘，姑存之。"① 可见，邹楚湘与田泰斗有师生之情，从他明知此诗是"童稚语"却依然置于诗集之首的行为，亦可见他对邹师感情之深，诗作本身虽显稚嫩，但情感是非常真挚的：

  既仰先生德，更仰先生才。
  三月沾花雨，善诱信无猜。
  朔风吹阵阵，先生踏雪回。
  盈盈席上酒，可怜是离杯。
  雨催绿杨波，日促红杏开。
  登高望先生，可随春风来？②

写的是离别之情。邹氏来长乐本为避水灾，此时可能是水灾已退要返回故里。据此可见，邹氏在长乐的时间应该不长，但对田氏的指导使其受益匪浅，师生之间的感情也逐渐深厚，遭逢离别，不舍之情洋溢诗间。"雨催"四句是遥想之词，诗人想象自己冬去春来时登高远眺，盼望邹师再次归来。用在此处，表达了自己热切希望邹师过冬之后仍然能回长乐重聚。田泰斗对老师的深挚情感让人觉得非常熟悉，实际上，田氏的前辈如田九龄、田宗文、田甘霖等人无不对自己的老师有着深厚的感情，也正是家族内部一直传承的"尊师""爱师"的传统，才能让田氏在汉文化、文学的学习道路上愈行愈宽，取得了非常的成就。

---

① （清）田泰斗著，田登云编注：《望鹤楼诗钞》，内部印行，1999年，第1页。
② 同上。

另外，田泰斗在《勉张生晓江》中也表达了对恩师邹楚湘的挂念，所谓："存才天涯去，十年音问无。欲伸今悔悟，杳杳少鸿鱼。"恩师一去便杳无音讯，使田泰斗感到怅望、失落，由此亦可见他对邹楚湘的深切感情。

田泰斗与陈兆元的交往，见田泰斗的《驯鹤楼赠陈春山育和》。据田登云注释和前文补考，陈春山即陈兆元，字育和，曾因倡修书院受朝廷嘉奖。又据《望鹤楼诗钞》依年编目之体例，此诗作于丁酉年（1837），田氏时年十九。诗中也确乎洋溢着一股朝气，所谓"满楼倜傥尽宏才，雅致英风君独该"，不仅是在赞赏陈氏之文才，似乎也隐含着自况之意。诗中还以汉人陈重与雷义之典比喻自己和陈兆和的深厚交谊。

田泰斗与陈瑞麟的交往，见田泰斗的《陈云峰投余诗多郁郁不平依韵答之》。据诗题及诗义看，陈氏乃抑郁不得志之士，田泰斗在此劝陈氏抛却功名之心，师法先人陈登"高卧"世外，这既是一种劝慰，也是田氏对自己心志的表达。

田泰斗与薛孟亭的交往，见田泰斗的《寄张映西卞嗣亭薛孟亭诸君》（八首）、《闻薛孟亭再婚戏寄绝句四首》《寄琢堂》。前一组诗《其五》云：

琢堂近日果如何，绿发青灯可不虚？
一代英才有几许，好教努力免君诸。①

诗人通过张映西等人询问薛孟亭的消息，挂念之情溢于言表。《闻薛孟亭再婚戏寄绝句四首》，诗风香艳，语气戏谑，诗中既可见田

---

① （清）田泰斗著，田登云编注：《望鹤楼诗钞》，内部印行，1999年，第22页。

氏的少年性情，亦可见田薛二人无话不言的密友关系。另外，从"一上阳台发已斑""老去生机顿索然"诸句，似可见薛孟亭与田泰斗虽为同年，但年长甚多，二人可说是忘年之交。

另外，田泰斗《寄张映西卞嗣亭薛孟亭诸君》（八首）中提到的张映西、卞嗣亭，生平失考，不过从诗作中可见田氏与此二人交谊不浅，其诗序云："自我不见，于今三年，一切套语，概不暇叙，近日无恙耶？尚能诗耶？为我语琢堂耶？鲁山风趣犹如昨也。俚语数章，书呈一哂。"① 又《其三》诗云："多病于今可吉祥，也应重理旧诗章。交原贵淡偏难淡，一日千回话子房。"可见，田氏对张映西这个多病老友的牵挂之情。另外，田氏还有《寄映西》一首。

田泰斗与汤卓千的交往，见田泰斗的《仲夏既望日寄汤隽臣》《箴汤隽臣》《迟汤晓山不至》《试期将及戏寄汤隽臣》《寄汤晓山》《谢抄录〈田氏一家言〉诸公》。

据田登云注释所云，汤卓千少时为田泰斗同学，道光二十三年（1843）又拜田泰斗为师，但田氏不以弟子待隽臣，"视为密友，后结金兰之谊，结儿女姻亲"②。汤氏从田泰斗后，文章大进，得中秀才，后弃文从商。田氏写与汤氏的诸诗中，尤以《箴汤隽臣》一首对了解二人的交往情况最为有益。该诗的主题是规劝汤卓千不要因文战不利就轻弃学业，并勉励他不管是否有意功名，都因发奋苦读。其诗云：

与君总角交，敢为勉君语。况君怀更虚，敢不尽吐情。

记得束发年，连床共风雨。沧海约探骊，金铃同解虎。

---

① （清）田泰斗著，田登云编注：《望鹤楼诗钞》，内部印行，1999年，第22页。
② 同上书，第47页。

第五章 容美土司家族"文学交往"的余绪期——田泰斗

壁泮虽先登,琅環终未睹。去年文战鏖,君名探囊取。
颜标伸鳌头①,退之扼礼部②。人尽色然惊,君亦赫然怒。
怒抛成风金③,笑掷修月斧。君志我不能,君过我当补。
富贵纵浮云,不学亦粪土。果为蜗角名,祖先鞭宜鼓。
不为蜗角名,闻鸡亦起舞。宣圣叹川流,晦庵惊暮鼓。
寸阴古人惜,春华古人努。问君藏修功,曾否胜往古?
一言以蔽之,且尽寒窗苦。④

此诗作于辛丑年(1841),此时田氏已中秀才,而汤隽臣仍无功名在身,两相比较,汤氏可能有失落之感。再从诗中"人尽色然惊,君亦赫然怒"之句可见,此次考试汤氏本是志在必得,岂料再次落榜,自然难免失望不平之感。旧绪新愁交织一起,就有放弃学业的打算,而田泰斗作为好友,自然恳切劝勉。此诗开首就说明二人是"总角"之交,再赞誉汤氏心胸阔大,为自己的"尽情"规劝做一铺垫。其后回忆二人同学时期有志学业、共同奋斗的情形,并劝汤氏举业本身存在一定的偶然性,不要因为一时文战不利,就轻弃学业。在田泰斗看来,不管是否为了功名,都应学习古人,珍惜光阴,发奋读书。

---

① 颜标伸鳌头,田登云《望鹤楼诗钞》解为:"颜标,南朝金紫光禄大夫颜延年文章冠绝当时,性格激直,言语不加妄讳,得绰号颜彪。诗人将'彪'易为'标',是在称赞汤隽臣的文章独立标树,有特色而改用。"误。颜标,乃唐宣宗大中八年(854)状元,当时主考官误认颜标为颜真卿后人,为奖掖忠烈之后,取其为状元,后才知颜标出身贫寒,与颜真卿并无关系。用在此处,表示科举考试有一定的偶然性,中与不中并不能完全反映士子的水平,是安慰汤隽臣之语。

② 退之扼礼部,田登云《望鹤楼诗钞》未解。实指韩愈四次应礼部试,方中进士之事。用在此处,与上一句"颜标伸鳌头",一正一反,均为表示科举本身的偶然性。

③ 成风金,田登云《望鹤楼诗钞》不得其解。"成风金"当为"成风斤"之误。"成风斤",典出《庄子·徐无鬼》。其文曰:"郢人垩慢其鼻端若蝇翼,使匠人斲之。匠石运斤成风,听而斲之,尽垩而鼻不伤,郢人立不失容。"后以"成风斤"喻技巧高超,此处指汤卓千文才出众。

④ (清)田泰斗著,田登云编注:《望鹤楼诗钞》,内部印行,1999年,第56页。

田氏的劝勉应该是起到了效果的，这从《试期将及戏寄汤隽臣》一首便知。据《望鹤楼诗钞》依年编目之体例，《试期将及戏寄汤隽臣》排《次李玉山明府〈雨打残花〉原韵并引》之后，即写于咸丰二年（1852）之后，此时的田泰斗已经34岁，考虑到汤氏当与田泰斗年岁相仿，汤氏亦应早过而立之年，据田泰斗作"劝箴"之诗已经过去11年，但汤氏显然还没有放弃举业。可知田泰斗时时的劝勉、鼓励、关注，对于艰难跋涉于举业之路的汤氏确乎起到了重要的作用，也体现了二人友情之真淳。

田泰斗与张方旦的交往，见田泰斗的《勉张生晓江》《广鬼磷议张晓江》。前一首是以自身的经历教导张氏要踏实学风，认真听取业师之言、珍重师生之情。诗中，田氏先后回忆了两位恩师：吴朴斋、邹楚湘，并申言自己少时恃才而骄，未悟先师教导之语，而今虽欲表悔悟之情而无人，所谓："我少颇聪慧，读书党塾中。依仗先生宠，时①才傲儿童。我师赫然怒，生勿于焉终。恐阴尔文兴，非谓尔文工。我者闻之疑，先生言至矣。在耳言未忘，先生何在乎？"面对晚辈学子，全诗情感恳挚，毫无以上凌下的教训口气，既饱含了对恩师的深深怀念，也表达了对学子的殷殷希冀，体现了田泰斗真诚、谦逊的优秀品质。《广鬼磷议张晓江》以游戏口吻解张晓江因见磷火而起之忧。诗中三次设问，构思巧妙，读之令人解颐。

田泰斗与关福的交往，见田泰斗的《关鼎三先生赐诗四章次韵奉答》《谢关鼎三先生惠雨前细茶》。《关鼎三先生赐诗四章次韵奉答·其一》诗云："旧是金兰谱上人，交情两代倍相亲。"又自注云："家严久与公别"。② 知田关二家本是世交。另外，关福是陈宜政的业师，

---

① 时，疑当为"恃"。
② （清）田泰斗著，田登云编注：《望鹤楼诗钞》，内部印行，1999年，第60页。

而田泰斗又是陈宜政的密友，这可能又增加了二人的亲密之感。此组诗既表达了对关福的想念，又表达了对关福诗才的敬仰，"忽听老凤鸣天际，惹得流莺不敢啼"。据前文笔者的补考，关氏是与田泰斗齐名的长乐的代表性诗人，其诗文书画俱佳，有"清适"之名，所以田泰斗赞誉关福之文才，亦非虚浮之语。

田泰斗与曾陶庵的交往，见田泰斗的《赠曾陶庵先生》。据前文的考证，曾氏是田泰斗的近邻，而据此诗之义，曾陶庵在田氏家境不济时，曾大力予以扶助，而田泰斗感其厚恩，遂以培育其子相报答。全诗均用"白描"之语，且连用"为我""此恩""欲以"等排比语，但毫无重复拖沓之感，反而因全用直白之语，更可见其感恩之心深、报答之情切。该诗与"竹枝词"一起，展现了田泰斗诗风和个性中真挚自然、平易近人的一面。

田泰斗与王玉山的交往，见田泰斗的《送帅亭回关兼寄杨笙亭夫子王玉山四弟》《七夕后一日王玉山访赠四绝兼寄帅亭》《寄怀王玉山》。王玉山也是秀才出身，从田泰斗写给他的诗作来看，也是一位颇有文才、遭遇不偶的士子。如《寄怀王玉山》诗云：

廿四番风渐欲过，兰亭韵事近如何？
田郎题柱丰姿减，王粲登楼感慨多。
夺命文章争造化，凌云志气撼山河。
春光今上眉峰来，记取当年拔剑歌。[①]

"廿四番风"乃初春至初夏之间之花信风，诗云"渐欲过"，知此诗当作于春末夏初之时。诗人于此时怀念起友人，询问朋友近来诗

---

① （清）田泰斗著，田登云编注：《望鹤楼诗钞》，内部印行，1999年，第215页。

文创作之情形，可能是因王玉山久无诗文见寄，故挂怀一问。其后，颔联情绪一转，抒发了举业不顺、才能不显的无奈与悲叹。此诗创作的具体年限当在道光三十年（1850）之后，在写此诗之前，田泰斗曾于道光二十九年（1849）应乡试、道光三十年应国子学试，均告失败。诗人因举业艰难而形容消瘦，怀才不遇之感盈然于胸。但紧接着颈联情绪却又一起，表达了不畏艰难的豪情壮志。所谓"夺命文章"，乃是"诗能穷人"之义，即诗文创作往往给学子、文士带来悲剧性的命运，关于这一点，韩愈的《柳子厚墓志铭》《上兵部李侍郎书》、陆龟蒙的《李长吉诗集序》、欧阳修的《薛简肃公文集序》、宋祁的《雪巢小集序》等都有详细的描述，虽然着眼角度不同，有人认为文士必须在艰苦的生活中得到历练，才能写出好文章；有人认为诗文对天地万物的摹写是对天帝造化万物之特权的侵犯，故而受到天帝的惩罚；还有人认为诗人之穷，既是发造化之密的结果，又是天吝才学的结果。各种理论不一而足，但总体而言都认为文章创作容易给创作者带来悲剧性命运或者增加其人生当中的坎坷。田泰斗显然亦持此论，不过他并未因此而畏惧、沉沦，而是明确表示自己就是要与天地争造化，与命运作抗争的凌云之志。末联是这一情绪的升华，所谓"春光"者，既是写实景，又是一种对未来充满信心、希望的象征。所谓"拔剑歌"，典出杜甫的《短歌行·赠王郎司直》，其诗有"王郎酒酣拔剑斫地歌莫哀"之句，诗中的王郎有怀才不遇之感，杜甫作此诗意在勉励。田泰斗借用此典，既在鼓励同样举业不顺的王玉山，也含有自勉之义。另外，《七夕后一日王玉山访赠四绝兼寄帅亭·其三》云"谈何容易遇知音，多感怜才一片心"，其自注云："玉山逢人即诵拙句。"亦可见，二人心曲相通，确是知音。而这种知音之感，除了相同的诗文创作主张之外，可能也包含

第五章 容美土司家族"文学交往"的余绪期——田泰斗

着对人生、命运的类似感受。

田泰斗与佘国瀛的交往,见田泰斗的《赠佘仙洲》。其诗云:"输君本色文章妙,爱我行空笔力横。彼此依依相服意,深谈月落漏三更。"此时,田佘二人大约是初见,故诗中大有相见恨晚、英雄相惜之义。佘的诗文作品今已不可见,据田氏看,其诗风应是以自然率真为主,惜《望鹤楼诗钞》中未见其他诗作,不知二人其后是否还有文学的唱和。

田泰斗与龚南墅的交往,见田泰斗的《上竹山广文龚南墅太老伯并启》(四首)并叙。

据笔者前文对龚南墅生平的考证来看,龚南墅当与田浩如同为竹山学官,龚为教谕,田为训导。从职级上看,龚为上司,但龚并未以上司身份自居,而是对田氏多有帮持。关于这一点也在诗中得到了反复的映证,如《其一》诗云:"碧梧空说灿孙枝,千里关山奉杖迟。赖有慈云工护荫,不然暮景费支持。"既对自己因为地理悬隔不能尽孝感到愧疚,也感激龚氏对其祖父的照顾。又云:"冰衔共禀青毡里,冷宦相怜白发时。今日分甘阶畔立,一番回诉一凄其。"当是田泰斗转述田浩如回忆任上龚氏与自己同甘共苦、心息相通之情景。《其二》云:"骊歌一字一怆神,掷送天涯白首人"。其后作者自注云:"读公送家祖诗,情文双玉不胜感铭"。[①] 从龚氏送田浩如的诗中,亦看出二人交谊深厚。而且当田浩如欲辞官回乡时,龚氏还曾多方劝阻,所谓:"料得多情韩给谏,东风回首忆同寅。"此处,田泰斗还从龚氏处设想其在田浩如离职之后,可能还会常常挂念这位老同僚。《其三》则表达了对龚氏教诲、帮助田泰斗本人的感激之情,"龙门

---

① (清)田泰斗著,田登云编注:《望鹤楼诗钞》,内部印行,1999年,第144页。

八扇倚云开,老去心情倍爱才""少年文字劳宏将,前辈风流合手推"即此意。《其四》竟直以家事托付,请龚氏劝其叔父田琴阳之妻、子还归长乐,好使骨肉团圆。于此一事亦可见,两人已经到了无话不谈之地步。

从四首诗看,龚南野不惟与田浩如有同僚之情,而且与田泰斗有师生之谊,乃至与其叔父田琴阳一家亦有相当的交往,可谓是田氏家族的世交。

田泰斗与刘振华的交往,见田泰斗的《寄刘楠州》《刘楠州招饮陪李少白夜饮分韵得霜字》。据前文所言,刘楠洲,即刘振华,长乐(今五峰城关)南门外人,秀才,以训蒙为业。《寄刘楠州》表达了对友人思念之情,《刘楠州招饮陪李少白夜饮分韵得霜字》则是田氏、李素(李焕春之子)与刘楠州酒宴之间的分韵之作,诗调悲凉凄怆,家国之愁蕴含其中,是田氏诗集中的上乘之作,其诗云:

> 鼓角声高万瓦霜,挑灯看剑眼生芒。
> 飞来险语刘伶醉,题罢新诗李白狂。
> 困顿功名嗟半世,安危时势感三湘。
> 不须更听雍门瑟①,已觉怆怀似孟尝。②

诗中既抒发了自己屡试不中、年岁渐老的悲凉、无奈,又有对时局败坏、天下靡乱的关切、担忧。此诗写于咸丰二年(1852)冬,此时,太平军其势渐炽,并在这一年进入湖南,连克道州、郴

---

① 雍门瑟,田登云解曰:"古代撤膳时所奏的音乐。"误。雍门瑟乃孟尝故事,典出刘向《说苑·善说》,其文载:雍门子周以琴见孟尝君,子周先言孟尝之祸必临头,再鼓琴以动之,令孟尝君"涕浪汗增"。后以雍门瑟指悲凉之曲调。

② (清)田泰斗著,田登云编注:《望鹤楼诗钞》,内部印行,1999年,第244页。

第五章 容美土司家族"文学交往"的余绪期——田泰斗

州、岳州。① 而田氏自己又在两年前经历了乡试和国子学试的双重失败,故在诗中将对自身和时事的双重悲愁叠加于一体,造成了沉郁悲凉的诗风,读来令人动容。而能在酒宴之上如此坦露心迹,亦可见田刘二人交谊之深。

田泰斗与曾煜廷的交往,见田泰斗的《贺赠曾煜廷泮游》(四首)。在这组诗中,田泰斗既对曾的中试表示庆贺,又愧叹自己的屡试不第。据田登云所言,此组诗作于道光三十年(1850)②,此时的田泰斗刚刚应试失败,从京城归来③,而此时忽然接到学生得中秀才的消息,于是"愧喜随时集寸衷"。

田氏少年成名,才学出众,但是其举业之路先扬后抑,越走越艰辛,终其一生也无法在拔贡的基础上更进一步。对于田氏而言,"科名"让人既向往又痛苦,既欲弃又不忍,且时时萦绕于心,挥之不去,这也是中国古代士子的典型心态。这种心态的形成,一方面是受儒家"学而优则仕"思想的影响;另一方面则是因为科名在当时是反映士子才学水平的主要标准。"科举制度将确认知识分子价值的标准空前地简单化了、程式化:榜上有名即意味着学识过人,名落孙山则证明了其学识浅陋。"④ 虽然实际上,科名并不一定能准确反映士子的真正水平,但是这个标准的长期强势存在,仍然推动着无数士子加入科举大军,很多人想要做到其实只是证明一下

---

① 田登云在此诗后面的"说明"中道:"'不须更听雍门瑟'指起义军的胜利只在瞬息之间,作者预感到太平就要到来。"大误。田泰斗作为一个典型的传统知识分子,不可能希望太平军成功,在田的眼里,太平军恐怕只能被称为"贼"。而且此诗中,田氏明确表示了对时世的忧虑,所谓"安危时势感三湘"即此意,且全诗悲凉、伤感,全无一丝希冀之感。

② (清)田泰斗著,田登云编注:《望鹤楼诗钞》,内部印行,1999年,第209页。

③ 此时的田泰斗已是拔贡,疑其去北京参加的是朝考。据例,拔贡参加朝考合格者,可以授官职。

④ 陈文新:《〈儒林外史〉与科举时代的士人心态》,《福州大学学报》2013年第1期。

自己的才华。田泰斗无疑也是这样，所以他在诗中明确表示："射能中鹄方称巧，雕不成龙岂算工"（《其一》）；"自古文章见性情，才人何敢薄科名"（《其四》）。可见，在他心里，科名仍是衡量一个士子水平的重要标准。

但是必须强调的是，田氏也并没有为了科名而丧失对人格修养的追求，即儒家意义的君子品格的追求。因此，他在写给曾煜廷的诗中，一方面固然强调科名的重要性及意义，但另一方面也强调了人格修养的重要性，《其二》诗云：

> 曾屈南丰在及门，贺君敢赠勖君言。
> 松因有品材方贵，岳不矜高势自尊。
> 客气纵平妨未化，古风虽淡莫嫌存。
> 果然心迹清如水，岂但文章裕本原。①

田氏诗中提醒曾煜廷不要因为科名而放弃了品行修养，"固本裕原"的方式除了文章之外，还有修身养性。这种感慨并非虚谈，而是田泰斗几十年举业之路的深刻总结，更是几千年来传统士子矛盾心态的反映。如何在科举和修养、官场和品性之间做到平衡，在不妨害自尊、品行和知识分子独立性条件下出仕为官，实现"修齐治平"的人生道路，是中国几千年传统士子、士大夫们一直试图解决的问题。

田泰斗与邹峄山的交往，见田泰斗的《寄怀邹干园》。据笔者前文的补考，邹氏出身于一个门风敦厚的文化世家。其父邹昌虎"幼习诗书，为人忠正慈善"，乐善好施，周济贫困，因贡献良多，在光绪《长乐县志·人物志·慈善》中有传。邹峄山兄弟也都

---

① （清）田泰斗著，田登云编注：《望鹤楼诗钞》，内部印行，1999年，第208页。

第五章 容美土司家族"文学交往"的余绪期——田泰斗

急公好义,如邹本人就曾"开遇子河途"。另外,据前文笔者的补考,邹峄山曾为《长乐县志》的监局,与田泰斗同预修志事。田氏与邹氏的交往应早于修志,但是可能因为此事而更加紧密。在田氏眼中,邹峄山是一位有古人风、英雄气的才子,所谓"才人大半是英雄""时露豪情见古风"。从邹氏的行止来看,这种赞誉并非谀颂。

田泰斗与张鲁珊的交往,见田泰斗的《次原韵和张鲁珊先生》(二首)、《都门归以金项一元赠鲁珊蒙谢以诗依韵奉和即效其体》。从田泰斗的诗中可知,张鲁珊是一位无意功名、节操高洁之人[①],颇有古隐士之风。与张氏相比,田泰斗的热心举业就有些落于俗庸之嫌,田氏也因此在诗中对自己进行了自嘲,"笑我南山栖未稳,几曾叩角谒齐桓"[②],同时表达了自己不甘失败、志在成功的决心和信心。《都门归以金项一元赠鲁珊蒙谢以诗依韵奉和即效其体》则更为明确地劝勉张鲁珊积极入世、建立功勋。"顶天大丈夫,及早建勋名。远为天下光,近为一乡荣。"这两首诗都写于咸丰元年(1851)或更晚,此时的田泰斗人过中年,但并未放弃建功立业之雄心,尤其是于举业一途,颇为执着,个中原因,前文所提到的有关士子的普遍心态和社

---

① 田登云于《次原韵和张鲁珊先生·其一》"梅花香里卧袁安"后注云:"袁安……是东汉有名的世家大族。张鲁珊住地名花园,张氏是这里的大家,族大烟众,因此诗人以袁安相比。"误。此处乃用"袁安高卧"之典,《后汉书·袁安传》李贤注引《汝南先贤传》云:"时大雪积地丈余,洛阳令身出案行……至袁安门,无有行路。谓安已死,令人除雪入户,见安僵卧。问何以不出。安曰:'大雪人皆饿,不宜干人。'令以为贤,举为孝廉。"后以"袁安高卧"喻甘于贫困、坚守操行。此处亦用此典誉张鲁珊高洁之操行。

② 田登云于《次原韵和张鲁珊先生·其一》"几曾叩角谒齐桓"注云:"作者引《史记》中所载田氏姓氏来由指他自己。《史记》载'陈敬仲奔齐,赐采于田。'"误,此处用宁戚之典。《新序·杂事五》载:"宁戚欲干齐桓公,穷困无以进,于是为商旅,赁车以适齐,暮宿于郭门之外。桓公郊迎客……宁戚饭牛于车下,望桓公而悲,击牛角,疾商歌。桓公闻之,扶其仆之手曰:'异哉!此歌者非常人也。'"宁戚遂得大用。后以"宁戚叩角"指主动干谒当权者,以谋仕进的行为。

· 369 ·

会量才标准之外，也与田泰斗志在继承和弘扬家族传统的责任感和使命感有关。

田泰斗与陈凤鸣的交往，见田泰斗的《清明前一夜与桐岗望鹤楼即景联句》《雨夜楼中和桐岗联句》《长东联景》（其一）。据前文所言，陈凤鸣，号桐岗，秭归人，与田泰斗为同年拔贡。从现存的诗作看，田陈二人文学交往的方式主要是联句，这也是最考验诗才，尤其是捷才的文学游戏方式，而其中的《清明前一夜与桐岗望鹤楼即景联句》一首又采用了集句的形式，更见其难度。因此，二人的文学交往也从一个侧面反映了田的文学才华。

田泰斗与罗秉初的交往，见田泰斗的《三月九日秉初同年招游山庄归寄作且订重九之约》（五首）。据上文补考，李焕春《诰授修职郎田公义庵先生墓志铭》载：田泰斗祖父田浩如曾"从丹阳、陆城名宿曹桂圃、罗秉初游"，则田家与罗秉初的交往从田浩如时代即已开始，可谓世交。

田泰斗的诗作主要描写了罗秉初山庄的动人风光，并借景写人，描绘了一位以文章自娱的隐士形象，如《其二》诗云："地僻浑无事，山空只闭门。白云生断壁，流水入孤村。隐遁非甘寂，文章细与论。尚留新酿在，又到听松轩。"这种状态也比较符合"名宿"的形象。

田罗二人的交往唯一让人有些疑问的是，据李焕春所写铭文的语气，罗秉初当与田浩如年纪相仿，是田泰斗的祖父辈级的人物，但又与田泰斗为同年，则罗氏中试之时间似乎有些过晚。最有疑问的是，从田泰斗诗题及诗作的语气中，似乎是以同辈相称，这种称呼方式显然不宜用在与其祖父有交往的老者身上。又或李焕春的记载有误？这似乎要等待新材料的进一步印证。

四 式微的唱和：田泰斗族外文学交往的特征

相较于家族前辈，田泰斗的族外文学交往主要有两个特征：一是从地理范围上而言明显缩小，其交往对象主要集中在长乐县境内及周边的宜都、秭归等地区。二是从对象层次上而言，缺乏当时文坛的代表性人物或著名人物，其交往对象多为长乐县的士子和当地的官员，这些人虽然也有不乏才情者，但是就其文学影响力而言，是非常有限的。

造成这种特征的原因可能主要是以下两个方面。第一，客观的情势造成的。容美田氏家族到了田泰斗时，土司的身份早成历史，而因土司地位和经济、政治实力带来的文学交往上的便利自然也就不复存在。在土司时代，无论是田玄、田舜年等土司，还是田九龄、田宗文等土舍（土司的族人），都因为身在土司家族得到了较多文学交往上的便利，如田玄时，因为有土司身份，得以庇护和照顾很多来容美躲避战乱的士大夫，因而开创了容美土司文学交往的新局面。田舜年也依靠自己的土司身份，主动邀请文士来容美游玩，并借此机会进行文学聚会，或遣使远赴异地寄送诗文，结交文学名士。田九龄等人，虽然没有土司之位，但仍然借助其土舍身份在文学交往中取得便利，如田九龄为了结交吴国伦，曾经派遣使者携其诗集不远千里往吴国伦处请教，并请吴氏为其诗集写序。[①] 这些作为，对一介贫儒田泰斗而言，是完全无法实现的。另外，地理上的相对闭塞也影响到了文学交往的顺利开展。在土司时代，土司、土舍们可以通过主动走出去或者借助特殊的历史时代背景来弥补地理上的偏僻、不便，但到田泰斗时，地

---

① 详见吴国伦《田子寿诗集序》，《甔甀洞稿》卷43，台湾伟文出版社1976年版，第2040—2042页。

理上的不便依然存在,而曾经的有利条件都已不复存在。

第二,田泰斗本人有限的科名也限制了文学交往的扩展。前文已经分析过田泰斗执着于举业的原因,其中就包含他有志恢复家族光荣文学交往传统的因素。也就是说,田泰斗意识到自己要想能够像族中先辈那样结交天下名士,再创容美田氏文学交往的辉煌的话,依靠土司地位这条老路已无法走通,唯一可能就是在举业上有所突破,从而走出荒徼,获得结交名士的平台,但遗憾的是,田泰斗终其一生也未能取得大的突破,这也就相应地限制了他的社交圈。

第二节 田泰斗的族内文学交往

一 田泰斗族内交往对象补考

（一）田峥南

田峥南为田泰斗叔父。据田登云注释,田峥南,号琴阳,庠生。精于医术,好诗酒,有《醉仙亭》诗集传世。①

另,田泰斗《五月二日琴阳公寿诞先一日梦公醒而志之》诗中以田峥南之口吻有云:"花甲今度半。"知作此诗时,田峥南行年三十。而此诗作于道光二十一年（1841）,又据古人习用虚岁之例,推知田峥南当生于嘉庆十七年（1812）五月三日。根据现存诸诗的记载,其祖父田浩如在竹山任训导期间,田峥南作为幼子曾亲随侍奉三年。因为《望鹤楼诗钞》中,辛丑年至癸卯年（1841—1843）间,都有田

---

① （清）田泰斗著,田登云编注:《望鹤楼诗钞》,内部印行,1999年,第55页。

泰斗写给田峄南的感怀之作，直到甲辰年（1844）才有《省旋日喜叔琴阳公已还梓里》，知田峄南于此年方还归故乡。另外《五月二日琴阳公寿诞先一日梦公醒而志之》中亦有"桑梓离三年"之句。李焕春《〈望鹤楼诗钞〉序》云："子寿先生嫡派又数传至一山祖义庵田浩如先生，先生亦幼习举业者而名贡天家……而一山父梅林田岭南、叔琴阳田峄南诸君皆得其传者，诗才亦自峻妙，是其一家诗才克擅者，殆将世世罔替也哉！"① 知田峄南在田氏家族中也以擅诗著称，这在他与田泰斗的诗文唱和中也得到了映证。

（二）田崇寿

田崇寿为田泰斗之子。田登云于《五月二十日阿崇生》后注释云："阿崇，田泰斗的儿子，田崇寿生于1843年五月二十日。"② 以此知该子名田崇寿，阿崇乃其乳名。

关于田崇寿的生年，田泰斗有诗《五月二十日阿崇生》，又此诗在《望鹤楼诗钞》中排在辛丑年（1841）之中，则田崇寿当生于该年五月二十日，但是该诗后的田登云的注释又明言，田崇寿生于1843年，令人疑惑。另外，《夷陵客邸值阿崇周晬感赋二律》为田崇寿周岁时所作，若田崇寿果生于1841年，则此首据理当排在壬寅年（1842）当中，但实际上此诗排在甲辰年（1844）中。则此二首中，定有一首所排年序有误。所幸《夷陵客邸值阿崇周晬感赋二律·其二》中有"倏度人间新甲子"之句，知此诗定是作于甲辰年，方有此说。据此，可确定田崇寿生于癸卯年，即道光二十三年（1843），《五月二十日阿崇生》乃误排入辛丑年所作诗中。

---

① 《中国地方志集成·湖北府县志辑·光绪长乐县志》，凤凰出版社2010年版，第328页。

② （清）田泰斗著，田登云编注：《望鹤楼诗钞》，内部印行，1999年，第65页。

二　田泰斗族内文学交往对象的类型及具体情况

据现存的诗作看,田泰斗的交往对象主要是其子田崇寿、其叔田峄南,生平详见上文补考。另外,还有族孙田畤五,但因不详其生平,故从略。

田泰斗与田峄南的交往,见田泰斗的《暮春怀叔父琴阳公》(二首)、《五月二日琴阳公寿诞先一日梦公醒而志之》《书寄叔父琴阳公家信后》《省旋日喜叔琴阳公已还梓里》(二首)、《春柬与叔父琴公郊游联句》(三首)、《长东联景》(其二)、《仙人答》及田峄南的和诗。

据现存的诗作看,在族内,田泰斗与田峄南的交往是最频繁的。不仅现存相关诗作最多,其形式也最丰富,既有寄赠诗,也有唱和诗、联句诗,尤其是保留了田峄南的和诗。

二人的文学交往按时间可分为两段。前一段是田峄南在竹山侍奉田浩如时期,此一时期田泰斗所写的都是带有家信性质的诗作,最重要的主题就是思念。在现存的诗作中,没有看到他写给其祖父或父亲的诗作,但是写给其叔父的诗作占到了相当的篇幅,似乎田泰斗与其叔父之间有着特殊的感情。这些怀人之作,每一首都真挚动人,如《五月二日琴阳公寿诞先一日梦公醒而志之》其诗云:

> 梅雨响空阶,蛙声稀远岸。新竹影摇窗,影合残灯暗。
> 因思竹林人,一思一肠断。我去公归来,道远云漫漫。
> 倏忽身若轻,飞身出帏幔。中道逢公回,相逢各一粲。①

---

① 田登云注云:"一粲,一惊。"误,粲即笑之义,一粲即一笑。

第五章 容美土司家族"文学交往"的余绪期——田泰斗

> 公忙问母安,得勿依闾叹。我忙问祖安,得毋他乡感。
> 公忽悄然悲,一言一扼腕。奉亲千里外,尘世相羁绊。
> 桑梓离三年,花甲今度半。始吾公生辰,拜首题寿赞。
> 思深句未成,魂魄猛惊散。鸡声朦胧中,犹闻阿侄唤。①

诗人可能是思念太甚,又加之马上要迎来叔父的生日,因此日思而夜梦,梦中不仅与叔父得以相遇,而且场景生动犹如日常,真情洋溢、感人至深。特别是"相逢各一粲"一句尤其值得回味,虽然寥寥数字,却写出叔侄之间的默契与相知。根据前文笔者的补考,田峄南生于嘉庆十七年(1812),只比田泰斗大六岁,二人虽然有叔侄之分,但更像同龄人。另外,在田泰斗的诗中,常以阮籍、阮咸比喻自己和叔父的关系,如"大阮天涯滞采薇""因思竹林人"② 等,可见二人对于诗文有着共同的爱好与追求,这又更拉近了二人的距离。有意思的是,田氏先祖田九龄和田宗文叔侄诗中亦常以"二阮"自况,不知田泰斗是否是有意效仿。与田九龄、田宗文的亲密关系相似,在面对叔父时,田泰斗并没有面对长辈时的礼节,而只是淡淡一笑,仿佛面对的是一位知交的老朋友。另外,诗中还代田峄南之口表达了其思乡之苦,也体现了田泰斗对这位叔父的了解和同情,并从一个侧面显示了自己对叔父的思念。

又,《暮春怀叔父琴阳公·其二》云"年来消息竟沉沦",《书寄叔父琴阳公家信后》云"两三年竟沉消息,七十人尤怅别离",知田峄南在竹山侍奉其父田浩如期间,似乎没有寄信与田泰斗,甚至也没

---

① (清)田泰斗著,田登云编注:《望鹤楼诗钞》,内部印行,1999年,第62页。
② 阮籍、阮咸俱为竹林七贤之一。

有寄信给其病重且思子心切的母亲。① 这一方面更加剧了田泰斗的思念和牵挂之情，另一方面也让田泰斗有些不满，故而才有"遥寄一言公省识，高堂两个白头人"（《暮春怀叔父琴阳公·其二》），"请公一望西山日，纵映桑榆能几时"（《书寄叔父琴阳公家信后》）之语。

田峄南归来后，与田泰斗的诗歌唱和构成了二人文学交往的后一段。这一段时期里，田泰斗所写的诗作，包括田峄南的和诗，大都是对家乡风景的描绘，诗中充满了惬意、轻松之感，但在诗作的情感和力度上不如前一时期。

田泰斗与其子田崇寿的交往，见田泰斗的《五月二十日阿崇生》《夷陵客邸值阿崇周晬感赋二律》《侍养群山书屋兼课阿崇句读》。第一首写在田崇寿降生之时，表达了诗人的欣喜之情，以及美好祝愿，其中"愿将福命期吾子，莫仅聪敏学尔爷"之句不由让人联想到苏轼的《洗儿戏作》。同样是希望孩子能够幸福安康，而不是像自己这样聪明而多难，苏轼"惟愿孩儿愚且鲁，无灾无难到公卿"多了一份自况的无奈和苦涩，看似是写孩子，实则是借诗自抒，借诗讽世。而田泰斗的诗作则更为纯粹和温暖，只是表达了父亲对孩子的美好祝愿，这种心思古今同理，即使当代的读者也能深切体会其中的意思。第二组诗作于客途之中，诗人于儿子周岁之时不能回家庆贺，遂作诗表达思念之情，此诗不仅回忆了儿子出生时的情景，表达了自己的思念之情，还设想家中的庆祝场景，尤有特色在于设想家人思念自己的情景，"谁对画眉窗下月，替儿轮指数归程"学杜甫《月夜》之意，而独出心裁，富于情境，颇为生动。第三首则是课子读书时所写，诗人在自愧学识有限的同时，又认为

---

① 《书寄叔父琴阳公家信后》中，田泰斗于"两三年竟沉消息，七十人尤怅别离"后自注云："祖母病重，望公尤切。"

田崇寿定能继承家族诗书传统，并在才学和举业方面超过自己，"自幸良弓今有子，春闱已许出于蓝"。作为父亲的骄傲和殷切期望，跃然纸上。

写给田崇寿的诸首诗中，丝毫不见类似题材中常见的夫子气、教训语，显得平易近人、温情脉脉，充满了对孩子的疼爱和信任，让我们看到了田泰斗慈父的一面。

除了与田峄南、田崇寿的文学交往外，田泰斗还有一些诗作涉及家人或家庭题材，如《志愆》《写家书》等。《志愆》似是写自己父亲之离家，又似是一般性地写亲情之作，诗中对离别的痛苦和家人相互牵挂之情的描绘十分感人。《写家书》描写了自己飘零客乡，欲抒己意而不知从何说起，又怕家人牵挂的复杂情绪。

田泰斗的族内文学交往对象，还有族孙田畴五，见田泰斗《感赠族孙畴五》，但因田畴五生平不详，故从略。

第三节 田泰斗文学交往的影响和意义

田泰斗文学交往同样对于其创作有直接的激发和推动作用、丰富了有关田氏的文学理论文献、为其生平事迹的研究提供了珍贵的材料，不同于前人的意义在于：田泰斗作为容美田氏的"末代诗人"，既无土司之贵族身份，又无风云际会的历史机缘，如何在这样一穷二白的基础上开展文学交往确实是一个问题。不过从现存的诗作看，田泰斗的文学交往活动并未沉寂，其交往对象不仅对其诗作有较高的评价，而且热情回应了他对田氏祖先文学成就的自豪感，并在诗文唱和中激起了他的使命感和责任感，使他担负起了继承容美田氏文学传统的重任，让容美田氏在失落了土司的光环之后，在文学上仍绽放出了最后一片光亮。

一 论艺与勉励：文学交往对田泰斗创作的激发和推动

与田氏的先辈一样，文学交往对于田泰斗的作用，首先体现在激发和推动了其创作的发生和发展。在田泰斗现存的421首诗作中，唱和、寄赠之作达到197首，占了将近五成，其诗作数量在本书讨论的田氏诗人中仅次于田九龄。因文学交往而产生的诗作的主题、内容、形式也非常多样。就主题而言，有思念、感怀、悼亡、庆生、宴饮等等；就内容而言，既有表达志趣者，亦有畅叙友情者，或描摹山水者，还有纯粹的游戏文字；就形式而言，既有近体，也有古体。可见，文学交往对于田泰斗创作的激发作用。当然，诗作数量和类别上的差距既和田泰斗积极进行文学交往、勤奋创作有关，也和其先祖时代相对久远，诗作大量失传有关。不过也应看到，与其田氏先辈不同，田泰斗的文学交往是在既无土司之位又无机缘之便的情况下开展的。因此，这样的结果可谓来之不易。

在诗歌的唱和、寄赠中，田泰斗不仅锤炼了诗艺、积累了创作经验，而且还和诗友们进行了诗歌创作的理论交流，表达了自己的创作主张，同时也从友人的诗论中受到启发。例如，《接汉川和章叠前韵再寄》不仅附有丁志一的和诗，而且有田泰斗对丁氏诗作的评语，其评丁氏和诗《其一》云："诗亦有飞跃之致。"评《其二》云："诗亦佳，但鄙意欲从烂漫归平淡，兄欲本沉实为高华，意见终属不合，然鹿洞、象山[①]各有见到处。泰虽不能从，未尝不心折斯论也。"[②] 表达

[①] 鹿洞、象山，当分指朱熹（曾主持白鹿洞书院）、陆九渊（曾主持象山书院）。
[②] （清）田泰斗著，田登云编注：《望鹤楼诗钞》，内部印行，1999年，第219页。

第五章　容美土司家族"文学交往"的余绪期——田泰斗

了自己与丁氏不同的诗学观点,所谓"从烂漫归平淡",亦是田氏"性灵"诗学理论的另一种表述,即强调诗作要抒发真情真性(烂漫),并最终达到平易淡泊的内敛之美。而"沉实为高华"则是要利用深厚、扎实的文学修养,使诗作有高致华贵之美。可见,二人的诗学取向是完全不同的。其《次汉川原韵》序又云:"昨偶有所触,漫赋狂言。汉川谓为头头是首,何敢当也! 但间亦有与泰异趣者。君子和而不同,何妨各言其志?且汉川益和深矣!"①亦是强调二人诗学观念之不同。不过,田氏在后来与丁志一的文学交往中,对于自己诗学主张亦有反省和检讨,如《叠前韵再寄汉川》序云:"前二律仍狂奴故态,昨检拙稿,见其瑕疵而出,改正之余,几欲呕出心头血,终难惬怀,始信汉川言不谬也。"②对自己诗作中因直抒胸臆而生的粗疏之病有所察觉,并对丁氏的诗学有新的认识。这种因文学交往而产生的对诗艺的讨论,对于提升田泰斗的诗歌创作水平无疑是有益的。

除了诗歌唱和之外,李焕春等人还通过序跋等形式对田泰斗诗文进行评价,并给出了自己的建议。例如,李氏的《〈望鹤楼诗钞〉序》先是从正面对田氏诗文给予极高的揄扬之词,如称其八股文"音调和雅""规模大家,穆然有台阁气象"等,称其诗作"冲融已如子寿矣,而清适则如信夫、国华、珠涛;挺特则如太初、特云,超脱则如夏云、双云,而雄奇则更如韶初。所谓合一家之机杼而自成一手者也"。③此外,还不忘委婉地指出诗作固然应该是随性而发、自由抒怀,即所谓"出自天籁",但也要"探其精奇"后才能"自为一家言"。这无疑是在提醒田泰斗,他的诗歌创作存在真直有余而精微不

---

① (清)田泰斗著,田登云编注:《望鹤楼诗钞》,内部印行,1999年,第219页。
② 同上。
③ 《中国地方志集成·湖北府县志辑·光绪长乐县志》,凤凰出版社2010年版,第328页。

· 379 ·

足的缺点。就今天我们看到的田泰斗的诗作来看，这种批评可以说是非常中肯的。综合田泰斗的诗作来看，他是一位个性上颇具自信和豪情的文士，因此其创作往往随性而发，作品容易出现粗率的毛病。在李焕春看来，田泰斗不仅仅是长乐的一位普通文士，他肩负着继承家族光荣传统的使命，更具有走出长乐、饮誉文坛的才情和实力，因此，对其诗作就提出了更高的期待。可以说，其建议虽然委婉而简洁，但其对田氏改进诗风的意义，以及这种建议背后包含的欣赏与期待，都是值得回味和深究的。

二 序跋、诗作：有关田氏的文论文献的进一步丰富

田泰斗因文学交往而产生的文论文献主要体现在李焕春的《〈望鹤楼诗钞〉序》和田氏因唱和而产生的诗作中。李焕春的序文，不仅对于田泰斗的诗作有较为全面的评价，提到了田氏能够博采家族前辈之长，并形成自己的独特风格，所谓"冲融已如子寿矣，而清适则如信夫、国华、珠涛；挺特则如太初、特云，超脱则如夏云、双云，而雄奇则更如韶初。所谓合一家之机杼而自成一手者也"[①]。同时，对其诗作抒发真情、富于"天籁"的特征以及"精奇"不足的弊病都有较好的分析（前文已详）。这种既举其长，又列其短的评论，无疑更有助于田泰斗提升诗艺。更为可贵的是，序文还比较详细地回顾了田氏家族的诗歌创作历史，从田泰斗之始祖田九龄一直梳理到其父辈，夹叙夹议，尤其是对田泰斗祖父诗作的流传情况有所介绍，并评价田泰斗之父、叔"诗才亦自峻妙"。这些介绍和评价都因为相关文献的稀少而愈显珍贵。

[①] 《中国地方志集成·湖北府县志辑·光绪长乐县志》，凤凰出版社 2010 年版，第 329 页。

第五章　容美土司家族"文学交往"的余绪期——田泰斗

另外，田氏因唱和而产生的一些诗作也带有诗论性质，如"新诗得自性灵多"(《奉答杨鸾坡先生惠诗次韵》)，"本欲征典故，转恐掩意思。一篇白描语，报公志如斯"(《赠曾陶庵先生》)，都非常鲜明地表达了田泰斗的创作立场。这一点也在其他的诗作中一再得到印证，如前文论及的他与丁志一进行诗艺讨论的诗作与序文。又如，其《作诗》云"各一性情各一才，化工无样万花开。好题大抵天安定，佳句都因命换来。出色须空千古有，成章要使百家该。华严界拟飞身上，莫遇罡风打便回"，亦是强调人之性情各不相同，诗人的创作要直抒其性情，自然天成。他也强调自由的创作是建立在广泛的学习之上的，但学习的最终目的在于创新，所谓学古人而不拟古人。此种思想颇有类于严羽的"别材别趣"之说。严氏有云："诗有别材，非关书也；诗有别趣，非关理也。然非多读书、多穷理，则不能极其至，所谓不涉理路、不落言筌者，上也。"① 田泰斗也是要求在学习的基础上能不落古人之"言荃"。另外，在诗歌创作方面，田泰斗也确有"性灵"的一面，如今人研究最多的田氏的竹枝词即典型例证，将田泰斗的诗作与家族前辈、尤其是田舜年的诗作进行比较，也可以明显地感受到泰斗的诗作更为平易自然。总之，文学交往中产生的相关文论对于今天研究田氏的诗学思想及其相关的创作实践都有重要的启示和文献意义。

三　促使田泰斗担负起传承家族文学传统的任务

通过李焕春的《〈望鹤楼诗钞〉序》《和读〈一家言〉原韵》(四首)和李素的《柬田一山外翰四之一》等诗文，可以非常明显地感受

---

① (宋)严羽著，郭绍虞校释：《沧浪诗话校释》，人民文学出版社1961年版，第26页。

到李焕春父子对于容美田氏家族作为文学世家取得的成就的敬仰之情。同时，他们反复强调田泰斗作为田氏文学世家传人的地位，强调田泰斗对于家族文学的继承和发展。这种情感与观点既是对田泰斗家族自豪感的热烈回应，也在某种程度上激发了田泰斗的使命感和责任感，让他担负起了传承家族文学传统的重任。

在《〈望鹤楼诗钞〉序》中，李焕春并没有开篇就介绍田泰斗的诗文，而是先较为全面地回顾了容美田氏家族从田九龄至田舜年的诗歌创作史，并在最后做结道："之数人者，调伯仲之埙篪，谐乔梓之响籁，固皆以诸生攻举子业者，而以诗才擅美如此，殆各于深山之中别开一诗世界者哉！"① 对于容美田氏家族的诗歌创作成就可谓钦佩已极。其后他又对田泰斗祖父、父亲、叔父的诗作创作亦进行了介绍，并认为田氏诗风各具专擅，且代代相传，"而一山乃崛起其后"。这种叙述方式，一方面当然是为了显示田泰斗优良的家族文学传统，另一方面也是为了说明田泰斗的诗歌创作是对家族文学的沿续。如果说这种叙述还足以说明田泰斗与其田氏家族文学之间的联系，在随后对田泰斗诗作的分析阐释中，他就更加明确地提出田泰斗对家族前辈诗人风格多有继承，所谓"冲融已如子寿矣，而清适则如信夫、国华、珠涛；挺特则如太初、特云，超脱则如夏云、双云，而雄奇则更如韶初"②。按照这种说法，田泰斗的诗歌从所有家族前辈处都汲取了营养，这就将田泰斗的诗歌创作与其家族文学史紧密地联系在一起，并认为正是由于继承了优良的家族传统，田泰斗才能在诗歌创作上有所成就。同样，在《和读〈一家言〉原韵》（四首）中，李焕春也充分

---

① 《中国地方志集成·湖北府县志辑·光绪长乐县志》，凤凰出版社 2010 年版，第 328 页。

② 同上。

肯定了田氏家族的文学成就，所谓"一家机杼好，笔墨挟云烟"（其一），而且特意通过田氏的政治功绩和文学成就的对比来突出其文学成就，如"勋庸空百世，文字足千秋"（其二）。在田氏的前辈诗人中，李焕春又特别推崇田舜年，在《〈望鹤楼诗钞〉序》中他就曾称舜年之诗"尤雄奇"，到了《和读〈一家言〉原韵》中，他有独拈一首专写田舜年，诗中不仅对田舜年的文学修养赞叹有加，称其"词赋古"，所著皆是"芳泽"，而且对其学术修养也钦佩不已，如"鸿制与君论"一句中的"鸿制"应该指舜年的《二十一史纂要》，又根据"铁篆虽云失，珠玑剩雅言"等语，这部著作至李焕春时可能也已经佚失，但是李焕春通过与田泰斗的讨论，仍能窥其大概，并心生景仰之情。诗作最后一句"继起有云孙"尤为值得注意，"云孙"当是特指，所指之人自然就是田泰斗。李氏在极写田舜年之后，诗尾做结，却笔锋一转而指向田泰斗，其用意是非常明显的，即强调田泰斗是田氏家族文化和文学事业的继承者。《其四》专写田泰斗，其诗云：

    啸咏绵瓜瓞，家肴代可尝。
    词源惊倒峡，笔阵擅擒王。
    史册承新纂，诗歌发古香。
    奇才仍保傅，又独步文场。①

  首联实是承上一首之尾联，再次强调田氏文学世家代代传承、绵延不绝，而田泰斗正是当代的传承人，颈联"史册"二句，细品其味，似乎也是说明田泰斗的诗作继承和发扬了田氏文学的传统。考虑到这组诗本是与田泰斗的唱和之作，可以想见这组诗对于激发

---

① 《中国地方志集成·湖北府县志辑·光绪长乐县志》，凤凰出版社2010年版，第353页。

田泰斗的家族自豪感，并进而担负起传承家族文学传统重任的重要作用。

李素的《柬田—山外翰四》也赞美了田氏家族上百年的文学和文化传统，并为史志不载其事迹感到遗憾。另外，李焕春也提到李素对于田氏家族"亦深推其世以诗才擅"（《〈望鹤楼诗钞〉序》）。[①] 并以"玉树人推谢，青箱世羡王"的诗句表达了田泰斗作为田氏文学传统继承人的仰慕之情。

四 "本事"与生平之四：文学交往对考证田泰斗生平的文献意义

田泰斗本人在参加《长乐县志》的编纂过程中，编入了本族一些代表性诗人如田九龄、田圭、田浩如、田嵩南等的传记[②]，甚至一些与家族相关的诗人如张之纲、张之翰等亦有传，但是其本人没有留下一篇完整的传记，能够弥补这一缺憾的是文学交往留下来的材料。如李焕春的《〈望鹤楼诗钞〉序》《诰授修职郎田公义庵先生墓志铭》不仅对田泰斗的生平有介绍，而且对其祖父、父亲、叔父的生平亦有介绍，另外还有田泰斗家族谱系的简要著录。这不仅为我们研究田泰斗的生平事迹提供了重要的参考文献，而且也从谱系上明确了田泰斗作为容美土司后裔的重要事实。

在这一基础上，我们通过文学交往中所产生的诗作，更可以进一步描画、细化田泰斗的生平、个性乃至他在某一时期的心理状态、思想情绪等，如通过他与不同士子的交往，我们既看到他执着于举业的

---

① 《中国地方志集成·湖北府县志辑·光绪长乐县志》，凤凰出版社 2010 年版，第 329 页。
② 除了诗人外，还有田楚庚等比较重要的族人。

状态，又可以了解到这种执着背后的心理动机。加之《望鹤楼诗钞》依年编目的体例，我们还可以看到这种心理在文学交往过程中不断发展、变化的过程，从而将田氏心路历程展现出来。

总之，相较于一般的咏怀、叙事诗，文学交往中产生的诗作既有明确的对象，又相对地有明确的事件（包括唱和当下的事件以及唱和中对过往事件的回忆等），诗人在创作中也会有意识、无意识地留下很多关于自己和交往对象生平的材料，从而便利于后世的研究，特别是对于容美田氏这样文献相对有限的文学世家来说，从文学交往的角度展开研究，无疑是一条特别且有效的途径。

通过本书对容美土司家族文学交往史的系统考察，应该可以得出一个基本结论，容美文学世家的形成，除了其自身对于汉文化、汉文学的热爱和积极学习之外，还有两个关键性的因素："土司子弟入学"制度和文学交往。"土司子弟入学"制度推动了容美土司开始接受汉文化，而文学交往则持续激发了容美土司家族对于汉文学、汉文化的热爱。单就本书的主体——文学交往而言，从具体的交往过程维度看，交往对象通过唱和、序跋、评点等形式直接帮助容美土司家族提升了其文学水平，和田氏一起丰富了土家族的文学理论和文学批评文献。从历史的维度看，四个时期的文学交往既有共同之处，又各具特色，共同之处在于往往都呈现出"核心—网状"的特征，而各具特色即表现为开创期的多元化、发展期的政权认同、深化期的文化自信、余绪期的继承传统等。从交往的意义维度看，文学交往不仅激发了容美土司家族的创作热情，为研究容美土司家族留下了珍贵的带有史料价值的文献，而且具有极高的文化意义。因为容美土司本身的少数民族身份，使得他们的文学交往，尤其是族外的文学交往具有了不同民族之间文化交往、交融的意义。通过容美土司的对外文学交往，我们可以深入考察中华民族"多元一体"格局形成和发展的过程，即南方诸族是如何接受同一文化身份（中华文化成员），并运用同一"文化话语"进行交流，以及这种交流对于促进族群交融、文化认同、政权认同起到了怎样积极的效果。可以说，文学交往是深入了解容美土司家族文学和文化历史的重要切入点，而容美土司的文学和文化历史又是中华多民族文学史、文化史的一个生动标本，它揭示了我们这样一个国家是如何在文化层面从"多元"走向"一体"。

附 录 一

《〈田氏一家言〉诗评注》和
《田子寿诗集校注》补正

  陈湘锋、赵平略所著《〈田氏一家言〉诗评注》(以下简称《评注》)和李传锋、吴燕山、李诗选三人校注的明刻本《田子寿诗集校注》(以下简称《校注》)分别对容美土司家族的诗集《田氏一家言》和田九龄的个人诗集进行了文字校勘、诗句注释和简评[1],为目前所见较早也较为完善的两个版本,在容美土司家族交游对象的身份考证、文字的校勘和注释、诗义的解读和评点方面,为功甚著,为后续的研究奠定了良好的基础。但是《评注》和《校注》在注释方面,也存在考证不精,注释不准确的问题,对此,前贤已做过一些补注工作,如吴柏森《容美田氏交游述略》一文对《评注》中未能明确的多位士人的身份问题,进行了考订,如习孺即孙斯传、宋山人即宋登春、龙君超即龙襄、龙君善即龙膺、刘秉三即刘綎、蒋玉渊即蒋珑,

---

[1] 本文所引《〈田氏一家言〉诗评注》为中央民族大学出版社 1999 年版,以下为免重复,如无需要特别说明处,不再另外出注。

同时进一步明确了毛廓庵即毛寿登,对龙君赞、龙思所的身份也提出了推想。[①] 但《评注》和《校注》的注释中仍存在不少问题,笔者不揣固陋,欲在前贤的基础上,对两书注释中的部分问题进行补考和修正。

一 田九龄《紫芝亭诗集》与《田子寿诗集》补正

对田九龄《紫芝亭诗集》与《田子寿诗集》的补正共有以下三十处。

第一,田九龄《秋风》诗有"长忆燕山客"之句,《评注》只注燕山为山名,实则"燕山客"乃专称,指进京朝贡的贡使或在京做官的异乡人。清人厉鹗《辽史拾遗》录范成大《揽辔录》所记曰"会同馆,燕山客馆也,辽亦有之"(《辽史拾遗》卷十四)。[②] 会同馆,即元明清时接待藩属贡使的机构,会同馆既为燕山客所居之馆,其中的燕山客自然指进京朝贡的贡使。又清人孙承泽《春明梦余录》卷六十五载:"文衡山在词林日,寓居禁城东玉河岸……尝自作《燕山客舍图》,题云:'燕山二月已春酣,宫柳霏烟水映蓝。屋角疏花红自好,相看终不是江南。'"[③] "词林"乃翰林院另称,文征明曾官翰林院待诏,据《春明梦余录》的记载,其在京任职期间,处境颇不佳,受到姚明山、杨方城等人的排挤,被视为"画匠"。因此,文征明将其在京的寓所命名为"燕山客舍",既指明其客居京城的官员身份,又暗寓其在京的苦闷心情和思乡之情。

[①] 吴柏森:《容美田氏交游述略》,《三峡学院学报》2000 年第 6 期。另外,吴氏又撰有《〈《田氏一家言》诗评注〉校读札记(上下)》(《三峡大学学报》2001 年第 2、3 期),对其部分文字进行了校勘。

[②] 《景印文渊阁四库全书·史部》第 289 册,台湾商务印书馆 1983 年版,第 957 页。

[③] 同上书,第 224 页。

在元明清的诗文中，"燕山客"均指客居京城的官员。例如，元萨都剌《送外舅慎翁之燕京》："明年亦是燕山客，骑马天街踏软红。"① 此处的"燕山客"指即将在第二年进京改任的萨都剌②。明刘嵩《长律十四韵·送彭公权教授还永新》："六千里外燕山客，白发还乡遂苦心。"（《槎翁诗集》卷七）③ 此处的"燕山客"指为年老解职归乡的官员，清宋荦《黄州除夕三首·其二》"弟作燕山客，兄为汉水游"（《西陂类稿》卷二）④ 将"燕山客"与"汉水游"相对，实际上是将兄弟二人一在仕途、一为隐逸的身份进行对比。据此，田九龄《秋风》中所说的"燕山客"很可能是代表容美或附近土司进京朝贡的人员，或者乡籍在容美或附近地区的京官。

第二，《闻宋山人应元游南岳》一首，《评注》未详宋山人为何人，吴柏森《容美田氏交游述略》引嘉定徐学谟《鹅池生传》所载，认为宋山人即宋登春，但未说明理由，其主要依据似是宋登春字应元，与田九龄所说宋山人之字相同。

宋登春生平，《四库总目》《畿辅通志》《湖广通志》《画史会要》《渊鉴类函》等皆有载，以《畿辅通志》卷一百五所录徐嘉谟所写传记最为详明，但亦未提到宋登春与田九龄或其交游对象有直接接触，似乎不足以证明宋山人即宋登春。

实际上，光绪《华容县志·流寓》中对宋登春与孙斯亿的交游有明确记载，"宋登春，自号山人，江陵人⑤，工诗，与孙山人倡和留连

---

① （元）萨都剌：《雁门集》卷2，上海古籍出版社1982年版，第42页。
② 是篇之后有按语道："云'明年亦是燕山客'，公于丁卯登第后即授镇江录事，明年庚午，历三年矣。《元史·选举志》：'凡迁官之法，从七品以下属吏部，外任以三岁为满。故公云然。'"据此可知，萨都剌将于次年由镇江赴京改任。
③ 《景印文渊阁四库全书·集部》第1227册，台湾商务印书馆1983年版，第467页。
④ 同上书，第16页。
⑤ 宋登春乃赵郡新河人，非江陵人，只晚年定居江陵天鹅池，并自号鹅池生。

元石山，尝跣登天井峰，临大云泉濯足，有终年之志"①。其《志余》又载："宋山人登春，隐处江陵，往来桃源、衡岳间，道经华容，访孙山人，爱元石之奇，有终焉之志。"②并录宋登春与孙山人唱和之作一首③。这里所说的孙山人即孙斯亿，亦即田九龄、田宗文诗集中一再提到的"兆孺师""云梦师"。光绪《华容县志·隐逸》载："孙斯亿，字兆孺。……晚隐元石。"④又《志余》直称其"孙山人斯亿"。宋登春与孙斯亿都以隐士自处，从记载看，两人交谊颇有知音相惜之义，这必然影响到田九龄，因此，提出田九龄诗中所说的宋山人是宋登春的说法是有确证的。

第三，《秋兴》有"一曲高歌明镜里，少年人奈白头何"之句，《评注》认为化用自李白《将进酒》"高堂明镜悲白发，朝如青丝暮成雪"，恐不确。唐人许浑《秋思》有"高歌一曲掩明镜，昨日少年今白头"之句，两相比较，田九龄之诗显是化用自许浑，而非李白。

第四，《从军二首·其一》诗云："大将龙驹掣电开，牙旗高拥白登台。"《评注》于"白登台"未注。"白登台"，据《明一统志》卷二十一载：其地"在白登山上，匈奴冒顿纵精骑三十余万围汉高帝于白登七日，即此地。"⑤《水经注》卷十三《漯水》引服虔之言道："白登，台名也，去平城七里。"又引如淳之说道："平城旁之高地若丘陵矣。今平城东十七里有台，即白登台也。台南对冈阜，即白登山也。"⑥

---

① 《中国地方志集成·湖南府县志辑·光绪华容县志》，江苏古籍出版社 2002 年版，第 398 页。
② 同上书，第 486 页。
③ 除此之外，还录有赠山下萧君之作一首，另乾隆《华容县志·艺文志》还载其《元石观》五言诗二首，光绪《华容县志·艺文志》选录其一，题曰"元石"。
④ 《中国地方志集成·湖南府县志辑·光绪华容县志》，江苏古籍出版社 2002 年版，第 396 页。
⑤ 《景印文渊阁四库全书·史部》第 472 册，台湾商务印书馆 1983 年版，第 477 页。
⑥ （北魏）郦道元著、陈桥驿校证：《水经注校证》，中华书局 2007 年版，第 314 页。

第五，《客中闻乐》诗云："醉来恍觉身为客，瑶琴休弹远别离。"《评注》对"远别离"未注。《远别离》为乐府"别离"十九曲之一，多写悲伤离别之事。郭茂倩《乐府诗集·杂曲歌辞》载有李白、张籍、令狐楚所作《远别离》四首。① 又田九龄诗题有"闻乐"之说，且诗中有"休弹远别离"之句，可知"远别离"当为曲名。

第六，《姑苏台》诗云："旧苑深花春自开，荒台麋鹿画还来。"《评注》未注，实则此二句出自《史记》之典。《史记·淮南衡山列传》载：刘安欲反，召伍被与谋，伍氏谏刘安曰："臣闻子胥谏吴王，吴王不用，乃曰：'臣今见麋鹿游姑苏之台也。'今臣亦见宫中生荆棘，露沾衣也。"② 意谓刘安不用己言，必将招致大祸，淮南王宫将因王国沦亡而变为荒凉之所。田氏诗不仅用此典，亦用此意。全诗借吴王夫差不用伍子胥之言，宠幸西施，最终落得国破身死，宫室凋敝之史实，而发兴亡之叹。

第七，《秋宫曲》诗云："明月高映天床影。"《评注》于"天床"二字未注。③《晋书》卷十一《志第一·天文上》载："紫宫垣十五星……门外六星曰天床，主寝舍，解息燕休。"④《宋史》卷四十九《志第二·天文二》载："天床六星：在紫微垣南门外，主寝舍解息燕休。一曰在二枢之间，备幸之所也。"⑤ 据此知，"天床"本为紫微垣中星官之名，主寝息，可引申为后宫之象征，田氏似以此句喻深居后

---

① （南朝宋）郭茂倩：《乐府诗集》，中华书局1979年版，第1024—1025页。
② 《史记》卷118《淮南衡山列传》，中华书局1959年版，第3085页。
③ 吴柏森《〈《田氏一家言》诗评注〉校读札记（上）》（《三峡大学学报》2001年第2期）认为，"天床"当为"天厨"，其证据是诗中"琼楼""天妃玉女""乘鸾""羽帐""七宝"等语均是描写道家神仙境界，此恐不确。据《晋书》卷十一《志第一·天文上》所载，"天厨"为星官之名，在紫微垣东北维外，"主盛馔"。田氏《秋宫曲》的主旨在于通过模拟后宫女性的口吻，抒发寂寥、失落之感。则"天床"显然比"天厨"更合诗义。
④ 《晋书》卷11《志第一·天文上》，中华书局1974年版，第290页。
⑤ 《宋史》卷49《志第二·天文二》，中华书局1977年版，第979页。

宫妃嫔之寂寥。

第八，《寄呈奉堂墙东居士王次公》诗云："漫笑吴门夸二陆，还轻江表羡诸王。岂知阿阁鸣双凤，重向词垣擅大方。"《评注》注"还轻江表羡诸王"道："此句说，当年吴门二陆的盛名，不若今天江表王氏兄弟的影响。"将江表诸王指作王世贞兄弟，恐不确。据诗之上下语境，显是将王世贞、世懋兄弟与吴门二陆、江表诸王对比，意谓那些只知夸赞二陆、诸王的人拾人牙慧，眼界浅薄，还不知道当今文坛有王氏两兄弟这样文采出众的大家。江表诸王，非指王世贞兄弟，而是指东晋时以王羲之、王献之为代表的琅玡王氏。

第九，《寄答武陵龙思所伯仲》诗云："光芒夜识双勾气，文彩人夸一陆雄。"《评注》解"光芒夜识双勾气"曰："双勾，亦作双钩，即摹帖。……此句说，龙思所兄弟的才学来源于平时的勤学苦练。"误，此处双勾当是用张华夜识剑气之典。《晋书·张华传》载："初，吴之未灭也，斗牛之间常有紫气……及吴平之后，紫气愈明。"张华遂邀豫章人雷焕夜观天象，知紫气乃宝剑之精，遂委焕为丰城令，密寻之。"焕到县，掘狱屋基，入地四丈余，得一石函，光气非常，中有双剑，并刻题，一曰龙泉，一曰太阿。其夕，斗牛间气不复见焉。"[1] 以"双勾"（双钩）入诗[2]，为明人所习见，如与田九龄有交游之谊的沈襄，其《行边》诗云"尊前八阵生风雨，腰下双钩烛斗牛"（《槜李诗系》卷十四）[3]，胡应麟《送沈纯甫司马还就李十八韵》诗云"剑气双钩跃，炉香八座亲"（《少室山房集》卷四十

---

[1]《晋书》卷36《张华传》，中华书局1974年版，第1075页。

[2] "双钩"入诗，较早见于梁刘孝威《陇头行》，诗云"衅妻成两剑，杀子祀双钩"（《乐府诗集·横吹曲辞一》）。孝威之诗所用乃《吴越春秋》中吴人杀子铸剑之典，后乃有诗人将其与张华之典混用，以双钩指代"太阿、龙泉"双剑。

[3]《景印文渊阁四库全书·集部》第1475册，台湾商务印书馆1983年版，第337页。

三)①，皆同用张华夜识剑气之典。田九龄用此典，意在用双勾比拟龙思所伯仲，赞誉他们文采超逸，如彻天之剑气。又，田宗文《至澧浦别从兄国承》有"双钩漫解携"之句，《评注》亦误将"双钩"解为书画中的"双勾"之法，实则宗文诗中"双钩"同样意为宝剑。

第十，《李大将军还自蜀中奉寄》一首，《评注》于"李大将军"未详其人。据笔者考证，"李大将军"当为李应祥。田氏其诗云："战代勋名塞两间，铙歌新自蜀西还。剑悬牛斗龙云壮，花落旌旗虎豹闲。父老威仪欢借望，主恩弓矢羡重颁。不须甘即频阳卧，早晚天书下九关。"② 诗中前四句赞誉李将军军容壮盛、军勋卓著；后四句表达家乡父老对李将军仰慕，及对其归来的盼望，又以秦将王剪病归频阳之典，喻李将军不甘罢归，盼望重新为朝廷效力的愿望，并预祝其成功。同时综合诗题之意，可以推断出，李将军当是一位颇有军功、自四川罢归的湖广籍人士。又"大将军"，在明中后期，并非一定之职衔，而为武将之"尊称"，如王世贞赠戚继光诗之一《戚大将军入帅禁旅枉驾草堂赋此赠别》(《弇州四部稿》卷三十九)③，此时戚继光为都督同知、福建总兵，即将转任禁军神机营副将；又其有《寿戚大将军序》(《弇州四部稿》卷六十二)④，此时戚继光为左都督。据此可知，能够被田九龄称之为将军者，其职衔当为五军都督府的左右都督或同知这样的一品或从一品大员，而镇守四川的最高武官为都督同知(或佥事)、总兵官。查乾隆《四川通志》卷三十二《武职官》，正德以降，四川李姓总兵唯李应祥一人，且为湖广籍。⑤《明史》本

---

① 《景印文渊阁四库全书·集部》第1290册，台湾商务印书馆1983年版，第276页。
② 《评注》所录原诗有错简，今据明刻本改之。
③ 《景印文渊阁四库全书·集部》第1279册，台湾商务印书馆1983年版，第491页。
④ 《景印文渊阁四库全书·集部》第1280册，台湾商务印书馆1983年版，第103页。
⑤ 《景印文渊阁四库全书·史部》第560册，台湾商务印书馆1983年版，第701页。

传载"李应祥,湖广九溪卫人。……十三年改南京左府佥事,出为四川总兵官",并详细记载了其平定松茂、建昌诸番的事迹,及其被罢经过,"论功,应祥屡加都督同知……当是时,蜀中剧寇尽平,应祥威名甚著。御史傅需按部,诘应祥冒饷。应祥贿以千金,为所奏,罢职。兵部举应祥佥书南京右府,给事中薛三才持不可"。① 其事在万历十五年(1587)应祥平定邛部属夷腻乃的叛乱之后。直到万历二十八年(1600)明廷大征播州(今贵州遵义),才又重新起用李应祥。则应祥罢归在万历十五年至万历二十八年之间,这与田九龄的活动时期正相符合,且李氏被罢之前已官至都督同知,也配得上"大将军"之称。另,田九龄还有《赠大将军仁宇》一首,诗中有"谁将刳木小为舟,下峡今因访旧游。虎旅暂看云外卧,龙光偏识斗间浮"之句。据诗义,这位"仁宇"将军境遇与李应祥无异,疑即李应祥,仁宇或为应祥之字。其诗又云:"漫夸武士千钧壮,倘许词人百战优。"称许李将军文武兼长。查民国《慈利县志·艺文志》载:李应祥著有《平播传》一部②,可见其亦有文才,"词人"之誉当不为过。

第十一,《送新任安吴山人君翰之铜仁》诗云:"开府好文能镇静?可翻新曲入铙歌"。《评注》注云"开府,即庾信。"如此注释与诗句本身毫无关联,恐不确。开府当指时任贵州总兵的谭敬承,亦即九龄之侄田宗文《吴君翰自燕抵汴晤孔炎子厚远离罗施谭元戎宗启兹来山中访季父与文感而赠之工拙不论》《送吴君翰之铜仁谒谭总戎宗启》两首诗中提到的"谭总戎"(谭敬承的身份问题,见下文)。据田宗文诗题可知,吴君翰去铜仁正是要拜谒谭敬承,田九龄虽在诗题

---

① 《明史》卷247《李应祥传》,中华书局1974年版,第6396—6400页。
② 《中国地方志集成·湖南府县志辑·民国慈利县志》,江苏古籍出版社2002年版,第593页。

中隐去了谭氏之名,但在诗中以"开府"提到了他。以"开府"称总兵,为明诗所习见,如韩雍《送平江陈总兵》诗云"简在宸衷任愈隆,开府苍梧膺大拜"(《襄毅文集》卷二)①,顾璘《送牛总兵赴贵州》诗云"当朝郤縠最知名,开府西南握重兵"(《息园存稿诗》卷十二)②,皆以"开府"称总兵,田九龄此处亦循此例。又据乾隆《长沙府志·人物》载:"敬承能诗工书。"其后的《艺文志》载谭敬承文集三部,分为《按剑集》《清美堂集》《行边集》。③ 这也与田九龄诗中"开府好文"之说相吻合。

第十二,《陈明府元勋召自崇阳却寄》,《评注》于"陈明府",未详其人,吴柏森《容美田氏交游述略》一文也未提及此人。据笔者考证,"陈明府"当为陈洪烈。明府,唐以降多用以专称县令,故据诗题之义,田氏之作当是写给崇阳的陈姓县令。又据同治《崇阳县志·职官志》,明代先后任崇阳知县者61人,其中陈姓县令只陈恩、陈洪烈两人。陈恩为靖安人,"举人,嘉靖九年任一月",而据陈湘锋等人考证对田九龄生年的考证,其当生于1530年(嘉靖九年)前后④,因为其兄田九龙生于1525年,而田九龙与田九龄之间又隔有田九成、田九璋诸昆仲,因此,田九龄生年至早不会超过1529年,则嘉靖九年时,田九龄不会超过2岁,显然无法与陈恩有文学交往,因

---

① 《景印文渊阁四库全书·集部》第1245册,台湾商务印书馆1983年版,第636页。
② 《景印文渊阁四库全书·集部》第1263册,台湾商务印书馆1983年版,第430页。
③ 《中国地方志集成·湖南府县志辑·乾隆长沙府志(2)》,江苏古籍出版社2002年版,第666页。
④ 陈湘锋、赵平略:《〈田氏一家言〉诗评注》,中央民族大学出版社1999年版,第16页。查《容美土司史料汇编》中辑录严守升《容美宣抚使田九龙世家》一文,关于田九龙的卒年记载有"公以万历丁亥岁摄事,癸巳五月卒,年三十五"。万历癸巳年为公元1593年,若照此推算,则田九龙当生于1559年,即嘉靖三十八年,然《容美宣抚使田九霄世家》及其他资料记载,田九龙于嘉靖三十五年(1557)已随父兄奉诏征倭,故《汇编》中所引《田九龙世家》一文当有误。

此，田九龄所说的"陈明府"只能是陈洪烈。同治《崇阳县志》载："陈洪烈，字复泉，光山人，进士，万历戊子由长阳调任。"万历戊子为1588年，田九龄时年当在58岁，正是其交游和创作的高峰阶段，与陈洪烈产生交集自是不成问题。且其寄与陈氏之诗云："江汉风流化不群，管弦久向日边闻。"称赞陈明府在崇阳任上政绩斐然，教化之功卓尔不群，这也与《崇阳县治》中的记载映证。《崇阳县志》卷六《职官·知县》载陈洪烈到任以后，"风裁自励，留心民瘼"，不仅"复建义仓十二所，"使人民在荒年得以活命，还"立讲约所，注《皇祖六谕》（附二十六条）刻书晓民，月旦集约所宣讲，民风丕变"。① 又《崇阳县志》卷五《礼乐志·礼仪》亦载："圣谕牌于乡约所，约正直月司讲约，设木铎老人以宣声于道路，各官如仪注，三跪九叩头，行礼毕，分班坐地，率领军民人等敬听，讲毕，各官散。崇邑乡约所，明时，在西城外，知县陈洪烈注《御制六谕附二十六条》，刻书晓民，月旦讲于其所，其后寖废。"② 由此可见，陈洪烈确实在教化民众方面着力甚多，称得起"江汉风流化不群"。另外，田九龄《送陈长阳调武昌之崇阳》、田宗文《投赠陈长阳》两首中所说的"陈长阳"，也应指陈洪烈，因陈氏本由长阳调任武昌府崇阳县，③ 而古人多有以任职地为称的习惯，如柳柳州、刘随州之类，此处田九龄也是以陈洪烈的任职地长阳称之。

第十三，《海棠》诗云："君看自失渊材恨，别是昌州一种馨。"《评注》未注，在诗后的"简评"中又将"渊材"理解成"用作栋梁

---

① 《中国地方志集成·湖北府县志辑·同治崇阳县志》，凤凰出版社2010年版，第208页。
② 同上书，第182页。
③ 陈洪烈任长阳知县时，颇有政绩，据《大清一统志》卷273载：陈洪烈"万历中，知长阳县，县接溪峒，蛮獠多梗化，洪烈抚循有法，威惠兼施，终其任无边患"。

之才的参天大树",并以为"渊材"与"海棠"乃一对比,皆非是。实此二句用刘渊材之典,宋人陈思《海棠谱》卷上引《墨客挥犀》云:"李丹大夫客都下一年,无差遣,乃授昌州,议者以去家远,乃改授鄂州倅。渊材闻之,乃吐饭大步往谒李曰:'谁为大夫谋昌佳郡也?奈何弃之?'李惊曰:'供给丰乎?'曰:'非也。''民讼简乎?'曰:'非也。'曰:'然则何以知其佳?'渊材曰:'海棠无香昌州,海棠独香,非佳郡乎?'"① 此处田九龄用此典,意谓自植之海棠,比之昌州(今重庆永川)海棠别有一种馨香,却没有像刘渊材这样的爱花知音来欣赏,并引以为恨事。其诗虽也含自况之意,但诗句本义当是借典说花。

第十四,孙斯亿《田子寿诗集序》谈及田九龄的诗风云:"歌行,实效四子。"《校注》对此注云:"四子……一说是指东汉建安文坛曹操第四子曹植的,二说是指的蜀中著名文学家司马相如、王褒、扬雄、陈子昂。"② 恐不确,此处"四子"当指初唐四杰——王勃、杨炯、卢照邻、骆宾王。此四人对于唐代歌行体实有奠基之功,胡应麟曾云:"唐七言歌行、垂拱四子。"又云:"歌行兆自《大风》……至唐大畅,王、杨四子,婉转流丽。"③ 可见,初唐四杰被称为"四子",及其在歌行方面的贡献,明人已有成说。

第十五,孙斯亿《田子寿诗集序》云:"武溪歌于徼外、而顾汉晋大雅,曲江越人其诗、盛唐名家,矧我朝圣化远被,而子寿生提封乎!"《校注》将这一句断为"武溪歌于徼外,而顾汉晋大雅、曲江

---

① 《景印文渊阁四库全书·子部》第845册,台湾商务印书馆1983年版,第136页。
② 田九龄著,贝锦三夫校注:《田子寿诗集校注》,中国文史出版社2016年版,第19页。
③ 胡应麟:《诗薮》,上海古籍出版社1979年版,第50、49页。

越人其诗、盛唐名家,矧我朝圣化远被,而子寿生提封乎!"① 并认为这句话的大意是:"田子寿放歌之地武陵,本在边远蛮地,能够看到我汉晋大雅文化,领略到江浙名家诗文,还有盛唐诗歌,况且我大明王朝圣德教化覆盖天下,这些都被你田子寿全拥有了啊!"② 笔者认为,这段中提到的"武溪歌"不是指田九龄的诗歌,而是用了马援《武溪深行》之典,马援在南征交趾时创作了这首诗,全诗古朴质实,描写了武溪边地幽深蛮荒、瘴疫四散之状;"曲江越人其诗"指的不是江浙名家诗文,而是张九龄(世称"张曲江")在越地开大庾岭时所作的诗歌,其诗作也是描写边地风物为主。因此,这句话当译解为:"马援的《武溪深行》写于边疆之外,却能比肩汉晋时的大雅之作;张九龄因为写南越的诗作而成名于盛唐。何况我大明王朝圣德教化远被天下,而田九龄又是生于圣朝的疆域之内(自幼就受到了教化)!"

第十六,殷都所作《田子寿诗集序》云:"然楚有李本宁太史者,足下亦不可不见,且住近,宜先之。"关于"李本宁太史",《校注》未详其人,只说查而无据,实际上,李本宁太史当指李维桢。李维桢(1547—1626),字本宁,湖广京山(今属湖北)人,明隆庆二年(1568)进士。其字号与籍贯均相符,其生平时间亦与田九龄有相当的重合。又李氏曾由庶吉士授编修,也符合太史的说法(明、清时尊称翰林为"太史")。

第十七,《田子寿诗集》中有《奉谢吴公川楼惠序暨诗并藏甲岩桥》一首,"藏甲岩桥"当为"藏甲岩稿"之误。《藏甲岩稿》是吴

---

① 田九龄著,贝锦三夫校注:《田子寿诗集校注》,中国文史出版社2016年版,第19页。
② 同上。

国伦(号川楼)在贵州任职期间所写的诗作,刊刻于万历二年(1574)。又《田子寿诗集》中又有《读〈藏甲岩稿〉》一首,亦可正此误。想当是因"橋""稿"二字形近而误。

除此之外,通过对明刻本《田子寿诗集》(以下简称"明刻本")与《田氏一家言》中所收抄本《紫芝亭诗集》(以下简称"紫抄本")进行互校,亦发现不少异文,对这些异文的考证工作,大部分已由《校注》完成,但仍有少量遗漏,本文在其基础上又补正如下:

第十八,明刻本《登五峰怀鹏初兄》诗云"谈诗泽国啣杯处",紫抄本则作"谈诗泽国御杯处"。"御杯"显为"啣杯"之误。"啣"同"衔","衔杯"本是成说,指饮酒,如李白《广陵赠别》云"系马垂杨下,衔杯大道间",杜甫《饮中八仙歌》云"饮如长鲸吸百川,衔杯乐圣称世贤"。且《登五峰怀鹏初兄》本是律诗,"啣杯"是动宾短语,用在此处正与对句之"握手"形成对仗关系。而"御杯"多作名词,难与"握手"形成对仗关系。

第十九,明刻本《晚投净慈寺》诗云"翛然落日满衹林",紫抄本则作"倏然落日满戬林"。"衹"通"祇","祇林"即"祇林",乃佛教圣地"祇树给孤独园"之省称,亦可泛指佛家园林,此处借指净慈寺。"戬林",似无此说法。

第二十,明刻本《华容宿西禅寺》诗云"十方兜率昼常幽"(《校注》误作"十方兜率画常幽"),紫抄本作"十方兜率画常开"。而此诗本用"十一尤"韵,其他韵脚诸字分为"浮""愁""游",故此处显应作同韵之"幽",而非"开"。另外,"昼常幽"与出句之"寒不谢"正成对仗,用以表现禅寺的幽静,而用"画常开"则诗义不通。

第二十一,明刻本《悠然独坐寄兴高远复得故人好音》诗云"故

· 399 ·

人只在沧洲外"，紫抄本作"故人只在沧渊外"。"沧洲"本是成说，《辞源》："沧洲，滨水的地方，古称隐者所居。"① 又，该句之对句为"昨日片鸿有信传"，若用"沧洲"，则两句之诗境与诗义亦有前例可循，如唐人崔涂《送友人》云"不得沧洲信，空看白鹤归"，清人施闰章《登州》"郡僻沧洲外……消息转茫然"（《学余堂诗集》卷二十六）。② 而"沧渊"乃沧海深渊之义，如徐干《齐都赋》云"北朝沧渊，惊波沛厉，浮沫扬奔"③；元人何中《读晋史》诗云："蛰龙卧沧渊，瑞凤栖蓬海"（《知非堂稿》卷一）④；明人胡直《杂诗·其二》云"精卫何微眇，衔石填沧渊"（《衡庐精舍藏稿》卷三）⑤。据此，"沧渊外"本身义颇难通，也未见有此说者。

第二十二，明刻本诗题作《送新安吴山人君翰之铜仁》，紫抄本则作《送新任安吴山人君翰之铜仁》，"新任安"显为"新安"之误。"新安"，明代有三，即一属保定府，一属河南府，一属广州府。同时，亦可作为古郡名，其治所在今浙江淳安、安徽歙县一带。又，田宗文有《吴君翰自燕抵汴晤孔炎子厚远离罗施谭元戎宗启兹来山中访季父与文感而赠之工拙不论》一首，据诗题中"自燕抵汴"之说，疑吴君翰为燕人，再结合这一则诗题中"新安"之说，吴君翰当是保定府新安县人。

第二十三，明刻本题作《早朝效唐人体》诗云"三殿觚棱悬日月"，紫抄本作"三殿觚鳖悬日月"。当以"觚棱"为是。"觚棱"亦是成说，《辞源》："觚棱，殿堂屋顶四角的瓦脊，以成方角棱瓣之形，

---

① 何九盈、王宁、董琨：《辞源》，商务印书馆2015年版，第2467页。
② 《景印文渊阁四库全书·集部》第1313册，台湾商务印书馆1983年版，第612页。
③ 郦道元：《水经注》，上海古籍出版社1990年版，第2页。
④ 《景印文渊阁四库全书·集部》第1205册，台湾商务印书馆1983年版，第528页。
⑤ 《景印文渊阁四库全书·集部》第1287册，台湾商务印书馆1983年版，第243页。

故名。"班固《西都赋》:"设璧门之凤阙,上觚棱而栖金爵。"柳永《透碧霄》:"端门清昼,觚棱照日,双阙中天。"而似无"觚鳌"之说。

第二十四,明刻本《李大将军还自蜀中奉寄》首颔二联云:"战代勋名塞两间,铙歌新自蜀西还。剑悬牛斗龙云壮,花落旌旗虎豹闲。"紫抄本作:"战代勋名塞两间,铙歌自蜀西还剑。悬牛斗龙云壮新,花落旌旗虎豹闲。"紫抄本显是错简之误:一则其语义不通;二则此诗之韵脚,颔联之"闲"及颈、尾二联之"颁""关"均属"十五删",若首联韵脚作"剑"字(属"廿九艳"或"三十陷")则出韵,用"还"则合韵。

第二十五,明刻本《红梅花》首联对句云"两露施朱分岂惭",紫抄本作:"雨露施朱分岂渐"。"渐"当为"惭"之误。因此诗之颔、颈、尾三联之韵脚分为"酣""簪""南",均属"十三覃",此处若用"惭"(属"十三覃")则完全合韵,用"渐"(属"十四盐")似可循邻韵通押之例,然近体诗除首句外本不能用邻韵。又,此句诗义当谓红梅因有雨露滋润,其颜色鲜艳不愧让于诸花,故以诗义衡之,亦当以"惭"为是。又,"两露"疑为"雨露"之误。

第二十六,明刻本《蜀葵花》诗云:"何是戎王出月氏,灵根喜自锦城移。"紫抄本作:"何是戎王出腿氐,灵根喜有锦城移。"①"腿"无此说,"月氐"当作"月氏"。"月氏",亦作"月支",西域古国名。古书中多有写"月氏"为"月氐"者,如《四库》本《汉书·天文志》:"其西北则胡、貉、月氐旃裘引弓之民。"②《后汉书·

---

① 陈湘锋、赵平略《〈田氏一家言〉评注》作"匙氐",《容美土司史料汇编》作"腿",皆误,而以后者近似,故举以为例。
② 《景印文渊阁四库全书·史部》第249册,台湾商务印书馆1983年版,第616页。

孝和帝纪》"月氏国遣兵攻西域"①等皆是。又，诗中多见"戎王""月氏"同出者，如杜甫《陪郑广文游何将军山林十首·其三》："万里戎王子，何年别月支。"郑嵎《津阳门诗》："戎王北走弃青冢，虏马西奔空月支。"另外，紫抄本中的"喜有"当是"喜自"之误，此句诗义当谓葵花之种来自成都，故以"喜自"为是。

第二十七，明刻本诗题作《答鹏初吉士赋得谒帝承明庐见寄》，紫抄本作《答鹏初吉士赋得谒帝庐见寄承明庐见寄》。紫抄本诗题中前一处之"庐见寄"三字显为衍文。

第二十八，明刻本《明月寺赠太空禅师》诗云"仙梵隐浮双树杪"，紫抄本作"仙梵阭浮双树杉"。"阭"，《说文》解曰："高也，从阜，允声；一曰石也。"②可见，"阭浮"本身义即不通，亦无此说，当以"隐浮"为是。又，"树杉"当为"树杪"之误，因此诗义当谓僧人诵经之声缭绕于树杪之上，故以"树杪"为是，且似亦无"树杉"之说。

第二十九，明刻本《陈明府元勋召自崇阳却寄》诗云"玉帛征贤绚斗文"，紫抄本作"玉帛征贤绚玉文"。"玉文"当为"斗文"之误，因若用"玉文"，则一句之中"玉"字犯重。

第三十，明刻本《寄题国华侄离骚草堂》诗云"昭代于今渐解酲"，紫抄本作"昭代于今渐解醒"。"解酲"即解酒，本是成说，例如，元稹《放言》"五斗解酲犹恨少，十分飞盏未嫌多"，陆游《忆唐安》"明朝解酲不用酒，起寻百亩东湖竹"。而"醒"古同"酲"，亦有"解醒"之说，但因此诗押"八庚"韵，用"醒"（属"九青"）则出韵，故仍以"解酲"为是。

---

① 《景印文渊阁四库全书·史部》第252册，台湾商务印书馆1983年版，第96页。
② 段玉裁注：《说文解字注》，上海古籍出版社1988年版，第732页。

二　田宗文《楚骚馆诗集》补正

对田宗文《楚骚馆诗集》的补正有以下八处。

第一，《得伍议部书知仪部与龚孝廉邂逅有寄》有"不赴尚书会"之句，《评注》未注。实则"尚书会"亦有成典。《太平御览》卷八百五十《饮食部八》载："卢道虔为尚书，会同僚于草屋下，设鸡黍之膳，谈者以为高。"[1]

第二，《过华容奉呈周明府》一首，"周明府"《评注》与吴柏森均未详其人，实当为周元勋。查光绪《华容县志·职官志》，明代华容周姓县令有五人[2]，又据陈湘锋等人考证，田宗文的生卒年当在1562—1595年，即嘉靖四十一年至万历二十三年，在这个时间段，田宗文能与之进行诗文唱和者，有周祉、周元勋二人，皆万历以降在任。其中，"周祉，江西永新人，乡贡，质直能任事，厘剔田弊，敬礼贤者。比觐还，以主藏吏盗帑金为直，指论，调在郡邸中，寻卒"[3]；"周元勋，江西南昌人，乡贡，文儒，谨守不自污，上官摭故周令事劾，调裕州学正，稍迁为上思州知州，卒。"[4] 又乾隆《江西通志·选举》载：周祉为嘉靖四十三年（1564）举人[5]，周元勋为万历元年（1573）举人，从时间上看，皆有可能，不过就两人的传记来看，周元勋有"文儒"之称，则显然可能性更大。另外其诗《华容周明府入觐》中的周明府亦应是周元勋。

第三，《泊舟石门呈张明府》一首，《评注》与吴柏森均对"张

---

[1] 《太平御览》卷850《饮食部八》，中华书局1960年版，第3803页。
[2] 《中国地方志集成·湖南府县志辑·光绪华容县志》，江苏古籍出版社2002年版，第311—312页。
[3] 同上书，第324页。
[4] 同上。
[5] 《景印文渊阁四库全书·史部》第514册，台湾商务印书馆1983年版，第786页。

明府"未有说明，实应为张履祥。据前例，张明府当为石门县令，查嘉庆《石门县志·职官》，有明一代，石门共有张姓知县8人，与田宗文活动时间相重合，即嘉靖至万历年间在石门任上者，只有张澍、张履祥二人，其中张澍未写明到任时间，但其前任谢家诏为嘉靖十七年（1538）到任，则谢家昭与张澍须任职24年以上，才有可能与田宗文产生交集，又考虑到田宗文需具备基本的文学交往能力，则张澍的任职下限最早应在万历四年（1576）左右，而考《石门县志》，张澍与万历七年（1579）到任的马应祥之间，石门有过4任知县，这就需要3年时间换5任知县，显然不可能，且田宗文赠诗中有"心飞闽海月，兴满石门烟"之句，则张明府当为福建人，而张澍为婺源（当时属南直隶）人，也不相合。因此，田宗文所说的张明府只能是张履祥[1]，嘉庆《石门县志》卷三十五《职官》载张氏"字考吾，长汀解元，十五年任，有文学，治行，卒于官"[2]。又，乾隆《福建通志》卷三十八《选举六·明举人》亦载张履祥为福建长汀人，隆庆元年（1567）解元，并曾任曲江知县。[3] 可见，张履祥无论是到任时间、籍贯及其文学优长均符合条件。

第四，《索居澧浦投陈裁甫广文》一首，《评注》未详陈氏为何人，并似误以"广文"为陈氏之名，并在简评中言道："陈广文，其人不详。从田宗文的诗看，当是与田宗文有过一定交往，现在正在作官的人物。"实则"广文"即陈氏之官职，而非其名。明清时以"广文"为学官之雅称。同治《直隶澧州志》载："明，府设教授、州学

---

[1] 清末民初有著名理学家张履祥，字考夫，浙江桐乡人，与此非同一人。
[2] 《中国地方志集成·湖北府县志辑·嘉庆石门县志》，凤凰出版社2010年版，第361页。
[3] 《景印文渊阁四库全书·史部》第529册，台湾商务印书馆1983年版，第232页。

正、县教谕,又置训导,府、卫、州、县各二员。"① 又据诗题和田宗文的行迹看,陈氏当为澧州学正或训导,惜《直隶澧州志》中所载明代学正、训导所剩无几,更未见陈姓之人,故亦未能详其人。

　　第五,《答寄武陵龙君超》有"虚堂蟋蟀西风里,别浦蒹葭白露中"句,《评注》只注明《蒹葭》来自《诗经》,于"虚堂"一句只解释为"空空的屋子里只有蟋蟀在西风里不停地鸣叫"。实则"蟋蟀"不只是一个物象,亦是《诗经》篇什。《诗经·唐风》中有《蟋蟀》一篇,其诗有"蟋蟀在堂,岁聿其莫""蟋蟀在堂,岁聿其逝"之句,程俊英认为"这是一首岁暮述怀的诗。作者……感到光阴易逝,应当及时行乐;但另一方面,他又不愿彻底堕落,还想着自己的职责,觉得享乐毕竟还是适可而止的好"②。再结合田氏诗中"万里壮怀愁未减,十年尘事坐来空"之句来看,将"蟋蟀"作为一个特定的、带有丰富内涵的诗歌意象来理解,显然更符合田氏的原意,而且,以《诗经》中的《蟋蟀》与《蒹葭》相对,也更为工整。

　　第六,《奉呈殷夷陵海岱公》有"千载秦灰余劫土"之句,《评注》只注曰:"劫土,被兵火毁坏后的残迹。"实则此处亦用成典。《史记·楚世家》载:楚顷襄王二十一年(前278),"秦将白起遂拔我郢,烧先王墓夷陵"。司马贞《索隐》:"夷陵,陵名,后为县,属南郡。"张守节《正义》引《括地志》云:"峡州夷陵县是也。在荆州西。"③ 可见,田氏诗中所说"秦灰",正指白起焚毁夷陵楚先王墓事④,以"秦灰"典入诗者,如刘禹锡《松滋渡望硖中》"梦渚草长

---

　　① 《中国地方志集成·湖南府县志辑·直隶澧州志》,江苏古籍出版社2002年版,第279页。
　　② 程俊英:《诗经注析》,中华书局1991年版,第306页。
　　③ 《史记》卷40《楚世家》,中华书局1959年版,第1735页。
　　④ "秦灰",又指始皇焚书事,如陆游《冬夜读书有感》:"六经未与秦灰冷,尚付余年断简中。"当区别之。

迷楚望，夷陵土黑有秦灰"（《刘禹锡集》卷二十四）①，元人宋褧《夷陵晚望峡口即景感怀十四韵》"疏凿神功思禹载，战争遗迹叹秦灰"（《燕石集》卷七）②，明人潘希曾《泊夷陵》"秦灰未冷还兴楚，汉鼎难安可恨吴"（《竹涧集》卷一）③皆是。此处，田宗文因殷都任夷陵知州，故用此典。

第七，《归澧后忆在华容习孺叔成孝廉鹏初太史道伸和尚醉游有述》起首道"忆昨兴来寻二阮"，《评注》注云"二阮，指竹林七贤中的阮籍和阮咸叔侄。此处是比自己和其叔父田九龄"。不确，"二阮"此处非比田九龄和田宗文，而是比孙斯传（字习孺）和孙羽侯（字鹏初）叔侄。且据诗题和诗义亦可知，田宗文作此诗时，已回到澧州，所谓"二阮"应是回忆其在华容时主动寻找和交流的对象，因此不可能是自比之词。《评注》作者因为没有弄清习孺的身份，才有此误。

第八，《送吴君翰之铜仁谒谭总戎宗启》一首，《评注》于"谭总戎"未详其人，实即谭敬承。总戎，乃明清时对总兵之雅称，又据诗题之义，则谭总兵任职贵州。查乾隆《贵州通志·秩官》，明嘉靖、万历两朝，谭姓总兵只谭敬承一人。④乾隆《长沙府志·选举》记载，谭敬承为隆庆年间（1567—1572）武进士，"贵州总兵，前军都督"。乾隆《长沙府志·人物》载："谭敬承，长沙卫人，丰标劲挺，幼习经书，长学剑术，工骑射。以武进士授卫使，掌篆务，升守备，转山东佥书，修古北口边城，旋擢郧阳参将。在任七年，地

---

① （唐）刘禹锡撰，卞孝萱校订：《刘禹锡集》，中华书局1990年版，第305页。
② 《景印文渊阁四库全书·集部》第1212册，台湾商务印书馆1983年版，第425页。
③ 《景印文渊阁四库全书·集部》第1266册，台湾商务印书馆1983年版，第654页。
④ 《景印文渊阁四库全书·史部》第571册，台湾商务印书馆1983年版，第473页。

方整饬,升贵州总戎,征播,播畏,归附。"① 敬承既为隆庆武进士,最早也在隆庆二年(1568),结合其履历所载,则敬承任贵州总兵应在万历十一年(1583)左右,与田宗文的活动时期正相重合。乾隆《长沙府志·人物》载:"敬承能诗工书。"《艺文志》载其有文集三部,分为《按剑集》《清美堂集》《行边集》。② 可见其确是一位文武双全的将军,故田宗文诗有"唱和定知频入幕"之句,意谓吴君翰可凭与谭总戎的诗文唱和而得谭氏的欣赏,从而入幕为宾。想田氏定已听闻谭总戎擅诗之名,才会有这种推想。明代自嘉靖年间(1522—1566)起,为防止苗疆叛乱,将总兵官驻地移至铜仁,直至天启二年(1622)才又重新常驻贵阳。《明史·志第五十二·职官五》载:"镇守贵州总兵官一人,旧设,嘉靖三十二年加提督麻阳等处地方职衔,驻铜仁府。"③ 故诗题中有"之铜仁谒谭总戎宗启"的说法。结合以上证据,可以推定谭总戎即谭承敬,宗启当为敬承之字。另,田宗文还有《吴君翰自燕抵汴晤孔炎子厚远离罗施谭元戎宗启兹来山中访季父与文感而赠之工拙不论》,其中谭总戎亦即谭敬承。

三 田甘霖《敬简堂诗集》补正

对田甘霖《敬简堂诗集》的补正有以下十五处。

第一,《甲申除夕感怀和家大人韵·其四》:"剑客无三楚,师贞少一韩。"《评注》亦只注"剑客"句,未注"师贞"句。"师贞"指统兵之道在于师正,师正在于得人。《易·师》:"师:贞,丈人吉,

---

① 《中国地方志集成·湖南府县志辑·乾隆长沙府志(2)》,江苏古籍出版社2002年版,第57页。
② 同上书,第666页。
③ 《明史》卷76《志第五十二·职官五》,中华书局1974年版,第1869页。

无咎。"孔传曰:"丈人,严庄之称也。为师之正,丈人乃吉也。兴役动众无功,罪也,故吉乃无咎也。"孔颖达疏曰:"'师',众也。'贞',正也。丈人谓严庄尊重之人,言为师之正,唯得严庄丈人监临主领,乃得'吉无咎'。若不得丈人监临之,众不畏惧,不能齐众,必有咎害。"① 甘霖用此典,谓明朝灭亡,在于缺少一位像韩信这样善于统兵之人,故师不能正,难免覆亡。

第二,《大雨因思陶靖节重九日》:"堪笑王弘辈,治具不敢赍。"《评注》未注。此二句典出《宋书》。《宋书·陶潜传》载:"江州刺史王弘欲识之,不能致也。潜尝往庐山,弘令潜故人庞通之赍酒具于半道栗里要之。"②

第三,《晚望·其一》有"月乱一池蛙"之句,《评注》未注,当源自萨都剌《病中夜坐》"消愁且喜楼西畔,明月一池蛙乱喧"(《雁门集》卷二)。③

第四,《复和陶苏饮酒诗·其十一》:"吾结羲皇室,高吟雅与风。"《评注》解"羲皇"为伏羲,恐不确。"羲皇"当指陶渊明,渊明《与子俨等疏》:"五六月中,北窗下卧,遇凉风暂至,自谓是羲皇上人。"④ 又《其十二》"一事而不知,足为儒者耻。"《评注》未注,实此二句用陶弘景事。《南史·陶弘景》载:"(陶弘)读书万余卷,一事不知,以为深耻。"⑤

第五,《白珩兄得家中吉报二绝见示步韵·其一》有"始信经烽又历年"之句,《评注》未注。"经烽"出于唐人李端《雨雪曲》"湿

---

① 《十三经注疏·周易正义》卷2,北京大学出版社1999年版,第50页。
② 《宋书》卷93《隐逸》,中华书局1974年版,第2288页。
③ (元)萨都剌:《雁门集》卷2,上海古籍出版社1982年版,第44页。
④ 《陶渊明集》,中华书局1979年版,第188页。
⑤ 《南史》卷76《隐逸下·陶弘景传》,中华书局1975年版,第1897页。

马胡歌乱，经烽汉火微"（《乐府诗集·横吹曲辞四》）①为经历战火之意，明清人诗多有此类说法，如明人申佳允《甲申二月二十三日问马坰野寓宝坻公署有感时令君曹公将内召》诗云"地经烽火寒烟乱，鸟积斜阳塞草肥"（《申忠愍诗集》卷四）②，清人陈廷敬《滦州》云"地经烽戍苦，路绕塞天微"（《午亭文编》卷十一）③。田氏作此诗之时，正处明末清初战乱之世，故有是说。又，《其二》有"刚于崖畔别烽烟"之句，亦与此说相符。

第六，《陶庄感旧题壁·其四》有"一过枕流漱石处"之句，《评注》改"枕流漱石"为"枕石漱流"并注曰"枕山石，漱涧流"，误。"枕流漱石"有成典，《世说新语·排调》："孙子荆年少时欲隐，语王武子'当枕石漱流'，误曰'漱石枕流'。王曰：'流可枕，石可漱乎？'孙曰：'所以枕流，欲洗其耳；所以漱石，欲砺其齿。'"④可见，"枕流漱石"本为成典，不宜轻改。

第七，《步雪斋树宿韵》有"自是翁身能隐桔"之句，《评注》未注。"隐桔"典出《玄怪录》，《玄怪录》卷八《巴邛人》载："有巴邛人，不知姓名，家有橘园。……余有两大橘……剖开，每橘有二老叟……一叟曰：'王先生许来，竟待不得，橘中之乐，不减商山，但不得深根固蒂，为愚人摘下耳。'"⑤田氏此处将赠诗对象比作隐于橘中的仙人，既明确其隐士的身份，又蕴有赞美之义。

第八，《戏柬宋仕仁》："主人不是王毛仲，坐上何无宋广平。"《评注》未注。此二句用宋璟、王毛仲事。《资治通鉴·唐纪》载：

---

① （宋）郭茂倩：《乐府诗集》，中华书局1979年版，第359页。
② 《景印文渊阁四库全书·集部》第1297册，台湾商务印书馆1983年版，第496页。
③ 《景印文渊阁四库全书·集部》第1316册，台湾商务印书馆1983年版，第162页。
④ （南朝宋）刘义庆撰，徐震堮校笺：《世说新语校笺》，中华书局1984年版，第419页。
⑤ （唐）牛僧孺撰，程毅中点校：《玄怪录》，中华书局2006年版，第74页。

"王毛仲有宠于上,百官附之者辐凑。毛仲嫁女,上问何须。毛仲顿首对曰:'臣万事已备,但未得客。'……上曰:'知汝所不能致者一人耳,必宋璟也。'对曰:'然。'上笑曰:'朕明日为汝召客。'明日,上谓宰相:'朕奴毛仲有婚事,卿等宜与诸达官悉诣其第。'既而日中,众客未敢举箸,待璟,久之,方至,先执酒西向拜谢,饮不尽卮,遽称腹痛而归。璟之刚直,老而弥笃。"① 宋璟不趋炎附势,不赴宠臣王毛仲女之婚宴,后经玄宗干预,才勉强赴宴,且"执酒西向拜谢",以明其赴宴是因玄宗,而非毛仲。甘霖诗中所用正此事,宋广平即宋璟(因封广平郡公,故称)。

第九,《追感诗》有"几度思君歌楚兰",《评注》未注。"楚兰"指屈原及其所作《离骚》诸篇,因其多咏兰之语。例如,宋人舒岳祥诗句"小窗坐寐含幽梦,梦涉寒波赋楚兰"(《阆风集》卷九)②,元人王沂《送进士》云"湘竹泪痕思二女,楚兰秋老吊三闾"(《伊滨集》卷十)③。亦可引申为品行高洁文士之美称,如明倪岳《送陆武仪南还分韵得端字》"君家兄弟联赵璧,吾辈交游绁楚兰"(《青溪漫稿》卷五)④。田氏此处结合二意用之,"歌楚兰"即吟咏《楚辞》诗篇,表达怀念之义,同时又含以"楚兰"赞美毛廓庵之义。

第十,《答六十九翁宾虞唐丈》有"食屏葛砂常善饭,家无燕玉不知寒"。《评注》解"葛"为植物,"燕玉"为"美玉",皆误。"葛砂"当连读,乃葛洪丹砂之合称。葛洪为东晋著名的炼丹之士,

---

① 《资治通鉴》卷212《唐纪二十八》,中华书局1956年版,第6768—6769页。
② 《景印文渊阁四库全书·集部》第1187册,台湾商务印书馆1983年版,第415页。
③ 《景印文渊阁四库全书·集部》第1208册,台湾商务印书馆1983年版,第474页。
④ 《景印文渊阁四库全书·集部》第1251册,台湾商务印书馆1983年版,第45页。

其《抱朴子》一书中多有关于丹砂的炼制方法和服食理论①，并认为服食丹砂可以成仙。"燕玉"当指美女。杜甫《独坐》诗云："暖老思（一作须）燕玉，充饥忆楚萍。"仇注引古诗云："燕赵多佳人，美者颜如玉。"又注"须燕玉"云："所谓八十非人不暖也"②。田氏此处皆反其义而用之，意谓虽然年老，但没有葛洪的炼丹术和仙丹，也有好的食欲；没有美人相依偎，也不觉得寒冷。

第十一，《坡公赠潞公诗有细阅后生真有道欲谈前事已无人感而赋此以示儿辈即以一联为起句·其三》③有"荆国诡辞吟画虎，韩公庄对作纯臣"之句，《评注》未注。"荆国"一句用王安石作《虎图行》事。《古今事文类聚别集》卷二十八载："韩魏公知杨州，王荆公为金判，每读书达旦，略假寐，日已高，亟上府多不及盥漱。魏公见荆公年少，意其夜饮放逸。一日，从容谓荆公曰：'君年少毋废书，不可自弃。'荆公不答，退而言曰：'魏公非知我者。'魏公后知荆公之贤，欲收之门下，荆公终不屈……故荆公《熙宁日录》中短魏公为多，每曰：'韩形相好耳。'作画虎图诗诋之。"④韩魏公即韩琦，画虎图诗即《虎图行》，乃王安石讥刺韩琦徒有其表之诗⑤，田氏不赞

---

① 《抱朴子·内篇》卷四《金丹》道："凡草木烧之即烬，而丹砂烧之成水银，积变又还成丹砂，其去凡草木亦远矣。故能令人长生，神仙独见此理矣，其去俗人，亦何缅邈之无限乎。"（《抱朴子内篇校释》，中华书局1986年版，第72页）并载有众多丹砂的炼制方法。另外，卷十一《仙药》、卷十六《黄白》诸篇都有丹砂的服食理论和方法。

② （唐）杜甫著，（清）仇兆鳌注：《杜诗详注》，中华书局1979年版，第1784—1785页。

③ "细阅后生真有道，欲谈前事已无人"乃苏辙赠文彦博《送文太师致仕还洛三首·其一》中诗句，田甘霖误记为苏轼（坡公）所作，且原诗句首二字当为"遍阅"，非"细阅"。

④ 《景印文渊阁四库全书·子部》第927册，台湾商务印书馆1983年版，第965页。

⑤ 李壁《王荆文公诗笺注》卷七亦收此诗，题作《虎图》，并注云："或言公作此诗讥韩忠献公。恐无此。"其诗云："壮哉非熊亦非貙，目光夹镜坐当隅。横行妥尾不畏逐，顾盼欲去仍踌躇。卒然我见心为动，熟视稍稍摩其须。固知画者巧于此，此物安肯来庭除。想当磅礴欲画时，睥睨众史如庸奴。神闲意定始一扫，功与造化论锱铢。悲风飒飒吹黄芦，上有寒雀惊相呼。槎牙死树鸣老乌，向之俯啄如哺雏。山墙野壁黄昏后，冯妇遥看亦下车。"（《王荆文公诗笺注》，上海古籍出版社2010年版，第75页）

· 411 ·

同其言论和行为，故斥为"诡辞"。"韩公"一句也用韩琦事，《宋史·韩琦传》载其"凡事有不便，未尝不言，每以明得失、正纪纲、亲忠直、远邪佞为急，前后七十余"。又载神宗问王安石可否为相，韩琦对曰："安石为翰林学士则有余，处辅弼之地则不可"。① 另外，《宋史》本传还载有韩琦反对王安石变法事及奏疏。王、韩的矛盾纠纷为历史公案，且二人同为文彦博同时代之人，苏辙赠文氏诗时，王、韩诸人俱已去世，这段公案也成往事。田氏用此典，正是为了体现诗题"欲谈前事已无人"中的物是人非之感。

第十二，《荷珠》有"幕宾足供三千履，掺手倩谁九曲穿"之句，《评注》未注。"幕宾"句用春申君事。《史记·春申君列传》载："春申君客三千余人，其上客皆蹑珠履以见赵使。"② "掺手"句用九曲珠典。明杨慎《丹铅摘录》卷四载："小说云：孔子得九曲珠，欲穿不得，遇二女，教以涂脂于线，使蚁通焉。"③ 田氏此处，用春申君门客履上的宝珠和九曲珠比拟荷上的水珠。

第十三，《感怀文铁庵先生有序》有"公当先皇蛊上九"之句，《评注》未注。"蛊上九"典出《周易》。《周易·蛊》云："上九：不事王侯，高尚其事。"王弼注曰："最处事上而不累于位。"孔疏云："最处事上，不复以世事为心，不系累于职位，故不承事王侯，但自尊高慕尚其清虚之事。"④ 高亨亦云："此隐居不仕之意。古人筮仕，若遇此爻，则勿仕可也。"⑤ 可知，"蛊上九"指"蛊"卦上九爻，其

---

① 《宋史》卷312《韩琦传》，中华书局1977年版，第10221—10229页。
② 《史记》卷78《春申君列传》，中华书局1959年版，第2395页。
③ 《景印文渊阁四库全书·子部》第855册，台湾商务印书馆1983年版，第253页。
④ 《十三经注疏·周易正义》卷3，北京大学出版社1999年版，第94页。
⑤ 高亨：《周易古经今注（重订本）》卷2，中华书局1984年版，第215页。

因爻辞含有高蹈世外、慕尚清虚之意，故田氏以此誉文安之。①

第十四，《溪流杂咏·其二》有"怜余累八口"句，源自贺铸《寄题栗亭县名嘉亭》"尚苦八口累"句（《庆湖遗老诗集》卷四）②，"八口累"当指人口众多、生计艰难。又如，明人钟代英诗云"只因八口累，未遣砚田荒"（《槜李诗系》卷十九）③。

第十五，《杂言咏酒次雪斋师韵一字至十字》有"定国雅量生平无"句，《评注》未注。"定国"指西汉时人于定国。《汉书》本传载："定国食酒至数石不乱，冬月请治谳，饮酒益精明。"④ "党家帐内岂不闻丝音"句，《评注》亦未注，实用陶谷、党进事。《古今事文类聚·前集》卷四载："陶谷学士买得党太尉家妓，遇雪，陶取雪水烹团茶，谓妓曰：'党家应不识此。'妓曰：'彼粗人，安有此？但能于销金暖帐中，浅斟低唱，吃羊羔儿酒。'陶默然惭其言。"⑤ 又，"赵王会上也听他击缶"，用《史记·廉颇蔺相如列传》"赵王鼓瑟、秦王击缶"事。

四 田玄、田霈霖、田既霖、田商霖、田舜年诸集补正

对田玄、田霈霖、田即霖、田商霖、田舜年诸集的补正共有以下六处。

---

① 《明史·文安之传》载："安之敦雅操，素淡宦情，遭国变，绝意用世。"（《明史》卷279《文安之传》，中华书局1974年版，第7144页）故田氏此处以"蛊上九"之辞誉之。
② （宋）贺铸著，王梦隐、张家顺校注：《庆湖遗老诗集校注》，河南大学出版社2008年版，第185页。
③ 《景印文渊阁四库全书·集部》第1475册，台湾商务印书馆1983年版，第452页。
④ 《汉书》卷71《于定国传》，中华书局1962年版，第3043页。
⑤ 《景印文渊阁四库全书·子部》第925册，台湾商务印书馆1983年版，第63页。

第一，田玄《甲申除夕感怀诗·其八》："懒无诗可祭，叹步贾僧尘。"①《评注》无注，实此二句用贾岛之典。《唐才子传》记载："岛字浪仙，范阳人也。初，连败文场，囊箧空甚，遂为浮屠，名无本。……每至除夕，必取一岁所作置几上，焚香再拜，酹酒祝曰：'此吾终年苦心也。'痛饮长谣而罢。"②可见，所谓"贾僧"即指贾岛，"诗祭"正是指贾岛除夕诗祭之事，因田玄亦于除夕作此诗，故云，只反用其义。

第二，田玄《又代弋者答》有"虞典既谗说"之句，《评注》解"既"为"使……尽"，不确。"既"当为"塈"。《书·舜典》曰："龙，朕塈谗说殄行，震惊朕师。"孔传曰："塈，疾。……言我疾谗说绝君子之行而动惊我众，欲遏绝之。"③可见，"塈"，乃疾、憎恨之义。如此，则"风诗刺巧言，虞典塈谗说"正成一工对，也与诗的主旨相契合。

第三，田霈霖《甲申除夕感怀和家大人韵·其七》诗云："违心斟斗酒，拔闷剖双柑。"《评注》未注，实亦用典。唐冯贽《云仙杂记》卷二引《高隐外书》载："戴颙春携双柑斗酒，人问何之，曰：'往听黄鹂声。此俗耳针砭，诗肠鼓吹，汝知之乎？'"喻文人骚客之春日雅游，引申指文人雅兴。后人多有用此典入诗者，如元黄镇成《春竹》"双柑携向客，斗酒听鸣禽"（《秋声集》卷四）④，明谢迁《听莺》"尘针俗砭谁能识，斗酒双柑我自持"（《归田稿》卷七）⑤，

---

① 吴柏森认为当为："叹步贾侩步"，认为"僧"与"侩"形近而误，不确。贾岛既有僧人经历，又有"诗祭"成典，正与诗义相合（参看吴柏森《〈田氏一家言〉诗评注校读札记（下）》，《湖北三峡大学学报》2001 年第 3 期）。
② 傅璇琮：《〈唐才子传〉校笺》卷 5，中华书局 1989 年版，第 314—332 页。
③ 《十三经注疏·尚书正义》卷 3《舜典》，北京大学出版社 1999 年版，第 81 页。
④ 《景印文渊阁四库全书·集部》第 1212 册，台湾商务印书馆 1983 年版，第 562 页。
⑤ 《景印文渊阁四库全书·集部》第 1256 册，台湾商务印书馆 1983 年版，第 80 页。

明胡应麟《柳庄》:"双柑挈斗酒,往听黄鹂声"(《少室山房集》卷七十)①,或用本义或用引申义。田氏此处创新,反其意而用之,意谓明朝已亡,虽是除夕之时自己亦无雅兴,故有"违心""拔闷"之说。

第四,田既霖《甲申除夕感怀和家大人韵·其六》:"盟心期白水,临敌愧黄柑。"《评注》只注"白水",未注"黄柑"。"黄柑"典出《宋史》。《宋史·吴玠》传载,金人于绍兴三年(1133)进逼饶风关,吴玠自河池"夜驰三百里"赶往增援,并"以黄柑遗敌曰:'大军远来,聊用止渴。'"②"赠敌黄柑"于戏谑之中展现了吴玠的智勇,及其对金军的轻蔑。既霖此处用此典,感慨明朝缺乏智勇双全的良将,致使山河破碎,社稷沦亡。

第五,田商霖《林溪》诗云:"安知白跖弩,不在此林中。"《评注》只解"跖"为"古盗贼名,泛指盗贼"。误。"白跖"乃专称,指唐人苏涣。《新唐书·艺文志四》载:"涣少喜剽盗,善用白弩,巴蜀商人苦之,号白跖,以比庄蹻。"③《唐才子传·苏涣传》亦载:"涣,广德二年杨栖梧榜进士。本不平者,往来剽盗,善用白弩,巴賨商人苦之,称曰白跖。"④

第六,田商霖《中秋夜迟月不至有怀》有"自伏乌皮卧,谁同白酒倾"之句,《评注》未注。"乌皮"当为"乌皮隐几"之省称,谢朓《同咏坐上器玩·乌皮隐几》诗云:"曲躬奉微用,聊承终宴疲。"⑤

---

① 《景印文渊阁四库全书·集部》第1290册,台湾商务印书馆1983年版,第514页。
② 《宋史》卷366《吴玠传》,中华书局1977年版,第11411页。
③ 《新唐书》卷60《艺文志四》,中华书局1975年版,第1610页。
④ 傅璇琮:《〈唐才子传〉校笺》卷3,中华书局1989年版,第675页。又《校笺》本"巴賨"作"巴宾",误,今据四库本改之。
⑤ (南朝齐)谢朓著,曹融南校注:《谢宣城集校注》,上海古籍出版社1991年版,第396页。

另外，书中还有一些习见之典，如"三尹""问字""脱帽""凌波""黄虞""天池""心史""百朋（误作：百鹏）""白眉""青柯坪""怪石供""在家僧""八节滩""牧猪奴""捋虎须""捷径承祯""王谢主人""荀家兄弟""龙蛇起陆""华阳隐者"等，或一些著名诗句的仿拟、引用，如"当春无计留春住""展矣君子"等，按《评注》体例，本应出注然未注者，本文限于篇幅不再一一注出。

附 录 二

"土司子弟入学"制度检讨
——"改土归流"前后容美土民教育情况考察

明代实行的"土司入学制度"对于提升土司阶层的汉文化修养,提升其政治、文化的向心力起到了非常重要而深刻的作用,但是因为实施这一制度的初衷是在硬性制度(如土流参治、设立卫所、明确奖惩、明确义务等)之外,为加强对土司阶层的精神教化而做的"软件"创新,其目的也是通过控驭土司达到对相应地区的统治,因此该制度仍存在与其他土司制度相同的弊病,即只关注到土司阶层,而完全忽略了土民阶层。这造成的后果就是,在容美地区虽然出现了像田氏这样的文学世家,但是该地区一般土民的教育状况仍然十分落后,以致"改土归流"之后,虽然清廷在文化、教育方面采取了一些措施,但因为历史欠账太多,容美在相当长时间里,文化、教育发展的速度都不尽如人意。

由于明代容美地区文教方面的材料非常欠缺,本文主要使用的是清代的相关文献记载，并采取了逆推的方式，来考察"改土归流"前后容美一般土民的入学情况。

一 设学及设立生员名额的情况

根据地方志的记载，鹤峰、长乐等容美统治的核心区域直到乾隆三十三年（1768），仍未设学，更没有廪生、增生名额，所有童生均须到附近的府县去应试。虽然，"改流"后曾有多任长乐知县都曾上书，请求在长乐设学，并设生员名额，但均因"事关初创"，没有得到允准，被搁置起来。所谓"历任明府闽中黄公、金堂黄公咸谓学校未立，无由端教化而厚风俗，先后请于大宪，核其事关初创，格于成议，不行"①。直到乾隆三十三年，在知县王清远和湖北学政胡绍南的共同推动下，才开始在长乐设学及廪、增生名额。知县王清远《详请设学文》②，其文曰：

> 遵查卑县于雍正十三年"改土归流"，迄今三十年余载，因新隶岩疆，学校未兴。职于乾隆三十年三月到任后，观风考试与考童生不下数百余人，披阅试卷，文理通顺者颇多，当据童生张功建等呈请设学开考。经职于乾隆三十一年正月内据情详蒙本府核转，俟今岁考试，如果人数相符，再行定议在案。兹据童生张功建复赴学宪，呈请定额设学，批饬查议。仰副学宪振兴文治，鼓舞人材之至意。……考童生实有二百八十五人，斗山匪遥，宾王益切，岩城蒙休，竟鲜游泮之侣；宫墙久建，尚无秉铎之儒。

---

① 《中国地方志集成·湖北府县志辑·光绪长乐县志》，凤凰出版社 2013 年版，第 313—314 页。
② 据光绪《长乐县志·职官表》所载，王清远，四川定远（今武胜）人，乾隆三十年至三十五年（1765—1770）在任。

况石门、长阳两邑，拨归之户共二十一保，原有学校，自改隶后，有学者转令无学，人材实不择地，向隅亦觉堪怜，自应俯如诸童所请，仰恳转请恭折，奏明照小学之例，酌定取进八名，并请设一儒学，以资启迪。倘以设学恐经费有碍，查长阳县有教谕、训导二员，就近拨训导一员，以为卑县儒学，其门斗、斋夫均可一并，酌拨至学官，现在整肃，无需修葺。①

湖北学政胡绍南《奏请设学疏》②，其文曰：

鹤峰州、长乐县童生呈称，二属原系容美土司旧地，于雍正十三年"改土归流"，并拨石门、慈利、长阳附近粮地，建州设县，迄今沐浴圣化三十余年，士勤诵读，志切观光，现在未蒙设学，无从应试，吁恳该府收考送录，以便奏请设学等情。遵查该州县距宜昌府道路遥远，诸童云集求试，臣欲校其人数多寡，文风优劣，于考试各州县后取考一场，鹤峰州文童四百五十七名，长乐县文童二百八十五名，校之宜昌府中小学童生，名数相等，文理颇有可观。臣因从前学政，虽曾经县详查议，未经题奏设学定额，不敢擅自取进，随令各童回籍肄业。……查湖南永顺府、保靖、龙山诸邑与鹤峰、长乐同时改归者，设学已经多年。今该州县编氓，久荷圣朝教养，人才蔚起，多士奋兴，缘学校未建，致土著之民无阶可升，改拨之众无籍可归。仰恳皇上天恩，可否照中小学之例，设学定额，以隆作育，至骑射现无，请试其考核武童事宜，自今勿庸置议。再查该州县学官久经建立，庙貌整

---

① 《中国地方志集成·湖北府县志辑·光绪长乐县志》，凤凰出版社2013年版，第309页。

② 据《清实录·乾隆实录》卷744之记载，胡绍南任湖北学政在乾隆三十年（1765）。

肃，勿庸创修，其司铎之官查该府长阳等县，均系小学设有教谕，训导缺，请就近酌拨一员，足资训迪，至学官左右，现有房屋数椽，教官居住亦无烦添置。①

又道光《鹤峰州志·职官志》亦载，吴世贤任知州时②，"呈请开考，世贤召集阖属生童扃校文艺，以纠其纰缪而奖其明通，用此文风振兴，请设学额通详，当路批允，邑人至今尸祝焉"③。一年之后，方天葆出任知州④，再次"召集生童校阅文艺，训迪谆挚如师弟子，前署牧吴世贤详请设学，檄下核查，葆如、世贤指复详奉奏准设学额八名。乾隆三十四年，学使按临宜郡，岁科两试，取士如额"⑤。

这一段曲折、艰难的申请设学的经历，在光绪《长乐县志·学校志》中亦有记载：

> 乐邑自"改土"以来，即有学官，乾隆三十三年，乃定岁科，取进额而僻壤穷乡之士，复跻衣冠文物之班者，将及百年，顾士子读书稽古，举业固当肄习，而尤贵崇尚本务。……长乐学官建于乾隆三年，而生员未之设也。前任黄涛、黄景先后禀请设学，均格于事关初创之议未果。二十八年十月，学宪朱行文示考

---

① 《中国地方志集成·湖北府县志辑·光绪长乐县志》，凤凰出版社2013年版，第308页。
② 据道光《鹤峰州志·职官志》所载，吴世贤，江苏奉贤人，乾隆三十年（1765）任知州一年。
③ 《中国地方志集成·湖北府县志辑·道光鹤峰州志》，凤凰出版社2013年版，第417页。
④ 据道光《鹤峰州志·职官志》所载，方天葆，浙江泰顺人，其任职时间为雍正三十一年至乾隆三十七年（1733—1772）。
⑤ 《中国地方志集成·湖北府县志辑·道光鹤峰州志》，凤凰出版社2013年版，第417页。

以试期甚逼，骤难周知，赴试童生寥寥，又未果。三十三年，奉前府转奉抚部院鄂抄行礼部，题准：长乐县额进文童七名，鹤峰州额进文童八名，二学各设训导一员，兴山县训导拨归长乐县学，长阳训导拨归鹤峰州学，其廪增额数，俟文人充盛之日，再行题请增设。①

乾隆三十三年（1768），已经"改流"30余年的鹤峰州、长乐县还未设州学、县学，童生要考试还要到附近的府县。这在某种程度上也证明，由于"土司子弟入学"制度本身设计上的缺陷，使得土民的受教育情况完全没有被纳入制度考量当中，加之容美统治阶层不提倡土民读书，造成该地区土民不重视教育，读书生员不多，教育水平一直处于落后状态，因此不宜单独进行设学、考试。而要改变教育落后的状况，并不像改变行政建置那样简单，而是需要较长的时间，要从改变传统观念、培养文教风气开始，因此30余年过去了，曾经的容美地区才有了一定规模的读书人群，才能实际推行单独的设学、考试。

二 学校、书院和义学的建立情况

"改流"之后，在地方志中可以较多地看到设立学校的材料，这些材料中，多描绘了所在地区平民由长期的蒙昧状态中解脱出来，开始接受文教的情况。如光绪《长乐县志·艺文志》载"改土"后第一任知县张曾谷《文庙碑文》②，其文曰：

---

① 《中国地方志集成·湖北府县志辑·光绪长乐县志》，凤凰出版社2013年版，第236页。
② 据光绪《长乐县志·职官表》所载，张曾谷，江西吴县人，为"改流"后第一任长乐县知县，其任职时间为雍正十三年至乾隆六年（1735—1741）。

长乐蕞尔小邑，新奉开设，首蒙诏旨，发帑金筑城垣、建学校……长乐向列土司，今荷圣天子文教覃敷，兴建学校，易山蛮草昧之习，为声明文物之邦，此正尔士民千载一时之遇。……长乐为古五峰地，山川灵秀，孕毓必多俊才，况乎沉郁既久，则其发舒也必长。①

作为曾经容美土司统治的核心区域，长乐的土民在"改土"之前应该是普遍没有受到过教育，如"土民千载一时之遇""沉郁既久"等语，也说明了这一情况。

书院方面，道光《鹤峰州志·学校志》载："鹤邑草昧初辟，前牧倡建学宫，而书院学署缺焉。阅岁既久，以次渐兴，至乾隆五十年，士民重葺学宫，并增名宦乡贤祠，以待奉祀。……学宫在州治左，乾隆元年，知州毛峻德如式创建。乾隆五十三年，邑人洪继周部泮、刘正性、龚经德、赵学谟、刘祚凤等倡首劝捐重修，并建名宦、乡贤二祠于大成门左右。"② 又，刘煜《重修书院碑记》载："长乐，旧容美土司地也，环邑皆山，绵亘数百里，冷溪寒谷，错杂于间，土人依山傍壑以居，垦硗确之地以衣、以食，初不知学也。雍正十三年，土司田氏残虐不靖，朝廷黜之而置斯邑，而司牧者悉心教养，期于一道同风，邑之人沐浴圣化，相观而善，洵月异而岁不同矣。至乾隆三十四年，遂请考设学焉，邑之有文昌宫，建于设学之前，实乾隆二十九年甲申岁也，邑之有书院建于设学之

---

① 《中国地方志集成·湖北府县志辑·光绪长乐县志》，凤凰出版社2013年版，第311页。
② 《中国地方志集成·湖北府县志辑·道光鹤峰州志》，凤凰出版社2013年版，第398页。

后,乃乾隆三十七年壬辰岁也。"① 道光《鹤峰州志》载:建于道光年间(1821—1850)的鹤鸣书院,"建修后,以无膏火资,未及开课,近稍置产。光绪二年,首士李树馨、徐德元、徐德润、陈九崿请延山长课士,每月官课一次、堂课二次,取内学正课六名、附课六名,月给膏火奖赏,粗具规模,尚待恢扩"②。

义学方面,清代鹤峰州判王惟球《改建刘家司义学记》载:"容阳自'改土归流',渐沾文教,六十年来,乡举选贡,均已有人,厥后人文蔚起,月异而岁不同,乌知不于家塾党庠难验之?……查所属刘家司向有义学,即古党庠意也。阅两月,公便过其地,见其屋已倾圮,且在深山古庙之旁,孤僻荒凉,人迹罕到,匪直独学寡闻,且恐燕朋燕辟,或惑于外,诱而不觉,良可惜矣。……绅士有部圣堂,余同年父也,偕田仰韩、易仁则、田绍武诸人来商于予,愿劝捐改建于北佳坪,余欣然诺之,捐俸为倡,并以署右余地让作基址。"③ 光绪《长乐县志·艺文志》载潘含章《湾潭义学碑记》,其文曰:"湾潭,古土司旧疆也,崇山峻岭,民不知学。自建邑立学以来,详设膏火者四,而湾潭不与,间有一二欲学者,苦无地讲授,终归自弃。己丑冬,予署斯土,爰集二三士民,劝其量力捐修书院,以为附近讲学地。"④ 根据县志,义学四处(分别在本城、石梁司、湾潭、圆通司)均是乾隆初年所设⑤。另,光绪《增修施南府志·学校

---

① 《中国地方志集成·湖北府县志辑·光绪长乐县志》,凤凰出版社2013年版,第317页。

② 《中国地方志集成·湖北府县志辑·光绪鹤峰州志》,凤凰出版社2013年版,第530页。

③ 《中国地方志集成·湖北府县志辑·道光鹤峰州志》,凤凰出版社2013年版,第440页。

④ 《中国地方志集成·湖北府县志辑·光绪长乐县志》,凤凰出版社2013年版,第317页。

⑤ 同上。

志》载,"义学一所,名凤山书院。乾隆四十一年,署知府吕世庆倡建,饬府学训导李宗汾兼摄山长,将乾隆三十一年恩施县知县崔振绪所断县民张姓等互争田地归入,每年收租钱三十四千四百余以作膏火,知县刘毓璠详请立案。嘉庆二十一年,因南郡书院经费不充,兼之凤山书院久圮,知府佟景文谕将此项拨入南郡书院"①。根据府志,施南府所属各县均设有义学,但这些义学也是乾隆以后所设。

从书院和义学的情况看有两个特征:一是设立的时间都在乾隆以后,甚至有些地方至道光年间始设书院,这体现了地方教育发展往往滞后于行政的改建。曾经容美土司的统治地区在"改流"后,虽然行政建置上已经隶属于各府,甚至是直隶州,但是教育方面,由于土民缺乏受教育的传统,导致读书人少、生员缺乏,加之经济欠发达,书院和义学的设立均很困难,这种情况直到"改流"后几十年,随着读书受教观念的传入,受教育人口逐渐增多才有所改观。二是书院和义学时建时废,针对平民的教育发展艰难。这同样体现了当地民众缺乏受教传统,对教育不够重视的问题,而这一问题的形成,很大程度上也是由于"土司子弟入学"制度的设计盲区,造成长时间里没有针对土民的专门性教育措施,使得土民既缺乏受教育的经历,也没有养成受教育的传统。再加之土司不提倡土民读书,使得情况更为恶化。

需要指出的是,关于土司不提倡土民读书,虽然在有关容美土司的文献中没有明确记载,但是其他一些地方志中直接记载了土司不许土民读书的状况,如乾隆《贵州通志·艺文》载:"因土府陋习,恐

---

① 《中国地方志集成·湖北府县志辑·光绪增修施南府志》,凤凰出版社 2013 年版,145 页。

土民向学，有所知识，即不便于彼之苛政，不许读书。"① 光绪《普洱府志稿》亦云："向来土官不容夷人应考，恐其为入学，与之抗衡。"② 除了担心土民学习文化与其抗衡之外，土司还害怕土民因读书，走上科举之路，从而脱离他的统治，如赵翼《檐曝杂记》卷四载："粤西田州土官岑宜栋……其虐使土民，非常法所有。土民读书，不许应试，恐其出仕而脱籍也。"③ 这些土民读书可能带来的威胁对于容美土司同样存在，所以虽然没有文献的记载，我们一方面从容美落后的教育状况，另一方面从其他土司的相关文献中也可以推断出容美土司对于土民接受教育的基本态度。

三 科举的情况

关于"改流"后，前容美地区的科举情况，有关材料记载道："国朝设立科名所，所以甄拔人才也。乐邑'改土'后，乾隆初年未设学，士子有入澧州庠中南省举者，有入枝江庠中武举者，设学后，分香贡树、策对大廷，宴列鹰扬，名高蕊榜，正不乏人，谁谓瘠土之区，无奋志青云之彦，不可望将来之科甲鼎盛乎哉！"④ 这段话反映了清代"改流"之后，由于较广泛地设立学校和加大对平民的教育，使得应试和中举者的数量情况较之明代有显著增加。同时，地方志的"选举志"中记载的数据，也支持了这一说法⑤：

---

① 《中国地方志集成·贵州府县志辑·乾隆贵州通志（2）》，巴蜀书社 2006 年版，第 111 页。
② 转引自李世愉《清代土司制度论考》，中国社会科学出版社 1998 年版，第 98—99 页。
③ 转引自龚荫《中国土司制度》，云南民族出版社 1992 年版，第 165 页。
④ 《中国地方志集成·湖北府县志辑·光绪长乐县志》，凤凰出版社 2013 年版，第 270 页。
⑤ 此处统计范围为进士、举人和贡生，荐辟、保举、例选及武科均未统计在内。另外，为免重复计算，举人数额中均已将中进士者剔除。

鹤峰科举情况

朝代 \ 类别	举 人	拔 贡	恩 贡	岁 贡
明代	无记录	无记录	无记录	无记录
清代（至同治十二年，1873）	1人	5人	18人	21人

①

长乐科举情况

朝代 \ 类别	举人	副榜	拔贡	恩贡	岁贡	例贡
明代	1人	无记录	无记录	无记录	无记录	无记录
清代（至同治十三年，1874）	1人	1人	6人	18人	24人	18人

②

恩施科举情况

朝代 \ 类别	进 士	举 人	贡生（包括例贡、恩贡等）
明代	无记录	4人	226人
清代（至同治三年，1864）	1人	19人	156人

③

---

① 分见：《中国地方志集成·湖北府县志辑·同治续修鹤峰州志》，凤凰出版社2013年版，第493页；《中国地方志集成·湖北府县志辑·光绪续修鹤峰州志》，凤凰出版社2013年版，第534页。

② 《中国地方志集成·湖北府县志辑·光绪长乐县志》，凤凰出版社2013年版，第270—273页。

③ 《中国地方志集成·湖北府县志辑·同治恩施县志》，凤凰出版社2013年版，第477—485页。

据上述三个表所示可以看出，鹤峰、长乐和恩施（施州卫）三地，尤其是曾经为容美土司核心统治区域的鹤峰、长乐两地，清代科举较之明代有了显著的进步，这也反过来说明，在明代容美土司统治时期，对于土民教育的薄弱，从而导致科举方面，鹤峰地区竟完全付之阙如。恩施方面，在明代因为设有卫学，情况要好一些，其贡生数量较多，其中一部分应该是施州卫的汉民，另外一部分应该多是土司子弟，真正能够提供给容美及其他土司地区土民的名额，恐怕微乎其微。另外，需要指出的是，虽然清代的容美地区较之明代，在科举方面有较大进步，但是与其他区域相比，其数据仍然十分单薄。仅以同处湖广的黄冈县为例[①]。

黄冈科举情况

朝代 \ 类别	进士	举人	贡生（包括例贡、恩贡等）
明代	85	329 人	346 人
清代（至光绪六年，1880）	139 人	426 人	592 人

以上数据，因为时代久远或资料缺失等原因，可能会有出入，这在各种方志中都已有说明，但是大体上应相差不远，即这些数据可以从总体上较准确反映一个地区的科举情况。如此一来，就可看出，前容美地区与其他地区的巨大差距，尤其是清代这种差距不仅没有减少，反而在拉大。这也说明了前容美地区因为长期对于平民教育的缺

---

① 《中国地方志集成·湖北府县志辑·光绪黄冈县志（1）》，凤凰出版社 2013 年版，第 222—291 页。

失，造成教育基础较差，等到"改流"之后，虽然从纵向性比较来看，有明显进步，但从横向性比较来看，由于经济和文化基础薄弱造成的"积弊难返"之势，使得这一地区在相当长的时间内都无法达到或接近其他地区的水平。

总体而言，"改流"后容美地区对一般土民的教育情况较之"改流"前有明显的改善，但是由于"土司子弟入学"制度造成的盲区，使得该地区针对土民的文教政策和相关软硬措施长期缺位，"改流"后，文化教育方面的改革，因为自身的滞后性，也无法迅速跟进政治、经济的改革，从中央政府到普通民众对于容美地区文化教育问题都有一个重新认知的过程，而从重新认知到制定政策、再到民众扭转观念、接受教育，这个过程历时数十年，到清中期才算初步完成。

此外，还需要指出的是，"土司子弟入学"制度"盲区"的形成，究其根本原因，还在于土司制度本身。因为无论明代如何强调中央对土司的控驭，其土司制度本身仍然是以"自治"为基础，土司在所辖地区有完全的行政、经济、军事和文化等自主权。因此，尽管在明初，对于土司地区就确立了"以夏变夷"的文化战略，但是在具体制度的制定过程中，就必然要考虑现实的情况，即土司在地区的决定性影响力。就明代的实际情势来看，"以夏变夷"中的"夷"，只能是土司阶层，只有通过对土司的文化传输，加强其文化认同，并进而强化其对中央政策的认同，才能以最小的成本获得最大的收益。另外，同样是囿于土司制度，使得明代在土司地区大规模推行平民教育并不现实，因为中央政府既无法绕过土司去推行平民教育，也不可能依靠土司去推行平民教育。因此，从这个意义上而言，"土司子弟入学"制度"盲区"的形成，也是一种无奈。

主要参考文献

《十三经注疏·尚书正义》，北京大学出版社 1999 年版。

《十三经注疏·论语注疏》，北京大学出版社 1999 年版。

《十三经注疏·孟子注疏》，北京大学出版社 1999 年版。

《十三经注疏·礼记正义》，北京大学出版社 1999 年版。

《十三经注疏·周礼注疏》，北京大学出版社 1999 年版。

《十三经注疏·春秋左传注疏》，北京大学出版社 1999 年版。

《十三经注疏·春秋穀梁传注疏》，北京大学出版社 1999 年版。

《十三经注疏·春秋公羊传注疏》，北京大学出版社 1999 年版。

（汉）班固撰，陈立疏：《白虎通疏证》，中华书局 1994 年版。

《明史》，中华书局 1974 年版。

《明实录》，台湾"中央研究院"历史语言研究所 1962 年版。

《元史》，中华书局 1976 年版。

《清史稿》，中华书局 1977 年版。

《清实录》，中华书局 1986 年版。

《湖北通志》，台湾京华书局 1967 年版。

《山西通志》，台湾华文书局 1969 年版。

《景印文渊阁四库全书·史部·明一统志》，台湾商务印书馆

1983 年版。

《景印文渊阁四库全书·史部·云南通志》，台湾商务印书馆 1983 年版。

《景印文渊阁四库全书·史部·广西通志》，台湾商务印书馆 1983 年版。

《中国地方志集成·湖北府县志辑·道光鹤峰州志》，凤凰出版社 2013 年版。

《中国地方志集成·湖北府县志辑·光绪长乐县志》，凤凰出版社 2013 年版。

《中国地方志集成·四川府县志辑·同治增修酉阳直隶州总志》，巴蜀书社 1992 年版。

《中国地方志集成·湖南府县志辑·同治永顺府志》，江苏古籍出版社 2002 年版。

《中国地方志集成·湖北府县志辑·同治恩施县志》，凤凰出版社 2013 年版。

《中国地方志集成·湖北府县志辑·同治崇阳县志》，凤凰出版社 2010 年版。

《中国地方志集成·湖北府县志辑·嘉庆石门县志》，凤凰出版社 2010 年版。

《中国地方志集成·湖南府县志辑·乾隆长沙府志》，江苏古籍出版社 2002 年版。

《中国地方志集成·湖南府县志辑·民国慈利县志》，江苏古籍出版社 2002 年版。

《中国地方志集成·湖南府县志辑·光绪华容县志》，江苏古籍出版社 2002 年版。

《中国地方志集成·湖南府县志辑·乾隆华容县志》，江苏古籍出版社2002年版。

《中国地方志集成·湖南府县志辑·同治直隶澧州志》，江苏古籍出版社2002年版。

《中国地方志集成·湖南府县志辑·光绪巴陵县志》，江苏古籍出版社2002年版。

《中国地方志集成·湖北府县志辑·同治松滋县志》，凤凰出版社2010年版。

《中国地方志集成·湖北府县志辑·同治郧阳志》，凤凰出版社2010年版。

《中国地方志集成·云南府县志辑·光绪永昌府志》，凤凰出版社2010年版。

《中国地方志集成·湖南府县志辑·同治武陵县志》，江苏古籍出版社2002年版。

《中国地方志集成·湖北府县志辑·同治郧阳府志》，凤凰出版社2010年版。

《中国地方志集成·湖北府县志辑·同治公安县志》，凤凰出版社2010年版。

《中国地方志集成·湖北府县志辑·同治宜昌府志》，凤凰出版社2010年版。

《中国地方志集成·四川府县志辑·补辑石砫厅新志》，巴蜀书社1992年版。

《中国地方志集成·江苏府县志辑·光绪武进阳湖县志》，江苏古籍出版社1991年版。

《中国地方志集成·云南府县志辑·光绪永昌府志》，凤凰出版社

2009年版。

《景印文渊阁四库全书·史部·土官底簿》，台湾商务印书馆1983年版。

《景印文渊阁四库全书·史部·续文献通考》，台湾商务印书馆1983年版。

《小腆纪传》，台湾大通书局1987年版。

汪森编，黄振中、吴中任、梁超然校注：《粤西丛载校注》，广西民族出版社2007年版。

中共鹤峰、五峰县委统战部、县志办：《容美土司史料汇编》，内部印行，1983年。

陈湘锋、赵平略：《〈田氏一家言〉诗评注》，中央民族大学出版社1999年版。

彭勃辑录、祝注先注：《历代土家族文人诗选》，岳麓书社1991年版。

（明）田九龄著，贝锦三夫校注：《田子寿诗集校注》，中国文史出版社2016年版。

高润身：《容美纪游注释》，天津古籍出版社1991年版。

《景印文渊阁四库全书·集部·弇州四部稿》，台湾商务印书馆1983年版。

《景印文渊阁四库全书·集部·明诗综》，台湾商务印书馆1983年版。

（明）王世贞著，罗仲鼎校注：《艺苑卮言》，齐鲁书社1992年版。

（清）钱谦益：《列朝诗集小传》，上海古籍出版社1983年版。

（明）吴国伦：《甔甀洞稿》，台湾伟文出版社1976年版。

（清）孔尚任：《孔尚任诗文集》，中华书局1962年版。

（清）钱仪吉：《碑传集》，中华书局 1993 年版。

（清）罗汝怀：《湖南文征》，岳麓书社 2008 年版。

（清）陈田：《明诗纪事》，上海古籍出版社 1993 年版。

袁世硕：《孔尚任年谱》，齐鲁书社 1987 年版。

彭继宽、姚纪彭主编：《土家族文学史》，湖南文艺出版社 1989 年版。

邓斌、向国平：《远去的诗魂——中国土家族"田氏诗派"初探》，湖北人民出版社 2003 年版。

龚荫：《中国土司制度》，云南民族出版社 1992 年版。

吕宗力：《中国历代官制大辞典（修订版）》，商务印书馆 2015 年版。

祝光强、向国平：《容美土司概观》，湖北人民出版社 2006 年版。

后　记

　　我在对容美田氏文学的研究伊始，脑海中就萦绕着一个问题——是什么原因使得容美田氏能够成为一个绵延三百余年的文学世家？其文学成就，不仅在中国土司当中绝无仅有，而且其作为文学世家的长度和规模，在汉族当中也不多见。在一个被认为是"文化沙漠"的地方，何以能够长出一株参天大树？随着研究的逐渐深入，我得出的基本结论是：除了田氏自身对于汉文化、汉文学的热爱和积极学习之外，还有两个关键性的因素："土司子弟入学"制度和文学交往。这两个问题前人谈得比较少，尤其是第一个问题，谈的人很少。这一方面可能是因为大家都根据相关材料，认为田氏文学世家的形成始于田世爵在族内推行文化教育，而忽略了更宏观和更深层的原因；另一方面也可能是因为相关的直接材料比较少，论述起来有难度。关于文学交往，前辈学者有论及者，但都不够系统，究其原因同样既有认识不够的可能，也有直接材料较少的可能。但我想，虽然在研究上存在较大的难度，但如果无意甚至故意忽略这两个关键性因素，就无法完满地回答上文的那个疑问。而为了回答这个疑问，本书试图从文化制度和文学交往的角度尝试去解释容美土司家族文学成就取得的原因，并讨论了相关文学交往的文学和文化意义。

后　记

　　当然，本选题所做的相关研究还是存在很多遗憾，如因为材料的缺乏，对于"土司子弟入学"制度在容美地区的执行情况无法进行深入的探讨，这项制度对于容美田氏文化、文学水平提升的影响只能通过间接证据进行推理式的讨论，比较少直接的文献证据。同样因为文献的缺失，对容美田氏历史上最重要的诗人田舜年的文学交往情况无法进行全面的梳理和分析，只能借助地方志和其他人的诗文集、年谱、游记等材料加以研究，遗漏之处在所难免。另外，因为本人学养有限，研究中的错讹、不足之处肯定不少，也敬请方家指教。

　　本书撰写过程中得到了很多专家、学者的指导和帮助。李传锋先生（"贝锦三夫"之一）不仅给本书的写作提供了珍贵的第一手资料——明刻本《田子寿诗集》和《田国华诗集》的复印件和其他大量相关材料，而且对于本书大到内容，小到字词、标点都进行了细致的修改。王兆鹏教授则对本书学术意义和价值的提炼、整体结构的设计和完善提出了很多建设性的意见。柳倩月师姐为我提供了田泰斗的诗集。此外，还要感谢中南民族大学文学与新闻传播学院刘为钦教授、杨彬教授、新疆师范大学王佑夫教授、西北民族大学多洛肯教授、中国社科院民族文学研究所汤晓青研究员、吴刚研究员和我的导师武汉大学李建中教授在本书撰写和出版过程中给予的帮助。最后还要感谢我的家人，他们主动包揽了几乎所有家务劳动，使我能够更加专心于书稿的撰写和修改。

李　锋

2017 年 12 月 10 日午夜

于腊台山